Taschenbuch – Literatur - Klassiker

AF221874

Band 53
Georg Ebers
Die Geschichte meines Lebens

Georg Ebers

Die Geschichte meines Lebens

Vom Kind zum Manne

Band 53
1. Aufl.
Taschenbuch – Literatur - Klassiker
Herausgeber Frank Weber, Marburg
Bibliografische Information der Deutschen Nationalbibliothek:
Die Deutsche Nationalbibliothek verzeichnet diese Publikation in der Deutschen
Nationalbibliografie; detaillierte bibliografische Daten sind im Internet abrufbar über
http://dnb.dnb.de
© 2018 Georg Ebers
ISBN: 9783751901802
Herstellung und Verlag: BoD – Books on Demand, Norderstedt

Inhalt

Die Kinderjahre bis zur Revolution 1848.

Die Revolutionszeit.

In Keilhau.

Quedlinburg

Als Jurist in Göttingen

Die Geschichte meines Lebens

Vom Kind bis zum Manne

Von Georg Ebers

An meine Söhne.
Als ich begann, was aus vergangner Zeit
Die Seele festgehalten, aufzuschreiben,
Da sagt' ich mir: Du wandertest schon weit;
Bald wird den Deinen nur dein Bildnis bleiben.

Und eh' auch dir die letzte Stunde schlägt,
Lies aus die Ernte des vergang'nen Lebens.
Ist nur ein Korn dabei, das Früchte trägt
Für deine Söhne, thust du's nicht vergebens.

Blick auf des eignen Lebens Bahn zurück,
Und wie du dich zum Licht emporgerungen; –
Dein Irrweg, denk' ich, er gedeiht zum Glück,
Warnt er sie zeitig, deine lieben Jungen.

Und wenn den Stern sie schaun, der deine Bahn
Zum Ziel gelenkt und hell mit Licht beschienen,
So steuern sie dir nach des Lebens Kahn;
Und seine Strahlen leuchten dann auch ihnen.

Ja, wenn der Epheu rings mein Grab umflicht,
Glitt mir das Steuer längst schon aus den Händen,
So weist dies Buch sie auf das Doppellicht,
Zu dem ich nie verlernt den Blick zu wenden.

Nach oben zieht das eine mild und hell
Den feuchten Blick, wenn sich die Welt umnachtet,
Und zeigt euch Kindern auch den Wüstenquell,
Wenn ihr verzagend nach Erfrischung schmachtet.

Seit eure Lippe zum Gebet sich regt,
Habt seine Huld ihr tausendfach erfahren.
Auch ich genoß sie; was mir auferlegt,
Euch mag es, fleh' ich heiß, davor bewahren.

Das andre Licht, – ihr kenntet seine Macht,
Auch wenn kein Wort es nennte und beschriebe;
Denn euch wie mir erhellte ja die Nacht,
Verklärte Tag für Tag die Mutterliebe.

Dies Licht, es reiste auch in eurer Brust
Des Guten und des Schönen volle Saaten;
Ich aber hegte sie mit stiller Luft
Und treuem Mühn und sah sie wohl geraten.

So wuchset ihr in wacher Hut heran,
So klimmet aufwärts ihr von Stuf' zu Stufe;
Die edle Heilkunst zog den Aeltsten an,
Der Zweite folgt des deutschen Heerbanns Rufe,

Der Dritte bildet noch den jungen Geist, –
Und nun mich's drängt, euch dieses Buch zu weihen,
Seh' ich, was mein Herzlängst sein Höchstes heißt,
Vereint, verkörpert in euch lieben Dreien.

Wic ich ihm huld'ge, wie's mir heilig ist,
So gebt auch ihr die Ehre allerwegen
Der Menschenliebe, die sich selbst vergißt,
Dem Vaterlande und der Arbeit Segen.

Tußing am Starnberger See,
1. Oktober 1892.

Die Kinderjahre bis zur Revolution 1848.

Rückblicke.

In Berlin bin ich geboren und doch auf dem Lande. Es ist freilich neunundfünfzig Jahre her; denn es geschah am 1. März 1837, und damals gehörte zu dem Anwesen,[1] auf dem ich die ersten Kindheitsjahre verschlief und verspielte, außer Feld und Wiese, Obstgarten und dichtem Buschwerk auch ein kleiner Berg und Teich. Im Pferdestalle standen die drei großen Rappen der Wirtin an der Krippe, und das Gebrüll einer Kuh, das den Berliner Kindern sonst lange fremd bleibt, mischte sich in meine frühesten Erinnerungen.

Die Tiergartenstraße, auf der sich schon damals an sonnigen Mittagen eine Menge von Spaziergängern zu Fuß, im Wagen und hoch zu Roß auf und nieder bewegte, begrenzte dies umfangreiche Grundstück an der Vorderseite; nach hinten aber fand es den Abschluß durch ein Wasser, das damals »der Schafgraben« hieß und trotz des Entenlaiches, der es mit dunkelgrünen Pflanzengeweben bedeckte, zu Gondelfahrten auf leichten Booten benützt wurde.

Heute faßt ein sorgfältig gefügtes Gemäuer die Ufer dieses Grabens ein; er selbst aber verwandelte sich in den wasserreichen Kanal, an dem sich die stattliche Häuserreihe der Königin Augustastraße hinzieht, und den zahlreiche schwerbeladene Lastschiffe – »Zillen« nennt sie der Berliner – befahren.

Auf dem Grundstücke, das der Schauplatz meiner Kindheit war, steht schon lange die Matthäikirche, die hübsche Straße, die ihren Namen trägt, und ein Teil der Königin Augustastraße. Trotzdem umgibt das Haus, das wir bewohnten, und seinen größeren Nachbar immer noch ein schöner Garten.

Das war ein Eden für heranwachsende Stadtkinder, und die Mutter hatte es gewählt, weil sie darin ihren Kleinen die Paradiesesströme der Gesundheit und freien Bewegung entgegenfließen sah.

Am 14. Februar 1837 war mein Vater gestorben, und am 1. März des nämlichen Jahres kam ich, vierzehn Tage nach dem Tode des Mannes zur Welt, in dem der Mutter zugleich mit dem Gatten auch der Geliebte entrissen worden war. So bin ich denn, was man einen »Posthumus« oder Nachgeborenen nennt. Das ist sicherlich traurig; aber gab es auch, besonders in späteren Jahren, manche Stunde, in der mich nach dem

Vater verlangte, so wollte es mir doch oft schön und dankenswert erscheinen, vom ersten Augenblicke an mit einer der freundlichsten Aufgaben, der des Tröstens und Thränentrocknens, betraut gewesen zu sein.

Einer Mutter Herzeleide war es ja, der ich in der schwersten Zeit des Lebens geschenkt worden war, und trotz meines grauen Haares hab' ich der glückseligen Augenblicke nicht vergessen, in denen die teure Frau den vaterlosen kleinen Nachgeborenen herzte und ihn unter anderen Schmeichelnamen ihr »Trostkind« nannte.

Sie sagte mir auch, daß Nachgeborene Glückskinder wären, und suchte mich früh in ihrer liebreich sinnigen Weise mit dem Gedanken zu befreunden, daß der liebe Gott sich der Kinder ganz besonders annehme, denen er schon vor der Geburt den Vater genommen. Diese Zuversicht begleitete mich dann auch freundlich durch das fernere Leben.

Es ist mir, wie gesagt, erst spät bewußt geworden, daß mir etwas, und noch dazu etwas so Großes mangelte wie die treue Liebe und Sorge eines Vaters, und als das Leben auch mir ein ernstes Gesicht zeigte und Schweres zu überwinden aufgab, stärkte mir die frohe Zuversicht, ein Glückskind zu sein, so kräftig den Mut wie anderen Größeren der zuversichtliche Glaube an ihren »Stern«.

Als endlich die Zeit kam, in der es mich drängte, dem, was mir die Seele bewegte, in Versen Ausdruck zu geben, da faßte ich die mütterliche Verheißung in dem Sprüchlein zusammen:

> »Wer nach des Vaters Tod geboren,
> Der ist zum Glinkskind auserkoren;
> Der Herrgott selbst im Himmel helle
> Vertritt bei ihm die Vaterstelle.«

Man sagte mir oft, ich sei als der Jüngste, als das Nesthäkchen, »der Verzug« der Mutter gewesen; doch wenn etwas mich verdorben hat, das war es gewiß nicht! Zu viel Liebe ist ja noch keinem Kinde von seiten einer verständigen Mutter zu teil geworden, und, gottlob, das war die meine! Das Schicksal hatte sie berufen, mir und meinen vier Geschwistern – ein Brüderchen, ihr zweites Kind, war als Säugling gestorben – Vater und Mutter zugleich zu sein, und sie zeigte sich dieser Aufgabe gewachsen. Was etwa Gutes an uns war und ist, das danken wir ihr, und ihr Einfluß auf uns alle und besonders auf mich, dem es auch später vergönnt sein sollte, am längsten in enger Vereinigung mit ihr zu leben, war ein so großer und entscheidender, daß Fernerstehende diese Erzählungen aus meiner Jugendzeit nur halb verstehen würden, wenn ich nicht länger bei ihr verweilte.

Für die Kinder, die Geschwister und die meinem Hause nahestehenden Lieben sind diese Aufzeichnungen zunächst bestimmt, doch sehe ich keinen Grund, sie nicht auch weiteren Kreisen zugänglich zu machen. An Mahnungen der Freunde, sie niederzuschreiben, fehlte es nicht, und viele von denen, die mir willig zuhören, wenn ich Geschichten erzähle, werden wohl auch gern etwas Näheres über den Lebenslauf des Fabulanten erfahren, der freilich bei diesen Aufzeichnungen der Einbildungskraft Schweigen aufzuerlegen und sich streng an den Wahlspruch seiner späteren Jahre, »wahrhaftig sein in Liebe«, zu halten gedenkt.

Das »Wahrsein« soll sich vorzüglich auf alles beziehen, was das eigene Dasein des Erzählers betrifft, das »in Liebe« den Menschen zu gute kommen, mit denen ihn die weniger an seltsamen Schicksalen als an Erfahrungen, Eindrücken und Begegnungen reiche Bahn seines Lebens zusammenführte.

Das Bildnis der Mutter als junge Frau begleitet diese Blätter und soll mich der Aufgabe entheben, ihr Aussehen zu schildern. Es wurde dem lebensgroßen Schadowschen Porträt nachgebildet, das dieser kurz vor seiner Berufung zum Direktor der Düsseldorfer Kunstakademie für den jungen Gatten vollendete, und das sich jetzt im Besitz meines ältesten Bruders, *Dr.* Martin Ebers in Berlin, befindet. Es fehlen unserer Nachbildung leider die Farben, und die Gewandung auf dem Original, das die ganze Figur zeigt, bestätigt die Erfahrung, wie mißlich es ist, auf einem auch für spätere Geschlechter bestimmten Bildnisse die Mode des Tages treu wiederzugeben. Es hat mich nie völlig befriedigt; denn es gibt das, was uns an der Mutter besonders wert war und ihr einen so großen Zauber verlieh, nur ganz ungenügend wieder: die weibliche Anmut und die Seelenwärme, die ihr so freundlich und herzgewinnend aus den milden blauen Augen schaute.

Jeder mußte sie schön nennen; für mich aber war sie die schönste und zugleich die beste der Frauen, und wenn ich den kranken Stephanus in meinem »*Homo sum*« sagen lasse: »Für jedes Kind ist seine Mutter die beste Mutter,« so war es für mich sicherlich die meine. Es hob mir auch das Herz, wenn ich sah, wie alle Welt diese Wertschätzung teilte.

Bei meiner Geburt zählte sie fünfunddreißig Jahre und stand, wie ich von manchen älteren Bekannten hörte, in der Blüte der Schönheit.

Mein Vater hatte zu den Berliner Herren gehört, deren Opferfreudigkeit und Kunstsinn das Königsstädter Theater seine Blüte verdankte, und so war er mit Karl v. Holtei, der für diese Bühne teils als dramatischer Schriftsteller, teils als Schauspieler wirkte, in nahe freundschaftliche Beziehungen getreten. Wie ich dann als junger Gelehrter dem greisen Dichter im Namen der Mutter etwas mitgeteilt hatte, das ihm Vergnügen bereiten mußte, fand ich in seiner Antwort auf meine Frage, ob er, Holtei, sich der Mutter noch erinnere, eine lebhafte Bejahung.

»Wie dankbar bin ich Ihrer vortrefflichen Mutter,« heißt es in diesem Briefe,[2] »Sie zum Schreiben angeregt zu haben. Nur der Eingang Ihrer Zeilen, als könnte ich vergessen haben, den muß ich mit Protest von mir weisen. Ich die schöne, milde, kluge, charakterfeste Frau vergessen, die (um Shakespeares Worte zu gebrauchen) damals ankam in Pomp, geschmückt wie der holde Mai und gleich bei ihrem Eintritt ins neue Leben von den härtesten Schlägen getroffen, jede Prüfung des Schicksals glorreich bestand, um aus der lieblichsten Braut die edelste Gattin, die sorgsamste Mutter, die bewunderungswürdigste Witwe und treueste Mutter zu werden? Nein, mein junger unbekannter Freund, ich habe mir viel zu Schulden kommen lassen, habe aus den Kämpfen eines zerrissenen Daseins ein halb zerrissenes Herz gebracht, aber so weit ist es doch nicht mit mir gediehen, daß ich Fanny Ebers aufgehört hätte in diesem Herzen zu tragen, neben den frömmsten und heiligsten Erinnerungen meiner wirren Laufbahn. Wie oft erscheint ihr liebes Bild vor mir, wenn ich in einsamer Dämmerstunde die Vergangenheit an mir vorüberziehen lasse.«

Ja, das Schicksal hatte der Mutter früh Gelegenheit geboten, sich zu bewähren! Die Stadt, wo sie so kurz vor meiner Geburt Witwe wurde, war nicht ihre Heimat. Der Vater hatte sie als Jüngling, dem kaum der Bart keimte, in Holland gefunden. Den Brief, in dem er den Seinen erklärte, daß er entschlossen sei, nicht von der Erwählten seines Herzens zu lassen, meinte man in Berlin nicht ernst nehmen zu sollen; als aber der Liebende mit seltener Festigkeit auf seinem Entschluß beharrte, wurde man besorgt. Der neunzehnjährige älteste Sohn eines der begütertsten Häuser der Stadt wollte sich für das Leben binden und noch dazu mit einer Ausländerin, die man nicht kannte.

Die Mutter erzählte uns oft, daß auch ihr Vater sich geweigert habe, den überjungen Freier sogleich zu erhören, und wie in jener Zeit der Kämpfe, während sie sich mit den Ihren in Scheveningen befand, dort eines Tages ein vierspänniger Reisewagen vor dem einfachen Strandhause ihrer Eltern gehalten habe. Auf dem Dienersitz hatte ein Kurier und eine Zofe gesessen, die einen Käfig mit dem Papagei Koko, dessen Bekanntschaft zu machen mir noch vergönnt war, auf dem Schoße hielt. Endlich war der Kutsche die künftige Schwiegermutter entstiegen. Sie war gekommen, um das Wunder zu sehen, von dem der Sohn so begeistert geschrieben hatte, und sich zu überzeugen, ob es möglich sei, dem Drängen des Knaben nachzugeben, einen eigenen Hausstand zu begründen. Und sie fand es möglich; denn die seltene Schönheit und Anmut des Mädchens gewannen schnell das Herz der besorgten Frau, die eigentlich gekommen war, um die Liebenden zu trennen. Freilich wurde ihnen auferlegt, sich noch mehrere Jahre zu gedulden, um die Festigkeit ihres Liebesbundes zu prüfen. Doch sie hielten stand, und der junge Verlobte, der nach Bordeaux ge schickt worden war, um in einem dortigen Handelshause sich die Fähigkeit zu erwerben, das väterliche Bankiergeschäft zu übernehmen, ließ sich keinen Augenblick irre machen, als seine schöne Braut an den Blattern erkrankte und ihm schrieb, daß ihr glattes Gesicht wahrscheinlich von der tückischen Krankheit entstellt werden würde, sondern antwortete, was er an ihr liebe, sei nicht nur ihre Schönheit, sondern weit mehr noch die Reinheit und Güte ihres warmen Herzens.

Das war ein schweres Probestück gewesen, und es sollte belohnt werden; denn auch nicht die kleinste Narbe gab später von der überstanden Krankheit Kunde.

Als der Vater endlich die Mutter zu der Seinen gemacht hatte, sagte ihm der Bürgermeister ihrer Heimatstadt, er übergebe ihm die Perle von Rotterdam. Kurierpferde führten das junge Paar beim schönsten Wetter im offenen Wagen der fernen preußischen Hauptstadt entgegen. Es muß eine wonnige Fahrt gewesen sein; doch als die Pferde in Potsdam gewechselt wurden, empfingen die Neuvermählten die Nachricht, daß der Vater des Gatten gestorben.

So nahm denn ein Trauerhaus die Eltern auf. – Die Mutter war damals des Deutschen nur so weit mächtig, wie sie es dem Bräutigam zu liebe in fleißig benützten Lehrstunden erlernt hatte. Zudem besaß sie in Berlin keinen einzigen Freund oder Verwandten ihres väterlichen

Hauses. Dennoch wurde sie bald daselbst heimisch. Sie liebte den Vater, der Himmel schenkte ihr Kinder, und ihre seltene Schönheit, die Anmut und Empfänglichkeit ihres Geistes öffneten ihr schnell alle Herzen weit über den reichen Verwandtenkreis des Gatten hinaus.

Es gehörte zu ihm manches Haus, in dem alles verkehrte, was in dem damaligen Berlin durch wissenschaftliche oder künstlerische Leistungen oder durch großen Besitz Anspruch auf Bedeutung hatte, und die »schöne Holländerin«, wie die Mutter damals genannt wurde, war eine der am lebhaftesten gefeierten Frauen.

In dieser Zeit hatte Holtei sie kennen gelernt, und es war eine Freude, sie von jenen buntbewegten Tagen erzählen zu hören. Wie oft hatte A. v. Humboldt, hatte Rauch oder Schleiermacher sie zu Tische geführt. Hegel hatte sich ein angeschwärztes Geldstück aufgehoben, das er ihr beim Whist abgewonnen. Wenn er sich von neuem mit ihr zum Kartenspiel setzte, zog er es gern hervor und sagte, indem er es der Partnerin zeigte: »Mein Thaler, schöne Frau.«

Doch dergleichen Begegnungen hörten auch später nicht auf, und während der ganzen Knabenzeit lauschten wir aufmerksam, wenn die Mutter uns von den berühmten Männern erzählte, denen sie in der Gesellschaft begegnet war.

Der Festzeit an der Seite des Vaters hatte die Mutter, gefeiert, bewundert, als gastfreie Wirtin gebend, bei den Freunden empfangend, sich daseinsfroh gefreut, und sie dachte gern an sie.

Kurze Zeit vor meinem Eintritt in die Welt war indes dies glänzende, an Genüssen jeder Art überreiche Leben unterbrochen worden.

Der geliebte Gatte hatte die Augen geschlossen, und der große Reichtum unseres Hauses sich beträchtlich gemindert.

Wohl war nach der Auflösung des großväterlichen und väterlichen Bankiergeschäftes und der vom Vater angelegten Parzellansabrik, deren künstlerische Bestrebungen große Summen verschlungen haben müssen, genug übrig geblieben, um der Mutter zu gestatten, sorglos und bequem weiter zu leben und ihren Kindern die beste Erziehung zu geben; wohl konnte für jeden von uns fünf Unmündigen auf dem Vormundschaftsgericht ein Vermögen niedergelegt werden, das den Knaben ermöglichte, was es auch sei, zu beginnen, und den Mädchen in Aussicht stellte, auch wenn sie unverheiratet blieben, in aller Unabhängigkeit den Lebensgang zu vollenden; wohl hatten wir noch – leider nicht mehr in Berlin, sondern in Dresden – eine begüterte

Großmutter; mit dem übergroßen Reichtum der früheren Jahre war es indessen vorbei.

Einen Glückswechsel nennt das Volk solche Aenderung der äußeren Lage, und das Wort ist bezeichnend; denn das Leben gewinnt durch sie eine neue Gestalt. Doch die wahre Glückseligkeit wird durch sie weit häufiger gesteigert als vermindert, wenn sie nur nicht die Sorge um das tägliche Brot in sich schließt. Davon war die äußere Lage meiner Mutter allerdings recht weit entfernt; doch besaß sie Eigenschaften, die sie sicher befähigt hätten, auch in bescheideneren Verhältnissen den Frohmut zu bewahren und sich mit ihren Kindern tapfer durchs Leben zu kämpfen. Das blieb ihr erspart, aber sie hat mir und den Geschwistern bei mehr als einer Gelegenheit bekannt, daß sie bald zur Einsicht gelangt sei, die Verringerung des frühreren großen Ueberflusses würde für unser wahres Wohlergehen eher fördersam als hinderlich sein.

Gleich ihren Brüdern, die fast alle tüchtige Beamte, meist im holländischen Kolonialdienste, geworden waren, stellte die Witwe sich vor, sollten auch ihre Söhne durch eigenen Fleiß vorwärts kommen. Dazu brachten die neuen Verhältnisse die Witwe den Menschen näher, an die sie sich durch Neigung und Wahl vielleicht noch enger geschlossen hatte als an die Familie des Vaters, ich meine den Kreis von Gelehrten und Staatsbeamten, der dann auch das Milieu wurde, in dem wir, ihre Kinder, erwuchsen, und dessen ich zu gedenken habe.

Uebrigens bewahrten die Verwandten auch nach dem Tode des Vaters der Mutter, die auch ihrerseits vielen von ihnen herzlich zugethan war, die alte Liebe und nötigten sie, an der Geselligkeit ihres Hauses teilzunehmen. Auch ich hatte schon als Kind, aber weit mehr noch in späteren Jahren, besonders der Beerschen Familie manche schöne Stunde und unvergeßliche Begegnung zu danken. Von ganzem Herzen lieb blieb uns der Vetter des Vaters, Moritz v. Oppenfeld, dessen Gattin eine geborene Ebers gewesen war. Er bewohnte das heutige Hotel der französischen Gesandtschaft auf dem Pariser Platz, das ihm gehörte, und in seinen weiten Parterreräumen und auch sonst wußte seine Liebe und Herzensgüte ungezählte Freuden in unser ganzes Leben zu flechten. Die Eltern unseres Vetters, des Kriminalisten Karl Ebers, waren schon gestorben, als ich zur Welt kam, und Eduard, der jüngere Bruder unseres Vaters, lebte bald in Dresden, bald in Wien.

Fußnoten

Die früheste Kindheit.

In der Leipziger Straße hatte der Vater die Augen geschlossen, war ich zwei Wochen später zur Welt gekommen. Ich soll ein besonders kräftiger und heiterer kleiner Mensch gewesen sein. Eine Verwandte des Vaters, Frau Mosson, eine geborene v. Hochwächter, die bei meiner Geburt zugegen gewesen war und die ich darum oft scherzhaft »die erste Frau« nannte, »die mich gesehen hat«, versicherte, ich hätte schon am dritten Tage meines Lebens ganz richtig gelacht. Auch von anderen Beweisen meines früh erwachten Frohsinns wußte diese ausgezeichnete, keineswegs phantasiereiche Frau zu berichten.

So muß ich wohl glauben, daß ich – weit weniger klug als der Sohn Lessings, der sich das Leben ansah und dabei fand, daß es weise sei, ihm sogleich den Rücken zu kehren – in das Dasein hineingelacht habe, das mir unter schönen Sonnentagen so viele Schmerzensstunden bringen sollte.

Doch ich mag frühreife Kinder nicht leiden, und so nehm' ich dies Zeichen der optimistischen Thorheit, von der ja auch ein guter Teil an mir haften blieb, getrost auf mich.

Der Frühling stand bei meiner Geburt vor der Thür, die Wohnung in der geräuschvollen Leipziger Straße war der Mutter verleidet, ihre Seele lechzte nach Ruhe, und schon damals waren die Grundsätze in ihr zur Reise gelangt, nach denen sie später ihre Knaben zu tüchtigen Männern heranzubilden versuchte. Vor allem lag ihr daran, den kleinen Kindern frische Luft, den größeren freie Bewegung zu schaffen. So suchte sie denn nach einer Wohnung vor dem Thor, und es gelang ihr, das Haus in der Tiergartenstraße Nro. 4, dessen ich schon gedachte, auf einige Jahre zu mieten.

Die Besitzerin, Frau Kommissionsrat Reichert, hatte wie sie vor kurzem den Gatten verloren und war entschlossen gewesen, das Wohnhaus, das sich unweit des von ihr selbst benützten auf dem Grundstücke erhob, lieber leer stehen zu lassen, als eine kinderreiche Familie darin aufzunehmen.

Da sie selbst allein stand, scheute sie sich vor dem lauten Wesen heranwachsender Knaben und Mädchen. Aber sie hatte ein warmes, freundliches Herz, und – das erzählte sie mir selbst – der Anblick der schönen jungen Frau in tiefer Trauer ließ sie schnell ihre Vorsätze vergessen. »Wenn sie zehn statt fünf Schreihälse mitgebracht hätte,«

sagte sie in ihrer derben und doch liebenswürdigen Weise, »ich hätte dem Engelsgesicht das Haus nicht verweigert.«

Wir denken alle noch gern an die starke, lebhafte Frau mit dem guten runden Gesicht und den lachenden Augen. Bald kam sie der Mutter recht nahe, und meine zweite Schwester Paula wurde ihr besonderer Liebling, dem sie alles durchgehen ließ. Für sie trug Frau Reichert auch gewöhnlich etwas Süßes in der Tasche, das auch uns anderen mit zu gute kam. Ihre Rappen waren die ersten Pferde, auf die man mich hob. Manchmal nahm sie uns auch mit in ihre Kutsche oder ließ uns in ihr spazieren fahren.

Einzelner Stellen des großen Gartens, der unser Haus umgab, erinnere ich mich sehr wohl, besonders des schattigen Laubganges, der von unserem Balkon im hohen Parterre bis an den Schafgraben führte, des Teiches, der schönen Blumenrabatten vor dem stattlichen Hause der Wirtin, und des Kartoffelfeldes, in dem ich – der Gärtner war der Jäger – das erste Rebhuhn erlegen sah. Das mag ziemlich genau an der Stelle gewesen sein, wo seit vielen Jahren in der Matthäikirche Orgeltöne erschallen und das Wort Gottes einer Gemeinde verkündet wird, deren Wohnhäuser sich zum guten Teil auf den Spielplätzen meiner Kinderzeit erheben.

Das Haus, das uns allein beherbergte, war nur einstöckig, doch hübsch und geräumig; wir bedurften aber auch eines großen Quartiers; denn außer der Mutter, den fünf Kindern und den weiblichen Dienstboten mußte es die Erzieherin und einen Mann beherbergen, der eine Mittelstellung zwischen Hausmann und Diener einnahm und, wenn einer, den Namen eines Faktotums verdiente. Er hieß Kürschner, war ein starkknochiger, untersetzter Dreißiger, der das Bändchen des Ordens, den er als Soldat bei der Belagerung von Antwerpen sich erworben hatte, stets im Knopfloche trug, und der zu unserem Schutze von der Mutter ins Haus genommen worden war; denn im Winter lag unser Heim recht einsam auf dem großen Grundstück.

Dieser Kürschner war ein grundbraver, arbeitsamer und treuer Mensch, der, was man ein »Familienstück« nennt, für uns wurde.

Von seiner Thätigkeit in der Tiergartenstraße ist mir nur noch erinnerlich, daß er am Abend nach gethaner Arbeit die Flöte blies.

Wie sentimental und schmelzend die Lieder waren, mit denen er ich weiß nicht welche Herzenssehnsucht stillte, hab' ich erst als größerer

Knabe erfahren, wenn ich mich mit meinem Bruder Ludo in sein Stübchen schlich, um mir von seinen Kriegsthaten erzählen zu lassen.

Die Erzieherin hatte sich natürlich nur mit den älteren Geschwistern zu beschäftigen, für mich genügte einstweilen die Amme, eine Uckermärkerin, die besonders hübsch und heiter gewesen sein soll, doch – vielleicht durch den Tod – außer jeder Verbindung mit der Familie kam, während die Ammen der ältern Geschwister bis an ihr Ende in der Mutter eine hilfreiche Gönnerin besaßen.

Von Frau Großmann, die meine Schwester Martha genährt hatte, hab' ich noch zu reden; Frau Zimmer in Luckenwalde, die Amme meines Bruders Martin, erhielt jährlich zu Weihnachten eine Kiste mit Geschenken. Als diese brave Frau zur Greisin geworden war und über Schwäche klagte, ließ die Mutter sie mehrere Sommer hindurch nach Hosterwitz bei Dresden kommen und sich dort in ihrem Landhause stärken.

Was uns fünf Kinder angeht, so standen an unserer Spitze die beiden großen: jetzt als Gattin des Oberstlieutenants Freiherrn Kurt von Brandenstein verstorbene Schwester Martha, und mein Bruder Martin, die sieben und fünf Jahre älter waren als ich. – Diese beiden wurden natürlich anders behandelt als wir jüngeren Geschwister.

Paula war mir um drei, Ludwig oder Ludo – er ist heute noch der »Onkel Ludo« seiner Neffen und Nichten – um anderthalb Jahre voran. Paula,[2] ein frischer, hübscher, drolliger und verwegener Uebermut mit blonden, erst später gebräunten Locken, die ihr den ganzen Kopf umgaben, führte oft unsere Spiele an, Ludo, der sich später als preußischer Offizier im Kriege wacker bewährte, war ein sanftes Kind von zarter Gesundheit – man sieht es dem breitschulterigen Land-manne wahrlich nicht mehr an – und der nachgiebigste und liebens-würdigste aller Spielgefährten. Wir beide hielten aufs engste zusammen, und wie oft hat man uns für Zwillinge gehalten.

Als der Unterricht begann, sind wir selten anders als mit dem Arm des einen auf der Schulter des andern in die Schule gegangen.

Wir teilten alles mit einander, und an meinem Geburtstage wurde ihm, an seinem mir mitbeschert.

Die erste Person Singularis des persönlichen Fürwortes hatte jeder vergessen und bediente sich nur seiner Mehrzahl, wenn er von sich selbst oder dem andern sprach.

Erst verhältnismäßig spät lernte ich das »ich« und »mir« an die Stelle des »wir« und »uns« setzen.

In meiner Vorstellung war er und ich ein einziger Begriff, und ähnlich erging es auch der Mutter und den Geschwistern, bis die Streiche des Georg bedenklicher zu werden anfingen als die seines sanfteren und weniger unternehmenden »alter ego«.

Die Folge der Begebenheiten in dem stillen Landhause ist mir natürlich aus dem Gedächtnis geschwunden, und vielleicht hat sich manches, was ich hieher verlege, in der Lennéstraße ereignet, die wir später bezogen; jedenfalls aber gehören die Erinnerungen an die Zeit, die wir im Tiergarten verlebten, in dem ja auch die zweite Wohnung lag, zu den lebhaftesten und schönsten meiner Jugend.

Wie oft taucht vor meinem rückwärtsschauenden Blicke das Bild der hohen Bäume und dichten Laubgruppen unseres eigenen und des herrlichen Berliner Tiergartens auf, sehe ich zwischen ihnen muntere Kinder spielen, höre ich vor dem inneren Ohr ihr fröhliches Lachen.

Märchen und Wahrheit.

Was damals im Allerheiligsten des Hauses, im Schlafzimmer der Mutter geschah, hat sich mir mit besonders dauerhaften, bis ins einzelne deutlichen Zügen in die Seele gegraben.

Ein Mutterherz ist wie die Sonne, die, so vielen sie auch Licht spendet, doch nicht ärmer wird an Glanz und Wärme, und wenn sich auch ein überreicher Strom von Liebe auf mich ergoß, so sind die anderen Geschwister dadurch nicht benachteiligt worden. Aber ich war das jüngste, das Trostkind, das Nesthäkchen, und zu keiner Zeit ist mir dies so oft zu gute gekommen wie dort und damals.

In dem grünen Schlafzimmer mit dem bunten Teppich stand das Ehebett der Eltern. Es stammte aus Holland und war von einer Größe und Breite, wie man sie jetzt nimmer kennt. Die Mutter hatte es behalten. Es breitete sich eine seidene Steppdecke darüber hin, die sich schön weich anfühlte, und unter der es sich köstlich ruhte. Wenn die Zeit des Aufstehens kam, rief die Mutter mich zu sich. Jubelnd kletterte ich auf das warme Lager, und dort zog sie den Liebling zu sich heran, trieb mit ihm allerlei Kurzweil, und nie und nirgends wurden mir schönere Märchen erzählt als eben dort. Da sind sie mir recht und für immer lebendig geworden; denn die Mutter gab ihnen die Gestalt von Dramen, in denen ich als handelnde Person mitwirken durfte.

Am schönsten war es, wenn wir Rotkäppchen spielten. Ich stellte immer das kleine Mädchen dar, das in den Wald geht, sie aber den Wolf. Wenn sich das böse Tier dann mit der Haube der Großmutter unkenntlich gemacht hatte, richtete ich nicht nur die vorgeschriebenen Fragen: »Großmutter, was hast Du für große Augen?«, »Großmutter, wie rauh ist Dein Fell?« und so weiter an sie, sondern erfand auch neue, um den großen Schlußeffekt hinauszuschieben, und der bestand darin, daß nach der Frage: »Großmutter, was hast Du für große, scharfe Zähne?« und nach der Antwort: »Damit ich Dich gut beißen kann,« der Wolf sich auf mich stürzte, um mich zu fressen. Statt der Bisse gab es dann aber nur Küsse, und statt der Zähne brauchte das Untier, das eine zärtliche Mutter war, nur Lippen und Hände, um mich bald neckisch fortzustoßen, bald an sich zu ziehen.

Ein anderesmal war ich das Schneewittchen, sie die böse königliche Stiefmutter und dazu auch der Jäger und die Zwerge und der schöne Königssohn, der es heimführt.

Wie ist mir bei diesem fröhlichen Spiele die Not der verfolgten Unschuld, das Bangen, die Hoffnung, die Freude und der Dank, wenn das Werk gelungen war, wie sind mir die Schrecknisse und der Zauber des Waldes, die Wonnen und Herrlichkeiten des Feenreiches so lebendig geworden. Wenn die Blumen des Gartens die Stimmen erhoben und Lieder gesungen, wenn die Vögel in den Zweigen mich angerufen und gesprochen hätten, ja wenn sich ein Baum in eine holde Fee und die Kröte auf dem feuchten Wege unseres Laubganges in eine Hexe verwandelt hätte, es wäre mir damals nur natürlich erschienen.

Wie früh ich anfing, mir eine eigene Märchenwelt zu bilden und in Worte zu kleiden, wie ich mir das Reich der Feen, die Burgen der Ritter und die Schachte und Werkstätten der Zwerge und Gnomen vorstellte, davon kann Bruder Ludo Kunde geben, der meine Bilder aus einer erträumten Zauberwelt sinnig zu ergänzen verstand und nicht selten selbst neue Phantasiegemälde erdachte.

Unzähligemale kehrten diese freundlichen Gemälde, die damals meine Einbildungskraft bevölkerten, mir wieder in die Vorstellung zurück, wenn sich die Welt um mich her verfinstert hatte, und in ihrem Gefolge erschien dann auch das Bild der geliebten Frau, von der mir die ersten Märchen erzählt worden waren.

Merkwürdig!

Was sich in jenen frühen Tagen Thatsäckliches um mich her begeben hatte und mir selbst begegnet war, vergaß ich fast alles; die Märchen aber, die ich da mals gehört und innerlich mit erlebt hatte, prägten sich mir fest ins Gedächtnis.

Die Schule und das Leben sorgten dafür, daß mir das Wirkliche mit all seinen Härten und Ecken, seinen Flecken und Schäden vertraut genug wurde; wer aber hätte mir in späteren Jahren die Thore des Reiches wieder geöffnet, worin alles schön ist und gut, und wo dem Häßlichen so sicher die Vernichtung bevorsteht wie dem Bösen die Strafe? Selbst die Muse weicht ja in unseren Tagen vom kastalischen Quell, dessen kristallklares Wasser zum unsauberen Pfuhl wurde, und, wenn auch widerstrebend, folgt sie doch dem Zwange, sich im Staub des Wirklichen heimisch zu machen. Deswegen erhebe ich gern in Wort und Schrift die Stimme für das Märchen, darum drängt es mich, den Kindern und Enkeln solche zu erzählen, und ich gab ja auch einige der selbst gedichteten heraus.[1]

Den Gegnern des Märchens aber lege ich die Frage vor, ob sie sich für berechtigt halten, der Kindheit etwas des Allerherrlichsten zu rauben, wofür es im späteren Leben keinerlei Ersatz gibt, ja, dem der ganze spätere Bildungsgang des einzelnen Menschen feindlich in den Weg tritt?

Nur das Nächste und das Allerfernste ist dem Kinderherzen teuer. Es liebt die, die es auf den Arm nehmen und küssen, es liebt sein Spielzeug, die Blumen im Rasen, den Kiesel auf dem Wege, die Muschel am Strande, den Schmetterling, dem es folgt, den Hund, den es zaust und streichelt, und daneben nur noch die Wunderdinge aus der Märchenwelt, die sich nie und nirgends begaben, und auch die Engel, – in denen es das eigene oder das Ebenbild derer sieht, denen es gut ist. Das andere, was zwischen der Thür des elterlichen Hauses oder dem Zaun seines Gartens und den äußersten Grenzen des Erdballes liegt, kümmert es nicht. Darum raubt derjenige, welcher dem Kinde das Märchen nimmt, ihm die Hälfte, und zwar die schönere und größere der seiner Neigung und seinem Auffassungsvermögen geöffneten Welt.

Wie verkehrt und ungerecht ist es auch, das Märchen aus dem Leben des Kindes zu verbannen, weil die Hingabe an seinen Zauber ihm als erwachsenem Menschen vielleicht zum Nachteil gereichen könnte! Hat denn nicht jenes die gleiche Rücksicht zu fordern wie dieser? Auch kindliches Spiel steht dem Manne nicht an, und wer möchte es den Kleinen verkümmern oder gar vorenthalten, um den Mann vor Vergeudung der Zeit und den Ernst seiner Lebensführung vor Beeinträchtigung zu bewahren? Der Amerikaner Bellamy führte den Gedanken aus, daß die unsterbliche Seele in mehrfacher, verschiedener Gestalt an den Schauplatz ihres Fortlebens im Jenseits gelange. Dort werde die Seele des abgeschiedenen Greises einem Wesen begegnen, das seine Kinderseele, einem andern, das seine Knaben-, einem dritten, das seine Männerseele gewesen war und so weiter, und in der That sind diese alle Sonderindividuen, die in grundverschiedener Weise denken, empfinden und sich zu den wichtigsten Lebensfragen verhalten. Die Seele des Fünfzigers, der diese Worte an die Seinen richtet, würde die Seele, die ihn als neunzehnjährigen Jüngling so stürmisch bewegte, bei der Begegnung in einer andern Welt fremd genug anmuten.

Jedes Kind ist berechtigt, eine andere Behandlung und Beurteilung zu verlangen, und daß ihm ungeschmälert zukomme, was ihm gebührt. Darum ist es ein Unrecht, das Kind zum Besten des Mannes zu beeinträchtigen und zu berauben. Weiß man denn, ob es dem Knaben bestimmt ist, überhaupt zum zweiten und dritten, zum Jüngling oder Erwachsenen zu werden? Es gibt ja karge Vorsichtsapostel, die sich in guten Jahren jede Freude des Lebens versagen, um mit grauem Haar in einem Ueberflusse zu leben, der doch sehr häufig keinem zu gute kommt als ihren Erben. Was aus dem Menschen wird, dem die Erzieher so wenig als Kind wie in den späteren Stadien der Entwicklung die Wunder der Märchenwelt eröffneten, damit er im Gebiet des Wirklichen sich um so ungestörter heimisch mache, das hat Dickens in seinem Roman »Harte Zeiten« so anschaulich und überzeugend geschildert, daß ich ihm die eingehende Begründung der eigenen Meinung gern überlasse.

In den ersten Jahren fällt es dem Kinde freilich schwer, Dichtung und Wahrheit zu unterscheiden; ist es doch die Einbildungskraft, auf der sich der größte Teil seines inneren Lebens und ganz gewiß seiner Freuden aufbaut. Der Stock, auf dem es reitet, wird ihm zum Pferde, das Blättchen, das es von einem Fliederzweige abriß, zum Goldstücke, womit es Zahlungen leistet. Einen sehr gutherzigen, doch lebhaften Knaben sah ich sein geliebtes Schwesterchen kratzen und beißen, weil er sich in einen Tiger verwandelt zu haben meinte, und in unserem Bekanntenkreise ereignete sich der niedliche Vorfall, daß ein kleines Mädchen, das einer Besucherin seine Puppe zeigen sollte, an deren Bette es eben saß, in bittere Thränen ausbrach und, von der Mutter deswegen gescholten, schluchzend ausrief: »Meine Nelly hat das Scharlachfieber, und sie war eben etwas eingeschlafen, als ich sie aus dem Bett nehmen sollte.«

Wer von dieser Art der Verwechslung üble Folgen für die Zukunft des Kindes, besonders aber für seine künftige Stellungnahme zu den wirklichen Dingen und die Wahrhaftigkeit fürchtet, der hat sich sicherlich nie die Mühe genommen, das Wesen der sich entfaltenden Menschenknospe näher ins Auge zu fassen.

Wie die unsere, so wird ohnehin jede verständige Mutter Sorge tragen, daß die Kinder die Märchen, die sie ihnen erzählt, nicht für wahre Geschichten halten. Mir fehlt die Erinnerung an die Zeit, in der ich, sobald der Geist aufgerufen wurde, darüber zu entscheiden, selbst Erdichtetes für wirklich Geschehenes gehalten hätte; wohl aber weiß ich noch, daß wir manchmal nicht zu entscheiden vermochten, ob die wahrscheinlich klingende Erzählung eines andern in das Reich der Märchen oder der Wirklichkeit gehöre. Dann aber fragten wir die Mutter, und ihre Antwort machte jedem Zweifel ein Ende; denn wir wähnten, daß sie nie irre, und wußten, daß sie stets die Wahrheit sagte. Wie mir bei selbsterdachten Erzählungen, sah ich es den meisten phantasiereichen Kindern ergehen. Ich konnte jedem Mitglied des Hauses die wunderbarsten Dinge vorfabuliren, und während des Erzählens, aber nur dann, hielt ich sie oft selbst für wahr; sobald ich aber gefragt wurde, ob das Mitgeteilte sich in der That so verhielte, war es mir, als erwachte ich aus einem Traume. Ich unterschied augenblicklich das Erfundene vom Erlebten, und es wäre mir nie in den Sinn gekommen, gegen besseres Wissen Auskunft zu erteilen.

So hat die lebhaft erweckte Einbildungskraft weder mich noch meine Geschwister, noch meine Kinder und Enkel zum Lügen verleitet.

Es läßt sich freilich nicht leugnen, daß ein phantasiereiches Kind eher der Gefahr unterliegt, von der Wahrheit abzuweichen, als ein nüchtern angelegtes; doch so wenig wie man die Kraft eines ungewöhnlich starken Knaben ungeübt lassen möchte, um ihn vor Gewaltthätigkeit zu behüten, wird man die Gottesgabe der lebhaften Einbildungskraft bei einem reichlich mit ihr ausgestatteten jungen Geschöpf unterbinden mögen. Und wie viele Kinder, die mit spärlicher oder lahmer Phantasie zur Welt kommen, dürfen fordern, daß man sie zu ihrem Besten übt und kräftigt! Bei solchen realen Naturen gewinnt der Hang zur Unwahrheit die gefährlichsten Formen; denn er bethätigt sich gewöhnlich in dem Bestreben, Vorteile zu erlangen. Ihnen gegenüber führt die Schwäche der Eltern leicht zu Verbrechen, während die zu hoch fliegende oder irregehende Einbildungskraft phantasiereicher Kinder sich leicht genug einschränken läßt.

Dies fand sich bei uns allen bestätigt

Später scheute ich die Lüge nicht nur, weil die Mutter alles andere eher straflos ließ als eine solche, sondern weil es mir früh vergönnt gewesen war, die Häßlichkeit der Lüge zu erkennen. Schon im siebenten oder achten Jahr hatte ich mit angehört, wie ein Knabe – ich weiß noch wie er hieß – die eigene Mutter nach einem Streiche, an dem ich teilgenommen hatte, schamlos belog. – Zwar fiel ich ihm nicht ins Wort, um der Wahrheit die ihr gebührende Geltung zu verschaffen; doch ich erschrak und hatte das Gefühl, einer ruchlosen Unthat beigewohnt zu haben.

Aehnliche Erfahrungen bleiben wenigen erspart, und auf mich hat die freche Lüge des kleinen Kameraden jahrelang abschreckend gewirkt. Phantasiereiche Kinder, die nicht streng zur Wahrhaftigkeit erzogen wurden, werden sich, um einer Strafe zu entgehen, besser herauszureden verstehen als andere, doch hat dies nichts mit der Wirkung der Märchen zu schaffen, die vielmehr recht gründlich lehren, daß es den Lügnern ergeht wie jenem Schäfer Fritz, dem der Wolf die Schafe auffraß.

Wenn Ludo und ich auch in den mißlichsten Lagen im ganzen strenger bei der Wahrheit blieben als viele andere Knaben, so danken wir »Kleinen« dies besonders unserer Schwester Paula, die von früh an ein Wahrheitsfanatiker war und heute noch manche Verdrießlichkeit auf sich nimmt, weil sie selbst jene kleinen Notlügen, denen die Gesellschaft das Bürgerrecht unter dem Erlaubten zuspricht, verachtet. Auch ich bin diesem Unkraut, das man im Weizenfelde duldet, nicht hold, und wenn ich mich seiner dennoch gelegentlich bediente, werden der Steine nicht sonderlich viel sein, die Schuldlosere auf mich werfen könnten. Sicherlich sind bei der interessanten Frage über die Berechtigung der Notlüge auch die Kinder mit zu berücksichtigen; doch was wußten wir von Not bei unseren Spielen im Tiergarten?

Wovor hätte uns eine Unwahrheit retten können, als vor dem Schlage einer geliebten kleinen Frauenhand, die allerdings, galt es eine besondere Unthat mit einer Ohrfeige zu strafen, wegen der Ringe, die sie zierten, ziemlich weh thun konnte.

Gegen die stille, sittsame und pflichttreue Martha erhob sie sich niemals; auch mit Paula ist sie nur in wenigen, leicht zu zählenden Einzelfällen in Berührung gekommen; doch erzählt die Sage, daß, als sie einmal ihr hübsches Gesichtchen getroffen hatte, dies eigenartige Kind sich die Wange gerieben und mit der drolligen Ruhe, die es selten im Stich ließ, bemerkt habe: »Wenn Du mich wieder schlagen willst, Mutter, so nimm, bitte, zuvor die Ringe ab.«

Die Erzieherin. – Der Friedhof.

In der Tiergartenzeit ist die mütterliche Hand kaum je mit meinem Gesicht in andere als zärtliche Berührung gekommen. Jede Erinnerung an sie ist schön und heiter. Wenn mir die Mutter später bekannte, sie habe es sich zur Aufgabe gestellt, uns eine glückliche Kindheit und Jugend zu schaffen, so ist ihr ihre Losung schon dort aufs beste gelungen. Ich weiß noch recht wohl, wie munter sie mit uns zu scherzen und zu spielen verstand, und aus der frühesten Zeit schaut mir ihr liebes Gesicht besonders froh und anmutig entgegen. Und doch war sie mit dem schwersten Kummer im Herzen in die Tiergartenstraße gezogen.

Von derjenigen, die sie als Erzieherin der beiden ältesten Kinder dahin begleitete und ihr eine treue Freundin wurde, weiß ich, wie bedürftig des Trostes sie gewesen war, wie voll und ganz die Stimmung der Seele der tiefen Witwentrauer entsprach, die sie trug, und in der sie einen so rührend schönen Anblick gewährt haben soll.

Bernhardine Kron hieß damals dies seltene Wesen. Sie war eine Mecklenburgerin und vereinte mit einer reichen, tief gehenden Bildung die wackere Gesinnung, das warme Gemüt und die Herzenstreue dieses tüchtigen und sympathischen deutschen Stammes. Wie die Mutter sie, so hatte sie die junge Frau, deren Kindern sie ihre besten Kräfte widmen sollte, schnell lieb gewonnen, und noch in späteren Jahren wurden die Augen ihr feucht, wenn sie von der Zeit erzählte, da sie in unserem stillen Landhause den Kummer der Mutter getragen und ihr bei dem Erziehungswerke geholfen hatte.

Sie ist später die Leiterin der höheren Töchterschule in Stettin und endlich die Gattin des dortigen Konsistorialrats Textor geworden. Nach kaum einjähriger Ehe verlor sie den Gatten und widmete den langen Rest ihres Lebens den Kindern, die sie mit erheiratet hatte, und die unter ihrer wahrhaft mütterlich treuen Sorge zu trefflichen Menschen gediehen.

Uns Kleine zog sie ans Herz. Jede Erinnerung an sie ist wohlthuend und freundlich. Bis zu ihrem späten Heimgang folgte sie dem Lebenswege jedes einzelnen von uns. Meiner Schwester Martha, ihrem ältesten und bevorzugten Zögling, schickte sie zur Hochzeit ein Paar selbstgestrickter Strümpfe, die sie mit der Zahl 100 gezeichnet, weil sie in den Handarbeitsstunden den Satz oft wiederholt hatte, daß ein Mädchen, um zum Heiraten berechtigt zu sein, hundert Paar Strümpfe gestrickt haben müsse. Der Brief, den sie mir nach meiner Verlobung schrieb, atmet die treueste Liebe, und ich habe ihn dankbar bewahrt.

Sie und die Mutter erzählten gern von den stillen Abenden, an denen sie, wenn alles andere zur Ruhe gegangen war, ganz allein gelesen oder durchgesprochen hatten, was ihnen das Herz bewegte. Da gab jede der andern, was sie vermochte. Die deutsche Erzieherin ging mit der Patronin unsere Klassiker durch, und die Mutter las ihr die Werke von Racine und Corneille vor und hielt sie an, französisch und englisch mit ihr zu sprechen; denn sie beherrschte, wie so viele Holländerinnen, diese Sprachen, als sei sie in Paris oder London erwachsen. Das Bedürfnis, zu lernen und von dem eigenen reichen geistigen Besitz mitzuteilen, ist der Mutter bis ins späte Greisenalter eigen geblieben, und was hat nicht jedes von uns dem Anteil zu danken, den sie ihm an ihren Kenntnissen und Erfahrungen gewährte!

Auch Fräulein Kron blieb bis ans Ende für die geistige Förderung erkenntlich, die ihr, der Lehrerin, durch die »Prinzipalin« zu teil geworden war, während diese des Trostes und der Erhebung nie vergaß, die ihr das warme Herz der treuen Mecklenburgerin in den schwersten Tagen des Lebens gespendet.

Jene späten einsamen Stunden in rauher Winterszeit nahmen gewöhnlich einen ernsten Verlauf, doch die Mutter wie die Erzieherin lachten noch als Greisinnen herzlich. wenn sie sich eines gewissen Vorgangs von damals erinnerten. An einem sehr kalten Abend war das Kaminfeuer ausgegangen, und die sonst so mäßigen Frauen hatten sich einen Punsch bereitet, um das Buch, das sie zu lesen begonnen, zu

Ende zu bringen. Als sie sich um Mitternacht endlich erhoben, sagte die Mutter: »Ich glaube, Fräulein, ich stehe nicht fest auf den Füßen,« und die andere versetzte: »Ich weiß nicht, was das ist, aber es scheint mir, als drehe sich das Zimmer um mich her.«

Dann lachten beide hell auf, und die Mutter rief: »Aber dann haben wir ja gewiß zu viel getrunken!«

»Welche Schande!« lallte die Erzieherin; »wenn uns nur die Kinder nicht sehen!«

Darauf geleitete erst die Patronin die Erzieherin in ihr Schlafgemach, dann diese die Patronin unsicheren Schrittes in das ihre, und beide gedachten bis ans Ende des gemeinsamen ersten und letzten Rausches.

So durfte sich auch Heiteres in diese Tage der Kümmernis mischen. Als ich mit Bewußtsein um mich her schaute, war die schwerste Zeit schon vorüber; wenn ich aber vorhin bemerkte, meine ersten Erinnerungen an die Mutter wären froh und sonnig gewesen, so vergaß ich die dem Andenken an den Vater gewidmeten Stunden. Sie machten sich uns selten bemerkbar; denn eine gewisse Keuschheit verhinderte die teure Frau bis ins späte Alter, gerade den tiefsten Schmerz anderen zu zeigen. Mit dem bittersten Seelenweh versuchte sie stets allein fertig zu werden. Darum sahen wir sie auch nur selten weinen, und sogar als der ihr teuerste Bruder und die Großmutter, die ihr sehr lieb gewesen war, die Augen geschlossen hatten, wurde ihrem Wunsch, allein und ungestört zu bleiben, stillschweigend von uns allen Vorschub geleistet. Ihre sonnige Natur scheute sich wohl auch, Schatten und Dunkel um sich her zu verbreiten.

Die Stunden, auf die ich hinwies, flochten sich nicht nur durch unsere Kindheit, sondern kehrten auch wieder, wenn es uns später vergönnt war, bei der Mutter zu weilen.

Der vierzehnte Februar jedes Jahres, der Sterbetag des Vaters, war es, der sie veranlaßte, sich, wo sie sich auch aufhalten mochte, von den Mitgliedern des Hauses und auch von uns Kindern zurückzuziehen. Während des ganzen Vormittags ließ sie sich von keinem sehen oder sprechen, und bei der Mahlzeit und später zeigte ihr ganzes Wesen eine, ich möchte sagen feierliche Würde und Stille, die uns nötigte, leiser zu sprechen und schweigend zuzuhören, wenn sie uns von dem Vater erzählte.

Eine zweite Gelegenheit, ihre schmerzliche Bewegung zu teilen, wiederholte sich mehrmals in jedem Sommer. Es war der Besuch des Friedhofs, den sie selten allein unternahm.

Uns allen haben sich diese Gänge tief ins Gedächtnis geprägt, und meine erste Erinnerung an einen solchen kann spätestens in mein fünftes Lebensjahr fallen; denn ich erinnere mich noch sehr wohl, daß uns einmal die Rappen der Frau Reichert, unserer Wirtin, nach dem Gottesacker führten.

Der Dreifaltigkeitskirchhof vor dem Hallischen Thore war es, auf dem der Vater ruhte. Ich fand ihn so wenig verändert, als ich ihn vor zwei Jahren wieder betrat, daß ich ohne Führer und Aufenthalt dem Eberschen Erbbegräbnis sicher entgegenschreiten konnte. Dennoch hatte mein körperliches Befinden mich lange fern von ihm gehalten.

Aber welche Umgestaltung war mit dem Wege zu ihm vorgegangen! Wenn wir ihn mit der Mutter besuchten, und das geschah immer zu Wagen, denn er lag weit von unserer Wohnung entfernt, ging es schnell genug durch die Stadt, das Thor und etwa bis an die Stelle, wo ich jetzt den stattlichen Ziegelbau der Kreuzkirche fand; dann aber wurde nach rechts umgebogen, und, hatten wir in Droschken gesessen, so stiegen wir Kinder aus; denn es wurde den armen Gäulen so gar sauer, die Wagen durch den tiefsandigen Weg, der auf den Friedhof führte, zu ziehen. Auch die Leichen sind in jener weniger eiligen Zeit langsam zu der Stätte gelangt, wo ewige Ruhe ihrer harrte.

Wir Kinder pflückten während der Wanderung durch den Sand blaue Kornblumen, scharlachrote Mohnblüten und bunte Wicken von den Feldern, und Glocken- und Gänseblumen, Wegerich, Ranunkeln und Löwenmaul von den mageren Rasenstückchen zur Seite der Straße, und banden daraus Sträußchen für die Gräber der Unseren.

Hinter dem Gottesackerthor gab es Aufenthalt bei dem Hause zur Rechten des Weges; denn die Besuche der Mutter hatten sie mit seinen Bewohnern, der Familie des Totengräbers Hesse, bekannt gemacht. Dieser wohlbehaltene Mann, von dem wir auch Kränze und Blumen zu kaufen pflegten, kannte uns bei Namen, und ebenso seine besonders hübschen, sauber gekleideten Töchter, deren starke, um den Kopf gewundene schwarze Zöpfe und lebhafte dunkle Augen ich noch vor mir zu sehen meine.

Die anmutigen Mädchen und die bunten Blumen verliehen für mich. den alles dem Auge Wohlgefällige schon früh anzog, dem Eintritt in den Friedhof einen freundlichen Reiz. Das war es wohl auch, was im Verein mit der Fahrt, mit dem Spaziergang und der Unterbrechung des Alltagslebens für Ludo und mich dem Besuche des väterlichen Grabes etwas Festtägliches verlieh und uns veranlaßte, seine Ankündigung mit stiller Freude zu begrüßen.

Schweigend schritt die Mutter mit uns durch die Reihen der Rasenhügel, Denksteine und Kreuze dahin, während wir die Blumenstöcke und Kränze trugen, die sie, um jedem die Freude zu gönnen, sich dienstlich zu erweisen, schon am Totengräberhause unter uns verteilt hatte.

Auch wir flüsterten uns höchstens eine Wahrnehmung zu; denn wie viel Schmetterlinge wiegten sich hier auf den Blüten, wie viel Insekten, und unter ihnen die rot und schwarzen Totenkäfer, die es anderwärts nicht zu sehen gab, krochen hier umher, und wie bemerkenswert erschien uns jedes neue Denkmal, das man seit dem letzten Besuche errichtet.

Unser Erbbegräbnis – jetzt erhebt sich auch schon das Kreuz der Mutter und Paulas neben dem des Vaters –gehört zu denen, die die Friedhofsmauer nach hinten begrenzt, und eine Marmorplatte, die man in sie einließ, zeigt an, wem es eignet. Es ist geräumig genug, um noch einige von uns aufzunehmen und liegt zur Rechten des Weges zwischen dem gräflich Kalckreuthschen und dem stattlichen Mausoleum, das die irdische Hülle Moritz v. Oppenfelds, der uns unter den väterlichen Verwandten weitaus der liebste war, und der Seinen birgt. Für die Gesinnung dieses trefflichen Mannes legt das kleinere Grab neben seiner hohen, vornehm schlichten Familiengruft, das unsere Ruhestätte von der Oppenfeldschen trennt, Zeugnis ab; denn er erwarb es auf ewige Zeit für den treuen und tüchtigen Lehrer seiner Kinder.

Die Mutter trat uns voran in den mit einem eisernen Gitter umgebenen Raum und betete oder gedachte schweigend der teuren Verstorbenen, die da ruhten.

Das ist ja unseren Grabhügeln eigen, daß sie uns wie mit geheimnisvoller Macht diejenigen gleichsam zurückgeben, die unter ihnen ruhen. Mir wenigstens wird es nirgends leichter, mit den mir teuersten Verstorbenen wie mit Lebenden zu verkehren als an ihren Hügeln. Auf Reisen in weiter Ferne, in der Wüste oder auf dem Meere war es mir ein peinlicher Gedanke, zu sterben, nicht weil ich mich vor dem Tode gefürchtet hätte, der uns ja überall zu finden weiß, sondern weil ich mir sagte, daß es denen, die mich liebten, dann unmöglich gewesen wäre, meiner am Grabe zu gedenken. Es hätte sie auch um die tröstliche Freude der Ueberlebenden gebracht, meinen Hügel mit Blumen zu schmücken.

Steht denn uns Protestanten, wenn die Liebe zu einem teuren Verstorbenen sich in uns nach Bethätigung sehnt, ein anderes Mittel zu Gebote, als die Stätte, die sein irdisches Teil birgt, mit Blumen zu schmücken? Ihre bunten Häupter und ein frohes Kinderantlitz sind auch das einzige, dem der Trauernde, dessen Wunden noch frisch an einem Sarge bluten, ihn heiter anzuschauen gestattet, und ich möchte die Blumen mit dem Klang der Glocken vergleichen. Beide sind auf den Höhepunkten des Lebens, den ernsten wie den frohen, am Platz und willkommen. Wie Engelsgrüße erscheinen beide, diese aus der Tiefe, jene aus der Höhe, dem froh oder schmerzlich bewegten Herzen. Auch was die Mutter dem Grabe des Vaters zuführte, waren immer, außer einem Herzen voll Liebe, Kinder und Blumen.

Wenn sie dem eigenen Seelenbedürfnis Genüge gethan hatte, wandte sie sich an uns und leitete den Schmuck des Hügels mit freundlicher Gelassenheit. Dann erinnerte sie uns an den Vater, und hatte sich eines eine Strafe zugezogen, so legte sie ihm – ein solcher Fall aus später Zeit prägte sich mir fest ins Gedächtnis – den Arm um die Schultern und bat es leise und nur ihm verständlich, sie nicht wieder so zu betrüben und des Verstorbenen zu gedenken. Solche freundliche Mahnung an dieser Stätte konnte nicht unwirksam bleiben und schloß auch die Vergebung in sich.

Während der Rückkehr war Hand und Herz wieder frei, und wir gebrauchten auch wieder die Zunge.

Bei diesen Gängen erwachte auch mein Interesse für Schleiermacher; denn sein Grab – er war drei Jahre vor meiner Geburt 1834 gestorben – lag in der Nähe unseres Erbbegräbnisses, und wir blieben mehr als einmal vor dem Denksteine stehen, den ihm Freunde, dankbare Schüler und Verehrer errichtet. Er ist mit seinem Bildnisse in Marmor geschmückt, und ihm gegenüber erzählte uns die Mutter, die ihm oft persönlich begegnet war, manchmal von dem feinsinnigen Theologen, Philosophen und Kanzelredner, dessen Lehren auf die bedeutendsten meiner Keilhauer Erzieher, wie ich erst viel später wahrnehmen sollte, den mächtigsten Einfluß geübt. Sie kannte auch die schönsten seiner Rätsel, und das folgende, das von keinem andern an sinnvoller Knappheit übertroffen wird:

>>Getrennt mir heilig,
Vereint abscheulich<<

hatte sie ihn selbst aufgeben hören. Die Lösung: >>Mein Eid<< und >>Meineid<< ist ja jedermann bekannt.

Nichts lag der Mutter ferner, als aus diesen Friedhofsbesuchen Veranstaltungen oder besondere Gedenktage zu machen; sie woben sich vielmehr wie etwas Selbstverständliches in unser Leben und wurden keineswegs in bestimmten Zwischenräumen oder an feststehenden Daten unternommen, sondern wenn das Herz sie dazu drängte und das Wetter ins Freie lud. Sie haben nur in meiner Vorstellung und in der der Geschwister infolge der Gemütserhebung, die sich mit ihnen verband, etwas Festtägliches, Weihevolles gewonnen.

An den Festen.

Die Feier eines Gedenktages auch äußerlich hervorzuheben lag freilich in der Art der Mutter, die, trotz ihrer tiefen Innerlichkeit ziemlichen und ansprechenden Formen hold, den Sinn für sie früh in uns zu erwecken versuchte.

An allen Festen wurden wir Kleinen von Kopf zu Fuß frisch angezogen, an einem jeden bekamen wir, und mit uns die Dienstboten, Kuchen zum Fcühstück und an den größten auch Wein zu Mittag.

An den Geburtstagen wurden die Torten mit so vielen Lichtern umgeben, wie wir Jahre zählten, und es ward immer für den zierlichen Aufbau der Geschenke gesorgt. So lange wir klein waren, zeichnete die Mutter das Geburtstagskind – wohl nach einer heimischen Sitte – durch eine seidene Schärpe aus. Auch den eigenen Geburtstag sah sie gern feiern, und so lange ich denken kann, wurde an ihm – er fiel auf den 25. Juli – eine Landpartie unternommen.

Wir wußten, daß es sie glücklich machte, uns am Geburtstag an ihrem Tische zu sehen, und noch bis in ihr spätestes Alter führte dies Fest jeden von uns zu ihr, dem es der Beruf irgend erlaubte.

Am Sonntag ging sie in die Kirche, und am Karfreitag hielt sie darauf, daß nicht nur während des Gottesdienstes, sondern auch während des übrigen Tages die Schwestern wie sie selbst schwarz gekleidet waren. Eine schönere Weihnachtsfeier als die unsere wurde wohl wenigen Kindern bereitet; denn unter dem mit besonderer Liebe geschmückten Baume fand jedes seine wärmsten Wünsche befriedigt, und hinter dem Gabentische der Familie stand stets eine andere Tafel, an der mehrere weniger Bemittelte, ich möchte sagen »Klienten« des Hauses, eine ihren Bedürfnissen entsprechende Bescherung fanden. Unter diesen fehlte, bis ich als Elfjähriger nach Keilhau kam, nie die Amme meiner ältesten Schwester Martha mit ihrem braven und stattlichen Eheherrn, dem Schuhmachermeister Großmann, und ihren wohlgeratenen Kindern.

Bevor der Aufbau bei uns begann, hatte die Mutter die Schwestern zu Armen begleitet oder sie zu ihnen führen lassen, um ihnen in großen Körben allerlei nützliche und den Kindern erfreuliche Dinge zu überbringen.

Auch uns Knaben hielt sie an, von dem Unsern mitzuteilen, und die vielen Almosen, die sie spendete, ließ sie gern durch uns den Bedürftigen geben. Das paradox klingende Wort: »Vom Geben ist noch niemand arm geworden«, hörte ich zuerst von ihr, und sie fand mehr als einmal Gelegenheit, es uns zu wiederholen.

Das Mitteilen von dem Ihren haben wir ihr übrigens nie so hoch angerechnet wie die Mühen und Unbequemlichkeiten, die sie willig auf sich nahm, um andere durch die mancherlei Beziehungen, in die sie das Leben und die Gesellschaft brachte, und den Einfluß, den sie wohl besonders durch ihr anmutiges Wesen gewonnen hatte, zu retten, zu fördern oder zu beglücken. So manchem, der sich gegenwärtig in ansehnlicher Stellung befindet. hat sie den Anfang ermöglicht oder die Wege geebnet.

Wie in viele Berliner Familien, so kam auch zu uns der Weihnachtsmann, ein vermummter Alter mit großem Bart und mit einem Sack voller Nüsse und Näschereien und bisweilen auch mit kleinen Geschenken. Er redete uns mit verstellter Stimme an und sagte, der heilige Christ sende ihn, doch sei das Süße und Gute, das er bei sich habe, nur für die artigen Kinder bestimmt, die etwas herzusagen wüßten. Natürlich war dafür gesorgt, daß wir dies konnten. Jedes drängte sich vor, um das Seine zum besten zu geben, doch hielt der

Weihnachtsmann auf Ordnung, und wenn eins nach dem andern sein Verschen hergesagt hatte, öffnete er den Sack und warf seinen Inhalt unter uns aus.

In den ersten Jahren erfüllte mich die Erscheinung des Weihnachtsmannes mit frommer Scheu; als Ludo und ich aber infolge einer Verschiebung des Bartes in dem Vermummten einen Freund des Hauses erkannt hatten, war der Zauber gebrochen.

Gewöhnlich brachte der Weihnachtsmann auch einen Gefährten mit, der ihm als Knecht Ruprecht mit einem eigenen Gabensacke folgte und unter die Scherze auch Drohungen gegen unartige Kinder mischte.

Wir dankten ihm und dem Weihnachtsmann manchen Spaß, doch sah ich später ein, daß meine Frau recht hatte, als sie mich ersuchte, von meinem Wunsche, diese Figuren auch bei der Christbescherung unserer Kinder einzuführen, zurückzustehen.

Die Karpfen, die man am Heiligabend nach der Bescherung in jeder Berliner Familie aufträgt und die auch auf dem Tische der Mutter nie fehlten, gab es ebenfalls bei mir in Jena, Leipzig und München oder wo wir uns sonst am Abend des 24. Dezember befinden mochten. Im ganzen blieben wir überhaupt den Weihnachtsgebräuchen meiner Heimat treu, die nicht viel von denen der Deutschen in Riga, denen meine Frau entstammt, abweichen, ja es wird mir so schwer, von solchen Kindheitsgewohnheiten zu lassen, daß ich, als ich für die beiden »Heiligabende«, die ich am Nil verlebte, keinen Christbaum austreiben konnte, einen jungen Palmenschoß aufputzte und mit Lichtern besteckte. Daß die Mutter den Knecht Ruprecht zu uns einlud, verstieß entschieden gegen ihren Grundsatz, uns niemals durch Schreckbilder ängstigen zu lassen. Ja, wenn sie wahrnahm, daß uns die Dienstboten mit dem »Schwarzen Manne« und ähnlichen Gestalten der Berliner Kinderstubenphantasie bedroht hatten, konnte sie sehr ungehalten werden. Den Argumenten meiner Frau, die mich veranlaßten, den Weihnachtsmann und Knecht Ruprecht aus unserem Hause zu verbannen, stimme ich, nun ich das Herz der Kinder zu kennen meine, freudiger zu als im Anfang unserer Ehe. Ist es doch so viel schöner und dazu ebenso leicht – will man schon Weihnachtsgaben als pädagogische Hilfsmittel benützen –, die Kinder zum Bravsein anzuhalten, indem man sie auf die Freude des Christkindchens an ihrer Artigkeit hinweist, als sie durch die Furcht vor dem Zorne des Knechtes Ruprecht dazu zu bringen.

Freilich ließ es auch die Mutter an dem Bestreben nicht fehlen, uns das Christkindchen und später den Heiland selbst lieb zu machen und ihn uns nahe zu bringen. Sie sah in ihm vor allem die Verkörperung der Liebe, und sie liebte ihn, weil ihr liebreiches Herz das seine verstand. In späterer Zeit führte mich eigenes Forschen und Denken auf die nämliche Ueberzeugung, zu der sie das Verhältnis des weiblichen Gemütes zu der Person und Lehre ihres Heilands gebracht. Ich erkannte, daß die Welt, wie Jesus Christus sie fand, ihm nichts Größeres, Schöneres, Höheres, Folgenschwereres dankt, als daß er ihren Liebeskreis, der nur den Einzelmenschen, die Familie, die Stadt und im höchsten Fall den Staat, dessen Bürger man war, umschloß, auf die ganze Menschheit erweiterte, und diese Menschenliebe, die das Leben der Mutter auch uns zu bethätigen lehrte, ist das Banner, unter dem sich jeder wahre Fortschritt der späteren Menschheit vollzog. Neunzehn Jahrhunderte sind vergangen, seit derjenige, der sie uns schenkte, am Kreuze verblutete, und wie weit sind wir noch von der vollen Bewahrheitung dieser edelsten aller Regungen des Herzens und Geistes entfernt. Und doch! An dem Tage, wo sich diese Menschenliebe voll bethätigt, wird die soziale Frage, die jetzt die Gemüter beunruhigt und die das Gehirn der Besten nicht ruhen läßt, gelöst sein.

Was wir der Mutter sonst noch verdankten, und was während meiner Lebenszeit den Deutschen Neues und Großes zukam.

Ich unterlasse es, mehr von dem religiösen Empfinden der Mutter und ihrem Verhältnis zu Gott zu erzählen, weil ich weiß, daß es gegen ihren Sinn handeln hieße, Fremde von den Einblicken zu unterrichten, die sie mich später in die innersten Tiefen ihrer Seele thun ließ.

Daß sie uns wie jede andere Mutter die Händchen zum Gebete faltete, versteht sich von selbst. Ich konnte nicht einschlafen, bevor sie das nicht gethan und mir nicht den Nachtkuß gegeben hatte. Wie oft hab' ich auch von ihr geträumt, wenn sie, bevor sie in eine Gesellschaft ging, im schönsten Putze zu mir gekommen war, um sich über mich zu neigen und mich das Gebetchen sagen zu lassen und dann Abschied von uns zu nehmen.

Aber sie sorgte auch aufs beste für unser äußeres Leben; ja vielleicht lag in der Aufmerksamkeit, mit der sie uns früh zu guten Formen bei der Begrüßung von Fremden, bei Tisch und überall anhielt, ein kleines Zuviel.

Zu diesen Formen möchte ich auch die bequeme Handhabung der französischen Sprache zählen, die die Mutter uns früh wie im Spiel zum Geschenk machte. Zum Geschenke; denn leider läßt sich auf keinem mir bekannten deutschen Gymnasium die Fähigkeit gewinnen, geläufig französisch zu reden, und wie viele unvergeßliche Reiseerinnerungen, wie großen Nutzen während meiner Studienzeit in Paris danke ich dieser Fertigkeit. Sie ward uns durch den Verkehr mit Bonnen zu teil, denen das Französischreden mit uns dadurch erleichtert wurde, daß die Mutter in ihrer Gegenwart stets das Gleiche that. Ich erinnere mich zwei solcher Mädchen. Sie gehörten beide der Berliner französischen Kolonie an und hießen Fräulein Durieux und Chartron. Beide waren freundlich, und wir hatten sie gern.

Der Mutter schien es so wichtig, uns mit dem Französischen früh vertraut zu machen, weil ihr, als sie, des Deutschen nur ganz ungenügend mächtig, nach Berlin gekommen war, durch ihr vollendet gutes Französisch tausend Annehmlichkeiten zu teil geworden waren. Sie erzählte uns oft, wie sehr hoch man damals in den gebildeten bürgerlichen Kreisen der heutigen Reichshauptstadt ein elegantes Französisch geschätzt hatte, und man muß wohl glauben, daß dieser Sprache für den Deutschen ein unverwüstlicher Zauber innewohnt, wenn man bedenkt, daß dies kurze Zeit nach der herrlichen Erhebung gegen die furchtbare, an empörenden Momenten überreiche französische Gewaltherrschaft immer noch der Fall gewesen war.

Freilich besitzt das Französische außer dem Wohlklang und der Vieldeutigkeit mehr seine Wendungen und ansprechende Schlagworte als die meisten anderen Sprachen. Büchmanns geflügelte Worte sind nur eine Nachbildung des französischen »l'esprit des autres«, und wie Treffendes der Sentenzenschatz und die unübersehbare Menge der in den Volksmund übergegangenen bildlichen Vergleiche enthält, muß auch der Deutscheste der Deutschen, unser Bismarck, empfinden, weil er sich ihrer gerne bedient. Er ist des Französischen mit seltener Vollkommenheit mächtig, und ich bemerkte, daß, wo er Französisch ins Deutsche mengt, jenes eine Wendung besitzt, die das Mitzuteilende besser und knapper zum Ausdrucke bringt als unsere Sprache. Welches deutsche Wort veranschaulichte zum Beispiel den Begriff der keinen Zusatz duldenden Ausfüllung so gut wie das im französischen

Volksmunde gebräuchliche : »Plein comme un oeuf«, das mir in seiner Heimat wohlgefallen hatte und mir in Deutschland zuerst als ein von dem großen Kanzler gebrauchter Ausdruck wieder begegnete.

Die Sorge der Mutter für die gute Farm samt dem französisch Parliren, das Kinder so leicht zu Zierpuppen macht, konnte uns, gottlob, die natürliche Frische und Unbefangenheit nicht nehmen. Sollte aber wirklich eine Gefahr für den innern Menschen darin liegen, auf die Haltung des Aeußern bedacht zu sein, so war es uns drei Brüdern vorbehalten, einen guten Teil unserer Knabenzeit unter Verhältnissen zu verbringen, die uns gleichsam in die Wälder zurückführten. Uebrigens war es uns schon in Berlin nicht versagt gewesen, wie rechte Jungen zu toben.

An Spielgefährten beiderlei Geschlechts fehlte es nicht, und mit ihnen sprachen und schrieen wir wahrhaftig kein Französisch, sondern recht derbes Berliner Deutsch.

Auch im Winter gestattete man uns gern, uns im Freien zu ergötzen, und schönere Schneemänner als diejenigen, die uns der wackere Kürschner – immer mit dem Ordensbändchen im Knopfloche – in der Tiergartenstraße aufrichten half, verfertigten wenige Knaben.

Im Hause galt es freilich manierlich sein, und rufe ich mir im einzelnen zurück, wie es dort aussah, tritt mir recht lebhaft ins Bewußtsein, daß in Deutschland keine Jahresreihe einschneidendere Veränderungen auf allen Gebieten des Lebens eintreten sah als diejenige, die es mir zu durchleben vergönnt war.

Die Ausstattung der Zimmer unterschied sich nur wenig von der heutigen, nur waren die Möbel etwas geradliniger und steifer, die Polster weniger bequem und, was »stilvoll« war, wußte man noch nicht. An Stelle des Knöpfchens der elektrischen Leitung neben den Thüren hing von dem obern Teil der Wand ein Klingelzug nieder, der gewöhnlich aus einem handbreiten Zeugstreifen bestand, der mit Stickereien bedeckt war. Zur Handhabe diente ein schwerer Griff von Glas oder Metall, dessen Gewicht ihn auch zwang, in gerader Linie herabzufallen. Die Herstellung eines Klingelzugs gehörte zu den beliebtesten weiblichen Handarbeiten, und wie oft sah ich noch die Schwestern Stickereien mit Perlen von der Größe eines Mohnkornes herstellen. Wie gut, daß die Mode diesem Augenverderb den Garaus machte!

Die erste Gasbeleuchtung der Stadt war etwa zehn Jahre vor meiner Geburt durch eine englische Gesellschaft in Berlin unternommen worden, doch wie viel Oellaternen sah ich noch brennen, und in meiner Gymnasiastenzeit wurde die Fabrikstadt Kottbus, die damals etwa zehntausend Einwohner zählte, immer noch durch solche erleuchtet. In die Häuser und Theater Berlins war in meiner Kindheit der neue Lichtspender noch nicht gedrungen. An einem der Kronleuchter der Mutter brannten Kerzen, während ein anderer aus einem mehrarmigen Bronzekörper bestand, in den man »Gasspiritus« goß. Aus den durchlöcherten Scheiben am Ende der Arme drang der Aether und bildete entzündet einen Kranz von Flammen. Das Petroleum hatte noch nicht den Weg nach Deutschland gefunden. Oellampen und Kerzen beleuchteten die Zimmer, während die Dienstboten Talglichter brannten. Auch in unserer Kinderstube benützte man solche, und während der Jahre, die ich in der Anstalt zu Keilhau verlebte, wurde nur bei Talglichtern gearbeitet. Das Putzen des Dochtes mit der Lichtschere nahm viel Zeit in Anspruch und bot uns Knaben Gelegenheit zu manchem Schabernack. So ward zum Beispiel durch scheinbares Ungeschick geflissentlich eine plötzliche Verdunkelung des Zimmers verursacht. Eine der köstlichsten Scenen aus dem Ehestandsdrama des Firmian und der Lenette in Jean Pauls »Siebenkäs« ist nur denen verständlich, die sich noch selbst des Talglichtes und der Putzschere bedienten.

Und wie das Licht angezündet, wie das Feuer erzeugt wurde! Von Streichhölzern wußte man noch nichts. Ich erinnere mich recht wohl der Zunderbüchse in der Küche, des Stahls, des Steines und der Schwefelfäden. Die Funken, die man durch Anschlagen erweckte, fielen in den Zunder und brachten ihn an einzelnen Stellen zum Glimmen, die dann angeblasen wurden. Bald kamen die langen plumpen Schwefelhölzer auf, die man in ein Fläschchen tauchte, das, glaube ich, mit Asbest gefüllt wurde, der mit Schwefelsäure benetzt war. Auf dem Kamin im Wohnzimmer stand freilich ein bequemes und zierliches Instrument zum Anzünden des damals so viel gebrauchten Fidibus. Es hatte dem Vater gehört, hieß das Döbereinersche Feuerzeug, war sehr hübsch gearbeitet und stand in einem Kasten von Mahagoni. Drückte man bei ihm an einer kleinen Messinghandhabe, so wurde ein Platinschwamm glühend und gestattete, den Fidibus oder die Cigarre in Brand zu setzen. Der Jenaer Professor Döbereiner hatte diese kleine Maschine nach seiner Entdeckung der Entzündbarkeit des Wasserstoffes durch Platinschwamm 1824 konstruirt, und ich wundere mich, daß sie so ganz außer Gebrauch kam, da sie sehr hübsch ausgestattet werden kann und ich kein Feuerzeug kenne, das im Zimmer bequemer, sauberer und geruchloser den Dienst verrichtet.

Den Gärtner sahen wir die Pfeife nie anders als mit Stahl, Stein und Schwamm anzünden. Ein Schäferjunge, der dies Verfahren täglich bei seinem Vater beobachtet und gesehen hatte, wie er auf den vielen Tabak immer nur ein ganz kleines Stückchen Schwamm legte, soll ausgerufen haben: »Wenn ich einmal Kaiser werde, rauche ich nichts als Schwamm.«

Das Schießgewehr des Gärtners hatte ein Feuerschloß, und wenn er erst Pulver, dann einen Pfropfen, dann Schrot und endlich wieder einen Pfropfen in den Lauf gestoßen hatte, mußte er Pulver auf die Pfanne schütten, das dann die Funken des an den Stahl schlagenden Steines entzündeten, wenn es nicht im Regen feucht geworden war.

Zum Schreiben bedienten wir uns ausschließlich der Gänsefedern, denn Stahlfedern wurden zwar schon bald nach meiner Geburt hergestellt, sie mögen aber noch recht unvollkommen gewesen sein und hatten jedenfalls gegen ein starkes Vorurteil zu kämpfen; denn in der ersten Schule, die wir besuchten, war uns streng verboten, uns ihrer zu bedienen. Darum spielte das Federmesser eine große Rolle am Schreibtische, und ohne die Kunst, schön Federn zu schneiden, war kein rechter Kalligraph denkbar. Ich brachte es in ihr nie zu einiger Vollendung, und wem es ebenso ging, der besaß unter den Kameraden, Lehrern oder Freunden einen, der ihm das Federschneiden abnahm. Wer es besonders gut verstand, konnte sich einen gewissen Namen im Kreise der Seinen erwerben, und mit einer von meiner sanften, geschickten Schwester Martha geschnittenen Feder – das gerade Spalten war das Schwerste – schrieb ich besser als mit jeder andern.

Was seit 1837 bis in die Gegenwart auf dem Gebiete des Verkehrs, in dessen Zeichen sie ja stehen soll, geleistet wurde, brauche ich nicht besonders zu bemerken. Ich weiß nur noch, wie langer Zeit es bedurfte, bis ein Brief von den Brüdern der Mutter, von denen der eine als Resident auf Java und der andere als »Opperhoofd« der holländischen Maatschappy in Japan lebte, nach Berlin kam, und wie oft eine Gelegenheit in Anspruch genommen wurde – gewöhnlich die Gefälligkeit der niederländischen Gesandtschaft –, um die Schreiben oder kleine Geschenke der Mutter nach Holland zu befördern. Ein *per express* versandtes Schreiben war das schnellste Mittel, Nachrichten zu erhalten oder zu erteilen, doch gab es schon den Zeichentelegraphen, dessen Arme wir von der Dorotheenstraße aus sich manchmal, doch ausschließlich im Dienste des Staates, auf und nieder bewegen sahen. Als vor etlichen Jahren die Mutter in Holland erkrankt war, traf auf eine mit »dringend« bezeichnete telegraphische Erkundigung die Antwort nach achtzehn Minuten in Leipzig ein. Was hätten unsere Großeltern zu solchem Wunder gesagt?

Wie vieler Tage man bedurfte, um von Berlin aus in die Heimat der Mutter zu gelangen, sollten wir bald selbst erfahren, denn es führte noch keine Eisenbahn nach Holland.

Der wunderbaren Veränderungen, die die Zeit meines Lebens den politischen Verhältnissen in unserem deutschen Vaterlande brachte, kann ich hier nur andeutungsweise gedenken. Ich bin in dem despotisch regierten Königreich Preußen geboren, das mit Oesterreich und den deutschen Staaten und Ländchen in einem lockeren Bundesverhältnisse stand. Als Hüter dieser traurigen Einheit sandten die Höfe Diplomaten nach Frankfurt, die sich in ihrer sorglosen Lebensführung nur stören ließen, wenn es hier das Mißtrauen gegen andere Höfe zu schärfen, dort eine demokratische Regung zu unterdrücken galt.

Das preußische Volk errang erst im Jahre 1848 die Freiheiten, die anderen deutschen Staaten schon früher gewährt worden waren, und ich bin für nichts dankbarer als für die Gnade, daß es mir vergönnt war, den Traum und die Sehnsucht so vieler früheren Generationen mit vollem Bewußtsein sich verwirklichen und erfüllen und mein zerrissenes Vaterland sich zu einem großen, herrlichen, einigen Ganzen zusammenschließen zu sehen. Ich halte es für ein hohes Glück, zu den Zeitgenossen Kaiser Wilhelms I., Bismarcks und Moltkes gehört und die großen Thaten als reifer Mann mit erlebt und die Begeisterung, die sie hervorriefen, mit empfunden zu haben, durch die es diesen Großen vergönnt war, das deutsche Vaterland zu dem mächtigen, einigen Reiche zu machen, das es heute ist.

Mit der Reise nach Holland kommt der erste Teil meiner Kinderjahre zum Abschluß. Ohne auch nur den Versuch zu machen, mich vorzeitig zum Lernen anzuhalten, hatte die Mutter sie mich sorglos verspielen lassen. Wie auf einen schönen, durch nichts getrübten und gestörten

Traum im Grünen oder in einem freundlichen Hause, wo alles mich liebte, schaue ich auf sie zurück. Die Jahre oder gar die Monate und Tage bei diesem Rückblick auseinander zu halten, wollte mir nicht mehr gelingen. Man braucht auch kein Philosoph zu sein, um bei der Beschäftigung mit der eigenen Kindheit nicht zu denken, nein, zu empfinden, daß die Zeit keine besondere Kategorie bildet. Sie ist nur der sanfte Strom, der uns freundlich dahinträgt. Was auf dieser heiteren Fahrt durch ein sonniges Eden, dessen Himmel keine Sorgenwolke verfinstert, in dem die schwanken Palmen der frisch grünenden Empfindung kein Sturm der Leidenschaft beugt und schüttelt, der rückwärts schauenden und lauschenden Seele wieder begegnet, ist keine Reihe von Thatsachen, die sich auf dem Boden einer kenntlichen Landschaft zutragen, sondern nur eine Felge von zusammenhanglosen Einzelvorstellungen: ein liebes Menschenantlitz und ein anderes und noch eins, das kleine Erlebnis eines seligen Augenblicks, dem ein zweites und drittes folgt, das dem ersten vielleicht voranging, das Bild eines treuen Hundes, eines Gemäldes an der Wand, und allem voran die Liebe und der Schoß der Mutter, der mir, dem Jüngsten, vor den anderen Geschwistern gehörte und der verheißungsvollste aller Klänge im deutschen Kinderleben, der Schall der kleinen Tischglocke, die das Kind zur Bescherung ruft.

Nur aus der Welt des Märchens und der Legende geht beim Kinde die Vorstellung von zusammenhängenden Ereignissen und Menschenschicksalen in spätere Tage über. Was ihm die Mutter und Großmutter vom Schneewittchen und der Frau Holle, vom Dornröschen und den Riesen und Zwergen, vom Aschenbrödel und dem Menschenfresser erzählte, was es vom Stalle zu Bethlehem, wo neben dem Ochsen und Eselein das Christkind in der Krippe lag, was es von den Engeln, die den Hirten auf dem Felde erschienen und das »Ehre sei Gott in der Höhe und Frieden auf Erden« sangen, und den heiligen drei Königen und ihrem Sterne hörte, der sie zu dem Christkindchen führte, das prägt sich ihm scharf ins Gedächtnis und begleitet es, auch wenn es längst aufhörte, ein Kind zu sein, durch das Leben. Wie klein ich war, als ich das erste Bild der Kronenträger mit den Purpurmänteln sah, die vor dem Säugling im Schoß der Mutter, den ein heller Lichtschein umwob, niederknieten, weiß ich nicht zu sagen, doch prägten sich seine Formen und Farben unauslöschbar fest in die Netzhaut meines inneren Auges, und ich vergaß auch nie, was es bedeutete. Etwas Besonderes dacht' ich mir dabei gewiß nicht, ja es wunderte mich kaum, Könige im Staube vor einem Kinde zu sehen, und jetzt, da ich den Ruf des Reinsten und Höchsten: »Lasset die Kindlein zu mir kommen«, und die heilige Einfalt des Kinderherzens verstehe, setzt mich das erst recht nicht mehr in Erstaunen.

Die Reise nach Holland zur goldenen Hochzeit.

Rädergerassel und das Schmettern eines Posthorns bereiteten meiner ersten Kinderzeit ein Ende. Wir reisten, als ich vier Jahre alt war, in die Heimat der Mutter, um der goldenen Hochzeit der holländischen Großeltern beizuwohnen.

Später wurde mir erzählt, wohin der Weg uns damals führte; doch erging es mir mit dieser Reise wie mit der Wanderung durch die ersten Jahre der Kindheit. Einzelne Muscheln sind geblieben, der Faden, der sie zur Kette vereinte, riß längst in Stücke.

Wollte ich den Verlauf dieser Reise in der rechten Folge darstellen, müßte ich mich an fremde Mitteilungen halten.

Daß uns der Weg zur Feier einer goldenen Hochzeit führte, prägte sich mir freilich unauslöschlich fest ins Gedächtnis; denn wie oft hörte ich es wiederholen, und was das Wort »goldene Hochzeit« bedeutet, wurde uns sicher zur Genüge erklärt. Dagegen ist es mir wohl nur infolge späterer Mitteilungen möglich, zu berichten, daß die Mutter mit den fünf Kindern, der Erzieherin und einem Dienstmädchen in einem großen Reisewagen Platz fanden, daß die Gouvernante, die an die Stelle unserer lieben Bernhardine Kron getreten war, Fräulein Föhr hieß, und daß die goldene Hochzeit in Laeken bei Brüssel gefeiert wurde. So wenig ist mir von allem im Gedächtnis geblieben, was Erwachsenen in Belgien, Holland und am Rhein sehens- und bemerkenswert erscheint, daß ich lächeln muß, wenn ich höre, man beabsichtige, Kinder zu ihrem Vergnügen und zu ihrer Belehrung mit auf die Reise zu nehmen.

In unserem Falle wurden wir in den Wagen gesetzt, weil die Mutter uns nicht zurücklassen und den Großeltern durch unser Erscheinen Freude machen wollte. Sie that recht daran, mir aber sind trotz der mir doch wohl angeborenen Wanderlust die Monde, die wir unterwegs und in der Fremde verbrachten, lange nicht wie ein schöner Genuß, sondern wie eine Zeit recht wenig behaglicher Unruhe erschienen. Dem Kinde ist eben das Nächste das Liebste, und was diese Reise mich lehrte, sah ich später an den eigenen und vielen anderen Kindern bestätigt. Ja, dies Gefallen und Haften an dem Vertrauten, das sich mit Händen greifen läßt, geht so weit, daß dem Kinde bis wenigstens zum siebenten Jahre das Verständnis für die Schönheit eines herrlichen Blickes in die Ferne, für die Erhabenheit der Gletscherwelt und die Größe des unendlichen Meeres so sicher abgeht, wie es den furchtbaren Ernst und die Bedeutung der letzten Reise, des Todes, nicht zu begreifen vermag. Ich war ungerecht gegen die eigenen Kinder, als ich sie auf der Höhe des ersten Berges, den sie erstiegen hatten, lieber Blumen pflücken als das köstliche Gemälde mit bewundern sah, das sich vor den trunkenen Augen der Eltern aufthat. Ich bat es ihnen ab, als ich bei jedem natürlichen Kinde das Gleiche wahrnahm.

Das Kind erfaßt eben nur das einzelne Schöne: eine Blume, einen glänzenden Stein, ein menschliches Antlitz; eine Vielheit von Erscheinungen zusammenfassen lernt es erst später, und ich fand für diese Wahrnehmung eine Erklärung. Anfänglich ist das Auge des Kindes nur einer glatten Glasfläche vergleichbar. Was sie schleift, ist Erfahrung und Uebung. Haben diese das Ihre gethan, dann faßt es, wie die Linse im Fernrohr, auch weitere Kreise in sich zusammen. Zuletzt wird es zum Brennglas, das in der Seele des Menschen das Himmelsfeuer der Begeisterung entzündet, die dem Kinderherzen noch fremd ist.

Was mir von der Reise nach Holland nicht als Mitteilungsgut, sondern als echte eigene Erinnerung zurückblieb, ist das Einsteigen in den Reisewagen, ist ein kleiner, grün, rot und weiß gekleideter lederner Bajazzo, der mir von einer Verwandten, und die Schachtel mit Süßigkeiten, die mir von einem Freunde des mütterlichen Hauses mit auf den Weg gegeben worden war.

Von der Fahrt nach Belgien prägte sich mir nichts ins Gedächtnis als das Blasen des Postillons, ein Streit um den Platz auf dem Kutscherbock oder auf dem Bedientensitz, den das Dienstmädchen, die sehr hoch gewachsene Auguste, bei gutem Wetter mit einem von uns Kindern teilte. Deutlich steht mir ferner vor Augen, wie mich in einer Wirtsstube – ich weiß nicht mehr wo – ein Postillon auf den Tisch stellte und mich seinen lachenden Kameraden etwas auf seinem Horne »vorblasen« ließ, und wie man irgendwo den Hauptkoffer eiliger als sonst – denn es ging lauter dabei her – auf den Wagen schnallte. Diesen

Koffer selbst kann ich auch noch beschreiben. Er hieß wohl wegen des Rindsleders, aus dem er bestand, die Wasche (*Vache*) und war kaum einen Fuß hoch, aber so groß, daß er etwa zwei Drittel des Daches unseres Reisewagens bedeckte. Da er in jedem Nachtquartier abgebunden und uns ins Schlafzimmer gebracht wurde, muß er wohl den Löwenpart der unterwegs notwendigen Sachen enthalten haben. Ich sehe auch noch Gasthäuser, die in meiner Vorstellung sämtlich einstockig waren, mit breiten Hofthoren, vielen Wagen, Pferden und Postillonen vor dem inneren Auge. Das aber ist alles, was ich von der Hinreise weiß.

Von der Heimfahrt – ich war ein Jahr älter geworden – sind mir deutlichere Erinnerungen geblieben, vielleicht aber gehört das Hornblasen auch schon zu ihr.

Später erfuhr ich, daß wir jeden Abend in einem Wirtshause eingekehrt waren, wo die Kinder beizeiten zu Bette gebracht wurden. Obgleich wir also keine einzige Nacht durchgefahren und sogar zeitig zur Ruhe gebracht worden sind, brauchten wir von Berlin bis Brüssel nur neun Tage, was mir nicht eben lange zu sein scheint.

Von dem Empfang in der belgischen Hauptstadt, wo wir im Hause unseres Onkels Adolphe Jones, des Gatten der Tante Henriette, einer Schwester der Mutter, Aufnahme fanden, ist mir noch manche Erinnerung geblieben.

Unser freundlicher Wirt war ein Tiermaler, den ich später mit seinem Freunde Verboekhoven das Atelier teilen sah und dessen Schafherden sich einer besonderen Wertschätzung erfreuten. Damals hatte er die Werkstätte im eigenen Hause, und zwar in einem von den Wohnräumen getrennten Raume; denn es ist mir, als hörte ich noch den sich täglich unzähligemal wiederholenden Ruf des Diskants der Tante: »Adolphe!« und die unmittelbar darauf im tiefsten Baß erfolgende Antwort: »Henriette«. Dies seltsame Spiel, das uns zur Erheiterung diente, soll, wie ich später erfuhr, die Folge der an das Krankhafte streifenden Eifersucht der Tante gewesen sein. Sie mochte den leichtlebigen Gatten bisweilen auf unrechten Pfaden ertappt haben, und so fühlte sie häufig das Bedürfnis, sich zu über zeugen, ob er sich im Atelier und im Bereiche ihrer Beobachtung befand.

Ich lernte in ihm viele Jahre später einen jovialen Künstler kennen, der in der Jugend der gestrengen Hausfrau allerdings Anlaß zur Unzufriedenheit gegeben haben mag. Noch mit weißem Haar war er jeder Freude des Lebens hold; doch nahm er es ernst mit der Kunst, und ich bin ihm zu Dank verpflichtet, weil er die Freundschaft der Mutter mit dem trefflichen Tiermaler Verboekhoven und mit dem größten der neueren belgischen Künstler, Louis Gallait, und den Seinen vermittelte, in deren Gesellschaft und Heim mir später köstliche Stunden zu genießen vergönnt war.

Denke ich an den Empfang im Jonesschen Hause zurück, so sehe ich zuerst das heitere, ein wenig faunisch lächelnde Gesicht des über sechs Fuß großen Onkels und die volle Gestalt seiner seelenguten und, wenn die Eifersucht ihr keinen Streich spielte, nicht minder froh gelaunten Gattin. Es war ihr etwas besonders Herzliches und Behagliches eigen, und ich hörte erzählen, daß sie, die älteste Schwester der Mutter, in der Jugend von geradezu blendender Schönheit gewesen sei. Diese war auch auf dem berühmten Balle in Brüssel dem Marschall Wellington so entschieden ins Auge gefallen, daß er ihr, um sie an ihren Platz zurückzuführen, den Arm geboten hatte. Auch die Mutter erinnerte sich der napoleonischen Zeit, und daß sie diesen furchtbar großen Menschen bei seinem Einzuge in Rotterdam und auch Goethe gesehen hatte, schätzte ich an ihr als einen besonderen Vorzug.

Tante Henriettens Tochter war während eines Besuches bei der Mutter in Berlin dem damals noch jungen Baumeister und späteren Präsidenten der Akademie der Künste, Fritz Hitzig, begegnet und seine Gattin geworden. Sie hatte die mütterliche Schönheit geerbt, und ihre Züge wußten lange ein geradezu klassisches Ebenmaß zu bewahren. Auch auf ihre beiden Töchter und besonders auf die älteste, Eugenie, ging die Gottesgabe der großmütterlichen Schönheit über.

Von dem Atelier des Onkels weiß ich nichts mehr; wohl aber sehe ich das Zimmer deutlich vor mir, in das man uns gleich nach der Ankunft führte. Man hatte dort einen Tisch für die jungen Gäste hergerichtet und ihn mit Schreibtafeln, Heften, Federn und Büchern, sowie mit einigem Spielzeug für uns Kleine versehen. Aber noch etwas anderes prägte sich mir an jenem Abend ins Gedächtnis. Man führte uns nämlich in das Schlafzimmer eines aus Indien hieher geschickten Knaben, eines Verwandten des Hauses, der Piet Blondeau hieß. Unser Eintritt erweckte ihn, und ich sehe ihn mit greifbarer Deutlichkeit vor mir, wie er sich in den Kissen aufrichtete und uns schlaftrunken mit einer hohen weißen Zipfelmütze auf dem Kopfe entgegenstarrte. Es war der erste Junge, den ich eine solche allen Ernstes gebrauchen sah, und sein Anblick veranlaßte mich zu einem so lauten und anhaltenden Gelächter, daß die Tante verwundert frug, was ich denn habe.

In Belgien und Holland pflegte man bis vor kurzem allen Kindern solche Zipfelmützen aufzusetzen, und eine verehrte Leipziger Freundin schilderte mir ihr Erstaunen, als sie in Utrecht zu den Kindern ihres Bruders, ein Zwillingspärchen, geführt wurde und beide mit diesen wunderlichen Kopfbedeckungen in der Wiege liegen sah.

Des Großvaters erinnere ich mich als eines stattlichen alten Herrn. Manchmal nahm er mich auf den Schoß und gestattete mir, ihm die weißen Haare, die ganz vereinzelt seinem durchaus kahlen Scheitel entwuchsen, auszuziehen. Sobald ich eine dieser Operationen vollendet hatte, schnellte er auf und gab sich die Miene, als beabsichtige er, mich zu verschlingen. Von ihm wie von den übrigen wurde ich Georg Krullebol, das heißt Lockenkopf, gerufen, um mich von einem gleichnamigen Vetter, den man Georg von Gent nannte, zu unterscheiden. Ich weiß ferner noch, daß wir Kinder, als wir am sechsten Dezember, am St. Nikolaustage, die Schuhe anziehen wollten, von den Geschenken, die man hineingesteckt hatte, weidlich überrascht wurden, und endlich, daß am Heiligabend der Christbaum, den man für uns in einem Zimmer des ersten Stocks angezündet hatte, eine so große Ansammlung von Neugierigen vor dem Jonesschen Hause veranlaßt hatte, daß die Fensterläden geschlossen werden mußten.

Daß der Onkel und Tanten, der Cousins und Cousinen nicht wenige zu der goldenen Hochzeitsfeier zusammengeströmt waren, erinnere ich mich wohl, wenigstens wollt' es mir immer scheinen, als wären wir damals fortwährend von einer Menge großer und kleiner Leute umgeben gewesen. Unter den Erwachsenen machte keiner einen besonderen Eindruck auf mich, wohl aber thaten es zwei kleine Mädchen, von denen die eine Bessie hieß. Sie waren sehr niedlich, und Bessie, die aus England kam, war die Tochter der Tante Rosette Lavino, der Lieblingsschwester unserer Mutter. Sie ist mir nie aus den Augen geschwunden und reichte später dem Professor Karl von Noorden die Hand, der einer meiner teuersten Freunde und, nachdem man ihn als Historiker nach Leipzig berufen hatte, auch mein lieber Kollege werden sollte.

Von dem Ehrentage der Großeltern blieb mir nichts in der Vorstellung haften als ein mit Menschen erfüllter weiter Raum und die Minuten, in denen ich meine Verschen hersagte. Ich sehe mich noch in einem kurzen rosa Röckchen mit einem Rosenkranz in den blonden Locken, mit Flügeln an den Schultern, mit einem Köcher auf dem Rügen und einem Bogen in der Hand vor dem Spiegel stehen und mir selbst gar wohl gefallen. Unsere Erzieherin hatte dem kleinen Amor die Ansprache gedichtet, die Mutter sie mir gut einstudirt, und so erinnere ich mich keines Augenblicks der Angst und Befangenheit, wohl aber, daß mich das reinste, hellste Vergnügen erfüllte, auch etwas leisten zu dürfen. So muß ich wohl recht froh und unbefangen vor die Zuschauer, unter denen mir ja viele bekannt waren, getreten sein; denn ich höre noch den lauten Beifall, der mich umrauschte, und sehe mich von Arm zu Arm wandern, bis ich mich den Küssen und Schmeichelworten der Großeltern, Tanten und Cousinen entwand und auf dem Schoß der Mutter Zuflucht suchte.

Von dem Jubelpaare selbst weiß ich nur noch, daß der Großvater kurze Beinkleider, sogenannte Escarpins, und bis an die Kniee reichende Strümpfe trug; von der goldenen Braut vermag ich dagegen nichts zu berichten, und doch soll sie trotz ihrer sechsundsechzig Jahre – sie hatte dem Gatten noch nicht siebenzehn Jahre alt die Hand gereicht – erstaunlich hübsch ausgesehen haben. Später ist mir das weiße, mit kleinen Bouquets bestreute schwere Seidengewand mehrmals wieder begegnet, das sie bei der ersten Trauung getragen und in veränderter Farm als Silberbraut wieder angelegt hatte; denn es war nach ihrem Tode der Mutter überlassen worden. Brautkleider von heute haben wohl kürzere Dauer.

Es ist mir oft merkwürdig erschienen, daß ich mich des Großvaters so lebhaft, der Großmutter so wenig erinnere. Dennoch besitze ich eine feste Vorstellung ihres Aussehens, diese aber schulde ich, glaub' ich, weit mehr ihrem Porträt, das neben dem ihres Gatten bei der Mutter hing und jetzt zu meinen kostbarsten Besitztümern gehört. Bradley, einer der hervorragendsten englischen Porträtmaler, hat diese Bildnisse gemalt, die alle Kenner, die sie sahen, für Meisterwerke ersten Ranges erklären.

Der Verlauf der goldenen Hochzeit soll so würdig wie heiter gewesen sein.

In meiner Vorstellung lebt diese Festzeit als ein frischer Frühlingsmorgen fort, an dem sich nach Mittag der Himmel bewölkt und den ein schweres Gewitter beschließt.

Auch über dem mit Kränzen und Blumen geschmückten Festhause, in dem es tagelang nicht still geworden war von den frohen Begrüßungen, den heiteren Gesprächen, den Scherzen und Glückwünschen der nach langer Trennung hier wieder vereinten Geschwister und Verwandten und dem Jubel der Kinder und Enkel, hatte schwarzes Gewölk sich gesammelt. Kein lautes Wort war gestattet; wer recht leise auf den Zehen dahinschlich, wurde gelobt. Wir fühlten, daß etwas Bedrohliches, Schreckliches sich nahte. Man nannte es die Krankheit des Großvaters. So angstvoll und trüb hatten wir das sonnige Antlitz der Mutter noch nie gesehen. Sie zeigte sich uns auch nur selten, und that sie es auf kurze Stunden, so gehörte sie uns nur halb an; denn sie pflegte den leidenden Vater.

Dann kam ein Tag, an dem eingetroffen war, was man gefürchtet. Wohin wir schauten, weinten die Frauen, und auch die Männer hatten von Thränen gerötete Augen. Bleich und betrübt sagte uns die Mutter, der gute Großvater sei gestorben. Das mußte etwas ganz Entsetzliches sein, aber ich wußte nicht, was; doch als ich auch unsere älteste Schwester Martha weinen sah, da that sie und die Mutter mir leid, und mir und dem Bruder traten gleichfalls Thränen in die Augen.

Kinder vermögen eben den schweren Ernst des Todes nicht zu erfassen. Das ist ein Geschenk, das ihre Schutzgeister den Lieblingen gewähren, damit kein finsterer Schatten die sonnige Helle ihrer Seele verfinstere. Sie haben noch teil an den Freuden des Himmels, und ihre Gestalt geben wir den Engeln. Warum sollten sie den Weg fürchten, von dem sie so zuversichtlich glauben, daß er sie zu diesen Freuden leite!

Ich sah nur, wie heitere Gesichter sich in bekümmerte verwandelten, wie die frohen Gestalten um uns her in dunklen Trauerkleidern still und ernst einhergingen und uns kaum mehr beachteten. Auf den Tischen in der Kinderstube, an denen man unsern bunten Festputz hergestellt hatte, schnitt man auch für uns schwarze Kleider zu, und ich erinnere mich noch, wie mir mein Trauerröckchen angepaßt wurde. Ich freute mich daran, weil es doch neu war. Mit den Läppchen, die von dem Schneidertische gefallen waren, versuchte ich meinen Hampelmann aus Berlin zu bekleiden. Das Kind wählt sich ja nichts lieber zum Spiel, als was die Erwachsenen treiben. Das Lachen war uns ohnehin verboten!

Doch schon nach wenigen Tagen wehrte uns die Mutter nicht mehr, fröhlich zu sein. Von der Uebersiedelung nach Scheveningen und von dem Aufenthalte daselbst weiß ich nur noch, daß die Wege im Gärtchen des kleinen Strandhauses, das wir bewohnten, mit Muscheln bestreut waren. Es spielte sich mit ihnen und den anderen, die wir an der See fanden, sehr schön. Bei den Dünen gruben wir ein großes Loch in den Sand; von dem Meere und seiner erhabenen Größe ging mir aber jede Vorstellung verloren, und als ich es in reiferen Jahren wiedersah, war es mir, als begrüßte ich zum erstenmal die ewige große Thalatta, die mir so lieb und vertraut werden sollte.

Die Großmutter ist, wie ich hörte, als lieber Gast eines ihrer Söhne, der in Haag Advokat war, kaum ein Jahr nach dem Tode des treuen Gefährten ihm schmerzlos »nachgestorben«, wie das Volk so zutreffend sagt.

Von der Heimreise sind mir zwei Ereignisse lebhaft erinnerlich geblieben.

Wir fuhren mit dem Dampfschiff von Nimwegen aus die Waal und den Rhein hinauf und machten zu Ehrenbreitstein Station, um die alte Frau Mendelssohn, die Mutter unseres Vormundes, auf ihrem Gute Horchheim zu besuchen. Man hatte uns den Wagen an die Station geschickt, und auf der Hinfahrt gingen die mutigen Pferde durch und wären mit uns in den Rhein gejagt, hätte uns nicht mein Bruder Martin, der damals das elfte Jahr erreicht und neben dem Kutscher gesessen hatte, gerettet. Wie er das zu stande brachte, weiß er – ich befragte ihn natürlich – selbst nicht mehr zu sagen, doch erinnert er sich so gut wie wir alle, daß er stets als unser Retter bezeichnet und seine mutige Entschlossenheit hoch gepriesen worden war. Vielleicht ist er vom Bocke aus den Pferden an den Zaum gesprungen. Die einzige, die noch nähere Auskunft zu geben vermöchte, die Mutter, ist ja leider nicht mehr.

Obgleich wir in ernster Gefahr geschwebt haben müssen, ist mir das doch nicht eigentlich ins Bewußtsein gekommen. Was Furcht heißt, blieb mir überhaupt mein Leben lang fremd. Auch in recht bedenklichen Lagen gelang es mir immer, die Ruhe zu bewahren, obgleich ich sonst keineswegs zu den Schwererregbaren gehöre. Ich kenne nur eins, wovor mir seit einer Reihe von Jahren ernstlich graut, und das ist – in Gedanken an die Kinder und Enkel – die Diphtheritis. Sie hat mir leider dazu Anlaß gegeben. Im ganzen darf ich mich wohl dieser Eigenschaft freuen, doch hat sie mich in früheren Tagen zu manchem thörichten Wagnis verleitet, auf das ich jetzt nur mit Kopfschütteln zurückschaue.

Das andere Erlebnis war harmloserer Natur.

Ich hatte manchen Lachs *alias* Salm auf dem Tische und in der Küche gesehen und mir vorgenommen, vom Dampfschiff aus wenigstens einen zu angeln. Zu diesem Behuf band ich ein Stückchen Konfekt an einen Bindfaden und ließ ihn vom Deck des Schiffes aus in den Strom und vom Schiffe nachziehen. Die geschmacklosen Fische verschmähten indessen die süße Lockspeise, mich aber hielt die früh erwachte Jagdlust lange und ungeduldig am nämlichen Platze, was der Mutter sicher genehmer war als den Lachsen mein Köder.

Wie ich mich nun wieder einmal, wohl geschützt von dem Gitter der Brüstung und wahrscheinlich auch von der Pflichttreue der Erzieherin und der Vorsorge der älteren Geschwister, diesem erlaubten Vergnügen hingab, stieg die Mutter in die Kajüte hinunter, um etwas zu ruhen. Da ward es plötzlich laut auf dem Schiffe. Man rief und schrie, alles eilte auf das Verdeck und schaute in den Strom. Hab' auch ich einen Sturz ins Wasser vernommen und gesehen, wie man das Rettungsboot bemannte, oder nicht, ich weiß es nicht mehr; um so sicherer aber erinnere ich mich des Augenblickes, in dem die Mutter wie eine Verzweifelte aus dem Kajütenhause hervorstürzte und mich als ihr verlorenes und wiedergewonnenes Kind mit aller Zärtlichkeit ans Herz zog.

Damit fand das Drama ein fröhliches Ende, doch hatte es einen entsetzlichen Auftritt enthalten, dessen Hergang mir folgendermaßen dargestellt wurde.

Zu den Passagieren des Dampfers hatte ein geisteskranker Engländer gehört, der einer Irrenanstalt zugeführt und von einem Wächter behütet werden sollte. Während die Mutter nun ruhte, war es dem Wahnsinnigen gelungen, die Aufmerksamkeit dieses Mannes zu täuschen und in den Strom zu springen. Natürlich hatte sich an Bord sogleich ein lautes Lärmen erhoben, und der Mutter waren Rufe wie »ins Wasser gefallen«, »rettet!«, »er wird ertrinken« ans Ohr gedrungen. Da hatte sich die mütterliche Sorge sogleich dem angelnden Kinde zugewandt, und fest überzeugt, daß ich es sei, dem die angstvollen Rufe über ihr galten, war sie der Kajütentreppe entgegengeeilt. Ein Herr, der ihr, während er die Stufen hinunterging, begegnete, hatte ihr dabei zugerufen: »Beruhigen Sie sich, er wird schon gerettet!« Dies »er« konnte die Mutter natürlich nur auf ihren Knaben beziehen, den sie vielleicht nicht ganz unbesorgt verlassen hatte, und ich brauche dem Leser nicht eingehend zu beschreiben, in welchem Zustande sie das Deck betrat und was sie bewegte, als sie das Nesthäkchen auf seinem Platze fand und den den Lachsen so gefährlichen Bindfaden noch immer in der Hand halten sah.

Da es gelungen war, den unglücklichen Sohn Albions unbeschädigt auf das Schiff zurückzuschaffen, durften wir des Herganges heiter gedenken, doch vergaßen wir beide nicht dieser schweren Sorge, die erste, die ich der Mutter bereiten sollte.

Was weiter auf der Heimfahrt geschah, vergaß ich; doch wirst sich mir, wenn ich dieser ersten, für ein Kind weiten Reise und der mancherlei kleinen gedenke, die es mir so jung – gewöhnlich nach Dresden, wo die Großmutter Ebers sich niedergelassen hatte – zu machen vergönnt war, die Frage auf, ob ich ihnen die Wanderlust verdanke, die sich später so lebhaft in mir regte, oder ob ich sie als angeborenen Trieb betrachten soll. Ich möchte das letztere für das richtige halten, und es ist mir auch eine Besonderheit eigen, die mich, wenn der Aberglaube des Volkes nicht trügt, zum Reisen vorausbestimmt. Kein Geringerer als Friedrich Fröbel, der Begründer der Kindergärten, war es, der mich darauf aufmerksam machte; denn als ich ihm in der Anstalt zu Keilhau zum erstenmal begegnete, griff er mir in das Lockenhaar, bog mir den Kopf zurück, schaute mir mit den kinderfreundlichen und doch durchdringend klugen Augen ins Gesicht und sagte: »Du kommst einmal weit durch die Welt, mein Knabe, Du hast weit auseinanderstehende Zähne.«

Meine beiden oberen Vorderzähne trennt allerdings ein ziemlich breiter Zwischenraum, den die Natur bildete; denn ich bin, gottlob, gegenwärtig, das heißt im sechzigsten Jahre, immer noch im Besitze fast aller anderen. Als ich Karl von Holtei in seiner Lebensbeschreibung klagen hörte, daß ihm heftige Zahnschmerzen unendlich häufig die heitere Knabenzeit getrübt hätten, wollte es mir scheinen, als sei es meinem kindlichen Froh- und Uebermute zu gute gekommen, daß mir weder Zahn- noch Kopfweh auch nur eine Minute lang die Daseinsfreude trübten. Die Schickung mißt indes im ganzen mit gleichem Maße und gab mir den Schmerz, den sie mir so lange vom Haupte fern hielt, an einer andern Stelle mit Zinsen zu fühlen.

Die Lennéstraße. – Lenné. – Frühe Eindrücke.

Die Lennéstraße ist der Schauplatz der mit der Heimkehr von Holland beginnenden Lebensjahre.

Sie ist eine hübsche kurze Häuserreihe, die damals wie heute noch einem der schönsten Teile des Tiergartens gegenüberliegt. Gegenwärtig hat sie elf Nummern, während sie, da wir sie bezogen, nur deren neun besaß; denn ihr ganzes, nach dem Tiergarten zu gelegenes Ende, wo sich jetzt besonders stattliche Häuser erheben, wurde von der Georgeschen Gartenrestauration eingenommen.

Wenn man vom Brandenburger Thor her kommt, dem Tiergarten folgt und die herrliche Schapersche Goethestatue passirt hat, gelangt man an einen Winkel, den zwei Häuserreihen bilden. Die eine, linke, der die Stadtmauer gegenüber lag, heißt heute die Königgrätzer, wurde damals aber die Schulgartenstraße genannt. Die andere, rechte, deren Fenster in den Tiergarten schauen, hieß schon während meiner Kindheit die Lennostraße.

Sie dankt diesen Namen dem Gartendirektor Lenno, einem höchst genialen Manne, der mir aber nur als besonders heiterer älterer Herr in der Vorstellung lebt. Er bewohnte die Nr. 1 und gehörte zu den Freunden des mütterlichen Hauses. Neben dem Fürsten Pückler darf er sicher als der ideenreichste und geschmackvollste Landschaftsgärtner seiner Zeit genannt werden. Er war es, der die Gärten von Sanssouci und auf der Pfaueninsel zu Potsdam umgestaltete und daselbst den herrlichen Park auf dem Babelsberge für Kaiser Wilhelm I., als er noch »Prinz von Preußen« war, anlegte. Auch der prächtige zoologische Garten in Berlin ist sein Werk; doch am stolzesten war er selbst auf die That, den Tiergarten zu einer »Lunge« für das Volk gemacht und ihn trotz mannigfaltiger Schwierigkeiten beträchtlich vergrößert zu haben. Ich weiß nicht, für wie viele Städte und Schlösser er außerdem öffentliche Anlagen und Parks neu herstellte oder umgestaltete. Jeder Augenblick des rastlos thätigen Mannes war in Anspruch genommen, und dazu hatte König Friedrich Wilhelm IV., dem selbst mancher nicht üble Witz gelang, Wohlgefallen an dem persönlichen Verkehr mit dem klugen und heiteren Rheinländer. Darum berief er ihn auch im Sommer recht oft nach Potsdam und an seine Tafel. Gewiß hat Lenné dies als eine Ehre empfunden, doch erinnere ich mich noch wohl des klagenden Rufes, womit er die Mutter bisweilen begrüßte: »Wieder zu Hofe!«

Wie jeder, der ein offenes Herz hat für die Natur und ihre Lieblinge, die Blumen, war er ein Kinderfreund. Wir nannten ihn »Onkel Lenné«, und wie oft sind wir Hand in Hand mit ihm durch unsere Straße gegangen.

Als wir eines Tages beim Schneckenberge die Blumen musterten, die wir aus dem Rasen, nicht – was natürlich streng untersagt war – von den Beeten gepflückt hatten, und ein Tiergartenwächter mir die Botanisirtrommel abpfänden wollte, trat ihm meine Schwester Paula, deren Gerechtigkeitssinn sich empörte, entgegen und rief ihm zu: »Gleich geben Sie meinem Bruder die Trommel zurück, sonst sag' ich's dem Onkel Lenné.« Der Mann that dem kühnen Lockenkopfe den Willen, und Onkel Lenné, dem dies Abenteuer mitgeteilt ward, lachte. Auch andere Mitbewohner unserer Straße verkehrten freundschaftlich in unserem Hause, und wie die Eltern der Mutter, so kamen die Kinder uns nahe.

Es ist bekannt, daß der jenseits des Potsdamer Thores gelegene Stadtteil das »Geheimeratsviertel« genannt ward. Unsere Straße lag zwar dem Brandenburger Thore näher, doch gehörte sie recht eigentlich mit dazu; denn es gab kein Haus, in dem damals nicht wenigstens ein Geheimerat zu finden gewesen wäre.[1] In unserer Nr. 8 wohnte außer uns nur ein *Dr. jur.* Freiherr v. Richthofen und zwei Treppen hoch das herrliche Brüderpaar Wilhelm und Jakob Grimm. Nr. 9 gehörte dem Geheimerat Credé, dem Vater meines Leipziger Kollegen, des berühmten, nun verstorbenen Frauenarztes, und beherbergte den Geheimen Oberregierungsrat Seiffart, dessen Gattin, unsere unvergeßliche Tante Ida, die liebste und nächste Freundin der Mutter war, und im obersten niedrigen Stockwerke den Rechnungsrat Wellmer, einen höchst eigenartigen, wohlhabenden Junggesellen, von dem ich noch zu reden habe.

Doch diese Ueberfülle von Männern in »geheimer« Stellung gab unserer munteren, von Waldesgrün beschatteten Straße nichts geheimnisvoll Leises. Offenere, fröhlichere und bisweilen lautere Kinder als die ihren konnte man in Berlin suchen. Ich war nur ein kleiner Mann, während wir hier wohnten, und wurde bei den wilden Spielen der »Großen« nur geduldet und zu allerlei Handlangerdiensten verwendet; wenn aber mein ältester Bruder Martin statt meiner hier von jener Zeit zu erzählen hätte, so könnte er von gar verwegenen Thaten berichten, zu deren Schauplatz die Geheimerats- und

Professorensöhne, die sich in ihrer Gesamtheit »Lennésträßler« nannten, den nahen Tiergarten machten.

Ich sehe ihn noch vor mir, den hübschen Blondkopf Paul Seiffart, den starken Willy Bardua mit dem offenen, frohen Gesichte, der später, wie ich hörte, als Schiffskapitän die Meere befuhr, den freundlichen Ottobald v. Henning, den Ludolff und Klenze! Das war ein Fest, wenn ich entwischen und mit Ludo für sie auf den Feind lauern, ihnen den Proviant nachtragen oder gar beim Herstellen von Feuerwerk helfen durfte!

Der alte Rechnungsrat im Credéschen Hause war ihr Lehrer in dieser Kunst, und sie sollte meinem ältesten Bruder und dem wackeren Paul Seiffart verhängnisvoll werden; denn – mögen sie mir den Verrat verzeihen – sie hatten einen der unter Leitung des fleißigen, stillen Beamten, der zu gleicher Zeit ein großer Käfersammler war, hergestellten Feuerwerkskörper mit in die Schule genommen, und dort war er – ich hoffe, durch einen Zufall – angezündet worden. Es hatte erst großen Jubel, dann aber ein strenges Gericht gegeben.

Da war in der Mutter der Entschluß gereist, ihren Aeltesten aus dem Hause und in eine Erziehungsanstalt zu geben.

Der bekannte Pädagog Diesterweg, den sie in einem befreundeten Hause kennen gelernt hatte, leitete die Wahl auf Keilhau, und so wurde unserer kleinen einigen Schar der Anführer genommen, zu dem Ludo und ich wegen seiner überlegenen Kraft, seiner kühnen Unternehmungslust und freundlichen Herablassung zu uns Jüngeren mit einer gewissen Ehrerbietung aufgeschaut hatten.

Ich weiß noch, wie mir beim Abschied das kleine Herz weh that und mir Thränen die Augen füllten. Wir sind bis heute gute Brüder geblieben, doch hat uns das Leben wohl oft, aber leider nie wieder dauernd zusammengeführt.

Nach seiner Entfernung ward es stiller im Hause, doch vergaßen wir ihn nicht; denn seine Briefe aus Keilhau wurden uns vorgelesen, und was er von dem fröhlichen Jugendleben, von den Spielen auf den Bergen und in den Wäldern, von den Fußreisen und Schlittenfahrten daselbst berichtete, erschien uns höchst begehrenswert, und bald wurde in Ludo und mir die Sehnsucht lebendig, ihm nachzufolgen.

Und es war doch so schön bei der Mutter, der Sonne, um die unser kleines Leben sich drehte. Ich that und dachte nichts, ohne sie mir gegenwärtig zu denken, ohne daß sich mir die Frage aufgedrängt hätte, wie sie darüber urteilen würde, und dies nahe Verhältnis blieb, wenn auch in veränderter Farm, bis an ihr spätes Ende bestehen. Schaue ich rückwärts, so darf ich es für meine ganze Entwicklung als ein Gesetz hinstellen, daß sich mein Wandel nach der engeren oder weniger engen inneren und äußeren Verbindung richtete, in der ich mit ihr stand. Die Sturm- und Drangzeit, während deren mich der überschäumende Jugendmut zu mancher Thorheit fortriß, ist der einzige Abschnitt meines Lebens, in dem sich der innere Zusammenhang mit ihr zu lockern drohte. Doch das Schicksal trug Sorge, daß er bald stärker denn je gefestigt wurde. Als sie starb, stand mir ein geliebtes Weib zur Seite, das aber war eins mit mir, und in der Mutter schien mir das Schicksal die oberste Instanz genommen zu haben, den hohen Gerichtshof, dem es allein zustand, über mein Thun und Lassen ein Urteil zu fällen.

In der Lennéstraße war sie es noch, die mich weckte, die uns zum Gang in die Schule richtete, die bei Tisch, wenn es noch etwas Gutes gab, uns riet, noch ein Plätzchen dafür aufzuheben, die uns spazieren führte und – wie könnte ich das je vergessen – beim »Lampenstündchen« um sich her vereinte, um uns etwas Schönes vorzulesen oder zu erzählen. Dabei durfte keines ganz müßig sein. Während die Schwestern Handarbeiten machten, zeichnete ich, und da Ludo keinen Spaß daran fand, ließ sie ihn bald etwas ausschneiden, bald – ein wunderlicher Gedanke – ein Meisterwerk der Häkelarbeit herstellen, das gewöhnlich dem Schicksal des Penelopegewebes verfiel.

Da haben wir dem Robinson und den Märchen der »Tausend und eine Nacht« mit glühenden Wangen gelauscht, da wurden Gulliwers Reisen und der Don Quijote, beide für Kinder bearbeitet, Nieritzsche und andere hübsche Geschichten, Natur- und Reisebeschreibungen und mehr als einmal die Grimmschen Märchen vorgelesen.

An anderen Winterabenden führte die Mutter uns – es wird manchen von der verständigen Frau überraschen – auch ins Theater. Es hatte damit indes eine eigene Bewandtnis; denn zwei freundliche Verwandte, die alte Frau Amalie Beer und unser lieber Moritz v. Oppenfeld waren auf je eine Loge im Opernhaus abonnirt, und wenn sie selbst keine Verwendung für sie hatten, schickten sie uns, was ziemlich häufig geschah, den Schlüssel.

Eigentlich enthielt die Oppenfeldsche nur vier Plätze; wir wurden aber alle darin untergebracht und oft auch noch die Erzieherin oder eine Freundin der Schwestern.

So kam es, daß ich schon als Knabe die meisten Opern, die damals aufgeführt wurden, zu hören und außerdem auch die großen Ballette, die Friedrich Wilhelm IV. besonders liebte und die Taglioni so vortrefflich anzuordnen verstand, zu sehen bekam.

Natürlich erschien unserem Kindergeschmacke das komische Tanzstück »Robert und Bertram« von Ludwig Schneider und dergleichen weit ergötzlicher als ernste Opern; wie tief mich aber als Neun- oder Zehnjährigen der Verkehr des Don Juan mit dem steinernen Gaste und die Verschwörungsscene in den Hugenotten ergriff, und wie lange mir, obgleich ich kaum mittelmäßig musikalisch begabt war, der Sehnsuchtsruf des Orpheus »Eurydice!« in der Seele nachklang, will mir jetzt noch merkwürdig erscheinen.

Daß diese sich recht häufig wiederholenden Kunstgenüsse schade für uns Kinder waren, bekenne ich willig. Und doch! Wenn man mir später zugestand, daß mir die Darstellung großer Massen und ihrer Ergriffenheit von einer bedeutenden Erregung wohl gelinge und es meinen Romanen nicht an dramatischer Bewegung, der Scenerie nicht an Anschaulichkeit und, wo es erforderlich ist, an Glanz fehlt, so danke ich dies vielleicht mit den prächtigen, von herzergreifenden Tonmassen umwobenen Bildern, die sich mir als Kind in die Seele prägten.

Zum Glück sollte das Leben in und mit der Natur in Keilhau den Gefahren entgegentreten, die für mich aus dem frühen und häufigen Theaterbesuche hätten erwachsen können. Was ich dort in Wald und Feld offenen Auges erschaute und erlebte, hat dafür gesorgt, daß ich in späteren Jahren, als es meinen Erzählungen einen Schauplatz zu geben galt, keine Coulissen nachzumalen brauchte, sondern mir die Natur selbst zum Vorbild zu nehmen vermochte und zum Vorbilde nahm.

Ich habe übrigens noch von einem andern Einfluß auf mein Schaffen zu berichten, der nicht in Thüringen, sondern allein in der Berliner Kinderzeit wurzelt: ich meine den frühen Verkehr mit Künstlern und die Gelegenheit, Zeuge ihres Schaffens zu sein.

Oft genug ist ja schon ausgesprochen worden, doch möchte ich hier aus eigenster Erfahrung wiederholen, daß die meisten und besten Motive, die sich dem Dichter zur künstlerischen Ausgestaltung aufdrängen, aus seiner Kinderzeit stammen. Dies Gesetz, das sich aus der Betrachtung des Lebens und Schaffens des Größten (Goethe) ergibt, hat sich auch bei mir Kleinem entschieden als giltig erwiesen.

An mannigfaltiger Anregung fehlte es wahrlich nicht in dieser frühen Zeit meines Lebens. Blicke ich aber auf sie zurück, so wird mir recht lebhaft bewußt, wie schweren Gefahren nicht bloß die äußere, sondern auch die innere Entwicklung der Kinder ausgesetzt ist, die in großen Städten aufwachsen.

Vor Ausschreitungen, zu denen mancherlei lockt, kann gute Bewachung sie bewahren, nicht aber vor den starken, schnell wechselnden Eindrücken, die das Leben ihnen unabweisbar aufdrängt. Aus dem Paradiese der Kindheit werden sie zu früh mitten in den Jahrmarkt des Lebens gestoßen. Da gibt es vielerlei zu schauen, was die Vorstellung bereichert, doch wo fände das junge Herz die Sammlung, nach der es sich sehnt und deren es bedarf? – Das Säuseln des Windes, der über das Kornfeld streicht und die Wipfel der Bäume des Forstes bewegt, den Vogelsang in den Zweigen, das Zirpen des Heimchens, den zur Ruhe lockenden Klang der Abendglocken, all jene Stimmen, die auf dem Lande zur Sammlung laden, zum Horchen und Ausschauen und endlich zum Aufbau und zur Ausgestaltung einer eigenen Welt, bringt der Lärm der Großstadt zum Schweigen. So kommt es, daß in einer solchen wohl regsame, praktische Männer und unter günstigen Umständen auch große Gelehrte, doch wenig Künstler und Dichter erwachsen. Wenn die Großstädte dennoch die Zentren sind, auf deren Gebiet sich die Poeten, Maler, Bildhauer und Architekten des Landes vereinen, so hat das seinen guten Grund. Doch es ist mir hier ein weiteres Eingehen versagt. Das junge Bäumlein bedarf eben eines andern Bodens und anderer Pflege als der ausgewachsene Baum, den wir dahin pflanzen, wo seine Früchte die rechte Würdigung finden. Für seine Wurzeln ist Nahrung, was dem jungen Pflänzchen zum Schaden gereicht.

Ich danke es der Mutter, daß sie uns zeitig aus der Unruhe des Berliner Lebens entfernte.

Die erste Lernzeit. – Die Schwestern und ihre Freundinnen.

Lesen, erzählte mir die Mutter, habe man mich eigentlich nie gelehrt. Der anderthalb Jahre ältere Ludo wurde in dieser Kunst unterrichtet, ich saß spielend daneben, und eines Tages nahm ich die Speckterschen Fabeln zur Hand und las den Anwesenden einige Worte vor. Nun ward mein Vermögen geprüft, und da man fand, daß ich nur noch der

Uebung bedürfe, um auch Schriften, die ich nicht auswendig konnte, zu lesen, that man mich mit dem Bruder zusammen, und wir wurden hinfort gemeinsam unterrichtet.

Anfangs besorgte dies die Erzieherin, dann aber gab man uns in eine kleine Schule, die ein Herr Liebe in der nahen Schulgarten- (jetzt Königgrätzer) Straße hielt. Sie wurde fast nur von Kindern aus uns bekannten Familien besucht, und der Direktor war ein freundlicher kleiner Mann in mittleren Jahren mit einem runden, gutmütigen Gesichte, der uns mehr im Sande seines Gärtchens graben oder spielen und singen als ernstlich arbeiten ließ.

Sein einziges Kind, ein hübsches kleines Mädchen Namens Klara, wurde mit uns unterrichtet, und ich glaube, daß ich Herrn Liebe die Kunst des Schreibens verdanke. Im Sommer unternahm er auch größere Spaziergänge mit uns, die mehrmals auf das Gut des von den Landwirten hochgeschätzten Herrn Körte führten.

Von solchen Wanderungen, an die sich später andere schlossen, die wir mit dem Sohn und Hauslehrer einer befreundeten Familie machten, brachten wir der Mutter immer große Sträuße nach Hause, oft aber auch schöne Geschichten; denn der Hauslehrer, von dem ich sprach, ein Kandidat Woltmann, verstand ganz wunderschön zu erzählen; mir aber war es früh ein Bedürfnis, was ich Fesselndes gehört hatte, diejenigen, die ich liebte, später mitgenießen zu lassen.

Von diesem sinnigen und kinderfreundlichen Manne vernahm ich zuerst die Namen der griechischen Heroen, und ich weiß, daß ich nach der Heimkehr von einem solchen Spaziergange die Mutter bat, uns Schwabs Sagen des klassischen Altertums zu schenken, die einer der Knaben, die mitgewandert waren, besaß.[1] Wir bekamen sie denn auch zu Ludos Geburtstag im September, und wie lauschten wir, als sie uns vorgelesen wurden, wie oft versenkten wir uns selbst in den köstlichen Inhalt.

Ich meine, daß die Geschichte des trojanischen Krieges mich tiefer ergriff und erregte, als selbst die Märchen der »Tausend und eine Nacht«. Die Helden des Homer erschienen mir wie Rieseneichen, die die kleinen Bäume des mir bekannten Menschenwaldes hoch überragten. Wie herrliche Schneeberge beherrschten sie die Hügel, an denen meine kindliche Vorstellung schon reich war, und wie oft haben wir »Trojanischer Krieg« gespielt und nach der Ehre gegeizt, den Hektor, Achill oder Ajax darzustellen. Sehr entschieden standen die

Trojaner mir stets näher als die Achäer; vielleicht weil ihr schweres Geschick mein junges Herz mit Mitleid erfüllte. Wie der Majorität und dem Sieger der Erfolg, so sicher pflegt ja auch der Minorität und dem Unterliegenden die menschliche Teilnahme zu gehören.

Jenem Kandidaten Woltmann, dem ich den ersten Blick in das griechische Altertum verdanke, bin ich vor wenigen Jahren als greisem evangelischen Pfarrer im Hause des Konsuls Valentiner zu Wiesbaden wieder begegnet. Er erinnerte sich unserer Spaziergänge noch sehr wohl, und wie freute ich mich, als der würdige Geistliche, dem diese Zeilen auch noch in einer früheren Ausgabe zu Gesicht kamen, der Mutter mit Rührung und in jugendlicher Begeisterung gedachte.

Von Herrn Liebe, unserem Direktor, weiß ich nur noch dreierlei zu berichten. Am Geburtstage seiner Tochter traktirte er uns mit Kuchen und Wein, und dabei mußten wir ein von ihm selbst gedichtetes Festlied singen, dessen Refrain, in dem jedes Jahr die Zahl geändert wurde, ich im Gedächtnis behielt. Er lautete also:

»Klärchen mit den blauen Augen,
Klärchen mit dem blonden Haar
Heißt nun nicht mehr Kikel-Kikel-Kakel,
Denn es wird ja heut schon sieben Jahr'.«

Wie wir uns, als sie acht Jahre alt wurde, mit dem Versmaß auseinandersetzten, weiß ich auch noch. Es wurde gesungen:

»Denn es wird jaheute schon acht Jahr'.«

Karl von Holtei hatte es schwerer, als ihm aufgetragen wurde, nach dem Tode des Kaisers Franz das schöne »Gott erhalte Franz den Kaiser« dem Namen seines Nachfolgers Ferdinand anzupassen. Er zog sich indes witzig genug aus der Affaire, indem er singen ließ: »Gott erhalte Ferdinandum.«

Zweitens halfen wir Herrn Liebe, der mit zum Kirchenvorstand gehörte und das Ehrenamt des Klingelbeutelumhertragens übernommen hatte, das eingekommene Geld sortiren, und es ergötzte uns weidlich, ihn – wie recht hatte der Mann! – aufbrausen zu sehen, wenn sich unter den Silber- und Kupfermünzen, was leider beinahe regelmäßig geschah, Zahlpfennige und – ich habe sie selbst in der Hand gehalten – Knöpfe von verschiedenen Kleidungsstücken befanden.

Drittens habe ich Herrn Liebe zu beschuldigen, auf unser Betragen nach der Schule zu wenig geachtet zu haben. Hätte er das Auge besser offen gehalten, wäre uns jedenfalls mancher blaue Fleck und unseren Kleidern manche Wunde erspart geblieben; denn so oft es anging, begaben wir uns aus der Schulgartenstraße nicht direkt nach Hause, sondern durch das Potsdamer Thor auf den Platz hinter ihm. Dort lauerte der Feind, und wir suchten ihn auf. Er bestand aus Mitgliedern einer Schule von bescheidenerem Schlage, die uns »Geheimratsjören«, was wir ja meistenteils waren, und die wir dafür »Knoten« riefen. Dies Wort ist übrigens von ursprünglich nichts weniger als beleidigender Bedeutung, da es infolge eines leicht verständlichen sprachlichen Vorgangs aus dem älteren »Genote«, das ist Genosse, entstand.

Wer uns deswegen des Hochmutes zeihen wollte, würde uns unrecht thun. Kinder raufen sich nicht regelmäßig mit denen, die sie verachten. Das »Knote« sollte nur ihr »Geheimratsjören« übertrumpfen. Hätten sie uns »dumme Jungen« genannt, wären sie dafür wahrscheinlich »Wasserköpfe« oder so ähnlich gerufen worden.

Die Führer dieser schon vor Beginn des Kampfes keineswegs sorglich gekleideten Schar entstammten einem sogenannten Blumenkeller, das heißt einer unterirdischen Verkaufsstelle von Pflanzen, Kränzen und so weiter am Anfang der Leipziger Straße, zu dem vom Bürgersteige aus eine Treppe hinabführte. Ost kamen sie uns von selbst entgegen; im entgegengesetzten Falle aber lockten wir sie mit bestimmten Rufen aus ihrem Keller hervor. Sobald sie erschienen waren, schlüpften wir in einen Haushof, und wie oft kam es dort zu einer Schlacht, bei der die Schulmappe als Schutz- und Trutzwaffe diente. Auch der »Feind« führte solche, und oft genug haben wir sie einander an die Köpfe geschlagen. Wenn der Zorn mich ergriff, war ich wild wie ein Kampfhahn, und auch der gelassene Ludo schlug derb genug zu, sobald ihm die Ruhe getrübt worden war. Das Gleiche darf ich den meisten »Geheimratsjören« und auch den »Knoten« nachsagen. Zu einem entscheidenden Erfolge gelangte der Kampf nur selten; denn der Portier oder ein Hausbewohner machte ihm fast immer unberufen ein vorzeitiges Ende. Ich erinnere mich noch einer dicken Frau, wahrscheinlich einer Köchin, die mich am Kragen festhielt, mich auf die Straße stieß und dabei ausrief: »Pfui doch; solche junge Herren sollten sich was schämen!«

Doch Hegel, dessen Einfluß damals in den gelehrten Kreisen Berlins noch so groß war, hatte Scham »Zorn gegen die Natürlichkeit« genannt, und das Natürliche gefiel uns. So wurden denn die Kämpfe gegen die »Knoten« fortgesetzt, bis die Berliner Revolution ernstere Kämpfe hervorrief und die Mutter uns fort nach Keilhau schickte.

Mich wundert, daß sie nie von diesen ersten Kriegsthaten ihres Ludo, der später Offizier wurde, und den meinen erfuhr; ich gedenke ihrer aber mit großem Vergnügen; denn sie kräftigten uns den Mut und die Arme, und was sie den Kleidern zu leide thaten, wurde schnell von der guten Auguste, dem Stubenmädchen, unsichtbar gemacht.

Doch es kam keineswegs täglich zu solchen Kämpfen. Es mußten vielmehr viele günstige Gelegenheiten zusammentreffen, um uns den Kriegspfad zu ebnen.

Auch die Schwestern besuchten die Schule, und zwar die des Fräulein Sollmann in der Dorotheenstraße, die für die Geheimeratstöchter das war, was die Liebesche für uns. Dennoch wurde uns, ich weiß eigentlich nicht recht wozu, ein Hauslehrer gehalten. Hatte die Mutter doch von unseren Raufereien gehört, sah sie die Unmöglichkeit ein, uns überall hin zu folgen, sollte uns der Kandidat in die Anfangsgründe des Lateins einführen und uns bei der Anfertigung der Arbeiten überwachen, nachdem wir am Anfang meines zehnten Jahres in die Schmidtsche Schule auf dem Leipziger Platz gekommen waren – ich versäumte es, sie darnach zu fragen. Es sind ihrer mehrere gewesen, doch hat keiner auch nur den geringsten Einfluß auf meine geistige oder gemütliche Entwicklung gewonnen. Von dem ersten weiß ich, daß er das Haus verlassen mußte, weil er spät in der Nacht betrunken heimgekehrt war. Der arme Schelm hatte, wie ich später erfuhr, nur bei dem Stiftungsfeste seiner Verbindung zu viel des Guten gethan; doch konnte die Mutter als alleinstehende Frau solche Ungehörigkeit allerdings nicht durchgehen lassen.

Die Osterferien führten Bruder Martin regelmäßig nach Hause. Dann erzählte er uns von Keilhau, und wir brannten darauf, ihm folgen zu dürfen; und doch hatten wir daheim so viele gute Schulkameraden und Freunde, so weite Tummelplätze und schöne Spielsachen. Besonders gern gedenke ich der Zinnsoldatenarmee, die wir Schlachten ausfechten ließen, und der Messingkanonen, womit wir ihre Reihen zusammenschossen. Mit den Baukästen konnten wir Schlösser und Dome errichten, und auch das Kochen machte uns noch Freude, wenn die Schwestern uns gestatteten, mit weißen Schürzen und Mützen die Küchenjungen und Aufwärter zu spielen.

Martha, die älteste von uns, war schon ein großes Mädchen, aber so sanft und freundlich, daß wir nie zu fürchten brauchten, von ihr zurückgewiesen zu werden. Auch ihre Freundinnen mochten uns Kleine gern.

Besonders Marthas Altersgenossinnen bildeten einen Mädchenkranz von seltener Anmut. Da war die schöne Emma Baeyer, die Tochter des Generals Baeyer, der später die mitteleuropäische Gradmessung leitete, da die hübsche, muntere Anna Kisting, da Gretchen Kugler, ein wunderschönes, heiteres Mädchen von seltenem weiblichen Liebreiz, das später Paul Heyse die Hand reichte und ihm in jungen Jahren entrissen wurde, da Klara und Agnes Mitscherlich, die Töchter des berühmten Chemikers, zwei hochbegabte Mädchen mit vornehmer Anmut, von denen die jüngere meinem Kinderherzen besonders lieb war.[2] Auch die gute, immer gleich freundliche Gustel Grimm, die Tochter Wilhelm Grimms, kam öfter zu uns; meine Herzenskönigin aber war die Schwester unseres Spielkameraden Max Geppert, die reizende Tochter des Justizrats Geppert, die leider aus einer glücklichen Ehe von Mann und Kind jung abgerufen wurde, damals aber wohl die beste Freundin meiner jüngeren Schwester Paula war.

Diese beiden hatten auch Tanzstunde zusammen, und kein schöneres Fest, als wenn sie bei uns abgehalten wurde; denn bisweilen erwiesen die jungen Damen auch uns die Gnade, uns zu beachten und mit uns zum Klange der winzigen Geige des Herrn Guichard zu tanzen.

So heiß meine Liebe zu dem schönen Annchen aber auch war, hätte sie der Angebeteten doch beinah eine Erkältung zugezogen; denn ich Bösewicht versteckte während einer Tanzstunde an einem regnerischen Sonnabend Abend ihre Ueberschuhe, um sie ihr am nächsten Morgen wiederbringen zu dürfen.

Für sie hat mein Herz zuerst schneller geschlagen, und da man sich einen Spaß daraus machte, mich mit meiner Neigung zu necken, glaubte ich jahrelang an sie, und wenn es von Keilhau aus in die Ferien ging, freute ich mich vor allem auf das Wiedersehen mit Annchen Geppert. Ich glaube auch heute noch, daß sie rot wurde, als ich ihr, zwölf oder dreizehn Jahre alt, bekannte, sehr oft an sie gedacht zu haben, – und dies Erröten machte mich glücklich.

Sie sah damals der Frau ähnlich, mit der ich vor sechs Jahren die silberne Hochzeit feierte, und gehörte sicherlich zu dem nämlichen weiblichen »Genre«. Das halte ich wert und stelle es so hoch über alle anderen wie Simonides von Amorgos die Frau, die der Biene gleicht, den übrigen Frauen vorzog. Ich meine das Genre, bei dem uns das echt Weibliche und die sanfte Anmut das Herz berührt, bevor wir noch nach Geist und Schönheit fragen.

Die Mutter lächelte über dergleichen, und ihre Töchter machten es ihr, so lange sie als Mädchen bei ihr weilten, leicht, ihr – so mußte es uns wenigstens scheinen – schwer zu gewinnendes Herz zu behüten.

Nur einen Knaben zog Paula den anderen vor, und das war der hübsche blonde Paul, der Freund, Spießgeselle und Altersgenosse unseres Martin, der Sohn unseres Nachbars, des Geheimerats Seiffart. Und das Leben führte uns oft genug zusammen; denn seine Mutter und die unsere waren Herzensfreundinnen, und ihm stand unser Haus ebenso offen wie uns das seine.

Paul war am nämlichen Novembertage, wenn auch mehrere Jahre früher geboren als meine Schwester, und ihr gemeinsames Wiegenfest wurde, so lange wir klein waren, bei den Nachbarn durch eine Puppenkomödie gefeiert, die in dem großen Seiffartschen Saale irgend ein Meister seines Faches auf einer hübschen kleinen Bühne aufführte. Diese Vorstellungen sind mir unvergeßlich geblieben, und ich lache noch, wenn ich des Ritters gedenke, der seinem Diener Kasperle zuruft: »Fürchte meinen Zwirn!«, was »fürchte meinen Zorn« bedeuten sollte, oder desselben Kasperle, wie er sein Weib mit einem Pfahle kurz und klein schlägt und es dann fragt: »Noch ein Lot ungebrannte Holzasche, mein Puttchen?«

Zu diesen Komödien ging Paula gern; sie war aber von Kind an ein höchst eigenartiges junges Geschöpf, dem keineswegs alle Vergnügungen ihres Alters zur Freude gereichten. Als Erwachsene konnte die Mutter sie oft nur schwer bewegen, einen Ball zu besuchen, während Martha die froheste Jugendlust aus den hellen Augen strahlte, wenn es zum Tanze ging; und doch nahm sich die hoch und schlank gewachsene Paula in der Balltoilette hübsch genug aus.

Frohgemut, lebhaft, ja oft so knabenhaft kühn, daß sie uns Jungen voran den nicht ungefährlichen Sprung von dem großen Balkon unseres hohen Parterre in den Garten wagte, offenen Kopfes und voller drolligen Einfälle führte sie ein für ihr Alter ungewöhnliches

Innenleben. Es nimmt sich komisch genug aus, wenn man die Dreizehnjährige in ihrem Tagebuch, von dem mir mehrere Hefte aus dem Nachlaß der Mutter zukamen, bekennen hört, daß sie keine »weltlichen Vergnügungen« liebe, und damit gab das streng wahrhaftige Kind doch nur einer in ihm höchst lebendigen Empfindung Ausdruck.

Es hatte für mich etwas Rührendes, als ich in den nämlichen Bekenntnissen las: »Ich träumte so vor mich hin, und sie sagten, ich müsse mich wohl nach etwas sehnen, gewiß nach dem Paul. Ich widersprach auch nicht; denn ich sehnte mich wirklich, aber nicht nach einem Jungen, sondern nach unserem verstorbenen Vater,« und Paula war drei Jahre alt gewesen, als dieser dahinging!

Wer sie jubeln sah, wenn im Seiffartschen Garten ein Feuerwerk abgebrannt wurde, oder wenn sie in dem unsern mit fliegenden Locken und Kleidern, mit glühenden Wangen und leuchtenden Augen, ganz bei der Sache, »Anschlag« oder »Räuber und Prinzeß« spielte, wer ihr folgte, wenn sie, ganz Leben und Teilnahme, auf unserem eigenen kleinen Puppentheater eine Aufführung leitete, der hätte nimmer gedacht, daß gerade sie sich zeitweilig scheu von jedem lauten Vergnügen zurückzuziehen, daß sie sich mit schwärmerischer Frömmigkeit nach dem allsonntäglichen Kirchengang sehnen und in Betrachtungen über Dinge verlieren könne, die sonst dem kindlichen Denken und Empfinden fern liegen.

Wer sollte dem Mädchen keinen leichten Sinn zutrauen, das in sein Tagebuch schrieb: »Pfui, Paula! Du hast Dir keine Mühe gegeben. Mutter durfte eine viel bessere Zensur erwarten. Doch nur glücklich ist, wer vergißt, was nicht mehr zu ändern ist.«

In Wirklichkeit ist sie indes keineswegs ein »Leichtfuß« gewesen. Das bewies ihr Leben, und das geht wohl auch aus den Worten hervor, die ich auf einer andern Seite des Tagebuches der Dreizehnjährigen fand: »Mutter und Martha sind bei Drakes. Ich lerne mein Gesangbuchlied. Dann lese ich in der Bibel von den Leiden Jesu. O, wie das weh gethan haben muß! Und ich? Was thue ich denn Gutes, um andere zu erfreuen oder ihre Schmerzen zu lindern? Aber das muß anders werden, Paula! Ich will ein neues Leben beginnen. Mutter sagt immer, man würde schon von selbst glücklich, wenn man sich selbst etwas versagt, um anderen Gutes zu thun. Ja, wer das immer möchte. Aber versuchen will ich es! denn Er ist ja, obgleich Er es gar nicht gebraucht hätte, um unserer Sünden willen und um uns glücklich zu machen, gestorben.«

Erste Begegnung mit der Kunst und große und kleine Bekannte aus der Lennéstraße.

Die Drakes, deren das Tagebuch der Schwester erwähnt, sind die Familie des Bildhauers, dem Berlin und manche andere deutsche Stadt so herrliche Kunstwerke verdankt.

Er gehörte auch zu unseren Nachbarn. Ich bemerkte schon, daß sein Haus von der Lennéstraße aus das erste in der Schulgartenstraße[1] war, und ihn und die junge Frau, die er vor kurzem heimgeführt hatte, verband eine warme Freundschaft mit der Mutter.

Auch uns Kindern war er gewogen, und er duldete uns sowohl in dem Atelier, das mit seinem Hause verbunden war, wie in dem andern größeren im Tiergarten. Ja er gab uns gern ein Stück Thon, um irgend etwas daraus zu kneten.

Oft habe ich daselbst stundenlang seinem Schaffen zugeschaut und ihm etwas vorgeplaudert oder lieber noch zugehört, wenn er uns von seiner Kindheit erzählte, in der er ein ganz armer Junge gewesen. Dabei forderte er uns auf, dankbar zu sein, daß wir es besser hätten; doch fügte er gewöhnlich hinzu, er möchte dennoch für nichts in der Welt die Tage hergeben, in denen er barfuß umhergelaufen.

Dabei leuchteten ihm die hellen, reinen Künstleraugen, und es muß auch ein köstliches Hochgefühl sein, mit eigener Kraft die schwersten Hindernisse besiegt und sich bis zum Gipfel des Höchsten im Leben, der Kunst, hinaufgeschwungen zu haben.

Das ahnte ich schon bei seinen Erzählungen, und ich finde heute jeden beneidenswert, der wie er, sein Kunstgenosse Ritschl und mein lieber Freund Josef Kopf in Rom, die alle drei lorbeergekrönte Meister der Bildhauerkunst wurden, der eigenen Kraft alles schuldet.

In Drakes Atelier sah ich Statuen, Büsten und Reliefs aus der rohen Masse des Thones entstehen, sah ich das Gipsmodell von den Punktirern auf den Marmor übertragen und den Meister mit sicherer Hand herrliche Formen aus dem Urkalk erwecken. Was ich nicht verstand, das erklärte der gelassene, freundliche Mann uns mit nie versagender Geduld, und so gewann ich früh einen Einblick in das Schaffen der Bildhauer.

Es sind Kindheitserinnerungen, die mich in der »Uarda« die Gestalt des kleinen Pennu, im »*Homo sum*« die des Polykarp, im »Kaiser« den Pollux und in »*Per aspera*« den daseinsfrohen Alexander darstellen ließen, wenn mich auch das Leben später mit vielen Künstlern zusammenführte.

Ich hatte übrigens im letzten Berliner Jahre auch das Atelier eines andern Bildhauers oft besucht. Er hieß Streichenberg, und seine Werkstätte lag in unserem Garten in der Linkstraße.

Wenn in Drakes Werkstatt sinniger Ernst waltete, so herrschte in der des Professors Streichenberg künstlerische Fröhlichkeit. Er pfiff oder sang oft bei der Arbeit, und sein junger italienischer Punktirer schlug die Guitarre. Aber während ich noch genau weiß, was Drake in unserer Gegenwart zur Ausführung brachte und einzelne Gruppen des köstlichen Reliefs »Die Genien des Tiergartens«, das er vor unseren Augen modellirte, zeichnen konnte, erinnere ich mich keines einzigen Streichenbergschen Werkes, um so besser aber der lebhaft munteren Weise dieses Künstlers, der uns in den Märztagen 1848 als Volksführer wieder begegnete.

Auch gute Werke der Kunst gehörten zu unserer täglichen Umgebung; denn in den Wohnzimmern hingen viele Gemälde, die der Vater von dem seinen geerbt. Es befanden sich unter ihnen außer den schönen Porträts von Beadley und Schadow, deren ich schon erwähnte, gute alte Niederländer, unter denen ein Edelknabe von Ferdinand Bol die erste Stelle einnahm, Landschaften von Philipp Hackert, eine Marine von Gudin und andere mehr. So wurden uns wenigstens einige gute Schöpfungen der Maler zeitig vertraut. Doch es war uns auch schon jung vergönnt, einen Blick in ihre Werkstätten zu werfen. Da gab es zunächst einen jungen Porträtmaler Ernecke, dem die Mutter in der Lehrzeit den Weg geebnet hatte und in dessen Atelier ich gelangte, als sie ihm aufgetragen hatte, mein Bildnis zu malen. Dort herrschte eine mehr als künstlerische Unordnung, und ich erinnere mich noch gern seiner frohen Laune und des einen Löffels, den er »weitergab«, als er uns während einer Sitzung Kaffee gekocht hatte.

In der Schmidtschen Schule gehörten Franz und Paul Meyerheim zu unseren Kameraden, und wie war ich so voll von Bewunderung, als einer von ihnen – ich glaube Franz, der damals wie wir zehn oder elf Jahre zählte – uns einen Husaren zeigte, den er selbst auf ein Stück Leinwand in Oel gemalt hatte. Die Brüder nahmen uns auch mit in das elterliche Haus, und dort sah ich den freundlichen Vater, den Schöpfer so vieler liebenswürdigen Bilder aus dem Land- und Kinderleben, bei der Arbeit.

Der hochbegabte Franz ist leider jung gestorben, mit dem genialen, heiteren und kraftvoll selbständigen Paul hat mich aber das Leben wieder zusammengeführt.

Auch ein Mitglied der Künstlerfamilie Begas, Adalbert, von dem ich später schöne Porträts sah, dem ich aber leider nicht wieder begegnete, gehörte zu unseren Alters- und Spielgenossen. Durch ihn kamen wir auch in das Heim der Seinen am Karlsbad.

Am unvergeßlichsten blieben mir unsere Begegnungen mit Peter Cornelius, der auch in der Lennéstraße wohnte.

Denke ich an ihn, so ist es mir immer, als blickte er mir wieder ins Antlitz. Wer einmal in seine Augen schaute, der konnte sie nimmer vergessen. Tieferen und gewaltigeren bin ich nicht wieder begegnet. Er war ein kleines Männlein mit wachsbleichen und beinahe herben, doch wohlgebildeten Zügen und schlichtem, langem kohlschwarzem Haar. Man hätte ihn übersehen können, wenn die Augen nicht gewesen wären, die alles andere an ihm verschwinden ließen, wie das Licht der Sonne den Sternenschein. Sie bewirkten, daß er unter Tausenden die Aufmerksamkeit auf sich gezogen hätte. Ihr majestätisch leuchtender Blick forderte Gehorsam, und mit ihm hat er die Massen bezwungen und durchgeistigt, die sein gewaltiger Genius in wunderbar durchdachter Ordnung auf den kleinen Raum seiner Kartons zusammenführte. Der ihm eigene gemessene Ernst und die vornehme Zurückhaltung seines Wesens waren wohl geeignet, Kinder von ihm fern zu halten, ja sie abzuschrecken, und wir waren dem strengen kleinen Mann, von dem wir gehört hatten, daß er zu den Größten unter den Großen gehöre, aus dem Wege gegangen. Als er und seine freundliche Gattin aber mit der Mutter bekannt geworden waren, rief er uns zu sich heran, und es ist unbeschreiblich, wie sich seine herben Züge im Verkehr mit uns Kleinen sänftigten, bis sie den Ausdruck freundlichster Herzensgüte gewannen. Und mit wie eingehender, ich möchte sagen väterlicher Güte er mit uns zu reden und sogar in seiner bedeutsamen Weise zu scherzen verstand! Ich sollte es besser als die anderen erfahren; denn mein blonder Lockenkopf war ihm brauchbar für einen Kunstzweck erschienen, und die Mutter hatte ihm gern gestattet, mich zum Modell zu benützen. Da hab' ich ihm denn mehrere

Tage hintereinander etliche Stunden still halten müssen, doch gesteh'
ich zu meiner Schande, daß ich mich nur noch erinnere, bei diesen
Sitzungen besonders gute verzuckerte Früchte genossen zu haben.

Ich muß jetzt lächeln, wenn ich bedenke, daß er aus mir wildem
Jungen, der vielleicht kurz vorher von dem Feind aus dem
Blumenkeller Prügel bekommen hatte, einen Engel oder Genius des
Friedens machte.

Später begegnete ich ihm noch einmal, und dies Zusammentreffen hat
die Erinnerungen aus der Jugendzeit, die ich hier genau, wie sie mir
vor Augen schweben, wiederzugeben versuchte, nur bestätigt.

Weit näher als Peter Cornelius stand ein anderer berühmter Bewohner
der Lennéstraße unserem mütterlichen Hause. Es war der
Oberkonsistorialrat und Hofprediger Strauß, der die Nr. 3 bewohnte.

Verschiedenere Männer als er und sein großer Künstlernachbar lassen
sich schwer denken, obgleich ihre Wiegen nicht allzu weit von
einander gestanden hatten; denn der Maler war in Düsseldorf, der
Geistliche zu Iserlohn in Westfalen geboren.

Cornelius schwebt mir vor wie ein besonders seiner Typus der
romanischen Rasse, während ich Strauß ein Urbild des derben
niedersächsischen Stammes nennen möchte. Breitschulterig, voll,
rotwangig, mit klugen, aber durchaus freundlichen blauen Augen und
einer klangvollen Baßstimme, die große Räume zu bewältigen
gewohnt war, ging er auf festen Beinen in sicherem Behagen, Behagen
erweckend, dahin. Es war ihm etwas von der selbstgewissen und doch
seinen Würde des wohlgestellten und unterrichteten katholischen
Prälaten eigen; doch kam dazu noch die Streitbarkeit der Protestanten.
Wer ihm näher in das gesunde Antlitz schaute, der fand darin nicht nur
wohlwollende Güte, sondern auch überlegene Klugheit und deutliche
Spuren jener freudigen Schwungkraft der Seele, die ihm eine so große
Gewalt über die Herzen der ihm lauschenden Gemeinde und
gelegentlich auch über das Gemüt und den Geist des Königs verlieh.

Seine kirchliche Richtung ist nicht die meine geworden, doch glaube
ich, daß seine strenge Wortgläubigkeit auf Ueberzeugung beruhte, und
nicht auf ihn ist das widrige Zurschautragen der Frömmigkeit, um sich
dem König angenehm zu machen, zurückzuführen. Unsere Knabenzeit
fällt ja in die Jahre, in denen Alexander von Humboldt, als er einmal
den König in die Friedenskirche zu Potsdam begleitet hatte, auf die
spöttische Frage, wie er, den man bei Hofe für einen Freigeist hielt, in

das Gotteshaus komme, die treffende Antwort erteilte: »Um Carriere zu machen, Excellenz.«

Wenn der Hofprediger Strauß uns auf der Straße begegnete und uns mit der klang- und salbungsvollen Stimme sein »Guten Morgen, meine lieben Täuflinge!« entgegenrief, so ging einem das Herz auf, als habe man einen Segen empfangen. Mich nannte er und sein Sohn Otto wegen meines blonden Lockenkopfes »Marc Aurel«, und wie oft hat seine kräftige Hand sich in meine Haarfülle versenkt, um mich zu sich heranzuziehen.

Strauß stand dem Könige Friedrich Wilhelm IV. sehr nahe, und er hat in wichtigen Momenten auch Einfluß auf seine politischen Entscheidungen gehabt. Dennoch konnte sich der seltsam geartete Fürst nicht enthalten, auch ihm gegenüber der Neigung zu billigen Witzen nachzugeben. Als er ihn zum Hofprediger ernannt hatte, rief er Alexander von Humboldt zu: »Ein naturhistorisches Kunststück, das Du mir doch nicht nachmachen kannst! Ich habe einen Strauß zum Dompfaffen² gemacht.«

Fritz, der älteste Sohn des würdigen Mannes, besuchte mich in Leipzig. Unsere Studien auf dem Gebiet der biblischen Geographie hatten uns zu verschiedenen Ansichten geführt, doch mitten in die wissenschaftlichen Meinungsverschiedenheiten mischten sich fortwährend Erinnerungen aus der Lennostraße.

Weit öfter als seiner, des sehr viel älteren, hatte ich seines jüngeren Bruders Otto, damals ein frischer und liebenswürdiger junger Mann, und seiner Mutter, eine warmherzige und freundliche Rheinländerin von vornehmer Haltung, gedacht.

Unsere Mutter hielt große Stücke auf den Hofprediger. Er hatte uns alle getauft und sollte später meine Schwestern konfirmiren und unsere Martha trauen. Aber so wert er der Mutter auch als Freund und Ratgeber war, konnte sie sich doch nicht zu seiner strengen Glaubensrichtung bekennen. Zwar genoß sie das Abendmahl mit den Schwestern nur von seiner Hand, doch zog sie die Predigten des Feldprobstes Bollert und später die des trefflichen Sydow den seinen vor. Ich erinnere mich noch sehr wohl ihrer Betrübnis, als Bollert, dessen freiere Auslegung der Schrift bei Hofe Aergernis erregt hatte, nach Potsdam verschickt wurde.

Ein drolliges Echo der Wirkung dieser Maßregel finde ich in dem Tagebuch unserer Paula wieder, und es wäre damals einem heranwachsenden Mädchen mit lebhaftem Geiste auch geradezu unmöglich gewesen, dergleichen Urteile, die sich ihm aufdrängten, wohin es kam, zu überhören.

Königstreu war alles um uns her, ja der Geheimerat Seiffart, einer unserer allernächsten Freunde, ein höchst schneidiger Konservativer, dem man das Wort vom »beschränkten Unterthanenverstande«, das indes seinem Chef, dem Minister von Rochow, angehört, zuschreiben wollte. Doch warme Sehnsucht nach würdigeren politischen Zuständen und nach einer Verfassung auch für das wackere, loyale, denkende und wohlunterrichtete preußische Volk erfüllte die meisten näheren Bekannten der Mutter und ausnahmslos die jüngeren.

Im nämlichen Hause mit uns wohnten zwei Männer, die für ihre politische Ueberzeugung gelitten hatten, die Brüder Grimm. Unter den Göttinger Sieben waren sie, wie bekannt, als Opfer der Willkür des Königs Ernst August von Hannover von ihren Lehrstühlen verdrängt worden.

Ihre würdigen Gestalten gehören für mich zu den edelsten, unvergeßlichen Erinnerungsbildern aus der Lennéstraße. Sie waren gleichsam Eins, und man sah sie selten allein. Dennoch hatte jeder die ihm eigene Individualität völlig bewahrt.

Wenn je das Aeußere bedeutender Männer der Vorstellung entsprach, die man sich nach ihren Thaten und Werken bildete, so war es das ihre. Man brauchte sie nicht zu kennen, um auf den ersten Blick zu wissen, daß man es mit großen Arbeitern auf dem Gebiete des geistigen Lebens zu thun hatte. Nur ob sie Gelehrte waren oder Dichter, hätte auch der geübte Beobachter schwer zu entscheiden vermocht. Ihr lang wallendes gewelltes Haar und ein ideales Etwas, das sie beide umwob und ihnen aus den Augen sprach, hätte vielleicht eher auf diese Vermutung, die Bildung der gedankenschweren, von strenger Arbeit zeugenden Stirnen und die etwas nach vorn geneigte Haltung auf jene geführt. Wilhelms mildere Züge waren doch wohl die eines Poeten, Jakobs strengere und der durchdringende Blick seiner Augen ließen leichter den großen Forscher in ihm erkennen. So sicher wie beide zu den gewaltigsten Förderern der deutschen Wissenschaft gehörten, so gewiß hatte sie aber auch die Muse schon in der Wiege geküßt. Nicht allein die Art der Wiedergabe unserer deutschen Volksmärchen, nein, fast jede ihrer Schriften legt Zeugnis ab für eine poetische Anschauungsweise und eine nur dem dichterischen Genius eigene

Intuition. Manche ihrer Schriften ist auch voll von poetischer Schönheit.

Daß beide Männer in des Wortes vollster Bedeutung waren, sah man ihnen gleichfalls auf den ersten Blick an. Sie haben es bewiesen, als sie, um auf ihrer Ueberzeugung zu beharren, sich und die Ihren einer ungewissen Zukunft preisgaben, und als sie, schon in höheren Jahren, die Riesenarbeit, ein deutsches Wörterbuch von dem Umfang und der Tiefe des ihren herzustellen, auf sich nahmen.

Jakob sah aus, als könnte nichts ihn beugen, Wilhelm, als sei er ebenso stark, doch geneigt, sich aus Liebe nachgiebig zu erweisen.

Und welche bezaubernde, ja ich möchte sagen kindliche Liebenswürdigkeit paarte sich mit der Mannheit in diesen beiden! Ja, sicherlich war ihnen jene erhabene Einfalt eigen, die das Genie mit dem Kinde, das der Heiland zu sich berief, gemein hat. Das sprach ihnen aus den Augen, die so tief zu schauen vermochten, das klang aus ihrer Rede, die das Schwerste so leicht bewältigte, wenn sie sich herabließen, mit den eigenen Kindern und oft auch mit uns so herzig zu verkehren und so naiv zu scherzen, daß wir uns bisweilen versucht fühlten, uns für die klügeren zu halten.

Aber wir wußten, mit welchen Riesen des Geistes wir verkehrten, und man hätte es mir wenigstens nicht zu sagen brauchen. Es war mir immer, wenn sie mich zu sich heranriefen, als hätte mich der König dessen gewürdigt.

Nur Wilhelm war verehelicht, und das Weib, das er zu dem seinen gemacht, hatte kaum ihresgleichen an sonniger und schlichter Herzensgüte. Eine freundlichere, mütterlichere, liebere Matrone ist mir nie wie der begegnet. Man glaubte ihr Kind zu sein, wenn sie mit einem verkehrte, und wie sorgte sie für die beiden, die sie »die Männer« nannte, und ihre Kinder.

Hermann, der sich als Dichter einen guten Namen erwarb und zu den allerhervorragendsten unserer Aesthetiker gehört, war weit älter als wir. Der lange, oft wie in Gedanken versunken dahinschreitende junge Mann galt uns für etwas Besonderes, Unnahbares; sein jüngerer Bruder Rudolf war dagegen ein heiterer Jüngling, dessen Schönheit und Frische mir unsagbar wohl gefiel. Wenn er mit elastischen Schritten, als fordere er das Leben zum Kampfe heraus, daher kam und ich ihn immer drei Stufen der Treppe auf einmal überspringen sah, freute ich mich, und ich wußte, daß die Mutter ihn besonders gern mochte. Das galt auch von der »Gustel«, seiner Schwester, die so herzensgut und freundlich war wie ihre Mutter.

Deutlich seh' ich heute noch den Fackelzug vor mir, dem wir von den höher gelegenen Grimmschen Fenstern aus zusehen durften, als die Berliner Studentenschaft die verehrten und geliebten Brüder mit einem solchen feierte; doch noch ein hellerer Feuerschein ist mir im Gedächtnis geblieben. Das brennende Opernhaus war es, das ihn weithin verbreitete. Die Mutter, die uns gern an allem wahrhaft Merkwürdigen, das eine Erinnerung für das Leben zu bleiben versprach, teilnehmen ließ, nahm uns aus den Betten mit in das Credäsche Nebenhaus, wo Seiffarts wohnten und das mit einem Türmchen gekrönt war. Von ihm aus folgten wir bewundernd dem tiefer und tiefer erglühenden Himmel, zu dem die Flammen oft mit gierigen Zungen hinanlohten.

Dazu durchschnitten wie glühende, funkenstiebende Vögel gestaltenlose Massen das Dunkel. Rauchsäulen vermischten sich mit dem Gewölk, und der Ruf der Feuerglocken begleitete mit metallenen, Hilfe heischenden Stimmen dies große Schauspiel. Ich zählte erst sechs Jahre, und doch erinnere ich mich deutlich, wie Ludo und ich am nächsten Tage in die Lutzesche Schwimmanstalt geführt wurden und schon auf dem sandigen Exerzierplatze, dann am Ufer der Spree und auf dem Wasser größere und kleinere Stücke halb verkohlter Coulissen fanden, die der Nachtwind bis hieher getragen hatte. Das waren die glühenden Vögel gewesen, deren Fug ich von dem Credeschen Turm aus gefolgt war.

Diese Mitteilung führt mir ins Bewußtsein, wie zeitig die Mutter für die Ausbildung unseres Körpers besorgt war; denn ich erinnere mich genau, daß uns der Hauslehrer, der uns kleine Gesellen immer ins Bad führte, beim Schwimmen auf solche Dekorationsstücke aufmerksam machte. Als ich, elf Jahre alt, nach Keilhau kam, war ich dieser Kunst vollkommen mächtig.

Ich bin überhaupt jünger, als es sonst zu geschehen pflegt, zu mancherlei gekommen, weil ich mit dem anderthalb Jahre älteren Bruder, wie ich schon bemerkte, gleichsam eins war und mir darum, was ihm zukam, nicht wohl vorenthalten werden konnte.

Auch im Schlittschuhlaufen wurden wir früh geübt, und wie viel schöne Stunden verlebten wir, oft auch mit den Schwestern, auf der Eisbahn bei der Luisen-und den Rousseauinseln im Tiergarten. Die ersten Damen, die sich damals als Schlittschuhläuferinnen auszeichneten, waren die Gattin und Tochter des berühmten Chirurgen Dieffenbach, zwei schöne, biegsame Erscheinungen, die sich höchst graziös auf dem Eise bewegten, und die in ihren mit Pelz verbrämten Jacken und polnischen, mit Zobel besetzten Mützchen allgemeine Bewunderung erregten.

Im ganzen fanden wir Zeit genug für dergleichen; doch ging uns manche freie Stunde durch den Musikunterricht verloren. Ludo lernte Klavier spielen; ich aber hatte mir ein anderes Instrument erwählt. Zu unseren besten Kameraden gehörte nämlich außer den schon genannten, den drei prächtigen Söhnen des Geheimerats Oesterreich und anderen mehr, ein netter Junge Namens Viktor Rubens, dessen Eltern gleichfalls mit der Mutter befreundet waren. In dem gastlichen Hause dieser liebenswürdigen Menschen hatte ich, etwa neun Jahre alt, den Komponisten Vieuxtemps Geige spielen hören. Wie berauscht war ich nach Hause gekommen und hatte die Mutter gebeten, mir Unterricht auf diesem Instrument erteilen zu lassen. Der Wunsch war erfüllt worden, und viele Jahre bemühte ich mich mit erfolglosem Eifer, etwas auf der Violine zu leisten. Zwar brachte ich es zu einer gewissen Handfertigkeit, doch genügten mir die eigenen Leistungen so wenig, daß ich eines Tages die Hoffnung aufgab, ein ausübender Musiker zu werden, und meine schöne Geige – eine Gabe der Großmutter – einem talentvollen jungen Virtuosen, dem Sohne des Französischlehrers der Schwestern, schenkte.

Einen großen Eindruck machte auf mich schon damals die Schauspielerin Crelinger durch ihre majestätische Erscheinung und die tiefe, klangvolle Stimme, wenn sie die Mutter besuchte. Sie, ihre Tochter Klara Stich, später Frau Liedtcke, die herrliche Sängerin Frau Jachmann-Wagner und die anmutige Frau Schlegel-Köster waren die einzigen Mitglieder der Bühne, die in den der Mutter so nah stehenden Geppertschen Kreisen verkehrten und dadurch auch mit uns in Berührung kamen.

Frau Crelingers Gatte war ein hochbegabter Jurist und Justizrat; ich habe sie aber unter all den Rätinnen, die sie umgaben, sich nie des Titels ihres Gemahls bedienen sehen. Sie war in Gesellschaft »Frau«, für das Publikum »die Crelinger«. Sie wußte, was dieser Name bedeute. Wenn dem Mimen die Nachwelt auch keine Kränze flicht, so thut es doch die dankbare Erinnerung der Ueberlebenden. Bis ans Ende will ich der Weihestunden nicht vergessen, die ich dieser großen und edlen Menschendarstellerin später schulden sollte.

Auch Frau Jachmann-Wagner verdankte ich in der Oper wie im Schauspiel großen Genuß. Jetzt macht sie sich durch die wahrhaft künstlerische Ausbildung junger Sängerinnen verdient.

Unter dem Nachlaß der Mutter befand sich auch ein humoristisches Briefchen, das die Ankunft eines Freundes aus Oranienburg meldete, und das unterschrieben war:

> »Ihr pudeltreuer Runge.
> Geboren in aller Stille
> zu Neustadt an der Bille.«

Er ist denn auch erschienen, und nicht einmal, sondern mehrmals. Er hatte den Titel »Professor«, war Chemiker, und ich hörte von sachverständigen Freunden, daß ihm ihre Wissenschaft schöne Entdeckungen verdankte.

Er hatte zu den Bekannten des Vaters gehört, und wer diesem sprudelnd lebhaften, witzig heitern Herrn begegnet war, der konnte ihn schwer vergessen.

Geist und Gutherzigkeit leuchteten dem starken Manne mit dem fleischigen Gesicht und dem langen, bis über den gedrungenen Hals reichenden schlichten dunklen Haar aus den fröhlichen Augen. Wenn er mich lachend in die Luft schwang, lachte ich mit, und es war mir, als ob die ganze Welt mitlachen müßte.

Solchem Original und Kraftmenschen bin ich seit vielen Lustren nicht wieder begegnet, und wie freute es mich, da ich in der Lebensbeschreibung des Germanisten Wackernagel las, als es ihm in Berlin elend gegangen war, habe ihn Hoffmann von Fallersleben, sowie derselbe Chemiker Runge nach Breslau geladen, um mit ihnen die eigene Armut zu teilen, die so weit ging, daß sie oft am Abend nicht wußten, woher sie morgen das tägliche Brot nehmen sollten.

Das sah dem Alten ähnlich, und was gibt es Erfreulicheres, als zufällig Gutes von denen zu hören, die wir des Besten für fähig hielten!

Wie viele andere Namen mit und ohne Geheimerats- und Professorentitel kommen mir hier noch in den Sinn; doch muß ich mir versagen, ihrer weiter zu gedenken.

Nur dem Fräulein Lamperi gebührt hier noch eine Stelle. Schon damals speiste sie wenigstens einmal in der Woche bei uns und gehörte zu den treuesten Anhängseln unseres Hauses. Sie war die Erzieherin meines Vaters und seiner einzigen Schwester gewesen und sodann als Kammerfrau in den Dienst der Prinzeß von Preußen, der späteren Kaiserin Augusta, getreten. Damals lebte sie teils von ihrer Pension, teils von einer kleinen Rente, die ihr die Großmutter ausgesetzt hatte, teils von dem Unterricht, den sie in der Musik, der französischen und italienischen Sprache erteilte.

Auch sie gehörte zu den Originalen, nach denen man jetzt vergeblich sucht.

Sie war so geschickt, daß sie sich unglaublicherweise ihre Perücke und einige falsche Zähne selbst verfertigt hatte, und doch stammte sie aus einem Hause, dessen Frauen nicht gewohnt gewesen waren, im eigenen Dienste die Hände zu rühren; denn das Blut der ehrwürdigen und vornehmen Florentiner Familie Altoviti floß in ihren Adern. Ihr Vater war als ein Marchese dieses Namens zur Welt gekommen, doch von dem seinen enterbt worden, als er sich mit einer Tänzerin Lamperi gegen seinen Willen ehelich verbunden. Mit ihr war der Verstoßene erst nach Warschau, dann nach Berlin gegangen und hatte sich und die Seinen durch Sprachunterricht ernährt. Die eine Tochter war ein hervorragendes Mitglied des Berliner Balletts, die andere, durch den sorgfältigsten Unterricht dazu vorbereitet, Erzieherin geworden. Sie gab den Schwestern verschiedene Stunden und übte strenge Kritik an den Handlungen aller Nebenmenschen und auch an den unseren. »Ich kann einmal nicht anders, ich muß sagen, was ich denke,« war das beschönigende Wort, das jeder strengen Ausstellung folgte, und ihr danke ich zuerst die Ueberzeugung, daß es weit leichter ist, eine abfällige Meinung, wenn es straflos geschehen kann, auszusprechen, als sie zurückzuhalten, sowie das Motiv zu meinem Märchen »Das Elixir«.

Ich werde auf Fräulein Lamperi zurückzukommen haben; denn sie hörte nicht auf, unserem Hause nahe zu stehen bis an ihr Ende, und sie ist an neunzig Jahre alt geworden. Uebrigens haben ihre vornehmen Angehörigen in Florenz – zu ihrer Ehre sei es gesagt – sie nie verleugnet, sie, wenn sie nach Berlin kamen, besucht, und ihrem Leichenzug folgte die Equipage des italienischen Gesandten, der auch zu der Vetterschaft ihres Vaters gehörte. Die große menschenfreundliche Güte, womit Kaiser Wilhelm I. und seine hohe

Gemahlin der früheren Dienerin gedachten, hat ihr Greisenalter vielfach verschönt.

Eine der treuesten Freundinnen meiner Schwester Paula und unseres Hauses wußte damals leider mehr von mir als ich von ihr. Sie hieß Babette Meyer und ist heute Frau Gräfin Kalckreuth. Damals wohnte sie in unserer Nähe und war ein allerliebstes graziöses Kind, das noch nicht bei uns verkehrte.

Als Erwachsene – wir waren schon gute Freunde geworden – erzählte sie mir einmal, sie sei an einem Wintertage aus der Schule gekommen, und andere Knaben hätten sie mit Schneebällen geworfen. Da wären Ludo und ich, »die Ebersschen Jungen«, erschienen, und nun habe sie sich schon verloren gegeben; statt jedoch über sie, wären wir über die anderen Buben hergefallen, die uns unsere Beute streitig machen wollten, und hätten sie zu Paaren getrieben; sie aber sei glücklich aus der Scylla und Charybdis entkommen.

Vor dieser rühmlichen That hatten wir freilich in der Zeit des Schneeballens auch die jungen Damen des Tiergartens nicht immer unangegriffen gelassen. Ich verzeihe es uns, wie es uns vergeben wurde; – wirklich peinlich ist mir aber der Gedanke, daß wir auch einen armen Irrsinnigen, den die ganze Tiergarten- und Lennéstraße kannte und der sich ernstlich einbildete, von Glas zu sein, nicht ungeschneeballt ließen.

In Gedanken an das ungeheure Gelächter, dessen wir uns nicht enthalten konnten, wenn der Aermste rief: »Laßt mich! Ich springe aus einander; es klirrt schon!«, begann ich dies zu erzählen, doch ich hemmte die schreibende Hand; denn das Herz thut mir weh, wenn ich mir jetzt vorstelle, wie gräßliche Aengste unser Unverstand diesem Unglücklichen bereitet haben mag. Wir waren ja alle nichts weniger als herzensrohe Kinder, und doch ist es keinem eingefallen, sich in den winselnden Mann hineinzuversetzen und seinen Schmerz zu dem unsern zu machen. Doch wir konnten es nicht; denn dazu ist das Kind noch zu sehr in dem eigenen Ich befangen, und wie viel fehlt ihm, um in solchem Falle das Ergötzliche vom Traurigen zu unterscheiden. Wäre dem Glasmanne nur einmal der Ruf: »Es thut mir weh!« von den geängstigten Lippen gekommen, ich glaube, wir hätten nicht weiter geworfen.

Aber unser junges Herz hat doch nicht unter allen Umständen dem Ergötzlichen gestattet, freundlichere Regungen in den Schatten zu stellen. Der »Mann von Glas« besaß nämlich ein weibliches Seitenstück in der »verrückten Frau Hofrätin mit der Sammetenveloppe«. Diesen Titel hatte sie ihrem abgeschabten Sammetmäntelchen selbst gegeben, als böse Buben – waren wir auch dabei? – sie mit Schneebällen bewarfen, und sie uns bat, ihre Sammetenveloppe zu schonen. Einmal aber, als einer von uns sie bei Glatteis auf eine »Schlidderbahn« (in Leipzig Schussel) führen wollte, traten Ludo und ich ihnen in den Weg und wehrten es ihnen. Das hatte natürlich eine tüchtige Prügelei zur Folge, doch freut es mich noch heute.

Was dem Berliner Kinde sonst Schönes an der Spree und bei der Großmutter in Dresden zu teil wurde.

Im Sommer wurden wir nicht selten in den jungen zoologischen Garten geführt und hatten besonders an der Possirlichkeit der Affen große Freude. Den Rehen und Hirschen im Zwinger und den Raubtieren im Käfig gegenüber empfand ich schon damals ein gewisses Mitleid, das sich später so sehr steigerte, daß mir dadurch mancher Besuch eines zoologischen Gartens verleidet wurde. In Keilhau fing ich einmal ein ganz junges Rehlein im Walde und freute mich sehr der schönen Beute. Es sollte mit unseren Kaninchen aufgezogen werden, und ich hatte es auch schon ein gut Stück fortgetragen, als es mir plötzlich leid that und mir einfiel, wie seine Mutter sich über seinen Verlust grämen würde. Da trug ich es zu der Stelle zurück, wo ich es gefunden, und lief spornstreichs in die Anstalt zurück. Dort verschwieg ich anfangs diese »Eselei«; denn ich schämte mich ihrer.

Landpartien waren die schönsten Vergnügungen des Sommers. Die klcinen führten in die Vororte der Residenz und bisweilen nach Charlottenburg, wo mehrere Bekannte im Sommer wohnten und unser Vormund Alexander Mendelssohn ein Landhaus mit einem herrlichen Garten besaß, in dem es nie an Kindern und Enkeln des Hausherrn fehlte, mit denen wir dann spielten. Manchmal durften wir auch mit anderen Jungen dorthin wandern. Wir bekamen dann einige Groschen, um einzukehren, und gewöhnlich brachte uns ein Kremser nach Hause. Diese Fuhrwerke fand man an der Mauer jenseits des Brandenburger Thores und in Charlottenburg am Schloß oder vor dem »türkischen Zelt« in langer Reihe; denn ein Omnibus führte noch nicht in die damals recht ländliche Nachbarstadt. Auch wenn sie für zehn und zwölf Personen eingerichtet waren, pflegten diese Fuhrwerke nur einspännig zu sein, und den Rosinanten, die die meisten zogen, dankt wohl das Verschen den Ursprung:

>>Berliner Kind,
Spandauer Wind,
Charlottenburger Pferd
Sind alle drei nichts wert.<<

Die Berliner Kinder waren wohl im ganzen besser als ihr Ruf, die Charlottenburger Pferde mit nichten. Die Kremser wurden nach dem Fuhrherrn benannt, der die meisten besaß, und ihr Geschäftsbetrieb beruhte schon damals auf Association. Eine Einzelperson ist nämlich selten in einem solchen gefahren. Entweder nahm ihn eine Familie in Beschlag, oder man bestieg ihn und wartete geduldig, bis so viele Personen versammelt waren, daß der Kutscher es für der Mühe wert hielt, mit einem >>Na, man los!<< die Peitsche zu heben.

Aber derselbe Herr Kremser besaß auch hübsche Landpartiewagen, die er je nach Bedürfnis mit zwei oder vier Pferden bespannte. Zu der langangeschirrten Kremser-Quadriga gehörte sogar ein Kutscher in Jockeykostüm, der auf dem Sattelpferde ritt.

Andere Landpartien führten uns nach dem schönen Humboldtschen Tegel, nach dem Müggel- und Schlachtensee, nach Französisch-Buchholz, Treptow und Stralau. Dem berühmten Volksfest des Stralauer Fischzuges haben wir leider nie beiwohnen dürfen.

Die Krone aller Landpartien war aber die am Geburtstage der Mutter, die entweder nach den Pichelsbergen, bewaldeten Hügeln, die sich in fischreichen Teichen spiegeln, oder nach der Pfaueninsel bei Potsdam führte.

Die Umgegend Berlins gilt ja für trostlos; doch mit großem Unrecht. Ich habe mich später überzeugt, daß ich keineswegs nur so gern an die Pichelsberge und die Havelufer bei Potsdam zurückdenke, weil die Einbildungskraft sie, bei denen es uns vergönnt gewesen war, so köstliche Stunden in der Lenzzeit des Daseins zu verleben, mit erträumten Reizen bekleidet hatte; nein, diese Orte besitzen in der That eine seltene friedliche Anmut, und ziehe ich ihnen als Kind meines Jahrhunderts auch das Hochgebirge vor, so gab es doch eine Zeit, in der auch das Auge eines Künstters ihnen den Vorzug vor den großartigen Landschaften der Alpenwelt zuerteilt hätte.

Diese galten noch im Anfang des vorigen Jahrhunderts für abschreckend. Sie bedrückten die Seele durch das Uebermaß ihrer Größe. Riesenberge mit dem ewigen Schnee auf den das Gewölk des Himmels überragenden Häuptern darzustellen, unternahm damals kein Maler. Ein Salvator Rosa, Poussin oder selbst der große Ruysdael hätten die Staffelei lieber an den Pichelsbergen oder in der Potsdamer Gegend aufgestellt als am Fuß des Montblanc, am Königs-oder Eibsee, in dem sich die Felsenmasse der Zugspitze – mein Tutzinger *Vis-à-vis* – so großartig spiegelt.

Nichts Lieblicheres als die mäßigen, schön gerundeten Höhen an diesen vegetations- und wasserreichen, friedvollen Stätten, wenn sie an schönen Sommerabenden das scheidende Licht mit goldigem Glanz, oder bei seinem Nachglühen mit zartem Rosenrot überhaucht. Unter den neueren deutschen Malern lernte mancher den Zauber auch dieser Motive wieder schätzen, unter unseren Dichtern hat besonders Fontane ihren ganzen Reiz erfaßt und ihn aufs glücklichste geschildert. Er hat auch am Ufer der Dahme vor dem Herrenhause meines Bruders Ludo, auf dessen Gut Dolgenbrodt in der Mark Brandenburg gestanden und da den Zauber der Ebene empfunden, der auf mich nirgends lebendiger wirkte als eben dort und an einem Abend bei Potsdam, als die Glockengrüße des Sakrower Kirchleins der sinkenden Sonne dankten und sie zur Wiederkehr luden.

Es war mir im Orient vergönnt, glänzendere Untergänge des Tagesgestirns zu schauen, eine harmonischere und anmutendere Farbenpracht als an märkischen Sommerabenden ist mir aber nur noch in Holland am Strande der Nordsee begegnet.

Wie könnte ich der Festtage vergessen, an denen wir, nachdem wir der Mutter unsere Verschen hergesagt und ihren Geschenktisch bewundert, den die Freunde überreich mit Blumen zu schmücken pflegten, auf die Fuhrwerke warteten, die uns aufs Land befördern sollten. Außer einem großen Landpartiewagen gab es gewöhnlich noch einige Kutschen, die uns alle samt den Familien der uns am nächsten stehenden Freunde ins Freie führten.

In frischen, hellen Sommerkleidern, den schmucksten und hübschesten, festlich gestimmt, froh und erwartungsvoll, ging es hinein in die ländliche Luft. Wie strahlten die jungen, wie zufrieden blickten die alten Gesichter, wie groß waren die Körbe mit Speis und Trank neben dem Kutscher und hinter dem Wagen!

Bald waren wir draußen, und die Vögel in den Büschen und am Wege hatten im Mai nicht froher gezwitschert und gesungen als wir bei solchen Fahrten. Auch nach Potsdam ging es nicht auf der Eisenbahn, die nun schon fertig war, sondern zu Wagen, und es gab wohl auch ein kleines Abenteuer, bis wir dorthin gelangten.

Einmal hatten wir bei Stimming in der Nähe des Wannsees, wo Heinrich von Kleist mit der Geliebten seines Herzens dem schmerzensreichen Dichterleben ein Ende machte, die Pferde rasten lassen und einen Imbiß genommen. Bevor wir hielten, war uns eine Schar von Handwerksburschen begegnet, und die Mutter hatte dem einen in der dankbaren Stimmung ihres Herzens einen Thaler in den Hut geworfen und dabei gesagt: »Trinkt eins auf mein Wohl; es ist heut mein Geburtstag.«

Als wir gerastet und wieder ein gut Stück Weges hinter uns gelassen hatten, fanden wir die Burschen am Wege aufgestellt, und nachdem sie einen riesigen Strauß von Feldblumen, den sie indes gewunden, in den Wagen geworfen, rief einer: »Das Geburtstagskind soll leben und Glück und Heil der schönen guten Dame!« Und die anderen und wir alle mit ihnen stimmten aus voller Brust in sein »Hoch!« ein.

Es war uns dabei zu Mute wie heidnischen Römern, die beim Aufbruch die allerglücklichsten Vorzeichen am Himmel und auf Erden gewahrt und vernommen.

Und auf der Pfaueninsel!

Frau Friedrich, die »Hausehre« des Fontänenmeisters, leitete dort die saubere Wirtschaft, in der sie indes keineswegs jedermann vorsetzte, was er begehrte. Die Mutter aber war ihr eine alte, durch den großen Gartendirektor Lenné, dessen Beamter ihr Mann war, eingeführte Bekannte, und wie wußte sie für uns zu sorgen! Wie anziehend erschien uns Kindern auch die niedliche und doch große Sammlung, die sie besaß. Die meisten Mitglieder des Königshauses waren oft ihre Gäste gewesen und hatten, was sie zusammengeführt, zu einem kleinen Museum erweitert; dies aber enthielt zahllose Sahnen-, Rahm- oder Schmandtöpfchen jeder Art, von jedem Metall, auch dem edelsten, von Porzellan und Glas aus allen Zeitaltern. Viele wären für jedes Gewerbemuseum eine seltene und willkommene Zierde. Die Mutter hatte ein besonders schönes japanisches Töpfchen gesteuert, das ihr Bruder ihr von dorther gesandt.

Nach dem Schmause spielte die Jugend Laufspiele, während die Alten rasteten, bis es Kaffee gab und die Bowle »angesetzt« war. Ob auch auf der Pfaueninsel getanzt werden konnte, weiß ich nicht mehr; bei den Pichelsbergen geschah es aber gewiß, und zum Aufspielen gab es dort sogar drei Musikanten.

Und wie köstlich war es im Walde, wie vergnüglich das Rudern auf dem Wasser, wobei, wenn die Daseinslust den höchsten Grad erreicht hatte, die wehmütigsten Lieder erklangen. An Lebehochs auf die Mutter fehlte es auch hier nicht und selten an dem Gesang des gewöhnlich von Freund Seiffart dirigirten Quartettes. Vom Walde her scholl es den ersten Sternen entgegen. O, ich könnte noch hundert andere Einzelheiten von jenen Geburtstagen auf dem Lande berichten; nur wie wir nach Hause kamen, hab' ich völlig vergessen. Ich weiß nur, daß wir am nächsten Morgen voller süßer Erinnerungen erwachten.

In den Sommerferien gingen wir auch öfter auf Reisen, und zwar gewöhnlich nach Dresden, wohin des Vaters Mutter mit ihrer Tochter, unserer Tante Sophie, gezogen war, die sich dort mit dem Freiherrn Adolf v. Brandenstein, einem Offizier der sächsischen Garde, vermählte, der, nachdem er die Bärenmütze und den roten Frack, die kleidsame Uniform von damals, abgelegt, die Dresdener Posthalterei übernommen hatte.

Auch dieser Besuche und der Tage, an denen die Großmutter und die Tante nach Berlin kamen, erinnere ich mich gern. Beide waren mir lieb; die lebhafte, immer zum Scherz geneigte Tante hatte ich aber besonders ins Herz geschlossen, und meine Neigung wurde erwidert. Uebrigens sind diese unsere nächsten Verwandten in der früheren Kindheit nur wie recht helle Meteore durch unser Leben geflogen; dauerten doch unsere wie ihre Besuche immer nur wenige Tage, und kamen sie nach Berlin, so wohnten sie, trotz der dringendsten Einladungen der Mutter, nie bei uns, sondern immer im Hotel. Ich kann mir auch nicht denken, daß die Großmutter es je über sich gebracht hätte, bei wem es auch sei, als Logirgast vorzusprechen; denn es war ihr eine besondere Abgeschlossenheit, eine, fast möchte ich sagen kühle Zurückhaltung eigen, die sie auch, obgleich sie es wahrlich nicht an Beweisen der herzlichsten Liebe für uns fehlen ließ, hinderte, uns wie andere Großmütter zu herzen oder mit uns zu tändeln. Sie stammte aus dem vorigen Jahrhundert, und die Mutter hatte uns gelehrt, ihr bei der Begrüßung die weiße kleine Hand, die stets bis an die Finger von wehenden Spitzen bedeckt war, zu küssen und uns besonders manierlich bei ihr zu benehmen.

Es herrschte auch eine stille Vornehmheit in ihrer Umgebung, die uns einen gewissen Zwang auferlegte. Ich sehe noch die Reihe von großen Zimmern, in denen sie sich aufzuhalten pflegte, vor mir. Da war alles still, wenn nicht der Papagei Coco die schrille Stimme erhob. Auch ihre Gesellschafterin, ein Fräulein Raffius, sprach immer leise in ihrer Gegenwart, doch wußte sie draußen lebhaft genug mit uns zu spielen. Der alternde Diener, der seltsamerweise einem adeligen Hause entstammte und eigentlich von Wurmkessel hieß, that seine Pflicht – ich sah ihn immer nur im Frack und mit der weißen Binde – geräuschlos wie ein Schatten. Dazu durchwehte die meisten Räume ein leiser Resedaduft, der mich ihrer zu gedenken zwingt, so oft ich dieser hübschen Blume begegne; denn bekanntlich besitzt von allen Sinnen der des Geruches die mächtigste erinnernde Kraft.

Auf dem Schoße der Großmutter hab' ich nie gesessen. Wenn wir mit ihr reden wollten, mußten wir uns an ihrer Seite niederlassen, und hielten wir ihr still, so frug sie eingehend nach allem, was uns betraf: nach den Spielen, den Freunden, der Schule, wie es die zärtlichste Großmutter nur hätte thun können. Im Herzen war sie es auch gewiß, und wo es uns eine Freude zu bereiten galt, that sie es mit einer Willigkeit, der die Mutter bisweilen steuern mußte. Doch wie sich nach den Menuetten und tiefen Verbeugungen ihrer Jugendzeit die ihr eigene gehaltene Art weiter ausgebildet hatte, so war ihr eine völlig ruhige Umgebung zum Bedürfnis geworden.

Diese uns Kinder anfänglich immer wieder befremdende Stille wurde indes fröhlich genug von der Tante unterbrochen, deren Lebhaftigkeit in sie hineinschmetterte wie Hörnerschall in das Schweigen des Waldes.

Ihre heitere Stimme war schon vom Vorsaal aus vernehmbar, und hatte sie die Schwelle überschritten, so flogen wir auf sie zu, und der Bann war gebrochen; denn sie, die einzige Tochter, legte sich gegenüber der zurückhaltenden Mutter keinerlei Zwang auf, küßte sie stürmisch und frug nach ihrem Befinden, als sei sie die Mutter und jene das Kind. Ja, bisweilen nahm sie sich heraus, die alte Dame »Henriette« – so hieß sie – oder gar »Jettchen« zu nennen. Wenn dann die Großmutter auf uns wies und vorwurfsvoll ausrief: »Aber, Sophie!«, wußte die Tante sie schnell mit den muntersten Späßen zu entwaffnen.

Wenn diese beiden auch gewöhnlich fern von uns weilten, so machte ihr Dasein sich doch wieder und wieder bei uns bemerkbar, sei es durch Briefe oder Geschenke, sei es durch ihre Ankunft in Berlin, die stets Festtage für uns mit sich brachte.

Die Reisen dorthin waren freilich mit besonderen Schwierigkeiten verbunden. Die Tante hatte sich nämlich stets eines offenen Wagens bedient und lebte ernstlich der Ueberzeugung, daß sie in einem verschlossenen Eisenbahncoupé ersticken müßte. Da sie nun dennoch der Wohlthat der schnellen Beförderung nicht entraten wollte, mußte die Großmutter, auch noch nachdem die Tochter vermählt war, eine offene Lowry für sie mieten, auf der sie sich dann stets mit der treuen Zofe Minna und mit einem ihrer Hunde, manchmal aber auch mit dem Gatten oder mit einem befreundeten Begleiter angenehm einrichtete, indem sie sich eines eigenen Lehnstuhles und anderer Bequemlichkeiten bediente. Die Bahnbeamten kannten sie und zuckten wohl manchmal die Achseln; das gute warme Herz schaute ihr aber so treu aus den Augen, und ihre immer wache Heiterkeit hatte etwas so Hinreißendes, daß ihrer Wunderlichkeit aufs willigste Vorschub geleistet wurde. Und sie war nicht arm an ähnlichen Excentrizitäten. So war ich einmal als Primaner in den Weihnachtsferien bei ihr, und wir hatten uns zur Ruhe begeben; um ein Uhr nachts trat die Tante aber plötzlich an mein Bett, weckte mich und befahl mir, aufzustehen. Der erste rechte Schnee war gefallen, und sie hatte anspannen lassen, um mit mir Schlitten zu fahren, was sie besonders liebte. Da half kein Widerstreben, und das schnelle Hinfliegen über den Schnee beim Scheine des Mondes gestaltete sich zu einem wirklichen Vergnügen. Zwischen drei und vier Uhr morgens waren wir wieder daheim.

Was die Scheu vor dem Eisenbahncoupé angeht, so gelang es ihr übrigens, sie nach dem Tode der Großmutter bis zu einem gewissen Grade zu überwinden; indes mußte die Coupéthür immer für sie offen gehalten werden.

Der Winter brachte noch manches andere Vergnügen. Besonders gern gedenke ich des Weihnachtsmarktes, der ja jetzt, wie ich leider hörte, nicht mehr abgehalten werden darf.[1] Und doch! Welcher Freudenquell war er einst für die Kinder! Wie reiche Nahrung fand da ihr junges Gemüte! Die Christbäume und Pyramiden an der Stechbahn, die bunten Waren, die Pfefferkuchen und das Spielzeug in den Buden boten keineswegs den höchsten Reiz. Anziehender erschienen schon die Jungen mit den brummenden Waldteufeln, Knarren und Fahnen; denn ihnen mußte etwas abgekauft werden, und dabei gab es immer schlechte Witze – das sind die schönsten – zu hören, und welchen Spaß bot es, den »Walddeibel« mit der eigenen kleinen Hand zu schwingen. Fror es sie beim Drehen, so fühlte man es nicht; denn es war, als brummte, wie mitten im Sommer, eine Bremsenschar um uns her.

Am ergötzlichsten erschien uns aber doch wohl das Gedränge der Großen und Kleinen, und was es dabei alles zu vernehmen, zu schauen und gelegentlich zu beantworten gab. Es war, als hätte sich die Weihnachtsfreude der Stadt hier konzentrirt und erfülle wie würziger Christbaumduft den keineswegs reinen Aether.

Aber neben der hellen Luft gab es hier auch noch anderes zu empfinden. Das blasse Kind dort in der Ecke mit den bloßen Fäßchen und den sechs Schäfchen von schneeweißer Watte auf den grünen Brettchen in den roten, frierenden Händen, und das andere mit den Männchen von Backpflaumen, die es auf Stäbchen gespießt.

Wie klein und blaß es doch ist! Wie beredt laden die blauen Augen zum Kaufen ein; denn nur mit Blicken preist es an, was es feil hält. Ich sehe sie beide noch vor mir. Die Kupferdreier, die sie erlösen, sollen der darbenden Mutter helfen, die Dachkammer daheim in denjenigen Wintertagen zu heizen, die die Herzen so schön erwärmen, und an denen es dennoch so kalt ist. Ihnen gegenüber schilderte uns die Mutter, wie weh der Hunger thut, und wie Mangel und Elend so schwer zu ertragen, und wir haben den Weihnachtsmarkt nie verlassen, ohne einige Schäfchen und Pflaumenmänner zu kaufen, die wir ja nur brauchen konnten, um sie weiter zu verschenken. Als ich mein Märchen »Die Nüsse« schrieb, stand mir der Berliner Weihnachtsmarkt vor Augen und das kleine, elende Mädchen, die unter all den Frohen nichts gefunden hatte als Frost, Schmerz und Angst und eine Handvoll Nüsse, und das es später dennoch so gut haben sollte, aber freilich nicht unter den Menschen, sondern unter den schönsten Engeln des Himmels.

Es ist schön, daß man dem Berliner Kinde dies harmlos bunte Vergnügen, seinem Herzen dies Praktikum in der Uebung der Barmherzigkeit wieder zurückgab.

Denke ich an jene Zeit, so scheint es mir, als habe sich in den Weihnachtswochen für uns, die das Christkind ohnehin reich genug bedachte, des Schönen und Vergnüglichen beinahe zu viel zusammengedrängt; denn außer dem Weihnachtsmarkte gab es die Weihnachtsausstellung bei Kroll, in der sinnige Köpfe und geschickte Hände eine Reihe von gewaltigen Sälen diesmal in die Heimat des Winters und ein anderesmal in das Feenreich verwandelt hatten. Da gab es nichts zu thun als zu schauen. Die Einbildungskraft kam zum Stillstand; denn was hätte sie dieser Wunderwelt hinzuzufügen vermocht? Aber der Märchenhimmel, den Ludo und ich uns erträumten, war doch schöner und echter gewesen als diese greifbare Herrlichkeit von Blech und Pappe, die vielleicht mit Schuld daran trägt, daß die übertrumpfte Phantasie des Großstadtkindes sich scheu zurückzieht und bei der Wirklichkeit sucht, was der in ländlicher Stille erwachsene Knabe sich mit eigener Kraft vor die Seele zaubert.

Aber auch im Gropiusschen Panorama und in der Fuchsschen Konditorei gab es Köstliches – hier, wie es hieß, Belustigendes, dort Belehrendes – zu sehen. Bei Gropius wurde uns die halbe Welt in prächtigen Nachbildungen, die durch die Art ihrer Auf- und Vorführung lebendige Körperlichkeit gewannen, vor Augen gestellt. In den Orient fühlte man sich dortge zaubert, in die Tropen und auf die herrlichsten Plätze der großen Städte.

Wir hatten schon durch die Briefe der Brüder unserer Mutter, die als holländische Beamte auf Java und in Japan lebten, und durch die Reisebeschreibungen, die uns vorgelesen worden waren, viel von den Wundern des Ostens gehört, und bei Gropius verstärkte sich der Ruf, den ich oft genug von unsichtbaren Lippen vernommen zu haben meinte: »In die Ferne! In den Osten!« Er ist seitdem nie wieder ganz zum Schweigen gekommen; damals aber faßte ich den Entschluß, ein Weltumsegler oder – das hatte wohl ein Buch verschuldet – ein edler Seeräuber zu werden. Auch mit dem Schicksal des Robinson wär' ich nicht unzufrieden gewesen.

Den Besuchern der Weihnachtsausstellung bei Fuchs Unter den Linden wurde nur Lustiges geboten: Berliner Witze in Bildern, die damals natürlich zum größten Teil eine politische oder satirische Färbung besaßen. Am lebhaftesten erinnere ich mich der sentimentalen gnädigen Frau, die dem Diener befiehlt, die Fliege auf dem Theebrett zu fangen und sie an die Luft zu setzen, und des gehorsamen Johanns.

Dieser erwischt das Tier, trägt es zum Fenster, schaut ins Freie und befördert die Fliege dann mit den Worten: »Gnädige Frau, es regnet draußen Platz, das Würm könnte sich ‚verkälten'!« auf das Theebrett zurück.

Aehnliche Genüsse gab es im Winter die Fülle, und an manchem durften wir teil haben; denn Rellstab, der bekannte Redakteur der Vossischen Zeitung, führte sie sehr geschickt in seinen »Weihnachtswanderungen« zusammen. Wir konnten ja lesen, und was dieser literarische Weihnachtsmann und wohl angesehene Chorführer des Berliner gebildeten Bürgertums empfahl, ließ die Mutter uns gern genießen.

Die Revolutionszeit.

Vor der Revolution.

Am 18. März. dem Tage der Berliner Straßenkämpfe, wohnten wir schon ein Jahr in der größeren Wohnung Linkstraße Nr. 7.

Von den Hausgenossen ist mir nur der Bildhauer Streichenberg, dessen Atelier sich an unseren hübschen Garten lehnte, und das Beyersche Ehepaar im Gedächtnis geblieben – dies aber mit großer Lebendigkeit. Er – der spätere General und Kommandant der Straßburg 1870 belagernden Truppen – war damals Premierlieutenant.[1] Sie, eine seine, höchst liebenswürdige, besonders musikalische Frau, die der Mutter schon früher begegnet war, schloß sich ihr aufs wärmste an, – und das Leben führte uns auch später mehrmals wieder zusammen. – Ihr Sohn aus erster Ehe, der jüngst verstorbene Konsul Limburger, war in Leipzig; doch der Gast ihres stillen Hauses, eine kleine Dänin, ihre Verwandte, teilte unsere Spiele im Garten und arbeitete mit an den Beeten, die man uns zur Bestellung überlassen hatte. Ich weiß nur noch, daß sie mir über alle Maßen reizend erschien und Detta Lösenör hieß.

Einzelnes über den Umgang mit ihr und den anderen neuen Bekannten, die mit uns im Garten spielten, ist mir aus dem Gedächtnis geschwunden; denn jede Begegnung aus jener Zeit wird durch die öffentlichen Ereignisse und die politische Erregung unserer Umgebung tief in den Schatten gedrängt. Auch Kinder konnten von den Dingen, die sich damals vorbereiteten, nicht unberührt bleiben; denn was man sah und hörte, bezog sich auf sie, und im Hause der Mutter kamen beide Richtungen, die einander damals so schroff gegenüberstanden, mit Ausschluß der extrem demokratischen zu Worte.

Auch die Mehrzahl unserer konservativen Bekannten hatte zu klagen und bedauerte die Schwäche des Königs und die religiöse Korruption und heuchlerische Streberei, die der ehrliche, aber romantisch schwärmerische Glaubenseifer Friedrich Wilhelms IV. hervorgerufen hatte.

Ueber diesen Krebsschaden der damaligen Gesellschaft muß ich die meisten Weherufe vernommen haben; denn sie prägten sich mir am tiefsten ein. Auch Männer wie die Gepperts, Franz Kugler, H. M. Romberg, Drake, Wilcke und andere mehr, deren gemäßigte politische Gesinnung mir später bekannt wurde, hatte ich mit einstimmen hören. Königstreu waren alle, und die Mutter hing so warm an dem Hohenzollernhause, daß ich sie einen jüngeren Mann ersuchen hörte, sich zu mäßigen oder ihr Haus zu meiden, als er es in scharfen Worten für an der Zeit erklärte, den König zur Abdankung zu zwingen.

Die Mutter konnte freilich nicht hindern, daß uns ähnliche und noch schärfere Worte zu Ohren kamen.

Einen besonders tiefen Eindruck machte auf uns ein großer Herr mit starkem blondem Bart, dessen Namen ich vergaß, den wir aber gewöhnlich bei dem Bildhauer Streichenberg trafen, wenn er uns in schulfreien Stunden mit in sein großes Atelier nahm; denn dieser lebhafte, ja stürmisch leidenschaftliche Mann, dem es äußerlich wohlergehen mußte, da er immer glanzlederne Stiefel und einen großen Brillanten am Finger trug, trat vor unsern Augen mancherlei schonungslos in den Staub, wozu ich ehrerbietig aufgeblickt hatte. Ja er erweckte Gedanken in meiner Kinderbrust, die ihr bis dahin weltenfern gelegen hatten. Meine Lippen hingen an seinem Munde, wenn er von den Rechten des Volkes sprach und seinem eigenen Beruf, der Freiheit die Wege zu bahnen, oder wenn er diejenigen verfluchte, die eine edle Nation mit dem unwürdigsten Sklavenjoche bedrückten. Gemeinplätze wie »das Aufhängen des letzten Königs am Darm des letzten Priesters« kamen mir zuerst durch ihn zu Ohren, und wenn sie mir auch nicht gefielen, so prägten sie sich mir doch ein, weil sie mich überraschten, und weil er uns mehr als einmal aufforderte, echte Söhne unserer Zeit und keine Tyrannenknechte zu werden.

In zurückhaltenderer Weise bekamen wir Aehnliches auch anderwärts und in knabenhafter in der Schule zu hören.

Auch dort gab es zwei Parteien, und dennoch wurde gerade daselbst außer der Königstreue noch etwas anderes gepflegt, das man heute »Chauvinismus« nennen würde, und das doch schön war, weil es in unserer jungen Brust die vollste Rose des jungen Gemütes, den Enthusiasmus für eine große Sache, zur Blüte entfaltete.

Wie begeistert stimmte die ganze Klasse mit ein, wenn: »Was blasen die Trompeten? Husaren heraus! Es reitet der Feldmarschall in fliegendem Saus,« gesungen wurde.

Wie glühten uns allen und auch den Söhnen der wildesten »Roten« die Wangen bei dem Refrain: »Juchheirassassa – die Preußen sind da,« oder bei dem Strophenschluß des Liedes: »Ich bin ein Preuße, kennt ihr meine Farben«: »Ob Fels und Eiche splittern – wir werden nicht erzittern –«

Beinahe sämtliche Lieder, die wir in der Schmidtschen Schule neben den Chorälen sangen, waren Kriegs- und Soldatenlieder, die sich auf die Heldenthaten der Preußen, ihrer Fürsten und Paladine bezogen. Deutsche Vaterlands- und Freiheitslieder sollten wir erst in Keilhau kennen lernen. Sie waren wohl damals in einer Berliner Schule zu singen verboten.

Aber ich denke doch gerne dieser kriegerischen Gesänge, und sicherlich ist zu jener Zeit die Jugend keines andern deutschen Stammes mit so warmer Begeisterung für das Vaterland, sein Fürstenhaus und den Kriegsruhm seines Volkes erfüllt gewesen wie die preußische.

Auch während des historischen Unterrichtes, der sich auf Brandenburg-Preußen bezog, glühten uns oft die Wangen, und welcher deutsche Staat hätte sich auch einer schöneren, stolzeren Geschichte zu rühmen als das unter seinen Hohenzollern aus kleinen Anfängen durch eigene Tüchtigkeit, Pflichttreue, Tapferkeit und opferwillige Vaterlandsliebe zur höchsten Macht gediehene Preußen?

Ueber die Beschaffenheit des übrigen Unterrichts in der Schmidtschen Schule kann ich so wenig berichten wie über die Person ihres Leiters. Ich weiß nur noch, daß wir auch lateinische Stunden hatten, und insofern mit unter der »von oben« begünstigten Nachaußenkehr des Allerinnersten, der Religion, zu leiden hatten, als wir mit dem Auswendiglernen zahlloser, nur halbverstandener Bibelsprüche und

Gesangbuchlieder, obgleich Ludo und ich uns eines guten Gedächtnisses erfreuten, die Hälfte der gesamten Arbeitszeit auszufüllen hatten.

Hier möchte ich dankbar dieses Gedächtnisses gedenken. Seine Schnelligkeit hat mir manche freie Stunde verschafft, für seine Treue bin ich aber besonders erkenntlich. Es setzt meine Kinder oft in Erstaunen, wenn ich ihnen die Gedichte, die ich vor vierzig und mehr Jahren zu lernen hatte, vom ersten bis zum letzten Verse hersagen kann. Dieser glückliche Umstand wurde durch die Mutter gefördert; denn sie ließ uns schon sehr früh deutsche und französische Gedichte lernen, und zwar nicht nur auswendig; denn sie hielt besonders auf eine verständige und geschmackvolle Recitation.

Hier sei auch bemerkt, daß ich in jener Zeit schon manches eigene kleine Reimlein zu schmieden versuchte.

Sobald wir die Klasse hinter uns hatten, dachten wir nicht mehr an das dort Empfangene, sondern an ganz andere Dinge, die für unser Alter nichts taugten. Sie bezogen sich meistenteils auf die Politik oder besser auf die äußeren und inneren Unruhen jener Tage.

Bei Liebe hatte es nur Söhne aus guten Familien gegeben, bei Schmidt saß auf derselben Bank mit einem Grafen Waldersee und Hoym der Sohn eines Mützenmachers und Viktualienhändlers. Die verschiedensten Richtungen waren unter uns vertreten, und allerlei politische Spott- und Schmählieder drangen auch zu uns. Parodien wie die auf das Preußenlied:

>»Ich bin ein Preuße, kennt ihr meine Farben?
>Sie kämpfen zwischen Finsternis und Licht!
>Daß für die Freiheit meine Väter starben,
>Das merkte ich bis heut wahrhaftig nicht,«

verstanden wir recht wohl. Auch feinere Andeutungen entgingen uns nicht; denn wer von uns hätte zum Beispiel nichts von den Lichtfreunden gehört, die damals eine Rolle unter den Berliner Liberalen spielten? Wem wäre nicht ein Sehnsuchtsruf nach Freiheit und besonders nach Preßfreiheit zu Ohren gekommen?

Wurde auch das in jenen Tagen am häufigsten wiederholte Postulat von Spaßvögeln für uns Knaben in »Freßfreiheit« verkehrt und in konservativen Kreisen als gefahrbringende Forderung, die die Ruhe der Familie zu stören und der Zügellosigkeit der Zeitungsschreiber

Thür und Thor zu öffnen drohe, verdammt, so hatten wir doch von der andern Seite gehört, daß das Recht der freien Meinungsäußerung jedem Bürger zukomme, und bessere Zustände nur durch die Macht des freien Wortes angebahnt werden könnten. Kurz, es gab kein Schlagwort aus jener bewegten Zeit, das wir Zehn- bis Zwölfjährigen nicht wenigstens oberflächlich zu deuten gewußt hätten.

Mir schien es wohl schön, sagen zu dürfen, was man für Recht hält, doch begriff ich nicht, wie man der Freiheit der Presse eine so hohe Bedeutung beilegen konnte. Der Vater unseres Freundes Bardua hieß zwar »Kammergerichtsrat«, er hatte aber auch das Amt eines Zensors bekleidet, und ein wie frischer, lieber Junge war doch der seine!

Unter den Kameraden befand sich auch der Sohn des Professors Hengstenberg, des Hauptes der Pietisten und protestantischen Zeloten, und von ihm hatten wir als dem finstersten aller Dunkelmänner reden und seinen Einfluß auf den König verwünschen hören. Zur Seite der Mitteltreppe an der kleinen Terrasse vor dem königlichen Schlosse standen die schönen Statuen der Rossebändiger, und man nannte sie darum den »Hengstenberg«. Diese Bezeichnung erklärte man durch den Umstand, daß, wer zum Könige zu gelangen wünschte, über den »Hengstenberg« mußte.

Auch diesen Scherz kannten wir, und doch war der Sohn des unheilbringenden Dunkelmannes ein besonders kräftiger und heiterer Knabe, den wir alle gern hatten, und dessen Vater, als ich ihn zu sehen bekam, mich in Erstaunen versetzte; denn er war ein freundlicher Herr, der so fröhlich lachen konnte wie einer.

Das alles ließ sich schwer zusammenreimen, und da wir unter den Konservativen mehr Freunde hatten als unter den Demokraten, spielten wir gewöhnlich mit jenen und kümmerten uns wenig um die politische Gesinnung des Vaters der Kameraden. Aber es gab doch ein gegenseitiges Scheelansehen, und Zurufe wie »Treubündler«, »Pietist«, »Demokrat« oder »Lichtfreund« blieben nicht aus. Wie so häufig im Verlauf der Geschichte, so geschah es auch hier, daß gar nicht oder nur halb verstandene Stichworte zur Fahne werden, der eine große Anhängerschaft folgt.

Prügeleien unter den Parteien kamen nicht vor. – Sie blieben indes wohl nur darum aus, weil wir Nichtdemokraten weitaus die Stärkeren waren. Doch es gärte auch unter uns, und es kam ein Tag, an dem auch ich, so jung ich war, fühlte, daß diejenigen wohl recht haben mochten, die den König schwach nannten und wünschten, daß es anders werden möge.

Das Gefühl, auf einem Vulkan zu stehen, war schon im Frühling 1847 in jedermann lebendig.

Als es 1844 hieß, der Bürgermeister Tschech habe auf den König geschossen – ich war sieben Jahre alt – teilten wir Kinder den Abscheu und die Entrüstung der Mutter; aber wir Jungen sangen doch angesichts eines so ernsten Ereignisses das recht frivole Lied mit, das damals in aller Mund war und mit den Versen begann:

>>War wohl je ein Mensch so frech
Wie der Bürgermeister Tschech? –«

Was hörten wir in jener Zeit nicht alles von den großen Erwartungen, die man auf den Kronprinzen gestellt hatte, und denen er als König so wenig gerecht zu werden verstehe! Wie oft lauschte ich still aus einem Eckchen heraus, wenn die Mutter sich über dergleichen mit Herren unterhielt, und vom Beginn des Jahres 1847 an gab es kaum ein Gespräch in Berlin, das nicht früher oder später auf die Politik und die allgemeine Unzufriedenheit oder Besorgnis geführt hätte.

Aber ich brauchte gar nicht zu horchen, um dergleichen zu hören. Auf jedem Spaziergang drang es an unser Ohr, es lag in der Luft, die Steine erzählten es einander.

Auch wir Knaben hatten von Johann Jacobys »vier Fragen« gehört, die eine Verfassung für notwendig erklärten.

Die Empörung, die auch unter unseren gemäßigten Bekannten Hassenpflugs Beförderung hervorrief, habe ich nicht vergessen, und wäre der Name dieses Mannes mir daheim auch nie zu Ohren gekommen, hätten mich Witzblätter und Karikaturen und das Reden überall mit den Gefühlen bekannt gemacht, die seine Begünstigung unter den Berlinern erweckte. Dazu gesellten sich tausend kleine Züge, Anekdoten, Begebnisse, die sämtlich auf die alles durchdringende Unzufriedenheit wiesen.

Die Freiheitskriege lagen weit hinter uns. Wie viel war, da es galt, den Landesfeind zu vertreiben, dem Volke verheißen worden, und wie wenig hatte man gehalten! Nach der Julirevolution 1830 war mehreren deutschen Staaten eine Verfassung verliehen worden; in Preußen hatte man nicht nur alles beim Alten gelassen, nein, die schmachvolle Zeit der Demagogenriecherei hatte begonnen und so viele edle Jugendleben geschädigt, gebrochen, vernichtet. Nicht nur überschäumende Jünglinge, nein, auch um das Vaterland hochverdiente Männer wie Ernst Moriz Arndt und Jahn, hervorragende, würdige Gelehrte wie Welcker, hatten schwer unter den böslichsten Verfolgungen zu leiden. Man muß die Biographie des redlichen und arbeitsamen Germanisten Wackernagel gelesen haben, um zu glauben, daß dieser stille Forscher bis tief in das Mannesalter hinein von bitterer Verfolgung und von den gehässigsten Beeinträchtigungen heimgesucht werden konnte, weil er als Knabe – ich weiß nicht mehr, ob in der Tertia oder in der Quarta – einen Brief geschrieben hatte, in dem dargelegt worden war, welche neue Einteilung von seinem Kindskopfe für das erträumte einige deutsche Reich erdacht worden sei.

Die Kamptz und Dambach wußten sich durch immer neue Verdächtigungen und Verurteilungen auf dem Platze zu behaupten, doch ahnten sie nicht, als sie den unscheinbaren Mecklenburger Studio Fritz Reuter vor ihr fluchwürdiges Tribunal zogen, welches Brandmal er ihrem System und ihrem Namen aufdrücken würde. Die meisten der durch jenen bübischen Mißbrauch des Amtes, jene schmähliche Mißleitung und Täuschung eines nichts weniger als böswilligen Königs ins Unglück gestürzten Jünglinge waren verdorben und gestorben oder als innerlich und äußerlich schwer geschädigte Männer aus den Kerkern entlassen worden. Welcher Haß mußte ihre Seelen gegen die Staatsform erfüllen, die es gewagt und vermocht hatte, ihre lautere Begeisterung für eine heilige Sache, die Einheit und wohlerworbene Freiheit des Vaterlandes, so zu bestrafen! O, es fehlte gewiß nicht an den Unterdrückern gefährlichen Kräften unter diesen Märtyrern mit ergrauendem Haar; denn ihr feuriger Geist und hochschlagendes Herz waren es gewesen, die sie ins Verderben geführt.

Die Betrogenen aus den Freiheitskriegen, die Mißhandelten aus der Demagogenzeit hatten noch einmal zu hoffen gewagt, als der vielgerühmte Kronprinz Friedrich Wilhelm IV. den Thron bestieg. Und welche Täuschung war wiederum über sie verhängt gewesen, welches Leid wurde ihnen von neuem zugefügt, als an Stelle des Morgenrotes der Freiheit, das sie schon wahrgenommen zu haben meinten, tieferes Dunkel und rücksichtslose Beschränkung eintrat. Was sie für Lerchen gehalten, die den Anbruch eines helleren Tages verkünden, hatte sich als Fledermäuse und anderes Nachtgeziefer erwiesen. Im

Staate schrankenlose Willkürherrschaft, in der Kirche finsterer Glaubenszwang, und in seinem Gefolge knechtische Unterwürfigkeit, Liebedienerei, Augendreherei und Heuchelei als Mittel für unlautere Zwecke und besonders für ein schnelleres Aufrücken im Amte, – die tiefste Korruption, die der Seele.

Es waren unerträgliche Zustände, nicht bloß für den freiheitsliebenden, nein für jeden redlichen Mann und Vaterlandsfreund.

Was nun kommen sollte, mußte aber gerade die Königstreuen aufs tiefste verletzen; denn der Schaden, den die Person und das Verhalten Friedrich Wilhelms IV. den immer noch voll lebendigen monarchischen Gefühlen des preußischen Volkes zufügte, war unermeßlich. Es bedurfte der schlichten Heldengröße und väterlichen Würde eines Kaisers Wilhelm, um ihn wieder zu tilgen.

In dem Jahre, das der Revolution voranging, hatte es dazu eine traurige Mißernte gegeben, von der Hungersnot in den schlesischen Leineweberdistrikten wurden haarsträubende Dinge erzählt, und schon bevor Virchow in seiner freimütigen Schrift über den Hungertyphus unter diesen Unglücklichen die ganze Fülle ihres Elends wahrheitsgetreu dargestellt hatte, sollte auch in Berlin den Machthabern ins Bewußtsein gerufen werden, daß die Not des Volkes einer Abhilfe bedurfte.

Der König begann nun die allgemeine Unzufriedenheit deutlich zu empfinden. Um ihr und weitergehenden Forderungen zu begegnen, rief er den vereinigten Landtag zusammen.

Ich weiß noch recht wohl, wie herrlich die Mutter die Rede fand, mit der er diesen Vorläufer der preußischen Kammern eröffnete, und jene Ansprache zeigt ihn in der That als vortrefflichen Redner.

Ihm, der aus voller Ueberzeugung an ein Königtum von Gottes Gnaden, an seine Berufung durch höhere Mächte glaubte, mußte jede Preisgabe einer seiner Prärogative wie ein Verrat an seiner göttlichen Mission erscheinen. Das Wort, das er in der Mitte der Ansprache in die Versammlung rief: »Ich und mein Volk, wir wollen dem Herrn dienen,« kam ihm aus dem tiefsten Herzensgrunde, und nichts konnte redlicher gemeint sein als der Satz: »Von einer Schwäche weiß ich mich gänzlich frei. Ich strebe nicht nach eitler Volksgunst! Und wer könnte das, der sich durch die Geschichte belehren läßt? Ich strebe allein darnach, meine Pflicht nach bestem Wissen und nach meinem

Gewissen zu erfüllen und den Dank meines Volkes zu verdienen, sollte er mir auch nimmer zu teil werden.«

Die letzten Worte klingen ahnungsvoll und beweisen, was ja auch aus hundert anderen Aeußerungen hervorgeht. daß er begonnen hatte, die Wahrheit des Ausspruchs an sich selbst zu empfinden, den er, noch hoffnungsfroh und von hohen Erwartungen begrüßt, bei seiner Huldigung gethan: »Die Wege der Könige sind thränenreich, wenn Geist und Herz ihrer Völker ihnen nicht hilfreich zur Hand gehen.«

Die Völker haben es damals nicht gethan, und sie unterließen es zu ihrem Heile; denn der Weg, auf den die königliche Hand wies, hätte sie in Finsternis und immer unwürdigere äußere und innere Beschränkung geführt.

Der Fürst, der das Gute wollte, den aber der Himmel mit Gaben – sie waren an sich groß und schön – ausgestattet hatte, die einen Privatmann geziert und ihn vielleicht glücklich gemacht hätten, doch den Regenten eines großen Staates in schwieriger Zeit im Stich lassen mußten, ist des innigsten Mitgefühls würdig.

Unter den Berichten über die Märztage 1848 fand ich allerdings Mitteilungen, die mir die Frage nahe legten, ob ihm selbst in den für sein Andenken verhängnisvollsten Tagen die ganze Größe seines Unglücks voll ins Bewußtsein getreten war. Jedenfalls aber zwingt die spätere Umnachtung eines so reichen Geistes und die Stellung, die der scheinbar zum Höchsten und Größten Bestimmte nunmehr in der Geschichte seines glorreichen Hauses einnimmt, ihn zu den beklagenswertesten aller Kronenträger zu zählen.

Kaum hatte der König im April 1847 den vereinigten Landtag eröffnet und, um der Not der ärmeren Klassen in der Residenz zu steuern, die Verzollung des einzuführenden Mehles aufgehoben, als die erste thätliche Kundgebung der Unzufriedenheit losbrach. Der »Octroi« war damals an allen Thoren Berlins so streng gehandhabt worden, daß die Droschken, die sie passirten, anhalten mußten, um, gewöhnlich in schneller, höflicher Weise, nach Fleisch und Backwaren untersucht zu werden.

In dem Tagebuche meiner Schwester Paula besitze ich eine beinahe tägliche Berichterstattung aus jener Zeit, die sich vielfach auch auf die politischen Vorgänge bezieht; doch ist es nicht meine Aufgabe, eine Geschichte der Berliner Revolution zu schreiben. Wer diese Tag für Tag zu verfolgen wünscht, wende sich an Adolf Wolfs Berliner

Revolutionschronik und verwandte Schriften. Die bis dahin unerklärten Vorfälle und Handlungen sind ohnehin durch Heinrich von Sybels[3] kurzen, aber schwerwiegenden Essay »Aus den Berliner Märztagen 1848« klargelegt worden.

Die der Revolutionszeit geltenden Aufzeichnungen der Schwester beginnen mit der Erwähnung der sogenannten Kartoffelrevolution,[4] die der Eröffnung des vereinigten Landtages – doch ohne jeden Zusammenhang mit ihm – nach zehn Tagen folgte.

Am 21. April hatte dieser Aufstand stattgefunden, und schon unter dem 2. Mai gedenkt sie einer Aufführung im Opernhause, der Ludo und ich auch beiwohnen durften. Es war die Abschiedsvorstellung der Frau Viardot Garcia in der Iphigenia; doch fürchte ich, daß Paula mit Recht versichert, die große Sängerin habe vor einem undankbaren Publikum ihr Bestes gegeben; denn die Aufmerksamkeit der Anwesenden richtete sich allem voran auf den König und die Königin, die sich nach einer schweren Krankheit zum erstenmal wieder im Theater zeigte. Die Begeisterung war groß, und die Hochrufe, die sich in jedem Zwischenakte wiederholten, wollten nicht enden.

Ich erwähne dies, um zu zeigen, in wie hingebend treuer Liebe die Berliner damals noch an ihrem Königspaare hingen. Dagegen hatte die Neigung für den Prinzen von Preußen, den späteren Kaiser Wilhelm, schon eine Erschütterung erfahren. Er, der, als in der Umgebung des Königs alles schwankte, der einzige feste Mann blieb, galt für die Verkörperung des Militarismus, gegen den sich eine heftige Widersacherschaft zu erheben begann.

Die Mutter hing auch damals mit einer an Liebe grenzenden Verehrung an ihm, und wir Kinder mit ihr.

Er war uns auch vertrauter als alle anderen Mitglieder des Herrscherhauses, weil Fräulein Lamperi, die gewissermaßen zu uns gehörte, nicht aufhörte, die sympathischsten Züge von ihm und seiner hohen Gemahlin, deren Kammerfrau sie gewesen war, zu erzählen. Sie vergötterte ihn, und als sie einmal an »Kranzlers Ecke« bald nach dem 18. März ihn von einigen französisch redenden Herren schmähen hörte, rief sie ihnen ins Gesicht : »Misérables individus que vous êtes!« und machte sich aus dem Staube.

Von Friedrich Wilhelm IV. wurden gewöhnlich nur Späße, die manchmal recht witzig waren, erzählt, und wir kamen einmal in seltsamer Weise mit ihm in Berührung.

Unsere alte Köchin, Frau Marx, die sich selbst »die Marxen« nannte, war halb erblindet und wünschte in ein Stift zu treten, wozu es der Bewilligung der Majestät bedurfte. Sie hatte vor vielen Jahren bei einer früheren gräflichen Herrschaft den König als jungen Prinzen, wie sie versicherte, »buttern« gelehrt, und darauf hin wurde ihr von den Meinen ein Bittschreiben aufgesetzt. Dies reichte sie dem Könige im Schloßhof in den Wagen, und auf seine Frage, wer sie sei, versetzte sie:

»Ick bin ja de olle Marxen – Eure Majestät sin meene letzte Retirade«

Dies Diktum wurde der Mutter von dem Adjutanten, der dann kam, um sich nach der Bittstellerin zu erkundigen, mitgeteilt, und er versicherte, Seine Majestät habe sich sehr über die wunderliche Wendung der Alten amüsirt und sie seiner Umgebung mehrfach mitgeteilt. Ihr Wunsch wurde ungesäumt erfüllt.

Aehnliche Geschichten in Fülle wüßte ich zu berichten, doch es zweifelt ja niemand an der Menschenfreundlichkeit dieses Monarchen und dem ihm eigenen Sinne für das Komische in jeder Gestalt.

Hätte er, der mit fernen Zeiten so wohl vertraut war, die eigene besser verstanden, es wäre ihm und seinen Unterthanen viel Schweres erspart geblieben.

Die Erinnerung an die Märztage 1848 prägte sich mir mit unauslöschlichen Zügen in die Seele. Schönere sind mir in der Natur nicht wieder begegnet. Es war, als sei der Maimond an die Stelle seines stürmischen Vorgängers getreten. Vom dreizehnten an hörte die Sonne nicht auf, vom wolkenlosen Himmel zu scheinen, und in unserem Garten standen schon vor dem achtzehnten die Obstbäume in vollster Blüte. Im Tiergarten erschlossen sich die Knospen an Baum und Strauch, und der berauschende Duft des Faulbaumes durchwehte am Abend die laue Lenzlust. Was nicht Pflicht oder Siechtum im Hause festhielt, das strebte hinaus ins Freie. Die Gartenlokale waren am Nachmittag überfüllt, und wer dem Volke etwas zu sagen wünschte, der brauchte die Zuhörer nicht zusammenzurufen.

Und es gab viele, denen das bis an den Rand gefüllte Herz überfließen wollte; denn auch in der Brust vieler Männer war ein mächtiges Frühlingsleben und Weben erwacht.

Was an Groll und Unwillen, an Unzufriedenheit und Kummer unter dem Boden gebrütet, wagte sich hervor, und die Knospen der sehnsüchtig frohen Erwartung erschlossen sich mit jeder Stunde kräftiger und voller.

Die Nachricht von der Pariser Revolution, deren Bestätigung in den letzten Februartagen nach Berlin gekommen war, hatte wie Sonnenschein und warmer Regen dies Drängen und Treiben bewirkt. Es war kein Halten mehr, und die Behörden fühlten von Tag zu Tag mehr, wie die alten Zwangmittel versagten.

Zu den Berichten aus Paris gesellte sich außerdem Nachricht auf Nachricht aus dem übrigen Deutschland, um mit immer neuen Widderstößen den alten Bau des Absolutismus zu erschüttern.

Die Preßfreiheit war noch nicht gewährt, aber die Zungen begannen sich frei, ja oft zügellos zu regen. Schon am siebenten März singen, und zwar noch bei trübem Wetter, die Versammlungen unter den Zelten an. Wir hörten nur von ihnen erzählen; denn es war uns verboten, sie aufzusuchen, aber bald brauchten wir nicht mehr so weit zu gehen, um etwas Aehnliches zu sehen. Schon seit dem Beginn der herrlichen Frühlingstage fanden wir große Menschenhaufen, die den bärtigen Rednern lauschten, die ihnen von der Revolution in Paris, von den Adressen, die man unter den Zelten, im Rathause und sonst an den König gerichtet, von dem Hin und Her der Wege, die sie gegangen, und von der Aufnahme erzählten, die sie gefunden. Sie hatten im ganzen die gleichen Forderungen enthalten: Preßfreiheit, eine aus freieren Wahlen entstandene Volksvertretung, Gleichstellung der verschiedenen religiösen Bekenntnisse bei Ausübung politischer Rechte, Geschworenengerichte und eine Vertretung des Volkes beim deutschen Bunde.

Diese Forderungen wurden mit feurigem Eifer erörtert, und die eben erfolgte königliche Verheißung, den Landtag wieder einzuberufen und ein Preßgesetz zu erlassen, nachdem man den Bundestag zu der gleichen Maßregel bewogen haben würde, wurde mit scharfen Worten als halbe und ungenügende Maßregel, als karge Abschlagszahlung, um Aufschub zu gewinnen, verdammt.

Am fünfzehnten waren nähere Nachrichten über die Wiener Revolution und die Flucht Metternichs nach Berlin gelangt, und auch wir erfuhren davon und hörten die Mutter und ihre Freunde mit Besorgnis fragen: »Wie wird das enden?«

Es hatte sich eine namenlose Erregung der Großen und Kleinen daheim, auf der Straße und in der Schule bemächtigt; denn es war schon Blut in der Stadt geflossen.

Am dreizehnten hatte Kavallerie in der Nähe des Schlosses die zusammengeströmte Menge mit blanker Waffe auseinandergesprengt, und Aehnliches geschah auch an den beiden nächsten Tagen. Glücklicherweise waren nur wenige zu Schaden gekommen, doch das alles und das Gerücht, das ja so gern das Schreckliche vergrößert und steigert, und der Wille so mancher Fanatiker, das Feuer der Unzufriedenheit zu schüren, hatten sich verbündet, um aus den Verwundeten Tote, aus leicht Verletzten Schwerverwundete zu machen.

Diese Uebertreibungen durchliefen, Entrüstung weckend. die ganze Stadt, und die Berichterstatter fremder Blätter hatten der Erfahrung, daß Zeitungslesern das Unglaublichste oft das Willkommenste ist, zu Gefallen, die Provinz und das Ausland mit ihnen unterhalten.[6]

Es fällt schwer, das Vorgehen des Militärs gegen Wehrlose zu billigen; wer aber wie wir mit ansah, wie ganze Haufen von arbeitslosem Gesindel ihm heulend und johlend nachlief und entgegentrat, ihm Schimpf- und verletzende Witzworte zurief und – das sahen wir nicht selbst, doch wird es von vielen unparteiischen Berichterstattern bestätigt – an manchen Stellen Steine nach ihm warf, der wird die jungen Männer, die ein höherer Wille regierte, und von denen die meisten sich bewußt waren, daß es ihnen besser anstehe, zu sterben, als sich ungestraft beschimpfen zu lassen, verstehen und sie darum zu entschuldigen suchen, wenn sie, außer sich gebracht, der Hand, die nach dem Degengriff schnellte, nicht wehrten.

Aber das Blut war geflossen. Der Haß gegen die Soldaten, zu denen doch viele aus den Reihen des empörten Volkes einst mit Stolz selbst gehört hatten, wuchs mit verhängnisvoller Schnelligkeit und wurde von denen geschürt, die in dem Militär die eherne Mauer verabscheuten, die sich zwischen sie und die Verwirklichung ihrer sehnlichsten Wünsche stellte.

Ein Funke konnte die offene übervolle Mine zum Auffliegen bringen, ein übelgewähltes oder mißverstandenes Wort, eine unvorsichtige Handlung die Explosion zur Thatsache machen.

Die schwerste Gefahr drohte von neuen Zusammenstößen der Armee mit dem Volke, und der Besorgnis vor einem solchen verdankten die jungen und älteren Herren ihre Berufung, die uns bald überall begegneten, wo sich große Menschenmengen zusammenrotteten, und deren Aufgabe es war, zur Ruhe zu mahnen. Das Wort »Schutzbeamter« auf der weißen Binde an ihrem Arm bezeichnete ihre Stellung, der anderthalb Fuß lange weiße Stab in ihrer Hand sollte den Respekt erwecken, den das englische Volk dem Konstabler erweist. Wir sahen auch manchen uns wohlbekannten Mann unter ihnen; doch dem Volke der Berliner, das Goethe ein verwegenes nannte, zu imponiren, hält schwer, und wir sahen Schutzbeamte von Straßenjungen umschwärmt wie der Uhu, den ein Zug von kleinen Vögeln neckend umflattert. Auch Erwachsene riefen ihnen Spottnamen nach und verhöhnten den Stab, den sie »Ballkelle« und »Zahnstocher« nannten. Gehorsam wurde nur den besonders würdigen und gelassen Auftretenden erwiesen. Im Ministerium des Innern war mit dem Bürgermeister und Stadtverordnetenvorsteher das Institut der Schutzkommission ins Leben gerufen worden.

Auch ein großer Teil der Studentenschaft hatte sich willig gezeigt, ihr als Schutzbeamte oder Kommissarien beizutreten, und auf dem Rathause Stab und Binde empfangen.

Wie grausam die Ausübung ihres Berufes ihnen verleidet wurde, ist schwer zu beschreiben.

Nachrichten aus Oesterreich und Süddeutschland, wo die Sache des Volkes mit Riesenschritten dem ersehnten Ziele entgegengeführt zu werden schien, steigerten jetzt die offensive Kraft der erregten Menge von Stunde zu Stunde.

Am Nachmittag des sechzehnten war der nur wenige hundert Schritte von unserer Wohnung entfernte Potsdamer Platz von schreienden und lauschenden Volksmassen erfüllt, die sich um den Bildhauer Streichenberg, seinen blondbärtigen Freund und andere lebhaft gestikulirende Führer scharten. Von der Stadt und der Bellevuestraße aus erhielt die Menge fortwährend Zuzug. Zur Linken des Endes dieser schönen, von knospenden Kastanienbaumreihen geschmückten Gartenstraße lag »Kemperhof«, ein Vergnügungslokal, in dem wir manchmal dem Spiel einer Musikbande in grüner Jägertracht gefolgt waren, an der Stelle der heutigen Viktoriastraße. Von daher mußten viele kommen; denn ich finde, daß dort am sechzehnten die Versammlung stattfand, aus der dann die weit wichtigere am Morgen des siebzehnten und ihr entscheidender Abschluß in der Köpenicker Straße hervorging.

Bei diesem beschloß man, am Nachmittag des siebzehnten eine »Friedensdemonstration der Volkswünsche« ins Leben zu rufen, und setzte eine neue Adresse an den König auf. Sie bestimmte, daß am achtzehnten März, um zwei Uhr, Tausende von Bürgern mit dem Abzeichen der Schutzkommissare vor das Schloß ziehen und eine Deputation mit einer Schrift, die die Hauptforderung des Volkes klar zum Ausdruck brachte, zu Seiner Majestät entsenden sollten. Was sie als dringend notwendig dem Könige darzustellen hatte, war: Zurückziehung der militärischen Macht, Organisation einer bewaffneten Bürgergarde, Gewährung der seit einem Menschenalter verbürgten unbedingten Preßfreiheit und Einberufung des vereinigten Landtages.

Ich werde auf diese Adresse zurückzukommen haben.

Ein Herr Winckler soll dabei ums Leben gekommen sein. Viele Scheiben wurden zerschlagen etc.

Der 18. März.

Der siebzehnte verlief, wie auch meine eigenen Erinnerungen bestätigen, so ruhig, daß man auf eine friedliche Lösung des verhängnisvollen Konfliktes zu hoffen begann.

Mit solcher Bestimmtheit glaubte man an eine Beilegung des Zwistes, daß die Mutter am Vormittag des achtzehnten meine älteste Schwester Martha in die Zeichenstunde schickte, die in der Wohnung des General Baeyer in der Friedrichstraße gegeben wurde; war ihr doch von verschiedenen, »die es wissen mußten«, versichert worden, es sei nichts zu befürchten.

Ludo und ich gingen in die Schule, und nach dem Schluß des Unterrichts bestätigten auf der Straße tausend frohe Gesichter, was wir schon in der Klasse vernommen.

Der König hatte »die Konstitution« und »Preßfreiheit« bewilligt.

Vor dem Plakat, das dies verkündigte, standen dichte Menschenhaufen, und die Neugier trieb uns die Leipziger Straße hinaus.

Es ging dort gar fröhlich her, und wir brauchten uns nicht zu den Anschlagzetteln durchzudrängen; denn was sie enthielten, das wurde an jeder Ecke und jedem Brunnen, von mehr als einem, den das Herz dazu drängte, vorgelesen. Es erzählten es einander gleichsam die Ziegel auf dem Dache.

Ein Vorübergehender kündete es dem andern, ja über den Straßendamm hin klang der Ruf des Freundes, der es dem Freunde wiederholte.

»Wissen Sie schon?« war die Frage, die jede dritte Anrede einleitete, und wenigstens ein »Gottlob« mischte sich in jedes Gespräch.

Berlin glich einem Manne, dem ein stärkerer auf der Brust gekniet hatte, und der nun, von dem Bedrücker befreit, tief Atem holt, aufjauchzt und die Arme zum Himmel emporstreckt.

Lange dauerte indes unsere Abschweifung vom Heimweg diesmal nicht; denn die zu Hause mußten auch wissen, was alle Welt bewegte und jedem das Herz erhob.

Zwei oder drei ältere Bekannte, die uns gewahrten, trugen uns auch eilend auf, es der Mutter zu berichten. Aber sie hatte es schon längst gehört, und ihre Freude war so groß, daß sie uns wegen des langen Ausbleibens zu schelten vergaß.

Fräulein Lamperi, das bei uns speiste, weinte dagegen. Sie war überzeugt, daß man dem unglücklichen König etwas abgezwungen habe, das ihm und seinen Unterthanen zum Verderben gereichen werde.

»Arme Majestät,« schluchzte sie in unsere Freude hinein.

Auch die Mutter liebte den König, doch war sie eine Tochter der freien Niederlande, zwei ihrer Geschwister lebten in England, und die Freunde. die sie am höchsten schätzte, und von denen sie wußte, daß auch sie dem Hause der Hohenzollern treu und warm ergeben waren, fanden es gleichfalls an der Zeit, daß dem preußischen Volke die Mündigkeit zugesprochen werde, zu der dieser Tag es erhob. Zudem rastete ihr lebhafter Geist nicht, bis er einen klaren Einblick in die Fragen gewonnen hatte, die ihre Zeit und sie selbst bewegten. So war sie zu der Ueberzeugung gelangt, daß kein Frieden zwischen dem König und dem Volke denkbar sei ohne die Bewilligung der Verfassung. Im Parlament hätte auch sie auf der rechten Seite gesessen, doch daß ihr Adoptivvaterland nunmehr ein solches haben sollte, erfüllte sie mit freudigem Stolz.

Dazu glaubte sie mit aller Welt, daß es nun mit den besorgniserregenden Unruhen in Stadt und Land vorbei sei, und so war sie mit uns froh und versicherte das bekümmerte Fräulein, es stehe ihr und uns besser an, dankbar zu sein, als zu klagen.

Ludo und ich gehörten wohl zu den Frohesten. Es war ein Samstag, und gegen Abend sollten wir auf einen Kinderball, den Geheimerat Romberg – der Nervenpatholog – für seine Tochter Marie gab, und zu dem uns neue blaue Jacken angemessen worden waren. Wir erwarteten sie mit Sehnsucht, und es mochte drei Uhr sein, als der Schneider sie brachte.

Die Mutter kam dazu, wie er sie uns anprobierte. – Als sie dabei äußerte, nun sei ja alles gut, schüttelte der Meister ablehnend den Kopf und versicherte, die Bewilligungen von heute vormittag hätten keinen andern Zweck, als das Volk zu foppen; es würde sich ja zeigen.

Mir ist, während ich dies schreibe, als sähe ich den kleinen, hageren, ersten Unglücksboten vor mir, und als vernähme ich zum andernmale die ersten Schüsse, die, als wollten sie seine Weissagung bestätigen, sie beredt genug unterbrachen.

Die Mutter erbleichte.

Der Schneider faltete hastig das Tuch zusammen und eilte hinaus.

Was bedeutete die Rede des Handwerkers, was das Gewehrfeuer draußen?

Gespannten Ohres lauschten wir hinaus. Das Schießen wurde stärker und schien näher zu kommen, und als die Mutter eben ausgerufen hatte: »Um Gottes willen, die Martha!« eilte die Köchin ins Zimmer und rief:

»Das Militär schießt mang die Leute. Auf dem Schloßplatz jing der Täpz los!«

Fräulein Lamperi schrie laut auf und griff hastig nach Hut und Mantel und dem sie stets begleitenden »Pompadour«, um beizeiten nach Hause zu kommen.

Die Mutter hatte nur noch ihre Martha im Sinne. Sie war zum Mittagessen bei Baeyers geblieben und befand sich jetzt vielleicht auf dem Heimweg. Es mußte ihr jemand entgegengeschickt werden. Aber was hätte ihr die Begleitung eines Dienstmädchens genützt, und Kürschner war nicht mehr da, der Portier nicht zu finden.

Die Köchin wurde hierhin, das Stubenmädchen dorthin geschickt, um einen männlichen Begleiter für Martha zu suchen.

Daneben erscholl die Feage, die jetzt auch von unserer Hausgenossin, der Frau Lieutenant Beyer, deren Gatte auf dem Generalstabe war, gestellt wurde: »Wie ist das nur möglich geworden? Es war ja alles bewilligt! Was ist nur geschehen?«

Die Antwort erteilte das Knattern der Musketen.

Weit vorgebeugt schauten wir zum Fenster hinaus, das bis auf die Potsdamer Straße zu blicken gestattete.

Als wir Jungen uns ins Freie hatten stehlen wollen, waren wir festgehalten worden, und man hatte uns streng verboten, die Wohnung zu verlassen.

Wie das nach dem Tohre hinwogte!

Und nun wurde es auch in unserer stillen Straße laut – ihre hintere Hälfte war damals noch nicht vorhanden – und drei oder vier Leute eilten im Sturmschritt auf dem Damme an uns vorüber.

Den bärtigen Großen an ihrer Spitze kannten wir wohl. Es war der Tapezirermeister Specht, der bei uns das Gardinenaufstecken und ähnliche Arbeiten besorgte, ein ordentlicher, tüchtiger Handwerker.

Doch wie hatte er sich verwandelt!

Statt des zierlichen Hammers schwang er ein Beil, und er wie seine Genossen schauten so ingrimmig drein, als hätten sie eine schwere Schmach zu rächen.

Er war unser ansichtig geworden, und ich erinnere mich noch deutlich des Weißen in seinen rollenden Augen, wie er das Beil höher hob und uns, als gälte auch uns die Drohung, mit heiserer Stimme zurief: »Sie sollen es kriejen!«

Auch die Mutter und Frau Beyer hatten ihn gesehen und gehört, und das Gewehrfeuer, dem der Tapezirer und seine Gefährten entgegenstürmten, war schon recht nahe.

Der Kampf mußte bereits in der Leipziger Straße wüten.

Endlich kam der Portier zurück und berichtete, an der Mauer- und Friedrichstraßenecke habe man Barrikaden errichtet, und ein heißer Kampf zwischen Soldaten und Bürgern sei dort und an vielen anderen Stellen entbrannt. Und in der Friedrichstraße weilte unsere Martha und kam und kam nicht.

In gleicher Angst hatte ich die Mutter noch nie gesehen. All ihre Bemühungen, einen männlichen Boten zu finden, waren vergeblich gewesen, und während sie noch mit dem Portier verhandelte, der das Haus nicht verlassen zu dürfen versicherte, klingelte es heftig.

Die Frauen schraken zusammen, doch es wurde nur ein junger Westfale gemeldet, ein Verwandter des Direktors unseres Martin in

Keilhau, ein schöner Mann in der Mitte der zwanziger Jahre, der eben aus England zurückgekommen war, wo er seine Ausbildung als Ingenieur abgeschlossen hatte.

Wir Jungen eilten ihm entgegen und sahen ihn im Vorsaal die Büchse ablegen.

Hastig verlangte er dabei die Mutter zu sprechen, und als sie ihn empfing, übergab er ihr ein Paketchen für die Seinen. Er wisse nicht, ob er morgen noch am Leben sei; denn er müsse hinaus in den Kampf. Dabei strahlten ihm die blauen Augen in heller Begeisterung, und obgleich das Gespräch, das nun folgte, im Wohnzimmer geführt ward, erhob er doch die Stimme so laut und heftig, daß wir verstanden, was er den Warnungen und Beschwörungen der Mutter entgegenstellte.

Er glaubte, wie so viele mit ihm, das Volk sei schmählich betrogen und verraten worden, und es verlangte ihn, das Leben einzusetzen, um diese Unbill zu rächen und das Seine zu thun, dem Vaterlande die Freiheit zu erkämpfen.

Alle Bitten der Mutter, alle Versicherungen, daß hier ein beklagenswertes Mißverständnis obwalte, und daß der König einer so ruchlosen Handlungsweise nicht fähig sei, blieben fruchtlos, und mit glühenden Wangen und ohne uns zu beachten, stürmte er hinaus.

Bald darauf sahen wir ihn mit der Büchse im Arm, mit Patrontasche und Pulverhorn an der Seite, die Straße hinabeilen.

Wir wohnten vor dem Thore, und es war nicht zu erwarten, daß der Kampf auch in unserer Gegend entbrennen werde, doch von der Rückseite unseres Gartens, von der Gegend des Potsdamer Bahnhofes her, ließ sich schon Trommelwirbel vernehmen. Aber das Schießen, das immer heftiger wurde, übertönte jedes andere Geräusch, und wie wir die Mutter vor Angst vergehen sahen, begann auch uns um unsere liebe, sanfte Martha zu bangen.

Schon wurde es dunkel, und noch immer warteten wir vergebens.

Endlich klingelte es wieder. Die Mutter eilte selbst hinaus, um zu öffnen. Sie that das sonst nie. Es war, als hätte sie geahnt, wer da kam. Als auch wir in den Vorsaal eilten, hielt sie das gefährdete Kind in den Armen, und wir Kleinen küßten sie gleichfalls, und Martha sah besonders hübsch aus vor glücklichem Erstaunen über solch einen Empfang. Sie hatte so reizende Grübchen in den Wangen, wenn die ihr eigene Verschämtheit sie überkam und wenn sie sich freute.

Auch sie war schwer geängstigt worden, während der wackere Heinrich, der Diener des Generals Baeyer, der 1813 bis 1815 sein treuer Kriegskamerad gewesen war, sie durch allerlei Nebenstraßen nach Hause begleitete. Aber sie hatten es doch nicht vermeiden können, sich an mancher Stelle dem Kampfe zu nähern, und da war dem siebzehnjährigen weichherzigen Kinde so Schreckliches zu Gesicht gekommen, daß es in Thränen ausbrach, wie es davon erzählte, Und Martha war ernstlich gefährdet gewesen.

In unserer lieben Freundin Marie Sydow Biographie ihres trefflichen Vaters, des Predigers Sydow, kann man lesen, wie ihm, während er am Nachmittage des achtzehnten März in seiner Wohnung Kaffee trank, die Tasse in der Hand zerschmettert wurde. Das Geschoß war durch das Fenster gedrungen und hart an seiner Hünengestalt vorbeigesaust.

Harmlose Leute hatte, während sie sich von einem Haus in das andere begaben, eine Kugel niedergestreckt.

Auch in anderer Weise waren Unschuldige ums Leben gekommen.

Eine Verwandte von uns, die Schwester des Kriminalisten Karl Ebers und Gattin des späteren General-Staatsanwalts von Luck, ein besonders anmutiges junges Wesen, genas in dieser Nacht des ersten Kindes, und die Schrecken derselben raubten ihr das blühende Leben. Für uns war die schlimmste Sorge, die um Martha, vorbei, und die Mutter gewann die Besonnenheit wieder.

Vielleicht war es für sie, die schutzlose Witwe, doch geraten, die Stadt zu verlassen, die morgen der Willkür des empörten Volkes oder der siegestrunkenen Soldaten ausgesetzt sein konnte. So beschloß sie denn, alles vaezubereiten, um mit uns zur Großmutter nach Dresden zu gehen.

Indes schien sich der Straßenkampf an einzelnen Stellen zur Schlacht gesteigert zu haben; denn jetzt mischte sich das Krachen des Kartätschenfeuers der Artillerie fortwährend in das Knattern der Infanteriesalven, und dazwischen scholl klagend, mahnend, das Innerste erregend, das Sturmgeläute der Glocken.

Es war ein furchtbares Getöse, Knattern, Donnern und Klingen, und der Himmel wollte es der blutgetränkten Erde gleichthun und glühte in feurigem Rot; es hieß, die königliche Eisengießerei stehe in Flammen. Wieder und wieder schauten wir zum Fenster in die laue Frühlingsnacht hinaus. Wie ausgestorben war unsere Straße. Wer kämpfen wollte, der stand auf der Barrikade, und die anderen scheuten sich, das Haus zu verlassen.

Endlich kam die Stunde, in der wir zur Ruhe geschickt wurden, und ich weiß noch, wie die Mutter uns aufforderte, für den König und die armen Menschen zu beten, die sich, um etwas zu erreichen, das wir nicht verständen, in solche Gefahren begaben.

Eine gute Weile schütteten Ludo und ich einander das übervolle Herz aus, bald aber schloß der große Kinderfreund Schlaf uns Lippen und Augen.

Doch es dauerte nicht lange mit der Ruhe; denn gegen Mitternacht wurde so heftig geklingelt, daß es selbst unseren festen Kinderschlaf störte.

Im Nu waren wir aus den Betten.

Das Bild des Tapezirers Specht trat mir vor die Seele. Ob die Aufständischen zu uns eindringen wollten?

Furcht hatte ich nicht, doch das Gefühl, als stehe etwas Ungeheures bevor. Was auch kommen mochte, – von der Mutter wollte ich mich nicht trennen.

Aber wir wurden bald beruhigt.

Frau Lieutenant Beyer hatte sich zu der Mutter begeben, um mit ihr wenigstens einen Teil der schrecklichen Nacht zu verbringen, und ihr Gemahl einen Burschen ausgeschickt, um den erwärmenden Mantel für ihn auf die Wache zu bringen.

Bald schliefen wir wieder; in Paulas Tagebuch aber steht zu lesen:

»Als Martha zu Bett ging, weckte sie mich und sagte: ›Mutter packt ein; wir sollen alle nach Dresden.‹

›Glückliche Reise!‹ erwiderte ich, und schlief dann weiter.«

Es folgen aber ernste Betrachtungen, und aus ihnen geht hervor, wie bitter sie dem Volke zürnte, das dem guten Könige so große Schmerzen bereite.

Nach der Revolutionsnacht.

Als wir am nächsten Morgen aufstanden, war das Schießen vorüber. Es hieß, alles sei ruhig. Die bekannte Proklamation: »An meine lieben Berliner« war auch zu uns gelangt. Die Schrecken der vergangenen Nacht schienen in der That die Folge eines unseligen Mißverständnisses. Der König selbst erklärte, die beiden Schüsse des

Militärs, die man für das Signal zum Angriff auf das Volk gehalten hatte, wären aus Gewehren gekommen, die ein unglücklicher Zufall entladen, »gottlob, ohne irgend jemand zu treffen«.

Er schloß mit den Worten: »Hört die väterliche Stimme Eures Königs, Bewohner meines treuen und schönen Berlins, und vergeßt das Geschehene, wie ich es vergessen will und werde in meinem Herzen, um der großen Zukunft willen, die unter dem Friedenssegen Gottes für Preußen und durch Preußen für Deutschland anbrechen wird. Eure liebreiche Königin und wahrhaft treue Mutter, die sehr leidend darnieder liegt, vereint ihre innigen, thränenreichen Bitten mit den meinen.«

Ein königliches Wort verbürgte außerdem die Zurückziehung der Truppen, sobald die Berliner sich zum Frieden entschließen und die Barrikaden abräumen würden.

So schien denn alles wieder gut und das Volk die versöhnliche Hand seines Herrschers ergriffen zu haben; denn der Kampf ruhte schon seit Stunden, und wir hörten, die Truppen befänden sich bereits auf dem Rückzug.

Noch hatten wir nichts von den Vorgängen der Nacht gesehen, und es war doch Sonntag, wir brauchten nicht in die Schule, und das Wetter war so schön! Hinaus hätten wir in keinem Falle gedurft, doch mein erster Blick aus dem Fenster sollte mir etwas zeigen, das jahrelang auf mich wirkte und mir noch mehrere Lustra später im Traum erschien: ein Paar Stiefel. Eine Totenbahre wurde an uns vorbeigetragen. Die Leiche, die auf ihr ruhte, war die des Tapezirermeisters Specht, der gestern sein: »Sie sollen es kriejen!« so wild und überzeugt ausgerufen hatte. Eine graue Leinwand bedeckte den stillen Mann; nur die Stiefel schauten aus ihr hervor, und aus dem einen eine blutige Zehe. Diese dahingestreckte leblose Masse und der in den Kampf eilende, kraftstrotzende, empörte Rächer seiner, wie er wähnte, abermals betrogenen Brüder bildeten eine für das Kindergemüt übermächtige Antithese. Die Stiefel mit der blutigen Zehe, das einzige, was es noch von dem gefällten Manne zu sehen gab, prägten sich mir nicht, nein, brannten sich mir ins Gedächtnis. Es war das erste Gräßliche, dem es Einlaß gewährte.

So oft ich später von dem Volke vernahm, das sich in wilder Empörung gegen seine Unterdrücker erhob, mußte ich dieses Opfers der blutigen Berliner Märznacht gedenken.

Doch dieser Tag sollte noch andere unauslöschliche Eindrücke bringen.

Von der Abreise nach Dresden konnte keine Rede sein; denn der Eisenbahnverkehr war eingestellt. Es kam auch kein Briefbote. Die Glocken, die während der ganzen Nacht die ehernen Stimmen zum Stürmen erhoben hatten, schienen nach dieser wilden Arbeit die Kraft nicht wiederzufinden, die Beter in die Kirche zu rufen. Sämtliche Gotteshäuser waren an jenem Sonntagmorgen geschlossen.

Unsere Sehnsucht ins Freie verwandelte sich in Ungeduld. Sie sollte auch gestillt werden; denn infolge der nächtlichen Schrecknisse litt die Mutter an heftigem Kopfschmerz. Wir wurden darum, nachdem unsere Bitte mehrmals unerfüllt geblieben war, mit der Weisung, sogleich zurückzukehren, entsandt, um ihr altes Mittel zu holen. Die Ringsche Apotheke, ein kleines Haus am Potsdamer Platz, war in wenigen Minuten zu erreichen, und wir besorgten mit aller Pünktlichkeit unseren Auftrag, übergaben die Arznei bei der Heimkehr der Köchin und eilten dann in die Stadt.

Es herrschte völlige Ruhe.

Am Potsdamer Thore war die Wache besetzt. Ein Zug Infanterie kam mit klingendem Spiel die Leipziger Straße herunter und schwenkte auf dem Potsdamer Platz in die Schulgartenstraße ein. Es will mir scheinen, als sei dort alles ganz wie in früheren Tagen gewesen. Die Leute, denen wir anfänglich begegneten, bestanden wohl meistenteils aus Neugierigen wie wir und waren sonntäglich gekleidet. Alles wie sonst; doch je weiter wir kamen, desto Merkwürdigeres gab es zu sehen.

Als wir die Mauer- und Friedrichstraße hinter uns hatten, schlug das Herz uns schon schneller, und was wir später auf dem Wege durch diese längste Verkehrsader Berlins bis zu den Linden zu sehen bekamen, war so beschaffen, daß der bloße Gedanke daran mich heute noch erregt und den heißen Wunsch in mir wachruft, nie wieder ähnlichen Bildern zu begegnen.

Auch die Trümmer der Barrikaden und die mit Kugeln gespickten Wände am kölnischen Rathause bekamen wir zu sehen, doch erst am folgenden Tage, und es ist wohl möglich, daß ich die Bilder vom neunzehnten März mit denen vermenge, die sich mir erst am zwanzigsten in die Vorstellung prägten.

Bei der Sonntagswanderung gab es hier Gräben zu durchsteigen oder zu überspringen, dort Hindernisse zu umgehen oder zu überklettern, hier staunend zu betrachten, dort von Schauder ergriffen den Blick abzuwenden.

Wut, Haß, Zerstörung hatten auf dem Gebiete, das wir durchschritten, die tollsten Orgien gefeiert und der Tod die schärfste seiner Sensen mit leidenschaftlichem Ungestüm geschwungen. Wilde Roheit und unbarmherzige Schonungslosigkeit waren beim Bau der Barren, die der Deutsche, das gute heimische Wort meidend, »Barrikaden« benannte, Bundesgenossen der klügsten Ueberlegung und einer geschickten Sachkunde geworden. Wenn Kunst »Können« bedeutet, so verdienten einige sicherlich Kunstwerke genannt zu werden. Ein älterer Herr, der anderen als Erklärer diente, wies uns zuerst darauf hin, mit wie gutem Verständnis des Verteidigungswesens einige Barrikaden auf der einen Seite flüchtiger, auf der andern sorgfältiger befestigt waren. Und welches Geschick hatte sich mit der Sorgfalt verbunden! Aus diesen Sinnbildern der gräßlichsten Unordnung sah dem Beschauer doch überall eine gewisse wohl berechnete Ordnung entgegen. Jeder Graben, den man durch das aufgerissene Pflaster gezogen, hatte seinen Zweck, jede Anhäufung der aus dem Damm entfernten Steine eine besondere Bestimmung.

Doch der Laie bedurfte eines kundigen Führers, um dies zu erkennen. Ihn fesselte zunächst nur die barocke, nie gesehene Formlosigkeit bei ihrem Anblick, dann aber das viele, das ihn herzzerreißend auf das Entsetzliche wies, das hier der Mensch dem Menschen, ein Sohn der gleichen Heimatsmutter dem andern angethan hatte.

Eine Blutlache hier, dort ein bärtiger Leichnam, den man eben aus den Trümmern hervorgezogen, hier eine von Blut gerötete, dort eine von Pulverdampf geschwärzte verlorene Waffe. Mit wie furchtbarer Kraft hatten die Kugeln das zusammengeschleppte Trümmerwerk neu in Trümmer geschlagen!

Die Leichen waren schon fast alle entfernt, doch verendete Pferde hatte man liegen lassen. Eins bot einen wunderlichen und doch schrecklichen Anblick. Ich sehe es noch vor mir. Wohl beim letzten Sprung der Verzweiflung war es in den großen offenen Schrank geraten, in dem nun sein oberer Teil wie in einem Sarge ruhte, während seine Hinterbeine starr in die Luft hinausstarrten. Dicht neben ihm stand in schräger Richtung ein altes Klavier mit abgerissenem Deckel.

Eine Kugel hatte die Saiten zerrissen, die sich nun wie Clematisranken aus ihm hervorzuringeln schienen. Wie in dem Kessel, in den die Hexe das Widrige zum Zaubertranke zusammengießt, fand sich auf jeder Barrikade das Hinderliche, Unbrauchbare und tausenderlei anderes, ursprünglich Nützliches vereint, das einen Raum ausfüllt und den Weg zu versperren geschickt ist. Allerlei umgestürztes Fuhrwerk, vom Omnibus bis zum Kinderwägelein, von der Kutsche bis zum Handkarren fand sich überall. An einer Stelle flatterte von der Spitze der in die Luft ragenden Deichsel eines Leiterwagens als Fahne ein buntes Tüchlein. Schränke, Kommoden. Stühle, Bretter, Latten, Bücherregale, Badewannen und Waschkübel, eiserne und hölzerne Röhren türmten sich in wildem Gehäuf zusammen und empfingen Halt durch Lumpen- und Strohsäcke, Matratzen und Wagenkissen, die man unter und zwischen sie geklemmt und gestoßen. Woher kamen die Dielen dort, wenn man sie nicht aus dem Boden eines Zimmers, die Brunnenbekleidungen, wenn man sie nicht von den damaligen Wasserspendern, den Pumpen, gerissen? Ob die Fässer und Kisten dort leer oder voll waren, man hatte schwerlich darnach gefragt. Die ganzen und zersplitterten Faschen, die man überall in Mengen gewahrte, waren wohl sicher ihres Inhaltes beraubt. Auf den Bänken dort hatten gestern noch Kinder und Spaziergänger gesessen, an den Laternenpfählen vorgestern Gasflammen oder Oellampen gebrannt. Die beschriebenen Schilder da oben hatten Kunden in Geschäfte und Wirtschaften gelockt, mit der Teppichrolle dort unten hatte vielleicht morgen ein Fußboden bekleidet werden sollen. Die Oleanderbüsche, die, wie ich es später in griechischen und algerischen Felsthälern sehen sollte, aus den Wänden, in denen sie wurzelten, horizontal herauszuwachsen schienen, waren viel leicht gestern zum erstenmal in die Frühlingssonne gestellt worden. – Woher die Stroh- und Heubündel, die man überall als Füllmittel benützt sah, die Regengossen, Thürflügel und Ziegel kamen, war leicht zu erraten; über die Herkunft der Pflastersteine gaben die aufgerissenen Fahrdämme Auskunft, wie aber das frische und trockene Moos, dies Kind der Wälder, mitten in der Hauptstadt den Barrikadenbauern, als sie seiner bedurften, in solcher Fülle zur Hand sein konnte, ist mir heute noch ein Rätsel. Doch die Magazine der Hauptstadt enthalten wohl alles, was den Menschen irgendwie und wann brauchbar sein könnte. Berlin schien mir ohnehin zu klein für all den in den Häusern aufgesammelten Plunder, der in jener Märznacht ins Freie geschleppt worden war.

Und das alles und was sonst noch die bunte Vielgestalt des Barrikadenkörpers bildet, war von Kugeln beschädigt, mit Staub und Erde bestreut, mit Blut und ausgegossenen Flüssigkeiten, die man wohl auf die stürmenden Soldaten gegossen hatte, besudelt. Der kindlichen Phantasie ward es leicht, sie mit kämpfenden und ringenden, schießenden und fallenden, fluchenden, stöhnenden, verröchelnden Bürgern und Kriegern zu bevölkern. Es wurde ihr auch nachgeholfen; denn überall hörten wir von den Ereignissen der Nacht, von den Heldenthaten der Bürger und der Grausamkeit der Soldaten, nirgends aber, ich weiß es gewiß, von feiger Zagheit oder von einem Verrat unserer Krieger.

Es waren blutige und schreckliche Bilder, die uns da in die Vorstellung traten, und es hätte vielleicht nicht des Assessors Geppert bedurft, der uns sehr ernst ein: »Wollt ihr machen, daß ihr nach Hause kommt, Jungen!« zurief, um uns zum Heimweg zu bestimmen.

Wir hoben die Füße, doch einmal blieben wir stehen; denn in einem Brunnen in der Leipziger oder erst in der Potsdamer Straße steckte eine Kartätschenkugel im Holz der Bekleidung, und um sie her hatte eine feste Hand mit Kreide im Halbkreise geschrieben: »An meine lieben Berliner«. An der unteren Seite des Brunnens war die Ansprache des Königs an die Bürgerschaft zu sehen, die die nämliche Ueberschrift trug.

Und welcher Kritik wurde sie unterzogen!

Es stand aber auch darin zu lesen, eine Rotte von Bösewichtern, meist aus Fremden bestehend, habe den Zwischenfall auf dem Schloßplatz im Sinn ihrer argen Pläne durch augenscheinliche Lüge verdreht und die erhitzten Gemüter seiner treuen und lieben Berliner mit Rachegedanken um vermeintlich vergossenes Blut erfüllt. Dadurch wären sie die greulichen Urheber von Blutvergießen geworden.

Der König glaubte in der That an diese »Rotte von Bösewichtern« und schrieb die Revolution, die er einen »*coup monté*« nannte, diesen Nichtswürdigen zu. Seine Briefe an Bunsen liefern dafür den Beweis. Unter denen aber, die seine Anrede: »An meine lieben Berliner« lasen, wußten es viele besser. Es hatte bei ihnen wahrlich keiner fremden Aufwiegler bedurft, um ihnen die Waffen in die Hand zu drücken!

Am Morgen des achtzehnten war ihnen Jubel und Hochruf aus dem vollen Herzen gedrungen; als sie aber gesehen oder erfahren hatten, daß auf dem Schloßplatze in die dort versammelte Menge geschossen worden war, das allerdings stark erhitzte Blut überwallte, und das so lange um gute Rechte betrogene Volk, das auch noch hingehalten worden war, als das halbe übrige Deutschland seine Forderungen schon erfüllt gesehen hatte, fühlte sich von neuem getäuscht und ertrug es nicht länger.

Wiederum muß ich mir ins Gedächtnis rufen, daß ich keine Geschichte der Berliner Revolution schreibe. Eigene Jugendeindrücke würden mir auch nicht gestatten, mir über die Beweggründe dieses merkwürdigen, schwer erklärlichen Ereignisses ein selbständiges Urteil zu bilden; ich habe mir aber in der letzten Zeit, unterstützt von diesen Dingen näherstehenden Freunden, einen nicht ganz oberflächlichen Einblick in das Geschehene verschafft, und halte ich diesen mit den eigenen Erinnerungen zusammen, so muß ich mich bei der Beantwortung der immer noch unbeantworteten und doch vielfach erörterten Frage, ob die Berliner Revolution das Ergebnis einer von weither angelegten Verschwörung oder der spontane Ausbruch der Freiheitsbegeisterung des Berliner Volkes gewesen sei, an Heinrich von Sybels Meinung schließen: »Wie mir scheint, sind beide Auffassungen gleich begründet, da nur das Zusammenwirken beider Momente die Möglichkeit des Sieges herbeiführen konnte.«

Auch hier trifft der große Historiker sicher das Rechte. Es lag im Interesse der Polen, der französischen und anderen Männer des Umsturzes, es in Berlin zu einem blutigen Zusammenstoße kommen zu lassen, und es hielten sich in jenem Frühling viele von ihnen in der Residenz auf. Unter diesen Leuten müssen sich auch des Barrikadenbaus und der Organisation von Aufständen kundige Männer befunden haben, und es ist kaum zu bezweifeln, daß sie in der entscheidenden Stunde durch aufreizende Reden, geistige Getränke und dem Auswurf des Pöbels gegenüber vielleicht auch durch Geld das Rachegefühl, die Wut und Kampflust des Volkes zu steigern versuchten. Ja, für das alles lassen sich gewichtige Zeugnisse heranziehen. Es ist aber noch weit gewisser, und war ich auch erst ein elfjähriger Knabe, habe ich es doch trotz der warmen Königstreue der Mutter und der Umgebung, in der ich heranwuchs, mit erlebt und empfunden, daß die Unzufriedenheit vor dem achtzehnten März den höchsten Grad erreicht hatte. Sie wußte sich nicht mehr zu fassen und zu halten. Wie der Dampf eines überheizten Kessels mußte sie das Eisen sprengen.

Der König hatte das Feuer gelöscht, die Unruhestifter waren aber geschickt genug gewesen, die Ventile, die die Regierung geöffnet, mit Steinen zu belasten, und so erfolgte, trotz des rechtzeitigen Einschreitens der Heizer, die Explosion.

Wenn der Polizeipräsident von Minutoli behauptete, er habe die Stunde des Ausbruchs der Revolution vorhergewußt, und der Herr, der unsere Wolfsche Revolutionschronik mit Glossen versah, versichert: »Auch ich habe die Stunde zwei Uhr des Achtzehnten genau gewußt und Sicherheitsmaßregeln für die Königin getroffen«,[1] so beweist er damit keine besondere Spähergabe; denn die erste Drohung, die Bürger gegen den König zu erheben sich unterfangen hatten, stand in der Adresse, die in der Köpenicker Straße von der dort tagenden Volksversammlung aufgesetzt worden war, und sie lautete also: »Wird uns dies gewährt, wird es uns sofort gewährt, dann garantiren wir den wahren Frieden.«

Den Nachsatz mit der Verkündigung dessen, was im entgegengesetzten Falle geschehen würde, zu ergänzen, überließ man Seiner Majestät; die Versammlung hatte eben beschlossen, daß »die Friedensdemonstration der Volkswünsche« am Achtzehnten um zwei Uhr stattfinden sollte, und zwar durch mehrere tausend Bürger. Während der Uebergabe der Adresse und bis zu ihrer Beantwortung sollten die Abgesandten des Volkes in aller Ruhe auf dem Schloßplatz versammelt bleiben. Was im Falle der Nichtbewilligung der oben mitgeteilten Forderungen zu geschehen habe, steht nirgends zu lesen, es unterliegt aber keinem Zweifel, daß viele der Anwesenden dann dem Glück der Waffen das Weitere anvertrauen wollten. Diese Adresse enthielt ein Ultimatum, und Braß hat recht, wenn er sie und die Versammlung, aus der sie hervorging, den unmittelbaren Ausgangspunkt der Revolution heißt. – Wer ihrem Verlauf aufmerksam gefolgt war, konnte sich leicht sagen: »Am Achtzehnten mittags um zwei Uhr kommt es so oder so zur Entscheidung.«

Der König selbst hatte sie früher getroffen. – Sybel stellt es außer Zweifel, daß er durch die Verhältnisse Europas, nicht durch die Drohungen oder den Zwang eines Straßenkampfes dazu genötigt worden war. Dennoch kam es zu einem solchen; denn die Feinde der Ordnung wußten aus dem schwälenden Balken des gelöschten Hauses geschickt genug eine neue Feuersbrunst zu erwecken. Aber all ihre Bemühungen wären vergebens gewesen, hätte ihnen nicht das Verhalten der Regierung seit geraumer Zeit und die Ereignisse der letzten Tage in verhängnisvoller Weise die Wege geebnet. Das Roß war außer sich geraten und hatte sich der Führung des Reiters entzogen. Einen Augenblick war es gelungen, es zu beruhigen, doch ein ungeschickter Schenkeldruck, ein Bremsenstich konnte es zu neuer, verhängnisvoller Auflehnung bringen; in Berlin aber ward es von Uebelgesinnten umstanden, die es durch Tücherschwenken, Geschrei und Steinwürfe zum Aeußersten reizten.

Es gibt im Leben der Menschen wie der Völker Zeiten, in denen die aufgebrachte Seele auch nach erfolgter Sühnung dem Zwischenfalle dankt, der ihr gestattet, dem lang verhaltenen Grolle Ausdruck zu geben. Und weiter: Jedes historische Ereignis ist die Summe einer langen Reihe von vorhergegangenen Begebenheiten und Thaten, und es wirst sich für denjenigen, welcher an die waltende Hand einer ewigen Gerechtigkeit in der Geschichte glaubt, die Frage auf, ob nach allem, was die Leitung des preußischen Staates von den Befreiungskriegen an den Bürgern an Verheißungen gebrochen, an wohlerworbenen Rechten vorenthalten und ihnen an schwer erträglichen Schmälerungen der Freiheit auferlegt hatte, die Ereignisse der Nacht vom achtzehnten zum neunzehnten März nicht eine dem Vorhergegangenen entsprechendere Folge darstellten, als ein heller Jubel des Volkes und eine dankbare Bekränzung des Königs nach der ihm von politischen Ereignissen außerhalb Preußens abgerungenen Bewilligung der Konstitution und der Preßgesetze.

In der konservativen Umgebung der Mutter und bei ihr selbst blieb die Ueberzeugung lebendig, daß der Berliner Straßenkampf infolge einer aus langer Hand vorbereiteten Aufwiegelung des Volkes durch ausländische Agitatoren zum Ausbruch gekommen sei; ich kann aber versichern, daß es mir während meines späteren Lebens, bevor ich diesen Dingen besonders nachzudenken begann, wenn ich mich der Zeit, die dem achtzehnten März voranging, erinnerte, immer vorkam, als hätten die damaligen Zustände den Ausbruch des Straßenkampfs jeden Augenblick zu erwarten gezwungen.

Von der Schärfe der Gegensätze, die der Revolutionsnacht in Berlin folgten, kann man sich heute schwer eine Vorstellung bilden, wie man sich auch den ganzen Umfang und die enthusiastische Macht der

Empfindung der preußischen Königstreue von damals selbst in höfischen Kreisen kaum mehr voll zu vergegenwärtigen vermag. Diese Gegensätze trennten Freunde, entfremdeten lang in Liebe verbundene Familien und machten sich auch in der Schmidtschen Schule während der kurzen Zeit geltend, in der wir sie noch besuchten.

Unsere kecke Wanderung über die Barrikaden blieb, so viel ich mich erinnere, straflos. Vielleicht war sie gar nicht bemerkt worden; denn die Mutter hatte trotz heftigen Kopfwehs Vorbereitungen für die Illumination unserer ziemlich langen Fensterreihe zu treffen. Sie war übrigens nach ihrem Herzen, und eine allgemeinere sah die Stadt schwerlich wieder. Die Nichtbeleuchtung des Hauses wäre aber auch bei der herrschenden Stimmung den Scheiben verhängnisvoll geworden. Leider durften wir die Illumination nicht mit ansehen; ich hielt es später aber für einen besonders glücklichen Schalkstreich der Schickung, daß auch das russische Gesandtschaftspalais, das Eigentum des Selbstherrschers Nikolaus, sich genötigt sah, den Sieg der freiheitlichen Bewegung im Nachbarstaate mit hellem Lichterglanz zu begrüßen.

Am Montag den Zwanzigsten wurden wir in die Schule geschickt; sie war aber geschlossen, und das benützten wir, um in die Tiefen der Stadt vorzudringen. Dort ist mir der Anblick des von Kartätschenkugeln gespickten kölnischen Rathauses und seiner Umgebung unvergeßlich geblieben. Die Barrikaden waren schon zum größten Teil abgetragen; dafür gab es aber seltsame Kreideinschriften an den Thüren verschiedener öffentlichen Gebäude.

Schon am Anfang der Leipziger Straße begegneten wir an dem Hauptthore des Kriegsministeriums den Worten: »Nationaleigentum«. Anderwärts, und besonders am Palais des Prinzen von Preußen, stand: »Bürgergut« oder »Eigentum der ganzen Nation«.[2]

Bei diesem schlichten Palaste, zu dessen hohem Parterrefenster Liebe und Bewunderung oft ganze Scharen treuer und dankbarer Deutscher aus allen Gauen des Vaterlandes aufblicken ließen, um das treue Antlitz des greisen Heldenkaisers zu schauen, ging es gar unruhig her. Auch wir haben unter den Gaffern gestanden und der Rede eines Studenten zugehört, der, umgeben von allerlei jüngeren und älteren Herren, von dem großen Balkon aus die Menge ansprach und einen lauten Beifallssturm erntete. Ob es derselbe wackere Bursche war, der das Volk anflehte, von seinem Vorhaben abzustehen, das Schloß des

Prinzen in Asche zu legen, weil dadurch die Bibliothek gefährdet werden würde, weiß ich nicht zu sagen. Die Antwort: »Laßt den armen Jungen ihre Bücher« ist aber authentisch.

Das Gleiche gilt leider von dem Berichte, daß es schwer gefallen war, das Haus des redlichen Mannes, dessen Hohenzollernblut sich gegenüber der Schwäche seines königlichen Bruders mit Recht aufgebäumt hatte, vor Zerstörung zu behüten. Er blieb auch während dieser Schreckenstage, was er immer gewesen war und bleiben sollte, ein rechter Mann und Soldat in des Wortes vornehmster und edelster Bedeutung.

Die Antwort, die nach Wolf ein ungenannter General Herrn Rellstab und anderen Bürgern, die einen neuen Ausbruch der Volkserhebung voraussagten, wenn das Militär nicht zurückgezogen würde, erteilte, gibt wie im Spiegelbilde die Gesinnung des späteren Kaisers Wilhelm wieder, und sie lautete also: »Wohl denn, wenn die ganze Stadt aufsteht, so mag sie die Schuld tragen, und uns kann kein Vorwurf treffen, auch wenn sie zur Hälfte darüber zu Grunde ginge. Wir haben den König zu schirmen und das Land vor Aufruhr zu schützen. Daran werden wir Blut und Leben setzen, und wir wollen sehen, wer Sieger bleibt.«

Das sind die Worte eines Mannes und echten Soldaten. Darum klingen sie, als kämen sie aus dem Munde des damaligen Prinzen von Preußen. Auch sein Freund, der Major von Vincke, bewährte sich in jenen verhängnisvollen Tagen. Er war es, der am Siebzehnten von seinem Gute in Schlesien nach Berlin geeilt kam, um dem Könige die volle Wahrheit zu sagen und ihm begreiflich zu machen, daß nicht nur verworfene Aufrührer, sondern der bessere Teil des Landes die Forderungen stellte, die ja auch, freilich auf Grund anderer Erwägungen als der von Vincke vertretenen, bald darauf bewilligt werden sollten. Nach vielen Jahren war es mir vergönnt, in ihm die Bekanntschaft einer der sympathischsten und reinsten Männergestalten zu machen, mit denen ein freundliches Geschick mich zusammenführte.

Was wir im Schloß und in seinen von bewaffneten Bürgern und Studenten wimmelnden Höfen zu sehen und zu hören bekamen, ist so widrig und unwürdig, daß ich nicht gern daran denke. Einzelne gefallene Märzhelden wurden eben auf Bahren vorübergetragen, und von den weinseligen Gesichtern bewaffneter Studenten und Bürger begrüßt. Der Lehrer, der uns unterwegs aufgefangen hatte, fand unter ihnen Universitätsfreunde, die den köstlichen Rebensaft priesen, der ihnen auf der Schloßwache gereicht worden war.

Ueber den Bruder und mich war es am Einundzwanzigsten auch verhängt, Friedrich Wilhelm IV. in der Behrenstraße und dann auch Unter den Linden mit einer großen schwarz-rot-goldenen Binde am Arme dahinreiten zu sehen.

Aus dem Gefolge des Königs, das ihn zu Pferde begleitete, erinnere ich mich nur eines großen Mannes mit vollem schwarzen Barte, der kaum ein anderer als der Tierarzt und Märzheld Urban gewesen sein kann. Die gemalte Kaiserkrone in der Hand dieses Herrn ist mir nicht zu Gesichte gekommen, doch hat er sie nach Wolf in der That wenigstens anfänglich, bevor er in den Sattel stieg, getragen. Sein Name und der eines Herrn Woeniger waren damals in aller Munde, doch wurden beide so schnell vergessen, wie sie unter den Berlinern »berühmt« geworden waren.

Die Bestattung der in der Revolutionsnacht Gefallenen gestaltete sich zu einer der großartigsten Kundgebungen, die Bertin bis dahin gesehen. Es war uns Knaben nur vergönnt, ihr kurze Zeit von den Linden aus zuzusehen, und doch ist mir der Gesamteindruck des Zuges, dessen Anblick uns eigentlich hatte entzogen werden sollen, im Gedächtnis geblieben.

Es war wundervolles, ja sommerlich warmes Wetter, und der Riesenzug, der die zweihundert Särge der Freiheitskämpfer zur ewigen Ruhe begleitete, nahm kein Ende. Die Estrade vor der Neuen Kirche, auf der man sie aufgestellt hatte, zu sehen, blieb uns versagt, doch muß der Anblick einen höchst eigenartigen und dazu tief ergreifenden Eindruck hervorgerufen haben.

Prediger Sydow, der die protestantische Geistlichkeit neben dem katholischen Kaplan Roland und dem Rabbiner *Dr.* Sachs als Redner vertrat, erzählte mir später, diese Menge von Särgen, die mit dem reichsten Blumenschmuck umgeben und von dunklem Trauerflor verschwenderisch umwallt gewesen war, habe ein Bild von erschütternder, unvergeßlicher Großartigkeit ergeben, und ich will es gern glauben.

Mir prägte dieser Leichenzug sich als eine nicht aufhörende Heerschar von Särgen und schwarzgekleideten Männern mit Fahnen und umflorten Hüten, mit Blumen, Innungszeichen und Gewerktafeln ins

Gedächtnis. – Berittene Bannerträger, Herren in Talaren – die Professoren der Universität – und Studenten in festlichem Wichs mischten sich in den seltsam bunten und doch feierlichen Aufzug.

Wie viel Thränen sind diesen Särgen nachgeweint worden, die manches hoffnungsreiche, frische, von warmer Begeisterung durchglühte Jugendleben, manches stille Herz umschlossen, das freudig für den edelsten Besitz des Mannes geschlagen.

Die Bestattung im Friedrichshain, bei der vierhundert Sänger die Stimmen erhoben und ein Militärmusikcorps, das aus den Hautboisten vieler Regimenter zusammengesetzt war und gewaltige Tonmassen über die offenen Gräber der Gefallenen ergoß, muß so würdig wie großartig gewesen sein.

Aber die Gegensätze waren noch so wenig ausgeglichen, und die Zumutung, die man an den König gestellt hatte, die Gefallenen zu begrüßen, hatte in den Kreisen der Mutter solches Aergernis erregt, daß sie sich fern von dieser großartigen und an sich voll berechtigten Leichenfeier hielten. Am schwersten erträglich erschien es, daß der König es über sich gewonnen hatte, den Leichenzug mit dem Helm in der Hand entblößten Hauptes vom Balkon des Schlosses aus an sich vorüberziehen zu lassen.

Wie diese That der Nachgiebigkeit auf königstreue Berliner wirkte, läßt sich schwer beschreiben. Ich habe, bei dem Berichte von Augenzeugen, Männer – auch unsern bescheidenen Kürschner – aufweinen sehen.

Wer Friedrich Wilhelm IV. kannte, der mußte allerdings wissen, daß er weder infolge aufrichtiger innerer Versöhnung, noch aus Achtung vor den gefallenen Freiheitshelden, sich zu diesem äußeren Zeichen der Ehrerbietung, das die schwerste Demütigung für ihn in sich schloß, herbeigelassen hatte.

Wie wenig aufrichtig die Versöhnung war, die der König mit den Ideen, Ereignissen und Menschen aus jenen Tagen geschlossen hatte, sollte die Reaktion zeigen, die nur zu bald eintrat. Seine Gesinnung mußte sich unter neuen Formen bethätigen, sie war aber auf politischem wie auf kirchlichem Gebiet die alte geblieben.

Diese Tage mit ihren mannigfachen Erregungen, ihren von Stunde zu Stunde wechselnden Nachrichten, nie vorhergesehenen Scenen und politischen Unterhaltungen und Streitigkeiten, wohin man kam und hörte, verschwammen in meiner Vorstellung zu einem wüsten Ganzen, aus dem mir, wie aus dem Leichenzuge der Märzgefallenen, alles in den Schatten drängend, die Farben schwarz-rot-gold entgegenschauen. Wo sonst das ernste preußische Schwarz und Weiß zu sehen gewesen und an vielen anderen Stellen fand man sie damals, und wehe dem Knaben, der ohne eine schwarz-rot-goldene Kokarde an der Mütze in die Schule gekommen wäre; der Unterricht aber begann gewiß schon vor dem Beerdigungsfeste von neuem; denn die Mutter mußte – so gebot es der Terrorismus der Mitschüler – zu Ehren der gefallenen Freiheitskämpfer unsere Kokarden mit Flor umnähen.

Das Leben in den Zwischenstunden hatte eine neue Gestalt gewonnen. Die frühere Minderzahl war zur Mehrheit geworden. Sie führte das große Wort, und manchem Sohn eines streng konservativen Mannes war verboten worden, den »Roten« ernstlich zu widersprechen. Nur seine Anhänglichkeit an den König brauchte keiner zu verbergen; denn auch die Demokraten fühlten damals noch etwas dergleichen. Ein gutes Wort für den Prinzen von Preußen führte dagegen sicher zu Händeln; wir aber scheuten sie nicht und gehörten, gottlob, zu den Stärksten. Um seinetwillen, das wußten wir, verzieh die Mutter jede Beule und jeden zerrissenen Rock.

Immerhin war dies Eindringen der Politik in die Schule und das ganze gespannte Leben in der Residenz höchst unerfreulich und mußte auf die Dauer auch schädlich auf uns unreife Knaben wirken. Da faßte die Mutter denn einen raschen Entschluß, und statt uns erst im nächsten Jahre nach Keilhau zu geben, das unser Bruder Martin Ostern verließ, um in die Prima eines preußischen Gymnasiums aufgenommen zu werden, sollten wir schon jetzt dahin kommen.

Als unser ältester Bruder heimkehrte, bestärkte er im Bunde mit dem jungen Westfalen, der aus dem Barrikadenkampf unverletzt hervorgegangen war, und einem Major von Rosenberg, dessen Neffe die Anstalt besuchte, den Entschluß der Mutter. Sie nannte ihn oft den schwersten, den sie jemals gefaßt, doch gehörte er gewiß zu den besten; denn er sollte uns den verwirrend bunten Eindrücken der Großstadt und der Verwöhnung im mütterlichen Hause entrücken und uns in eine für unser Alter möglichst angemessene Umgebung versetzen.

Mit den Ostern, die den Berliner Märztagen von 1848 folgten, schließt der erste größere Abschnitt meines Lebens.

Von der Umgebung aus, in der wir die freiheitliche Bewegung des preußischen Volkes heranwachsen und zum Aufruhr führen sahen, mußte sie uns in einem ihr wenig günstigen Lichte erscheinen.

Erst in reiferen Jahren lernte ich erkennen, daß diese Kämpfe, die ich noch sehr viel später von gewissen Seiten fluchwürdig und einen Schandflecken der preußischen Geschichte nennen hörte, viel mehr des reichsten Dankes der Nation würdig sind. Sie waren das den Himmel des Völkerglücks klärende Gewitter. In jenen herrlichen Frühlingstagen ward, gleichviel von welchen Händen – und es waren auch die edelsten und reinsten darunter – die Würde und Freiheit des öffentlichen Lebens gesät, deren wir uns jetzt erfreuen. Zertrümmerte der Blitz auch manches Schutzdach, worunter die Begünstigteren bequem gerastet, so dürfen wir doch die Ernte segnen, die für das Vaterland und all seine Söhne aus jenen Keimen an zahllosen Halmen erwuchs.

Man hat sich des Wortes »Märzerrungenschaften« mit höhnenden Lippen bedient, – ich glaube aber zu wissen, daß es heute auch unter den weitersehenden Konservativen wenige gibt, die sie missen möchten. Mir, und, gottlob, der Mehrzahl des deutschen Volkes, würde das Leben ohne sie unerträglich erscheinen. Die Mutter lernte in späteren Jahren diese Empfindung teilen, und sie bewahrte dennoch, wie wir, denen sie sie früh ins Herz gepflanzt hatte, die alte Königstreue bis an ihr spätes Ende.

In Keilhau.

In die Anstalt.

Keilhau. – Was ein so kurzer Name doch alles in sich schließt!

Mir ruft er das reine Glück der schönsten Knabenjahre, eine Fälle von verehrten, lieben und frohen Gestalten und hundert ernste, tief ins Gemüt greifende, heitere und vergnügliche Scenen aus einem an Belehrung und Freuden reichen Lebensakte und die von der Natur so anmutig ausgestattete Bühne ins Gedächtnis zurück, auf der er sich abspielt.

Und doch hat der Name »Keilhau« einen gewaltthätigen Klang, und ein Elfjähriger, der ihn hört, greift sich leicht an den Rücken und findet ihn pleonastisch, da einer der Imperative, die ihn bilden, genügt, um die Vorstellung von blauen Flecken wachzurufen. Solche thun freilich nicht weh, wenn sie im Kampfe mit guten Kameraden entstehen, und Martin hatte den kleinen Brüdern schon die beruhigende Versicherung erteilt, daß sie dort nur von solchen »Keile« oder auch »Haue« zu erwarten und es sich selbst zuzuschreiben hätten, wenn sie von beiden mehr empfangen als austeilen sollten. Er hoffe, daß wir seinem Verhalten und Spitznamen – er war statt Martin »Mortax« gerufen worden – Ehre machen würden. Weder der Direktor noch ein Lehrer legten jetzt die Hand an einen Schüler. Ueberhaupt sollten wir Stadtpflanzen und Hätschelkinder der Mutter auf den Knieen danken, daß sie uns nach Keilhau gebe.

Wir freuten uns gewiß auf die Wälder und Berge, von denen er so lebhaft erzählt hatte, aber daheim war es doch auch schön gewesen. Dort blieb ja die Mutter zurück, und das dritte Glied unseres Kleinen-Kleeblattes, die muntere, kein Spiel verderbende, willensstarke Paula, und außerdem unsere freundliche, gefällige Martha, und so mancher gute Kamerad, und Annchen Geppert und der größte Teil unseres Spielzeugs.

An das Opernhaus und die anderen Vergnügungen der Residenz dachte ich nicht; aber, – aber, – aber ... Wir fuhren ja vielleicht wirklich ins Glück hinein; – doch wo sollte das herkommen ohne die Mutter?

Jean Paul nennt die Wehmut ein Gemisch von Wonne und Schmerz, und etwas dergleichen war es doch wohl, das mich in den Abschiedstagen vor dem Aufbruch erfüllte und mich anhielt, besonders brav und gefällig gegen jedermann im Hause zu sein. Vielleicht wollte ich dadurch bewirken, daß man sich gern meiner erinnerte oder mich gar ein wenig vermißte. Die Mutter führte uns auch noch einmal auf den Dreifaltigkeitskirchhof zum Grabe des Vaters, und da nahm ich mir viel Gutes vor. Nur die besten Zensuren mit lauter Einsen sollten aus Keilhau nach Hause gelangen, und ich hatte mir doch schon in Berlin recht hübsche erworben.

Am Aufbruchsmorgen gab es viele Küsse und wehmütige Blicke auf alles, was da zurückblieb; als wir aber mit der Mutter im Eisenbahnwagen saßen und durch die im reichsten Frühlingsschmuck prangende Landschaft dahinbrausten, ging mir auf einmal das Herz auf, und frohe Reiselust und helle Freude auf das viele Neue, das mir bevorstand, machte jeder andern Empfindung den Garaus.

Die ersten Weinberge, die es bei Naumburg zu sehen gab – die vom Rhein hatte ich längst vergessen – erschienen mir sehr interessant. Die Rudelsburg bei Kösen war die Ruine einer wirklichen alten Ritterburg. Nur schade, daß ich das Lied Franz Kuglers:

> »An der Saale hellem Strande
> Stehen Burgen stolz und kühn;
> Ihre Dächer sind gefallen,
> Und der Wind streicht durch die Hallen,
> Wolken ziehen drüber hin,«

das sich auf die liebliche Stelle der Thüringer Vorberge bezieht und dessen Dichter uns so wohl bekannt war, noch nie gehört hatte! In Keilhau sollten wir es bald singen lernen.

Weimar war das erste Ziel dieser Reise. Wir hatten doch schon mancherlei von unsern Klassikern vernommen, ja ich wußte Schillers Glocke und auch einiges von Goethe auswendig, und mit welcher Verehrung hatten wir von ihnen reden hören! Jetzt sollten wir die Stätte betreten, die ihre Heimat gewesen, und als wir in sie einfuhren, überkam mich eine seltsame Empfindung. Die Häuser waren ja recht klein im Verhältnis zu denen in Berlin und Dresden, doch die Stille in den Straßen und ein anderes schwer zu definirendes Etwas erweckte in mir das Gefühl, das den Pilger überkommen mag, wenn er den Boden des Wallfahrtszieles betritt. – Wir übernachteten auch in Weimar, und zwar in einem wirklichen Gasthaus. Das war interessant; denn in Dresden wohnten wir bei der Großmutter, und wenn wir sie zu Berlin im Hotel besucht hatten, war es immer mein Wunsch gewesen, auch einmal in einem solchen zu wohnen.

Jede Einzelheit von dieser ersten, mit Bewußtsein zurückgelegten Reise ist mir gegenwärtig geblieben; ich weiß sogar noch, was wir uns zum Abendessen bestellten. Aber die Mutter hatte starken Kopfschmerz, und so bekamen wir von den Herrlichkeiten Weimars nur das Goethehaus in der Stadt und das andere im Park zu sehen. Was ich dabei empfand, kann ich nicht sagen, denn es vermischt sich zu stark mit späteren Eindrücken; ich weiß nur, daß mir besonders das letztere sehr klein vorkam. Ich hatte mir das »Goethehaus« wie das Palais des Prinzen von Preußen oder des Fürsten Radziwill in der Wilhelmstraße gedacht. Das großherzogliche Schloß kam mir dagegen vornehm und stattlich vor. Wir sahen es gut an; denn es war ja das

Geburtshaus der Prinzeß von Preußen, von der Fräulein Lamperi uns so viel erzählt hatte.

Am nächsten Morgen war die Mutter wieder wohl auf. Die Eisenbahn sollte Weimar mit Rudolstadt, in dessen Nähe Keilhau liegt, erst sehr viel später verbinden, und so fuhren wir denn in einem offenen Wagen unserem Reiseziele entgegen. Es war herrliches Wetter, der Weg führte bald aufwärts, bald abwärts über wirkliche Berge, wir hatten einen Postillon, der allerlei Lieder zu blasen verstand und das runde Horn uns zu Gefallen oft genug an die Lippen führte.

Gegen Mittag hatten wir Rudolstadt erreicht.

Wie hübsch war das Saalethal in seinem grünen Frühlingsschmuck, wie traulich schmiegte sich das saubere Städtchen an den Fuß des Schloßberges, auf dessen Höhe das fürstliche Palais sich so lang hinstreckt wie ein auf dem Hügel ruhender Schäfer, der die Schafe unter sich – die kleinen weißen Häuser der Residenz – überschaut und bewacht.

Die Mutter wußte hier schon Bescheid, und Martin hatte uns dazu genaue Verhaltungsmaßregeln gegeben.

Der erste Gasthof war wohl der »Ritter«, – wir hielten aber seinem Wunsche gemäß auf dem Markte, bei Curioni; denn der ältere und jüngere Wirt dieses Namens gehörten zu Keilhau und waren außerordentlich beliebt in der Anstalt. Der jüngere, den wir *Hasan* riefen, war wohl selbst eine Zeit lang Zögling gewesen. Welcher Keilhauer Orientalist ihm diesen Spitznamen gab, der auf arabisch »das Pferd« bedeutet, weiß ich nicht zu melden. Er und sein Vater besaßen jedenfalls viele dieser edlen Tiere.

Nachdem wir uns etwas erfrischt hatten, fuhr der Wagen vor, der uns nach Keilhau bringen sollte.

Als wir uns zum Einsteigen anschickten, trat ein älterer Herr an uns heran, der sogleich einen bedeutenden Eindruck auf mich machte. Sein Aeußeres erinnerte entschieden an Wilhelm Grimm, und wenn er kein Prediger war, so mußte er wohl auch ein Professor sein. Unter Hunderten wäre er mir ins Auge gefallen; denn sein edel geformter Kopf war von langem, in der Mitte gescheiteltem grauen Haar umwallt, seine in großem Stil geformten, wohlgebildeten, durchgeistigten Züge trugen den Stempel des gütigsten Wohlwollens, und seine Augen waren der Spiegel einer lauteren Kinderseele. Der seltene Reiz ihres sonnigen Leuchtens, wenn sein warmes Gemüt sich der Freude öffnete, oder wenn seinem sinnigen Geiste etwas recht zu deuten gelungen war, tritt mir heute, da ich dies schreibe, voll ins Gedächtnis, und sie strahlten auch froh und innig genug, als er unsere Begleiterin gewahrte. Sie kannten einander schon lange; denn die Mutter war um Martins willen einigemale in Keilhau gewesen, und wie sie den herrlichen Alten, so hatte er sie lieb gewonnen. Sie nannte ihn Middendorf, und nun wußten wir, mit wem wir es zu thun hatten; denn es war uns schon viel Freundliches von diesem Mitdirektor der Anstalt zu Ohren gekommen.

Zwar war er mit dem »alten Fuchs« der Anstalt nach Rudolstadt gefahren, doch nahm er gern in unserem Wagen Platz, und das brachte ihn uns schnell genug nahe.

Kaum hatten wir die Straße mit dem Gasthof zum Ritter hinter uns gelassen, als er Schillers zu gedenken begann und uns den Berg zeigte, der seinen Namen trug und dem er in seinem »Spaziergang« zugerufen hatte:

»Sei mir gegrüßt, mein Berg mit dem rötlich strahlenden Gipfel.«

Darauf wies er auf die Saale und Volkstädt und erzählte uns dabei von dem von Lengefeldschen Schwesternpaare, das dem Dichter so oft bis dahin entgegengegangen, und von dem Charlotte später seine Braut und Gattin geworden war. Das alles geschah in einer Weise, die nichts Lehrhaftes oder für Kinder besonders Zubereitetes hatte und doch bis auf das letzte Wort verständlich war und uns fesselte. Dazu besaß seine Stimme einen besonders tiefen Wohllaut, und dafür war mein Ohr von früh an empfänglich. Er kannte auch junges Menschenvolk von unserer Art und wußte, was ihm zusagt.

In Schaale, das erste Dorf, das wir durchfuhren, sagte er, indem er auf den Bach wies, der sich in seiner Nähe in die Saale ergießt:

»Seht, ihr Knaben, jetzt kommen wir in unser Gebiet, das Schaalthal. Diesem Wässerchen, das auf unserer Flur entspringt, dankt es den Namen, und nun wollt ihr wohl auch wissen, warum unser Dörfchen Keilhau heißt?«

Darauf wies er den Bach hinauf und gab uns in knappen Zügen ein Bild seines Laufes.

Wir fuhren ihm entgegen.

Das Dorf Schaale hatten wir passirt. Das mit der Kirche vor uns hieß Eichfeld, und uns zur Rechten lag ein anderes, nicht für uns sichtbares,

Lichtstädt. Vor grauen Zeiten, erzählte er nun, wären die bergigen Wände und die Sohle des ganzen Thales mit dichten Eichwäldern bedeckt gewesen. Da seien aber Leute gekommen, die gewünscht hätten, Ackerland zu gewinnen. Bei Lichtstädt – damit wies er in die Gegend dieses Dorfes – hätten sie die Wälder zu lichten begonnen. Das sei aber schwer gegangen, und sie hätten dazu Keile gebraucht. Diese wären ganz oben im Thale, wo es das festeste Holz gegeben habe, hergestellt worden. In Eichfeld habe man dann die Eichen gefällt und die Stämme nach Schaale geführt, wo ihnen die Schale abgenommen worden sei, um Lohe für die Gerber an der Saale zu gewinnen und sie den Fluß herunter zu flößen. So komme denn Lichtstädt vom Lichten des Waldes, Eichfeld vom Fällen der Eichen, Schaale vom Abschälen der Schale und Keilhau vom Behauen der Keile.

Diese schlichte Märe aus alter Zeit war auf dem sagenreichen Thüringer Boden erwachsen, und so wenig die Erklärungen, die sie enthält, dem Etymologen genügen möchten, so sehr gefielen sie mir. Ich glaubte an sie, und wenn ich später von einer Höhe aus das Thal herunter und nach der Saale hin schaute, ließ meine Einbildungskraft mächtige Eichenwälder an den nackten oder mit Tannen beforsteten Abhängen der Berge erwachsen, sah ich die Hünengestalten der alten Thüringer mit schweren Beilen Eichen fällen, und die Keile, die man in Keilhau behauen, in die Wunden treiben, die ihnen die Axt der Riesen geschlagen.

Das Gewaltthätige, das mit dem Namen Keilhau verbunden zu sein schien, war plötzlich verschwunden. Er hatte für mich Inhalt und Bedeutung gewonnen, und Middendorf uns eine gute Probe einer Grundforderung Friedrich Fröbels, des Stifters der Anstalt, gegeben, die lautet: »Das Aeußerliche soll vergeistigt und innerlich gemacht werden.«

Derselbe geniale Pädagog hatte gesagt: »Unsere Erziehung knüpft den Unterricht an die den Menschen, das Kind, den Zögling umgebende Außenwelt,« und auch an diesen Satz hielt sich Middendorf, als er uns schon beim ersten Zusammensein nach den Bäumen und Sträuchern am Wege frug und sie, als wir den meisten gegenüber unsere Unwissenheit eingestehen mußten, benannte und ihre Besonderheit hervorhob.

Bei diesem Gespräche redeten wir ihn natürlich mit »Sie« an; er aber verwies uns dies freundlich und sagte, wir bildeten in Keilhau eine große Familie, und er gehöre mit zu den Vätern. Wie er uns, so sollten wir ihn »Du« nennen, und ebenso würde es auch mit dem Barop, dem Hauptverwalter, gehalten. Das wußten wir schon, und erst mußte ich lachen, als ich den alten grauen Herrn »Du« rief. Aber er lachte mit, und bald gefiel mir das »Duzen«. Der würdige Mann dort hatte wirklich etwas Väterliches an sich, und es war mir nie vergönnt gewesen, zu einem eigenen Vater zu reden.

Endlich kamen wir in die Keilhauer Flur, einen Kessel, dessen Wände ziemlich hohe Berge bilden. Von allen Seiten wird er von solchen umkränzt, nur nach Rudolstadt hin ist er offen und gestattet dem Schaalbach, sich durch Wiesen und einige Aecker zu schlängeln. So liegt das Dörfchen da wie ein Ei in einem nach einer Seite hin geöffneten Neste, wie der Käfer im Kelch einer Blume, die eins ihrer Blätter verlor.

Von drei Seiten hat die Natur es wie mit Schutzmauern umgürtet, die den Winden wehren, in das Thal zu dringen, und nächst dem kristallhellen, köstlichen Wasser, das in steter Bewegung von den Bergen her in die Brunnentröge fließt, dankt Keilhau wohl diesem Umstand seinen erstaunlich günstigen Gesundheitszustand. In den vier und einem halben Jahre meines Aufenthalts daselbst gab es keine epidemische Krankheit unter sechzig Knaben, und am fünfzigsten Jubiläum der Anstalt, 1867, dem ich beiwohnte, konnte mitgeteilt werden, daß während des halben Jahrhunderts ihres Bestehens ein einziger Zögling gestorben sei, und den hatten die Eltern mit einem Herzleiden in die Anstalt geschickt.

Man war dort nie krank, und ich hätte bei Tage keine Stunde das Bett zu hüten gehabt, wäre ich nicht einmal durch einen schweren Armbruch dazu gezwungen worden.

Von meinem Bruder Ludo, der in den ersten Lebensjahren ein sehr zartes Kind gewesen war, kann ich, wenn ich an die Stelle des Armbruches eine Brandwunde setze, das Gleiche berichten.

Auf dem Boden der Keilhauer Flur fesselte uns alles, und das vielleicht doppelt, weil wir es durch die Erzählung unseres Martin schon etwas kannten und das, wovon wir einiges, doch nichts Genaueres wissen, im allgemeinen interessanter erscheint als uns völlig Fremdes.

Der Tag unseres Einzuges muß wohl ein Sonntag gewesen sein; denn schon auf der Straße begegneten uns einige Bauern in langen blauen Röcken und Bauerfrauen in dunklen Tuchmänteln mit goldgestickten

Rändern und kleinen schwarzen Kappen, von denen drei bis vier Fuß lange Seidenbänder auf den Rücken der Trägerinnen herabfielen. Die Mäntel vererbten sich von der Mutter auf die Tochter. Sie waren recht schwer, und doch sah ich sie später von den Bäuerinnen auch im Sommer beim Kirchgange tragen.

Was uns begegnete, kannte den alten Middendorf und grüßte ihn eifrig; von den künftigen Kameraden hatten wir noch nichts zu sehen bekommen.

Jetzt fuhren wir in die breite Dorfstraße ein. Zur Rechten lag, den ersten Häusern gegenüber, ein kleiner Teich, die Dorfpfütze genannt, auf dem Enten und Gänse schwammen, und in dessen dunkler, vielfarbig schillernder Fläche sich die Hütte des Schäfers spiegelte. Nachdem wir einige recht stattliche Gehöfte zu beiden Seiten des Weges liegen gelassen hatten, kamen wir auf den »Plan«, wo helles Wasser in einen Steintrog plätscherte, eine Linde den Tanzplatz beschattete und uns ein nettes Haus als Schule der Dorfjugend gezeigt ward.

Etwas tiefer im Hintergrund erhob sich auf dem Friedhofe die Kirche. Doch wir fanden nicht Zeit, uns nach ihr umzuschauen; denn schon fuhren wir in die eigentliche Anstalt ein, die das Ende des Dorfes ausmachte und aus zwei Häuserreihen und einem Platze bestand, den die breite Front eines großen Hauses nach hinten zu abschloß.

Zu unserer Linken blieb das Backhaus, ein kleines Wohngebäude und die große Turnhalle liegen, zur Rechten das sogenannte Unterhaus mit den Wohnungen der Direktorenfamilien und den Schul- und Schlafräumen der kleineren Zöglinge, die wir »die Panzen« nannten, und unter denen sich einige erst acht- und neunjährige Knaben befanden.

Das große Haus, dem wir entgegenfuhren, und vor dessen Mittelthür, zu der eine Steintreppe hinanführte, wir hielten, war das Oberhaus, unsere künftige Heimat.

Kaum hatten wir mit dem Aussteigen begonnen, als es drinnen laut wurde, und uns gleich darauf eine lärmende Heerschar die Stufen herab entgegengestürmt kam. Das waren »die Zöglinge«, und das Herz fing mir an schneller zu schlagen.

Sie stellten sich unbefangen genug um das Rudolstädter Fuhrwerk und gafften uns an. Es fiel mir auf, daß beinahe alle barhauptig gingen. Manchen wallte das Haar lang auf den Rücken. Die Kopfbedeckungen des halben Dutzends, das solche trug, bestanden aus schwarzen Sammetbaretten, mit denen sie sich in Berlin höchstens auf dem Theater oder in einem Maleratelier hätten sehen lassen dürfen.

Es war eine derbe, gesunde und unternehmend genug aussehende Schar; doch sie wußte sich auch hübsch zu benehmen; denn diejenigen, welche die Mutter schon früher gesehen, begrüßten sie oder verneigten sich artig.

Middendorf war schnell unter die Knaben getreten, und als die einzelnen auf ihn zugeeilt kamen, ihm die Hand reichten und sich an seinen Arm hängten, sahen wir, wie lieb er ihnen sei.

Doch es blieb uns zum Beobachten nicht lange Zeit; denn schon kam Barop, der Direktor, die Treppe herunter und rief der Mutter und uns mit tiefer, klangvoller Stimme in rein westfälischem Dialekt sein Willkommen entgegen.

Eintritt in die Anstalt.

Barops Stimme klang so treu und herzlich, daß sie jede Furcht vor ihm bannte; dagegen hätte sein Aussehen Knaben in unserem Alter allerdings Scheu einflößen können; denn er war ein riesengroßer, breitschulteriger Mann, der, wie Middendorf, das leicht ergrauende, etwas kürzer gehaltene Haar in der Mitte gescheitelt trug. Aus seinen gebräunten männlichen Zügen schauten zwei dunkle, glänzende Augen, über denen starke Brauen buschig wuchsen und ihnen das Aussehen heller Quellen gaben, die dichtes Strauchwerk beschattet. Sie blickten damals mit milder Freundlichkeit auf uns hin; später aber sollten wir auch ihre geradezu unwiderstehliche Macht kennen lernen. Die Augen des Malers Peter Cornelius nannte ich die gewaltigsten, die mir im Leben begegneten, und ich bleibe dabei; denn aus ihnen hatte mir der Genius der Kunst vollkräftig entgegengeschaut. Die unseres Barop wirkten in ihrer Weise nicht schwächer; denn aus ihnen blickte der Charakter eines Mannes uns Knaben kaum minder gewaltig ins Antlitz. Ihnen schuldete er besonders den unbedingten Gehorsam, den jeder ihm leistete. Ich glaube, es wäre ihm gelungen, Löwen mit ihnen zu bändigen. Wenn sie in Entrüstung aufflammten, flog der Trotz auch des Kühnsten und Widerspenstigsten in Stücke. – Aber sie konnten auch heiter und aufmunternd strahlen, und wem er mit dem offenen

Blicke freundlich ins Antlitz schaute, der fühlte sich geehrt und gehoben.

Ernst, durchaus natürlich, tüchtig, stark, zuverlässig, streng gerecht, frei von jeder Laune, sich immer selbst gleich, fehlte ihm keine Eigenschaft, die sein schwerer Beruf erfordert, und so kam es, daß ihm, den auch der Kleinste »Du« und einfach »Barop« rief, auch nicht eine Sekunde der ihm gebührende Respekt vorenthalten und ihm dazu von uns allen ohne Ausnahme die freiwillige Gabe der Beliebtheit, ja der Liebe entgegengebracht wurde.

In jedem Zoll – ich wiederhole es – war er ein Mann.

Schon jung hatte ihn die Ueberzeugung, daß die Erziehung deutscher Knaben sein wahrer Beruf sei, so tief ergriffen, daß er nicht abzuhalten gewesen war, die juristische Laufbahn, auf der er zu Halle schon ein gutes Stück fortgeschritten war, aufzugeben und sich der Pädagogik zu widmen.

Sein Vater, Justizrat in Dortmund, ein vielbeschäftigter Rechtsanwalt, hatte ihn mit Enterbung bedroht, wenn er von seinem Vorhaben, die äußerlich keineswegs glänzende Stellung eines Lehrers und Miterziehers in Keilhau anzunehmen, nicht lasse; er aber war seiner Wahl treu geblieben, obgleich der Vater die Drohung zur Wahrheit gemacht und ihn verstoßen und in seinem Testament auf das Pflichtteil gesetzt hatte. Nach dem Tode des alten Herrn war der Benachteiligte von den Geschwistern freiwillig wieder in das Sohnesrecht eingesetzt worden, doch, wie er mir selbst viel später erzählte, hatte der Bruch mit dem innig geliebten Mann ihm jahrelang das Leben getrübt. Zu Gunsten des »sich selbst treu bleibens«, das er von anderen verlangte, hatte er den Vater preisgegeben, doch war er einem unabweislichen inneren Gebote gefolgt, und die Echtheit seiner Berufung sollte sich herrlich bewähren.

Das Gelingen blieb ihm treu, seitdem er unter den schwierigsten Umständen die Leitung der Keilhauer Anstalt übernommen.

Unter ihrem Dache hatte er auch in der Nichte Friedrich Fröbels eine geliebte und für ihn und ihre künftige Stellung aufs beste geeignete Lebensgefährtin gefunden. Sie war so klein, wie er groß war, doch welche Thatkraft und welche unermüdliche Thätigkeit entfaltete die zarte, zierliche Frau, die jedem einzelnen von uns mütterliche Teilnahme erwies, die dem großen Hausstande aufs umsichtigste vorstand und dazu bei der Sorge und Pflege der vielen eigenen Söhne und Töchter gewiß nichts versäumte.

Bald sollte zu Barop und Middendorf noch ein dritter Direktor treten, der Archidiakonus Langethal, der zu den Mitbegründern der Anstalt gehörte, doch sie seit einer Reihe von Jahren verlassen hatte.

Da ich seiner mit der gleichen Wärme zu gedenken habe wie Middendorfs und Barops, wird sich in manchem Leser der Verdacht erheben, dieser Abschnitt meiner Lebenserinnerungen enthalte eine Quittung für genossenes Gutes, und Pietät und Dankbarkeit, ja vielleicht auch die Scheu, einer noch bestehenden Anstalt zu schaden, verleite mich, nur das Licht zu zeigen und die Schatten mit dem Mantel der Liebe zu bedecken.

Nun will ich zwar nicht leugnen, daß ein Knabe von elf bis fünfzehn Jahren bei denen, die in einer beinahe väterlichen Stellung über ihm stehen, die Fehler und Schwächen leicht übersieht, die dem schärferen und durch keine Rücksicht der Pietät getrübten Auge des unbefangen kritischen Beobachters bald auffallen würden; ich halte mich aber für berechtigt, was mir in jungen Jahren begegnete, und womit es mir als Knabe vertraut zu werden vergönnt war, so und nicht anders zu schildern, wie es sich mir damals ins Gedächtnis prägte. An den Gestalten der Männer Barop, Mittendorf und Langethal ist mir aber auch nicht der kleinste unlautere Fleck oder irgend eine ernstere, des Tadels werte Eigenschaft oder Handlung begegnet. Endlich darf ich versichern, daß, nachdem ich mich später aus den Quellen, die mir von Johannes Barop, der Sohn unseres Direktors und heutiger Leiter der Anstalt, willig und reichlich zur Verfügung gestellt wurden, näher über ihre Persönlichkeit und Thätigkeit unterrichtet hatte, keins dieser Bilder eine wesentliche Einbuße erfuhr.

In Friedrich Fröbel, dem eigentlichen Begründer des Institutes, der noch zu wiederholtenmalen monatelang unter uns lebte, lernte ich aus den eigenen Werken und der ihm gewidmeten umfangreichen Literatur einen wahrhaft genialen Idealisten kennen, der einerseits nicht freizusprechen ist von einer erstaunlichen Mißachtung oder Gleichgiltigkeit gegen die materiellen Anforderungen des Lebens, und dem andererseits eine naive Selbstsucht eigen war, die ihm den Mut gab, wo es seine allerdings hohen und reinen Zwecke zu fördern galt, über andere Existenzen, auch wo es ihnen schwerlich zum Besten gedeihen konnte, rücksichtslos zu verfügen. Ich habe noch mehr von ihm zu reden.

Was Middendorf in dem Kreise, in den ihn das Leben und die eigene Wahl gestellt hatte, so groß machte, kann ihm auch zum Tadel ausgelegt werden. Er, der begeistertste aller Jünger Fröbels, blieb bis ans Ende ein liebenswürdiges Kind, bei dem die Kräfte eines überreichen, poesievollen Gemütes die des sinnigen und wohlgeschulten Geistes überboten. Für jede praktische Lebensstellung wäre er wenig tauglich gewesen, für das Eingehen in das Seelenleben junger Menschenpflanzen, seine Pflege und Veredlung gab es keinen besseren Gärtner.

Ein tieferes Vertrautwerden mit dem Leben Barops und Langethals lehrte mich diese beiden Männer höher und immer höher schätzen.

Sie alle ruhen seit Jahrzehnten unter dem Rasen, und ist mir auch ihre Anstalt, der ich so viel verdanke, lieb und wert geblieben, gehören die Jahre, die ich in dem freundlichen Thüringer Gebirgsthale verlebte, auch zu den schönsten meines Lebens, muß ich es mir doch schon darum versagen, für das Keilhauer Institut Propaganda zu machen, weil ich ihrem jetzigen Leiter zum letztenmal als ganz jungem Manne begegnete und ich von ihm selbst zu meinem aufrichtigen Bedauern hörte, daß er sich schon seit der Einführung der allgemeinen Wehrpflicht im Rudolstädtischen wie in ganz Deutschland gezwungen sah, den Unterricht der Anstalt dem Lehrplan einer Realschule anzupassen. Er mußte sich dem fügen, um sich das Recht zu erwerben, seinen Abiturienten das Zeugnis zum einjährigen Militärdienst zu erteilen.

Ich zweifle nicht, daß er die Anstalt im Sinne seines Vaters, dem er auch äußerlich ähnlich ist, fortführt, und die herrliche, gesunde Lage kann niemand ihr nehmen; es fällt mir aber schwer, sie mir ohne die humanistische Grundlage zu denken, die sie zu unserer Zeit besaß und die durch Middendorf und Langethal eine so begeisterte und begeisternde Pflege genoß.

Das klassische Altertum, das vormals unter ihrem Dache so hochgehalten wurde, muß jetzt hinter Realien und den neueren Sprachen, auf die man das schwerste Gewicht legt, zurückstechen. Aber die Liebe zum deutschen Vaterlande, die Entfaltung deutschen Charakters und Wesens, die Fröbel als Fundament seiner Erziehungsmethode bezeichnete, hat dort zu tiefe Wurzeln gefaßt, als daß sie je ausgerottet werden könnte. Beide werden heute noch in Keilhau so emsig gepflegt wie in früheren Jahren.

Nachdem Barop uns herzlich begrüßt hatte, wurden uns Tische im Arbeitszimmer angewiesen, die unter der aufzuhebenden Platte Bücher, Schreibzeug und andern Schulbedarf enthielten. Ludos wie mein Bett standen im nämlichen Schlafsaale. Beide waren hart genug; doch das hatte uns die gute Laune nicht verdorben, als man uns zu den anderen Knaben führte.

Fritz Heß, den man »Lampe« nannte – denn jeder Zögling bekam schnell genug einen Spitznamen – und ein Westfale von Born, die mit Martin besonders befreundet gewesen und viel größer und älter waren als wir, nahmen sich unser an. Bald spielten wir denn auch vergnügt genug mit den anderen.

Erst nach dem Abendessen kam es zu einem Konflikt, und zwar zu einem der bedeutendsten, den ich in der Anstalt erlebte.

Die Mutter hatte unsere Koffer ausgepackt und alles hübsch an die rechte Stelle gelegt; unter den Sachen, die sie uns mitgegeben, befanden sich aber auch einige, die hier zu den unerhörten Dingen gehörten. Besonderes Aufsehen erregten einige Paar Glacéhandschuhe und ein Pomadenbüchschen, das sich in unserem hübschen Ledernecessaire, ein Geschenk der Großmutter, vorfand.

Stutzerisches oder, wie man jetzt sagen würde, »gigerliches« Wesen war aber in Keilhau verpönt, und so kam es zu Neckereien, die darin gipfelten, daß ein mit uns gleichalteriger Zögling aus einer Stadt an der Weser uns »Berliner Pomadenhengste« nannte.

Das verdroß mich. und hätte Martin mir auch nicht geraten, uns von Anfang an »nichts gefallen« zu lassen, wäre es mir doch nicht erträglich erschienen. Ein Berliner Junge ist aber schnell mit der Antwort zur Hand, und die meine wird herausfordernd genug geklungen haben und hatte den Inhalt, daß auch die Berliner Hengste auszuschlagen verständen.

Damit wäre dieser Handel nun vielleicht beglichen gewesen, wenn derselbe Junge mir nicht das Haar gestrichen hätte, um zu sehen, wie die Pomade der Berliner Hengste rieche.

Nun ist mir aber von Kind an nichts unerträglicher gewesen, als mich von fremder Hand, besonders am Kopfe, angefaßt zu fühlen, und bevor ich mich des selbst versah, hatte ich dem Gegner eine hellklingende Maulschelle versetzt.

Natürlich stürzte dieser sogleich auf mich los, und es wäre zu einer tüchtigen Balgerei gekommen, hätten größere Zöglinge sich nicht ins Mittel gelegt. Sie gaben mir zu wissen, daß es unter uns verpönt sei, einander ins Gesicht zu schlagen. Wenn der andere und ich etwas von einander wollten, so sollten wir ordnungsmäßig ringen.

Das war meinem Gegner genehm, und auch ich ging dem Kampfe nicht aus dem Wege; denn ich hatte besonders kräftige Arme, eine fest gebaute Brust und war von dem Berliner Turnplatze her im Ringen geübt.

Unter Leitung der Großen ging nun der Kampf los, und der Griff, auf den ich es abgesehen hatte, gelang mir. Er bestand aus einem Umklammern des Gegners über den Hüften. War dieser mir nicht sehr überlegen, und ich konnte meine ganze Kraft gebrauchen, um ihn an mich zu pressen, so war er verloren. Und auch diesmal that der gute Griff seine Schuldigkeit, und bald genug lag mein Widersacher am Boden. Zufrieden wandte ich ihm den Rücken, er aber erhob sich und schnaufte atemlos: »Wie ein Bär, der einen er drückt.« Auch keuchte er auf jede Frage der lachenden größeren Kameraden, die uns umstanden, immer die gleiche Antwort hervor: »Wie ein Bär.«

Ich mußte dieses im Knabenleben so gewöhnlichen Vorganges eingehender gedenken; denn er trug mir den Spitznamen ein, bei dem mich Groß und Klein in Keilhau bis über meinen Abgang hinaus rufen sollte. Fortan hieß ich »der Bär«, und als ich mich um vieles später als Privatdocent nach Keilhau begeben hatte, antwortete die Frau des Wirtes auf meine Frage: »Nun, Krügen, erkennst Du mich noch?«

»Nach'm Kuppe (Kopfe) solltest Du de Bär sin.«

Im vorigen Jahr hatte ich die Freude, daß mich das Mitglied des österreichischen Reichsrates *Dr.* Bareuther, auch ein alter Keilhauer, besuchte. Wir hatten einander seit vierzig Jahren nicht gesehen, und als er mir gegenüberstand, lautete seine erste Frage:

»Schau mich an, Bär! Wer kann ich wohl sein?«

Mein Bruder hatte den Spitznamen schon mitgebracht, und statt Ludwig nannte ihn auch hier jedermann »Ludo«. Der hübsche, heitere und behäbige Junge, der auch seinen Mann stand, wurde bald besonders beliebt, und daß die Kameraden auch mir ein wenig gut waren, sollte ich erfahren, als sie mich in meinem letzten Anstaltsjahre zum Hauptmann der ersten Bergwart, das heißt zum obersten Kriegsherrn der gesamten Zöglingschaft wählten.

Mein erster Kampf sicherte meine Stellung auf immer.

Wir dankten es wohl auch dem guten Andenken, das Martin zurückgelassen hatte, wenn wir schon am zweiten Tage in alles eingeweiht wurden, was die Zöglinge offen oder hinter dem Rücken der Lehrer trieben. Es war nichts Böses, und betraf es einen Unfug, so kann ich ihn heute noch »harmlos« nennen. Die Neuen oder Füchse wurden überhaupt nicht zurückgesetzt oder, wie auf mancher andern Anstalt, gemißhandelt. Nur die sogenannte »Einweihung« mußte sich jeder, selbst die neu angekommenen jüngeren Lehrer, gefallen lassen. Sie wurde im Winter vorgenommen und bestand in einer Vergrabung in den Schnee und der Füllung der Taschen, der Kleider, ja des Hemdes mit dieser reinlichen, aber feuchtkalten Masse. Dennoch erinnere ich mich keiner Erkältung, die dieser derbe Taufakt nach sich gezogen hätte.

Etliche Tage blieb die Mutter bei uns, und da das Wetter schön war, begleitete sie uns auf die wegsamen Höhen: den Kirschberg, zu dem, wenn man den freundlichen Friedhof der Anstalt hinter sich gelassen, ein Zickzackweg hinanführt, den Kolm, an dessen Fuß sich das Oberhaus erhob und auf dessen dem Dorfe zugekehrtem Abhange sich unsere sogenannten Anlagen befanden, und den Steiger, an dessen Sohle der Schaalbach entspringt und von dessen Gipfel aus man einen großen Teil der Thüringer Berge überschaut.

Wir früheren Zöglinge haben hier später einen hohen Turm als Geschenk und Denkmal für den trefflichen Barop erbauen lassen, und die Aussicht, die sich von dem über tausend Fuß hohen Steigergipfel bietet, ist von großartiger Herrlichkeit.

Schon vor der Vollendung dieses Luginsland gehörte sie zu den schönsten und umfassendsten weit und breit, und wie mit den meisten neuen Ankömmlingen hielt man es auch mit uns. Beim Aufstieg wurden uns die Augen verbunden, und als man uns das Tuch abnahm, zeigte sich dem überraschten Blick ein wundervolles Bild. Im Vordergrunde, nach links hin, erhob sich der waldige Hügel, den die stattliche Ruine der Blankenburg krönt, aus der Fälle der rötlichen mit Gips durchschossenen Hügelwellen des Rinnethals. In weiter Ferne öffnete sich das schöne laubige Bett der Saale, das die Leuchtenburg stolz überragt. Vor uns fand der Blick kaum eine Schranke; denn hinter den näheren Hügelreihen erhob sich eine Kette des Thüringer Waldes hinter der andern, und wo der Horizont dies große Gemälde abzuschließen schien, blaute noch eine mit dem Himmel und dem Gewölk verschwimmende Bergwand, und der zarte Duftschleier, der sie umwallte, floß mit dem Himmel und seinem Gewölk untrennbar zusammen.

Zu jeder Tages- und Jahreszeit schaute ich von dieser Stelle aus in die Ferne. Am schönsten aber war es auf dem Steiger beim Untergang der Sonne an klaren Herbsttagen, wenn die Nähe, in der die leichten Fäden des Altweibersommers schwebten, so goldig, die Ferne in so köstliche Tinten eingetaucht – vom Purpurrot bis zum glanzumsäumten schwärzlichen Veilchenblau – vor uns lag, wenn die Saale aus dem Erlengebüsch in lichtem Silberglanz hervorschimmerte, und die Sonne sich in den glitzernden Scheiben der Leuchtenburg spiegelte.

Und wir waren jetzt alt genug, um die Herrlichkeit dieses Anblickes zu genießen. Mein junges Herz öffnete sich weit vor ihm, und wenn mein Auge es später verstand, den Zauber einer schönen Aussicht sich einzuprägen, und es mir gelang, ihn mit der Feder zu schildern, so war es hier, wo ich dies lernte.

Und wie viele andere köstliche Punkte gab es auf der Höhe der Keilhauer Berge und in den Thälern ringsum!

Es war auch so gut, daß die Mutter dies alles mit ansah. Sie konnte nun gleichsam bei uns sein, wenn wir ihr schrieben und ihr von unserem Leben und Treiben erzählten. Manchmal mag sie sich recht müde zur Ruhe begeben haben, so viel mußte sie mit uns umher. Aber die Lehrer und die anderen Jungen beeiferten sich, ihr gefällig zu sein. Sie hatten sie alle liebgewonnen. Noch vor wenigen Jahren wurde mir dies von dem damaligen Französischlehrer Mr. Vaudoz, dem jetzt ergrauten Direktor der Erziehungsanstalt zu Yverdun, mit jugendlicher Wärme bestätigt. Wir bemerkten es und freuten uns daran, bis der Tag kam, an dem sie uns verließ.

In der Frühe mußte sie fort, um noch am nämlichen Abend Berlin zu erreichen. Die anderen waren noch nicht auf; nur Barop, Middendorf und einige Lehrer hatten sich früher mit uns erhoben, um Abschied von ihr zu nehmen.

Noch einige Küsse, ein kurzes Winken mit dem Tuche, und der Wagen verschwand im Dorfe.

Die anderen entfernten sich rasch.

Ludo und ich blieben allein zurück, und der Augenblick steht mir lebhaft vor der Seele, an dem wir plötzlich zu weinen begannen und so bitterlich schluchzten, als hätte es einen Abschied für die Ewigkeit gegeben. Es mag auch eine gute Weile gedauert haben, bis wir die Thränen getrocknet hatten.

Wie oft wird ein Mensch zur Sonne im Lebensbereich des andern, und am häufigsten ist es die Mutter, der dies schöne Los zufällt.

Allzu lange hat unser Trennungsschmerz kaum gedauert. Wer eine Stunde später die Knaben beim Ballspiel belauscht hätte, dem wäre, denk' ich, unter den fröhlichsten Stimm en auch die unsere begegnet.

In späterer Zeit stellten sich Sehnsucht und Heimweh nur selten ein; denn es gab für uns so viel Neues in Keilhau, und auch das längst Bekannte trat uns an Farm und Inhalt verändert entgegen.

Aus der Stadt hatte man uns in jedem Sinne des Wortes in die Wälder versetzt.

Zwar waren wir in dem herrlichen Park des Tiergartens herange-wachsen, aber doch nur an seinem Saume; in und mit der Natur zu leben, »Eins mit ihr zu werden«, wie Middendorf sagte, hatten wir dort mit nichten gelernt.

Ich las einmal in einem Roman Wilhelm Jensens als beglaubigte volkswirtschaftliche Notiz, daß bei einer Umfrage in einer Armenschule der Großstadt eine beträchtliche Anzahl der Schüler noch keinen Schmetterling und keinen Sonnenuntergang gesehen hatte. Zu solchen Kindern waren wir gewiß nicht zu zählen. Aber unser Verkehr mit der Natur hatte eigentlich nur aus Höflichkeitsbesuchen, die wir der hohen Frau von Zeit zu Zeit abstatten durften, bestanden. In Keilhau wurde sie uns eine traute Freundin, und es war dafür gesorgt, daß wir bald auf Du und Du mit ihr standen und in manches ihrer Geheimnisse eingeweiht wurden; denn unserem Middendorf und Barop schien keines verborgen, und Pflicht und Neigung geboten ihnen, auch uns das Ohr für ihre Sprache zu schärfen.

Die Keilhauer Spiele und Spaziergänge führten gewöhnlich auf die Berge und in den Wald, und hier waren es ältere Zöglinge, die die Stelle der Erzieher vertraten; doch geschah dies keineswegs in lehrhafter Weise. Nein, ihr eigenes Interesse an dem Bemerkenswerten in der Natur war schon so rege geworden, daß sie sich nicht enthalten konnten, auch die unerfahreneren Kameraden darauf hinzuweisen, wo es sich zeigte.

Auf die »Landpartien« von Berlin aus hatten wir zierliche Becher mitgenommen, um aus Brunnen zu trinken, jetzt lernten wir die

Quellen selbst suchen und finden; und wie wohl das kristallene Naß aus der gebogenen Hand, dem Pokale des Diogenes, doch mundet!

Der alte Rechnungsrat Wellmer im Credéschen Hause zu Berlin, ein eifriger Entomolog. hatte eine große Käfersammlung besessen und seine Lieblinge sorglich an langen dünnen Nadeln in sauberen Kästen, die viele Glasschränke füllten, reihenweise aufgesteckt. Es fehlte ihnen nichts als das Leben. In Keilhau fanden wir jede Insektenart des mittleren Deutschlands auf Sträuchern und im Moose, im Rasen und in Baumrinden, an Blumen und Halmen wieder, und sie lebten und gestatteten uns, ihrer Daseinsweise und Thätigkeit zu folgen. Statt sauber beschriebener Zettel nannten uns lebendige Lippen ihren Namen.

Auch im Tiergarten hatten wir den Stimmen der Vögel gelauscht; den gefiederten Sängern in das Dickicht zu folgen wurde aber von der Mutter, dem Hauslehrer, der Warnungstafel, den guten Kleidern verboten. In Keilhau war es gestattet, ihnen nachzugehen bis in die Nester. Der Wald stand jedermann offen, und an unseren schlichten Joppen und festen Stiefeln war nichts zu verderben.

Schon im zweiten Jahre unterschied ich alle Stimmen der reichen Vogelfauna des Thüringer Waldes. Auch legte ich zusammen mit Ludo die Eiersammlung an, deren Vermehrung uns jedenfalls größere Freude bereitete, als der Mutter die langen Rechnungen für geflickte und erneute Hosen, an denen das Nestersuchen Schuld trug. Uebrigens hatte die Liebe für die gesamte beseelte Natur die Erzieher bestimmt, der Leidenschaft der Eiersammler Schranken zu setzen; denn es wurde ihnen das Versprechen abgenommen, nie das letzte Ei aus einem Neste zu nehmen, und befand sich nur eines darin, es liegen zu lassen. Wie viele Bäume haben wir erklettert, wie steile Felsen erklommen, durch wie enge Spalten wußten wir uns zu drängen, um eines seltenen Eies für unsere Sammlung habhaft zu werden! Ja, für den Besitz eines solchen setzten wir die gesunden Gliedmaßen und sogar das Leben aufs Spiel. Das gilt ja den Jungen, denen es am schönsten blüht, und vor denen es sich noch lang ausstreckt, so viel weniger als den Alten, für die es zu welken beginnt und die seinem Ende schon nahe sind!

Ich vergesse den Nachmittag nicht, an dem wir uns mit Stricken und Stangen auf den Uhuberg begaben, der seinen Namen übrigens erst Middendorf verdankte, weil er beim Einzug der Anstalt in Keilhau bemerkt hatte, daß sein felsiger Abhang einigen Uhupaaren zur

Wohnung diente. Seitdem waren ihrer wohl mehr geworden, und bei einer bestimmten Spalte flogen schon seit einiger Zeit größere Nachtvögel hin und wider.

Es war noch Legezeit, und dort mußten sie nisten.

Leicht war es nicht, den jähen Abhang zu erklettern, doch es glückte, und es ließ sich von oben her in die Spalte gelangen. Damals gingen wir mit der Lust der Entdecker aus Werk, jetzt aber faltet sich mir die Stirn, wenn ich bedenke, daß diejenigen, die erst den unternehmenden Albrecht von Kalm aus dem Braunschweiger Lande, dann aber auch mich an Stricken in die Felsenspalte niedergelassen hatten, dreizehn- oder höchstens vierzehnjährige Knaben waren. Marbod, der Bruder meines Genossen, gehörte freilich zu den Stärksten von uns, und es ging an, sich wie Essenkehrer mit Händen und Füßen an die Wände der engen und rauhen Schlucht zu drängen. Dennoch will es mir jetzt noch wie ein Wunder erscheinen, daß das Wagestück ohne jeden Schaden gelang. Leider fanden wir schon ausgebrütete Junge und mußten unverrichteter Sache heimziehen. Später erlangten wir dennoch solche Eier, und ihre Farm kommt der Kugelgestalt näher als die der meisten anderen Vögel.

Wir wußten, wie das Ei sämtlicher gefiederten Gäste Deutschlands gefärbt und gezeichnet ist, und die an Kästchen und kleinen Fächern reiche, aus starker Pappe verfertigte Kommode mit unserer Eiersammlung stand lange auf dem mütterlichen Boden. Als ich vor einigen Jahren nach ihrem Verbleib forschte, fand man sie nicht mehr. Auch Ludo hatte das Seine für die Sammlung gethan und beklagte mit mir ihr Verschwinden.

Friedrich Fröbels Erziehungsideale.

Solche Wagestücke waren natürlich verboten; die Lehrer der Anstalt versäumten aber nichts, unsern Körper geschickt zu machen, jede Anstrengung und Gefahr zu ertragen; denn Friedrich Fröbel lebte noch, und die Erziehungsideale, für deren Verwirklichung er die Anstalt in Keilhau begründet, waren in seinen Gehilfen und Nachfolgern zum frisch grünenden Lebensgute geworden. Was aber Fröbel durchsetzen wünschte, das verlangte nicht zuletzt die Ausbildung auch der körperlichen Kraft. Seine vornehmsten Postulate waren Schonung und Forderung der Individualität der ihm anvertrauten

Knaben und ihre Erziehung zu deutschem Charakter und deutscher Natur; denn die Summe der Eigenschaften der höheren, reineren Menschheit sah er in denen des echten Deutschen vereinigt.[1]

Liebe für das Gemüt, Kraft für den Charakter schienen ihm die höchsten Gaben, die er den Zöglingen ins Leben mitgeben konnte.

Im ganzen will er den Knaben erziehen zur Einigung mit sich selbst, mit Gott, mit der Natur und der Menschheit, und der Weg dahin führt für ihn über das Zutrauen zu Gott durch die Religion, das Zutrauen zu sich selbst durch Uebung der Kraft des Geistes und Körpers, und das Zutrauen zu der Menschheit, das heißt zu anderen, durch die Verbindung mit dem Leben und eine liebevolle Teilnahme an den vergangenen und gegenwärtigen Schicksalen der Nebenmenschen. Dazu bedarf es eines offenen Auges und Herzens für unsere Umgebung, der Menschenfreundlichkeit und eines tieferen Eingehens in die Geschichte. Hier scheint die Natur vergessen zu sein. Sie fällt ihm jedoch mit in die Kategorie der Religion; denn Religion ist für ihn: sich einig zu wissen und zu fühlen mit sich selbst, mit Gott und den Menschen, sich treu zu finden gegen sich selbst, gegen Gott und die Natur und sich in steter thätiger und lebendiger Wechselwirkung mit Gott zu erhalten.

Wie Gott und die Natur soll der Erzieher den Menschen führen und vom Thun aus zum Erkennen und Denken leiten. Für das Thun nimmt er besondere Stufen an: Fähigkeit, Fertigkeit, Sicherheit, für das Erkennen: Bewußtsein, Einsicht, Klarheit. Erst der Könnende und zur Klarheit Gediehene wird sich als Denker bewähren und der Meister werden können, der das Neue ersinnt und dem Bestehenden gegenüber den Grund erkennt und das Gesetz, das es leitet.

Das Kind will Fröbel als Knospe an dem großen Lebensbaume betrachtet sehen, und darum soll jeder Zögling für sich beachtet, geistig und körperlich entwickelt, gepflegt und geübt werden als Auge an dem großen Baume der Menschheit. Auch als Lehre und Unterricht soll die Erziehung sich nicht an ein starres, der Wandlung unfähiges Schema, sondern an die Individualität des Kindes, an die Zeit, in der es heranwächst, und an die Umgebung knüpfen, in der es sich befindet. Von eigener Erfahrung in der Gegenwart und seinem Heim soll das Kind zum Empfinden, Arbeiten und Handeln geführt werden, nicht durch fremde Anschauungen oder vorgeschriebene starre Lehrgesetze. Aus selbständigem, vorsichtig geleitetem Thun und Wissen, Erkennen und Denken soll das Produkt dieser Erziehung entstehen: ein Mensch oder, wie es anderwärts heißt, ein ganzer deutscher Mann. Der soll als ein vollendetes Werk, in dem es an nichts fehlt, in Keilhau fertig gestellt werden. Hat die Anstalt ihre Aufgabe an dem einzelnen erfüllt, dann wird er:

dem Vaterland ein braver Sohn sein mit hingebendem Sinn und starker Kraft in der Zeit der Gefahr;

der Familie ein treues Kind und Wohlstand wie Segen erwerbender Hausvater;

dem Staat ein biederer, rechtlicher, arbeitsamer Bürger;

dem Heere ein hellsichtiger, starker, gesunder, mutiger Soldat und Führer;

den Gewerben, Künsten und Wissenschaften ein kenntnisreicher Entwickler, thätiger Fortbildner, an gründliche Betrachtung gewöhnter und im Zusammenhang mit der Natur erwachsener Arbeiter;

Jesu Christo ein treuer Jünger und Bruder, ein Gott liebendes, gehorsames Kind;

der Menschheit ein Mensch nach dem Bilde Gottes, nicht nach dem eines Modejournals.

Fir den Salon wird keiner erzogen, aber wo es einen Salon gibt, in dem man geistige Güter pflegt, und auch die Wahrheit eine Stätte findet, da wird ihm der rechte Keilhauer zur Zierde gereichen. »Bücklinge machen und eine Krawatte binden,« sagt Fröbel, »dazu bedarf es keines Unterrichts; man lernt es nur zu schnell.«

Rechte Erziehung kann nur eine allseitige und harmonische sein, und sie muß mit den notwendigen Erscheinungen und Forderungen des menschlichen Lebens in völliger Uebereinstimmung stehen.

So soll denn die Keilhauer Erziehung auch den ganzen Menschen, sein Inneres wie sein Aeußeres in Anspruch nehmen. Sie stellt es sich zur Aufgabe, das Wesen des einzelnen Knaben, jede seiner Besonderheiten, Anlagen, Talente, vor allem aber seinen Charakter zu beobachten und allen Zöglingen die nötige Entwicklung und Ausbildung angedeihen zu lassen. Sie folgt stufenweise der Entwicklung des Menschen von dem fast instinktmäßigen Triebe an bis zum Gefühl, Bewußtsein und Willen. Auf jeder dieser Stufen darf jedem nur angedeihen, was er ertragen, verstehen, verarbeiten kann, was ihm aber zu gleicher Zeit eine Leiter zur nächst höheren Stufe der Entwicklung und Ausbildung wird.

So glaubt Fröbel, dessen eigenen Aufzeichnungen an sehr verschiedenen Stellen wir hier zusammenfassend folgen, vor Halb- und vor Mißbildung zu bewahren; denn was der Zögling kann und weiß, ist aus seinem Innern gleichsam hervorgewachsen. Es ist nichts Angelerntes, sondern aus ihm heraus Entwickeltes. Darum wird der in die Welt entlassene Knabe es zweckmäßig anwenden und die Mittel zu weiterer eigener Ausbildung und Vervollkommnung von Stufe zu Stufe besitzen.

In jedem Menschen ruht für irgend eine Wirksamkeit oder einen Beruf eine vorwaltende Anlage und eine für ihre Ausbildung in gleichem Verhältnis stehende Kraft. Es ist nun die Aufgabe der Anstalt, die Kräfte zu entfalten, welche für die spätere Erfüllung dieses von der Natur selbst vorgezeichneten Berufes besonders erforderlich sind.

Auch hier ist es geboten, von Stufe zu Stufe zu schreiten. Wohin aber auch Begabung oder Neigung führe, jeder wird zunächst ein zur Aufnahme auch des Schwierigsten fertig gestellter Mensch sein und die Fähigkeit besitzen müssen, das Erkannte und Gedachte außer sich darzustellen, das heißt klar und richtig zu reden und zu schreiben; denn erst dadurch wird das geistige Vermögen des einzelnen zur Wirksamkeit erhoben und, auch für andere erkennbar, nach außen gekehrt.

Man sieht, daß Fröbel sich mit alledem dem römischen Postulat, die Kenntnisse streng nach einer durch die Erfahrung bewährten Methode und Reihenfolge dem Knaben so mitzuteilen, wie sie dem gereiften menschlichen Geiste zusammenzuhängen und ihm für das spätere Leben nutzbar zu sein scheinen, schroff entgegenstellt.

Der systematische Weg, der bis Pestalozzi auch in Deutschland der giltige war und es im ganzen bei unserem Gymnasialunterrichte wieder geworden ist, erscheint ihm verwerflich. Der Schweizer Reformator auf dem Gebiete der Erziehungslehre hatte gezeigt, daß das Mutterherz instinktiv die einzig richtige Methode der Erziehung gefunden habe,[2] und stellte den Pädagogen die Aufgabe, die Kräfte und Gaben des Kindes mit mütterlicher Liebe und Sorgfalt zu beobachten und auszubilden. Dabei sollten sie stets im Auge behalten, daß das Kind in anderer Weise lernt als der sich zielbewußt unterrichtende Erwachsene. Der alten Systematik wandte auch er sich ab, und Fröbel stellte sich ihm als Mitkämpfer an die Seite, ging aber noch weiter.[3]

Dazu gehörte in der Zeit der Gründung Keilhaus, in der der Einfluß Hegels diesen Fragen gegenüber in den leitenden Kreisen allmächtig war, ein hoher Mut; denn Hegel stellte der Schule die Aufgabe, Bildung zu geben, und vergaß dabei, daß ihr dazu die wesentlichsten Bedingungen fehlen; denn die Schule kann nur mit Wissenschaft operiren, echte Bildung verlangt aber auch ein nahes Verhältnis des zu Bildenden mit der Welt, von der die Schule, wie sie Hegel fand und im Sinne trug, eine tiefe Kluft sondert.

Fröbel erkannte, daß es auf den Umfang des dem Schüler mitzugebenden Wissensgutes weniger ankomme, daß die Schule gar nicht in der Lage sei, dem einzelnen vollendete Bildung zu erteilen, wohl aber einen so zubereiteten Geist, daß er, wenn die Zeit für ihn kam, mit der Welt und höheren Lehrkräften in Verbindung zu treten, über die Mittel verfügte, aus beiden jenen Teil der Bildung sich anzueignen, den die Schule zu verleihen außer stande ist. Er wendet darum der alten Systematik schroff den Rücken, verneint, daß beim Unterricht die Zwecke des späteren Lebens die Hauptsache sind, und wehrt sich dagegen, daß die Interessen des Kindes denen des Mannes geopfert werden; denn das Kind ist ihm ein Heiligtum, ein selbständiges, ihm von Gott anvertrautes Gut, dem gegenüber er nur die eine Pflicht hat, es denen, die es ihm zuführten, in erhöhter Vollkommenheit, mit eröffnetem Geist und Gemüt und einem für jede Gefahr gestählten Körper und Charakter wiederzugeben.

»Ein Kind,« sagt er, »das innerhalb des kindlichen Kreises sich richtig zu verhalten weiß, wächst von selbst in ein richtiges Mannestum hinein.«

Mit Bezug auf den Unterricht würde seine Meinung in knapper Zusammenfassung lauten: Der Knabe, dessen Sonderanlagen wir sorgfältig entwickelten, und den wir mit dem Vermögen ausstatteten, alles aufzunehmen und wiederzugeben, was seiner Begabung zusagt, wird sich durch eigene Arbeit in der Welt und einer höheren Lehranstalt alles anzueignen wissen, was ihn zum ganzen und vollgebildeten Manne macht. Mit dem halben Quantum des Vorwissens auf dem Gebiet der erwählten Spezialität wird der von uns entlassene Knabe oder Jüngling als harmonisch ausgebildeter Mensch, dem wir die zur Erwerbung alles Wissenswerten erforderliche Methode mitgaben, es weiter bringen, als sein im Sinne der Römer (und – fügen wir hinzu – Hegels) systematisch gebildeter Geisteszwilling.

Fröbel ist, denk' ich, im Rechte. Würden seine Erziehungsgrundsätze Gemeingut der Menschheit, so ließe sich auf eine Verwirklichung der Jean Paulschen Weissagung hoffen, diese Welt werde mit einem kindlichen Paradiese schließen. Wir haben einen Vorgeschmack dieses Paradieses in Keilhau genossen. Sehe ich aber in unsere heutigen Gymnasien, und müßte ich denken, daß es ihnen gelänge, ihre Schüler mit noch größeren Gebrauchsmassen für das künftige Leben auszustatten, so würde das Glück des Kindes vollends den Interessen des Mannes geopfert worden sein, und das Leben der Menschheit mit der Geburt von superklugen Greisen den Abschluß finden.

Es könnte mich reizen, den erzieherischen Grundsätzen des Mannes noch weiter nachzugehen, der aus vollem, warmem Herzen den Ruf: »Kommt, laßt uns unsern Kindern leben«, an die Eltern richtete; doch würde uns das über die Grenzen, die wir uns steckten, hinausführen.

Mancher der hier mitgeteilten pädagogischen Grundsätze Fröbels bietet auf den ersten Blick sicherlich das Ansehen eines blassen, teils mit Selbstverständlichem aufgeputzten, teils undurchführbaren Theorems. Solange wir in Keilhau waren, hörten wir indes kein Wort von diesen Forderungen, für die wir Zöglinge die Versuchsobjekte werden sollten. Noch weniger empfanden wir je, daß wir nach einer bestimmten Methode erzogen wurden. Wir merkten überhaupt sehr wenig von einem uns leitenden Regiment. Das Verhältnis zwischen uns und den Erziehern war so natürlich und liebevoll, daß es uns vorkam, als könnte es gar nicht anders sein.

Dennoch fand ich, als ich unser Keilhauer Leben mit den oben mitgeteilten Grundsätzen verglich, daß Barop, Middendorf und der alte Langethal, von dem ich noch zu reden habe, sowie die bedeutenderen Nebenlehrer Bagge, Budstedt und Schaffner ihnen allerdings bei unserer Erziehung gefolgt waren und es möglich gemacht hatten, manche der scheinbar am schwersten durchführbaren zur Anwendung zu bringen. Das erfüllte mich mit aufrichtiger Bewunderung, doch erkannte ich bald, daß dies nur Männern hatte gelingen können, in die Fröbel selbst seine Ideale verpflanzt hatte, Männern, die nicht weniger enthusiastisch für ihren Beruf glühten als er, und deren Persönlichkeit und Lebensführung sie geradezu prädestinirten, die für andere kaum zu bewältigende schwierige Aufgabe mit nie erlahmender Freudigkeit glücklich zu lösen.

Jeder Knabe sollte angemessen seiner Eigenart erzogen. und es sollte dabei auf sein Wesen, seine Anlagen, seine Talente und seinen Charakter Rücksicht genommen werden. Obgleich wir nun unser einige sechzig waren, ist dies in der That bei jedem einzelnen geschehen.

So hatten die Erzieher wahrgenommen, daß die Beanlagung meines Bruders, mit dem ich bis dahin alles geteilt hatte, es erfordere, ihn in anderer Weise zu unterrichten als mich. Während ich zum Griechischen überging, wurde er davon dispensirt und dafür mehr mit neueren Sprachen und Realien beschäftigt. Mich hatte man als tauglicher für das Studium, ihn als geeigneter für einen praktischen Lebensberuf oder die militärische Laufbahn erkannt.

Auch bei den Aufgaben, die jedem zugeteilt, und den Beurteilungen, die unseren körperlichen und geistigen Leistungen zu teil wurden, verfuhr man nie nach der Schablone. Immer behielten diese Erzieher den ganzen Menschen und vor allem seine Gesinnung im Auge. Die Eltern eines Keilhauer Zöglings waren dadurch um vieles besser gestellt als die unserer Gymnasiasten, die so oft der sich ihnen fortwährend aufdrängenden Versuchung unterliegen, die Wertschätzung ihrer Söhne nach der größeren oder geringeren Zahl der Fehler in der lateinischen Skription (dem preußischen Extemporale) zu richten Es hat mir wahres Vergnügen bereitet, die Keilhauer Zeugnisse wieder durchzusehen. Ein jedes enthält ein Charakterbild mit einer Kritik der Leistungen, teils mit Berücksichtigung der Begabung des Schülers, teils mit Hinblick auf die Anforderungen der Schule. Etliche sind kleine Meisterwerke psychologischen Scharfblickes.

Von denen, die diesen Darlegungen folgten, wird mancher sich gefragt haben, wie man es macht, deutsche Natur und deutsches Wesen in den Knaben zu entfalten.

In Keilhau ist es im ganzen gelungen.

Es bedurfte aber auch für die Lösung dieser Aufgabe Männer wie Langethal und Middendorf, die, schon dem Aeußern nach Vorbilder deutscher Kraft und Würde, für das Vaterland gestritten hatten und denen es kein Deutscher an Tiefe und Wärme des Gemütes zuvorthat. Ich wiederhole, daß, was Fröbel deutsch nannte, eigentlich das höhere Menschliche war, doch wurde uns nichts tiefer in die Seele geprägt als die Liebe zum Vaterlande. Hier feierte man mit den jungen Stimmen nicht nur die Kriegsthaten der tapferen Preußen, nein, man gewährte sämtlichen Liedern, die echter Patriotismus deutschen Poeten eingegeben hatte, das gleiche Recht. Die hohen Tannen hörten es ebenso gern, wenn aus den frischen Knabenkehlen Arndts »Was ist des Deutschen Vaterland?« oder »Stimmt an mit hellem, hohem Klang« hell und freudig hervorgeschmettert wurde, wie wenn die Burschenlieder erschollen, die in Barops Studentenzeit, als auch ihn die Demagogenriecher verfolgt hatten, gesungen worden waren. »Freiheit, die ich meine« oder »Wo Mut und Kraft in deutschen Seelen flammen« war hier mit nichten verpönt.

Vielleicht ging es sogar mit der Freude am Deutschtum in mancher Hinsicht zu weit; denn sie nährte den Haß und die Verachtung gegen alles »Welsche«, und ihm dankten die langen Haare und die Barette, die Pikeschen und breiten Hemdkragen mancher Zöglinge den Ursprung. Es waren ihrer nicht gar viele, und Ludo, unsere nächsten Freunde und ich haben nie dazu gehört.

Barop selbst belächelte ihr »Teutschtum«, ließ sie aber gewähren. Sie lehnten sich an einige Lehrer und besonders an den prächtigen, von frischer Kraft und Daseinslust strotzenden Zeller. Ich sehe ihn heute noch, den riesengroßen jungen Schweizer, wie er mit seinem »Wodan, Wodan, Römern Tod!« die Tannen erzittern ließ.

Ein Zögling, Graf zur Lippe, der Hermann hieß, wurde »Arminius« genannt, um an den Besieger des Varus zu erinnern.

Aber das waren Aeußerlichkeiten!

Wie hat uns dagegen in der Geschichtsstunde Langethal, der alte Krieger von 1813, den Verlauf der Freiheitskriege vorgeführt!

Als echt und ursprünglich deutsch hatte Friedrich Fröbel auch die Wertschätzung der körperlichen Arbeit erklärt, und darum wurde jedem ein Platz angewiesen, wo wir den Spaten und die Hacke führen, Steine wälzen, säen und ernten konnten. Ich werde noch darauf zurückzukommen haben.

Von der Kräftigung des Körpers, die Fröbels Grundsätze vorschrieben, gingen diese Betrachtungen aus, und sie nahm den Löwenpart der Stunden, die der Unterricht nicht erforderte, in Anspruch.

In mittlerer Höhe des Dissauberges lag der große Turnplatz mit dem Schießstande, und auf dem Anstaltshose die Turnhalle für jede freie Minute und den Winter. Dort wurde auch das Fechten mit Fleurets

(Stoßrapieren), nicht mit Schlägern, denen Barop mit Recht eine weniger kräftige Wirkung auf die Gewandtheit junger Körper zuschrieb, fleißig geübt. Schon als zwölfjähriger Knabe besaßen Ludo und ich, wie die meisten Zöglinge, unsere eigene vortreffliche Kugelbüchse, die uns die Mutter zu Weihnachten geschenkt hatte, und wie schnell lernten wir mit den scharfen jungen Augen ins Schwarze treffen! Im Teiche der Anstalt schwamm es sich gut, und auf ihm und der beeisten Nachbarwiese wurde Schlittschuh gelaufen. Und unsere Schlittenfahrten bei dem »Oberhause« und den langen Abhang des Dissau herunter, und das Klettern und Klimmen und Wandern, das Ringen und Stangenfechten, das Springen über den ledernen Bock, den Rücken der Kameraden, die Gräben, Hecken und Zäune, das Kriegsspiel bei den herrlichen Bergwachten, die kein Keilhauer je vergißt, das Ballspiel und die verschiedenen Laufspiele, zu denen es immer Zeit gab, obgleich auch wir am Jahresschluß ein bestimmtes Wissensquantum aufgenommen haben mußten. Der steifste Bock, der nach Keilhau kam, wurde gelenkig, dem elendesten Schwächling schwoll dort der Biceps, der traurigste Banghase kam in die Lage, den Mut zu bewähren. Wenn irgendwo, so gehörte hier Mut dazu, feige zu sein.

Hatten Fröbel und Langethal in dem Genossenschaftsprinzip die beste Forderung der Disziplin gesehen, hier kam es zur Geltung; denn wir bildeten eine große Familie, und wurde etwas ernstlich Strafwürdiges, kein bloßer Streich des jugendlichen Uebermutes, von einem der Zöglinge begangen, so rief Barop uns zusammen, konstituirte aus uns einen Gerichtshof, und wir hatten die Angelegenheit zu prüfen und das Strafmaß selbst zu bestimmen. Er bedrohte nach ehrenrührigen Handlungen den Angeklagten mit Verweisung aus der Anstalt, bei schweren Vergehen mit Stubenbann, das heißt Hast in einem Zimmer, eine Strafe, die auch uns, die sie auferlegt hatten, verpflichtete, eine Zeit lang den Verkehr mit dem Verurteilten zu meiden. Bei leichteren Unthaten wurde Haus- oder Hofbann über den Schuldigen verhängt. Waren kleine Gesetzwidrigkeiten zu rügen, rief man diesen Areopag nicht zusammen.

Und wir, die Richter, waren strenge Vollzieher der Strafen. Barop teilte mir später mit, er habe uns oft zu größerer Milde anhalten müssen. Dem alten Fröbel galten diese Sitzungen als Mittel für die Einigung mit dem Leben. Zu dieser Einigung sollte auch noch die Farm unseres

Verkehrs unter einander, sollten die Fußreisen und das Viele dienen, das uns aus dem Leben unserer Erzieher von ihnen selbst erzählt wurde, vor alten Dingen aber der geschichtliche Unterricht, der dort schon damals auf Kulturgeschichte beruhte und so eingerichtet war, daß er uns nicht nur mit den Händeln der Völker und blutigen Schlachten, sondern mit dem Leben der Menschheit vertraut zu machen suchte. Middendorf, Langethal und Barop gaben ihn nie aus der Hand; nur der treffliche Bagge durfte ihn vorübergehend erteilen.

Von Denunziantenwesen konnte unter uns trotz oder wegen der Gerichte, deren ich soeben gedachte, keine Rede sein; denn Barop hörte den Ankläger immer nur halb an und wies ihn dann mit unverhohlenem Widerwillen, und ohne den Beschuldigten zur Rechenschaft zu ziehen, oft recht derb aus dem Zimmer. Uebrigens wußten wir selbst den Sykophanten so zu züchtigen, daß er sich wohl hütete, zum zweitenmale den Hinterträger zu spielen.

Äußere Lebensformen und Fröbels Kindergarten.

Für unsere Manierlichkeit sorgten noch besser als der Tanzlehrer von Oberstfelder die Frauen der Direktorenfamilien, und besonders die Gattin Barops und seine Schwester, Frau von Born, die um ihrer Söhne willen, die dort erzogen wurden, sich in Keilhau niedergelassen hatte, eine prächtige und bei aller äußeren Schlichtheit so hochgebildete wie seine und warmherzige Matrone.

Auch der Umstand, daß die Töchter des Direktors und einige seinem Hause befreundete oder verwandte junge Mädchen viele unserer Unterrichtsstunden teilten, trug wesentlich dazu bei, die Sitten der jungen deutschen Waldmenschen zu sänftigen.

Ich gedachte unserer »äußeren Formen« besonders, weil sie, wie ich später erfuhr, scharfe Meinungsdivergenzen zwischen Friedrich Fröbel und Langethal hervorgerufen hatten, und weil die Argumente des ersteren so bezeichnend sind, daß ich sie der Mitteilung wert erachte.

Es konnte dem Begründer der Kindergärten, der die Forderung ausgesprochen hatte: »Wenn du mit einem sprichst, und dein Kind kommt zu dir, um dich etwas, was ihm am Herzen liegt, zu fragen, so brich das Gespräch ab, mag der mit dir Redende auch noch so hoch stehen«, und der weiter gebot, dem Kinde nicht nur Liebe, sondern auch Achtung zu schenken, nicht an Feinfühligkeit fehlen. Aber schon aus dem ersten Postulate geht hervor, daß er die Anforderungen des Gemütes hoch über gesellige Formen stellte. So wurde ihm denn in den ersten Jahren des Bestehens der Anstalt, die er damals noch selbst leitete, der Vorwurf gemacht, auf die äußere Erscheinung, das »Benehmen«, die Lebensformen der ihm anvertrauten Knaben zu wenig zu achten. Seine Erwiderung ist aufgezeichnet worden und lautet also: »Ich lege diesen Formen gar keinen Wert bei, wenn sie nicht durch das Innere bedingt und der Ausdruck des Innerlichen sind. Wo das Innere nur wahrhaft echt bis zu Leben und That durchgebildet ist, da wird das Aeußere sich selbst bilden und als Zugabe hinzukommen.«

Der Opponent gibt dies zu, doch behauptet er, die damalige Keilhauer Weise, die gar nicht nach der äußeren Form frug, werde dies »Hinzukommen« in für den einzelnen vielleicht beklagenswerter Weise hinausschieben.

Darauf entgegnet Fröbel: »Freilich! Eine Birne von Wachs macht man viel schneller, und sieht so schön aus wie die am Baume, die lange braucht, um zu reisen. Aber die Wachsbirne ist nur zum Ansehen, kaum zum Anfassen, und noch viel weniger könnte sie dem Durstigen Labung, dem Kranken Erquickung geben. Leer ist sie, ein Nichts! Das Kindergemüt, sagt man, gleiche dem Wachse. Gut! Wer Wachsfrüchte mag, dem wollen wir sie gönnen. Aber man soll nur von ihnen nichts erwarten, wenn man durstig und krank ist, und was soll es mit ihnen werden, wenn Versuchungen und Prüfungen kommen? – und wem kommen sie nicht? Unsere Erziehungsprodukte sollen langsam, aber durch und durch ausreisen zu echten Menschen, in deren Innerem es an nichts fehlt; – für die Kleider mag der Schneider dann sorgen.«

Fröbel selbst war freilich recht sorglos in der Wahl der seinen. Den langen Tuchrock, in dem ich ihn immer sah, hatte der Schneider des Dorfes Gölitz verfertigt, und der alte Herr mochte dies Kleidungsstück lieb haben, weil an seinem Schoß immer ein halbes Dutzend Kinder gehangen hatte, wenn er über den Hof geschritten war. Dazu mußte es auch dauerhaft sein; aber die gutsitzenden Röcke Langethals und Barops hielten ebenso lange, und beide Männer waren der Meinung, daß der rechte Gärtner auch auf die Form der Früchte achten soll, die er zieht, weil das ausgereifte Obst von höherem Werte ist, wenn es gut aussieht. Mit den Wachsfrüchten wollten auch sie nichts zu thun haben, ja, sie kamen für sie gar nicht in Frage, weil sie in ihnen überhaupt keine Früchte sahen.

Fröbels Bekehrung ließ indes auf sich warten; nachdem er sich aber vermählt hatte, trat sie um so gründlicher ein.

Die Wahl des sinnigen und gemütvollen Mannes, der keinen Wert auf äußere Lebensformen legte, war, fast möchte ich sagen »natürlicherweise«, auf eine Dame von seinen Sitten gefallen, eine Berlinerin, Witwe des Kriegsrates Hofmeister. Durch sie wurden die Augen Fröbels für jenes ästhetische und künstlerische Moment im Leben der ihm anvertrauten Knaben schnell geöffnet, auf das Langethal schon seit dem Eintritt in die Anstalt seine Aufmerksamkeit gerichtet.

So war es auch in Keilhau die Frau, die der feineren Sitte den Weg ebnen sollte.

Es war längst vor unserer Aufnahme in die Anstalt geschehen. Fröbel sprach nicht mehr von Wachsbirnen, wenn er die Zöglinge nett gekleidet und sich gut benehmen sah; ja, später war er es, der bei der Begründung der Kindergärten den umfassenden Einfluß der Wächterin und Erhalterin edler Sitte, »des Weibes«, auf die Menschheit pries und nutzbar zu machen versuchte. Die Frauen und Mütter schulden ihm so großen Dank wie die Kinder, und sie sollen ihm das Wort nicht vergessen: »Nur das Mutterherz ist der rechte Born des Kindergedeihens und des Menschheitheiles. Das Grundbedürfnis der Zeit ist es, diesen Boden für die edle Menschenblume reich auszustatten und geschickt für seine Aufgabe zu machen.«

Dem Bedürfnis, worauf in diesem Satze hingewiesen wird, entgegenzukommen, war die gesamte Arbeit seines Lebensabends gewidmet. – Unter mancherlei Sorgen und einer starken Gegnerschaft zum Trotz setzte er die beste Kraft an die Verwirklichung seiner Ideale und fand den Mut dazu in der Ueberzeugung, der er in dem Satze Ausdruck gibt: »Nur durch die reinen Hände und vollen Herzen der Frauen und Mütter kann das Reich Gottes zur That und Wahrheit werden.«

Es ist mir leider versagt, hier auf die Kindergärten näher einzugehen. Sie standen ja mit Keilhau nur insofern in Verbindung, als ihr Begründer zugleich derjenige der Anstalt war. Manchmal besuchten den alten Fröbel dort Kindergärtnerinnen und Pädagogen, die sich über dies neue Institut von ihm selbst unterrichten lassen wollten. Jene nannten wir »Schakelinen«, diese nach einer naheliegenden Volksetymologie »Schakale«.

Der seltsame Name der Kindergärtnerinnen dankt indessen, wie ich später herausbekam, keinem Raubtiere, sondern einer mit schönen Gaben ausgestatteten Figur aus Jean Pauls »Levana« den Ursprung. Sie heißt Madame Jaqueline und diente dem Dichter dazu, seinen eigenen Ansichten über weibliche Erziehung Ausdruck zu geben. Fröbel hat Jean Paul mancherlei entnommen; auf die Idee des Kindergartens brachte ihn aber die eigene unglückliche Kindheit. Er wünschte die ersten fünf Lebensjahre, die für ihn eine Kette von Leiden gewesen waren, für das Kind – besonders das gleich ihm mutterlose – zu glücklichen und fruchtbringenden zu gestalten.

Mürrisches Wesen, die Rute und die strengste, beinahe grausame Gebundenheit hatten ihm die Kindheit getrübt, und nun ging sein Streben dahin, die ganze Kinderwelt möge in seinen Lieblingsruf, der der Jahnschen Turnerdevise: »Frisch, fromm, fröhlich, frei« entspricht und »Friede, Freude, Freiheit« lautet, mit Jubel einstimmen.

Die erzieherischen Talente, die das Weib sicherlich besitzt, wollte er auch für den öffentlichen Unterricht verwerten.

Wie er in der Jugend, Schulter an Schulter mit Pestalozzi, heranwachsende Knaben in mütterlicher Weise zu würdigen Menschen zu erziehen versucht hatte, so wollte er jetzt den mütterlich sorgenden Zug in jedem weiblichen Wesen für den weiten Kreis der jüngeren Kinder verwerten. Was Frau heißt, sollte zur Erzieherin herangebildet, und die Stätte, an der die Kinder den ersten Unterricht erhielten, der Familienstube möglichst gleich gemacht werden. Bei dem Unterricht wünschte er den mütterlichen Ton herrschen zu sehen.

Er, in dessen ganzem Leben der Ruf des Heilands: »Lasset die Kindlein zu mir kommen!« den lebendigsten Widerhall gefunden hatte, kannte das Wesen des Kindes, und es galt, seinen Spieltrieb zu benützen, um ihm passende, künftig verwertbare Nahrung für Geist und Gemüt zuzuführen.

Der Unterricht, die Thätigkeit und die Bewegungen des Kindes durften nur an diejenigen Dinge anknüpfen, die es am lebhaftesten interessiren. Dabei sollte es fortwährend zu einer seiner Intelligenz angemessenen schöpferischen Beschäftigung angehalten werden.

War zum Beispiel die Butter zur Sprache gekommen, so wurde mit Hilfe passender Bewegungen die Kuh gemolken, die Milch in ein

Gefäß gethan und abgerahmt, die Sahne gebuttert, die Butter in Stücke verwandelt und endlich auf den Markt gebracht. Daran schloß sich die Zahlung, die kleine Rechnungen erforderte. War das Spiel zu Ende, so kam ein ganz anderes, vielleicht eines, das die Händchen durch Herstellung von seinem Flechtwerk aus Papierstreifen geschickt machte; denn Fröbel hatte erkannt, daß Abwechslung Erholung gewährt.

Eigentlich sollte ein Gärtchen zu jedem Kindergarten gehören, um darin die Entwicklung der Pflanzen zu beobachten, und zwar immer nur einer, zum Beispiel die der Bohne, auf einmal. Durch die Betrachtung der Wolken am Himmel wollte er die kindliche Intelligenz auf Flüsse und Meere und auf den Kreislauf der Feuchtigkeit führen. Im Herbst ließ sich an die Verpuppung der Insekten die Betrachtung ihrer Daseinsstationen anknüpfen.

In dieser Weise kann man das Kind allerdings im Spiele zu einer gewissen schöpferischen Thätigkeit anleiten, es mit dem Leben der Natur und den Anforderungen des Hauses, der Arbeit des Bauern, des Handwerkers und so weiter bekannt machen und daneben seine Fingerfertigkeit und körperliche Gewandtheit beträchtlich fördern. Es lernt spielen, gehorchen und sich den Anforderungen der Schule fügen und ist sichergestellt vor den verkehrten Anordnungen unverständiger Mütter oder Wärterinnen.

Aber auch die Frauen und Mädchen sollten durch die Kindergärten gewinnen.

Den Müttern, denen Zeit, Neigung oder Begabung verbietet, sich genügend mit dem Kinde zu beschäftigen, nimmt der Kindergarten dies ab. Die Mädchen lernen dort gleichsam in einer Vorbereitungsschule für die künftige Ehe und Mutterschaft dem Kinde geben, was ihm taugt, und, wie Fröbel sich ausdrückt, bei ihnen zu Vermittlerinnen zwischen Natur und Geist werden.

Doch auch dies aus reiner Liebe zu dem Unschuldigsten und Harmlosesten entsprungene segensreiche Unternehmen wurde unter Friedrich Wilhelm IV. in der Zeit der Reaktion, die der Erhebung von 1848 folgte, als staatsgefährlich untersagt und verfolgt.

Die Begründer der Heilhauer Anstalt und ein Blick
auf die Geschichte des Instituts.

Die drei Begründer unserer Anstalt: Friedrich Fröbel, Middendorf und Langethal sind mir noch wohlbekannt und die beiden letzteren meine Lehrer gewesen.

Fröbel war entschieden »der Meister, der es ersann.«

Als wir nach Keilhau kamen, zählte er schon sechsundsechzig Jahre. Er war ein Mann von hohem Wuchs, mit einem Gesichte, das mit einem stumpfen Messer aus braunem Holz geschnitten zu sein schien. Wegen der langen Nase, des starken Kinns und der großen Ohren, hinter die er das in der Mitte gescheitelte lange Haar strich, wäre er entschieden häßlich gewesen, hätte ihm nicht sein: »Kommt, laßt uns unsern Kindern leben«, so einladend aus den hellen Augen geschaut. Man frug überhaupt kaum darnach, ob er hübsch sei oder garstig; denn seine Züge trugen so entschieden den Stempel der ihm eigenen geistigen Bedeutung, daß man bei seinem Anblick sich zuerst bewußt ward, es mit einem hervorragenden Manne zu thun zu haben.

Ich muß aber gestehen, – und sein Porträt stimmt mit meinem Vorstellungsbilde zusammen – daß sein Gesicht keineswegs den Eindruck hervorrief, als gehöre es einem Idealisten und Gemütsmenschen an, der er doch war; es erschien vielmehr vor allem klug und in schweren Kämpfen um die verschiedensten Interessen gefurcht und verwittert. – Aber seine Stimme und, wie gesagt, sein Blick hatten etwas ungemein Gewinnendes, und seine Macht über das Herz des Kindes war unbegrenzt. Mit wenigen Worten konnte er den scheusten Knaben, den er an sich zu ziehen wünschte, völlig gewinnen. und so kam es, daß man ihn, wenn er nur wenige Wochen unter uns geweilt hatte, nie über den Hof gehen sah ohne eine Schar von kleineren Zöglingen, die sich ihm an die Rockschöße gehängt hatten und ihm Hände und Arme umklammerten.

Gewöhnlich war es ihnen darum zu thun, ihn zum Erzählen zu bewegen. und wenn er sich dazu herbeiließ, strömten auch ältere herbei, und sie wurden niemals enttäuscht. Welches Feuer, welches Leben hatte dieser Greis sich bewahrt! Wir nannten ihn den »Oheim«, nie anders. Das Wort »Onkel« konnte er als »welsch«, denn es ist ja allerdings aus *avunculus* und *oncle* entstanden, nicht leiden. Bei der hohen Wertschätzung, die er der »Tante« zollte – er nannte sie neben der Mutter »den wichtigsten Erziehungsfaktor in der Familie« – mochte ihm unser »Oheim« besonders genehm sein.

Er war durchaus ein *self-made-man.* Als Sohn eines Pfarrers zu Oberweißbach in Thüringen geboren, hatte er eine traurige Kindheit erlebt; denn die Mutter war früh gestorben, und er bekam bald darauf eine Stiefmutter, die ihn höchst zärtlich ans Herz zog, bis sie eigene Kinder bekam. Dann aber begann eine unsagbar traurige Zeit für den auch von dem Vater, den sein träumerisches und eckiges Wesen verdroß, zurückgestoßenen Knaben. Doch in dieser Vereinsamung erwachte sein Sinn für die Natur. Er beobachtete Pflanzen, Tiere, Mineralien, und während das junge Herz sich vergebens nach Liebe sehnte, hätte er sich gern selbst liebreich erwiesen, doch sein verschüchtertes Wesen ließ es nicht dazu kommen.

Die Seinen mögen ihn für ein recht unliebenswürdiges Kind gehalten haben, als sie ihn, der es vorzog, in stiller Zurückgezogenheit ein Tiergeripppe in seine Bestandteile zu zerlegen, als mit den Eltern zu verkehren, im zehnten Jahre nach Stadt Ilm auf das Gymnasium schickten.

Der dortige Pfarrer Hoffmann, sein Onkel, beherbergte ihn. Die Schwiegermutter dieses Geistlichen, die den Hausstand führte, nahm sich seiner aufs herzlichste an und half ihm das scheue Wesen besiegen, dem er während der Vereinsamung der ersten Kinderjahre anheimgefallen war. Diese gute Frau machte ihn zuerst mit jener mütterlich weiblichen Pflegsamkeit vertraut, deren eingehendere Beobachtung ihn wie Pestalozzi zu dem Wunsche einer Reform der Jugenderziehung führte.

Im sechzehnten Jahre kam er zu einem Forster in die Lehre; doch hielt er es nicht lange bei ihm aus. Er hatte indessen im Walde einige mathematische Kenntnisse erworben und sich mit Feldmesserei beschäftigt. Mit dieser Fertigkeit und ähnlichen Arbeiten fristete er das Leben, bis er nach siebenjährigem Umherirren nach Frankfurt am Main ging, um die Anfangsgründe des Baufaches zu erlernen. Dort aber führte ihn die Schickung mit dem Pädagogen Gruner, einem Anhänger der Pestalozzischen Methode, zusammen, und dieser welterfahrene Mann rief ihm nach der ersten Unterhaltung zu:

»Sie müssen Schulmeister werden!«

Es ist mir so oft im Leben begegnet, daß ein Wort zu rechter Zeit und an der rechten Stelle genügte, um dem Schicksal eines Menschen eine neue Wendung zu geben, und das des Frankfurter Erziehers fiel als zündender Funke in die Seele Fröbels.

Vollkommen hell und deutlich sah er jetzt vor sich, was sein Beruf war. Die unsteten Wanderjahre, in denen er, ganz auf das eigene unreife Ich gestellt, ungeliebt und kaum beachtet, von einer Stelle zur andern gestoßen worden war, hatten in seinem warmen Herzen die Sehnsucht erweckt, andere vor dem gleichen Schicksal zu bewahren. Ihm, der von keiner freundlichen Hand geleitet worden war und der sich elend und mit sich selbst in Zwiespalt fühlte, hatte die Frage, wie man das junge Menschenkind zur Einigung mit sich selbst führen und zu männlicher Tüchtigkeit erziehen könne, schon längst keine Ruhe gelassen. Gruner zeigte ihm, daß ihr bereits andere den besten Teil ihrer Kräfte gewidmet, und bot ihm Gelegenheit, sich an seiner »Musterschule« als Lehrer zu versuchen.

Fröbel ergriff dieses Anerbieten mit Freuden, warf jeden Gedanken an das Baufach weit hinter sich und gab sich mit dem ihm eigenen Enthusiasmus dem neuen Berufe in einer Weise hin, die Gruner veranlaßte, »das Feuer und Leben« zu rühmen, das er in den Schülern zu erwecken verstehe. Er überließ es denn auch Fröbel, die Lehrpläne zu verfassen, die der Frankfurter Senat für die »Musterschule« verlangte, und wußte ihn zwei Jahre an seine Anstalt zu fesseln.

Als sich dann eine Frau von Holzhausen nach einem Manne umschaute, dem man die Fähigkeit zutrauen durfte, ihre verderbten Söhne auf den rechten Weg zurückzuführen, und Fröbel ihr empfohlen worden war, trennte er sich von Gruner und löste seine Aufgabe mit seltener Treue und wahrhaft genialem Geschick. Die auch körperlich verkommenen Kinder genasen unter seiner Leitung, und die dankbare Mutter ließ ihn von 1807 bis 1810 als Hofmeister bei ihnen. Er wählte sich Yverdun, wo Pestalozzi damals wohnte, zum Aufenthaltsort und machte sich aufs innigste mit seiner Erziehungsmethode vertraut. Im ganzen konnte er sich ihm anschließen, in einigen Punkten ging er aber, wie schon bemerkt ward, weiter als der Schweizer Reformator. Diese Jahre nannte er selbst seine »Universitätszeit als Pädagog«; sie führten ihm aber auch die Mittel zu, die in Jena begonnenen naturhistorischen Studien fortzusetzen. Zu diesem Zwecke hatte der Bedürfnislose einen Teil des Hofmeistergehaltes zurückgelegt, und es war ihm vergönnt, von 1810 bis 1812 in Göttingen besonders die astronomischen und mineralogischen Kenntnisse zu einem gewissen Abschluß zu bringen.

Doch der Wunsch, sich als Pädagog wieder zu bewähren, verließ ihn nie, und als ihm 1812 eine Lehrerstelle im Plamannschen Institut zu Berlin dargeboten wurde, nahm er sie an. In den Mußestunden widmete er sich mit Vorliebe der Turnerei, und es leuchteten ihm noch in späten Jahren die Augen, wenn er von dem alten Jahn, seinem Freunde, und der politischen Erhebung Preußens erzählte.

Als der Aufruf »An mein Volk« die deutsche Jugend zum Kampfe rief, war Fröbel schon in das einunddreißigste Lebensjahr getreten, doch das hinderte ihn nicht, sein Amt aufzugeben und als einer der ersten zu den Waffen zu greifen. Mit den Lützower Jägern zog er ins Feld, und bald nach dem Ausrücken lernte er unter den Kameraden die Studenten der Theologie Langethal und Middendorf kennen. Als die jungen Freunde nach dem Pariser Frieden sich trennten, gelobten sie einander ewige Treue. Jeder verhieß feierlich, dem Rufe des andern, wenn es darauf ankam, zu folgen.

Sobald er die dunkle Uniform der schwarzen Jäger ausgezogen hatte, erhielt Fröbel eine Stellung als Custos an der Mineraliensammlung der Berliner Universität, und er bewährte sich so gut, daß ihm von Schweden aus eine Professur für Mineralogie angeboten wurde. Aber er schlug sie aus; denn eine andere Vokation war an ihn gelangt, die abzulehnen ihm Pflicht und Neigung verboten.

Sein Bruder, Pfarrer in dem Thüringer Dorfe Griesheim an der Ilm, starb und hinterließ drei Knaben, die des Erziehers bedurften. Die Witwe wünschte nun dem Schwager Friedrich dieses Amt anzuvertrauen, und einer seiner Brüder, der als Landwirt in Osterode wohnte, zeigte sich geneigt, seine beiden Söhne gleichfalls dem heranzubildenden Kleeblatt beizugesellen. Als Fröbel im Frühling 1817 seine Stellung aufgab, bat ihn Freund Langethal, auch seinen kleinen Bruder Eduard unter die Zöglinge aufzunehmen, und so war dem begeisterten Jünger und Genossen Pestalozzis der höchste Herzenswunsch erfüllt. Er war nun Vorsteher einer eigenen Erziehungsanstalt für heranwachsende Knaben, und aus den sechs ersten Zöglingen mußten, wie er mit dem so vielen genialen Menschen eigenen festen Zutrauen auf den Stern des Gelingens hoffte, bald zwanzig und mehr werden. Dazu befanden sich unter den ihm anvertrauten Knaben trefflich begabte; denn aus dem einen wurde Julius Fröbel, der vielgewandte Gelehrte und Politiker, der auch dem

Frankfurter deutschen Parlament von 1848 angehörte, aus einem andern der Jenaer Professor der Botanik Eduard Langethal.

Allein konnte der neue Anstaltsvorsteher den Unterricht nicht erteilen, doch brauchte er den Kriegskameraden Middendorf nur an das ihm gegebene Wort zu erinnern, um ihn zu bestimmen, seine schon dem Abschlusse nahen Studien in Berlin zu unterbrechen und sich ihm zuzugesellen. Auch auf Langethal hatte er es abgesehen, falls seine Hoffnung in Erfüllung gehen sollte. Er wußte, welchen Schatz er in diesem seltenen Manne für seine Zwecke gewinnen konnte.

Es herrschte große Freudigkeit in dem kleinen Griesheimer Kreise, und der Thüringer (Fröbel) bereute keinen Augenblick, seine sichere Lebensstellung aufgegeben zu haben, der Westfale (Middendorf) aber sah hier das Ideal verwirklicht, das ihm Fröbel bei manchem Wachtfeuer mit zündenden Worten in die Seele geprägt hatte.

Wie es um diese beiden bestellt war, gibt der folgende Satz aus dem Schriftchen des »ältesten Zöglings« vortrefflich wieder:

»Der Ernst des Lebens war ihnen beiden reichlich zu teil geworden; mit höherer Weihe, die eine tiefe Religiosität heiligte, kehrten sie aus dem Kampfe zurück. Der Gedanke, dem Vaterlande auch ferner bei Entbehrung und Entsagung ihre Kräfte zu weihen, war in ihnen zum festen Entschlusse geworden; und Abwege, auf welche damals so manche junge Männer gerieten, lagen ihnen fern. Nur der Jugend, der jungen Generation ihres Vaterlandes, galt ihr Wirken. Diese wollten sie in harmonischer Ausbildung des Körpers und Geistes erziehen. Auf diese Jugend übte nun jener reine vaterländische Geist einen mächtigen Einfluß aus. Wenn man sich dabei nun der großen Gewalt erinnert, die Fröbel, sobald er nur wollte, auf alle Menschen, besonders aber auf Kinder, ausüben konnte, so wird man natürlich finden, daß ein Kind, in diesen Kreis plötzlich versetzt, seine ganze Vergangenheit vergessen konnte.«

Als ich in den nämlichen, doch schon vielfach modifizirten und auf feste Grundlage gestellten Kreis aufgenommen wurde, erging es mir ähnlich. Es war nicht nur die freie Luft, der Wald, das Leben in der Natur, das den neuen Keilhauer so gewaltig fesselte, sondern der sittliche Ernst und der ideale Schwung, der das Leben weihte und erhob. Dazu kam jene »nervenerquickende« Vaterlandsliebe, die hier alles durchdrang und an die Stelle der verflachenden Philanthropie des Basedowschen Erziehungssystems getreten war.

Aber Fröbels Einfluß sollte auch bald wie mit magnetischer Kraft den Mann anziehen, der unter Blut und Eisen ein Bündnis mit ihm geschlossen hatte und bestimmt war, dem neu errichteten Gebäude der Anstalt die rechte Festigung zu verleihen.

Ich meine Heinrich Langethal, den geliebtesten und einflußreichsten meiner Lehrer, der neben Fröbels fördernde Genialität und Middendorfs liebenswürdige Gemütstiefe als der Charakter und zugleich als der durchgebildete und vollendet geschulte Geist trat, dessen die Leitung der Anstalt so nötig bedurfte.

Es ist gestattet, an der Hand seiner Selbstbiographie und vieler anderen Dokumente dem Leben dieses seltenen Erziehers Schritt für Schritt von seiner ersten Kinderzeit an zu folgen, doch darf ich hier nur in großen Zügen das Bild des Mannes zu entwerfen versuchen, dessen Einfluß auf mein gesamtes inneres Leben bis auf den heutigen Tag ein geradezu entscheidender wurde.

Die Erinnerung an ihn macht mich geneigt, dem Worte beizupflichten, für das eine hohe Frau mich zu gewinnen versuchte, – nämlich daß unser Leben weit häufiger durch den Einfluß einer hervorragenden Einzelpersönlichkeit als durch Erlebnisse, Erfahrungen oder eigene Reflexionen eine bestimmte Richtung gewinne.

Langethal ist mehrere Jahre lang mein Lehrer gewesen.

Als ich ihn kennen lernte, war er völlig erblindet, und sein Auge, das einst im Kriege hell und mutig dem Feinde entgegen, im Frieden so gewinnend denen, die er liebte, ins Antlitz geschaut haben soll, hatte den Glanz verloren. Aber seine schönen Züge waren wie verklärt von jenem heiteren Ernste, der dem Greise eigen zu sein pflegt, der – wenn auch nur mit dem Blicke des Geistes – auf ein wohl und würdig ausgefülltes Leben zurückschaut, und der den Tod nicht fürchtet, weil er weiß, daß Gott, der alles zu demjenigen Ziele führt, das seiner Natur angemessen ist, auch für ihn kein anderes bestimmte.

Seine hohe Gestalt konnte sich mit der unseres Barop messen, und seine wohllautende Stimme war von besonderer Tiefe. Es wohnte ihr, wenn er, selbst erregt, unsere jungen Seelen mit der eigenen Begeisterung zu erfüllen wünschte, eine hinreißende Macht inne. Wie eine stille Mahnung zum Guten und Hohen zog dieser Blinde, der nichts mehr zu befehlen und anzuordnen hatte, durch unser frohes und lärmendes Leben. Außer dem Unterricht erhob er auch nie die Stimme zu Gebot oder Tadel; doch folgten wir gehorsam seinen Winken. Ihn führen zu dürfen, war jedem eine Ehre und Luft. Er machte uns mit dem Homer bekannt und lehrte uns alte und neueste Geschichte. Heute noch gereicht es mir zur Freude, daß keiner von uns es sich auch nur einfallen ließ, sich bei seinem Unterricht einer Eselsbrücke oder eines Ablesezettels zu bedienen, obgleich er das Licht völlig verloren hatte und wir vor ihm übersetzen und ganze Abschnitte aus der Ilias auswendig lernen mußten. Das zu thun wäre uns so schmählich erschienen wie die Beraubung eines unbewachten Heiligtums oder die Mißhandlung eines verwundeten Helden.

Und er war ja ein solcher!

Wir wußten es aus den Berichten seiner Kriegskameraden und konnten es seinen Erzählungen aus dem Jahre 1813 entnehmen, die so lebhaft und doch so bescheiden klangen.

Wenn er den Homer erklärte oder alte Geschichte lehrte, wohnte ihm eine besondere Weihe inne; denn er gehörte zu den wenigen Auserwählten, denen die Schickung die Augen öffnete für die ganze Schönheit und Erhabenheit des griechischen Altertums und seiner Werke. – Ich habe auf der Universität manchem berühmten Interpreten der hellenischen und römischen Dichter und manchem großen Historiker gelauscht, aber keiner ließ mir so bestimmt den Eindruck des Mitlebens mit den Alten zurück wie Heinrich Langethal. Es lag auch etwas ihnen Congeniales in seiner lauteren, hochgestimmten, nach Schönheit und Wahrheit dürstenden Seele, und dazu war er aus der Schule des berufensten Lehrers hervorgegangen.

Auch äußerlich eignete eine besondere Vornehmheit diesem hohen Greise, und doch hatte seine Wiege im Hause eines schlichten, wenn auch wohlhäbigen Handwerksmeisters gestanden. Er war 1792 zu Erfurt geboren. Schon früh hatte ihm der verständige und für seinen Stand mit guten Kenntnissen ausgestattete Vater den Unterricht eines jüngeren Bruders, des oben erwähnten späteren Jenaer Professors, übertragen, und der Knabe war mit solchem Ernst und Geschick dabei vorgegangen, daß andere Eltern gebeten hatten, ihre Söhne an diesen Lehrstunden teilnehmen zu lassen.

Nachdem er das Gymnasium absolvirt, wünschte er nach Berlin überzusiedeln; denn es bestand in Erfurt wohl noch die einst so berühmte Universität, doch war sie elend verkommen. Die Schilderung, die er von ihr entwirft, ist halb traurig, halb ergötzlich; denn sie wurde damals von dreißig Studenten besucht, für die siebenzig

Professoren angestellt waren. Trotzdem hatten manche Schwierigkeiten überwunden werden müssen, um ihm die Erlaubnis zu verschaffen, die Berliner Universität zu besuchen; denn das Gesetz gebot jedem Erfurter, der später Ansprüche auf ein Amt zu erheben gedachte, wenigstens zwei Jahre in der damals französischen Vaterstadt zu studiren. Allen Hindernissen zum Trotz fand er doch den Weg nach Berlin und wurde an der neu begründeten dortigen Hochschule als erster Student aus Erfurt 1811 immatrikulirt. Er wollte sich der Theologie widmen, und Neander, de Wette, Marheineke, Schleiermacher etc. mußten allerdings eine mächtige Anziehungskraft auf einen jungen Mann üben, der sich der »Gottesgelehrsamkeit« zu widmen wünschte.

Im Kolleg des letzteren lernte er Middendorf kennen. Beiden hatte er anfänglich wenig abgewinnen können. Schleiermacher war ihm zu vermittelnd und zu wenig klar erschienen, »er macht Schleier«, und von dem jungen Westfalen hatte er bei der ersten Begegnung nur gedacht: »Ein netter Kerl«. Aber mit der Zeit lernte er den großen Theologen verstehen, und der »Lieblingslehrer« wurde auf ihn aufmerksam und zog ihn auch in sein Haus.

Aber weit mächtiger als von Schleiermacher war er erst von Fichte, dann von Fr. August Wolf angezogen worden. Wenn er von diesem sprach, verklärten sich seine ruhigen Züge, und das blinde Auge schien sich zu erhellen. Dem großen Forscher, der seinen Schülern den Sinn für den unerschöpflichen Schatz an großen Ideen und den Schönheitszauber schärfte, den das klassische Altertum in sich schließt, dankte er sein Bestes, und wäre es ihm gestattet gewesen, der eigenen Neigung zu folgen, hätte er der Theologie den Rücken gewandt, um sich mit ganzer Kraft philologischen und archäologischen Studien zu widmen.

Die homerische Frage, die Wolf mit Goethe in Verbindung gebracht hatte, und die damals die ganze Gelehrtenwelt bewegte, hatte auch Langethal so tief ergriffen, daß er noch als Greis sich nichts Lieberes wußte, als uns auf sie hinzuweisen und uns mit den Resultaten seines Nachdenkens über die »Für« und »Wider«, die ihn an die Seite des verehrten Lehrers führten, bekannt zu machen. Den Vorlesungen über die vier ersten Gesänge der Ilias des Homer, die Usteri später herausgab, war er gefolgt, und – ich habe noch lebende Zeugen – er wußte sie alle vier von Vers zu Vers auswendig und korrigirte uns, wenn wir sie lasen oder hersagten, als hätte auch er sein Exemplar in der Hand.

Allerdings schärfte er das ohnehin vortreffliche Blindengedächtnis, indem er sich diese Gesänge wiederholentlich vorlesen ließ; doch nicht sie allein waren ihm gegenwärtig. Ich meinte, er wüßte alles auswendig, was die größten unter den griechischen Dichtern gesungen, wenn er mir erlaubte, im Freien oder in seinem Zimmer ihm vorzulesen.

Seine glückselige Heiterkeit will ich nicht vergessen, als er meinem Vortrag der Wolfschen Uebersetzung der Acharner des Aristophanes folgte; aber auch mich machte es glücklich, daß er gerade mir gestatte, ihm die lieben blinden Augen zu ersetzen. So oft er mich dazu berief, trug er das Buch schon in der Seitentasche des langen Rockes, und rief er mir mit einem ausdrucksvollen Winke sein: »Komm mit, Bär« zu, dann wußte ich schon, was mir bevorstand, und ich hätte dafür mit Freuden das schönste Spiel preisgegeben, obgleich er sich bisweilen Bücher vorlesen ließ, deren Verständnis mir keineswegs leicht ward. Ich zählte damals vierzehn und fünfzehn Jahre.

Brauch' ich zu bemerken, daß der Verkehr mit diesem Manne es war, der mir die Liebe für das Altertum ins Herz pflanzte? Sie hat mich durch das ganze Leben bis auf diesen Tag begleitet, und auch die dürre Mißhandlung der Klassiker, der ich in der Secunda des Gymnasiums mit ausgesetzt war, vermochte sie nur auf kurze Zeit zurückzudrängen. Sie sollte übrigens schon auf der Prima neue Nahrung empfangen.

Auch Langethal führte die Erhebung des preußischen Volkes aus der Universität in den Krieg.

Erst trug das Gerücht die Kunde von dem Untergang der großen Armee auf den Eisfeldern Rußlands nach Berlin. Dann erschienen ihre Ueberreste, verkommen, gebrochen, zerlumpt in der Hauptstadt, und die Straßenjungen, die von den französischen Soldaten vor nicht gar langer Zeit gezwungen worden waren, ihnen die Stiefel zu putzen, riefen ihnen jetzt wenig edel – es waren ja »Straßenjungen« – mit bitterem Hohn: »He, Musje, Stiefel putzen?« entgegen.

Dann kam die Nachricht von der »Konvention« Yorks und endlich, endlich – machte der unschlüssige König dem Zaudern und Bedenken, das wohl jedem das Blut erregte, der Droysens klassische Lebensbeschreibung des Feldmarschalls York kennt, ein Ende. Es erscholl von Breslau aus der Aufruf »An mein Volk«, der wie die warme Lenzsonne das Eis zerschmolz und in den Herzen der deutschen Jugend ein Sprießen und Blühen sondergleichen erweckte.

Die Schneeglöckchen, die in jenen Märztagen des Jahres 1813 erblühten, läuteten den lang ersehnten Tag der Befreiung ein, und der Ruf: »Zu den Waffen!« fand den lautesten Widerhall in den Herzen der akademischen Jugend. Er erregte auch dem jungen, doch schon damals besonneneren Langethal die Brust und that ihm kund, was seine Pflicht war. Doch es stellten sich ihm Schwierigkeiten entgegen; denn der aus Erfurt stammende Pfarrer Ritschel, dem er sich anvertraute, warnte ihn, an den Vater zu schreiben. Erfurt, sein Geburtsort, stand ja noch unter französischer Herrschaft, und wenn er dem Vater schriftlich seine Absicht vertraute, und der Brief ward in der »schwarzen Stube« mit anderen verdächtigen Poststücken geöffnet, so konnte es dem Manne, dessen Sohn sich zum Hochverrat, zum Kampf gegen seinen Landesherrn – das war Napoleon, der Kaiser von Frankreich – anschickte, das Leben kosten.

»Woher die Uniform nehmen, wenn der Vater nicht hilft und Sie zu den schwarzen Jägern wollen?« frug der Pfarrer, und die Antwort lautete:

»Mein Mantelkragen gibt die Hosen, der Mantel bekommt einen roten Kragen, mein Rock ist schnell schwarz gefärbt und zur Uniform aufgestutzt, und von Waffen hab' ich schon den Hirschfänger.«

Da rief der wackere Geistliche: »So ist's recht!« und schenkte dem jungen Freunde zehn Thaler.

Auch Middendorf meldete sich ungesäumt bei den Lützower Jägern und mit ihm der Sohn des Professors Bellermann, dem Jahn für die Trefflichkeit des Corps gebürgt hatte, sowie ihr gemeinsamer Freund Bauer, trotz seines zarten, wie es schien, keiner Anstrengung gewachsenen Körpers.

Wie hoch gingen damals die Wogen der Begeisterung, wie beflügelte sich jede Hoffnung!

Dazu goß Jahn frisches Oel in das ohnehin hell brennende Feuer, und mit glühenden Farben malte die begeisterte Jugend sich aus, wie das werden müsse, wenn Napoleon gestürzt und Deutschland ein unbesiegbar gewaltiges, freies, einiges Reich, und die alte Kaiserherrlichkeit wieder erwacht sei, gleichviel ob unter Preußens oder Oesterreichs Scepter.

Und während sie so in Zukunftsträumen schwelgten, kam die Nachricht, Professor Lange in Breslau hätte Weib und Kind verlassen, um sich den Kämpfern zu gesellen. Ein Traum habe ihn veranlaßt, den Entschluß sogleich in die Tmt umzusetzen, und die Verse, in denen er zum Ausdruck gebracht hatte, was jenes Gesicht ihm gezeigt, waren schon zur Hand, und mit hochloderndem Enthusiasmus sangen die zum Streit entschlossenen Jünglinge gemeinsam das neue Lied, das so lebhaft wiedergab, was jeder im eigenen Herzen empfand:

»Es heult der Sturm, es braust das Meer,
Heran ihr Sorgen groß und schwer,
Heran bei Wetter und Regen!
In unsern Adern jauchzt die Luft,
Wir deutschen Männer werfen die Brust
Euch keck und kühn entgegen.«

Und sie, die Jünger der Wissenschaft, deren Hand statt des Schwertes die Feder geführt, deren Arm statt der Büchse nur Bücher nach Hause getragen, stürmten mitten hinein in den brausenden Kriegslärm: »Lützows wilde, verwegene Jagd«.

Am elften April brachen sie auf, und während der Frühling draußen und in der jungen Brust grünte und knospte, erschloß sich in den Herzen dieser drei Kämpfer für die gleiche heilige Sache auch eine neue Freundschaftsblüte; denn Langethal und Middendorf fanden ihren Fröbel. Es war in Dresden, und der Bund, der dort geschlossen wurde, sollte sich nimmer lösen, und sie hielten auch unentwegt fest an den Idealen der Jugend, bis allen dreien in hohen Jahren das Auge brach. Ein Teil der Güter, die dem Volke verheißen worden waren, als sie in den Kampf zogen, hatten sie ihm noch sieben Lustra später, 1848, zu teil werden sehen. Die Verwirklichung ihres schönsten Jugendtraumes, die Einigung Deutschlands, mit zu erleben, war ihnen nicht mehr vergönnt.

Ich muß es mir versagen, den Kriegsthaten und Märschen des Lützower Corps zu folgen, die bis Aachen und Oudenarde führten; doch sei hier bemerkt, daß Langethal es bis zum Feldwebel brachte, der den Dienst eines Oberlieutenants zu verrichten hatte, und daß gegen Ende des Feldzuges Middendorf mit dem Lieutenant Reil abgeordnet wurde, um Blücher zu veranlassen, das Corps in die Avantgarde aufzunehmen. Der alte Heerführer that ihnen den Willen, hatten sie doch ihre Tüchtigkeit erwiesen, als sie den Sieg an der Göhrde erfochten, wo an 2000 Franzosen gefallen waren und man ebenso viele gefangen genommen hatte. Der Anblick des Kampfplatzes war dem weichen Gemüt Middendorfs unerträglich erschienen. Er hatte diesen Feldzug poetisch gefaßt, als eine Heerfahrt gegen den Erbfeind. Nun ihm aber der Krieg mit der ganzen Gräßlichkeit seines blutigen Antlitzes in die Augen geschaut hatte, verfiel er in Schwermut, aus der er sich nur mühsam herauszuringen vermochte.

Nach dieser Schlacht waren die drei Freunde im Schloß Göhrde einquartiert worden und genossen dort schöner Rasttage nach monatelangen schweren Strapazen und großen Entbehrungen; denn es war glänzend eingerichtet, und die jungen Krieger ruhten dort auf weichen Betten und wurden vortrefflich verpflegt. Da kam es denn auch zur Aussprache über vieles, was sie einzeln erlebt und innerlich erfahren.

Sie waren gemeinsam als äußerste Vorhut gegen den dreimal stärkeren Davoust benützt und furchtbar angestrengt worden. Wie es sich im Bette schläft und an einem Tische sitzt, hatten sie völlig vergessen. Ein Nachtmarsch war dem andern gefolgt. Das Essen hatten sie oft in den Kesseln mitgenommen und erst bei der nächsten Rast verzehrt, und das in aller Heiterkeit; denn der frohe Jugendmut ging nicht aus in den frischen, begeisterten Herzen. Gegen die Härte des Lagers auf freiem Felde half die Müdigkeit, und Gemüse zu dem zähen Kuhfleisch, das geliefert wurde, gaben die nächsten Aecker und Gärten. Es fehlte sogar nicht ganz an geistiger Nahrung; denn es wurde durch Vertauschung der Bücher eine kleine Feldbibliothek ins Leben gerufen. Später erzählte uns Langethal von der Nachtruhe in einem Graben, die verhängnisvolle Folgen nach sich ziehen sollte. Todmüde war er bei strömendem Regen vom Schlafe überwältigt worden, und erst als er erwachte, bemerkte er, daß er bis an den Hals im Wasser liege. Sein feuchtes Bett, der Graben, hatte sich während der Rast allmälich mit Wasser gefüllt, sein Schlafbedürfnis war aber so groß gewesen, daß ihn auch das steigende Naß nicht erweckt hatte. Schon am nächsten Morgen war er von einer Augenkrankheit befallen worden, als deren Folge er die spätere Blindheit betrachtete.

Am sechsundzwanzigsten August stand dem Corps eine Verbesserung der Verpflegung in Aussicht; denn vierzig Proviantwagen wurden von

Davoust nach Hamburg dirigirt, und diese galt es zu nehmen. Der Handstreich gelang, die schwarzen Jäger erbeuteten unter anderem vortreffliche Zwiebacke in Menge, aber was hatte man dafür gezahlt! Theodor Körner, den edlen Sängerjüngling, dessen Lieder die Erinnerung an das Lützower Corps lebendig erhalten werden, so lange noch deutsche Knaben und Männer sein

»Du Schwert an meiner Linken«

singen und die Stimmen höher erheben werden bei dem Refrain des Lützower Jägerliedes:

»Und wenn ihr die schwarzen Gesellen fragt:
Das ist, das ist Lützows wilde, verwegene Jagd.«

Langethal sah die Leiche des Sängers von »Leyer und Schwert« und des »Zriny« zuerst unter einer Eiche zu Wöbbelin, – doch er sollte ihr unter anderen Umständen noch einmal begegnen. Er gedachte ihrer in seiner Selbstbiographie, und mehr als einmal hörte ich ihn seinen Besuch der Leiche Theodor Körners schildern.

Er war in Wöbbelin einquartiert worden und teilte das Zimmer mit einem Oberjäger von Behrenhorst. dem Sohne des Generalpostmeisters in Dessau, der die Schlacht bei Jena als junger Lieutenant mitgemacht hatte, dann aber mit verdüstertem Gemüt heimgekehrt war. Nach dem Aufrufe »An mein Volk« hatte er sich ungesäumt als Gemeiner in das Lützower Corps einstellen lassen und es schnell zum Oberjäger gebracht. Während des Krieges war er Langethal und Middendorf öfter begegnet, doch hatte er, ein stiller, abgeschlossener, für seine Jahre übereernster Mann, sich so eng an Theodor Körner geschlossen, daß er keines andern Freundes bedurfte. Nach dem Tode des Dichters am sechsundzwanzigsten August ging er stumm und wie vernichtet umher. In der Nacht, die dem siebenundzwanzigsten folgte, forderte er seinen Zimmergenossen Langethal auf, ihm zu der Leiche des Freundes zu folgen. Zuerst begaben sich nun beide in die Dorfkirche, wo die gefallenen Jäger in zwei langen schwarzen Reihen lagen. Eine feierliche Stille herrschte in dem kleinen Gotteshause, das in dieser Nacht zu einer Herberge des Todes geworden, und schweigend schauten die nächtlichen Wanderer einer Leiche nach der andern in die jugendlichen, bleichen und starren Züge; doch den, den sie suchten, fanden sie nicht.

Langethal war es bei dieser stummen Leichenschau, als singe ihm der Tod ein tiefes, herzerschütterndes, vielstimmiges Chorlied entgegen, und es drängte ihn, für diese jungen, geknickten Menschenblüten zu beten; doch sein Begleiter ging ihm in das Stübchen des Wächters voran. Da lag der Dichter, »auf dem Antlitz die Verklärung des Engels«, an der Leiche noch manche Spur der Wut des Kampfes. Tief ergriffen schaute Langethal zu dem für das Vater (and Verbluteten nieder, während Behrenhorst neben ihm am Boden kniete und sich stumm dem Schmerz seiner Seele hingab. Lange verharrte er, sich selbst entrückt, in dieser Stellung; plötzlich aber sprang er auf, schwang die Arme hoch auf, und seiner Brust entrang sich der Ruf: »Körner, Dir nach!«

Damit eilte Behrenhorst aus dem Stübchen in die Nacht hinaus, und wenige Wochen später war auch er für die heilige Sache des Vaterlandes gefallen.

In der Schlacht an der Göhrde hatten sie auch einen andern lieben Kameraden das Leben lassen sehen, einen hübschen jungen Mann von zartem Bau und eigentümlich zurückhaltender Lebensweise.

Middendorf, dem er – er hieß Prohaska – sich vertrauensvoller genähert hatte als den anderen, frug, da jener den Frauen und Mädchen, die ihn freundlich genug anschauten, scheu aus dem Wege ging, ob denn sein Herz noch nie schneller geschlagen, und erhielt die Antwort: »Ich habe nur eine Liebe zu vergeben, und die gehört unserem Vaterlande.«

Als die Schlacht entbrannt war, focht Middendorf dicht neben dem Kameraden. Wenn der Feind eine Salve abfeuerte, bückten sich die anderen, Prohaska aber blieb aufrecht stehen und rief, als man ihn warnte: »Nichts von Bücken! Ich mache den Franzosen keine Reverenzen!«

Wenige Minuten später sank der tapfere Streiter von einer Kugel getroffen ins Gras.

Die Freunde trugen ihn aus der Schlacht, und Prohaska – Eleonore Prohaska – war ein Mädchen gewesen.

In dem Göhrder Schlosse sprach Fröbel den Freunden von seinem Lieblingsplane, den er schon zu Göttingen ins Auge gefaßt hatte, eine Bildungsanstalt für Knaben ins Leben zu rufen, und während er ihnen seine Erziehungsideale entwickelte und dabei seines Alters von mehr als dreißig Jahren und des Aufenthaltes gedachte, den sein Vorhaben durch den Krieg erfahre, rief er, um den anderen klar zu machen, warum er dennoch zu den Waffen gegriffen:

»Wie kann ich Knaben erziehen, deren Hingabe ich fordere, wenn ich selbst nicht durch die That bewiesen habe, wie der Mensch durch die Hingabe an das Allgemeine handeln muß?«

Dieses Wort prägte sich den beiden Freunden tief ein und steigerte Middendorfs schwärmerische Verehrung für den älteren Kriegskameraden, dessen Erfahrungen und Ideen ihm eine neue Welt eröffnet hatten.

Der Pariser Friede und die Einreihung des Lützower Corps in die Linie führten das Kleeblatt nach Berlin und in das bürgerliche Leben zurück. Auch dort wußte jeder den andern häufig zu finden, bis Fröbel die sichere Stellung am mineralogischen Kabinet im Frühling 1817 aufgab, um seine Anstalt zu begründen.

Middendorf war durch das Wort des bewunderten Freundes, er habe die »Einheit des Lebens gefunden«, bestochen worden. Es gab dem jungen Philosophen zu denken, und weil er empfand, daß er diese Einheit noch vergeblich suche, und sich unbefriedigt fühlte, hoffte er ihrer durch den Mann, der ihm alles geworden war, und in seiner Nähe teilhaftig zu werden. Und sein Wunsch ging in Erfüllung; denn als Erzieher wuchs er gleichsam in seine Devise hinein: »Klar, wahr und lebenstreu.«

Middendorf gab wenig auf, als er Fröbel folgte.

Um Langethal stand es ganz anders.

Er hatte im Bendemannschen Hause zu Charlottenburg als Hauslehrer Aufnahme und eine zweite Heimat gefunden. Mit schönem Erfolg unterrichtete er dort geistig und gemütlich trefflich begabte Kinder, die ihn schnell lieb gewannen. »Eine herrliche Familie« war es, die ihm ihre reiche Geselligkeit zu teilen gestattete, und in deren hochgebildetem Kreis er gewiß sein durfte, warme Teilnahme auch an seinen geistigen Interessen zu finden. Vor jeder äußeren Sorge gesichert, hatte er unter ihrem Dache Muße zu fleißiger Arbeit und daneben auch zum Verkehr mit den eigenen Freunden gefunden.

Im Juli 1817 bestand er das letzte Examen mit der höchsten Auszeichnung, dem selten verliehenen »sehr gut«, und eine glänzende Laufbahn stand ihm offen.

Gleich nach der so rühmlich beendigten Prüfung wurden ihm drei Predigerstellen angeboten, doch er nahm noch keine an, weil er sich nach Ruhe und stillem Wirken sehnte.

Auch von Fröbel war die Aufforderung an ihn ergangen, sich seiner jungen Anstalt zu widmen, der Langethal ja auch seinen jüngeren Bruder anvertraut hatte. Das junge Institut war um Johanni 1817 von Griesheim nach Keilhau übergesiedelt, wo der Witwe des Pfarrers Fröbel ein größerer Oekonomiehof angeboten worden war. Was sie und der Erzieher ihrer Kinder dort fanden, eignete sich wunderbar für Fröbels Zwecke und schien den Zöglingen und der Anstalt ein schönes Gedeihen zu verheißen. Es gab noch viel zu bauen und herzurichten, doch die Mittel dazu wurden beschafft, und der erste Zögling schildert in ergötzlicher Weise den Einzug in das neue Heim, die erste Einrichtung daselbst, die Entdeckung all der Schönheiten und Vorzüge, die wir als alten Besitz in Keilhau fanden, und das für Middendorf so bezeichnende Streben, auch das weniger Anmutende seinen poetischen Vorstellungen anzupassen. Die Schütztthalquelle wurde von ihm unter anderem der Moosbach, die Remdaer der Silberbach getauft, und selbst die Dorfbewohner mußten sich Wandlungen an ihren altehrwürdigen Namen gefallen lassen, und es wurde zum Beispiel der Bauer Hänold Hainhold von ihm gerufen.

Nur die Lehrstunden lagen damals im Argen, und Fröbel empfand, daß er einer voll ausgebildeten Kraft bedurfte, um dem Unterrichte der ihm anvertrauten Knaben die rechte Gründlichkeit zu geben.

Als eine solche kannte er den Schüler F. A. Wolfs, dessen Lehrgabe sich schon im Bendemannschen Hause trefflich bewährt hatte.

»Langethal«, beschreibt ihn der erste Schüler, »war damals ein sehr stattlicher Mann von fünfundzwanzig Jahren. Auf seiner Stirne lagerte der Ernst, aber seine Gesichtszüge zeigten Herzensgüte, Milde und Wohlwollen. Der würdige Ausdruck seines ganzen Wesens wurde durch den sonoren Klang seiner Sprache« – er blieb ihr treu bis ins Greisenalter – »gehoben, und sein ganzes Benehmen zeugte von männlicher Festigkeit. Middendorf sprach mehr die Frauen, Langethal die Männer an, Middendorf gefiel, wenn man ihn sah, Langethal, wenn man ihn hörte, und das Vertrauen, das er erweckte, war nachhaltiger noch als bei Middendorf.«

Was Wunder, daß Fröbel alles aufbot, diese seltene Kraft für die junge Anstalt zu gewinnen. Aber Langethal lehnte ab, wie sehr ihm dies auch von Middendorf verdacht wurde. Diesen nannte A. Diesterweg »eine Johannesnatur«, unser lieber, blinder Lehrer aber fügte hinzu: »und Fröbel war sein Christus«.

Von dem Freunde, in dem der enthusiastische junge Westfale einmal jede Mannestugend erkannt zu haben meinte, und dessen Wandel ihm vorbildlich erschien, nahm er alles, auch das Unerträgliche geduldig hin, und ein »Abtrünniger« war ihm jeder, der es einmal mit Fröbel gehalten hatte und sich seinem Willen nicht widerstandslos beugte. Darum fühlte er sich durch Langethals Ablehnung verletzt. Es war diesem nämlich unter glänzenden Bedingungen für die nächste Zeit und noch glänzenderen für die Zukunft eine Hauslehrerstelle in Schlesien angeboten worden, die ihm zu der ersehnten Ruhe eine seinen Neigungen entsprechende Thätigkeit bot. Es galt, die Kinder zweier gräflich Stolbergschen Familien zu erziehen. Den Unterricht sollte er mit einem andern Instruktor teilen, der die realen Wissenschaften, die ihm weniger lieb und vertraut waren, die jungen Grafen und mit ihnen seinen Bruder zu lehren hatte.

Er sagte zu. Bevor er aber nach Schlesien ging, wollte er die Keilhauer Freunde besuchen und den Bruder abholen, um ihn mit nach Schlesien zu nehmen. So geschah es, und die »diplomatische Kunst«, womit Fröbel den Entschluß des charakterfesten jungen Mannes zu Falle zu bringen und ihn für die eigenen Interessen zu gewinnen wußte, ist in der That außerordentlich. Sie erwarb dem jungen Institut, wenn der Ausdruck erlaubt ist, in der Person Langethals »das Rückgrat«.

Fröbel hatte dem erwarteten Freunde Middendorf entgegengesandt, und dieser ihm unterwegs von der Glückseligkeit erzählt, die er in der neuen Heimat und Thätigkeit gefunden. Dann waren sie in Keilhau eingezogen, und die herrliche Landschaft, die es umgibt, kann des Lobredners entbehren.

Fröbel empfing den Kriegskameraden mit aller Herzlichkeit, und das Bild der prächtigen, gesunden und frohen Knaben, die an jenem Abend am Boden lagen und dort Burgen und Schlösser mit den hölzernen Klötzen, spitzen und runden Bogen erbauten, die Fröbel nach eigener Angabe für sie hatte herstellen lassen, sagte ihm aufs lebhafteste zu. Er war gekommen, um den Bruder abzuholen, nun er ihn aber unter anderen frohen Altersgenossen so glücklich und wohl aufgehoben einen gotischen Dom als das schönste Bauwerk von allen vollenden sah, wollte es ihm beinahe unrecht scheinen, das Kind aus diesem Kreise zu reißen.

Wehmütig schaute er den Bruder an, als er ihm die »Gute Nacht« bot, und blieb dann mit Fröbel allein. Der war weniger gesprächig als sonst und ließ sich erzählen, was den Freund in Schlesien erwartete. Als er hörte, daß ein zweiter Lehrer Langethal die Hälfte der Arbeit abnehmen sollte, rief er, von lebhafter Besorgnis ergriffen:

»Du kennst ihn nicht und willst mit ihm zusammen ein Werk der Erziehung vollenden? Welchem großen Zufalle wirfst Du Dich da in die Arme!«

Am andern Morgen frug Fröbel den Freund, welches Lebensziel er sich vorgesteckt habe, und als Langethal antwortete:

»Wie die Apostel möchte ich allen Menschen nach meiner Kraft das Evangelium verkünden, um sie in innige Gemeinschaft mit dem Erlöser zu bringen«, erwiderte der andere bedenklich:

»Wenn Du das willst, mußt Du auch die Menschen kennen wie die Apostel. Bei jedem mußt Du an sein Leben anknüpfen können, hier bei einem Bauern, dort bei einem Handwerker. Kannst Du das nicht, so mache Dir keine Hoffnung auf guten Erfolg. Du kommst mit Deinem Wirken nicht weit.«

Wie das so klug und überzeugt klang! Und Fröbel traf damit den wunden Punkt bei dem jungen, von der heiligen Schönheit seiner Lebensaufgabe durchdrungenen Geistlichen, der allerdings die Schrift, seine Klassiker und Kirchenväter um vieles besser kannte als die Welt. Nachdenklich gestimmt folgte er Fröbel, der ihn mit Middendorf und den Knaben auf den Steiger führte, jenen Berg, von dessen Gipfel aus sich die großartig prächtige Aussicht bietet, die ich beschrieb.

Es ist um die Zeit, wo die Sonne sich neigt und ihre köstlichsten Lichter über die Berge und Thäler ergießt. Auch dem jungen, von bangen Zweifeln ergriffenen Geistlichen geht im Angesicht dieser Herrlichkeit das Herz auf, und als Fröbel sieht, was sich in ihm ereignet, ruft er ihm zu:

»Komm, Kamerad, stimme eines unserer alten Kriegslieder an!«

Und der musikalische »schwarze Jäger« von früher thut es gern, und wie fällt der Knabenchor so hell und begeistert ein!

Als er verstummt, legte sich der Arm des älteren um die Schulter des jüngeren Freundes, und mit bewegter Stimme ruft er ihm zu und weist dabei auf das im sanften Abendlicht erglühende Land ihnen zu Füßen: »Warum willst Du in der Ferne suchen, was hier so nahe liegt? Hier wird ein Werk gegründet, das sich allein aus Gottes Hand aufbauen soll. Hier gilt es unbedingte Hingabe und Selbstüberwindung.«

Dabei schaut er dem Freunde fest, und als habe er für ihn das rechte Lebensziel gefunden, in die feuchten Augen und hält ihm die Rechte hin, und Langethal schlägt ein; denn er kann nicht anders.

Noch am nämlichen Tage meldet ein Brief den Grafen Stolberg, daß sie sich nach einem andern Erzieher für ihre Knaben umsehen müßten, und Fröbel und Keilhau dürfen sich Glück wünschen, denn sie haben ihren Langethal gewonnen.

Die Leitung der Anstalt ruhte von nun an mit in der Hand eines Charakters, für den Unterricht waren dazu die reichen positiven Kenntnisse und die treffliche Methode eines tüchtig geschulten Gelehrten gewonnen.

Es ging jetzt auch schnell mit dem Erblühen des neuen Instituts vorwärts. Der Ruf der frischen, gesunden Lebensweise und der tüchtigen Schulung der Zöglinge verbreitete sich weit über die Grenzen Thüringens hinaus. Auch die materiellen Schwierigkeiten, mit denen die Leiter der Anstalt nach den großen Neubauten, die nötig geworden waren, zu kämpfen hatten, wurden gehoben, als Fröbels wohlhabender Bruder in Osterode sich entschloß, an dem Werke teilzunehmen und nach Keilhau überzusiedeln. Er verstand sich auf Oekonomie und verwandelte den Bauernhof durch neue Land- und Walderwerbungen in ein ansehnliches Gut.

Als Fröbels rastloser Geist ihn in die Schweiz zog, um dort neue pädagogische Unternehmungen ins Leben zu rufen, und es sich ergab, daß man einer Kraft bedürfe, die geeignet sei, auch die wirtschaftlichen Interessen sicher zu leiten und sie nach außen hin fest zu vertreten, wurde ihr 1824 Barop gewonnen, der feste Mann, von dem ich schon sprach, und der, so hoch geachtet wie aufrichtig geliebt, das Institut leitete, so lange wir drei Brüder seine Zöglinge waren.

Er hatte im Innern vieles auf praktischere Grundlagen zu stellen und nach außen abzuwehren gefunden; denn die langen Haare mancher Zöglinge, der Umstand, daß drei Lützower Jäger, von denen der eine bei der Burschenschaftsfeier die Festrede gehalten, das Institut begründet, der andere, daß Barop wegen des Zusammenhanges mit einer burschenschaftlichen Verbindung als Demagog verfolgt worden war, und endlich die Beziehungen Fröbels zu der Schweiz und die freie, jedem Schema feindliche Erziehungsmethode der Anstalt hatten den Verdacht der Berliner Demagogenriecher erweckt, und es wurden dem Institut darum demokratische Tendenzen zugeschrieben, von denen es sich in Wahrheit stets fern hielt.

Ja, wir waren frei, insofern alles die körperliche und geistige Entwicklung Hemmende und Hinderliche fern von uns gehalten wurde, und unsere Leiter durften sich ebenso nennen, weil sie es mit männlicher Energie verstanden hatten, die Anstalt vor jedem störenden und beschränkenden Einfluß von außen her zu bewahren. Der Kleinste und Größte auf diesem gesunden Boden war frei; denn er durfte voll und ganz das sein, was er war, so lange er sich in den Schranken hielt, die die bestehenden Gesetze ihm stellten. Aber Zügellosigkeit war nirgends strenger verpönt als in Keilhau, und die tiefe Religiosität seiner Direktoren Barop, Langethal und Middendorf hätte die argwöhnischen Späher in Bertin lehren können, daß man hier nie und nimmer gegen das »Gebet dem Kaiser, was des Kaisers ist« verstoßen würde.

Es war die Zeit der schlimmsten Reaktion, die ich in Keilhau verlebte, und ich weiß jetzt, daß unsere Erzieher im preußischen Landtage auf der Linken gesessen haben würden, doch bekamen wir kein unehrerbietiges Wort über Friedrich Wilhelm IV. zu hören, und wir wurden angehalten, dem Fürsten des rudolstädtischen Ländchens, zu dem Keilhau gehörte, den schuldigen Respekt zu erweisen. Barop ist auch, trotz seiner »liberalen« Gesinnung, von diesem kleinen Monarchen geschätzt, dekorirt und zum »Edukationsrate« erhoben worden.

Hundert Einzelerinnerungen und mir im Gedächtnisse verbliebene Worte kann ich dahin zusammenfassen, daß unsere Erzieher freisinnige Männer von sehr gemäßigter Richtung waren, doch insofern sich allerdings »demagogischer Bestrebungen« schuldig machten, als sie das und nichts anderes für das Vater land ersehnten, als was wir, gottlob, jetzt besitzen: seine Einigung und eine aus freien Wahlen hervorgegangene Volksvertretung all seiner Staaten in einem deutschen Reichstage. Wie hätten Langethal, Middendorf und Barop es verstanden, uns für den Kaiser Wilhelm, Bismarck und Moltke zu

171

begeistern, wenn es ihnen vergönnt gewesen wäre, die großen Ereignisse von 1870 und 1871 noch mit zu erleben!

Uebrigens hielt man die Politik von uns fern, und das war auch schon in weiteren Kreisen bekannt geworden, als wir in die Anstalt eintraten; denn außer uns stammten die meisten Zöglinge aus königstreuen Familien. Viele waren Söhne von höheren Beamten, Offizieren und Gutsbesitzern; und da die langen Haare längst zur Ausnahme geworden waren und man sich in Keilhau so anständig wie möglich benahm, hatten sich auch viele adelige Eltern, unter denen sich Kammerherren und andere Hofbeamte befanden, entschlossen, ihre Knaben nach Keilhau zu geben.

Die großen Industriellen und Kaufherren, die ihre Sohne dem Institute anvertrauten, waren auch keine Männer des Umsturzes, und von unseren Kameraden wurden Viele Offiziere in der deutschen Armee. Andere sind tüchtige Gelehrte, Geistliche und Parlamentarier, wieder andere Staatsbeamte geworden, die zum Teil hohe Stellungen bekleideten, und noch andere stehen an der Spitze großer industrieller oder kaufmännischer Unternehmungen. Von keinem Einzigen vernahm ich, daß er verkommen sei, – von sehr vielen, daß sie es zu etwas Hervorragendem gebracht hätten. Wo ich aber auch immer einem alten Keilhauer begegnete, fand ich in ihm die gleiche Liebe für die Anstalt wieder, sah ich die Augen heller erglänzen, wenn wir von dem alten Langethal, von Middendorf und Barop sprachen. Was man einen »Duckmäuser« oder Finsterling nennt, ist auch keiner geworden. Jetzt noch soll die Anstalt vortrefflich sein, doch zu derjenigen Mannigfaltigkeit des Berufes, zu der der Zöglingskreis, dem ich angehörte, herangebildet wurde, kann die »Realschule« Keilhau, die sich gezwungen sah, ihre alte humanistische Grundlage zu verlassen, die ihr anvertrauten Knaben kaum mehr erziehen.

Im Wald und auf der Heide.

Auch das Rudolstädter Ländchen, in dem Keilhau liegt, hatte seine wenn auch nur kleine und unblutige Revolution gehabt. Es war den Aufständischen freilich nur um etwas zu thun gewesen, was sich nicht einmal auf das menschliche Dasein bezieht und statt der Schonung lebender Wesen ihre Verfolgung bezweckte. Was die sonst mit ihrem wackeren, wohlwollenden Fürsten durchaus zufriedenen Bürger und

Bauern forderten, war nur, daß den Tieren des Waldes in ausgiebiger Weise nachgestellt werde.

Man verlangte eine willigere Freigebung der Jagd.

Das möchte wie etwas Kleines erscheinen, und doch besaß es die allerhöchste Bedeutung für beide streitenden Teile. Die weitesten Forsten des Landes waren bis dahin das Jagdrevier des Fürsten gewesen, und es hatte keine Finte ohne seine Zustimmung abgefeuert werden dürfen. Diese Gerechtsame, diese seligen Jagdgründe preiszugeben, war eine harte Anforderung an den leidenschaftlichen Weidmann auf dem Rudolstädter Throne, und die ländliche Bevölkerung hätte damit gewiß den guten Fürsten verschont, wenn es angegangen wäre.

Aber das Wild, von dem, ich weiß nicht mehr in welcher deutschen Kammer, ein Abgeordneter 1848 gesagt hatte, es sei doch nicht nur eine Zierde der Wälder und Furen; denn man möge bedenken, daß aus Rehen, wenn sie nicht mehr klein wären, Hirsche würden – das Wild war im Rudolstädtischen zu einer wirklichen Landplage geworden, die die Erntehoffnungen des Landmannes zerstörte. Da es von den Förstern und den wenigen zum Jagen Befugten nur ganz ungenügend abgeschossen wurde, und es anderen versagt war, ihm irgendwie nachzustellen, mußte der Bauer, um die Felder zu retten, in die die Hirsche und Rehe bei Sonnenuntergang rudelweise einbrachen, sich durch Klappern und Miasmen von ihnen fernzuhalten suchen. Ich habe das sogenannte »Franzosenöl« noch gesehen und gerochen, womit man Pfähle bestrich, damit sein wahrhaft infernaler Gestank – ich weiß nicht, aus welchen Gräßlichkeiten es zusammengebraut war – das Feld errette. – Die freundliche Zierde der Wälder war zum Gegenstande des bittersten Hasses geworden, und sobald kurz vor unserem Eintreffen in Keilhau die Jagd freigegeben worden war, machten die Bauern ihrem Ingrimme Luft, zogen mit den alten Musketen, die sie auf dem Boden versteckt gehalten hatten, oder anderen, noch primitiveren Waffen in den Wald und schossen oder schlugen nieder, was ihnen von Wild in den Weg kam.

Da wurde der Rehbraten auf Wochen billig im Rudolstädtischen, und dem Zöglinge bot sich manches unerwartete Vergnügen.

Meinem Bruder Martin war es noch vergönnt, jene grausamen Tage der Vergeltung mitzuerleben, und wo es in den Wäldern ringsum knallte, blieb es unbemerkt, wenn sich in der Dämmerzeit ein oder der andere Zögling mit der auseinandergenommenen Büchse unter dem Rocke hinausstahl, um auch einmal ein Reh zu erlegen. Jener »Lampe«, dessen ich schon erwähnte, hatte einen kleinen Stutzen mit Feuerschloß, der sich gut verstecken ließ, und ich sah ihn mit besonderer Bewunderung an, als ich hörte, es sei damit wirkliches Wild erlegt worden. Aber das Gleiche ward auch von den alten Reiterpistolen, ich glaube Middendorfs, erzählt. Ihre kurzen Läufe hatten nämlich mehreren Stücken des damals so zutraulichen Rotwildes das Leben genommen.

Was im ersten Jahre unseres Aufenthalts die größeren Zöglinge als Weidmänner leisteten, erfuhren wir Kleineren nur ganz im geheimen, und den Lehrern kam es erst viel später zu Ohren. Schon im folgenden Herbste war dann das Wild so dünn gesät, daß es eines langen Wartens auf dem Anstande oder weiter Birschgänge bedurfte, um ein Reh zum Schuß zu bekommen.

Aber die Wälder boten noch andere Freuden als die des Weidwerkes. Jede Wanderung durch den Forst bereicherte unsere Kenntnis der Pflanzen- und Tierwelt, und schon sehr bald wußte ich auch die verschiedenen Steinarten zu unterscheiden. Dabei ahnten wir nicht, daß uns dies Wissen nach einer gewissen Methode beigebracht werde. Man belehrte uns gleichsam hinterrücks, und wie viel Angenehmes und Leckeres zog uns in die Hörsäle auf den bewaldeten Bergen.

Das dem Gaumen Wohlgefällige bestand vornehmlich aus den saftigen Früchten, die ihr grüner Boden uns darbot. Die Heidelbeeren mochte ich weniger gern leiden. Sie mundeten auch mir, doch machten sie so schwarze Mäuler, und hatten sich andere an ihnen erlabt, boten sie einen so garstigen Anblick. Man wollte diese Abneigung, die ich mit in die Ehe nahm, übertrieben finden, und vielleicht mit Recht; denn die Gesetze der Aesthetik haben in der Kinderstube manchmal zu schweigen.

Aber die Erdbeeren! Saftigere habe ich nie gegessen, und es gab eine mittelgroße und eine kleine Art, die an Geschmack den Ananaserdbeeren glich und deren Fleisch fest an den Kelchen saß. Wir nannten sie »Sprößlinge« (*Fragaria collina*), und ich gedenke ihrer mit besonderem Vergnügen. Sie waren auf bestimmten Schlägen (abgeholzten Waldstellen mit dem Fuß der gefällten Stämme) so massenhaft vorhanden, daß wir uns oft genug an ihnen sättigten und noch einen hübschen Rest in der Mütze mit nach Hause nahmen.

Bald kannten wir die besten Plätze, doch war es uns immer noch vergönnt, dann und wann einen neuen, der den anderen entgangen war, zu entdecken. In der Anstalt gab es bisweilen zu Tische eine kräftige Fleischsuppe, der Eierkuchen und Erdbeeren in Milch in großen Schüsseln folgten. Von diesem Gerichte aß jeder so viel, wie der Magen es zuließ. Ueberhaupt wurden wir gut und reichlich genährt. Ein Zögling, den Middendorf einmal frug, ob er auch wisse, was Hunger sei, gab zur Antwort: »Wenn ich noch kann.«

Die Vegetation hatte es aber auch gut in dem wasserreichen Gebirgsthal! Unter den Quellen war uns die des Schaalbaches am Fuße des Steigers die liebste;[1] denn in Verbindung mit ihr stand ein Vogelherd, dem ich manche vergnügte Abendstunde verdanke. Er durfte nur nach der Brutzeit benützt werden und bestand aus einer Reisighütte, in der sich der Finkler verbarg. Vor ihr plätscherte fließendes Wasser (die Tränke) über kleine Holzschwellen hin, auf die sich die gefiederten Waldbewohner niederließen, um vor dem Schlafengehen den Durst zu löschen. Mit einer Pfeife von Gänseknochen lockte man sie, die das Wasser ohnehin anzog, auch noch herbei, und wenn sich etliche, oft aber auch sechs und mehr, auf den Hölzern in der Tränke niedergelassen hatten, zog man in der Hütte an einem Stria, ein Schlagnetz breitete sich über das Wasser, und es galt nur noch, die Gefangenen aus den Maschen zu lösen.

Der Dirigent dieses Vergnügens hieß Merbod. Er wohnte in dem nahen Städtchen Blankenburg und war unser Friseur, betrieb aber daneben auch noch eine Vogelhandlung, eine Flickschneiderei, eine kleine Schokoladefabrik und ich weiß nicht, was noch. Er konnte die Stimmen aller Vögel nachahmen und war ein drolliger, beweglicher Tausendkünstler, den wir gern hatten.

Der Vogelsang mit Leimruten war streng verboten, und da wir ihn selbst häßlich fanden, standen wir gern davon ab. Dagegen benützten wir bisweilen den Meisenkolben; denn die mit ihm gefangenen Tierchen schmeckten in gebratenem Zustande vortrefflich.

Der Bauer Bredernitz nahm mich auch mehrmals auf seine Krähenhütte mit. Sie bestand aus einem in den Boden vertieften, mit Zweigen und Rasenbatzen bedeckten Raume, der die Jäger aufnahm. Der Uhu, der die Krähen und anderes Raubgesindel herbeilockte, war an ein kleines Gestell befestigt, und wenn dann die Vögel, oft in Mengen, angeflogen kamen, um den alten Griesgram, der dabei sehr ungehalten mit den Augen zwinkerte, zu necken, schoß man sie aus Luken, die man in der Hütte angebracht hatte. Die den Tauben und Hafen gefährlichen Falken und Habichte, die Krähen und Elstern kann man so leicht dezimiren, und es ist höchst merkwürdig, mit welchem Haß die der Sonne zufliegenden Lichtfreunde den grämlichen Nachtvogel anzufallen versuchen.

Das Gewehr brauchen hatten wir auf dem fleißig benützten Turnplatze gelernt. Es wurde dabei mit äußerster Strenge auf Vorsicht gehalten, und obgleich wir, wie ich bereits bemerkte, schon als zwölfjährige Knaben aus eigenen Büchsen schossen, weiß ich mich keines einzigen Unglücks zu erinnern, das dabei vorgekommen wäre.

Einmal im Sommer gab es auch ein Schützenfest, bei dem ein großer hölzerner Adler von der Stange geschossen wurde. Wer den letzten Splitter herunterholte, wurde König. Auch mir fiel diese Ehre einmal zu, und ich durfte mir eine Königin wählen. Meine Wahl fiel auf Marie Breimann, eine hübsche, schlanke junge Braunschweigerin, deren griechisches Profil – die Nasen- und die Stirnlinie wich nur wenig von einander ab – und seidiges blondes Haar mir besonders gut gefielen. Sie und Adelhaid Barop, die Tochter des Direktors, teilten den Unterricht unserer Klasse, doch der Braunschweiger Marie neigte sich mein Herz stärker zu als der fleißigen Keilhauerin mit den schönen schwarzen Augen und den beiden anderen frischen und anmutigen, doch etwas jüngeren blonden westfälischen Mädchen, die gleichfalls zu unseren Schulkameraden gehörten.

Es gab Stunden, in denen sie meine Treue für das Berliner Annchen verhängnisvoll gefährdete, und ich erinnere mich einer ernsten Zurechtweisung wegen einiger Blumensträußchen, die in Zusammenhang mit dieser Neigung standen, und von denen eines in meinem »Tische« neben den Büchern gelegen hatte. Ueber das unschuldige Blumenschenken gingen die Beweise der Neigung indes nicht hinaus, und ich weiß auch nicht die geringste Ungehörigkeit, die der gemeinsame Unterricht nach sich gezogen hätte. Im Gegenteil! Adelhaid Barop war ein ernstes, reichbegabtes Mädchen, von Marie Breimann galt das Gleiche, und um nicht hinter ihnen zurückzustehen, gab ich mir manchmal besondere Mühe.

Uebrigens spielten die Mädchen eine verschwindend kleine Rolle in unserem Leben. Sie, die weder turnen, noch schießen, noch klettern durften, galten uns nicht für recht voll, und von wirklichen Liebeleien war keine Rede. – Wir hatten so viel Anderes, Besseres im Sinne. Mein Herz, das es schon früh besonders kräftig zum Weibe zog und das auch damals, wenn ich der blonden Marie in die großen blauen Augen schaute, was ich sehr gern that, keineswegs stillschwieg, konnte doch nicht recht zu Worte kommen; denn das Turnen und unsere Spiele draußen drängten alles andere mit zu großer Gewalt in den Schatten.

Die hübsche Braunschweigerin ahnte indes doch wohl, wer mir von den Mitschülerinnen die liebste, und bis ich die Anstalt verließ, gestattete ich keiner andern Göttin, sich neben sie zu stellen.

Außer dem Vogelschießen gab es noch andere schöne Feste und Vergnügungen die Fülle. Ich will der vorzüglichsten, wie der Lauf des Jahres sie brachte, gedenken; denn das in Keilhau Erlebte in zeitlicher Folge zu schildern, wäre mir unmöglich.

Von den großen Spaziergängen, die wir im Frühling und Sommer unternahmen, führten die schönsten über Blankenburg zum Chrysopras am Eingang des Schwarzathales und dann durch die hohen, großartig geformten Felsengruppen, deren Fuß die klare, schnelle Schwarza rauschend und schäumend bespült, nach Schwarzburg.

Da ich als Mann nach Keilhau zurückkehrte, wollte mir manches, was mir als Kind groß vorgekommen war, viel kleiner erscheinen; der Anblick des saftgrünen Schwarzburger Wiesenthales, aus dessen Sohle sich der Hügel mit dem stattlichen Schlosse erhebt, und den die bewaldeten Berge in weit dunklerem Grün umkränzen, deckte sich indes immer noch vollständig mit dem Bilde, das meine Vorstellung davon bewahrt hatte. Auch heute, nachdem ich so viel unvergeßlich Herrliches in drei Weltteilen sah, wage ich es getrost, das Schwarzburger Waldthal für eine der anmutigsten und eigenartigsten Landschaften auf Erden zu erklären. Was ihm einen so hohen Reiz verleiht, ist die abgerundete Harmonie der mannigfaltigen Formen, ist der Kontrast der Farben, der Reichtum der Vegetation, die Fülle des Wassers. Dazu tritt der Zauber der historischen Erinnerungen, der das alte Grafen- und Fürstenschloß umwebt, und die freundliche Staffage: große Rudel von prächtigen Hirschen, die sonder Scheu auf der grünsten der Wiesen, am Saum der silberhellen, schön gewundenen Schwarza äsen.

Wie scholl unser Gesang so hell von den Granitwänden des Flußthales wider, das wir durchwanderten, wie köstliche Sträuße des roten Fingerhutes (*digitalis purpurea*) ließen sich von den Felsen am Wege

177

pflücken, und wie froh ging es her bei der Einkehr im Gasthof »zum Hirsch«. Schon der Wirt besaß eine gewisse Anziehungskraft auf uns Buben; denn er bot uns als dickster Mann in den Thüringer Landen eine vergnügliche Augenweide. Fama erzählte von ihm, daß er, wenn er ein Fußbad nahm, zweier Wannen bedurfte – so weit sollte sein anatomischer Mittelbau die Körpersäulen von einander getrennt halten. Und er war nicht weniger heiter als dick, und wie behaglich wußte er mit uns Jungen zu scherzen.

Von den kürzeren Spaziergängen erwähne ich nur den häufigsten, der uns in einer kleinen Stunde auf die Blankenburg oder den Greifenstein führte, eine große, an manchen Stellen ziemlich wohlerhaltene Ruine, die Heimat des Grafen Günther von Schwarzburg, der die stolze Ehre, die deutsche Kaiserkrone zu tragen, nach wenigen Monaten mit dem Leben bezahlte. War es das Gift eines Frankfurter Arztes, war es das peinigende Gefühl der Ohnmacht, die ihn gezwungen hatte, Thron und Scepter seinem Nachfolger, dem reichen und mächtigen Luxemburger Karl IV., für schnödes Geld zu verkaufen, das den starken Mann dahinraffte? Wir hatten von dem Gifte des bösen Arztes Freidank erzählen hören und glaubten daran. Unsere Einbildungskraft machte den tapferen Streiter, der die kleinen Thüringer Herren, zu denen er selbst gehört hatte, so wacker gegen den Landgrafen geführt, zu einem großen Helden. Wie oft malte ich mir auf der Blankenburg im Schatten eines Haselnußstrauches aus, wie es hier oben ausgesehen haben müsse, als Türme und Wälle noch aufrecht standen, als die Burgfrauen noch aus der Kemenate auf den Söller traten, als die Ketten an den Zugbrücken noch klirrten, das Horn des Wächters Gäste meldete, und die Thüringer Grafen mit ihren Damen und Knappen, der Meute und dem Federspiel in den Hof einritten, um zu zechen und zu turniren, zu tanzen und zu birschen, um Kriegsrat zu halten und dem fahrenden Sänger zu lauschen. Und wie oft sind wir in freien Nachmittagsstunden dahin gelaufen!

Wir gingen auch gern als Boten nach dem Städtchen Blankenburg; denn im Ratskeller gab es Bier, und unser Zeichenlehrer, der Maler Unger, lebte dort, eines jener Originale, die heute nur noch so dünn gesät sind. Er war ein talentvoller und gedankenreicher Künstler, und ich möchte wohl wissen, wohin das Kartenspiel mit zweiunddreißig Blättern kam, das er höchst sauber malte. Es war mit seinem satirischen Sinn komponirt, und jede der viermal acht verschiedenen Karten stellte etwas anderes dar. Das Ganze geißelte die Finsterlinge und Demagogenriecher.

Als wir ihn kennen lernten, sah der schöne, breitschulterige Mann mit dem mächtigen rotblonden Barte aus, wie man sich Wodan selbst vorstellen möchte. Im Sommer und Winter trug er eine Joppe von grauem Flaus, in der eine kurze Pfeife steckte, und um die Hüften einen breiten Ledergürtel, an dem eine Tasche mit dem Zeichenmaterial hing. Nach dem Urteil der Menschen frug er nicht. Als ganz auf sich selbst gestellter Junggeselle hatte er keinen Wunsch, als »in Ruhe gelassen zu werden«; denn er versicherte, die verkommene Brut, die man »Menschheit« nennt, tief zu verachten. Dennoch erwies er sich ihren einzelnen Mitgliedern gern gefällig, und wenigstens das heranwachsende Geschlecht der seiner Hochachtung und Neigung so unwerten Sippe hatte er, der Kinderfreund, von Herzen gern, und es erwiderte seine Gefühle. Unsere Feste teilte er freilich nie; ich glaube aber nur, weil er sich dazu anders als in seinen Flausch hätte kleiden müssen, und weil er die Frauen mied, die er »die Wurzeln des ganzen Elendes« nannte. Ich erinnere mich noch, wie er einmal die Schale seines Grimmes auf die Menschheit ergossen hatte und dann auf unsere Frage, ob er den Barop mit zu der verwerflichen Brut zähle, versetzte: »Ach was, der gehört nicht dazu.«

Am liebenswürdigsten zeigte er sich, wenn er mit der großen Zahl seiner Vögel verkehrte und sie auf Kosten der verachteten Nächsten mit den zärtlichsten Schmeichelnamen beehrte. Als ich mir die Aufgabe stellte, Menschen zu schildern, ist seine Person nicht unberücksichtigt geblieben.

Es fehlte nicht an Gelegenheit, ihn zu besuchen; denn es wohnten in Blankenburg viele für die Anstalt thätige Leute, und man wußte uns also dort wohl überwacht. Es gab aber auch mancherlei von daher zu holen, und als in einer gewissen Zeit viele Scheiben zerschlagen wurden, drohte Barop, daß hinfort jeder, dem dergleichen begegnete, den verletzten Fensterflügel in eigener Person nach Blankenburg zum Glaser tragen müsse. Bald darauf wurde wirklich ein Unvorsichtiger mit diesem Botengange bestraft, und wenige Tage später flog ein von mir geschleuderter Stein durch das Glas, und ich wurde gleichfalls mit dem invaliden Fensterflügel nach Blankenburg geschickt. Leider wirkte das böse Beispiel so kräftig, daß in der Folgezeit auch viele andere Scheiben »unversehens« zerbrochen wurden und Barop, dessen scharfes Auge dergleichen bald durchschaute, die Blankenburger Strafgänge aufhören ließ.

Noch zweier anderer bemerkenswerterer Wanderungen in die kleine Nachbarstadt muß ich gedenken. Einmal hatte sich mein Bruder Ludo bei Gelegenheit einer Puppentheateraufführung den Arm in schrecklicher Weise verbrannt. Es war Körners »Zriny« gegeben worden, und als Feuerwerker hatte ihn, während er die Kanonen abschoß, das Unglück getroffen, daß sein Pulvervorrat aufgeflogen war und ihm den Arm schwer verletzt hatte.

Der arme Schelm litt große Schmerzen, und ihn leiden zu sehen, that mir so weh, daß ich den Thränen nicht wehren konnte und obgleich es schon dunkel war und Schnee auf den Bergen lag, nach Blankenburg lief, um den alten Chirurgus zu holen.

An der Thür rief ich mehreren Kameraden zu, wohin der Weg mich führe; dann ging es hinaus in die Nacht. Es war nichts Leichtes, durch den Schnee zu waten, und der Atem ging mir manchmal aus, doch das Bild des Bruders, dem die Thränen so still über die Wangen geronnen waren, stand mir fortwährend vor Augen, und es schien mir gewiß, daß das Kommen des Chirurgs das Aufhören des Schmerzes für ihn bedeute. Es führte kein Fahrweg den Berg hinunter in das Städtchen, und der Fußpfad war verschneit. Zum Glück gestattete mir der sternenhelle Himmel, in der rechten Richtung zu bleiben, während ich ohne Weg und Steg den Berg hinab auf Blankenburg zulief. Wie oft ich dabei in den Schnee eines Grabens versank und bei kleinen Abhängen ins Rutschen geriet, weiß ich nicht mehr, doch während ich dies schreibe, fühle ich noch, wie erleichtert ich aufatmete, als ich endlich das Pflaster des Städtchens betrat. Der alte Wetzel war zu Hause, und ein Wagen brachte uns bald auf der einzigen Landstraße, die von Blankenburg nach Keilhau führte, über Rudolstadt in die Anstalt. Ich blieb straflos, ja Barop fuhr mir durch die Haare und sagte nur: »Gut, Bär, daß Du wieder da bist.«

Wie schnell der Chirurg die Schmerzen des Verbrannten linderte, weiß ich nicht mehr, wohl aber ist mir ein Gang nach Blankenburg erinnerlich, der mir um ein Haar weit schwerere zugezogen, ja beinahe das Leben gekostet hätte.

Die Familie eines Zöglings aus Hamburg hatte sich in Blankenburg ein Sommerquartier gemietet, und ich war wiederholentlich eingeladen worden, sie dort zu besuchen.

Ich zählte schon fünfzehn Jahre; das weiß ich gewiß, denn Ludo, der ein halbes Jahr vor mir nach unserer gemeinsamen Konfirmation Keilhau verlassen hatte, war nicht mehr dort.

An einem Sonntag Nachmittag begab ich mich mit Barops Erlaubnis zu den Hamburgern, doch war mir aus Herz gelegt worden, spätestens um neun Uhr wieder in der Anstalt zu sein. Aber es wurde bei fröhlichem Spiel und guter Unterhaltung weit später, und weil drohende Gewittervolken am Himmel standen, wollten die freundlichen Wirte mich über Nacht bei sich behalten. Doch das schien mir unstatthaft, und mit einem Schirme bewaffnet machte ich mich auf den Weg, den ich aufs beste kannte.

Aber das Unwetter brach bald los, und in der Nähe der Burg war es so finster, daß sich, wenn nicht der Blitz das Dunkel erhellte, die Hand vor den Augen nicht wahrnehmen ließ. Doch ich mußte nach Hause, und wenn ich mich auch wunderte, daß der Pfad, auf dem ich mich weiter tastete, aufwärts führte, meinte ich doch in der rechten Richtung vorwärts zu kommen.

Aber nein! Das Licht eines Wetterstrahles zeigte mir, daß ich auf den Weg geraten war, der auf den Greifenstein führte, und ich kehrte nun um.

Wie der Regen auf mich niederprasselte, wie das donnerte und blitzte! Den Schirm konnte ich nicht brauchen, weil er fortwährend in den Haselnuß- und Schleedornzweigen hängen blieb, die in den Weg hineinragten. Er diente mir nur noch zum Tasten, und wie ich ihn wieder einmal in die schwere, dichte Finsternis vorstreckte, war es mir plötzlich, als würde mir der Boden unter den Füßen fortgerissen, und als zöge das eigene Haupt mich nach unten. Mit dem Kopfe voran, ging es hinab in die unsichtbare Tiefe, doch nicht durch den leeren Raum, sondern durch ein nasses, vielhändiges Etwas, das mir ins Gesicht schlug, bis es plötzlich einen Ruck gab, der mich vom Fuß bis zum niederwärts gekehrten Scheitel erschütterte.

Ich falle nicht mehr; doch über mir knattert zerrissenes Zeug, und es fliegt mir durch den Sinn, daß ich an dem hochaufgekrämpten Beinkleide hängen geblieben sei. In demselben Augenblicke beginne ich auch schon zu tasten, finde ich Weinblätter, Reben, Zweige, und das Harte, woran ich mich halte, sind die Stangen eines Spaliers. Nun reiße ich mit dem Fuße das umgeschlagene Tuch, das in das Ende einer schmalen Latte geraten war, vollends entzwei, bringe, was nach oben gehört, wieder in die Höhe und weiß jetzt, daß ich an einer mit Wein bekleideten Mauer hänge.

Ich meinte sie auch zu kennen, doch gereichte mir dies zu geringem Troste; denn sie war von beträchtlicher Höhe, und ich wußte nicht, wie weit mich der Fall schon gebracht hatte. Da zeigte mir ein Blitz den Boden, und er lag nicht mehr allzu tief unter mir. Das Spalier und das Laub halfen, und endlich stand ich auf dem Grunde eines Gartens.

Wie durch ein Wunder waren einige Schrammen meine ganze Verletzung; als ich aber später den Schauplatz dieses Abenteuers näher betrachtete, lief es mir kalt über den Rücken; denn die Hälfte der Höhe, von der ich in den Garten gestürzt war, hätte genügt, mir Hals und Beine zu brechen. Der vielgewandte Haarkünstler und Vogelsteller Merbod hatte mich bei dieser Inspektionswanderung begleitet, und als er mit mir in die Tiefe schaute, sprach er das geflügelte Wort, das mir später nicht selten in den Sinn kam: »Ich hab' es immer gesagt: Der größte Stricke, das beste Glücke.«

Ich weiß nicht, ob ich dies Kausalitätsverhältnis anerkennen soll, doch ging ich auch bei anderen Gelegenheiten in wunderbarer Weise, wenn auch nicht ungeschädigt, so doch verhältnismäßig glimpflich aus mancher Fährnis hervor.

Unsere Spiele waren diejenigen, welche die meisten Knaben in meinem damaligen Alter heute noch spielen, doch kamen einige dazu, die nur in einem waldigen Gebirgsthale wie das Keilhauer durchgeführt werden konnten. Unter den ersteren war mir das Ball schlagen das liebste, ja ich konnte mich ihm mit Leib und Seele und mit einer an Leidenschaft grenzenden Lust ergeben. Schon unsere Indianerspiele, die uns in der Zeit beschäftigten, in der uns Coopers »Lederstrumpf« gefiel, wären ohne die Wälder unausführbar gewesen, doch brauch' ich sie nicht zu beschreiben.

Als ich schon zu den älteren Zöglingen gehörte, überraschte ich und mit mir eine Schar von Kameraden an einem heißen Nachmittag einige »Panzen«, das heißt kleinere Zöglinge, bei einem höchst merkwürdigen improvisierten Spiele; denn die Buben hatten sich mitten im dichtesten Walde völlig entkleidet und stellten das Paradies und den Sündenfall dar, wie er ihnen wohl eben in der Religionsstunde vorgeführt worden war. Bei der Austreibung des ersten Menschen Adam und der Völkermutter Eva brauchte der Cherub – es waren hier indes ihrer zwei – das »bloße hauende Schwert«, eine tüchtige

Haselrute, indem sie die vorgeschriebene Wächterrolle überschritten, so kräftig, daß eine Balgerei entstand, der wir Großen ein Ende bereiteten.

So erfanden sich viele Gruppen von Zöglingen eigene Spiele, die aber, gottlob, so viel ich weiß, selten zu dergleichen Absurditäten führten. Unsere späteren homerischen Kämpfe würde jeder Erzieher mit Vergnügen angesehen haben. Fröbel hatte sie entschieden als Zeichen der schöpferischen Phantasie und als Proben des »Sichauslebens« der Knaben mit Freude begrüßt.

Sommerfreuden und Wanderlust.

Ganz anders, echt und allein keilhauerisch war das große Kriegsspiel, das wir »Bergwacht« nannten, und das zu meinen liebsten Erinnerungen aus jenen Jahren gehört.

Es bedurfte langer Vorbereitungen, und auch diese waren köstlich.

Auf der waldigen Fläche, die sich auf der Höhe des Kolm, ein Berg, der größtenteils der Anstalt gehörte, hinzieht, wurde an Sonnabendabenden im Sommer und bei ganz schönem Wetter, Bedingungen, die in Thüringen nicht allzu häufig zusammentreffen, bis in die Nacht hinein Krieg geführt.

Die gesamte Zöglingsschar zerfiel dabei erst in drei, später in vier Abteilungen, von denen jede eine eigene Burg besaß. Nachdem zwei den beiden anderen den Krieg erklärt hatten, wurde so lange gefochten, bis von der einen Partei die Burgen der andern erobert waren. Dies galt für vollbracht, sobald es einem Krieger gelungen war, den Fuß auf den Herd der feindlichen Feste zu stellen.

Der Kampf selbst wurde mit oben abgestumpften Stangen geführt, und als gefangen mußte sich Jeder selbst erklären, den die Waffe eines Gegners berührt hatte. Dies, wenn es geschehen war, zuzugestehen, war Ehrenpflicht.

Bald nach unserem Eintritt in die Anstalt wurde, wie gesagt, um alle Kämpfer in Thätigkeit zu halten, zu den drei vorhandenen Abteilungen eine vierte gefügt, und für sie mußte natürlich eine Burg nach dem Muster der anderen erbaut werden. Sie hatte aus einer steinernen bedachten Hütte zu bestehen, in der fünfzehn bis zwanzig Knaben bequem Platz finden und rasten konnten, aus einer starken Mauer, die uns etwa bis an die Stirn deckte und die Vorderseite der Burg im

Halbkreise umgab, sowie aus einem großen, altarartigen Herde, der sich in der Mitte des von der Mauer umgebenen halbrunden Platzes erhob.

Diese Feste nun haben wir ganz allein erbaut. Nur unser Lehrer in den Handwerken, der Sapeur, genannt Sabûm, dessen ich zu gedenken habe, gab uns hie und da einen Wink. Es galt zuerst, den Riß abstecken und die Fundamente legen, dann die Feldsteine mit Hilfe von Hebeln und eines zweiräderigen Steinwägeleins an Ort und Stelle schaffen, dann sie aufeinanderfügen und die Lücken mit Moos verstopfen, und endlich sie mit Tannenstämmen, die wir selbst schlugen, mit Erde, Moos und Zweigen bedachen.

Was war das für eine Luft!

Welch ein leidenschaftliches Aufbieten der Kraft und Geschicklichkeit muß es dabei zu sehen gegeben haben!

Wie lernten wir dabei so schnell das Lot gebrauchen, visiren, den Stein behauen, die Aexte führen. Und welche Freude, als das Werk gelungen war und wir den eigenen Bau überschauten. Vielleicht wären wir ohne den Sapeur nicht zu Rande gekommen, aber jeder glaubte, daß es ihm, wenn er wie Robinson auf eine wüste Insel verschlagen werden sollte, gelingen würde, sich eine eigene Hütte zu bauen.

Sobald diese Burg fertig war, galt es, Vorbereitungen für den bevorstehenden Kampf treffen. Die Wände und die Ringmauer der anderen mußten in stand gesetzt und Uebungen im Stangenfechten vorgenommen werden. Auch das geschah mit der frischesten Luft. Den Kopf des Gegners zu berühren, war verboten; es hat aber doch beim Kampf im dunklen Walde manche kleine Verletzung gegeben. Von größeren weiß ich nichts zu berichten.

Jede der vier Bergwachten hatte ihren Führer. Der Hauptmann der ersten war der Leiter des ganzen Spiels und führte statt der Lanze ein Rapier. Ich empfand es als hohe Ehre, als diese Würde auf mich übertragen wurde. Sie hatte auch zur Folge, daß mein Porträt von dem »alten Unger« in das sogenannte Bergwachtbuch gezeichnet wurde, worin sich schon die Bildnisse all meiner Vorgänger befanden.

In den eigentlichen Sommermonaten richteten sich schon am Donnerstag aller Augen nach oben, um nach dem Wetter zu spähen. War es am Sonnabend schön, und Barop hatte die Zustimmung gegeben, so gab es großen Jubel in der Anstalt, und die Vormittags-stunden werden den Lehrern wenig Freude verursacht haben. Gleich nach Tisch sorgte jeder für seine Stange und für alles, was sonst zur Bergwacht gehörte. Unter Leitung des Hauptmanns wurden auch die Bündnisse geschlossen. Mit der Koalition, sagen wir der ersten und dritten gegen die zweite und vierte Bergwacht, sollte der Kampf beginnen und ihm ein anderer der beiden ersten gegen die letzten folgen. Aber dagegen erhob sich Einspruch, und es wurde entschieden, abzuwarten, wem der erste Sieg zufiel.

Kurz, bevor die Sonne zur Rüste ging, versammelten wir uns im Hofe. Barop hielt eine kleine Ansprache, in der er uns ermahnte, wacker zu kämpfen und vor allem die Gesetze zu halten und uns willig gefangen zu geben, sobald uns die Stange des Gegners berührte. – Dabei versäumte er es nie, uns einzuschärfen, daß wir, wenn das Vaterland einmal des bewaffneten Armes seiner Söhne bedürfe, ebenso freudig in den Kampf ziehen möchten, wie jetzt zu der Bergwacht, die uns zu seiner Verteidigung geschickt machen solle.

Dann setzte sich der Zug in guter Ordnung in Bewegung, und freiwillig spannten sich vier oder sechs Zöglinge vor die Wägelein, die die Bierfässer den Kolm hinaufführten. Mit hellem Gesang stiegen wir aufwärts, und droben warteten unser schon die Frauen mit einem Imbiß. Dann verteilten sich die Streiter, die Feuer wurden auf jedem Herde entzündet, der Kriegsplan des näheren besprochen, einige zum Rekognoszieren hinausgeschickt, andere zur Verteidigung der Burg zurückbehalten.

Endlich begann der Kampf. Und was nun im Walde, was im Bereiche der Festen vor sich ging, wie könnt' ich es jemals vergessen! Kein Indianerstamm auf dem Kriegspfade spannt die Sinne schärfer an, um den Feind zu belauern, ihn zu umgehen und zu überraschen. Und das Handgemenge! Welche Freude, wenn es gelungen war, ungesehen aus dem bergenden Dickicht hervorzubrechen und von den Ueberraschten zwei, drei, vier mit der Stange zu treffen, bevor sie an Verteidigung dachten! – Und die schwere Selbstverleugnung, wenn man sich trotz der tapfersten Gegenwehr getroffen fühlte, es einzugestehen und sich als Gefangener fortführen zu lassen.

Der Wald war lebendig geworden.

Stimmen, Rufe überall und ein fünffacher Feuerschein, der das Dunkel durchbrach. Ein fünffacher; denn auch bei den Frauen, die das Abendmahl rüsteten, lohten Flammen dem reinen Himmel entgegen.

Bei den Burgen war das Licht am hellsten, erscholl am lautesten das Geschrei der Kämpfer.

Schon ward eine jede belagert.

Da galt es, die für die Angreifer noch unbewachten Stellen zu erspähen und die Verteidiger zu beschäftigen, damit ein Kamerad es wagen durfte, die Mauer zu überspringen und den Fuß auf den Herd zu stellen; da mußte die Besatzung das Auge offen halten, um dies zu verhindern. Doch die Getroffenen und Gefangenen mehrten, die Zahl der Kampffähigen verminderte sich.

Und was war das?

Ein gellender Jubelruf durchschmetterte die Nachtluft.

Es war einem Streiter gelungen, ungeschlagen in die feindliche Burg zu dringen und den Fuß auf den Rand des Herdes zu setzen.

Wär' ich ein Maler, ich wollte den blondlockigen Max von Mühlen, den wir Klothilde riefen, weil er ein Buch besaß, in das seine Schwester Klothilde ihren Namen geschrieben, und weil sein weiß und rotes Gesicht so mädchenhaft hübsch war, – ja, ihn wollte ich malen, wie er triumphirend die Lanze schwang und, bestrahlt vom Feuer des Herdes, auf dessen steinernem Bord sein Fuß stand: »Erobert, juchhe! Erobert!« in die Nacht hineinjauchzte. Ich bin ihm als Offizier wieder begegnet, und liest er diese Zeilen, so erinnert er sich wohl der Bergwacht, die ich meine.

Zwei oder dreimal wiederholte sich die wonnige Luft des Kampfes, und wurde ihm gegen Mitternacht ein Ende bereitet, dann lagerten wir uns, glühend vom Streite und geschwärzt vom Rauche der Herdflammen, auf der Waldwiese um das Feuer der Frauen. Butterbrot mit Fleisch und Käse, harte Eier und andere gute Dinge mundeten herrlich, und dabei kreisten die Becher mit schäumendem Bier. Ein Vaterlandslied und noch eins wurde gesungen, und endlich zog sich jede Bergwacht in ihre Burg zurück und streckte sich auf das Moos aus, um unter der mitgenommenen Decke zu schlafen. Nur zwei gingen als Posten wachthabend auf und nieder, um nach einer halben Stunde abgelöst zu werden, bis das zeitige Frühlicht des Sommersonntags den Osten erhellte.

Da erscholl das »Huup«, der Keilhauer Ruf, der uns, wo wir auch sein mochten, zur Anstalt zurückzwang. Ein Choral, der Rückmarsch, ein Bad im Teiche, und endlich die köstlichste Rast, wenn das Glück es fügte, auf den Heuhaufen, die noch nicht eingefahren waren. Aber auch auf dem Bette, das zu meiner eigenen Anlage gehörte, ruhte es sich gut, und man war verständig genug, uns an dem der Bergwacht folgenden Sonntag auch vom Gang in die Kirche zu dispensiren, wo wir doch nur geschlafen hätten. Dem bloßen Schein zu Gefallen pflegte Barop, der sonst streng auf den Besuch des Gotteshauses hielt, nichts von uns zu fordern.

Wird mir derjenige, der sich in die Freuden dieser Nächte hineinzuversetzen vermag, verdenken, daß mir das alternde Blut schneller durch die Adern rinnt, da ich sie mir ins Gedächtnis rufe?

Und das Bett auf dem Boden meiner eigenen Anlage?

Dies Bett, es war meine eigenste Erfindung. Seine Herstellung erregte ein gewisses Aufsehen unter den Kameraden und Lehrern; ich aber verdanke ihm viele gute Stunden.

Meine eigenen Hände hatten es verfertigt. Es bestand aus Holz und Steinen und war mit einer dicken Moosschicht belegt, die sich am Hauptende in schräger Richtung, um den Kopf angenehm zu stützen, ein wenig erhob. Es sah anderen Betten ähnlich; die Anlagen bedürfen jedoch einer Erklärung; denn sie waren eine Keilhauer Besonderheit, eine Wohlthat, die unsere Leiter den Zöglingen gewährten.

An dem der Anstalt zugewandten Abhange desselben Kolm, auf dem unsere Bergwachtburgen standen, in mittlerer Höhe des Berges, war jedem Knaben ein Stück Land angewiesen worden, worauf er erbauen, hacken, graben, pflanzen durfte, was er nur mochte. Sie vererbten sich von einem auf den andern, und Ludos und meine hatten Martin und einem andern Zöglinge gehört, der mit ihm die Anstalt verließ.

Was die Vorgänger dort geschaffen hatten, wollte mir indes nicht genügen. Die schöne Waldrebe, die sich um eine Tanne rankte, schonte ich, doch an Stelle eines Blumenbeetes und einer Bank, die ich vorfand, erbaute ich mit Ludo einen Herd und für mich allein das schon erwähnte Bett, das der Bruder indes natürlich mitbenützen durfte.

Auf dem ersteren wurde mancherlei gekocht und gebraten, das Bett aber war von der erwähnten Tanne beschattet, und es ruhte sich köstlich darauf. Wie viele Stunden habe ich auf seinem weichen Moospolster verbracht, um zu lesen oder um zu träumen oder mir Dinge auszudenken, Dinge! O, könnt' ich mich ihrer noch genau erinnern, ganz genau, wie ich sie damals aus mir herausspann, oder wie ich sie mir entgegenwachsen und schweben zu sehen meinte, – ich glaube, daß daraus Dichtungen werden würden – Epen und Märchen!

Nur mit der Ordnung, der Folge der Begebenheiten, der »Exposition« war es übel, aber doch bunt und kraus bestellt; – indessen ...

Herr Gott! wir haben dir wohl auch dafür, wie für so viel anderes, zu danken; aber warum darf man nur einmal jung sein, nur einmal so glückselig, so hochgetragen von den gewaltigen Schwingen einer nimmermüden Einbildungskraft, so leicht mit sich selbst zufrieden, so übervoll von Glauben, Liebe und Hoffnung, so empfänglich für jede Freude und so blind und verschlossen für und vor Sorgen, Bedenken und allem, was den Sonnenschein in der lichten Seele zu trüben oder gar auszulöschen droht?

Du liebes Bett auf meiner Anlage in Keilhau, eigentlich solltest du mich wegen eines Ausspruches des kundigen Barop aus späterer Zeit zu einer bedenklichen Selbstschau veranlassen; denn er sagte, doch wohl ohne meines moosigen Ruheplatzes zu gedenken: »Aus der Art und Weise, wie die Zöglinge ihre Anlagen benützen, und aus den Dingen, die sie darauf herstellen, kann ich mit gutem Erfolg auf ihre Sinnesart und ihre Neigungen schließen.« Aber du, liebe Bank, solltest dennoch den schönsten Platz in meinem Garten finden, wenn du mir nur in jeder Woche auf ein halbes Stündchen die Träume zurückgeben wolltest, die mich als Vierzehn- und Fünfzehnjährigen auf deinem graugrünen Polster umfingen!

Den Herd und was auf ihm bereitet wurde, verschmerze ich leichter. Es waren Kartoffeln, die wir da in Asche rösteten, waren selbstgefangene Meisen und von unseren eigenen Kaninchen erzeugte Junge, die wir an hölzernen Spießen brieten. Außerdem machten wir aus jenen vorzüglichen Thüringer Zwetschgen, die Heinrich Heines Wohlgefallen während seiner Wanderung zu Goethe so lebhaft erweckten, Backpflaumen auf einem eigens dazu hergestellten Dörrofen und kochten bisweilen Kaffee und Schokolade, wozu die sogenannten »Freßkisten« der Mutter, der Großmutter und der Tante Brandenstein in Dresden das Material geliefert hatten. Diese Liebesgaben der Unseren waren trotz der guten Anstaltskost immer höchst willkommen, und es fehlte uns selten an einem kleinen Gaumentrost von zu Hause, weil wir mit einigen Freunden in »Freßkameradschaft« getreten waren, und, was für uns und jene ankam, als Gemeingut betrachtet wurde.

Gab es auf der Anlage einen Kaninchenbraten oder dergleichen, so veranstalteten wir auch wohl einen »Schmaus«, und der

Dorfschulmeister Bock lieferte dazu das Getränk, von ihm selbst verfertigten Apfelwein, der so gesund war wie sauer.

Außer den Kaninchen durften wir auch einen Ziegenbock halten, den wir von Martin geerbt hatten. Er stand im Stall eines Bauern, den wir Suckchen nannten, obgleich er eigentlich Ziener hieß. Seine Frau war ein krummes, altes Weibchen, doch hatte sie noch eine Tochter, ein hübsches Kind, das etwa im fünfzehnten Jahre starb. Als ich am Tage darauf zu unserem Bocke ging und der trauernden Mutter mein Bedauern aussprach, gab sie dem gewiß redlichen Kummer in den folgenden Worten, die mir unvergeßlich blieben, Ausdruck: »Ja, und sie war doch schon so gut wie eine schlechte Magd.«

Ich habe des Rudolstädter Schützenfestes mit sei nem Volksgedränge, seinem musikalischen Lärm, seinen Caroussels und den im Freien auf Rösten hergestellten vortrefflichen Bratwürsten, denen eine aufgeschnittene Semmelzeile zum Bette diente, noch nicht gedacht und manches andere Ergötzliche geflissentlich übergangen. Dennoch muß ich mich jetzt schon fragen, woher wir nur die Zeit zu all diesen Sommerfreuden nahmen.

Außer einigen Tagen um Pfingsten gab es freilich von Ostern bis zu den ersten Septembertagen keine Ferien. Aber schon im August bewegte uns ein Gedanke, eine frohe Aussicht die Herzen.

Die alljährliche Herbstreise stand vor der Thür.

Nachdem wir in Reisegesellschaften geteilt worden waren und erfahren hatten, welche Lehrer uns begleiten würden, was uns außerordentlich wichtig erschien, übten wir uns die schönsten Lieder tüchtig ein, und an manchem Abend erzählte uns Barop oder Middendorf von den Gegenden, durch die wir kommen würden, von ihrer Geschichte und den Sagen, die sich an sie knüpften.

Dabei half ihnen der Lehrer Bagge, ein poetisch begabter jüngerer Geistlicher von großer äußerer Schönheit und mit einem offenen Herzen für das innere Leben der ihm anvertrauten Knaben. Er unterrichtete uns in der deutschen Sprache und Literatur, und zwar ganz vortrefflich. Vielleicht, weil er in mir eine gewisse dichterische Begabung erkannt zu haben meinte, wurde ich in geradezu auffallender Weise von ihm bevorzugt. Er würdigte mich sogar, mir seine eigenen Gedichte vorzulesen, und stellte mir besondere Aufgaben im Versmachen, die er, hatte ich sie gelöst, mit mir durchging. Mein erstes größeres Gedicht, das ich aus freiem Antriebe, ohne Aufforderung des

Lehrers, vollendet hatte, behandelte die zauberhaften Stalaktitengebilde der Sophienhöhle in der fränkischen Schweiz, die wir besucht hatten. Leider ging das Heftchen, worin es stand, und das ich lange bewahrte, verloren; ich erinnere mich aber noch der folgenden Verse, die sich auf die arbeitsamen Geister beziehen, die ich als Bildner der wunderbaren Tropfsteingestalten bezeichnet hatte:

»Sie schufen Meßgewänder und einen Hochaltar
Und gossen in die Kessel der Felsen hell und klar
Geweihten Wassers Fluten, und bei der Fackel Licht
Zeigt sich auf ihrem Spiegel mein eigenes Gesicht.

Und als ich es betrachte, erscheint es mir so klein,
Mir ist, als spotte seiner der Riese dort von Stein.
Ja, lache nur, du alter, du großer Goliath!
Ich wandre gleich und singe, Du bleibst an deiner Statt.«

Diese Dichtung gedachte noch manches anderen Stalaktitengebildes, doch weigert sich das Gedächtnis, mir mehr davon wiederzugeben, und es jetzt aus dem Eigenen zu ergänzen, wäre sinnlos.

Wenn Herr Bagge predigte, hätte mich nichts vom Kirchenbesuche zurückgehalten, nicht nur weil er so schön und der erste Geistliche war, den ich mit einem Vollbarte die Kanzel beschreiten sah, sondern mehr noch, weil seine natürlichen, von Pathos freien Predigten mir wie den meisten von uns die Seele bewegten. Ich bin ihm später in Nieder-Füllbach bei Coburg in einem am Saume eines königlich belgischen herrlichen Parkes höchst poetisch gelegenen Pfarrhause als Pastor wieder begegnet und wurde aufs herzlichste von ihm aufgenommen. Leider ist er, nachdem er zu höheren Würden berufen worden war, im besten Mannesalter gestorben.

Auch ein anderer Lehrer war uns ein erwünschter Reisebegleiter. Er hieß Schaffner, und auch er mit seinem vollen schwarzen Barte war ein stattlicher Mann. Was ihn mir besonders interessant machte, war der Umstand, daß er als Student im akademischen Corps an der Wiener Revolution teilgenommen hatte und so gut zur Guitarre zu singen als zu erzählen verstand.

Für diejenigen Zöglinge, die sich den Realien widmeten, wie mein Bruder Ludo, muß er, der Mathematiker der Anstalt, ein besonders klarer und tüchtiger Lehrer gewesen sein; ich hatte nur kurze Zeit Unterricht bei ihm, und seine Wissenschaft war leider stets meine schwache Seite. Jedenfalls hatte Barop, als er ihn berief, eine glückliche Hand gehabt; denn er verstand es auch, mit uns umzugehen, und gewann, nachdem er einige Schwierigkeiten überwunden hatte, unser volles Vertrauen. Kurz vor meinem Abgang heiratete er eine jüngere Schwester der Frau Barop und gründete die Keilhau verwandte Erziehungsanstalt zu Gumperda bei Schwarza in Thüringen.

Herr Vodoz, ein frischer, heiterer, kraftvoller Schweizer, mit einem wahren Lockenwald auf dem Kopfe, unser Französischlehrer, gehörte gleichfalls zu den allerbeliebtesten Führern, und das nämliche galt von *Dr.* Budstedt, der in den klassischen Sprachen Unterricht erteilte. Schön war er nicht; dafür verdiente er es aber, daß Langethal ihn eine *»anima candida«* nannte. Er besaß ein wahrhaft kindlich harmloses Gemüt, und die Heiterkeit der redlichen Seele strahlte ihm aus den kleinen hellen Augen. Aufzubrausen pflegte er bei dem geringsten Anlaß, doch war er schnell wieder versöhnt. Man konnte sich nichts Behaglicheres denken als ihn, wenn er uns mit der geliebten, stark zerkauten Cigarre im Munde etwas erzählte, dabei seiner Gewohnheit gemäß den Bart strich und nach jedem dritten Satze fröhlich aufkicherte und die Finger mit den kurz abgebissenen Nägeln betrachtete. Als Lehrer that er, denk' ich, voll seine Schuldigkeit, doch weiß ich über seine Art und Methode nichts mehr zu berichten.

Die Reisegesellschaft, die Barop begleitete, war stolz auf diese Ehre. Middendorfs Alter gestattete ihm nur noch die Kleinsten, die die kürzesten Märsche machten, zu führen.

Wenn der September kam, war es nichts mehr mit dem Unterricht, und am zweiten oder dritten wurden auch schon gewöhnlich die Tornister gepackt. Middendorf wollte sie »Ranzen« oder »Ränzel« genannt wissen, weil »Tornister« ein ungarisches oder türkisches Wort sei. Auch für den Wanderstab sorgte ein jeder.

Diese Reisen führten die Kleineren in den Thüringer Wald, die fränkische Schweiz, den Harz, nach Sachsen und Böhmen, Nürnberg und Würzburg, die Größeren darüber hinaus nach Bayreuth und Regensburg bis Ulm. Die Großen in der ersten Reisegesellschaft, deren Führung Barop gewöhnlich selbst übernahm, dehnten die Wanderungen bis in die Schweiz aus.

An fast alle Stätten, die wir damals besuchten, führten mich spätere Jahre zurück, und einiger, an die sich für mein Leben bedeutsame Erinnerungen knüpfen, werde ich später zu gedenken haben. Was die empfangenen Eindrücke angeht, würde es mir nicht gelingen, sie aus dem Gedächtnis wiederzugeben, ohne sie mit späteren zu vermengen. So weiß ich recht wohl, wie Nürnberg auf mich wirkte, und wie außerordentlich es mir gefiel. Ich spreche das auch in der Reisebeschreibung aus, – aber in dem Verfasser der »Gred«, der diese köstliche Stadt oft wieder aufsuchte und sich mit dem Leben in der Zeit ihrer mittelalterlichen Blüte vertraut gemacht hatte, ist aus den kindlichen Eindrücken etwas ganz Neues geworden. Dennoch sind sie unzertrennlich von der Entstehung und dem Inhalt des Nürnberger Romans.

Die alten Reisebeschreibungshefte, die die Wanderzeit von zwei bis drei Wochen vom ersten bis zum letzten Tage behandeln, hob die Mutter auf, und sie boten mir ein gewisses Interesse, besonders weil sie bewiesen, wie geschickt unsere Führer auch bei dieser Gelegenheit Fröbels Grundsätzen gerecht zu werden verstanden.

Unsere Wanderbücher erläutern auch im einzelnen, was dieser Erzieher unter dem Worte: »Einigung mit dem Leben« verstand; denn wir wurden keineswegs nur auf schöne Aussichten oder prächtige Bau- und Kunstwerke hingewiesen, sondern überall, wo bemerkenswerte öffentliche Institute oder große industrielle Anlagen der Besichtigung offen standen, zu ihnen hingeführt. Die Lehrer hatten ernstliche Sorge zu tragen, daß wir das Geschaute verstanden.

Auch auf die Feldbestellung, den Bau der Bauernhäuser, die Wagenbespannung, die Volkstrachten und so weiter wurden wir hingewiesen.

Dies brachte uns allerdings mit dem Leben außerhalb der Schule in Zusammenhang. Es öffnete uns die Augen für Dinge, nach denen der nach der Schablone erzogene Gymnasiast kaum fragt, und die doch von so hoher Bedeutung sind für die Gesellschaft, der wir angehören.

Das materielle Leben war verständig geordnet.

Während der Rastzeit um Mittag gab es ein kaltes Frühstück, und erst am Abend wurde ein reichliches warmes Mahl genossen.

In großen Städten speisten wir in guten Hotels an der Wirtstafel und wurden, wie in Dresden, Prag und Coburg, ins Theater geführt.

Aber nicht selten übernachteten wir auch auf dem Dorfe, und dann wurden Stühle umgekehrt, gelockerte Strohbündel auf die Lehnen und über die Dielen gebreitet, und eingewickelt in den Plaid, den fast jeder über den Tornister geschnallt trug, schliefen wir, nur halb entkleidet, nach manchem köstlichen Unsinn wie im weichsten Bette.

Während des Marsches wurden gewöhnlich Wanderlieder gesungen, darunter auch ganz sinnlose, wenn es sich nur nach ihrem Takt gut marschirte. Manchmal erzählte uns einer der Lehrer unterwegs eine Geschichte. Schaffner und Bagge konnten es am besten, aber recht oft trafen wir auch andere Wanderer und ließen uns mit ihnen in ein Gespräch ein. Bisweilen wurden Gedichte gemacht, das heißt wir reimten Knittelverse, die sich auf die Mitglieder der Reisegesellschaft mit Inbegriff der Lehrer bezogen und auch harmlosen Spott enthalten durften. Wem etwas einfiel, der gab es zum besten, und wurde es accepirt, so schrieb es der Protokollführer in sein Notizbuch.

Im Quartier wurde das Produkt dieser peripatetischen Reimthätigkeit zum besten gegeben, und mir sind noch Verse wie die folgenden, die bei strömendem Regen den Humor frisch erhielten, im Gedächtnis geblieben:

»Schaffner mit trübem Sinn
Schreitet durch den Regen hin.
Ein Tropfen fällt ihm auf den Bart,
Wie feucht ist doch die Gegenwart!
›Soll es mal feucht sein,‹ denkt er sich,
›Wär' es mir lieber innerlich.‹«

Wie köstlich ist die Erinnerung an dies Wandern!

Es geht langsam vorwärts zu Fuße, aber man sieht dabei nicht nur zehnmal besser als aus dem Wagen oder gar aus dem Fenster eines Eisenbahncoupés, nein, man hört und erfährt auch etwas, wenn man mit den Handwerksburschen, den Hausirern, Bürgern und Bauern redet, die desselben Weges ziehen, oder von den Wirten, Schenkmädchen und Tischgenossen, wenn man in Gasthäusern einkehrt, in denen man nach der Sitte des Landes lebt, nicht nach der internationalen Schablone unserer großen Hotels.

Wird durch das Velociped die deutsche Wanderlust und das Wanderlied aus der Welt geschafft werden?

Und wie herrlich mundet Speise und Trank, wie schläft es sich nach den Anstrengungen des Tages!

Bei der Heimkehr in die Anstalt wurden wir froh empfangen, und was hatten die verschiedenen Reisegesellschaften, die nun wieder vereint waren, sich alles zu erzählen!

Der Unterricht begann erst wieder am ersten Oktober, und in der freien Zeit bis dahin wurde die Kirchweih des Dorfes mit vielen Kuchen und dem Tanz der Bauern, in den wir als größere uns auch zu mischen wagten, unter der Dorflinde gefeiert. Mehrere Stunden jeden Tages mußten wir aber der Reisebeschreibung für die Lieben daheim widmen. Eine jede füllte ein stattliches Heft und mußte sauber abgeschrieben werden. Das kam der Fähigkeit, Selbsterlebtes wiederzugeben, mehr zu gute als ein Dutzend Aufsätze, die vorher mit dem Lehrer durchgegangen worden waren.

Herbst, Winter, Ostern und Abgang.

Es war nun Herbst geworden, und diese Jahreszeit, die für mich in späteren Tagen zu der schmerzensreichsten werden sollte, war mir damals vielleicht die liebste; denn in keiner turnte und spielte es sich besser, sie brachte so köstliches Obst und häufiger ward in den Anlagen das Feuer niemals entzündet; denn es kochte und briet sich lustig an kühlen Herbstnachmittagen, und auch die Backpflaumendörre bedurfte der Heizung.

Uebermütiger als der Oktober sah uns kein anderer Monat.

Während seines Verlaufes wurden die Aepfel und Birnen abgenommen, und eine alte Vergünstigung gestattete den Zöglingen »zu stoppeln«, das heißt die unversehens an den abgeernteten Bäumen hängen gebliebenen Früchte für sich in Anspruch zu nehmen. Da bewährte sich denn die Schärfe unserer jungen Augen; doch bisweilen ließ sie uns auch im Stich; denn es begegnete uns auch wohl, noch unberührte mit den abgeernteten Bäumen zu verwechseln.

»*Nitimur in vetitum semper cupimusque negata*«[1] ist ein gutes Wort des Ovid, dessen Wahrheit ihm, als er sie an sich selbst erprobte, die Verbannung zuzog. Uns Buben brachte es zuweilen in Konflikt mit den Besitzern der Bäume, und es war nur natürlich, wenn »Fröbels Jungen« den Bauern oft genug die Galle erregten; kam es doch, trotz des strengsten Verbotes, vor, daß ihnen sogar unser Blasrohr eine Taube fortschoß, die dann auf der Anlage gebraten wurde.

Nun hat zwar der brave Gellert gesungen:

>Genieße, was dir Gott beschieden,
Entbehre gern, was du nicht hast«,

das Volk aber sagt: »Die verbotene Frucht schmeckt am besten«, und uns Keilhauern gegenüber wär' das Sprichwort im Rechte. Es muß sich auch sehr allgemein gerade auf das Verhältnis des Knaben zum Apfel beziehen; denn in Felix Dahns Selbstbiographie fand ich, daß er auf eigene Hand, um zu den Aepfeln seines Vaters zu gelangen, in München die gleiche Unthat verübte, wie wir infolge der Analogie des menschlichen Denkens und Strebens im Thüringer Keilhau.

Welche Frucht die Genesis bei der Erzählung vom Sündenfall auch meint, deutschen Kindern könnte den Ungehorsam der ersten Menschen keine besser verdeutlichen als der Apfel. Mein verehrter Kollege auch auf diesem Gebiete gebrauchte nur statt unserer zugespitzten Stoßrapierklinge ein anderes Instrument, doch band er es wie wir an eine Stange, um der verbotenen Frucht habhaft zu werden. Die Keilhauer Aepfel lagen in einem Keller, und durch seinen offenen »Hals« wurde der Spieß gestoßen. Bisweilen förderte er vier und fünf Aepfel auf einmal zu Tage. Sie hingen dann an der Fleuretklinge wie der Zug Enten, die der Fintenschuß des Baron Münchhausen mit dem Ladestock durchbohrte.

Wir waren allesamt redliche Jungen, und es fiel doch keinem, ja nicht einmal den Söhnen der Anstaltshäupter, ein, dem andern dies sich Vergreifen an fremdem Eigentum übel zu deuten oder gar zu verweisen. Der Apfel und die Moral müssen doch wohl in einem ganz besondern Verhältnis zu einander stehen!

Kaum war die letzte Frucht gepflückt, als uns ein anderes Vergnügen winkte.

Der achtzehnte Oktober, der Gedächtnistag an die Leipziger Schlacht, wurde in Thüringen gefeiert, indem man auf den höchsten Bergspitzen Feuer entzündete; das unsere war aber stets das größte und hellste weit und breit.

Am Abend zogen wir zu dem mächtigen Scheiterhaufen hinauf, der aus Reisigwellen, Holzblöcken und Tannenzweigen bestand, und bei dessen Errichtung die älteren Zöglinge geholfen hatten. Während dann die Lohe zum Himmel aufflammte, sangen wir in heller Begeisterung Vaterlandslieder.

Die alten Lützower Jäger, die mitgeholfen hatten, Deutschland die Freiheit zu erkämpfen, leiteten den Chor und blickten feuchten Auges auf die Knaben um sich her, die sie zu künftigen Stützen und Verteidigern des Vaterlandes erzogen.

Da kam der Winter.

Er machte sich mit Schnee und Eis in unserem Gebirgsthale gewöhnlich schon in der zweiten Hälfte des November fühlbar. Wir sahen ihn gern kommen; denn er brachte die Schlittenfahrten von den Bergen, das Schlittschuhlaufen, die Schneeballschlachten, die ungelenken Schneemänner und den gelenkigsten aller Sterblichen, den Tanzlehrer von Obstfelder, der uns nicht nur in die Kunst Terpsichores einführte, sondern uns auch Anstandsregeln gab, die dem Oheim Fröbel ein Greuel gewesen wären. Die älteren unter uns nannte er »Sie«, und ich erinnere mich noch, wie er uns einmal in seiner gewählten Weise zurief:

»Auch vor Damen und in Gesellschaft dürfen Sie sich schneuzen und das Taschentuch brauchen, nur – hören Sie mich! – es muß rein sein!«

Es sollte auch bald Gelegenheit geben, das Erlernte zu benützen; denn am neunundzwanzigsten November war Barops Geburtstag, und er wurde durch ein Tänzchen nach dem Theaterspiele gefeiert.

Wer an diesen Aufführungen teilnahm, wurde mehrere Tage vorher vom Unterricht dispensirt; denn wir richteten mit Hilfe des Sapeurs die Bühne auf und malten auch die fehlenden Coulissen mit eigener Hand. Dazu wurde so lange geprobt, bis es tadellos ging.

Von meinem Eintritt in die Anstalt an bis zum letzten Jahre bin ich bei alledem thätig gewesen, und wir drei Ebers genossen des Rufes, zu den besten Schauspielern zu gehören.

Martins Leistungen hatten die unseren allerdings weit übertroffen. Von einigen seiner Hauptrollen wurde noch nach Jahren in Keilhau geredet. Doch wir waren auch auf eine andere Art von theatralischen Darstellungen verfallen, die uns an Winterabenden recht oft nach dem Abendessen ergötzte, wenn uns nicht von einem Lehrer vorgelesen wurde, oder wenn wir Knaben uns nicht selbst abteilungsweise klassische Dramen mit verteilten Rollen vorführten. Während ich noch zu den Kleineren gehörte, bedienten wir uns, sobald die Luft, etwas aufzuführen, in uns lebendig geworden war, des großen und vollständigen Puppentheaters, das der Anstalt gehörte, später aber zogen wir vor, in eigener Person zu spielen. Es geschah in ähnlicher

Weise wie auf Anregung des Laertes bei der Wasserfahrt im Wilhelm Meister. Auf Philinens Vorschlag hatten die einzelnen Mitwirkenden freilich nur Charaktere darzustellen: der eine einen pensionirten Offizier, der andere einen vacirenden Fechtmeister, sie selbst eine Tirolerin. Man sollte sich den Anschein geben, eine Gesellschaft wildfremder Menschen zu sein, die der Zufall auf einer Marktfähre zusammengeführt hatte.

Wir Jungen schrieben gleichfalls jedem eine Rolle zu, doch bestimmten wir die Handlung weit fester.

Einer von uns, der in den Ferien daheim ein Stück gesehen hatte, teilte den anderen nämlich seinen Inhalt mit. Das Ganze wurde in Scenen geteilt, nachdem jede handelnde Person, deren Charakter genau beschrieben worden war, einen Darsteller gefunden. Ihm blieb es nun überlassen, die Aufgabe, die ihm zugefallen war, mit selbstgewählten Worten und Bewegungen zu lösen, indem er den Charakter, den es ihm darzustellen oblag, wiedergab, wie er ihn faßte, und, so weit es an ihm lag, für das Fortschreiten der vorgeschriebenen Handlung sorgte.

Ich wußte mir nichts Lieberes als diese Aufführungen, und meine Mutter, die mehreren während eines ihrer Besuche beigewohnt hatte, versicherte später, daß es erstaunlich gewesen sei, wie gut wir unsere Sache gemacht und das Stück durchgeführt hätten.

Ich bin ziemlich lange die treibende Kraft bei diesem Spiele gewesen, und es fehlte unter uns nicht an begabten Mimen, vom pathetischen Heldenspieler an bis mm drolligen Komiker. Die Frauenrollen wurden natürlich auch von uns Jungen gegeben. Ludo war ein bildhübsches Mädchen, bis er zum Liebhaberfach überging. Ich bin bald Charakterspieler, bald Bonvivant und dazu fast immer der Regisseur gewesen.

Diese heiteren Improvisationen waren sicherlich geeignet, die schöpferische Thätigkeit und Schlagfertigkeit unseres Geistes zu stärken.

Welches Vergnügen gewährten sie dazu uns und den Zuschauern, und es war gewiß nicht am kleinsten, wenn einer stecken blieb, was natürlich nicht selten vorkam. Bei den Aufführungen zu Barops Geburtstag durfte dergleichen nicht vorkommen; einmal konnte aber in Schillers Tell Rudolf der Harras nicht weiter, und da ihm nicht rechtzeitig soufflirt ward, beugte er sich über den erschossenen Geßler und rief ihm, indem er sich beim Worte »Landvogt« in der

Verlegenheit versprach, tief bekümmert zu: »Herr Landrat, sind Sie denn wirklich tot?«

An vortrefflichen Requisiten fehlte es keineswegs; denn die Anstalt besaß eine große Garderobe, die uns frei zur Verfügung stand, wenn wir aufführen wollten. Das war nun während des ganzen Winters wenigstens einmal in der Woche der Fall, nur in der Adventzeit mußte alles vor den Anforderungen des nahenden Weihnachtsfestes zurückstehen.

Da galt es für die Unseren Geschenke herstellen. Die Kleineren verfertigten Papparbeiten, die Größten stellten als angehende Tischler allerlei hübsche und brauchbare Dinge her, gewöhnlich Kästchen, die in dem deutschen Keilhau seltsamerweise »Chatoullen« genannt wurden.

Ich gehörte leider nicht zu den Meistern unter den Tischlern, meinen Kasten brachte ich aber dennoch erträglich zu stande; von der Hand des viel geschickteren Ludo dagegen befanden sich zwei Chatoullen im Besitze der Mutter, die so sauber gearbeitet, fournirt, polirt, mit Scharnieren und Schlössern versehen waren, daß sie mancher »gelernte« Schreinergeselle nicht besser herstellen konnte.

Es gehörte, wie gesagt, zu den Fröbelschen Grundsätzen, uns der »deutschen Neigung für die Arbeit der Hände« folgen und uns teils mit Hacke und Spaten (in den Anlagen), teils mit Winkelmaß, Meißel und Säge (in der Papp- und Schnitzstunde) thätig sein zu lassen.

Ein tüchtiger älterer Mann, der schon erwähnte Sapeur oder Sabûm – seinen wirklichen Namen hab' ich, glaub' ich, niemals erfahren – unterwies uns in den Fertigkeiten des Buchbinders und Schreiners. Er soll unter Napoleon als Sapeur gedient haben, in unserer Gegend sitzen geblieben sein und in Keilhau Beschäftigung gefunden haben. Er konnte alles aufs beste, was sich mit Händen herstellen läßt, und war ein vortrefflicher Lehrmeister.

Je näher Weihnachten kam, desto lebendiger ging es in den Werkstätten her, und während sonst bei der Arbeit kein Lärm gemacht werden durfte, klangen jetzt die großen Zimmer von Weihnachtsliedern wider, unter denen:

»Frisch auf nun, ihr Buben, was schlaft ihr so lang,
Die Nacht ist vergangen, die Dämmrung bricht an«,

oder unser Berliner:

»Morgen, Kinder, wird's was geben«,

die häufigsten waren.

Weihnachtsgedanken erfüllten uns jetzt Herz und Sinn.

Es war am Heiligabend so schön zu Hause gewesen, und ich fühlte mich darum im ersten Jahre recht beklommen bei dem Gedanken, dies Fest fern von der Mutter und ohne sie feiern zu sollen. Aber nachdem wir einmal die Keilhauer Bescherung, und was ihr voranging und folgte, mitgemacht hatten, wußten wir nicht mehr, wo es schöner sei, dort oder daheim.

Es war auch wirklich herrlich an den Christmorgen, von denen ich zu erzählen habe.

Einmal sollte die Mutter auch dabei sein, doch war der Anlaß ihres Kommens mit nichten erfreulich.

Etwa im dritten Keilhauer Jahre hatte ich mich acht Tage vor dem Feste in der Dämmerstunde auf den Heuboden begeben, wohl um Futter für die Kaninchen zu holen. Dabei kam es zu einem Gebalge mit meinem Begleiter, das Heu geriet mit uns ins Rutschen, und wir beide stürzten durch die Luke auf die Tenne.

Es war ein Fall, der uns leicht hätte das Leben kosten können, doch wer Kinder hat, der weiß, wie leicht der Glaube an Schutzengel entstehen konnte, die sie in besondere Obhut nehmen.

Daß wir so glimpflich davonkamen, dankten wir übrigens zunächst einem Spreuhaufen, auf den wir fielen; doch zog dieser Sturz meinem Gefährten einen inneren Schaden zu, mir aber einen Bruch beider Röhren zum Glück nur des linken Armes. Man hat in ihm auch den ersten Anlaß zu dem schweren Leiden erkennen wollen, das mir einen so großen Teil meines Lebens trübte. Doch wohl mit Unrecht; denn die Folgen hätten sich sonst früher fühlbar machen müssen.

Anfänglich that es reckt weh, doch beinahe schmerzlicher noch war der Gedanke, daß es nun um die Weihnachtslust geschehen sei. Aber wie ja oft die Tage, von denen wir das wenigste erwarten, besonders Schönes bringen, so geschah es auch diesmal. Barop hatte es für seine Pflicht gehalten, die Mutter von diesem ernsten Unfall zu unterrichten, und so schnell es sich damals machen ließ, jedenfalls zwei oder drei Tage vor dem Feste, war sie bei uns. Durste ich auch nicht mit den anderen draußen spielen, so gab es doch im Hause mit ihr und einigen Kameraden der allerherrlichsten Freuden genug.

Die Beschaffenheit des Schmerzes, den es damals zu ertragen galt, habe ich, dank einer freundlichen Einrichtung der Schickung, völlig vergessen; wie es zu Weihnachten herging, ist mir dagegen Zug für Zug im Gedächtnis geblieben, und sollte mir auch das Schicksal noch viele Lebensjahre schenken, ich wollt' es nimmer vergessen.

Erst kam die Spannung und Erregung, wenn der Leiterwagen mit den Kisten aus Rudolstadt in den Hof einfuhr, und das Spähen nach denjenigen, die für uns bestimmt sein konnten.

Am Heiligabend, an dem uns daheim die Tischglocke zum Christbaum gerufen hatte, schlug die Vorfreude die höchsten Wogen und äußerte sich in Gesang, in lebendigerem Gespräch und hie und da in einer harmlosen Balgerei.

Dann ging es mit dem festen Entschluß, früh zu erwachen, ins Bett; aber der Schlaf der Jugend ist fester als jeder Vorsatz, und plötzlich riß uns ein ungewohntes Tönen aus dem Schlafe, vielleicht aus dem Traume von der Krippe zu Bethlehem und dem strahlenden Christbaume.

War das die Stimme der Engel, die den Hirten auf dem Felde erschienen?

Es drang uns so kräftig und doch so weich ans Ohr und ins Herz, und ob wir auch wußten, woher es kam, schien es uns doch aus einer andern Welt zu stammen. Es war ein Weihnachtschoral. Um uns so freundlich zu wecken, war das Musikcorps der Rudolstädter Hautboisten nach Keilhau berufen worden.

Schneller sind wir wohl nie aus den Betten gekommen als in der Finsternis dieses frühen Morgens, die, wie immer, nur ein Talglicht erhellte. Hurtiger wurde das Waschen selten vollendet. Es betraf den ganzen Oberkörper, und wir verrichteten es im Winter mit Wasser, von dem manchmal die Eisrinde abgeschlagen werden mußte.

Doch diesmal half keine Eile; denn vor dem gegebenen Zeichen blieb der Einlaß in den großen Saal jedem versagt.

Endlich erklang es, und als wir uns durch die weitgeöffneten Thüren gedrängt hatten, welche Herrlichkeit bot sich da dem entzückten Blick und Gehör?

Der weite Raum war mit Tannenguirlanden aufs reichste geschmückt. Wo sonst das Licht durch die Fenster drang, leuchteten uns Transparentbilder, die Scenen aus dem Weihnachtsevangelium darstellten, entgegen. Christbäume, – Edeltannen von stattlicher Höhe und von großem Umfang, die vorgestern noch die Zierde des Waldes gewesen waren – leuchteten im Glanze der Kerzen, die sich in den roten Wangen der blanken Aepfel und auf dem goldenen und silbernen Rund der Nüsse spiegelten. Dazu klang uns das »Stille Nacht, heilige Nacht« von den Instrumenten der Hautboisten entgegen.

Kaum hatten wir uns geordnet, als ein vielstimmiger Sängerchor unsere frohbewegten Seelen mit dem Gruß der Engel »Ehre sei Gott in der Höhe und Friede auf Erden« an die Weihe dieses heiligsten der Morgen mahnte. Geigen und Hörner mischten sich noch einmal in die Stimmen der Sänger, – dann aber, bevor noch die erste Spur der Ungeduld das Herz der Erregtesten ergreifen konnte, schwieg die Musik. Barop trat vor und rief uns mit der ihm eigenen tiefen und ernsten Stimme zu: »Jetzt seht, welche Freuden euch die Liebe der Euren bereitet.«

Da flogen Andacht und Seeelenerhebung, die doch jeden ergriffen hatten, in alle Winde, und wie ein Taubenschwarm, in den der Habicht stößt, stoben unsere Reihen aus einander, und das Suchen nach dem Platze, den ein Zettel bezeichnete, begann.

Der eine hatte seinen Namen schon erspäht, ein Kurzsichtiger ging spähend von Tisch zu Tisch, und hier und an vielen Stellen rief ein Bube dem andern zu, was sein scharfes Auge entdeckt. Auf jedem Tische stand eine Stolle,[2] das sächsische Christbrot, das man in Keilhau »Schüttchen« nannte, und ein großer Teller voller Nüsse und Aepfel als Gabe der Anstalt. Daneben auf dem Tische oder am Boden erwarteten uns die Kisten von daheim. Sie waren schon geöffnet, doch das Auspacken ward uns überlassen. Es war recht so; denn welche Freude bereitete es, die einzelnen Gaben herauszunehmen, auszuwickeln, zu bewundern, zu probiren und den anderen zu zeigen. Und wie hatte die Mutter zu wählen verstanden und die Großmutter und Tante zu wählen veranlaßt! Und die Gaben, die sie enthielten, galten uns auch nie allein; denn für viele, die sie in der Anstalt kennen gelernt hatte, fand sich etwas darin, von dem Schlüsselhalter für das Fräulein, das in der Wirtschaft half, an, bis zur Pfeife für den wackeren Sabûm.

Dann kam die Verwertung des neuen Besitzes auf der Schlitten- und Schlittschuhbahn und bei den angekommenen Spielen.

Es waren herrliche Tage, schon weil es an ihnen keine anderen Gesichter zu sehen gab als vergnügte, und das eigene Herz keinem andern Gefühle Raum gab als den Himmelsschwestern Liebe, Freude und Dankbarkeit.

Erhobenen Mutes traten wir in die Arbeitszeit, die nun folgte. Es war die strengste im Jahr; denn sie mußte uns an das Osterziel, den Abschluß des Schuljahres, führen. Sie wurde auch nur durch die Fastnacht mit ihrer lustigen Maskerade und mit dem großen Tanzvergnügen unterbrochen.

Allerlei Prüfungen beendeten den Unterricht. Am Palmsonntag fand die Konfirmationsfeier statt, zu der auch die Eltern vieler Eingesegneten kamen, und an der die ganze Anstalt teilnahm; denn was ihr angehörte, bekannte sich nur zu einer, der protestantischen Konfession, nicht aus Unduldsamkeit, sondern – Barop erklärte es mir später – weil es in dem rein evangelischen rudolstädtischen Ländchen schwer gefallen wäre, für die Mitglieder eines andern Bekenntnisses Religionslehrer zu finden.

Dann kamen die Ferien.

Sie dauerten drei volle Wochen und waren die einzige Zeit, in der wir zu den Unseren zurückkehren durften. Und wie vergnügt war schon der Aufbruch und die weitere Reise!

Curionis große Gesellschaftswagen führten eine Menge von uns auf die Bahn nach Weimar, und der alte, kinderfreundliche Besitzer wußte uns immer einen Spaß zu bereiten. Einmal schwebte dem Kutscher eine bewegliche Laterne über dem Hut, ein anderesmal hatte er die Rosselenker statt mit dem Horne, das sie nicht führen durften, um nicht mit Postillonen verwechselt zu werden und um sich bei den Chausseehäusern freie Passage zu erblasen, mit wunderlich tönenden Pfeifen ausgestattet. Aber auch wir ließen es nicht an Uebermut fehlen. Und was erwartete uns alles zu Hause außer der Mutter und den Schwestern, die uns mit offenen Armen empfingen!

Martha, die wir schon als Siebzehnjährige verlassen hatten, blieb sich immer gleich in ihrer anmutig milden Weise; Paula aber änderte sich mit jedem Jahre. Als wir einmal um Ostern heimkehrten, hatte der rundliche Backfisch sich in ein schlankes Fräulein verwandelt. In den nächsten Ferien war sie schon konfirmirt worden und trug lange Kleider. Alles Knabenhafte war von ihr gewichen, und die alte Drolligkeit mischte sich seltener in die neue gehaltene Weise.

In das Theater, dessen Besuch Martha immer Freude machte, ging sie schon damals nur gern, wenn ernste Stücke gegeben wurden. Uns machten dagegen Possen und dergleichen viel Vergnügen. Ich erinnere mich auch noch eines politischen Schwankes, den man im Königstädtischen Theater sehr oft wiederholen mußte, und der die Bestrebungen der Revolution verspottete. Er hieß: »Eigentum ist Diebstahl oder der Traum eines roten Republikaners.«

Das Geld war abgeschafft worden, und es wurde nur noch Tauschhandel getrieben. Der Held wollte nun etwas Wertvolles, das mir als Uhr oder dergleichen vorschwebt, losschlagen und bekam dafür einen Waschtisch und dazu noch als Kleingeld einen ausgestopften Affen heraus. Für diese Dinge erhielt er andere, bis er das letzte für etwas von Glas umtauschte, das natürlich zerbrach.

Als der Abgeordnete Sydow gesagt hatte: »Gleich wie das Veilchen, das im Verborgenen blüht,« fiel ihm sein Kollege Bassermann ins Wort: »Ich schließe mich in allen Stücken der Meinung des Herrn Vorredners an.«

Wir standen mitten in der Reaktion, und die Barrikadenkämpfer vom achtzehnten März klatschten, wenn das Couplet gesungen wurde, aus dem mir die Verse erinnerlich blieben:

>»O, welch ein süß Verlangen,
>   An dem Laternenpfahl
>   Als Märtyrer zu prangen«,

lauten Beifall.

Uns war in diesen Ferienzeiten die Politik natürlich höchst gleichgiltig. Wir freuten uns des Daseins, sahen Freunde und Bekannte wieder, bekamen unsere Lieblingsgerichte zu essen, und wo es ein erlaubtes Vergnügen gab, da wurde es uns gegönnt.

Gewöhnlich begaben wir uns auch am Schluß der Ferien zu der Großmutter und Tante nach Dresden.

So vergingen die Jahre, bis die Ostern 1852 kamen und mit ihnen unsere Konfirmation und meine Trennung von Ludo, der ja eine andere Laufbahn ergreifen sollte.

Einen würdigeren Abschluß für unser letztes dauerndes Beisammensein konnte es nicht geben.

Wir hatten doppelten Konfirmationsunterricht. Erstens mit den Dorfknaben zusammen beim Pfarrer von Eichfeld, zu dem die Keilhauer als Tochterkirche gehörte, zu dann aber auch bei Middendorf in der Anstalt.

Leider ist mir ganz entfallen, was der Eichfelder Geistliche uns lehrte. Er hieß Meyer und war ein Junggeselle mit kohlschwarzen Haaren und einem runden Gesicht, dem die dichten Bartstoppeln, auch wenn er frisch rasirt war, ein graublaues Ansehen verliehen. Und doch hatten wir einmal von den Lippen dieses hyperbrünetten Herrn den Satz vernommen: »Als ich selbsten noch ein blonder Jüngling war.« Das »selbsten«, das darin vorkommt, war eine sprachliche Angewohnheit, die der Ehrfurcht, die wir ihm schuldeten, starken Abbruch that; denn Pfarrer Meyer bediente sich seiner so häufig, daß wir einmal mit der Uhr in der Hand zählten, wie oft er es in einer Stunde gebrauchte. Ich vergaß die Summe, doch war sie groß und hatte jedenfalls zwei Nullen. Mit Anekdoten, die sich auf ihn bezogen, könnte ich Seiten füllen. Nur der einen will ich noch als Ohrenzeuge gedenken. In einer seiner Predigten kam der Satz vor: »Wie traurig würde es selbsten für uns Menschen sein, wenn es selbsten keine Menschen mehr gäbe. Wie würde ein wildes Tier selbsten das andere verschlingen etc.«

Es versteht sich von selbsten, daß der Unterricht dieses Herrn keine ernste Wirkung auf uns ausüben konnte.

Der Middendorfs ergriff uns dafür um so tiefer.

Mitten durch das Leben führte er uns zu Gott und zum Heiland und von ihm aus wieder mitten in das Leben zurück.

Wie oft herrschte nach einer dieser Stunden lautloses Schweigen, erhoben sich Lehrer und Schüler mit feuchten Augen von den Plätzen. Später fand ich an der Hand eines erhaltenen Heftes. daß er, was er uns gab, zunächst aus dem eigenen an Erfahrungen reichen Leben, aus seinem reinen, vollen Gemüte und dem Evangelium, daneben aber vornehmlich aus den Schriften seines bevorzugten Lehrers Schleiermacher schöpfte.

Durch das Anschauen, die Betrachtung des Universums mehr mit dem Gemüte als mit dem Geiste sollten wir dahin gelangen, uns einer nahen Beziehung zu Gott und unserer Abhängigkeit von ihm bewußt zu werden, und dies Bewußtsein nannte Middendorf mit seinem Lehrer Schleiermacher »Religion«.

Aber der alte Lützower Jäger, der 1813 auf der Berliner Universität die Waffen ergriff, hatte auch zu Füßen Fichtes gesessen, und so krönte er sein System, indem er wie jener erklärte, Religion sei nicht Gefühl, sondern Erkenntnis. Wer bis zu dieser vordringe, der gelange zur Klarheit über das eigene Ich (Middendorfs innere Lebensklarheit), zu völliger Einigkeit mit sich selbst und zur wahren Heiligung seines Gemütes. Auch mit Gott und der Natur wird dieser Erkennende, der nach unserem Middendorf der wahrhaft Religiöse ist, Eins werden und Antwort auf die höchsten aller Fragen finden.

So hatte wohl auch Fröbels Versicherung, er habe »die Einigung des Lebens« gefunden, die Middendorf nach Keilhau geführt hatte, auf Fichte gewiesen. Dies Wort wird ihnen aus Gesprächen über diesen Philosophen geläufig gewesen sein. Für beide hatte es keiner Erläuterung bedurft, da ihnen Fichte vertraut war.

Wir Konfirmanden kannten damals die Berliner Philosophen nur dem Namen nach, und Worte wie »Einigung mit sich selbst« »ergreifen und erfüllen«, »innere Lebensklarheit« etc., die jedem erinnerlich geblieben sein müssen, der dem Unterrichte Middendorfs folgte, erschienen uns anfänglich befremdlich; doch der Lehrer, dem alles daran lag, verstanden zu werden, und uns keine Worte, sondern unserer Seele echte Besitztümer für das Leben darzureichen begehrte, ließ nicht nach, bis sie auch für den Minderbegabten den rechten Inhalt gewannen.

Dieser natürliche und kindliche Greis docirte nie; er war nur im Sinne der Alten ein Pädagog, das heißt ein Knabenführer. Wenn sich auch philosophisch gefärbte Sätze in seinen Vortrag mischten, dienten sie ihm nur selbst zum Ausgangspunkte für Darlegungen, die ihm aus dem Gemüte kamen und den Weg in dasselbe fanden.

Er besaß eine umfassende Kenntnis der Religionen aller Völker, und jede schilderte er mit der gleichen Liebe und in dem Bestreben, uns ihre Vorzüge zu zeigen. Ich weiß noch, wie warm er die Forderung des Confucius lobte, den Nebenmenschen nicht zu lieben, sondern nur zu achten, und wie verständig und schön sie auch mir damals vorkam. Beim Buddhismus verweilte er am längsten, und es setzt mich setzt in Erstaunen, wie gut er bei den Hilfsmitteln, die ihm in jener Zeit zu Gebote standen, die rührende Menschenliebe des Buddha und die tiefe Weisheit und Größe seiner Lehre erkannt hatte.

Aber er zeigte uns doch die anderen Religionen vornehmlich nur, um dadurch das Christentum und seine die Welt erneuernde und erlösende Kraft in ein helleres Licht zu stellen. Das Vorhergegangene diente ihm gleichsam zur Folie für das Bild, das er uns von der Religion unseres Heilandes und seiner Persönlichkeit in die Seele zu prägen wünschte.

Ob es ihm gelang, uns »zu voller Einigung« mit der ihm selbst so innig nahestehenden Persönlichkeit Christi zu bringen, mag dahingestellt bleiben; sie verstehen und lieben lernte er uns gewiß, und diese Liebe ist, obgleich ich auch der Meinung derer das Ohr lieh, die das Werden und Leben der Welt auf mechanische Ursachen zurückführen und die Gottheit für ein Erzeugnis des Menschengeistes halten, in meiner Seele nicht erkaltet bis auf den heutigen Tag.

Die Moral, auf die Middendorf uns hinwies, war einfach. Sein Wahlspruch hieß, wie ich schon zeigte: »Wahr, klar und lebenstreu«. Er hätte ihm aber noch beifügen sollen: »und mit einem Herzen voll Liebe«; denn das war es, was ihn vor so vielen auszeichnete, was ihn zum Christen im schönsten Sinne des Wortes machte, und er hat nichts verabsäumt, auch aus unseren jungen Herzen eine Heimstätte für jene Liebe zu machen.

Natürlich kam die Mutter, um unserer Einsegnung beizuwohnen, die erst mit den Bauernknaben, die sämtlich Lavendelblätter im Knopfloch trugen, in der Dorfkirche zu Eichfeld und dann durch Middendorf in dem Anstaltssaale zu Keilhau stattfand.

In weihevollerer Stimmung und williger bereit zu allem Guten sind wohl wenige Knaben zum erstenmal vor den Abendmahltisch getreten als wir beide damals zur Linken und Rechten der Mutter.

Soviel ich auch irrte, ganz verloren gegangen sind mir die Lehren und Ratschläge Middendorfs dennoch auf keiner Stufe des Lebens.

Nach der Konfirmation ging es mit der Mutter und Ludo in die Ferien, und drei Wochen später kehrte ich ohne den Bruder in die Anstalt zurück.

Er fehlte mir überall.

Seine größere Besonnenheit hatte mich von mancher Thorheit zurückgehalten, mein Liebesbedürfnis, ein stets gegenwärtiges Ziel in ihm gefunden. Dazu war sein bloßer Anblick eine stete Mahnung gewesen, der Mutter zu gedenken. So wie mir damals mag es dem Rosse zu Mute sein, das zweispännig zu gehen gewohnt ist und nun den Wagen allein ziehen soll.

Einem Westfalen Namens Wilhelm Flume, der jetzt ein hochgeschätzter Arzt in seiner Heimat sein soll, und mir war ein eigenes Zimmer neben dem Saale eingeräumt worden, und wir erhielten besonders den griechischen Unterricht für uns allein.

Langethal ließ uns wacker rekapitulieren und durfte uns endlich mit dem Bewußtsein entlassen, daß wenige in der Secunda die Ilias und Anabasis leichter übersetzen und das Gelesene besser verstehen würden als wir. Wäre er mir nicht schon so herzlich lieb gewesen, in diesem Semester, das mich dem Blinden am häufigsten vorlesen sah, hätt' ich ihn lieb gewinnen müssen.

Aber Keilhau war mir doch nicht mehr, was es gewesen. Neue Verhältnisse erscheinen der Jugend stets begehrenswert, und zum erstenmal sehnte ich mich fort, obgleich ich von dem Wohin? noch nichts wußte, als daß es ein Gymnasium sein sollte.

Dennoch liebte ich die Anstalt und ihre Leiter, wenn ich mir auch erst später vergegenwärtigte, wie großen Dank ich ihnen schuldete. Jetzt steht es mir deutlich vor Augen. Es war hier und von ihnen der Grund für mein ganzes künftiges Leben gelegt worden, und wenn ich ihn zeitweilig unter den Füßen wanken fühlte, trug die Fröbelsche Methode daran keine Schuld.

Als fertige Menschen konnte die Anstalt uns nicht entlassen, die erstrebte »Einigung mit dem Leben« läßt sich eben nur auf seinem Schauplatze, der Welt, im bunten Treiben der Mitlebenden erlangen, aber Geist und Körper waren wohl und gemäß ihrer Eigenart geleitet worden, und ich durfte mich für fähig halten, auch höhere Lehren aufzunehmen. Der Charakter war freilich noch lange nicht fest genug gestählt, um jeder nahenden Versuchung zu widerstehen; ich brauchte mich indes nicht mehr vor der Gefahr zu fürchten, die Grenze je zu überschreiten, die Fröbel den in seinem Sinne »wackeren« Menschen gesteckt hatte.

In den Kenntnissen klaffte auch für meine damalige Stellung noch manche Lücke; das, was die Franzosen »*justesse d'esprit*« nennen, war dafür mir wie jedem Keilhauer durch die Methode unserer Erziehung bis zu einem gewissen Grade eigen geworden.

Durste ich mich auch nicht rühmen, »Eins zu sein mit der Natur«, so hatten wir doch ein schönes Freundschaftsbündnis geschlossen, und die Wahrheit des Goetheschen Wortes, daß sie das einzige Buch sei, das auf jedem Blatte einen großen Inhalt bietet, hatte ich aus eigener Erfahrung erkannt.

Ich war noch nicht vertraut mit dem Leben, doch hatte ich gelernt, wie man sich mit offenen Augen in ihm umthut.

Ein Meister in keinem Handwerk war ich geworden, doch hatte ich mit dem Kleistertopf und Messer, mit Säge, Hobel und Meißel, ja auch mit dem Beil und der Hebestange in der Hand erfahren, was das Handwerk bedeutet, und die Hände brauchen gelernt.

Zur Einigung mit Gott war ich mit nichten gelangt, doch das Vermögen und der Trieb, sein Walten in der Natur wie im Leben zu erkennen, war mir eigen geworden; denn Mittendorf hatte verstanden, uns in ein rechtes Kindschaftsverhältnis mit ihm zu führen und in unseren jungen Herzen Liebe für den zu erwecken, der die reine Flamme der Nächstenliebe in der Brust der Menschheit entzündet.

Die griechischen Worte[2], die Langethal mir in das Stammbuch schrieb und die bedeuten: »Wahrhaftig sein in Liebe«, singen an, mir so natürlich zu werden, wie der Abscheu gegen Lüge und Feigheit es mir längst geworden war.

Fest und unauslöschlich hatte sich mir die Liebe zu unserem deutschen Vaterland in die Seele geprägt, und sie lebt darin fort, froh bereit, für Deutschlands Freiheit und Größe auch das Teuerste zu opfern.

Gymnasium und die erste Universitätszeit.

Von Keilhau auf das Gymnasium zu Kottbus.

Der Abschied von Keilhau fiel mir schwer.

Der Abschied dem Wege nach Rudolstadt, wohin mich die mir liebsten Kameraden begleiteten, ging es indessen lustig genug her.

In Schaale kehrten wir auch ein und tranken auf eine glückliche Zukunft und vieles andere. In dem bäuerlichen Wirtshause daselbst hatten wir Größeren etlichemale mit Barops Erlaubnis einen Schmaus gehalten, der mit den Kreuzern bezahlt worden war, die durch Vergehen gegen die Tischregeln eingekommen waren. Die Tafeln, an denen wir Größeren speisten, hatten sich solche selbst vorgeschrieben; denn an der einen war nur französisch, an der andern nur puristisch reines Deutsch zu sprechen gestattet gewesen. Wer an jener sich der Muttersprache oder an dieser sich eines Fremdwortes bedient hatte, war mit einem Kreuzer bestraft worden.

Ich hatte an beiden gesessen und an der letzteren geholfen, für gangbare Lehnwörter entsprechende deutsche zu finden und aus Klavier Tastenkasten, aus Serviette Tellertuch, und, da wir das

Stephansche »Salse« noch nicht kannten, aus Sauce Bratenbrühe zu machen.

Wie fröhlich waren diese Strafkreuzerschmäuse verlaufen, bei denen gewöhnlich Wildbraten und »rohe Kartoffelklöße«, das Leibgericht der Thüringer, das auch ich zu würdigen gelernt hatte, aufgetragen worden waren. Nach dem Schmause hatten wir etwas zechen, das heißt bei schäumendem Gerstensafte singen dürfen und dabei gewöhnlich etliche Lehrer als aufrichtig willkommene Gäste in unserer Mitte gesehen.

Das gehörte ja zu den höchsten Vorzügen Keilhaus, daß unser ganzes Leben und auch unsere Vergnügungen rein genug waren, um das Auge eines Erziehers nicht scheuen zu brauchen.

Allerdings habe ich in Ermangelung einer Cigarre ein Stück von den Rohrstöcken, die man zum Ausklopfen der Kleider verwendet, heimlich zum Rauchen benützt. Es geht. Wer es versucht, wird sich davon überzeugen. In die Pfeife stopfte ich bisweilen als Surrogat für den Tabak, den wir nur selten hatten, Nußblätter, und was wir an dem Obst und den Tauben der Bauern und der Anstalt verbrachen, das wurde schon bekannt; doch so ernstlich ich mich auch bemühe, bei der Rückschau auf jene Zeit ein Vergehen zu finden, das ich meinen erwachsenen Söhnen nicht mit freier Stirn erzählen möchte, ich entsinne mich keines.

Ein reinerer Ton hat wohl selten unter so vielen Knaben geherrscht, und das nämliche wurde mir von anderen früheren Zöglingen, wie meine lieben Freunde Kommerzienrat Julius Meißner in Leipzig, Reichstagsabgeordneter Fritz Kalle und sein Bruder Wilhelm in Wiesbaden und Bieberich, der Wiener Kaufherr Theodor Graf, der amerikanische Generalkonsul Kreismann in Berlin und auch von vielen anderen bestätigt. Und doch sind wir echte, rechte Jungen gewesen, die den Ueberschuß an Kraft nicht nur beim Spiel verwerteten, sondern auch bei dummen Streichen aller Art.

Ein frohes Lächeln umspielt mir noch die Lippen, wenn ich des hartgefrorenen Schneemanns gedenke, den wir mit einem schwarzen Hute auf dem Kopf, einem jüngeren Lehrer als Gespenst ins Zimmer stellten, und der Mühe, die uns der Transport dieses Untiers verursachte, oder wenn nur unsere Streiche im Schlafzimmer in den Sinn kommen.

Fein waren sie keineswegs immer; doch welches Vergnügen, welches den ganzen Menschen erschütternde Gelächter hatten sie häufig zur Folge, und wie herzlich konnte ich lachen! Der Sechzigjährige hat es, gottlob, noch immer nicht völlig verlernt.

Es wurde gut geübt, als Herr *Dr.* Hoppe, ein besonders schüchterner Lehrer, der im Dunkeln zu Bette zu gehen pflegte, nachdem wir ihm über die »Waschschüssel« ein Stück Zeichenpapier so straff wie ein Trommelfell gebunden hatten, Wasser darauf hingoß.

Welches Vergnügen, wenn das Talglicht des weckenden Lehrers ausging, weil wir auf den Docht des unseren am Abend vorher einige Körner Pulver gestrichen hatten.

Ich glaube, daß ich diese heiteren Dinge hier erzählte, um mir Aufschub zu gönnen; denn was nun folgte, war der Abschnitt meines Lebens, von dem ich am wenigsten gern berichte.

Rousseau sagt, daß die Erziehung des Menschen durch Kunst, Natur und Umstände bewirkt wird. Die beiden ersten Faktoren hatten damals auch auf mich Einfluß geübt, mit den letzten sollte ich erst setzt selbständig rechnen lernen; denn bisher waren sie durch andere überwacht und meiner Persönlichkeit angepaßt worden. Das aber war nicht nur von Meistern der Pädagogik, sondern von ihren nicht minder mächtigen Miterziehern, den Kameraden, geschehen, unter denen sich kein verderbter, wirklich übel gearteter Knabe fand. Es sollte sich jetzt zeigen, welche Umstände ich in den neuen Verhältnissen finden und in welcher Weise sie sich als Erzieher an mir bewähren würden.

Wie ich von Schaale nach Rudolstadt und von da nach Hause kam, ist mir aus dem Gedächtnis geschwunden.

Auch aus der freien Zeit, die nun folgte, weiß ich nur noch wenig zu berichten.

Ich sollte nach Kottbus, damals noch eine kleine märkische Fabrikstadt, aufs Gymnasium kommen.

Die Mutter wagte es nicht, mich in Berlin zu behalten und in den schwierigen Jahren, denen ich entgegen ging, meine Beaufsichtigung in der großen Stadt zu übernehmen. Kottbus war nicht weit von Berlin entfernt, und weil sie wußte, daß es mit mir in der Wissenschaft, die *Dr.* Boltze, der Mathematiker, lehrte, schlecht bestellt war, hatte man ihm vor anderen Pensionsvätern in märkischen Gymnasialstädten den Vorzug gegeben.

Mir schien ihre Wahl vortrefflich. Wenn irgendwo, so konnte mir im Hause dieses Fachmannes der Kopf für die Disciplin geöffnet werden, die bisher so wenig von mir hatte wissen wollen, wie ich von ihr.

Ich sah der scharfen Arbeit nicht ungern entgegen; im ganzen kam ich mir aber doch vor wie ein Fällen, das von den freien Weideplätzen in den Stall geführt wird.

Eine Reise zur Großmutter in Dresden und manches Vergnügen, das ich mit den Geschwistern teilen durfte, kamen mir wie mein Henkersmahl vor. Ganz verlassen sollte ich indessen auch in Kottbus nicht sein; denn die jüngste Tochter unseres liebsten Verwandten, des Herrn von Oppenfeld, lebte als Gattin eines Gutsbesitzers in der Nähe der Stadt. Der Gedanke daran wehte mir wie erfrischende Landluft entgegen.

Die Mutter begleitete mich in die neue Schulheimat, und ich kann nicht sagen, einen wie bedrückenden Eindruck der auf der flachen Ebene der Mark gelegene Fabrikort auf mich machte, den man nicht mit der heutigen frisch erblühenden Mittelstadt verwechseln darf, die von 9000 auf 30,000 Einwohner heranwuchs.

Damals besaß er nichts, was einen in Bertin geborenen und in einem herrlichen Gebirgsthal erwachsenen Knaben anziehen konnte.

Statt der Berge ein weiter Kranz von Tuchrahmen, statt der hohen Tannen der Thüringer Wälder Fabrikschornsteine überall, und in der Spremberger Straße, an der mein künftiges Heim lag, statt jubelnder Knaben eine Schar von Fabrikarbeitern, Männern, Frauen und Mädchen, die uns von der Arbeit entgegenkam.

Vor dem Hause des *Dr*. Boltze fanden wir den Mann, dessen Obhut ich anvertraut werden sollte, in einem langen grauen Schlafrocke, mit einem Sammetkäppchen auf dem Kopf und der Pfeife im Munde, an seinen Lieblingen, den Georginen, mir den wenigst sympathischen Kindern der Fora, beschäftigt.

Er mochte damals kaum vierzig Jahre zählen und war ein kleiner Mann mit straffer Haltung und einem klugen Gesicht, dessen Züge auf eine eisernstrenge Sinnesart zu deuten schienen. Dazu trugen auch die starken schwarzen Augenbrauen bei, die ihm über der Nase in buschiger Fülle zusammengewachsen waren.

Er selbst versicherte, daß das Volk in Pommern von Männern mit solchen Augenbrauen glaubte, sie stünden mit dem Teufel selbst in gewisser Beziehung. Auf einer Bootfahrt von Greifswalde, wo er studirt hatte, nach der Insel Rügen war er einmal beinahe von den abergläubischen Schiffern über Bord geworfen worden, als ein wilder Sturm sie überfiel, weil sie ihm als Teufelskind die Fährnis, in der sie schwebten, zugeschrieben hatten. Doch – so erzählte er, der ein durchaus wahrhaftiger Mann war, weiter – doch die Macht, die ihm die wunderbaren Augenbrauen über andere und besonders über Leute aus dem Volk verlieh, hätte die Seeleute veranlaßt, von ihm zu lassen.

Es freute ihn auch, an einem der »gestrengen Herren« im Mai – ich glaube am Tage Pankratius – geboren worden zu sein; denn das schien ihn gleichfalls zu der stählernen Männlichkeit zu prädestiniren, die er wohl wirklich zu besitzen meinte. Doch so viele gute Eigenschaften ich ihm auch nachrühmen kann, gerade diese hatte die Natur ihm sehr entschieden versagt.

Nachdem wir aber erfahren hatten, welch lebenslustiger und nachgiebiger Gesell sich hinter dem eisernen Tyrannen, der uns aus den schwarzen Augen unter der dunkeln, dichten Haarhecke, die sie verband, bedrohlich entgegenschaute, verborgen hielt, war die Scheu gebrochen, und endlich fanden wir es ungefährlich und leicht genug, ihn zu veranlassen, ein entschiedenes »Nein!« in ein nachgiebiges »Ja« zu verwandeln.

Seiner Gattin gegenüber war es ihm ebenso ergangen; denn sie führte mit unumschränkter Gewalt das Scepter im Hause, und doch war sie ein Geschöpf wie ein Hauch, von dem man bei der ersten Begegnung denken mußte, daß es vielleicht die letzte sei; denn sie war von einer an Durchsichtigkeit grenzenden Hagerkeit, und so lange ich sie kannte, erschütterte ihr ein böser Husten den zarten Leib. Aber wenn zusammengewachsene Augenbrauen wirklich auf männliche Thatkraft deuten, war der Geist, der in dieser gebrechlichen Hülle lebte, mit solchen versehen.

Eine energischere und thätigere Hausfrau konnte man suchen. Mit der Feder war sie als Gehilfin des Gatten so schnell bei der Hand wie mit der Zunge. Die meisten Berichte über mich sind von ihrer Hand und vortrefflich geschrieben. Dazu schenkte sie dem Gemahl ein kräftiges, hübsches Kind nach dem andern und gönnte sich dabei, wenn sie mit einem neuen gesegnet worden war, nur kurze Erholung.

Ich bin der Pate des einen, und mein Mitpensionär von Lobenstein teilte mit mir diese Ehre. Die heilige Handlung wurde im Boltzeschen Hause verrichtet. Der Vater und wir sollten je einen Namen auf einen

Zettel schreiben und ihn neben das Taufbecken legen, Also geschah es. Wir aber hatten den wunderlichsten, der uns in den Sinn gekommen war, zu Papier gebracht, und als der Pastor die Zettel aufhob, verlas er die Namen Gerhard und Habakuk. Ich brauche nicht zu sagen, wer den letzteren für den Täufling erwählte. Dank der Sorgfalt und Klugheit seiner wackeren Mutter und trotz seines kleinen Prophetennamens gedieh er indes vortrefflich, und ich hörte zu meiner Freude, daß er ein tüchtiger Mann und Besitzer eines Eisenwerks wurde.

Dieser Knabenstreich ist bezeichnend für den Ernst der Beziehungen, die uns verbanden. Trieben wir es nicht gar zu bunt, so hielt es Frau Boltze immer mit uns und wußte die finster zusammengezogenen Augenbrauen des Gatten schnell genug zu glätten.

Uebrigens war es ein wahres Vergnügen, mit der Frau Doktor gut zu stehen; denn sie hatte als Tochter eines höheren Beamten eine ausgezeichnete Erziehung genossen und machte ihrer Vaterstadt Berlin durch schnellen Witz alle Ehre. Ihre Art und Weise forderte auch uns zum Scherzen heraus, und es ging darum heiter genug her in unserem Hause. Manche Stunde, die ich eigentlich der Arbeit hätte widmen sollen, verplauderte ich mit der frischen, amüsanten Frau, die alles wußte, was in der Stadt vorging, und es gern in das Licht des Komischen rückte.

Hätte *Dr.* Boltze seines Amtes als Tutor mit größerer Energie gewaltet, wäre es uns besser gewesen; sonst aber weiß ich ihm nichts nachzusagen als Gutes; denn er war ein liebevoller Vater und Gatte, ein ausgezeichneter Lehrer und tüchtiger Gelehrter. Die Erfindungen, die er auf mechanischem Gebiete machte, sollen, wie mir von kundiger Seite versichert wurde, für jene Zeit bedeutend und eines besseren Erfolges, als sie thatsächlich erzielten, würdig gewesen sein. Es gehörte dazu ein durch Elektrizität bewegter Wagen. Auf ihn und andere Erfindungen setzte er die größten Hoffnungen, und wie oft hat er uns an ihnen teilzunehmen gestattet und sich wie uns ausgemalt, was er beginnen, fördern, genießen und genießen lassen würde, wenn sein »Patent« ihn reich gemacht hätte.

Von diesem Ehepaar wurde die Mutter und ich freundlich empfangen, und im Gespräch mit ihm schwand der beklemmende erste Eindruck.

Die Prüfung am nächsten Morgen hätte mich beinahe weiter geführt, als ich erwartet; denn der Direktor, der mich übersetzen ließ, fand mich anfänglich reif für die Prima, doch der Prorektor Braune, der mich in der lateinischen Grammatik vornahm, erklärte, daß ich nur für die Secunda tauge, und mit diesem Bescheid kehrte ich zur Mutter zurück. Der Direktor hatte einen seltsamen Eindruck auf mich gemacht. Einem so unruhigen Manne wie diesem Greise war ich noch nicht begegnet. Er hatte ein kluges, wohlgeformtes Gesicht und seltsam flackernde Augen. So lange ich übersetzte, war er mit dem Buch in der Hand vor mir auf und nieder geeilt. – In seiner Rede überstürzten die Worte einander, doch ihr Inhalt war klug, vielleicht sogar geistreich gewesen. Trotzdem hatte er weder Neigung noch Zutrauen in meinem leicht empfänglichen Herzen erweckt, und wenn ich die Art und Weise dieses Mannes, die so zerfahren war wie sein in getrennten Strähnen vom Haupte abstehendes weißes Haar, mit der gelassenen Mannhaftigkeit unseres Barop oder der ehrwürdigen Liebenswürdigkeit Langethals verglich, mußte ich lächeln.

Als ich das Prüfungslokal verließ, wurde ich von *Dr.* Boltze einem eleganten jungen Herrn, der eben einem Jagdwagen entstiegen war und den edlen Pferden, die er selbst gelenkt hatte, die Hälse klopfte, als einem künftigen Schulkameraden vorgestellt.

Ich hatte ihn für einen nicht mehr ganz jungen Lieutenant in Zivil gehalten; denn der seine dunkle Schnurrbart, der kleine Backenbart und das militärisch gekämmte Haar, das sich auf dem Scheitel schon ein wenig zu lichten begann, ließen mich das Alter des Einundzwanzigjährigen um ein Lustrum überschätzen.

Mein neuer Tutor teilte ihm einiges über mich mit, empfahl mich seiner Gunst, und nachdem er uns allein gelassen hatte, ließ sich der seltsame Schulkamerad sehr wohlwollend in ein Gespräch mit mir ein.

Als ich ihm erzählte, daß der Direktor mich anfänglich in eine höhere Klasse haben setzen wollen, versicherte er, daß er *Dr.* Boltze nicht begreife. Wir hätten die Sache verkehrt angefangen. Bei dem Direktor sei auch Schwierigeres durch die Damen zu erreichen.

Als er erfuhr, wie alt, oder besser wie jung ich war, zeigte er sich sehr erstaunt, da er mich wenigstens für einen Siebenzehnjährigen gehalten. Das that mir wohl, und ich war auch für mein Alter ungewöhnlich kräftig entwickelt, ja auf der Oberlippe begannen schon blonde Härchen zu keimen, und die Stimme hatte ich bereits in Keilhau gewechselt.

Nachdem mir der neue Bekannte Dinge über das Gymnasium und seine Leitung mitgeteilt hatte, die mir kaum glaublich erschienen, ging er auf die Mitschüler über, unter denen sich einige »nette Leute« befänden, mit denen er mich bekannt machen wolle, und nannte eine Reihe von großenteils adeligen Namen, deren Träger wie er gekommen waren, um hier das Abiturientenzeugnis zu erlangen, den Schlüssel, ohne den in Preußen so viele Thore verschlossen bleiben.

Schon durch ihn sollte ich erfahren, daß sich dies für denjenigen, der das Eisen zu schmieden verstand. hier zu jener Zeit leichter erreichen ließ als auf anderen Gymnasien.

»Die Weiber, die Weiber,« wiederholte er mehrmals. »Man tanzt, man schickt ein Bouquet, man ... Aber das werden Sie später alles erfahren. Es sind hier Dinge vorgekommen, Dinge ...«

Und nun weihte er mich in Ungeheuerlichkeiten ein, denen ich später als Augenzeuge beiwohnen sollte, von denen ich aber damals nicht wußte, ob sie mir ergötzlich oder ganz anders vorkommen sollten.

Ich behielt natürlich meine Bedenken für mich und stimmte mit ein, wenn er lachte; aber es wurde mir dennoch bänglich ums Herz. Konnte ich mich diesen Kameraden entziehen, wenn sie sich zu mir, dem so viel Jüngeren, herabließen? Und ich war doch hieher gekommen, um fleißig zu sein, die Universität bald zu erreichen und der Mutter Freude zu machen.

Arme Frau! Sie hatte sich so sorgfältig erkundigt, bevor sie mich hieher schickte, und welch ein gefährlicher Boden für einen zum Jüngling heranreifenden, früh entwickelten Knaben war diese Fabrikstadt, eine wie übel geleitete Anstalt das Kottbuser Gymnasium von damals, welche Elemente hatten den Weg in diese Schule gefunden!

Rein, voll schöner Ideale war ich hieher gekommen. Der beste Wille beseelte mich; doch schon der erste Tag ließ mich ahnen, wie viele Hindernisse sich hier seiner Bethätigung entgegenstellen würden. Dazu begriff ich noch nicht, welche Gefahr in der Redeweise lag, deren der neue Kamerad sich bediente.

Was mir bis dahin als heilige Pflicht erschienen war, verkehrte sich in dem hübschen Munde dieses keineswegs schlecht begabten oder verderbten jungen Mannes in eine garstige, wo es geschehen konnte, zu umgehende Plage. Statt der Achtung, die uns in Keilhau unsere Erzieher abgezwungen hatten, hörte ich von dem Leiter dieser Schule im Ton der wegwerfenden Geringschätzung reden. Vieles, was mir hoch und verehrungswürdig erschienen war, sah ich belächeln, und von manchem Unerlaubten. das bis dahin noch außerhalb meiner

Lebensspäre gelegen hatte, hörte ich reden wie von einer vergnüglichen Zubehör des Daseins.

All die jungen Herren, die das Examen hieher gezogen hatte, waren Söhne guter Familien, und sie befleißigten sich sämtlich eines durchaus wohlanständigen Betragens; – aber die Rolle, die diese Schüler, und ich bald mit ihnen, in der Gesellschaft, auf den Bällen und bei allen Vergnügungen der gebildeten Kreise der Stadt spielten, in der es damals weder eine Garnison noch ein größeres Gericht gab, war eine so hervorragende, die Lebensanschauungen und Gewohnheiten, die sie mit sich brachte widersprachen der Vorstellung, die sich jeder Verständige von einem deutschen Gymnasiasten macht, so vollkommen, daß die Anwesenheit dieser jungen Herren der Schule zum Nachteil gereichen mußte.

Natürlicherweise konnte das alles auf die Dauer den oberen Behörden nicht verborgen bleiben.

Der alte Direktor wurde plötzlich in den Ruhestand versetzt und einer der hervorragendsten Schulmänner an seine Stelle berufen, dem es auch schnell gelingen sollte, aus dem verkommenen Kottbuser Gymnasium eines der allertüchtigsten in Preußen zu machen.

Ich hatte das Mißgeschick, länger als zwei Jahre unter dem Regiment des ersten Direktors, und das Glück, beinahe ebenso lange unter der Leitung seines Nachfolgers, Schüler dieser Anstalt zu sein.

Die Mutter war mit dem Ergebnis der Prüfung zufrieden, und am Nachmittag, der ihr folgte, fuhr sie mit mir zu den Komptendorfer Verwandten.

Mich in erreichbarer Nähe von diesen prächtigen Menschen zu wissen, mußte ihr wohlthun; denn Frau von Berndt vereinte in sich die Feinheit der in der großen Stadt erwachsenen Dame mit der liebenswürdigen von Herzen kommenden Freundlichkeit der Herrin des Dorfes.

Ihr Gatte wußte jedem das vollste Vertrauen abzugewinnen, dem er mit den überaus redlichen, klugen blauen Augen ins Antlitz schaute. Er war ein Hüne von Gestalt, dessen wohlgebauten Riesenleib ein schöner Ritterkopf mit blondem Haar und Bart krönte. Seine Hand, die ich wahre Wunder von Manneskraft verrichten sah, verstand mit seiner Künstlerschaft Klavier zu spielen, und die Derbheit, die er im Verkehr mit Bauern und gelegentlich auch mit den Gutsnachbarn zur Schau trug, wandelte sich in rücksichtsvolle Liebenswürdigkeit, wenn er mit der Gattin und anderen Damen verkehrte.

Er hatte die juristische Laufbahn verlassen, um das etwas verkommene väterliche Gut zu übernehmen, und es in kurzer Zeit in eins der am besten gehaltenen verwandelt.

Mit Leib und Seele Landwirt, freute es ihn, auch andere an seinem Gelingen teilnehmen zu lassen, und wie oft durfte ich mit ihm seine Fluren durchwandern.

Es hatte ihm wohlgefallen, daß ich, das Stadtkind, in Feld und Wald so gut Bescheid wußte, und so lud er mich schon beim ersten Besuch ein, ihn oft zu wiederholen.

Sehr befriedigt fuhren wir in die Stadt zurück. – Am folgenden Morgen nahm ich von der Mutter Abschied und war nun in der Fremde allein. Der Schulbesuch begann.

In manchen Stücken war ich den anderen Secundanern voraus, – in anderen sie mir! doch das kümmerte mich wenig; denn ich kam auch so fort, und der Unterricht von damals bot mir nichts Rechtes. An meinem Fleiße lag es nicht, wenn ich regelmäßig von einer Klasse in die andere versetzt wurde.

Die Schule erschien mir wie ein notwendiges Uebel. Erst nach ihrem Schluß begann das rechte Leben, und der mir eigene Frohmut beherrschte mich auch hier.

Die Stadt bot mir wenig Erfreuliches; auf dem Lande aber blühte mir desto mehr voll entgegen. Nach Komptendorf ging es leider weit seltener, als ich gewünscht hätte; denn zu Fuß bedurfte man zwei guter Stunden, um es zu erreichen, und ein Wagen oder Pferd war nicht immer für mich verfügbar.

Mancher Samstag führte mich aber dennoch dorthin, und das Herz ging mir auf, wenn ich das stattliche Herrenhaus betrat, das man nicht ohne Grund »das Schloß« nannte. Welchen Genuß bereitete es mir, mit der freundlichen Wirtin von daheim und anderen guten Dingen plaudern oder ihr etwas vorlesen zu dürfen. Doch ich ging auch gern in die Kinderstube, wo prächtige Mädchen und Knaben heranwuchsen, oder mit ihrem Gatten auf das Feld, oder, war die Schonzeit vorüber, mit der Finte auf dem Rücken den Hafen und Rebhühnern nach.

Der Jäger, den der Gutsherr hielt, hieß Balzer, und er weihte mich in die Kunst des edlen Weidwerkes ein. Da hab' ich denn manches Stück Wild geschossen, und das Herz schlug mir höher, als mir der erste Fuchs zu Gesicht kam, und mein Schrot ihn erlegte.

In dem gastlichen Berndtschen Hause lernte ich auch die Gutsnachbarn kennen, und mancher Einladung, sie zu besuchen, leistete ich Folge. Auch durch Mitschüler und Pensionäre wurde ich auf Güter in der Nähe der Stadt geführt, und endlich lud man mich auch zu den Bällen, die in dem Städtchen Drebkau die Herren und Damen vom Lande bisweilen vereinten.

Schon im zweiten Jahre meines Kottbuser Aufenthaltes war ich ein wenig überall, wo auf einem der Nachbargüter getanzt wurde. Auch in manches angenehme Haus in der Stadt wurde ich eingeführt, und besonders dem des Rechtsanwalts Behm verdanke ich heitere Stunden. Bei der Schwester des Herrn von Berndt, einer Majorin von Diepow, die liebe und hübsche Töchter hatte, trank ich manchmal in behaglichem Familienkreise Thee. Dazu kam das Tanzen und Reiten und die Fülle der Spaziergänge, die mich bald mit *Dr*. Boltze und den Mitpensionären, bald mit auserwählten Freunden und oft auch allein ins Freie führten.

Von Keilhau her war mir die Bewegung in der Natur zum Bedürfnis geworden, und ich hatte bald entdeckt, daß es sich verlohnte, von Kottbus aus eine Wanderung zu unternehmen.

Die Mark Brandenburg, in der es liegt, ist ja flach, und dazu an vielen Stellen recht sandig; aber schon bei einer früheren Gelegenheit bekannte ich, daß sie landschaftliche Reize besitzt, die mir lieb sind.

Auch in unmittelbarer Nähe von Kottbus gibt es sehr hübsche Partien an dem noch reinen und jungen Spreeflusse, in dessen unterem Laufe sich die stolzen Häuser und Paläste der großen Reichshauptstadt spiegeln. Dabei denke ich besonders an die kleinen, bescheidenen, von der Kunst unberührten, nur den Eingeweihten bekannten Waldstellen auf dem hügeligen Boden am Saume des klaren Flusses. Ich kannte sie alle, und als es mich zum Dichten zu drängen begann, bin ich am liebsten ganz allein hinausgegangen, und habe im Kiefernschatten die Muse gerufen.

Aber oft führte uns auch eine sonntägliche Wanderung, die nicht selten schon am Sonnabend Nachmittag begann, weiter fort, gewöhnlich in fröhlicher Gesellschaft und etlichemale auch mit unserem gestrengen Tutor, der bei solchen Partien, vergnügter als der Jüngste, eher unserer Hütung bedurfte als wir der seinen. So habe ich das herrliche Muskau besucht, und sehr viel öfter noch den schönen Spreewald, ein kleines, von vielen Armen des Stromes und zahllosen Kanälen und Kanälchen reich bewässertes Gebiet, das still und regungslos unter üppigen Laubmassen ruht, wie ein um Mittag im Schatten dichter Baumkronen entschlummertes Kind.

Die hier an den Ufern wachsenden Erlen und Weiden, die Linden und Eichen sind von köstlicher Pracht, Vögel in Menge fliegen zwitschernd und rufend von einem Busch und Ast auf den andern, der gesamte menschliche Verkehr aber wird wie in Venedig durch lautlos dahingleitende Nachen vermittelt.

Da rasselt kein rollendes Rad, da wiehert kein Pferd, da knallt keine Peitsche, da erschallt kein »Huist« und »Hot« hinter dem Pfluge; denn die Hand des Landmanns gräbt die Beete um, die Berlin mit Gurken, Zwiebeln und anderem Gemüse versorgen.

Von breiten Baumkronen überdacht spiegeln sich die Häuser der Bewohner in den stillen, dunklen Wassern.

Am häufigsten führte mich, wie gesagt, der Sonntag in diese eigenartig schöne Landschaft. Da mußte man oft lange gehen oder das Wasser befahren, um den zur Kirche ladenden Klang der Glocken zu vernehmen; denn die Häuser der Bauern liegen weit auseinander und sind nur an wenigen Stellen zu Dörfern vereint. Aber gerade in der Frühe des Sonntags sind die Wasseradern und grünen Ufer mit der anmutigsten Staffage geschmückt. Die hübschen Spreewaldmädchen zeigen sich dann in der prächtig malerischen Tracht, die damals noch von all den »Hankas« – so hießen die meisten – getragen wurde. Der Teint sehr vieler war so weiß und rein wie der einer Städterin; denn der größte Teil ihres Lebens und ihrer Arbeit vollzog sich unter schützendem Schatten.

Wie in der ganzen Kottbuser Gegend, wurde auch hier die Sprache der Urbewohner dieser Provinz, das »Wendische«, gesprochen. Im Spreewald lernte ich die Worte kennen, die »Hanne, Du bist mein Liebchen« und »gib mir einen Kuß« bedeuten; später aber erfuhr ich, wie so manches Interessante dies Idiom dem Linguisten bietet.

Wer ein treues und bis ins einzelne ausgeführtes Bild von dieser merkwürdigen Landschaft kennen lernen will, an die mich auch viel in Holland und manches Hobbemasche Gemälde erinnerte, der nehme den Roman von Wilhelm Bölsche »Die Mittagsgöttin« zur Hand, der zum größeren Teile dort spielt. Er enthält eine Fülle von Naturschilderungen, deren Wahrheit und Anschaulichkeit ihresgleichen suchen.

Besser noch thut er freilich, wenn er sich selbst in dies von Berlin aus so leicht und schnell zu erreichende Stück aus einer fremden, ganz für sich bestehenden Welt begibt.

Es wird ihm auch materiell nicht übel ergehen, wenn die saure Milch, die Butter und das Schwarzbrot so schmackhaft geblieben sind wie vor vierzig Jahren. Die Krebse, die nach dem Urteil von Kennern in ganz Europa nicht ihresgleichen haben sollen, und von denen ganze Wagenladungen in die vornehmen Restaurants von Paris wanderten, sind sicher nicht ausgestorben.

Bei jeder Fahrt in den Spreewald gab es des Schönen und Vergnüglichen genug, aber des stillen Aufenthaltes in meinen lauschigen Waldwinkeln am Ufer des Flusses erinnere ich mich doch noch lieber.

Die Gärungszeit und die Mitschüler.

Wenn auch die Ereignisse des äußeren Lebens während der Kottbuser Gymnasialzeit in meinem Gedächtnis schon lange zeitlich ineinanderschwimmen, so sehe ich doch das Leben in der Schule in eine scharf begrenzte erste und zweite Periode zerfallen.

Die letztere beginnt mit dem Eintritt des Professors Tzschirner in das Rektorat und mit der Reform des Gymnasiums.

Von seinem ersten Tage an weiß ich zu sagen, was uns in der Klasse gelehrt ward, und wie es auf mich wirkte, während mir völlig entfiel, was uns vorher in der Schule gereicht worden war.

Das will mir bemerkenswert erscheinen; denn während mir Langethals, Middendorfs und Barops Unterricht, den ich in so viel jüngeren Jahren genoß, aufs lebhafteste vor Augen schwebt, und es sich mit den Tzschirnerseken Stunden ebenso verhält, ist mir das, was ich vom fünfzehnten bis siebenzehnten Lebensjahr an Wissensstoff in mich aufnahm, so ganz verloren gegangen, als hätte es ein Schwamm von der Tafel meines Gedächtnisses gewischt. Es gähnt zwischen diesen Lehrzeiten ein hohler Raum, und ich darf diesen Umstand nicht allein den Zerstreuungen zuschreiben, die mich von der Schule abzogen; denn sie dauerten auch unter Tzschirners Rektorat, wenn auch mit gewissen Einschränkungen, fort. Ich möchte darum glauben, daß alles, was mir damals gereicht wurde, völlig einflußlos auf mein inneres Leben blieb.

Von den Lehrern erwähne ich gern und achtungsvoll des tüchtigen Professors Braune und widerwillig genug des Mannes, der uns französischen Unterricht erteilte. Seine Stunden boten Gelegenheit zu dem größten Unsinn; denn es ging ihm die Fähigkeit ab, sich unseres Uebermutes zu erwehren. Ich habe ihn leider viel gereizt und geneckt, und am schwersten vergab er mir wohl, daß ich auf sein Gebot, mir den Schnurrbart abzunehmen, mit der einen Hälfte in die Klasse kam und ihm verhieß, die andere sollte in der nächsten Stunde entfernt sein. Er zürnte mir ernstlich und zahlte mir später den Verdruß, den ich ihm bereitet, in nicht eben großmütiger Weise mit Zins und Zinseszinsen heim.

Die anderen Lehrer waren mir wohlgesinnt, obgleich ich es an ähnlichen Knabenstreichen nicht fehlen ließ.

Die meisten beging ich außerhalb der Schule, und einer und der andere brachte mich sogar mit der hohen Hermandad in Berührung.

Wiederholentlich war ich in unerlaubt scharfer Gangart hoch zu Roß durch die Stadt gesprengt. Dann hatte ich einem geliebten Hunde in dem Boltzeschen Gärtchen hart an der Straße ein kleines hölzernes Grabmonument mit der dem Horaz entnommenen Inschrift: »*Multis ille bonis flebilis occidit*«[1] errichten lassen. Endlich war ein noch junger Kläffer von fraglicher Rasse, der unserem Hauswirte gehörte, am frühen Morgen von mir in eine Laterne gesetzt und dann mit dieser in die Höhe gewunden worden, so daß das Hündlein nun am hellen Tage in seinem gläsernen Käfig mitten über der Straße geschwebt hatte.

Diese Streiche, denen ich zahlreiche ähnliche beifügen könnte, hatten zur Folge, daß man mich vielfach den »tollen Ebers« nannte. Frage ich mich jetzt aber, wie ich dazu kam, Freude an solchen Thorheiten zu finden, kann ich versichern, daß es mit nichten geschah, um von mir reden zu machen. Ich bin gewiß nicht ungewöhnlich eitel gewesen. Diese Dinge geschahen vielmehr infolge eines übermächtigen inneren Dranges, eines Thatendurstes, der vielleicht mit Tollheit verwandt war, aber sicherlich zunächst aus einem gewaltigen Ueberschuß an Lebenskraft hervorging.

Ich bin in jener Zeit der Entwicklung, wie das Volk sagt, geradezu »des Teufels« und – mag das Bild auch verbraucht sein – wilder Most gewesen, dem das Faß zu eng ist, und der alles, was ihn fesselt, zersprengen möchte. Wer einmal bald nach der Einführung der jungen gepreßten Trauben auf einem Weingute wohnte und vernahm, wie es unter ihm im Keller braust und tost, kracht und knackt, der wird das alte Bild gelten lassen.

Ja, ich war wie junger Most, und in frohen Stunden, und wenn ich etwas Rechtes – es brauchte keineswegs nur ein dummer Streich zu sein – fertig gebracht hatte, war mir zu Mute, als müßte ich wie eine Rakete aufwärts sausen, dem hohen Himmel entgegen. Manchmal überkam mich ganz ernstlich die Empfindung, als schwebe ich über der Erde, und Riesenarme hätte ich mir wünschen mögen, um die ganze schöne Welt an das übervolle Herz zu drücken.

Ich glaube auch, daß mir die ärgsten Thorheiten nur darum so willig vergeben wurden, weil man fühlte, wie natürlich sie waren. Aus dem nämlichen Grunde kam es mir auch nie. in den Sinn, sie zu bereuen oder mich zu fragen, ob es denn nicht mißlich sei, gleichsam das Privilegium für dergleichen zu besitzen; denn wenn andere es mir nachthun wollten, so scheiterten sie dabei in jeder Hinsicht.

Freilich beschützte mich ein inneres Etwas davor, wem es auch sei, mit meinen Streichen wehe zu thun. Ich könnte auch sagen ein Instinkt oder, wenn es nicht zu eitel klingt, ein gewisser Herzenstakt hatte mich davor bewahrt; denn die Folgen denkend abzuwägen, lag mir recht fern.

Ein Dämon – ich finde keine andere Bezeichnung – beging sie aus mir heraus.

Hätte ich, bevor ich den Streich beging, den Verstand befragt, er wäre ganz unterblieben. Wozu der Dämon mich auch trieb, das mußte geschehen, wenn es keinem andern als mir selbst wehe zu thun drohte. Er drängte mich auch zu mancher Tollheit, deren ich heute noch herzlich gern gedenke, und, gottlob, zu keiner einzigen, die mir ein strenger Erzieher – vorausgesetzt, daß er es nicht verlernte, sich in das Herz der Jugend hinein zu versetzen – ernstlich zum Vorwurf machen würde.

Die meisten dieser Wagnisse und Streiche sind teils zu knabenhaft, als daß sie sich der Mitteilung lohnten, teils widersteht es mir, von Thaten zu berichten, die nur der Jugend an der Jugend gefallen.

Was sich an übersprudelndem Ungestüm nicht in solchen Streichen Luft machte, das drängte sich in anderer Gestalt zu Tage.

Ich hatte zu dichten begonnen, und welch mächtiges Gefühl mich auch immer bedrängte, es fand in Versen Ausdruck, die ich oft, wenn sie mir die Seele erleichtert hatten, auch den Kameraden zeigte, bei denen ich Teilnahme für sie erwarten durfte.

Im Boltzeschen Hause lebten mit mir auch andere Pensionäre. Einige blieben nur kurze Zeit, und von ihnen erwähne ich nur die Primaner Nicolai und Säbisch.

Dieser kam aus dem benachbarten Städtchen Spremberg und war ein wohlbegabter, frischer junger Mann, den ich gern hatte, und der mich auch mit zu den Seinen nahm. Sie bewohnten ein stattliches Haus am Spremberger Markte, worin die ansehnliche Druckerei des Vaters sich befand. Da lernte ich zum erstenmal ein wohlhäbiges deutsches Bürgerhaus vom alten Schlage kennen, und ich denke noch gern nicht nur an die hübsche Schwester des Freundes, sondern auch an die Mahlzeiten an dem großen Tische, der am oberen Teil die Familie und die Gäste, am unteren die Bediensteten des Hauses vereinte. Wie wohlanständig verhielten sich diese beim Speisen, wie bescheiden erhoben sie sich, wenn sie sich gesättigt. In patriarchalischer Würde saß der Hausherr an der Spitze der Tafel. Er wollte nicht von der alten Sitte lassen, obgleich er ein Mann war, der bei jedem Symposium der Gebildeten seinem Platze Ehre gemacht hätte.

Ein anderer, jüngerer Pensionsgenosse hieß Strücker und war der Sohn eines Gutsbesitzers, dessen große und schöne Fluren in der Nähe von Komptendorf lagen. Ich hatte den hübschen, gefälligen Knaben sehr gern, und auch er führte mich zu den Seinen.

Bei der Hochzeit seiner Schwester, der ich als Gast beiwohnen durfte, war ein großer Teil der Niederlausitzer Gutsbesitzerschaft versammelt, und stattlichere Männer und anmutigere Frauen sah ich selten beisammen. Und was konnten die Herren leisten, als das Trinken begann! Die »Itze« und »Witze« und »Ows«, die den Nürnberger Burggrafen und neuen Kurfürsten von Brandenburg das Leben so schwer gemacht hatten, zeigten sich beim Wein der ritterlichen Väter würdig. Auch mich hatte ein freundliches Schicksal schon jung mit der Fähigkeit begabt, seiner Uebermacht wacker zu widerstehen.

Beim Polterabend wurde unter anderem auch ein von mir gedichteter Scherz aufgeführt, doch ging er mir ebenso verloren wie die gereimte Leichenrede, die ich dem stark enthaarten Cylinderhutungetüm eines Gastes hielt, den wir junges Volk mit Blumen gefüllt – ich meine den Hut – in ein feuchtes Grab versenkten.

Mein liebster Hausgenosse, für den ich eine warme Freundschaft empfand, war der Baron von Löbenstein, Majoratsherr einer Lausitzer Herrschaft, der nur wenig älter als ich, mich, der ich ja auch von mittlerer Größe bin, um mehr als eines Hauptes Länge überragte. Trotz dieser erstaunlichen Größe waren seine langen Glieder harmonisch entwickelt, und zu Fuß wie zu Pferde nahm er sich bei der ruhigen Vornehmheit seiner Bewegungen gleich vortrefflich aus.

Wir waren äußerst verschiedene Naturen, und seine phlegmatische Gelassenheit, über die sich manchmal der Anflug einer leisen Schwermut breitete, muß scharf genug gegen meine nie ermüdende Lebendigkeit abgestochen haben. Auch ich hatte auf dem Keilhauer Turnplatz eine feste Haltung gewonnen, doch was mir auch begegnete, trat schnell in Beziehung zu meinem inneren Leben, nötigte mir Teilnahme ab und zwang mich, Stellung dazu zu nehmen, während Löbenstein das Leben gelassen an sich vorbeifließen ließ und nur einzelne hervorragende Erscheinungen seiner Teilnahme wert hielt. Er war zu bequem, um angestrengt fleißig zu sein, doch that er seine Schuldigkeit, und was ihn interessirte, das erfaßte er mit Wärme. Sein ruhiges Urteil, das er knapp und oft witzig zum Ausdruck brachte, traf gewöhnlich den Nagel auf den Kopf und war sein wie seine ganze Natur. Er hielt mich von manchem dummen Streiche zurück, ich gab ihm, denk' ich, manche Anregung, und während der ganzen Zeit unseres Beisammenseins trübte sich unsere Freundschaft nicht eine Stunde. – Es fiel mir sehr schwer, mich von ihm zu trennen, und als ihm der Vater starb, empfand ich es mit ihm wie einen eigenen Schmerz.

Einmal war es uns beschieden, an einem Mitpensionär eine merkwürdige psychologische oder pathologische Erfahrung zu machen; denn es begegnete uns einer der traurigsten Fälle unausrottbarer Kleptomanie bei einem vierzehnjährigen Knaben von guter, adeliger Familie.

Dr. Boltze frug uns eines Tages, ob wir es billigen würden, wenn er es mit einem Jungen versuchte, der einmal, weil er einem Kameraden etwas »genommen«, aus einer Anstalt verwiesen worden war. Ohne unsere Zustimmung wollte er uns keinen Hausgenossen geben, an dessen Ehre ein Makel haftete; der Junge sei bei seiner Frau, habe den besten Willen, sich zu bessern, und wir könnten ihm Bescheid sagen, nachdem wir ihn angesehen hätten.

Wir fanden nun einen bildhübschen Blondkopf mit großen blauen Augen und beschlossen »sa« zu sagen und dem unglücklichen Verirrten zu helfen, auf dem rechten Wege zu bleiben.

Aber schon nach wenigen Wochen bestahl er uns, und nachdem wir ihn im stillen auf eigene Hand gezüchtigt, vergriff er sich im Laden eines Schreibmaterialienhändlers an allerlei Waren. Doch wir hatten beschlossen, den Knaben zu bessern, und als er zum drittenmal des Diebstahls überführt worden war, stellten wir ihm abermals dringend vor, was aus ihm werden müsse, wenn er so fortfuhr, und versicherten ihm, daß ein nochmaliger Fehltritt der letzte in diesem Hause sein würde.

Unter Thränen versprach er, sich zu bessern, und seine großen blauen Augen baten uns gar rührend um Verzeihung. Als er sich aber kaum entfernt hatte, fanden wir, daß er während unserer eindringlichen Rede in eine offen stehende Kasse gegriffen hatte, in der gewisse Strafgelder aufbewahrt wurden. Die entwendeten Groschen fanden wir in seinem Bette versteckt.

Nun war unsere Geduld zu Ende. Er wurde nach Hause geschickt, und der unglückliche Vater gab ihn als Schiffsjungen auf eine Kaussarteibarke. Ich weiß nicht, was aus ihm wurde, doch meine ich, daß wir ihn falsch und zu streng beurteilten.

Sicherlich war der furchtbare, unbezähmbare Trieb, der ihn zum Stehlen zwang, auf eine kranke Stelle des Gehirns zurückzuführen, und der Vater hätte ihn nicht der Entrüstung redlicher Seeleute preisgeben, sondern dem Irrenarzt anvertrauen sollen.

Die Mitschüler setzten sich aus sehr verschiedenen Elementen zusammen. Unter den jungen Herren, die für teure Pension bei den Lehrern des Gymnasiums wohnten, befand sich kein einziger, der regelmäßig fleißig gewesen wäre und etwas Hervorragendes geleistet hätte. Aber auch von den wenigen, deren Väter Bauern waren oder ganz geringen Ständen angehörten, stand keiner in Prima an der Spitze der Klasse. Sie waren sehr fleißig. doch entsprach der Erfolg selten der aufgewandten Mühe.

Der wohlunterrichtete, doch mit weltlichen Gütern spärlich bedachte Mittelstand lieferte dem Gymnasium das vorzüglichste Material.

Ein gesundes Etwas, das ich aus Keilhau mitgebracht hatte, war mir zu Hilfe gekommen, den nächsten Verkehr mit den jungen Herren zu vermeiden, die hierher gekommen waren, um das Examen zu machen.

Gleich nach Löbenstein hatte ich vielmehr einige Kameraden am liebsten, die entschieden zu den Besten in der Prima gehörten.

Der hochbegabte Sohn des Komptendorfer Pastors, Albin, ist jung gestorben, die drei anderen aber haben es zu etwas Rechtem gebracht und sind mir nicht aus den Augen geschwunden.

Panck ist gegenwärtig der hochangesehene Superintendent und allverehrte erste Geistliche der Stadt Leipzig, und ich hatte die Freude, dort den alten Verkehr mit ihm neu anzuknüpfen; Hübler ist ein hoher preußischer Staatsbeamter, und Schlieben eine Zierde der Quedlinburger Kanzel.

Auch er war der Muse hold, und wir lasen einander gern unsere dichterischen Versuche vor. Ich besitze noch ein hübsch eingebundenes Gedenkbuch, das er mir mit weißen Blättern zum Einschreiben meiner Gedichte schenkte. Als Widmung stehen auf der ersten Seite die von ihm gedichteten Verse:

>>Wie auch der trotzende Kiesel, so wie der ertragende Pflugzahn
Schwinden im Laufe der Zeit: Dichter entgehen dem Tod.
Hurtig vertraue darum die flüchtige Muse dem Buche,
Das ein Freund dir geweiht, der dir Unsterblichkeit wünscht.
Schon im Geiste ich lese von Cotta die neuste Annonce:
Lieferungsweise erscheint Ebers im Schillerformat.<<

Es ist ein merkwürdiges Ding um die Evolutionen der menschlichen Seele. Die Zeit, in der ich voll von sprudelndem Uebermut tolle Streiche beging, und in der ich in der Schule nur für einen Lehrer mit rechtem Ernst thätig war, sah mich in später Nachtzeit oft stundenlang mit glühendem Kopfe an einem tiefsinnigen – ich nannte es >>Weltgedicht<< – arbeiten, in dem ich das Entstehen des kosmischen und menschlichen Lebens darzustellen versuchte. Sein Inhalt ist doch nicht so kindisch, daß ich ihn nicht mitteilen dürfte. Es soll dies aber an einer andern Stelle geschehen, da ich erst als Student in Göttingen etliche einschneidende Veränderungen vornahm, die mir als Unterprimaner kaum gelungen wären, und es mir widersteht, einer früheren Zeit als Besitz zuzuschreiben, woran eine spätere das Beste that. –

Auch manche andere Dichtung, von dem Sonette auf die schönen Ohren einer hübschen Cousine an bis zum Anfang der Tragödie Panthea und Abradat ist damals entstanden; dem >>Weltgedichte<< aber schulde ich besonderen Dank; denn es hielt mich von mancher Thorheit zurück und bannte mich oft wochenlang in den Abendstunden an den Schreibtisch, die viele Kameraden in der Kneipe verbrachten.

Daneben machte es den neuen Direktor auf meine poetischen Neigungen aufmerksam; denn eine stattliche Reihe von Versen aus dem Weltgedichte war auf etlichen Blättern aus Versehen in einem Schulhefte liegen geblieben. Er hatte sie gelesen und verlangte auch das übrige zu sehen. Diesen Wunsch konnte ich indessen nicht erfüllen; denn diese Strophen enthielten mancherlei, was dem Schüler strafwürdig vorkommen mußte. Ich überließ ihm darum nur einige der zahmsten Teile und sehe ihn noch, als er sie in meiner Gegenwart las, in seiner eigenartigen Weise beifällig schmunzeln. Er sagte mir auch etwas von entschiedenem Talent, und als der Actus zur Feier des Geburtstags des damaligen Königs Friedrich Wilhelm IV. vorbereitet wurde, stellte er mir die Aufgabe, etwas Selbstgedichtetes vorzutragen. Ich nahm das gerne auf mich; denn das Dichten machte mir Freude, und waren meine Leistungen auf der Schule auch viel zu unregelmäßig, als daß ich sie gut nennen möchte, bin ich doch sicher der beste Deklamator gewesen.

Der neue Direktor und das Artusgedicht.

Bevor ich mitteile, wie ich meine Aufgabe löste, liegt es mir ob, der Neugestaltung und dem Erneuerer des Gymnasiums einige Worte zu widmen.

Am Schlusse meines ersten Semesters in der Prima erfuhren wir, daß wir einen neuen Direktor bekämen, und zwar einen, der mit eisernem Scepter zu regieren verheiße. Man erzählte sich schaurige Dinge von seiner drakonischen Strenge, und es ward uns bange vor der Zukunft.

Die Antrittsrede gab uns auch Grund, an das Schlimmste zu glauben; denn der große Mann da auf dem Katheder – ein hoher Vierziger – sah zwar stattlich genug aus und hatte mit der rasirten Oberlippe und dem braunen Backenbart, mit der geraden Haltung und dem energischen Wesen etwas mannhaft Vornehmes an sich, das an einen englischen Parlamentsführer erinnerte; was er sagte, klang aber beinahe bedrohlich. Er verschwieg nicht, daß hier vieles gewesen sei, wie es nicht sein sollte, und erklärte dann, es gelte ein ganz neues Haus zu errichten. Die Lehrer und wir sollten ihm dabei helfen. Dem Willigen werde er ein guter Freund sein, dem Widerstrebenden aber, gleichviel in welcher Stellung, würde er ... Und was nun kam, veranlaßte viele, sich unter dem Tische mit den Füßen zu stoßen, und die jungen Leute, die nur des Examens willen hieher gekommen waren, hatten doch schon sämtlich der Schule den Rücken gekehrt. Auch manchem Lehrer wich das Rot aus den Wangen.

Der Reorganisator, Professor Tzschirner, war früher Direktor des Magdalenen-Gymnasiums zu Breslau gewesen.[1] An Energie und autoritativem Wesen glich er unserem Barop, dazu aber war er ein hervorragender Gelehrter und in der Gesellschaft heimischer Weltmann. Man hatte in Berlin vortrefflich gewählt, und auch wir Primaner sahen bald ein, daß er, unser Ordinarius, es nicht nur gut mit uns meinte, sondern daß wir in ihm einen Lehrer gewonnen hatten, wie wir noch keinen besessen. Wohl verlangte er viel, wer aber seine Schuldigkeit that, dem war er ein väterlich wohlwollender Freund. Seine gütige Gesinnung, sein förderlicher Einfluß machte sich dabei auch im Leben geltend; denn er zog die Primaner, auf die er zu wirken wünschte, in sein Haus, und seine höchst liebenswürdige, hoch-gebildete Gattin half ihm, so daß wir einen bei ihm zuzubringenden Abend den meisten anderen Vergnügungen vorzogen.

Auch der Unterricht fing an uns zu fesseln, und ich kann nur wiederholen, daß er mir an den Langethalschen anzuknüpfen schien und vieles neu belebte, was dieser mir gegeben hatte, und was in der Zwischenzeit gleichsam in Schlaf gesunken war.

Er erweckte die Liebe zu den Alten von neuem in meiner Seele, und seine Horaz- oder Sophokles-Interpretationen sind mir auch später zu gute gekommen.

Langethals Iliaserklärungen hatten ein tiefes Verständnis und seine Liebe zu den Alten geadelt und erwärmt. Ich würde sagen, sie seien zu schön für uns gewesen, wenn nicht für den Schüler das Beste gerade gut genug wäre. Die des neuen Direktors waren weit kühler, doch auch er gehörte zu den Begnadigten, denen das Wesen und die Schönheit des griechischen Altertums sich erschloß. Wohl fehlte ihm der den Schüler mit fortreißende Enthusiasmus des alten Lützower Jägers; dafür aber ging er tiefer ein, und seiner Witz und schneidender Sarkasmus würzten seine mit leiser Stimme vorgetragenen Interpretationen. Wie oft schlug ich ärgerlich über das schnelle Ende der Stunde das Buch zu.

Auch die Grammatik vergaß er mit nichten, doch bei der Erklärung der Klassiker legte er stets das schwerste Gewicht auf den Inhalt, und jede seiner Stunden war ein geistreiches archäologisches, ästhetisches und kulturhistorisches Kolleg. Mir sind auf der Universität keine instruktiveren begegnet. Das Eingehen in philologische und linguistische Minutien, die nicht für die Prima taugen, in der auch andere Elemente als Philologen für den künftigen Beruf vorbereitet werden, unterließ er. Wenn einer, so hielt er indes auf grammatische Korrektheit, und sein Wort »die Schule soll, was man macht, richtig zu machen lehren,« ließ er nie aus den Augen.

Aber vor allem hielt er uns an, selbst zu denken und das Gedachte klar und ansprechend nicht nur schriftlich, sondern auch mündlich wiederzugeben. Darum ließ er uns auch frei vortragen und wöchentlich einmal abwechselnd deutsch und lateinisch über ein Thema disputiren, das er gewöhnlich vorschrieb, das wir aber auch manchmal selbst wählen durften. Mit feurigem Eifer beteiligten sich die meisten an dieser Schlacht der Geister.

Es war, als hätte die Frühlingsluft den Schnee von dem Lande geschmolzen, ein so frisches Grünen und Treiben und Blühen zeigte sich überall in der Schule. Auch mich erfaßte der neue Geist, und wenn ich auch immer noch der Allotria genug trieb, verwandte ich doch auf jede Arbeit für Tzschirner die beste Kraft.

Es ging ruckweise mit dem Schaffen. Ergriff mich der Dämon, so tollte ich eine Zeit lang umher wie früher; aber auch dann that ich für den Direktor meine Pflicht; denn ich verehrte ihn nicht nur, sondern hatte ihn auch lieb gewonnen, und von ihm getadelt zu werden, wäre mir unerträglich gewesen.

Das Actusgedicht, das ich zu Königs Geburtstag hersagte, blieb erhalten, und da ich eben darauf hin schaute, mußte ich lächeln.

Es sollte das Leben Heinrichs des Vogelstellers schildern und sich auf den damaligen König Friedrich Wilhelm IV. beziehen.

Mich für die Person des großen Sachsenkönigs zu erwärmen war mir leicht genug geworden, und mit wahrer Luft vollendete ich die ihm gewidmeten Verse. Als ich dann nach Komptendorf fuhr, verhieß mir dort eine junge Dame, mit der ich mich gern neckte, ein Fräulein von Gärtner, auf dem Actus, den auch die den Schülern verwandten Frauen und Mädchen besuchten, zu erscheinen und mich beim Deklamiren durch ich weiß nicht welche Spässe aus der Fassung zu bringen.

Ich versicherte, daß ihr das nicht gelingen würde, und um den Spieß umzudrehen, fügte ich daheim einige Bilder in das Gedicht, in denen der Name »Gärtner« nicht weniger als fünfmal vorkam. So oft ich diesen bei der Deklamation aussprach, schaute ich ihr bedeutungsvoll ins Antlitz.

Dennoch hat außer uns beiden kaum jemand anderes etwas von diesem frevlen Spiele gemerkt; klangen doch die mit dem Namen meiner anmutigen Widersacherin geschmückten Bilder harmlos und natürlich genug.

Da hieß es:

>>Und wie der Gärtner mit der grünen Rebe
Der Herrin Lieblingsstätte überzieht,
Damit sie Schutz vor Ungewitter gebe
Und Schatten spende, wenn die Sonne glüht;<<

oder:

>>Und wie der Gärtnerin die schwarze Erde
Der starken Eiche Frucht bedächtig senkt,
Damit die Ernte einst den Enkeln werde,
Wenn Epheu längst des Sämanns Grab umfängt,
Also hat König Heinrich seinen Thaten<< etc.

Diese mit loser Hand in den Ruhmeskranz meines Helden eingeschwärzten Blätter beeinträchtigten die glänzende Fülle durchaus nicht, die ich ihm von vorn herein zu geben versucht hatte, und seltsamerweise sollte die Stadt des großen Herrschers, den ich in der ersten Dichtung feierte, mit der ich vor die Oeffentlichkeit trat, sollte Quedlinburg mir bald lieb und auf einige Zeit meine Heimat werden.

Das Lob meines Helden war mir aus dem Herzen geflossen. Das Gedicht fand darum Beifall, und zwar in so weiten Kreisen, daß der in jeder Hinsicht bedeutendste Mann der Gegend, First Püäter-Muskau, dem ich schon vorgestellt worden war, mich um meine Verse ersuchen ließ.

Ich wußte recht wohl, daß sie nicht das Beste darstellten, was ich ihm hätte vorlegen können, doch welchem Vater gefiele nicht wenigstens einiges an seinem Kinde, und so schrieb ich es sauber ab und übergab es dem Zwerge Billy, der des Fürsten rechte Hand war.

Ein zierlicheres Männchen hat es selten gegeben. Er reichte mir trotz seiner gewiß dreißig Jahre nur bis an die Hüften und war so wohl proportionirt und an Gestalt und Gesicht so gar nicht zwergen- oder gar gnomenhaft, daß man ihn gern ansehen mußte.

Um einiges später ließ mich der Fürst, als ich mit einer befreundeten Familie in seinem Branitzer Park lustwandelte, ins Schloß rufen und empfing mich mit dem Rufe: »Sie sind ein Dichter«.

Das trieb mir das Blut in die Wangen, teils vor Freude, teils vor Verlegenheit; denn es waren mehrere Herren in seiner Gesellschaft.

Jene vier Worte aber sind mir lange nachgegangen, ja sie klingen mir heute noch bisweilen vor dem inneren Ohre.

Erst mehrere Jahre später wurde es mir zu teil, den gewandten, reichen und anmutigen Geist des Fürsten in eingehenden Gesprächen mit ihm kennen zu lernen.

Als der »Semilasso« mich in Branitz angeredet hatte, kannte ich noch keines seiner Werke, war der Orient, von dem er so interessant zu reden wußte, mir noch nichts als ein unbestimmtes Sehnsuchtsziel gewesen. Ich hatte damals nur hundert Anekdoten von ihm erzählen hören, die einen jungen Mann von meiner Art ansprechen mußten. Mein Freund Löbenstein, der mit Muskau bekannt war, wußte höchst Merkwürdiges von ihm zu berichten. Ebenso Frau von Berndt, die dem Fürsten schon als Mädchen oft begegnet war, weil er zu Berlin im Hause ihres Vaters am Pariser Platz sein Winterquartier hatte. Die ungewöhnliche Freundlichkeit, die er mir als Schüler und auch später erwies, hatte ich vielleicht auch mehr seinen nahen Beziehungen zu ihr als meinem Gedichte zu danken.

Anderes über den Fürsten hatte ich in seiner von Leopold Schefer verfaßten Biographie gefunden. Ludmilla Assings Veröffentlichungen sollten erst später erscheinen.

Schon als junger Garde-du-Corps-Offizier in Dresden hatte er, nachdem es geflissentlich und als eine Art von Strafe unterlassen worden war, ihn zu einem Hofballe zu laden, sämtliche Lohnkutschen und Portechaisen der Stadt gemietet und dadurch die meisten zum Tanz befohlenen Herren und Damen gezwungen, durch den Schnee zu Hofe zu waten oder dem Tanze ganz fern zu bleiben.

Als der Krieg 1813 begann, war er in den Dienst »der Befreier«, wie die Russen damals hießen, getreten, und an der Spitze seines Regiments soll er den Oberst eines französischen, der ihm entgegenkam, zum Zweikampf herausgefordert und ihn schwer verwundet haben.

Als junger Ehemann überraschte er die Fürstin, die Tochter des Kanzlers Hardenberg, die in erster Ehe an einen Reichsgrafen von Pappenheim vermählt gewesen war, zu Weihnachten mit der Aufputzung einer Tanne vor dem Schlosse. Ich sah diesen Riesen unter den Koniferen in Muskau, und ein gleicher Christbaum hat schwerlich je vor oder nachher am Weihnachtsabend das Dunkel erhellt. Tausende von Lichtern strahlten von ihm der überraschten jungen Frau entgegen, und die gesamte Muskauer Schuljugend konnte sich am nächsten Tage die Taschen mit den Nüssen und Aepfeln füllen, die an allen Zweigen und Aesten des Riesenbaumes aufgehängt worden waren.

Wie mag die »Schnucke« ihrem »Lu« – so nannte sich das fürstliche Ehepaar in vertrauten Briefen – für diese Aufmerksamkeit gedankt haben, die dem Wesen des geliebten Mannes so wohl entsprach.

Das Bild, das die von Ludmilla Assing veröffentlichten Briefe von dem Eheleben dieser hochbegabten, seltsamen Beiden gewähren, ist hier anmutig und fesselnd, dort barock und abstoßend im höchsten Grade; doch eigenartig in jedem seiner Züge.

Aber ich will nicht vorgreifen!

Hier nur so viel. daß es dem Fürsten Pückler scheinbar natürlich war, unbekümmert um das Urteil der Menschen nach seinem Gefallen zu leben, daß dies Gefallen ihn aber antrieb, auf fast jedem Gebiete des Daseins es anders zu machen als sie. Ich sagte nur »scheinbar«; denn wenn er sich auch über den Tadel und das Mißfallen der Menge, die er übersah, hinwegsetzte, so behielt er sie doch bei allem, was er that, im Auge. Eine an Leidenschaftlichkeit grenzende Eitelkeit erfüllte ihn von Kind an, und sie war ihm so ureigen, daß, was er in ihrem Dienste vollbrachte, seiner Natur in der That angemessen zu sein schien.

Auch aus seinen Worten schaut uns diese Eigenschaft des Verfassers oft genug, wenn auch dichter oder weniger dicht verschleiert entgegen; leider aber hinderte das stete um sich Schauen, das Bedürfnis, gesehen zu werden, seinen feinen, zu weit Höherem befähigten Geist, sich recht zu vertiefen. Dies empfand er selbst; doch seine natürliche Begabung war eine so überaus reiche, daß ihm eine gewisse Größe, deren er sich gleichfalls bewußt war, nicht abgesprochen werden darf.

Vor allem haftete nichts Kleines an seiner Gesinnung.

Was ihm aber am höchsten angerechnet werden muß, ist die Energie, mit der er sich in den schwierigen Verhältnissen, in die ihn das Leben gestellt hatte, nach jeder Richtung hin unabhängig zu erhalten verstand.

Das verdient besonderes Lob, weil das Gegen teil der in ihm so mächtigen Eitelkeit oft in großartigster Weise Vorschub zu leisten verhieß. Der rechte Ernst, den er sonst selten zu finden verstand, – wo es sich um seine Unabhängigkeit handelte, wußte er ihn aufs strengste zu behaupten. Auch auf einem andern Gebiete setzte er energisch die ganze Kraft ein.

Das war das gärtnerische.

Seine Parkanlagen können sich den schönsten und edelsten aller Länder zur Seite stellen. Bei einer späteren Begegnung in Hirsau bei Wildbad zeigte er mir, was sie ihm waren und boten.

Nicht nur die von ihm geschaffenen Parks, sondern auch seine ihnen gewidmeten Werke zeugen in der That von treuer Liebe zur Sache, selbständigem Denken, rastlosem Friß und einem vornehmen, durch Erfahrung und weite Reisen gebildeten Geschmack.

Den von Branitz habe ich vollenden sehen. Mir stehen noch die riesigen Wagen mit den niedrigen Vorder- und wenigstens zwei Mann hohen Hinterrädern vor Augen, auf denen sechzig- bis siebenzigjährige Bäume mit enormen Wurzelknollen, an denen ein Stück Land hing, zur Pflanzung in den werdenden Park befördert wurden. Eine lange Kette Ochsen zog sie, und durch die Sorgfalt der Behandlung soll kaum ein einziger auf dem neuen Boden, in den er so spät verpflanzt wurde, verkommen sein.

Der Fürst hatte seine Stammherrschaft Muskau mit dem von der Natur und Kunst so reich ausgestatteten Parte, in dem es wohl die größten und ältesten Bäume Deutschlands gab, verkauft. Der Branitzer sollte ihm den der Väter ersetzen, und ihm gelang das Wunder, in zehn Jahren eine kahle Bodenfläche zu einem Park zu verwandeln, in dem hohe, alte Bäume mit breiten Kronen, hier einzeln, dort zu Gruppen und Alleen vereint, Schatten spendeten. Dichtes Strauchwerk bot den Vögeln, die von selbst gekommen waren, sobald man diese neue Wohnstätte für sie hergerichtet hatte, ein köstliches Heim.

Als ich dem Fürsten zum erstenmale persönlich begegnete, zählte er neunundsechzig Jahre, sah aber, wenn er mit schwarzem Haar erschien, um vieles jünger aus. Zog er es vor, was bisweilen geschah, den schönen Greis zu spielen, war sein gepuderter Hauptschmuck silberweiß. Seine Gestalt war noch hoch und von edlem Wuchse. Aus seinen schönen, doch nicht groß geformten, leicht wechselnden Zügen erkannte man die Lebhaftigkeit seines Geistes und die

Liebenswürdigkeit seines Wesens. Man hätte ihn für einen hochgebildeten hohen Militär halten können, wenn dem nicht eine gewisse leichte Bequemlichkeit der Formen entgegengetreten wäre. Den seinen Mund umspielte oft ein sarkastisches Lächeln, doch die übrigen Züge waren von wohlwollender Freundlichkeit. Ganz eigentümlich war der Blick seiner Augen, die mir als blau vorschweben. Wenn er sich liebenswürdig erzeigen wollte, besonders im Gespräch mit Damen, gewannen sie, die im Verkehr mit Männern, die ihm nichts galten, etwas Steinernes, Abweisendes annehmen konnten, einen warmen, ich mochte sagen zärtlich feuchten Glanz, der manches junge Frauenherz zu schnellerem Schlag gezwungen haben muß. Er ist auch viel und heiß geliebt worden, und wer ihn kannte, fand das natürlich. Er liebte aber, glaub' ich, die eigene Person zu sehr, um das ganze Herz einer andern zu schenken.

Der Oberprimaner.

Ein großer Mensch ist mir von früh an als das Größte von allem Großen erschienen, und wenn Fürst Pückler im Kreise der Menschheit auch kaum zu den Großen gezählt werden darf, so war er doch sicher weitaus der Größte in seiner Branitzer Umgebung.

Mir, dem Neunzehnjährigen, flößte er zugleich Bewunderung, Teilnahme und Neugier ein, und sein »Sie sind ein Dichter« stärkte mir bisweilen den Mut, manchmal wollt' es ihn mir brechen. Was an jugendlichem Ehrgeiz sich in mir regte, kannte damals nur ein Ziel, und das lag auf dem Gebiete keines andern Berufes als auf dem des Dichters.

Daß die Muse nur denjenigen küßt, der sich unter bitteren Schmerzen ihre Liebe errang, wußte ich noch nicht.

Immer noch wollte mir das Leben wie ein Festsaal erscheinen. Ich brauchte dies Bild schon anderwärts, – doch finde ich kein besseres. Es bot mir des Schönen die Fülle, und wie der Vogel jedem Strauche zuflattert, von dem ihm eine rote Beere lockend entgegenglänzt, so ward mein verlangendes Herz von jedem hellen Augenpaare angezogen, das mir wärmer entgegengeschaut hatte. Die Leichtigkeit, mit der ich Verse machte, meine frische Fröhlichkeit und nicht am letzten der Ruf meiner Tollheit leisteten mir Vorschub. Gab ich keine volle Flamme, so war ich dafür auch mit den Funken, die ich zurückerhielt, zufrieden. Deren hab' ich in Fülle manchem jungen Herzen entlockt, doch ward es dadurch so wenig geschädigt wie der Feuerstein, den der Stahl trifft. Ich saß ja noch auf der Schulbank, und wer hätte von der Tändelei mit dem Wildfang ein ernstes Ende erwartet?

Als ich in das letzte Semester trat, war meine Leporelloliste lang genug und enthielt Bilder aus recht verschiedenen Ständen. – Aber auch meine Stunde schien schlagen zu wollen; denn als es in den letzten Weihnachtsferien nach Hause ging, meinte ich für die anmutige Tochter einer liebenswürdigen Gutsbesitzerswitwe eine ernstliche Neigung zu empfinden. Es trat mir Neunzehnjährigem sogar die gewichtige Frage nahe, ob ich ihr Geschick nicht mit dem meinen verbinden und allen Ernstes um sie werben sollte. Mein Vater hatte sich ja eben so jung mit der Mutter versprochen!

In Kottbus wurde ich für voll angesehen, und man behandelte mich als der Beachtung werten Herrn; daheim aber war ich noch »der Junge«, und unter uns drei »Kleinen« blieb ich der Jüngste. Ludo nahm schon als Lieutenant eine Stellung in der Gesellschaft ein, während ich noch Gymnasiast war. Und wie viel ernster und reifer als mich selbst fand ich den früheren Zwillingsbruder, als uns die Weihnachtsfeier bei der Mutter vereinte.

Ich empfand hier, wie thöricht und verfrüht mein Vorhaben war.

Annchen Geppert that der Lausitzer Schönen keinen Abbruch mehr; denn sie hatte in ihrem Onkel Hans – ein junger Rechtsanwalt, und, wie ich zugeben mußte, mir als Freier hoch überlegener, tüchtiger, wahrhaft liebenswerter Mann – den künftigen Lebensgefährten gefunden.

An dem mütterlichen Christbaume hatten sich nur noch vier von uns die Hände gereicht; denn Martha lebte als Gattin des Lieutenants Freiherrn Curt von Brandenstein, der Neffe unserer Tante Sophie, oder besser ihres Gemahls, in Dresden. Ihr Polterabend war köstlich gewesen, und man führte dabei auch von mir Gedichtetes auf. Die Trauung im Dome hatte natürlich der Hofprediger Strauß besorgt. Als es der Mutter auferlegt worden war, sich von der ältesten Tochter zu trennen, hatte sie viele Thränen vergossen, die ich wohl verstand; denn auch mir war der Gedanke schmerzlich gewesen, unsere liebe Martha in Zukunft nicht mehr daheim zu finden.

Doch das war schon verschmerzt, und wir sahen uns ja oft wieder; denn die Mutter ging nun jeden Sommer nach Pillnitz bei Dresden, um der Tochter und bald auch den Enkeln nahe zu sein. Später erwarb sie in dem benachbarten Hosterwitz ein kleines Landhaus, das jedem von uns offen stand, dem es die Zeit erlaubte, bei ihr zu weilen.

Die Großmutter in Dresden war gestorben, doch Tante Sophie lebte noch immer dort und während des Sommers in Blasewitz. In ihrem höchst gastlichen Hause herrschte stets ein an geistiger Anregung reiches Leben, und so war ich häufiger dort als in dem stilleren der Mutter.

Einen Teil der großen oder, wie man sie damals nannte, »Hundstagsferien« hatte ich gewöhnlich in oder bei Dresden zugebracht, doch war es auch zu hübschen Fußreisen nach Böhmen und in den letzten, nach meiner Versetzung in die Oberprima, in den Schwarzwald gekommen.

Eine köstliche Wanderung! Und doch kann ich ihrer nur mit Wehmut gedenken; denn meine beiden blühenden Reisegefährten, ein junger, talentvoller Maler Rothermund und ein Student der Rechtswissenschaft Förster, sind mir beide jung vorangegangen. Wir hatten uns im Eisenbahncoupé getroffen und zwischen Frankfurt und Heidelberg beschlossen, zusammen zu bleiben. Das gedieh uns allen zum Besten, und diese Fußreise durch den Schwatzwald, bei der auf dem Dorfe eingekehrt wurde und es bei bescheidenem Genügen das größte Vergnügen gab, gehört zu meinen frischesten Lebens- erinnerungen.

Wir waren alle drei jung, rüstig und empfänglichen Gemütes, und doch ganz verschieden. Schöner als auf dieser Wanderung ist mir der Schwarzwald mit seinen Bergen und Thälern, dunklen Forsten und grünen Wiesen, klaren, rauschenden Wassern und freundlichen Dörfern niemals erschienen. Aber mir standen, nachdem ich die Freunde verlassen, um nur dem einen ein einzigesmal wieder zu begegnen, noch herrlichere Tage bevor.

Ich ging nach Rippoldsau, wo eine liebe Nichte der Mutter mit ihrer reizenden Tochter Betzy[1] mich erwartete. In dem vortrefflichen Göhringschen Gasthofe daselbst fand ich die angenehmste Gesellschaft, in der es nur an jungen Herren fehlte. Mit mir vermehrten sich die vorhandenen um zwei nimmermüde Tanzsüße, und nun wurde Abend für Abend, nachdem die Tische schnell abgedeckt waren, getanzt. Die kleine Kurkapelle spielte dazu auf, und die Alten mußten bitten und befehlen, um dem Vergnügen der Jugend ein Ende zu machen. Doch am nächsten Morgen sollten die Töchter wieder frisch sein; denn dann wurden Spaziergänge durch die herrlichen Wälder gemacht, die Rippoldsau rings umgeben. Am Nachmittag schoben wir Kegel, warfen Reisen oder spielten Laufspiele im Freien. Dabei verlor ich sehr schnell das leicht entzündete Herz an eine reizende junge Dame aus Straßburg, die Leontine hieß. Sie gestattete mir, ihr Ritter zu sein, und schien mir unrecht gegen mich gehandelt zu haben, als ich nicht gar zu lange nach unserer Trennung ihre Verlobungsanzeige erhielt. Ich denke ihrer immer noch als einer höchst anziehenden und vielleicht der graziösesten Erscheinung, mit der mich das Leben in Berührung brachte. Ihren wunderschönen hellen Augen danke ich es vielleicht mit, daß es mir vorkommt, als hätte es in jenen vierzehn Tagen nur lauter Sonnenschein und keine Wolke am Himmel gegeben. In meinem jetzigen Zustande berührt es mich wehmütig, wenn ich einer Wette gedenke, die ich in Rippoldsau gegen einen jungen Engländer gewann. Es war mir geglückt, über drei neben einander gestellte Pferdekrippen zu springen.

Die Trennung von Rippoldsau, wo ich auch zuweilen die Jagdlust befriedigt hatte, fiel mir sehr schwer. Der Gedanke, wieder auf die Schulbank zurück zu sollen, kam mir gräßlich, beinahe unerträglich vor, und es bedurfte eines Tzschirners, um mich wieder mit dem Unterrichte zu versöhnen.

Darf ich auch bei diesen Ferienerlebnissen nicht zu lange verweilen, muß ich doch eines Umstandes gedenken, der mir noch nach vielen Jahren einen ganz bestimmten Traum vorführte.

Das Göhringsche Haus war überfüllt, und so hatte der meinen Verwandten gern gefällige Wirt, um mich überhaupt aufnehmen zu können, mein Bett in dem Zimmer aufstellen lassen, das seine Sammlung ausgestopfter Vögel enthielt. Alle Wände waren mit solchen bedeckt, und was auf dem Schwarzwald fleucht, vom Auerhahn bis zum Zaunkönig, vom Steinadler bis zur Grasmücke, war hier versammelt. Wenn ich früh erwachte, schauten sie mir alle mit ihren dummen Glasaugen ins Gesicht, und wenn ich erregt vom Tanze heimkam, wandten sie mir die geschnäbelten Köpfe entgegen. Schon in Rippoldsau träumte mir nun, daß sie sich aus den Kästen befreit hätten und mich in näherer und weiterer Entfernung umkreisten. Die bösen Elben und Lorinnen, oder wie sonst die den Alp erzeugenden Unholdinnen heißen, deren nähere Bekanntschaft ich erst Ludwig Laistner verdanke. lassen mich sonst, gottlob, für gewöhnlich in Frieden. Nur die Rippoldsauer Vögel übernehmen ihre Rolle heute noch bisweilen, indem sie mich umflattern und anzufallen trachten. Glücklicherweise tritt das Bild der elfenhaften Leontine manchmal an ihre Stelle.

Die Oster- und Weihnachtsferien verbrachte ich gewöhnlich in Berlin bei der Mutter. Als Primaner war es mir dann gestattet, in befreundeten Häusern an Gesellschaften teilzunehmen, die mich mit mancher hervorragenden Persönlichkeit zusammenführten. So habe ich schon damals mit Alexander von Humboldt am nämlichen Tische gespeist.

Die arme Mutter! Wenn ich in Berlin als Feriengast bei ihr war, und ich wollte am Abend in ein Vergnügungslokal, ließ sie mich nie allein. Selbst in das vorstädtische Theater der »Mutter Gräbert«, wo gräßliche Schauerstücke gegeben wurden, begleitete sie uns. Auch der Kopfschmerzen achtete sie nicht, die dem Besuche eines mit Rauch erfüllten Lokales oft für sie folgten, um auch dort die Flügel über uns zu breiten. Und was frommte ihr dies liebenswürdige Martyrium? Den Jüngling und die Jungfrau, die sich nicht selbst behüten, kann auch der vieläugige Argus nicht genügend bewachen.

Von dem damaligen politischen Leben in Berlin gibt es nichts Erfreuliches zu berichten. Wie es dort stand, erfuhr ich jedesmal schon bei meiner Ankunft; denn wenigstens in den ersten Jahren meiner Kottbuser Schulzeit wurde niemand ohne eine Legitimation in die Stadt gelassen. Konstabler verlangten eine solche am Ausgange des Bahnhofs oder im Hofe der Post von den Reisenden, und als ich einmal keine andere vorzuweisen hatte als meine leider nicht sonderlich glänzende Zensur, ließ man mich zwar durch, doch setzte sich ein Schutzmann zu mir in die Droschke und überzeugte sich in der Wohnung der Mutter, ob ich Siebenzehnjähriger in der That derjenige war, für den ich mich ausgab, und kein gefährlicher Staatsverräter.

Bruder Ludo wurde, kurz bevor er in die Armee trat, nachdem er eine Freundin der Schwester spät abends nach Hause begleitet, auf die Wache geführt, wo er bis zum Morgen unter allerlei aufgefangenem Gesindel zu verbleiben hatte. Er war für »verdächtig« angesehen worden, weil er den bequemen breitkrämpigen Schlapphut (Kalabreser) getragen hatte, den er sich am Nachmittag gekauft.

Es war einer der häßlichsten, schmählichsten Abschnitte in der preußischen Geschichte.

Die schönen Bestrebungen des Reichstages in der Paulskirche zu Frankfurt waren gescheitert, die Reichsverfassung zu einem edlen historischen Denkmale geworden, dessen nur noch wenig Auserwählte gedachten. Dem Könige, in dessen Hand es gelegen hätte, sich an die Spitze des geeinigten Deutschlands zu stellen, war es weit wünschenswerter erschienen, die Freiheit des Vaterlandes zu unterdrücken, als seine Einheit zu fördern. Doch wir haben seine Weigerung nicht zu beklagen. Das gemeinsam in gemeinsamer Begeisterung vergossene Blut ist ein besserer Kitt als der Beschluß eines Parlamentes.

Die leitenden Kräfte sahen damals nur einen Käfig in der Verfassung. Die Stäbe an ihm hinderten sie, einen entscheidenden Schlag zu thun; was ihnen aber durch die Zwischenräume erreichbar war, das zausten und schädigten sie, soweit es in ihrer Kraft lag. Im Volke waren die Worte »reaktionär« und »freisinnig« zu Stichwörtern geworden, die Familie und Familie, Freund und Freund trennten.

Auch in Kottbus konnte man das Mißtrauen und die Feindseligkeit wahrnehmen, die auf dem Gebiet der Politik herrschend geworden. Die Freisinnigen fühlten sich vergewaltigt, die Reaktionäre triumphirten; sie empfanden aber dennoch die Unzulänglichkeit der das Staatssteuer regierenden Kräfte. Ich hörte diesem Gefühl in ihren Kreisen oft genug mit ernstem Mißbehagen Worte leihen.

Zufrieden war niemand, auch nicht die Landräte, die das damalige Wahlsystem so zahlreich in die Kammer brachte.

»Kladderadatsch« hatte damals die Frage gestellt: »Wenn der Tiergarten die Lunge Berlins ist, was ist dann der Dönhofsplatz?« Und es war die Antwort erfolgt: »Der Magen; denn die Kammer liegt ihm darin.«

Wohl uns, daß die Preßfreiheit schon dergleichen auszusprechen gestattete! Das schwer Erträgliche konnte wenigstens als das, was es war, bezeichnet werden, und die Presse ließ es nicht an Tropfen fehlen, die den Stein endlich auszuhöhlen verhießen.

In Komptendorf und fast überall auf dem Lande gab es nur Konservative. Herr von Berndt war zu den Wahlen in die Stadt gefahren. Pastor Albin, der Pfarrherr seines Dorfes, hatte dem freisinnigen Kandidaten die Stimme gegeben. Als der Gutsherr nun den Wagen bestieg, und der Geistliche ihn bat, ihn mit nach Hause zu nehmen, rief der sonst durchaus höfliche und gefällige Mann, der das Gespann selbst lenkte, ihm zu: »Wer nicht mit mir wählt, der nicht mit mir fährt!«, berührte die mutigen Füchse mit der Peitsche und fuhr ohne den Pastor von dannen.

Dr. Boltze war »liberal«, und er hatte manche Zurücksetzung zu erfahren, weil seine Gesinnung im Ministerium bekannt geworden war. Und wie vorsichtig hielt er damals noch mit ihr zurück.

Unser Religionsunterricht konnte als Spiegelbild der Gesinnung gelten, die dem Minister Raumer genehm war. Sie hatte denjenigen, der ihn erteilte, verhältnismäßig jung zum Superintendenten gemacht. Das Wort »Pöbelehe« für Zivilehe stammte von ihm, und man hatte es oben gewiß in das goldene Buch eingetragen.

Er war ein feuriger Eiferer, der uns zu bestimmen suchte, seinen Ingrimm und seine Verachtung zu teilen, wenn er über Bauer, David Strauß oder Lessing, den Dichter des »schnöden Nathan«, den Stab brach.

Wenn es sich um Thatsachen aus der Kirchengeschichte handelte, wußte er uns lebhaft anzuregen; denn er war ein begabter Mann und gewandter Redner; – aber ein das Gemüt freundlich berührendes Wort, eine Mahnung zu Liebe und Frieden ist ihm uns gegenüber nie von den Lippen gekommen.

Die Ferien waren die einzige Zeit, die mich mit der Mutter zusammenführte, und auch sie gehörten ihr gewöhnlich nur halb. Ich hörte auf, bei allem, was ich that, wie es noch in Keilhau geschehen war, an sie zu denken. Wenn ich aber in den Ferien eine Zeit lang bei ihr gewesen war, wenn sich der Zauber ihrer Persönlichkeit meiner Seele wieder bemächtigt, und ihre Liebe die meine neu entzündet hatte, dann wurde es bald wie in früheren Tagen und es drängte mich, ihr mein ganzes Herz zu öffnen und sie an allem teilnehmen zu lassen, was mich bewegte. Dann fühlte ich mich auch ermutigt, ihr, doch ihr ganz allein, die neu entstandenen Verse vorzulesen, und sie war die einzige, der ich mein »Weltgedicht«, so weit es damals fertig war, vorlas.

Mit frohem Erstaunen hörte sie mir zu und bekannte gegenüber einzelnen Stellen, daß sie sie schön fand. Dann warnte sie mich, jetzt schon auf dergleichen zu viel Zeit zu verwenden, und küßte und streichelte mich endlich so lieb, ich kann's nicht beschreiben! In den nächsten Tagen sah sie mir an den Augen ab, was ich nur immer wünschte. Ich fühlte, daß ich vor den ihren gewachsen war, und sie bekannte mir später selbst, wie große Hoffnungen sie damals auf mich gesetzt, zumal der Direktor Tzschirner sie vor kurzem dazu ermutigt hatte.

Eine Novelle, die sich wirklich begeben.

Nachdem ich als Oberprimaner aus den Weihnachtsferien nach Kottbus zurückgekehrt war, stürzte ich mich Hals über Kopf in die Arbeit, und setzte ich einmal die volle Kraft ein, so ging es schnell vorwärts.

Selbst in der Mathematik hatte ich es dank dem tüchtigen Unterricht des *Dr.* Boltze so weit gebracht, daß ich der Prüfung unbesorgt entgegensehen konnte. Enger als früher hielt ich mich auch zu den übrigen Primanern, und ihre fröhlichen Kneipereien waren meine beste Erholung.

Den Besuchen auf dem Lande legte ich Beschränkungen auf.

So verging der Januar, und ich war so fleißig, daß ich oft erst lange nach Mitternacht die Bücher zuschlug, und Frau Boltze mich einmal in ihrer scherzhaften Weise von oben bis unten anschaute und dann bemerkte, sie müsse mich genau betrachten, um zu sehen, ob ihr »toller Ebers« nicht in Berlin vertauscht worden sei.

Selbst ins Theater war ich noch nicht gekommen, obgleich ich gehört hatte, die aus Frankfurt angekommene von Hoxarsche Truppe sei ausgezeichnet. Was ich früher auf der Kottbuser Bühne gesehen, war indes so erbärmlich gewesen, daß man mir diese Enthaltsamkeit nicht hoch anrechnen darf.

Jetzt wurde besonders die erste Liebhaberin als ein Wunder von Schönheit und als ein hervorragendes Talent, das sich in die kleine Stadt verirrt habe, gepriesen. Das erregte denn doch meine Neugier, und als ein Mitabiturient, der den Schauspieldirektor kennen gelernt hatte, mehrere von uns auf die Seite zog und uns mitteilte, der Leiter der Bühne würde sich freuen, wenn wir bei der nächsten Aufführung der Räuber mitwirken wollten, sagte ich natürlich mein Erscheinen zu. Es galt, bis zur Unkenntlichkeit verkleidet, die Bande des Karl Moor zu verstärken und »Ein freies Leben führen wir« zu singen. Als wir sechs oder sieben Primaner aus der Hand der Garderobière und des Friseurs hervorgegangen waren, durften wir sicher sein, der leiblichen

Mutter und wie viel mehr noch den Lehrern, die etwa die Vorstellung besuchen würden, unkenntlich zu sein

Wir machten unsere Sache auch gut, und niemand ahnte in dem überfüllten Hause, wer den Räuberckor so frisch und lebensvoll sang.

Das Treiben auf der Bühne interessirte mich lebhaft, und hinter der Coulisse versteckt sah ich dem großen Teile der Vorstellung zu, bei dem wir unbeschäftigt waren.

Was es da zu schauen gab, lohnte das Hinblicken reichlich; denn der Darsteller war ein ganz junger, von der Natur in jeder Hinsicht reich ausgestatteter Gast des Theaters Namens Hugo Müller. Er hatte eine vortreffliche Bildung genossen und das Studium mit der Bühne vertauscht. Später sah ich ihn in Riga, Dresden und Leipzig in sehr verschiedenen Rollen großen Beifall ernten.

Das Spiel der Amalie war dem seinen nicht gewachsen, doch hörte ich von allen Seiten, daß man sie, um ihr gerecht zu werden, im Lustspiele sehen müsse; aber das Auge durfte sich auch im Trauerspiel an ihr freuen.

Eine gleich liebreizende, jugendfrische Amalie hat gewiß selten die Bretter geschmückt, wie die der damals achtzehnjährigen Klara, die als ein Schauspielerkind schon vor geraumer Zeit die Bretter betreten. Ihre großen, frohen blauen Augen eigneten sich schlecht zum Weinen und zum Ausdruck bitterer Seelenwehs, ihr roter Mund, der gern zwei Reihen perlenweißer Zähne sehen ließ, schien nur zum Lachen und zum Küssen geschaffen. Reizende Grübchen in Wange und Kinn verliehen ihrem Antlitz, wenn sie heiter erregt war, eine bezaubernd schalkhafte Anmut, und wie schön war das volle aschblonde Haar dieses von der Natur so reich bevorzugten jungen Geschöpfes, dessen seltene Gaben auch bald darauf in keinem geringeren als dem Dresdener Hoftheater zur Geltung kommen sollten.

In großer Erregung verließ ich die Bühne, obgleich ich kein Wort mit ihrer anmutigen Zierde gewechselt.

Die Folge dieses Theaterbesuches war indes dennoch, daß ich, statt Geschichtszahlen zu lernen, wie ich mir vorgenommen hatte, mein beiseite geschobenes Trauerspiel »Panthea und Abradat« wieder vornahm; denn der Auftritt, in dem die schöne gefangene Fürstin das glühende Werben ihres Hüters Araspes, der die Macht der Liebe bis dahin geleugnet, mit edler Frauenwürde zurückweist, stand mir so lebendig vor der Seele, daß ich ihn aufzeichnen mußte.

Auch in jeder folgenden Nacht fügte ich, sobald die Arbeiten für den Direktor beendet waren, neue fünffüßige Jamben zu der Tragödie, deren Stoff ich der Cyropädie des Xenophon entnommen.

So oft die von Hoxarsche Truppe spielte, ging ich ins Theater. Da sah ich denn die reizende Klara in heiteren Rollen und fand alles, was ich von ihr gehört hatte, weit übertroffen. Ihre persönliche Bekanntschaft zu suchen, ging indes nicht an. Das Examen war so nahe, und es kam dem Gymnasiasten, den es immer noch lebhaft genug zu der anmutigen Gutsbesitzerstochter hinzog, kaum in den Sinn, eine Annäherung an die Schauspielerin zu erstreben. Aber höhere Mächte hatten es übernommen, den Vermittler zu spielen und mich zum Helden einer Novelle zu ma chen, die so schnell und so viel weniger tragisch als unangenehm endete, daß ich, wenn ich dies Motiv aus dem eigenen Leben in einen Roman verflechten sollte, mich schämen würde, dabei den großen Apparat in Bewegung zu setzen, dessen sich das Schicksal bediente.

Etwas mehr als eine Woche war seit der Aufführung der Räuber vergangen, als eines Tages die letzte Nachmittagsstunde durch Sturmläuten und Lärm auf der Straße gestört wurde. Eine Feuersbrunst war ausgebrochen, und sobald Professor Braune den Unterricht geschlossen hatte, folgte ich draußen dem Menschenstrome, der sich die Straße vor dem Spremberger Thore herunterwälzte. In der an ihr gelegenen Kubischschen Tuchfabrik war der Dampfkessel gesprungen, und dies Ereignis hatte schreckliche Folgen gehabt. Der in der Nähe der Feuerung gelegene Teil des großen Gebäudes war in Flammen geraten und ein großes Stück der eigentlichen Fabrikräume zusammengestürzt.

Als ich mit einigen Kameraden auf dem Schauplatze dieses Unglücks erschien, war man der Flammen schon Herr geworden, doch viele Hände bemühten sich, den Schutt abzutragen, um die Arbeiter zu retten, die unter ihm begraben lagen. Da trat auch ich auf die Trümmerstätte und half eifrig mit.

Es war inzwischen dunkel geworden, und wir mußten beim Schein der Laternen die Hände regen. Mehrere Arbeiter hatte man schon aus den Trümmern hervorgezogen, und sie waren, gottlob, sämtlich am Leben. Schon hielten wir das Rettungswerk für vollendet, als es hieß, daß noch einige Mädchen fehlten, die sich in einem der unteren Räume aufgehalten hatten.

Dorthin galt es zu dringen; doch dies schien der Qualm und Staub zu verbieten, der die Luft erfüllte, und außerdem drohte neben dem freigelegten Stücke des Gebäudes ein anderes, höheres mit dem Einsturz.

Ein Baumeister, der das Abräumen mit großer Umsicht geleitet hatte, stand dicht neben mir und gab den Befehl, mit dem Einreißen der Mauer zu beginnen; denn das Hinunterdringen würde nur neue Opfer kosten.

Da hörte ich ganz deutlich einen unsagbar jammervollen, langgezogenen Klagelaut. – Ein schmalschulteriger, kränklich aussehender Mann, der trotz seiner sehr schlichten Kleidung den besseren Ständen anzugehören schien, hörte ihn mit mir und das Wort »schrecklich!« drang ihm im Tone des wärmsten Mitgefühls von den Lippen. Hierauf beugte er sich zu dem schwarzen, qualmenden Raume nieder, und ich that das Gleiche.

Da ließ der Jammerruf sich noch kläglicher und lauter vernehmen als vorher. Der Nachbar und ich schauten einander in die Augen, und leise hörte ich ihn die Frage: »Sollen wir?« an mich richten.

Im Nu hatte ich den Rock von mir geworfen, das Taschentuch in die Hand genommen und mich in den qualmenden Raum niedergelassen. Dann war ich mit dem Tuch vor dem Munde durch ein erstickendes Gemisch von Kalk und Sand vorwärts gedrungen.

Den Weg wies mir und dem andern, der mir ungesäumt gefolgt war, das Aechzen und Jammern der Verschütteten. Mit dem Aufgebot der ganzen Kraft warf ich, ich weiß nicht mehr was, zur Seite, mein Gefährte half, und endlich tauchten zwei weibliche Gestalten aus dem Dunst und Dunkel hervor, in das die Laternen, die man, so weit es anging, zu uns niederließ, unruhige Streiflichter warfen.

Die eine Frau lag am Boden, die andere lehnte auf den Knieen an einer Wand. Mein Begleiter erfaßte die Schultern der ersteren, ich die Füße, und so schleppten wir sie wankend nach der nahen Stelle hin, von wo uns das Licht entgegenleuchtete, und laute Zurufe uns begrüßten.

Unser Beispiel hatte etliche andere ermutigt, gleichfalls niederzusteigen.

Sobald sie uns von unserer Last befreit hatten, kehrten wir zurück, um das zweite Opfer zu holen. Mein Begleiter trug jetzt eine Laterne. Das Weib kniete nicht mehr, sondern lag näher dem Zugang in die nur wenige Schritte lange, von gefallenen Steinen und Balken halb verschüttete Gasse, die uns von ihr trennte, mit dem Antlitz nach unten, am Boden. Während des Versuches, uns zu folgen, hatte sie das Bewußtsein verloren.

Wiederum griff ich nach den Füßen. Ich weiß das noch genau; denn halb erstickend erfaßte mich ein leiser Ekel, als ich die blauen wollenen Strümpfe, die, wie die Laterne zeigte, zerrissen und schmutzig waren, mit der Hand berührte. So treu folgt uns auch das Geringfügigste, dem wir eine gewisse Macht über unser Empfinden einräumten, bis an die Pforten des Todes.

Wieder wankten wir vorwärts; doch bevor die Gasse noch hinter uns lag, die in den weiteren Raum führte, wo wir die Wanderung begonnen hatten, hörte ich es über mir prasseln, fallen und rutschen, und im nächsten Augenblick dröhnte mir der Kopf, und meine Umgebung begann sich um mich her im Kreise zu drehen. Doch ich ließ die blauen Strümpfe nicht los und taumelte mit ihnen weiter bis in den großen offenen Raum.

Da sank ich in die Kniee.

Das Bewußtsein kann ich indes nicht verloren haben; denn lautes Rufen und Schreien drang mir fort und fort aus Ohr. Dann kam ein Augenblick, dem ich wenige im Leben zur Seite zu stellen wüßte. Es war der, an dem ich auf der Spremberger Chaussee die reine Gotteslust mit vollen Atemzügen wieder einsog.

Jetzt fühlte ich auch, daß mein Haar von Blut getränkt war, und daß dies einer Wunde am Kopf entquoll. Doch ich fühlte sie kaum; denn ein dankbares Frohgefühl hob mir die Brust.

Ich behielt auch keine Zeit, an sie zu denken; denn von allen Seiten ward ich von Leuten umdrängt, die mir die Hände schüttelten, mir freundliche Dinge sagten und sich nach meinem Ergehen erkundigten. Am herzlichsten erwies sich der Baumeister, der das Abräumen so thatkräftig geleitet. Winzer war sein Name. Einer seiner Söhne gehörte zu meinen tüchtigsten Mitschülern, und das Wort des wackeren Mannes: »Solche Tollheit laß ich mir gefallen, Herr Ebers,« klang lange noch in mir nach.

Ein stürzender Balken war mir mit allerlei Geröll auf den Kopf gefallen, doch mein damals sehr volles Haar hatte den Anprall aufgehalten, und wenige Tage später begann die gut genähte Wunde schon wieder zu heilen.

Mein Gefährte stand neben mir, und da mein von Blut überschwemmtes Gesicht gefährlich genug aussehen mochte, ersuchte er mich, mit in seine Wohnung zu kommen, die sich in einem nur wenige Schritte von der Unglücksstätte entfernten Häuschen befand.

Unterwegs stellten wir uns einander vor. Er hieß Hering und war der Souffleur des Theaters.

In seinem kleinen Quartier sah es bescheiden genug aus, und als ich ihm beim Schein des brennenden Talglichtes ins Antlitz schaute, begriff ich kaum, wie dieser blasse, höchst schwächliche, engbrüstige Mann solches Wagnis hatte unternehmen und so standhaft mit durchführen können. Ungestraft war es freilich nicht geschehen; denn ein furchtbarer Husten ließ ihn kaum zu Worte kommen. Doch das hinderte ihn nicht, für mich zu sorgen und mir zu helfen, die Wunde auszuwaschen.

Als der Arzt, den man mir nachgeschickt hatte, eben mit seiner kleinen Näharbeit fertig geworden war und uns verließ, trat eine ältere Frau ein, von der es schwer gewesen wäre, zu bestimmen, welchem Stande sie angehörte. Sie trug bunte Blumen am Hut und etwas Sammet und Seide am Ueberwurf, doch ihr gelbliches Gesicht war kaum das einer »Dame«. Sie kam, um für ihre Tochter eine Rolle von Herrn Hering zu holen; denn es gehörte auch zu der Stellung des Souffleurs, die »Partien« für die einzelnen Darsteller auszuschreiben.

Wer aber war diese Tochter?

Fräulein Klara, die schöne Amalie aus den Räubern, die anmutige erste Liebhaberin des Theaters.

Meine Tochter besitzt ein Autograph von Andersen, das er mir einmal bei Major Serre in Maxen bei Dresden schrieb, und das die Worte enthält: »Das Leben ist das schönste Märchen.«

Ja, märchenhaft genug geht es oft zu in unserem Dasein.

Die Scheherezade »Schicksal« hatte die Brücke gefunden, die den Abiturienten der Schauspielerin zuführen konnte, und die Effekte, deren sie sich dazu bedient hatte, waren nichts Geringeres gewesen als eine Feuersbrunst, eine Lebensrettung und eine Verwundung, sowie die recht unwahrscheinliche gemeinsame Handlung eines Gymnasiasten mit einem Theatersouffleur. Einfachere Mittel hätten freilich den Abiturienten mit dem Examen im Kopfe und der Gutsbesitzerstochter im Herzen, wie gesagt, kaum veranlaßt, eine Verbindung mit der schönen Schauspielerin zu suchen.

Und das Schicksal stieß mich schnell vorwärts; denn die Mutter Klaras war eine enthusiastische Frau, die in jüngeren Jahren selbst die Bühne geschmückt hatte, und ich höre noch ihren begeisterten Ruf im reinsten Deutsch mit dem scharfen »r« des wohlgeschulten Mimen: »Mein lieber junger Herr! Diese Wunde sollte jedes deutsche Mädchen küssen.« Ich sehe sie dem Souffleur entrüstet verbieten, mir sein buntes Taschentuch um die Wunde zu legen, und wie sie in ihrem Sammetpompadour nach dem unbenutzten ihren suchte, um mir damit die Stirn zu verbinden.

Am Abend wurde ich bei Boltzes, am folgenden Morgen in der Klasse sehr warm begrüßt. Direktor Tzschirner sagte mir etwas ganz Aehnliches wie der Baumeister Winzer und dazu noch andere Dinge, die mir wohlthaten. Ich fühlte mich glücklich, und zu leben schien mir eine Wonne.

Und so wäre es wohl auch geblieben, und ich hätte mich wenige Wochen später nach bestandenem Examen, des Schulzwanges ledig, in die Arme der glücklichen Mutter zurückbegeben, hätte es das tückische Schicksal nicht abermals anders beschlossen.

Diesmal bediente es sich eines Stückchens Leinwand, um mich auf die mir von ihm vorgezeichneten Wege zu führen; denn als die Wunde geheilt war, und ich das Taschentuch, womit Klaras Mutter mich verbunden, aus der Wäsche zurückerhalten hatte, entspann sich in mir ein Kampf, ob ich es selbst überbringen oder es ihr vielleicht nur mit einigen Worten des Dankes zurückschicken sollte.

Ich beschloß, den letzten Weg einzuschlagen; wie ich Klara jedoch am nämlichen Abend als jungen Richelieu so wunderhübsch, so keck und munter alle Herzen gewinnen sah, verwarf ich den ersten Entschluß und begab mich in der Abenddämmerung des nächsten Tages zu der Mutter der reizenden Mimin. Bei hellem Sonnenschein hätt' ich diesen Gang doch nicht gewagt; denn die Sache gewann dadurch an Schwierigkeit, daß Klara dem Superintendenten Ebeling, unserem eifernden Religionslehrer, gerade gegenüber wohnte.

Doch die Gefahr steigerte den Reiz, und bevor ich mich dessen selbst versah, stand ich in der großen, netten Wohnstube der Mutter und Tochter.

Es sah da so schmuck und freundlich aus wie bei einem Landpfarrer. Alles stand am rechten Platze, war wohl erhalten und gefällig geordnet. Am Fenster Blumen, auf dem Tisch ein Strauß; dem Lehnstuhle, in dem Klara ihre Rollen lernte, zur Seite hing der Kanarienvogel »Mätzchen«, der ihr überall hin folgte, an der Wand, und an einem Nähtischchen, für die Tochter thätig, saß die sorgsame Mutter.

Ich hatte mir die muntere Liebhaberin wie Philine gedacht und eine köstliche künstlerische Unordnung bei ihr zu finden erwartet; darum überraschte mich die Nettigkeit und Ordnung in dem übrigens jeder Eleganz ermangelnden Zimmer.

Die Tochter nicht zu finden war eine Enttäuschung, und doch fühlte ich mich im Grunde dadurch erleichtert. Das Schicksal wollte mich ungeschädigt aus diesem Sturme hervorgehen lassen; denn Meeresruhe herrschte mit nichten in meiner Brust, seit ich die schmale Treppe zu der Wohnung der Schauspielerin erstiegen. Meine Wünsche waren bescheiden genug, und doch mochte mir ähnlich zu Mute gewesen sein wie dem Tannhäuser, als er an das Thor des Hörselberges pochte. Der trug »weit höheres Verlangen«; dafür aber war er ein Ritter und ich nur ein Gymnasiast. Als ich der Mutter schon die Hand zum Abschiede reichte, erdröhnte indes das Pflaster von Hufschlag und Rädergerassel, ein geschlossenes Coupé des Fürsten Pückler hielt vor dem Hause, und die Erwartete entstieg ihm.

Uebermütig lachend betrat sie das Zimmer; doch da sie mich wahrnahm, ward sie ernster und schaute mich und die Mutter befremdet an.

Eine kurze Erklärung, der Ruf: »Ach, Sie sind der mit der Wunde,« und dann der Beweis, daß sie es nicht war, der dies Zimmer die schöne Ordnung verdankte; denn hieher flog der Mantel, dahin der Hut, dorthin ein Handschuh. In eine Ecke des Zimmers wurde ein Galoschenpärchen und ein Degen auf das Sofa geschleudert.

Nach dieser Entpuppung stand sie vor mir im Kostüm des jungen Richelieu, so verführerisch reizend, so jugendfrisch und munter, daß ich mein Entzücken nicht zurückhalten konnte. Und meine Bewunderung schien sie nicht zu verdrießen; doch ließ sie mir nicht lange das Wort.

Von dem alten Fürsten Pückler kam sie, der sie, da er nie zum Theater in die Stadt fuhr, in dem Kostüm hatte sehen wollen, wovon er so Schönes gehört.

Und der rüstige, frische Greis hatte es ihr angethan. Sie konnte nicht aufhören, von ihm, seiner Klugheit und Liebenswürdigkeit zu erzählen, ja sie versicherte, daß er ihr besser gefalle als die anderen jungen Herren zusammengenommen.

Von seinem Vorleben und seinen Werken wußte sie wenig. Da konnte ich denn nachhelfen und erzählte ihr bald munter, bald ernster von seinen thörichten Streichen und ritterlichen Thaten.

Es war, als steigere ihre Gegenwart mein Darstellungsvermögen, und als ich mich endlich empfahl, rief sie mir zu: »Nicht wahr, Sie besuchen uns wieder. Wenn man fertig mit der Rolle ist, plaudert sich's am besten.«

Ob ich mir das zweimal sagen ließ? O nein! Auch wenn ich nicht der »tolle Ebers« gewesen wäre, hätte ich ihrer Einladung folgen müssen. Schon am nächsten Abend war ich wieder in dem behaglichen Zimmer, und so oft es anging, mich nach dem Abendessen fortzustehlen, ging es zu dem immer heißer geliebten Mädchen. Da naschte ich noch mit an ihrem bescheidenen Mahle, zu dem ich manchmal eine Flasche Champagner steuerte. Wenn der in den Gläsern perlte, und die Mutter und ich auf die künstlerische Zukunft des Klärchen angestoßen und sie uns Bescheid gethan hatte, wuchsen meinem Geiste und Gemüte Flügel, und ich riß auch die lebhafte Künstlerin mit fort. Dann sagte ich ihr eigene Dichtungen her, sie ließ mich die Lieblingsstellen aus ihren besten Rollen sehen und hören, und ich sekundirte ihr dabei mit dem Buche in der Hand oder, fehlte dies, in Keilhauer Manier aus dem Stegreif. Dabei gab es des Lachens und Neckens kein Ende.

Doch wir konnten auch ernst sein. Als First Pückler sie als Julie zu sehen gewünscht hatte, ging ich mit ihr diese Rolle durch und darnach noch anderes von Shakespeare. Ich las ihr die Königsdramen und große Stellen aus den Tragödien von Sophokles und Aeschylos vor, die sie noch nicht kannte; sie aber mußte mir vorführen, was der Fürst von ihr zu sehen verlangt hatte, und ich wurde von aufrichtiger Bewunderung erfaßt, wenn sie mit einem Mantel, einem Shawl und wenigen Requisiten sich Stellungen gab, die keinen Zweifel ließen, ob sie die Ophelia, die Luise aus Kabale und Liebe, die Jungfrau von Orleans, die Iphigenia, die Emilia Galotti oder die Orsina darzustellen wünschte.

Meine Besuche erschienen mir wie ebenso viele köstliche Feste, und die Mutter Klaras sorgte dafür, daß sie nicht zu lange ausgedehnt wurden und ihr Kleinod ermüdeten. Manchmal schlief sie wohl ein, während wir lasen und plauderten; doch gewöhnlich trieb sie mich mit einem: »Morgen ist auch noch ein Tag,« gegen Mitternacht von dannen.

Die Möglichkeit, zu jeder Zeit in das Haus zu gelangen, hatte ich mir längst vor dem ersten Besuche bei meiner jungen Freundin vom Theater verschafft, und *Dr.* Boltze ahnte um so weniger von meinen Ausflügen, je eifriger ich nach der Heimkehr bestrebt war, meine Pflicht für die Schule zu erfüllen.

Das klingt wenig glaubhaft, und doch verhielt es sich so; denn von Kind an bis auf den heutigen Tag gelingt es mir, wenn ich es mir ernstlich vorsetze, mich über Störungen jeder Art zu Gunsten der Thätigkeit, der ich mich hinzugeben wünsche, hinwegzusetzen. Bei recht lebendiger Bewegung im Nebenzimmer oder auch bei ziemlich starken Körperschmerzen kann ich mit aller Aufmerksamkeit arbeiten, sobald der Gegenstand, der mich beschäftigt, mich derartig beherrscht, daß er die Außenwelt und mein körperliches Teil in den Schatten und endlich in Vergessenheit drängt. Nur wenn der Schmerz einen sehr hohen Grad erreicht, muß natürlich der ganze Mensch sich ihm beugen. In den Nachtstunden, die jenen Abendbesuchen folgten, gelang es mir, oft noch zwei bis drei Stunden allen Ernstes für das Examen zu arbeiten, das immer näher rückte. In der Klasse machte sich jedoch die Ermüdung fühlbar und stärker noch die neue Empfindung, die mein ganzes Wesen beherrschte. Hier wurde ich der schönen Erinnerungen an das in den Abendstunden Erlebte nicht Herr, weil ich überhaupt nicht gegen sie anzukämpfen suchte. Die Lampenstündchen, bei denen ich als kleiner Knabe, während die Mutter vorlas, gezeichnet hatte, trugen vielleicht schuld, daß ich während des Unterrichtes, auch bei sehr reger Aufmerksamkeit gern ein Blatt Papier mit Kritzeleien bedeckte. In jener Zeit nun gewann diese Thätigkeit ein neues Gepräge. Ich bin nicht unbegabt für das Zeichnen und hätte es darin bei gutem Unterricht und einiger Uebung zu etwas Rechtem gebracht. Schon damals war es mir ein Leichtes, was das Auge mir je gezeigt hatte, nicht nur kenntlich, sondern bisweilen auch ansprechend und bis zu einem gewissen Grade naturgetreu wiederzugeben. So wurde das Diarium (Kladde) mit Figuren gefüllt, die mich, als ich sie später vor Augen bekam, mit Erstaunen erfüllten; denn die berauschte Phantasie hatte Blatt auf Blatt mit einem wahren Hexensabbath von Kompositionen gefüllt, in denen das wunderlichste Geranke und Geniengewimmel sich mit Blumen, Vögeln und allen Sinnbildern der

Liebe vermischte, um die Anfangsbuchstaben oder das Bildnis des Wesens zu umschlingen, das mir die Seele zu so höchst unpassender Zeit gefangen hielt.

Und ähnlich wie auf diesen Blättern sah es in meiner jungen Seele aus. Vom hellsten Lichte der Freude und Glückseligkeit war sie gesättigt, und in den Strahlen der in ihr erwachten Sonnen und Sterne wiegten sich bunte Träume, süße Erinnerungen, hochfliegende Entwürfe, und ließen es sich wohl sein, bis ein Fledermausschwarm von syntaktischen Regeln, mathematischen Formeln, Geschichtszahlen und anderen Prüfungsobjekten sich in sie mischte, sie überflog und das glänzende Licht verfinsterte.

Einigen Versen, die damals entstanden waren, danke ich die Erinnerung an ein Traumgesicht, das mir in jenen Tagen erschien. Ich sah mich mitten unter den Rippoldsauer Vögeln, und zwar auf dem Rügen eines Schwanes, der mich wie einen Reiter durch die Lüfte trug. Auf einem andern Schwane, der sich an der Seite des meinen hielt, saß Klara in hellen Sommergewändern. Unsere Hände ruhten ineinander. Es war ein köstliches Schweben, bis ich mich zu ihr hinneigte, um sie zu küssen. Da verwandelten sich die Vögel um uns her in Wolken, der Schwan unter mir zerrann in Nebel, und ich stürzte in die grundlose Tiefe und stürzte und stürzte, bis ich erwachte.

Diesen Traum hatte ich am Freitag vor Beginn der Woche geträumt, in der die ersten Examenarbeiten geschrieben werden sollten, und er ist doch wohl wert der Erwähnung; denn er ging in Erfüllung.

Daß die schöne Zeit der Glückseligkeit sich dem Ende näherte, brauchte mir freilich kein prophetisches Gesicht zu verkünden; denn ich wußte schon lange, daß die von Hoxarsche Truppe, und Klara und ihre Mutter mit ihr, von Kottbus nach Guben übersiedeln sollten; – doch durfte ich hoffen, es werde der Trennung ein baldiges Wiedersehen folgen.

Gewiß war es ein Glück, daß sie ging, und doch trug ich es schwer; denn die Abendstunden, die ich mit ihr in harmloser Heiterkeit und beim Austausch des Besten, das uns beiden Herz und Sinn erfüllte, verlebt hatte, waren gar zu köstlich gewesen. Junge Liebespaare, die auf eine Vereinigung hoffen, reden gern mitten im höchsten Glücke der Gegenwart von ihrer gemeinsamen Zukunft. Wir dachten nicht an eine spätere Verbindung. Das Heute genügte uns völlig. Die Kunst, die ja ewig ist, und für die ihr Herz so begeistert schlug wie das meine, gab uns überreichen Stoff zu nie endenden Gesprächen. Daß mir das Beisammensein mit ihr nur als etwas Verbotenes zu teil wurde, verdoppelte dazu den Zauber.

Jeder meiner Besuche war in der That mit einer Gefahr verbunden gewesen. Wie vorsichtig hatte ich mich durch den Schatten der Häuser schleichen müssen, um nicht gesehen und erkannt zu werden, bevor und wenn ich ihre Schwelle übertrat. Wie besorgt hatte ich auch nach dem Superintendentenhause hinübergespäht, wenn ich mich nach Hause begab, und noch Licht im Studirzimmer des Geistlichen zu sehen war.

Dem Gefürchteten wäre übrigens nichts Unrechtes oder Unziemliches zu Gesicht gekommen, außer dem Kuß, den Klara mir in letzter Zeit gestattete, wenn sie mir die Treppe hinunter leuchtete, oder wenn die Mutter auf einen Augenblick während unseres Lesens und Plauderns entschlafen war; aber das schon hätte genügt, mich ins Verderben zu stürzen und mir den Eintritt ins Examen zu verschließen. Ja, es war gut, daß Klärchen ging!

Am Sonnabend Nachmittag sollte die Post Mutter und Tochter nach Guben befördern.

Es war März geworden, und die Sonne schien so hell, die Luft war so warm wie im Mai, und ich hatte der Tochter und Mutter schon selbstgepflückte Veilchen gebracht.

Da kam mir in den Sinn, wie herrlich es sein müßte, bei dem köstlichen Wetter mit dem Klärchen im offenen Wagen durch den erwachenden Frühling zu fahren. und der Lohnkutscher Krüger hatte ein gutes Fuhrwerk. Der nächste Tag war ein Sonntag. Wenn ich sie heute begleitete und in Guben übernachtete, konnte ich morgen zu rechter Zeit wieder daheim sein. Wie oft war ich am Sonnabend aufs Land gegangen und am Sonntag Abend wieder zurückgekehrt; ich brauchte *Dr.* Boltze nur zu sagen, es ginge nach Komptendorf, und den Wagen zu bestellen, um den Abschied von dem lieben Mädchen zu einem Feste zu gestalten.

Und wieder mischte sich das Schicksal in den Verlauf dieser Geschichte; denn als ich am sonnigen Samstag Morgen mit dem knospenden Frühling vor Augen und im eigenen Herzen in die Schule ging, begegnete mir die Mutter Klärchens mit dem Einkaufkörbchen am Arme. Bei ihrem Anblick wandelte der Wunsch sich zum Entschluß. In dem Bäckerladen, dessen Schwelle ich hinter ihr betreten hatte, eröffnete ich ihr meinen Plan. Sie fand ihn wundervoll; denn eine Fahrt in einer offenen Kutsche über Land sei ihr »Ideal«, und sie verhieß mir, in dem Fuhrwerk, das am Nachmittag bei ihr vorfahren werde, an einer bezeichneten Stelle vor der Stadt meiner zu warten. Die Verabredung wurde aufs beste gehalten. Ich fand die Erwarteten auf dem Rendezvousplatze und die Herzliebste frisch wie eine Rose. Im Nu saß ich den beiden gegenüber, und fort ging es durch den Lenz. Wenn Liebe und Wonne ein materielles Gewicht besäßen, hätten die Pferde es schwer gehabt, unseren Wagen in raschem Trabe vorwärts zu ziehen.

Doch sie griffen gut aus bis zum nächsten Chausseehause. Da aber bekam ich selbst den Neid der Götter zu fühlen, mit dem mich bis dahin nur Schillers Ballade bekannt gemacht hatte.

Während nämlich der Chaussee-Einnehmer mir ein Silberstück wechselte, kam ein Spaziergänger an uns vorüber und schaute aufmerksam in den Wagen und mir gerade ins Gesicht. Es war der Lehrer, dessen freundliche Gesinnung ich mir durch allerlei knabenhafte Schwänke während seines französischen Unterrichtes verscherzt hatte.

Kein anderer war mir übel gesinnt.

Er redete mich auch an; ich aber zog nur den Hut, gab mir das Ansehen, ihn nicht zu verstehen, entnahm dem Säckchen des Einnehmers schnell den Inhalt und rief dem Kutscher ein hastiges »Vorwärts!« zu.

Dem tugendstolzen Herrn war die durchaus wohlbeleumdete junge Schauspielerin nichts als die Histrionin, und daß er es verabsäumt hatte, um der Damen willen, die mich begleiteten, meinen Gruß zu erwidern, entflammte in der lebhaften Klara einen komischen Zorn, der den Gedanken, auszusteigen und mich zu Fuß nach Komptendorf zu begeben, wohin mich mein Pensionsvater auf dem Wege glaubte, im Keime erstickte.

So ging es denn vorwärts.

Klara belohnte mein mutiges Ausharren durch besonders liebenswürdige Heiterkeit, ihr Frohsinn riß auch mich mit fort, und als wir in Guben mit anderen Mimen zu Abend aßen und die muntere Laune dabei bis zum Uebermut aufschäumte, war die Gefahr und alles Ueble das die Zukunft bringen konnte, vergessen.

Am folgenden Morgen wohnte ich auf der Bühne noch der Probe bei. Beim Frühstück ließ ich mich von einigen Mitgliedern der Truppe versichern, daß ich es in ihrem Beruf zu etwas Glänzendem bringen könnte, und daß mir ihre Freundschaft für das Leben gewiß sei. Dann nahm ich mit Klärchen und der Mutter ein bescheidenes Mahl ein, und als es zum Abschied kam, sagte ich: »Auf Wiedersehen«; denn der Weg nach Berlin führte jetzt über Guben, wo die Eisenbahn begann.

Das Fuhrwerk, das uns dorthin befördert hatte, brachte mich nach Kottbus zurück. Mehrere Mitglieder der Bühne stiegen mit in den Wagen, bis er überfüllt war, und begleiteten mich ein Stück Weges, um dann zu Fuß zurückzukehren. Unterwegs gab es des Lachens und Scherzens genug. Als sie mich verließen, begann es zu dunkeln, doch die Glückseligkeit der letzten Tage leuchtete noch hell in mir nach. Klärchens Bild stellte sich mir samt all dem Köstlichen, das ich mit ihr und durch sie genossen, vor das innere Auge. Ich hörte sie plaudern, scherzen, deklamiren, sah sie mir zum Vergnügen – es stand ihr so reizend – das Näschen zusammenziehen, »wie die Hafen schnuppern«, oder mit dem Kanarienvogel Mätzchen kosen und ihm ein Stückchen Zucker mit den frischen Lippen darbieten. Auch ihr echt künstlerischer Vortrag mir lieber Stellen aus den schönsten Dramen, ihre Stellungen und das Mienenspiel, das mich dabei in Entzücken versetzt hatte, traten mir ins Gedächtnis zurück. Gleichsam zum zweitenmale genoß ich all das vergangene Schöne.

Je näher ich aber der Stadt kam, desto häufiger warf sich mir die bange Frage auf, ob der Französischlehrer unsere Begegnung nicht zum Gegenstand einer Anklage machen würde. Er hatte mich schon um höchst geringfügiger Unregelmäßigkeiten willen beim Direktor denunzirt und würde es diesmal sicher nicht unterlassen.

Aber mochte er doch!

War es denn ein Verbrechen, mit einer jungen Dame, deren Ruf tadellos, und deren Talent allgemein anerkannt wurde, unter dem Schutz ihrer Mutter eine Spazierfahrt unternommen zu haben?

Ich war doch kein Kind mehr!

Wie viele Kameraden, und unter ihnen mein eigener Bruder, mit dem ich alles geteilt hatte, trugen schon im Dienste des Königs die Epauletten und durften sich straflos ganz andere Dinge erlauben.

Ich stand schon im zwanzigsten Jahre; denn ich hatte den neunzehnten Geburtstag gefeiert.

Nein, ich hatte kein Unrecht begangen!

Nur die Angabe, daß ich nach Komptendorf zu gehen beabsichtige, war strafbar; doch das ging allein den Pensionsvater an, den ich falsch unterrichtete.

Zuletzt entschlummerte ich, und wiederum erschienen mir im Schlaf die Rippoldsauer Vögel.

Als die Räder über das städtische Pflaster rasselten, ward ich aus dem Traume gerissen. Ob der mit den Schwänen von neulich sich jetzt schon der Erfüllung nahte?

Zu guter Zeit betrat ich das Haus.

Boltzes warteten meiner.

Der Frau Doktor bekümmertes Ansehen verriet deutlicher als die zusammengezogenen Brauen ihres Gatten, was geschehen war.

Der Französischlehrer hatte meinem Tutor ungesäumt berichtet, wo und mit wem er mir begegnet sei. Er war in ihn gedrungen, sich in Komptendorf zu erkundigen, ob ich in der That dort verweile. Dann hatte er sich in Klaras Wohnung begeben, um die Wirtin und ihre Magd zu verhören. Endlich war der Lohnkutscher und ich weiß nicht wer sonst noch ausgefragt worden.

Das gesammelte Beweismaterial ergab, daß ich allerdings mehrmals der Schauspielerin Besuche abgestattet hatte und zwar stets gegen Abend. Darauf fußte die Anklage, die bereits gegen mich eingereicht worden war.

Mein Traum schien mir so gut wie erfüllt. Nachdem ich aber dem Boltzeschen Paare alles der Wahrheit gemäß bekannt hatte, ließ es sich mit mir in eine ruhige Besprechung ein. Der Doktor gab noch nicht alles verloren, doch ließ er es natürlich nicht an Vorwürfen fehlen. Der Groll besonders der Frau Doktor richtete sich übrigens weit entschiedener gegen den Angeber als gegen das Vergehen ihres Schutzbefohlenen.

Nach einer unruhigen Nacht begab ich mich zum Direktor Tzschirner und erzählte ihm alles, ohne auch nur das Geringste zu verschönern oder zu verbergen. Wohl rügte der wackere Mann meinen Leichtsinn und die mir mangelnde Rücksicht auf die Lebensstellung, in der ich mich doch noch befinde; aus jedem seiner Worte und jeder Miene seines ausdrucksvollen Gesichtes ließ sich aber erkennen, daß ihm das Vorgefallene nahe ging, daß er es gern ungeschehen gemacht und milde bestraft hätte. In späteren Jahren bestätigte er es mir selbst.

Mit dem Versprechen, in der Konferenz, die er nach dem Schlusse des Nachmittagsunterrichts einberufen werde, alles aufzubieten, um mich vor der Ausschließung vom Examen zu bewahren, verließ er mich, – und er hielt Wort.

Ich weiß es, da es mir gelang, dem Verlauf der Verhandlung mit dem Ohre zu folgen. Der »Kalfakter« oder Hausmann des Gymnasiums war nämlich der Vater des Jungen, den Lobenstein und ich zum Putzen der Stiefel und so weiter hielten. Er war ein tüchtiger, höchst anhänglicher Bursche, den wir Fridolin oder den »frommen Knecht« nannten, und der sich in seinem Jäckchen mit metallenen Knöpfen allerliebst ausnahm. Ihm ging der Gedanke, sich von mir zu trennen, besonders nahe. Unter den Gratulationen, die ich dreißig Jahre später an meinem fünfzigsten Geburtstage empfing, befand sich auch die seine. Zu meiner Freude erfuhr ich durch sie, daß es ihm gut ging. Auch sein Vater war mir gewogen und ermöglichte mir den Eintritt in ein dem Konferenzraum benachbartes Zimmer. Er war ein gewissenhafter, unbestechlicher Mann; um der Besonderheit dieses Vorfalles willen gab er indes meinen Bitten nach, und ich bin ihm heute noch dafür erkenntlich; denn seiner Gefälligkeit schulde ich es, daß ich derer ohne Groll zu gedenken vermag, deren Strenge mir ein halbes Lebensjahr raubte. Heute noch kann ich ihr Urteil nicht billigen; denn ich wurde für nichts anderes bestraft als für den Besuch einer wohlbeleumdeten Schauspielerin und eine Spazierfahrt mit ihr in Gesellschaft ihrer Mutter. Die falsche Angabe des Zieles meines Ausfluges kam mit keinem Worte zur Sprache.

Diese Konferenz lehrte mich vor allem, einen wie warmen Freund ich mir an dem Direktor Tzschirner gewonnen, sie zeigte mir, daß der Professor Braune mir innig wohlgesinnt war, und ich erinnere mich deutlich, wie mein Herz von warmer Dankbarkeit überfloß, als der Direktor den anderen Herren ein Bild meiner Persönlichkeit entwarf, meine rettende That in der Kubischschen Fabrik lebhaft hervorhob, sie beschwor, sich in die eigene Jugend zurück zu versetzen, und ihnen in beredten Worten ans Herz legte, sich das Geschehene unbefangen zu vergegenwärtigen. Wie ich nun einmal sei, hätte ich meine Natur verleugnen müssen, um anders zu handeln. Ich wäre einfach nicht mehr ich selbst gewesen, wenn ich die Verkettung von Umständen, die mich mit der Schauspielerin zusammengeführt, nicht benützt hätte, um mit einem so anmutigen Wesen bekannt zu werden.

Zu meiner frohen Ueberraschung gab der Superintendent Ebeling ihm darin recht und widmete mir und Klara, nach deren Lebensführung er sich erkundigt, so freundliche Worte, daß ich schon hoffte, auch ihn auf meiner Seite zu haben. Leider aber hob das Ende seiner Rede alles wieder auf, was der Anfang mir in Aussicht gestellt hatte.

Es würde zu weit führen, den Verlauf dieser Verhandlung eingehend weiter zu schildern. Ich vermöchte es auch nicht, ohne der eigenen Einbildungskraft großen Spielraum zu gewähren. Kurz, die Mehrheit beschloß, trotz der stürmischen Gegnerschaft des Angebers, mich nicht zu religiren, mich aber für diesmal vom Examen auszuschließen und mir den Rat zu er teilen, die Schule zu verlassen. Wenn ich dennoch vorziehen sollte, sie weiter zu besuchen, sei mir dies zu gestatten.

Beim Schluß der Sitzung stand ich schon auf dem Platze vor dem Gymnasium, näherte mich dem Direktor, dessen glühende Wangen, die sich zu meinen Gunsten gerötet, ich gern in kindlicher Dankbarkeit geküßt hätte, und bat ihn, mir zu erlauben, heute noch aus der Schule zu treten.

Da flog ein Lächeln der Befriedigung über seine mannhaften, durchgeistigten Züge, und ungesäumt erfüllte er meinen Wunsch.

So hatte denn meine Kottbuser Gymnasialzeit ein Ende genommen und leider in anderer Weise, als ich gehofft.

Beim Abschied fühlte ich doch, wie eng vier Jahre des heiteren und bisweilen auch ernsten Beisammenseins die Menschen verbinden.

Als ich dem Direktor und seiner Gattin zum Lebewohl die Hand drückte, konnte ich den Thränen nicht gebieten. Auch ihm wurden die Augen feucht, und was ich schon auf der Konferenz von ihm vernommen, das wiederholte er mir nun selbst und bald darauf auch meiner Mutter in dem Briefe, den er an sie schrieb, um ihr meinen Austritt aus der Schule zu erklären.

In dem wohlwollenden Abgangszeugnis, das er mitsandte, stand kein Wort, das auf einen unfreiwilligen Austritt aus der Schule oder den Rat, sie zu verlassen, gedeutet hätte.

Auch die Trennung von Boltzes und besonders von der allzeit frischen und thätigen Frau Doktor, von Löbenstein, Schlieben, Panck, Albin und anderen Freunden wurde mir nicht leicht; auf das Land aber kam ich nicht wieder; denn es war mir peinlich, ohne mein Ziel erreicht zu haben, vor diejenigen zu treten, die sich mir dort freundlich erwiesen. Die anmutige Gutsbesitzerstochter, deren Bild durch das Klärchen so tief in den Schatten gedrängt worden war, sah ich erst wieder, nachdem wir beide längst in den Hafen der Ehe eingelaufen waren.

Als ich auf der Heimreise Guben noch einmal berührt und Klärchen Lebewohl gesagt hatte, war mein Traum, so gut man es von einem so lustigen Propheten verlangen kann, thatsächlich in Erfüllung gegangen. Unser köstliches Beisammensein hatte mit einem jähen Sturze geendet. Glücklicherweise traf er mich allein; denn zu meiner Freude erfuhr ich wenige Monate später, daß Klara an der Dresdener Hofbühne mit Erfolg aufgetreten und als muntere Liebhaberin engagirt worden war.

An sie gedacht habe ich oft genug, und so üble Folgen unsere Begegnung auch nach sich ziehen sollte, möchte ich die Erinnerung an sie doch nicht missen. Sie zu der Meinen zu machen, war mir nie in den Sinn gekommen, und doch hatte mich eine echte, rechte erste Liebe mit ihr verbunden. Wie ein Herz und Sinn bestrickendes Lied, dessen Zauber auch der Mißklang, mit dem es endet, nicht beeinträchtigen kann, war diese junge Minne mir durch die Seele gezogen.

In Berlin wurde ich natürlich weniger froh als sonst empfangen, doch die Briefe des Direktors Tzschirner und der Frau Boltze lehrten die Mutter das Vorgefallene im rechten Lichte betrachten; ja, als sie sah, wie nahe mir die Trennung von dem Mädchen ging, dessen frohe Anmut mir immer noch Herz und Sinn erfüllte, und dessen Bild sie lange und mit stillem Wohlgefallen angeschaut hatte, verwandelte sich die Unzufriedenheit über den Leichtsinn des Sohnes in Mitleid. Sie nahm auch wahr, wie schwer es mir fiel, mich den Freunden und dem Vormunde, die mich als Studenten wiederzusehen erwartet hatten, zu zeigen, und fester denn je zog sie den fröhlichen Liebling, den sie nun zum erstenmal ihren »armen Jungen« nannte, ans Herz.

Dann faßten wir die Zukunft ins Auge, und es wurde beschlossen, daß ich am Gymnasium des schön und gesund gelegenen Quedlinburg das Abiturium machen sollte. Das Haus des dortigen Professors Schmidt war uns dringend empfohlen worden, und so wurde es denn auch für mich erwählt.

Diesmal sollte sich der Rat der Kundigen bewähren. Voll der besten Vorsätze fuhr ich auf der Eisenbahn der neuen Heimat entgegen. In Magdeburg sah ich indes an einem Schaufenster einen ganz besonders geschmackvollen Damenhut mit Maiglöckchen und Moosrosenknospen, ein Ding wie ein Hauch. Sein Anblick stellte mir das

Klärchen, damit geschmückt, vor das innere Auge, und es zog mich gewaltsam in den Laden. Das Hütchen war ein Pariser Modell, das mir recht teuer vorkam; ich opferte aber dennoch den größten Teil meines Taschengeldes und ließ es derjenigen schicken, deren Bild mir noch immer die ganze Seele erfüllte. Bis dahin hatte ich ihr nichts geschenkt als ein kleines Medaillon und recht viele Blumen.

Quedlinburg

Auf dem Quedlinburg Gymnasium

In Quedlinburg wehte eine andere Luft als in der märkischen Fabrikstadt Kottbus.

Wie frisch, wie gesund, wie anregend zum Fleiß und zu förderlicher Bewegung im Freien war da alles!

In der Prima ging es her, wie es sein soll.

Zu Kottbus hatten sich sämtliche Schüler von der Secunda an »Sie« genannt, und es waren, denk' ich, höchstens ein halbes Dutzend gewesen, mit denen ich, als ich abging, Brüderschaft getrunken. In Quedlinburg duzte sich die ganze Prima, und ein schönes kameradschaftliches Verhältnis verband alle Mitglieder der Klasse. In den Stunden waren wir ernst, in den Zwischenpausen ging es dagegen heiter genug her.

Der Direktor, Professor Richter, der gelehrte Herausgeber der Fragmente der Sappho etc., kam Tzschirner an Feinheit des Geistes und hinreißender Kraft des Darstellungsvermögens nicht gleich, doch folgten wir gern den Interpretationen des würdigen Mannes.

Mancher freie Tag und Nachmittag führte uns in den benachbarten herrlichen Harz. Das Beste aber war das Haus, das mich in Quedlinburg aufnahm. Es gehörte meinem Tutor, dem Professor Adalbert Schmidt. einem vortrefflichen Vierziger, der äußerlich höchst mild und nachgiebig schien, der aber, wo es darauf ankam, fest und energisch auftrat und seinen Schutzbefohlenen keinen Uebergriff durchließ.

Seine Gattin war ein Muster liebenswürdiger, beinahe schüchterner Weiblichkeit. Ihre Schwägerin, die Witwe eines höheren Justizbeamten, Frau Pauline Schmidt, teilte mit ihr die Sorge um uns und ihr Eigentum, den schönen, großen Garten am Hause, und hübsche, muntere, noch nicht voll erwachsene Söhne und Töchter steigerten die Anmut des Verkehrs.

Wie erfreulich waren auch die Abende, die wir in der Familie verlebten! Da wurde vorgelesen, geplaudert, musizirt, und Frau Pauline Schmidt hörte mir gern zu, wenn es mich drängte, jemand mitzuteilen, was ich gedichtet.

Unter den Schulfreunden waren gleichfalls einige, die mir das Ohr liehen und mir die eigenen Versuche zeigten. Unter ihnen war mir der liebste Karl Hey, der Enkel des Dichters Wilhelm Hey, der das Kinderherz so gut verstand und dem die netten Verse den Ursprung verdanken, welche die Bilder in den nach dem Zeichner benannten Speckterschen Fabeln begleiten, die ja heute noch den kleinen deutschen Knaben und Mädchen so lieb sind.

Mein Freund Karl Hey war, bevor er das Rektorat in Halberstadt übernahm, Vorsteher der dortigen Gleimsammlungen und hat selbst hübsche und nützliche Schriften veröffentlicht. Auch der enthusiastische Hübotter, der Sohn des Amtmanns auf dem großen Quedlinburger Klostergute, war mir lieb. Er kannte den ganzen Lenau auswendig, deklamirte wunderschön und ist, anfänglich sehr gegen den Willen seiner angesehenen Familie, Schauspieler geworden. Unter dem Namen »Otter« wurde er als Charakterdarsteller die Zierde mancher größeren Bühne. Auch seine schöne Schwester Marie suchte eigene Wege, indem sie später große Weltreisen unternahm. In seinem elterlichen Hause, in dem des ruhigeren Becker, und auch in der Familie des kleinen, lustigen Ihlefeld fand ich freundliche Aufnahme. Der riesenstarke Lindenbein, der fleißige Brosin, der talentvolle Gosrau und der nickt minder reich begabte Schwalbe waren mir liebe Kameraden. Mein Pensionsgenosse Douglas aus Aschersleben, ein Vetter des bekannten Reichstagsabgeordneten, war ein wohlgesinnter, gut begabter junger Mann, doch leider stets bereit, mich zu überbieten, wenn mir ein dummer Streich in den Sinn kam.

Die Luft an dergleichen hatte sich in der frischen Quedlinburger Luft wieder eingestellt, nachdem ich in der ernsteren Stimmung der ersten Wochen, nur auf mein Ziel bedacht, eigene Wege gegangen war.

Ich hatte mich viel reifer gefühlt als die Kameraden und ja auch wirklich weit mehr vom Leben gesehen. Aber bald erkannte ich in ihnen prächtige, wahrhaft liebenswerte Gesellen. Das wunde Herz genas schnell genug, und je wohler ich mich körperlich und geistig fühlte, desto lebhafter begann sich der Dämon wieder in mir zu regen. Es war nicht mein Verdienst, wenn man es hier unterließ, mich abermals den »tollen Ebers« zu nennen.

Mein Hund, der mit dem Vornamen »Allerdings« und mit dem Vatersnamen wegen eines seiner Kunststücke »Purzelmann« hieß, begleitete mich überall hin und erwarb sich eine gewisse Berühmtheit nicht nur wegen der Visitenkarte, die er mit mir abgab, wenn wir gemeinsam einen Freund besuchten.

Sein Herr kam leider auch an der Bode einmal mit den Behörden in Berührung; denn er hatte sich an fremdem Eigentum vergriffen.

In unseren Garten schaute nämlich die Räucherkammer eines höchst übellaunigen, belfernden Nachbars, und durch ihre schmale Fensterluke waren einige schöne Würste sichtbar. Da trieb mich eines Tages der Uebermut, in der Dämmerstunde mit Hilfe einer Leiter die Luke zu erklettern, mich einer der Würste zu bemächtigen und an ihre Stelle einen Käse und drei Heringe zu hängen. Es galt nach diesem Streiche, sich die Hände tüchtig waschen, doch wurde die Mühe belohnt; denn eine wie fröhliche Ueberraschung bereiteten die neuen und fremdartigen Gefährten der Würste den Besuchern des Gartens, und in welchen Zorn geriet der grämliche Besitzer der Räucherkammer, dem der Streich eigentlich galt.

Doch dieser grimme Herr verstand keinen Spaß, und ungesäumt reichte er eine Klage gegen mich ein. Sie verfehlte indes ihren Zweck, da ich mit einem leichten Verweise davonkam.

Der Quedlinburger Sommer war eine schöne, zwischen Arbeit und prächtiger Erholung geteilte Zeit. Eine Pfingstreise, die ich mit heiteren Kameraden in den Harz machte, und die uns auch auf den Brocken führte, den ich von Keilhau aus schon einmal erstiegen, gehört zu meinen freundlichsten Erinnerungen.

Schönere Ziele zu kleinen Ausflügen und Landpartien wie Quedlinburg bieten wenige Städte, und manche, an denen auch die Familien der Freunde mit ihren hübschen Töchtern, einige Offiziere und andere junge Leute teilnahmen, brachten oft ein Tänzchen, frohen Gesang bei Maitrank und anderen Bowlen mit sich.

Der Harz gehört sicher zu den schönsten Gebirgen Deutschlands, und es ist schwer zu sagen, welchen seiner so verschiedenartigen Teile der Vorzug gebührt. Mir hob sich das Herz am höchsten in den herrlichen Laubwäldern seines südöstlichen Teiles, des Unterharzes. Die ernstere, von Quedlinburg weiter entfernte Tannenzone der Brockengegend bietet indes gleichfalls große und fesselnde Reize.

Der Harz und Thüringer Wald sind Zwillingsgebirge. Die liebliche Thuringia möchte ich die Schwester, den strengen und ernsten hercynischen Wald den Bruder nennen, aber in so ernste Falten er auch die hohe Stirn am Brocken zieht, so wild und mit wie tosender Wut die Bode auch auf ihrer felsigen Bahn dahinstürmt, so anmutig weiß er bei Gernrode, im Selkethal und bei Blankenburg zu lächeln.

Wie die Thüringer Berge, so umflicht auch die seinen ein Kranz von Sagen und historischen Erinnerungen. Schon in der nächsten Nähe von Quedlinburg prangen einige seiner allerschönsten Blüten. Wir waren mit ihnen vertraut, und bei unseren Wanderungen ins Freie gedachten wir ihrer. Sie und die Freude an der Natur, die uns so nahe umgab, und mit der ich hier den alten festen Bund erneuerte, veranlaßte mehr als einen von uns zum Dichten, und es kamen da ganz andere, tiefer und wahrer empfundene Poesien zu Tage als in Kottbus.

Von dem hercynischen Wald und den Denkmälern der Vorzeit her durchwehte ein poetischer Hauch unser Leben. Unter den rauschenden Buchen der nahen Forsten träumte es sich schön, und in der Schloßkirche und vor ihren alten Gräbern, in der Krypta des St. Wipertiklosters, die älteste Zeugin christlicher Kunst in dieser Gegend, berührten uns die Schauer der Vorzeit.

Das Leben des großen Städtebauers Heinrich, das ich zu Kottbus im Liede gefeiert, hier ward es mir lebendig, und wie mächtig wirkte auf junge Seelen der Besuch des alten Stiftgebäudes! Hier hatten die nächsten Verwandten großer Könige als Aebtissinnen gewaltet. Es war erst zwei Menschenalter her, seit die unglückliche Schwester Friedrichs des Großen, Anna Amalie, in dieser Stellung die Augen geschlossen hatte.

Seltsam und doch nachhaltig wirkte in dem Stift eine Leiche und ein Bild auf mich ein. Beide wurden in einem unterirdischen Raume bewahrt, der die Eigenschaft besaß, animalische Körper der Verwesung zu entziehen und sie ohne Hilfe der Balsamirung in ihrer ursprünglichen Gestalt zu erhalten. In diesem Raume nun hatte man die Leiche der Geliebten Augusts des Starken von Sachsen, die Gräfin Aurora von Königsmark, beigesetzt, die als Schönste der Schönen ihrer Zeit gefeiert worden war. Nach einer in Glanz und Herrlichkeit verbrachten Jugend hatte sie sich als Propstin in das Stift zurückgezogen, und da lag sie nun, unverwest und unverschleiert, todesstarr und vergilbt, wenngleich die Züge ungefähr die Formen bewahrt hatten, die sie im Tode besessen. Neben ihr hing ihr Bildnis, das aus der Zeit stammte, in der ein Lächeln ihres Mundes, ein Blick ihres sieghaften Auges genügt hatte, auch das kälteste Männerherz mit heißem Verlangen zu erfüllen.

Eine furchtbare Antithese!

Hier das Bild der blühenden, von Schönheitsglanz umstrahlten, liebreizenden Hülle einer von stolzem Uebermut geschwellten lachenden Seele, – dort diese Hülle selbst, von der Hand des Todes in ein abschreckend starres, farbloses Zerrbild verwandelt, eine Mumie ohne Balsamirung.

Auch die Kunst hatte in Quedlinburg eine Stätte. Ich denke noch gern der schönen Winterlandschaften des wackeren Malers Steuerwald, in die er die mittelalterlichen Baureste des Harzes so sinnig zu verflechten verstand.

Die Stadt lag nicht im Gebirge, sondern ihm zur Seite und hielt fortwährend das Verlangen nach den nahen Bergen lebendig.

So ist denn Quedlinburg trefflich geeignet, poetische Empfindungen in jungen Herzen zu wecken, die Seele mit Liebe zu der schönen, ehrwürdigen Heimat zu sättigen und sie doch mit dem Wunsche zu erfüllen, sich die Ferne zu eigen zu machen. Daß Klopstock hier geboren wurde, weiß jedermann, aber auch der größte Geograph aller Zeiten, Karl Ritter, dessen gewaltiger Geist die gesamte Welt überschaute, als sei sie das Gebiet seiner Heimat, erblickte hier das Licht der Welt und brachte merkwürdigerweise, ähnlich wie Klopstock in dem Thüringer Schulpforta, die Keime, die er hier aufgenommen hatte, in dem Thüringer Schnepfenthal zum Ergrünen. Auch der Förderer des Turnwesens, Gutsmuths, der jetzige Kultusminister Bosse und der Dichter Julius Wolff sind Quedlinburger Kinder und Schüler des dortigen Gymnasiums.

Ich denke gern an die ehrwürdige Harzstadt.

Mit Douglas ging ich auch zum Besuch in seine Vaterstadt Aschersleben und verlebte dort bei den Seinen schöne Tage. Wäre das schwankende Herz damals schon reif für eine große, beständige Liebe gewesen, es hätte nicht so schnell von der anmutigen Tochter des Hauses gelassen, für die es schon stürmisch genug zu schlagen begann.

Unter den vielen hübschen Mädchen, mit denen ich in Quedlinburg heiter, doch in voller Seelenruhe verkehrte, befand sich auch eins, das mich lehrte, wie wohl es für junge, geistesverwandte Menschenkinder von verschiedenem Geschlecht angeht, einander in Freundschaft mit Ausschluß jedes leidenschaftlichen Verlangens nahe zu kommen. Die Tochter des Geheimerats Weyhe, des Landrats des Quedlinburger Kreises, war es, deren klarer und graziöser Geist mich schon bei der ersten Begegnung lebhaft angezogen hatte. Auch sie fand Gefallen an meiner lebhaften Weise und meinem geistigen Streben, und so kam es, daß wir, wo es anging, uns zu einander gesellten und austauschten, was uns innerlich bewegte. Sie war den Jahren nach kaum älter, doch unendlich viel reifer und verständiger als ich und gewann darum einen so starken Einfluß auf mich, daß ein Wort von ihr genügte, mich zurückzuhalten, wenn mein Uebermut sich heftiger zu regen begann. Dafür schenkte ich ihr ein warmes, dankbares Zutrauen, und ihr das Herz zu erschließen und ihr mitzuteilen, was ich dichterisch schuf und plante, war mir ein Genuß; denn ich durfte sicher sein, von ihr verstanden zu werden.

Ich war ihr sehr gut und wundere mich, daß Eros den Bogen ruhen ließ; denn Mathilde Weyhes Aeußeres war kaum weniger begehrenswert als ihr klarer Geist, ihr schlagfertiger Witz und ihr redliches, warmes Gemüt.

Wenn wir uns auch nicht wiedersahen, sind mir doch noch in allerjüngster Zeit wahrhaft herzerfreuende Zeichen des Gedenkens der glücklichen Gattin und Großmutter Frau *Dr.* Schreiber, der früheren Mathilde Weyhe, zu teil geworden.

Sie hatte auch die von mir gedichteten Verse bewahrt, die ich auf dem bevorstehenden Actus zu deklamiren aufgefordert worden war. Aus dem in ihrem Besitz befindlichen Manuskript sind sie denn in der Festschrift abgedruckt worden, die im Jahre 1891 bei Gelegenheit des dreihundertundfünfzigjährigen Bestehens des ehrwürdigen Quedlinburger Gymnasiums herausgegeben wurde.

Da dies Gedicht die früheste meiner poetischen Arbeiten ist, die in Druck kam, mag es hier mitgeteilt werden.[1]

Ich hatte den Stoff selbst gewählt, und wenn ich es mit den anderen in jener frühen Zeit entstandenen Dichtungen und besonders auch mit dem Tragödienfragment »Panthea und Abradat« zusammenhalte, darf ich doch wohl der Ueberzeugung Raum geben, daß der Drang, antike

Stoffe zu poetischen Zwecken zu verwerten, in meiner geistigen Natur begründet ist; denn weitaus die meisten meiner Dichtungen sind mir schon damals aus dem Leben der Alten entgegengewachsen.

Langethal und Tzschirner hatten es mich lieben gelehrt, und die Sehnsucht, der Schillers »Götter Griechenlands« den Ursprung verdankt, erfüllte mich damals oft genug mit leidenschaftlicher Gewalt. Sie ging so weit, daß, wenn ich den Unterharz einsam durchwanderte, meine Einbildungskraft den herrlichen Laubwald mit dem bunten Göttervolk der griechischen Mythologie bevölkerte. Dann traten aus dem glatten Glanzgrau der Buchen und der rauhen Rinde der Eichenstämme schöne Dryaden, und in dem nahen Quell kühlte die Nymphe die weißschimmernden Füße. Von Fels zu Fels verfolgte der Centaur mit dem scheckigen Pferdeleibe das fliehende Weibchen mit dem goldig wehenden Haarschmuck, und wenn in der Mittagszeit eines schönen Sommertages, in der Geisterstunde des südlichen Europas, alles um mich her ruhte und sich kein Laut vernehmen ließ wie das Huschen der Eidechse, die durch das Laub schoß, oder das Summen der Insekten, dann schaute mir aus dem schattigen Buschwerk der Kopf des Faunes mit den klugen, spitzen Ohren entgegen, und hinter den äsenden Rehen, die, aufgescheucht von meiner Nähe, in das Unterholz einbrachen, ahnte ich die pfeilfrohe Artemis mit dem leicht geschürzten Gefolge.

Das alles hatte der blinde Schüler Wolfs, unser Langethal, mich nicht nur bei der Erklärung der Ilias, sondern auch auf manchem Spaziergang schauen gelehrt; denn seinem nach innen gekehrten, der Außenwelt verschlossenen Blicke war es in den schönsten Formen und glänzendsten Farben begegnet.

Vorstellungen aus dem Leben der Alten beherrschten meine Gedankenwelt in Quedlinburg wie schon früher und noch so viel später mit ungewöhnlicher Gewalt, und wenn es den erregten Geist zu dichterischem Gestalten drängte, trat ihm ungerufen Stoff auf Stoff aus der Zeit und den Daseinskreisen entgegen, die für ihn zugleich das Schönste und Interessanteste umfaßten.

Die Wahl des zu behandelnden Gegenstandes war mir, wie gesagt, freigestellt worden, und so legte ich denn meinem Actusgedichte die Erzählung Herodots vom Atys und Adrast zu Grunde.

Die Wirkung, die ich wohl mit auf Rechnung meines Vortrages zu schreiben habe, kann nicht gering gewesen sein; denn als viele Jahre später mein Schulkamerad Brosin mir sein Buch über Schillers Vater übersandte, schrieb er, daß jene Deklamation ihm unvergeßlich geblieben sei. Er sehe mich noch vor sich »mit der hohen Stirn und den leuchtenden Augen«, und immer noch klinge ihm mein Ruf im Ohre: »Halali erschallt's im Thale.«

Zwischen das schriftliche und mündliche Examen fielen die großen Ferien, und da ich unter der Hand erfahren hatte, daß meine Arbeiten genügend ausgefallen wären, gestattete mir die Mutter, in den Schwarzwald zu reisen, wohin mich liebe Erinnerungen zogen. Aber mein Freund Hey hatte noch gar nichts von der Welt gesehen, und so wählte ich ein leichter zu erreichendes Ziel und nahm ihn mit mir an den Rhein. Das war eine köstliche Erholungsfahrt, teils zu Fuß, teils auf der Eisenbahn und dem Dampfschiff, und mit echter Jugendlust genossen wir das Schöne, das sich uns überall darbot.

Ueber Göttingen ging es nach Hause, und was ich dort von dem Corps Saxonia sah, für das mich mein Berliner Spielkamerad Franz Oesterreich durch enthusiastische Schilderungen gewonnen, erfüllte mich mit solcher Begeisterung, daß ich den Entschluß faßte, auch einmal das blau-weiß-blaue Band zu tragen, obgleich mein Bruder Martin das rot-weiß-rote der Bonner Hanseaten, seines Corps, jedem andern vorzog.

Auch das mündliche Examen wurde glücklich bestanden, und als Mulus kehrte ich in die Arme der Mutter zurück, die mich in Hosterwitz mit offenen Armen empfing.

So hatte denn die Schulzeit den Abschluß gefunden. Sie war bewegter verlaufen als bei den meisten anderen Knaben.

An die Keilhauer Jahre denke ich mit Dank und Freude zurück. In Kottbus waren dem jugendlichen Uebermute so niedrige Schranken gesetzt worden, daß es ihm nur zu leicht gelingen mußte, sie zu überspringen; den beiden letzten dort verlebten Jahren hab' ich aber dennoch für manche Förderung zu danken.

An der leider nur kurzen Quedlinburger Zeit bedaure ich nur, daß sie sich nicht gleich an die Keilhauer schloß. Wäre ich aus Thüringen unmittelbar in das gute Gymnasium am Harze gekommen, hätte meine Entwicklung sicherlich einen ruhigeren Gang genommen. Doch wie oft erfuhr ich im späteren Leben an mir selbst und anderen, daß scheinbar ungünstige Verhältnisse, ja schmerzliches Mißgeschick die

Brücke wurden, die den von ihm Heimgesuchten in das bis dahin verschlossene Reich einer höheren Glückseligkeit führte.

Der Entschluß, mich der Rechtsgelehrsamkeit zu widmen und in Göttingen das Studium zu beginnen, stand fest, und er war auch der Mutter genehm.

Aus welchem Grunde, infolge welcher Erwägungen ich die juristische den anderen Fakultäten vorzog, wäre schwer zu sagen. Innere Neigung oder ein durch prüfende Einblicke gewonnenes Interesse an der Wissenschaft, der ich mich hingeben wollte, hatte sicher nicht den Ausschlag gegeben.

Ich, der ich mir immer noch bei meinem »Weltgedicht« mit Freuden den Kopf zerbrach, damit meine hochfliegenden Spekulationen dem möglichen Hergang der Dinge bei der Entstehung des kosmischen und menschlichen Daseins in keinem Punkte widersprächen, entschied mit geringerem Nachdenken über den Beruf und das gesamte künftige geistige und äußere Leben, als ich etwa bei Gelegenheit der Wahl einer Wohnung in Thätigkeit gesetzt hätte.

Leider sah ich später viele wohlbegabte junge Leute ebenso handeln. Die Tradition der Familie oder Kaste, die Winke des Vaters, das Vorangehen eines Bruders oder Freundes veranlaßten sie, sich für einen Beruf zu entscheiden, dessen Inhalt ihnen ein mit sieben Siegeln verschlossenes Buch war.

In der Idealschule, wie ich sie mir denke, müßte den Schülern in der obersten Klasse in kurzer Zusammenfassung vorgeführt werden, was jeder der Hauptberufe bietet und von denen fordert, die sich ihm hinzugeben wünschen. Es müßte auch dem Leiter der Anstalt[2] gestattet sein, den jungen Männern, mit deren Gaben und Neigungen ihn ein langer Verkehr vertraut machte, einen die Wahl erleichternden Rat zu erteilen.

Freilich denke ich mir diesen Mann nicht nur als Lehrer, sondern zugleich auch als Erzieher, der sich wie mit den Schulleistungen so auch mit dem gesamten innern und äußern Wesen der auf die Universität zu Entlassenden vertraut machte.

Wären den Leitern der Keilhauer Anstalt die Zöglinge nicht so früh aus der Hand genommen worden, es hätte ihnen sicher gelingen können, für die meisten den rechten Beruf voraus zu bestimmen.

Als Jurist in Göttingen

Auf die Universität.

In den Wochen, die dem Abiturientenexamen folgten, war ich zum Nachdenken über eine ernste Frage am letzten gestimmt.

Nach einer fröhlichen Reise durch Böhmen, die im ehrwürdigen Prag den Abschluß fand, ging es zwischen Hosterwitz, Blasewitz und Dresden hin und her. In dem schönen Elbflorenz fand ich außer den anderen meist älteren Freunden den Sohn meines Onkels Brandenstein, der als österreichischer Lieutenant auf Urlaub dort verweilte. Er hatte zuerst als Seemann weite Meere durchfahren und ferne Länder gesehen, dann aber in Italien die Waffen geführt und dabei eine bunte Menge von Erfahrungen gesammelt. Ich hörte ihm besonders gern zu, und mit ihm und seinen Kameraden, die sich gleichfalls frei vom Dienste in Dresden befanden, verlebte ich manchen vergnügten Abend. Diese jungen Herren betrachteten damals die Italiener, gegen die sie gekämpft, als Rebellen, während ein Vetter des Onkels, der damalige Oberst von Brandenstein, der sich gleichfalls in Dresden befand und später im österreichisch-französischen Kriege 1859 und in dem von 1866 zum Feldzeugmeister aufrückte, ganz anders dachte. Dieser kluge und warmherzige Soldat verstand die Italiener und ihr Streben nach Einheit und Freiheit und beurteilte sie so gerecht und darum günstig, daß er oft genug den bescheidenen Widerspruch der jüngeren Kameraden erweckte. Von dem Hazardspiele, womit diese ihre heiteren Zusammenkünfte oftmals beschlossen, hielt ich mich zurück, weil ich weder Interesse noch Neigung dafür besaß.

Auch die alten Freunde vernachlässigte ich nicht, und zog es mich nicht ins Theater, so beschloß ich den Tag im nahen Blasewitz bei der Tante. Ich werde von dem anregenden geistigen Leben zu erzählen haben, das in ihrem gastfreien Hause herrschte.

Lange hinter einander blieb ich übrigens, um der Mutter willen, nie von Hosterwitz fern. Ich war ja auch so gern bei ihr auf dem Lande! Da gingen und fuhren wir bei Tage spazieren und sprachen alles durch, was die Vergangenheit gebracht hatte und die Zukunft zu bringen verhieß.

Weil Seiffarts gerade in Hosterwitz weilten, ließ ich mir von dem damaligen Präsidenten, der auch in Göttingen studirt hatte, mit dem

Verzeichnis der Vorlesungen in der Hand, einen Stundenplan für mehrere Semester aufsetzen.

Der Geograph Karl Andree[1], dessen erstaunliche Kenntnisfülle fast alle Gebiete der Wissenschaft umfaßte, und der mir, dem so viel jüngeren, eine an Freundschaft grenzende Teilnahme schenkte, die ich redlich erwiderte, hatte mich schon mit einem andern versehen, der, wenn ich ihm gefolgt wäre, mich zu einem Wunder der Gelehrsamkeit gemacht hätte.

War ich nur wenige Tage bei der Mutter geblieben, so rief mich ganz gewiß ein Bote, und zwar gewöhnlich gleich in Begleitung des Wagens, zu der Tante zurück.

Es lag sicherlich ein gewisser Reiz in diesem hin und her Oscilliren und in einem Leben, das heute mit dem Behagen der Familie bei der Mutter, morgen mit der anregenden Blasewitzer Geselligkeit, übermorgen mit dem Vergnügen des heiteren jungen Volkes am Wirtshaustisch, im Theater oder anderwärts ausgefüllt war.

Aber trotz alledem zog es mich fort in die akademische Freiheit.

Nach den juristischen Kollegien trug ich geringes Verlangen, um so freudiger aber erregte mich der Gedanke, nun bald zu Füßen eines Ernst Curtius zu sitzen und mich von Waitz in das methodische Studium der Geschichte einführen zu lassen.

Von Bruder Martin und manchem Freunde wußte ich, daß das erste Semester, besonders wenn es im Corps verbracht wird, für die Wissenschaft verloren sei; ich aber wollte zeigen, daß sich ein flottes Studentenleben sehr wohl mit dem Studium vereinen ließ. Es galt nur Stoffe wählen, zu denen die Neigung mich hinzog.

Lebhafte Erwartung auf freie, köstliche Tage und leidenschaftliche Wißbegier trieben mich vorzeitig dem Ziele meiner Wünsche entgegen.

Die Mutter war mit mir am Abend vor dem Aufbruch nach Blasewitz gefahren, und da gab es noch ein schönes Fest im Sommerhause der Tante, bei dem der Lyriker Julius Hammer, der gemütvolle Dichter von »Schau um dich und schau in dich«, der mir ein lieber Freund werden sollte, in begeisterten gereimten Worten die Herrlichkeit der Burschenfreiheit und die edlen Schwestern Wissenschaft und Poesie feierte.

Die feurigen Reden, die bei perlendem Schaumwein mir Herz und Geist ergriffen, klangen in mir fort, als ich mich aus den Armen der

Mutter und der Frau, die mich nach ihr am meisten liebte, der Tante, befreit hatte und dem ersehnten Ziel entgegenfuhr.

Das neue Gefühl der vollen Freiheit hob mir die junge Brust, und wie wollte ich sie genießen! – Wenn je die Empfindung mich beherrscht hatte, als sei ich zum Glücke geboren, so war es bei jener Fahrt.

Ganz allein legte ich sie zurück, und sie kam mir vor wie ein Fug durch ein mir neu erschlossenes, frisch grünendes Eden. So entschlief ich, und als ich erwachte, und das Frühlicht mich mit Gold und Purpurglanz begrüßte, lehnte ich mich zum Fenster des Coupés heraus, und es war mir, als ob mir und mir allein die ganze herrliche Welt gehöre, die der Zug so eilig durchbrauste, und als winke mir von jeder rosigen Wolke am Himmel und von jedem Baum am Wege her eine blühende Wonne. Was Ermüdung ist, kannte ich nicht, und als ich in Göttingen die Kneipe des Corps Saxonia noch geschlossen fand und erfuhr, daß die ersten Herren wohl erst in drei oder vier Tagen eintreffen würden, fuhr ich nach Kassel, um die in Wirklichkeit verwandelte fürstliche Gartenphantasie auf der Wilhelmshöhe zu betrachten.

Auf dem Bahnhofe fand ich einen Herrn, der mich scharf ins Auge faßte. Auch er kam mir bekannt vor. Ich nannte meinen Namen, und im nächsten Augenblick hatte er mich umarmt und geküßt. Zwei Keilhauer Freunde waren einander wieder begegnet, und mit Sonnenschein im Herzen und am blauen Himmel besichtigten wir zusammen, was das schöne Kassel an Sehenswürdigkeiten bietet.

Als es zur Trennung kommen sollte, stellte mir der liebe Kamerad – von Born war sein Name – so lebhaft vor, wie viel alte Kameraden jetzt in Westfalen lebten, und wie schön sich das Wiedersehen gestalten würde, daß ich nachgab und ihm in das mir noch fremde Heimatland unseres Barop und Middendorf folgte.

So kam es, daß die der Vorbereitung für das künftige Leben angehörende Studienzeit für mich mit einer der Vergangenheit und freundlichen Erinnerungen gewidmeten Wanderung begann.

Ein frohes Wiedersehen folgte nun in der That auf der »roten Erde« dem andern. In Lippstadt, wo von Born mich verlassen hatte, um mich in Dortmund wieder zu treffen, – dort und in Essen blieb ich einen oder zwei Tage, und es wurden schöne Erinnerungsfeste mit den Köppelmann, Delhaes, Ernst Schmidt, Schmemann und anderen von Borns etc. gefeiert. Wie im Rausche verflogen die Stunden.

In Essen ging es am muntersten her. Ich gab dort viel guten Wein zu trinken; denn ich Tollkopf war die Wette eingegangen, ein unbändiges Pferd um den von Lampen beleuchteten Wirtshaustisch zu reiten, und dies frevelhafte Wagnis war mir gelungen. Ich hätte noch Verwegeneres unternommen, wenn ich dazu gereizt worden wäre; denn der alte Dämon beherrschte mich völlig, und meine frohe Daseinslust riß die alten Kameraden, die, zum Teil schon in den industriellen Unternehmungen der Ihren thätig, dem Ernst des Lebens ins Antlitz zu schauen begannen, so frisch mit fort, als hätten die sorglosen Keilhauer Tage auch für sie wieder begonnen.

Bei meiner Rückkehr nach Göttingen hatte ich immer noch einige Tage bis zum eigentlichen Beginn des Semesters zu warten, doch schon auf dem Bahnhofe wurde ich von den »Sachsen« in Empfang genommen, und noch am nämlichen Tag trug ich die blaue Mütze.

In der »Schönhütte«, einem in der Weenderstraße gelegenen Hause, in dessen erstem Stock die Kneipe des Corps gelegen war, fand ich eine hübsche, doch für ernste Arbeit möglichst ungeeignete Wohnung.

Was ich von dem Leben mit gleichgestimmten jungen Männern, die dieselbe Farbe freundschaftlich und zu gleichen Grundsätzen der Ehre und Lebensführung vereint, erwartet hatte, das fand ich aufs schönste erfüllt. Von Both, ein kraftvoller, tüchtiger, wohlbegabter Mecklenburger, ward mein Leibalter, und unter den anderen Corpsbrüdern befanden sich prächtige Leute. Die meisten waren von Adel und wohl ein Drittel von etlichen zwanzig junge Edelleute aus Kurland und Livland. Doch das liebe »Blau-weiß-blau« hob jeden Unterschied der Geburt auf. Der Vornehmste trat für den Geringsten, der Aelteste für den Jüngsten ein wie für den Bruder.

Der baltische Adel zeichnet sich seit langer Zeit durch ritterliches Wesen, einen offenen Geist und wackere Gesinnung vorteilhaft aus, und unter den »kurländischen« Corpsbrüdern wurde mir mancher, besonders aber Kleist und Bolschwing, ein lieber Freund. Außerdem waren fast alle deutsche Gaue in der Saxonia vertreten. Neben mehreren Hannoveranern, unter denen ich Fleischmanns und von Bülows am liebsten gedenke, gab es den Schwaben von Varnbüler, neben dem Pommer von Lühmann den Oesterreicher von Hübner, neben den Hanseaten Mohr und Gildemeister den Dresdener Grahl, neben dem Mecklenburger von Both die hessischen Prinzen von Ysenburg-Büdingen. Der ältere, Bruno, ein höchst sympathischer junger Mann, ist jetzt der regierende Fürst seiner in Oberhessen gelegenen Herrschaft. Für alle empfand ich eine aufrichtige Neigung, und wir bildeten zusammen eine stattliche Schar, die sich sehen lassen konnte.

Unter den Mitkneipanten war weitaus der am höchsten begabte der damalige Graf, jetzt Fürst Otto von Stolberg-Wernigerode, der später im preußischen Staatsdienst eine hohe Stellung einnehmen sollte. Sein in jeder Hinsicht hervorragender Begleiter, Major Streccius, hatte ihm den näheren Verkehr mit mir gestattet, und mir ahnte schon damals, daß er Bedeutendes zu leisten bestimmt war.

Unter den anderen Fürstlichkeiten, die mit dem Corps verkehrten, nahm der Erbprinz Ludwig von Hessen-Darmstadt und sein Bruder Heinrich den ersten Platz ein. Beide waren heitere und liebenswürdige Herren, die froh an allem teilnahmen, was ihnen von der frischen Lust des Studenten- und Corpslebens mitzugenießen gestattet war. Der als Großherzog verstorbene ältere Bruder ist auch als Regent seines Landes mir freundlich gesinnt geblieben. Ich sollte ihm später das Glück verdanken, mit seiner zu früh dahingegangenen Gemahlin Alice, einer der hervorragendsten Frauen, die mir im Leben begegneten, in persönliche Verbindung zu treten.

Unter den anderen Mitkneipanten stand Alfred Lappenberg, ein junger Hamburger, schon vor dem Abschluß des Studiums und zeigte sich nur selten auf der Kneipe, und doch lag in seinem Wesen eine ruhige Gediegenheit, die mich anzog.

Noch lebhaftere Teilnahme erweckte in mir der gleichfalls ältere George Berna, ein junger, höchst eigenartig begabter Frankfurter, der sich durch die Polarfahrt, die er mit Karl Vogt unternahm, bekannt machen sollte.

Beiden bin ich im späteren Leben wieder begegnet, Lappenberg in Rom und Hamburg, Berna in seiner Heimat. Die Nachricht von seinem frühen Tode ergriff mich tief; denn er war abgerufen worden, bevor ihm das Schicksal vergönnt hatte, recht zu zeigen, zu wie hervorragenden Leistungen er befähigt gewesen wäre.

O der köstlichen Stunden, in denen wir auf der Kneipe mit offener Brust sangen und schwärmten, in der wir in die schöne Umgegend zogen, auf dem Fechtboden und der Mensur Mann gegen Mann den Mut und die Geschicklichkeit bewähren sahen und bewährten. Jeder Morgen weckte zu neuer Lust, und jeder Abend beschloß einen Festtag im Lenze, den das Sonnenlicht der Freiheit und der Zauber der Freundschaft verklärte.

Was dem deutschen Corpsstudenten an Freuden blühen konnte, genoß ich in vollen Zügen.

Den ganzen Tag vom Morgen bis Abend verbrachten wir in froher Gemeinschaft. Wenigstens mit einigen Corpsbrüdern war ich immer beisammen, bald in der Stadt, bald bei Ausflügen auf dem Lande. Den Vormittag füllte der Fechtboden aus, die Mensur auf dem Ulrici, der Frühschoppen auf der Fink, der Spaziergang um die Stadt, bei dem die Herren stets eine bestimmte Richtung, die Damen aber die entgegengesetzte innehielten, so daß man sich beim Begegnen ins Gesicht schauen mußte.

Das Mittagsmahl genossen wir zusammen in der »Krone« bei dem jovialsten aller Wirte, dem alten Betmann, auf dessen Adreßkarte das Bild eines Bettes und eines Mannes zu sehen war. Dann kam der Kaffee auf dem Museum oder in einem Lokale vor der Stadt, das Reiten oder eine neue Paukerei; oft gab es auch einen Ausflug oder die Bewirtung der zugereisten Kartellbrüder von anderen Universitäten, bisweilen ein Kolleg und endlich die Kneipe.

An manchem Abend konnte man mich auch mit einigen Freunden auf dem »Schüttenhof« finden. Da tanzten die jungen Philister mit den kleinen Bürgermädchen und niedlichen Putzmacherinnen. Die meisten waren unbescholtene Mädchen, und wie fröhlich hab' ich sie geschwenkt, bis die Musik aus war.

Die harmlosen Vergnügen konnten meinem starken Körper nicht zum Nachteile gedeihen, ja er wäre wohl auch kräftig genug gewesen, um der Ruhestunden zu entraten, die ich ihm bei nächtlicher Arbeit entzog. In noch jüngeren Jahren, auf der Prima zu Kottbus, hatte das Schaffen während der Schlafenszeit mir kaum die Frische am Morgen getrübt. Es liegt aber einmal in der menschlichen Natur, wenn ein ungewöhnliches Mißgeschick eintritt, zurückzuschauen, um in der Vergangenheit die Ursachen und die ersten Keime zu suchen. So habe denn auch ich die meiner Erkrankung vorangehende Zeit durchmustert und bin zu dem Ergebnis gekommen, daß es mir zwar nie eingefallen war, meinen Körper zu schonen, daß aber, was ihm zustieß, weit weniger auf meine allgemeine Lebensführung, in der es mir ja Unzählige straflos gleichthaten, zurückzuführen ist, als auf akute

Erkältungen, von denen namentlich die erste mit sehr heftigem Fieber verlief.

Wäre ich zu einem andern Resultate gelangt, hätte ich meinem Sohne die glückselige Zeit, die für mich zu früh unterbrochen wurde, sicherlich nicht, wie es geschehen ist, voll auszugenießen gestattet.

Göttinger Versuche und Fahrten.

Heilsam für mein Nervensystem, das ich bis dahin für unzerstörbar gehalten hatte, ist die Nachtarbeit von damals allerdings schwerlich gewesen; denn wenn ich mit heißem Kopfe und in froher Erregung, ja bisweilen leicht berauscht von der Kneipe kam, die um Schlag elf Uhr verlassen werden mußte, wenn ich mit fliegenden Pulsen vom wilden Tanz auf dem »Schüttenhof«, von einem wirklichen Ball oder von einer Gesellschaft in der Familie eines Professors heimkehrte, ging es nie zur Ruhe; denn dann kam die Zeit, in der ich dem Geiste das Seine gewährte.

Juristisches wurde in jenen Nachtstunden nur im ersten Anfang der Göttinger Zeit versuchsweise getrieben; denn die Fachcollegia, die ich belegt hatte, bekamen mich recht selten zu sehen, obgleich die Knappheit der römischen Rechtsdefinitionen, mit denen mich Ribbentropps Vorlesungen über die Institutionen in Berührung gebracht hatten, mein Wohlgefallen erweckten.

Ernst Curtius, der eben nach Göttingen berufen worden war, konnte ich wegen der Stunden seiner Vorlesungen leider nicht hören. Auch mein Wunsch, mich Waitz anzuschließen, blieb unerfüllt; ich war aber in die Vorlesungen des Philosophen Lotze geraten, und sie eröffneten mir eine neue Welt. Außerdem wurde ich einer der eifrigsten Zuhörer des Professors Unger.

Wohl hätte mich sein Kolleg »Kunstgeschichte« um seiner selbst willen anziehen können, ich muß aber gestehen, daß es zunächst nur sein reizendes Töchterchen war, das mich in seine Vorlesungen führte; denn er las wegen der vorzuzeigenden Kunstblätter im eigenen Hause. Leider bin ich der schönen Julie dort nur selten begegnet, dafür aber fand ich bei ihrem Vater den Weg in das Forschungsgebiet, dem mein späteres Leben gewidmet sein sollte.

In mehreren Stunden behandelte er sein und lebhaft die Kunst der Aegypter und gedachte dabei Champollions Hieroglyphen-entzifferung.

Diese große Geistesthat erweckte mein höchstes Interesse, und ungesäumt begab ich mich auf die Bibliothek, und Unger, der zu den Beamten der großartigen Göttinger Bücherei gehörte, wählte mir die Werke aus, die geeignet schienen, mich näher zu unterrichten.

Mit Champollions *Grammaire hiéroglyphique*, Lepsius' *Lettre à Rosellini* und leider auch mit einigen irreleitenden Schriften Seyffarths ging es nach Hause.

Wie oft vertiefte ich mich dann, wenn ich aus der Kneipe, aus einer Gesellschaft oder von einem Tanzvergnügen kam, in die Grammatik und versuchte Hieroglyphen zu schreiben.

Weit öfter und andauernder bemühte ich mich freilich, dem Philosophen Lotze zu folgen.

Einem in mir mächtigen Instinkt gehorsam hatte mein ungeschulter Geist in der Seele der Menschen zu lesen versucht. Jetzt lernte ich durch Lotze den Körper als das Instrument kennen, dem die Bewegungen der Seele, dem die Harmonien und Disharmonien des geistigen und gemütlichen Lebens den Ursprung verdanken.

Ich nahm mir vor, mich später auch ernstlich mit Physiologie zu beschäftigen; – denn ohne sie war Lotze nur halb zu verstehen – und von den Physiologen ging der Streit aus, der die Gelehrtenwelt damals so stürmisch bewegte.

Besonders in Göttingen war die Luft gleichsam von physiologischen und anderen naturwissenschaftlichen Fragen gesättigt.

In jener Zeit der traurigsten Reaktion hatten sich die politischen Zustände Deutschlands so elend gestaltet, daß man jedem Gespräch über sie gern aus dem Wege ging. In den mir nahestehenden studentischen Kreisen erinnere ich mich auch nicht einem einzigen beigewohnt zu haben.

Aber die große Frage »Materialismus oder sein Gegenteil« bewegte die Georgia Augusta, in deren Bereiche der Kampf infolge der Rede Rudolf Wagners während der Göttinger Naturforscherversammlung drei Jahre vor meinem Eintritt akutere Formen angenommen hatte, immer noch lebhaft.

Karl Vogts »Wissenschaft und Köhlerglaube« übte eine starke Wirkung durch den sarkastischen Ton, womit der Verfasser dem ruhigeren Gegner zu Leibe ging. In der redlichen Ueberzeugung, ein Wissender zu sein, sucht der geistreiche und lebensvolle Vorkämpfer des Materialismus die Gegner seiner Dogmen mit dem Brandmal der Lächerlichkeit zu stempeln, und was sich zu den »starken Geistern« zu gehören schmeichelte, folgte seiner Fahne.

Hegels Einfluß war gebrochen, Schellings Idealismus schon beiseite geschoben worden. Die derbe, leicht zugängliche Kost der Materialisten mundete besonders den naturwissenschaftlich gebildeten Kreisen, und Vogts Satz, daß das Denken in einem ähnlichen Verhältnis zum Gehirn stehe wie die Galle zur Leber und die Aussonderungen anderer Organe, fand um so größeren Beifall, mit je entschiedenerer Sicherheit und mit se schlagfertigerem Witz er vorgetragen und begründet wurde.

Dennoch mußte der Philosoph sich von vornherein sagen, daß die Natur der Seele sich weder mit Hilfe des Secirmessers, noch unter dem Mikroskop ergründen lasse; doch die Entdeckungen der Naturforscher, die zur Erkenntnis des innigen Verhältnisses geführt hatten, das zwischen dem psychischen und materiellen Leben besteht, schien auch den ehrlichsten unter ihnen, und zu ihnen gehörte Karl Vogt in erster Reihe, das Recht zu geben, auf ihren Lehrsätzen zu bestehen.

Hie Materialismus, hie Antimaterialismus! hieß es in den gelehrten Kreisen des politisch hinsiechenden Deutschlands, ja ich erinnere mich kaum eines andern kräftigen Wogenschlages des Geistes, der in dieser Zeit der Stagnation bemerkbar gewesen wäre.

Das einzige, was damals in unserem Vaterlande sich groß erhielt, war die gelehrte Forschung.

Die Philosophie mußte es mit Bedauern und Mißbilligung erfüllen, eine für sich bestehende Existenz der Seele von seiten einer rein empirischen Wissenschaft gleichsam fortdekretiren zu sehen, und sie führte auch die ihr zu Gebote stehenden Mittel zur Abwehr ins Feld. Der Materialismus aber sah sein Lager sich füllen; denn die Trompeten seiner Führer hatten einen helleren, zuversichtlicheren Klang als die leiseren und schwerer verständlichen Gegenrufe der Philosophen.

In den Göttinger Professorenkreisen waren indessen wenige, die sich nicht zu Wagner bekannt hätten oder in der Ablehnung des Materialismus nicht noch weiter gegangen wären als er, und mir begegneten im Dirichletschen und Baumschen Hause die größten und besten. Gegen meinen Lehrer Lotze richtete sich Vogts Eifer übrigens mit besonderer Schärfe.

Auf der Kneipe und im Kreise der Corpsbrüder kamen diese Dinge selten zur Sprache. Nur der Frankfurter George Berna, unser Mitkneipant, war ihnen näher getreten. Ich hatte sie zuerst im Dirichletschen Hause zu einem lebhaften Gedankenaustausch führen und den Professor der Chirurgie Baum aus seiner vornehm gelassenen Weise heraustreten sehen, um den Materialismus und seine Apostel aufs heftigste zu verdammen.

Einmal auf diesen Streit aufmerksam gemacht, begegnete er mir im Museum, im Gasthofe zur Krone, in Gesellschaften, im Eisenbahnwagen, ja überall, wo sich junge Gelehrte zusammenfanden. Natürlich suchte ich mich über diese die Geister so stark bewegenden Dinge zu unterrichten und las neben den Lotzeschen Büchern die Streitschriften, die damals in aller Händen waren.

Vogts derb zugreifende, frisch sarkastische Weise fesselte mich, doch es war nicht nur die Folge der religiösen Gesinnung, die ich aus dem mütterlichen Hause und aus Keilhau mitgebracht hatte, wenn ich schon damals wahrnahm, daß hier ein scharfes Schwert mit starkem Arme geschwungen wurde, um Wasser zu zerschneiden. Die Wunden, die es schlug, wollten nicht bluten; denn sie waren einem Körper zugefügt worden, gegen den es so wenig Macht besaß wie der Teufel gegen das Kreuz. Der Geist, auf den die gute Büchse des Materialismus zielte, warf die Kugeln, womit er im traf, ihm ins Gesicht.

Wenn ich, bevor mir Feuerbach bekannt geworden war, ermüdet oder verdrossen die Bücher fortgeworfen hatte, griff ich auch nicht selten und oft mitten in der Nacht zu meinem großen Weltdichtungsmonstrum, meiner Tragödie Panthea und Abradat oder etwas anderem Poetischen und begab mich erst zur Ruhe, wenn der Docht der Lampe, oft um drei Uhr morgens oder noch später, verkohlte.

Bedenke ich jetzt, wie viel schöne Zeit und gutgemeinte Arbeit mich jenes in Kottbus begonnene Gedicht kostete, und wie ernst ich es noch in Göttingen mit ihm nahm, so bedaure ich doch, der schnellen Wallung nachgegeben zu haben, die mich später antrieb, es zu vernichten.

An einen gleich groß angelegten Stoff sollt' ich mich nie wieder wagen. Es gehörte eben die Kühnheit der Jugend dazu, ihn in Angriff zu nehmen.

Von den Versen, die das Epos enthielt, vermöchte ich nur wenige Reihen zu wiederholen, der Inhalt des Ganzen, wie ich ihn in Göttingen und Hosterwitz abgerundet hatte, ist mir indes bis ins einzelne gegenwärtig geblieben, und ich denke, daß er es, wenn auch nur seiner Eigentümlichkeit wegen und als Spiegelbild eines Stückes meines geistigen Lebens in jener Zeit, doch wohl verdient, in großen Umrißlinien hier wiedergegeben zu werden.

Wer das Folgende liest, der möge der Jugend des Dichters gedenken.

Als Grund alles Bestehens setzte ich die Kraft und die Materie, die ich als formlosen Grundstoff dachte. Diese beiden hatte der göttliche Lenker einer der menschlichen Intelligenz unbegreiflichen Welt, in der die Gegenwart ein Augenblick, der Raum eine Luftblase ist, als unzulänglich für die gewaltigen Zustände und Zwecke seines Herrschaftsgebietes daraus verstoßen. Es war ihnen von dem höchsten Regenten dieser Welt über den für den Menschengeist faßbaren Welten geboten worden, eine neue ihrer Niedrigkeit angemessene zu bilden.

Die Kraft dachte ich als Mann, die Materie als Weib. Sie standen einander feindlich gegenüber; denn er verachtete die ewig ruhende träge Gefährtin, sie fürchtete den ruhelosen, ungefügen Genossen. Aber das Gebot des Lenkers der höheren Welt zwang sie dennoch, sich zu verbinden.

Ihrem ohne Neigung geschlossenen Bunde entsprang die Erde samt den Sternen, kurz, das ganze anorganische Leben.

Als nun an diesem die Natur seines Vaters, der Kraft, sich durch ungestümes Rasen der Gestirne in wildem Hinundher durch den Raum, durch furchtbare Eruptionen und dem ähnliches bethätigte, erschrak die Mutter Materie, und während sie die flammenden Weltkörper, die, einander zertrümmernd, bei ihrem tollen Laufe zusammenstießen, um sie zu besänftigen, an sich zog und die wildesten bei sich zurückhielt, erwärmte sich ihr das starre Herz durch die Glut ihrer Kinder. Zur Bewegung war sie bereits durch die Umarmung des Gatten gelangt.

So, gleichsam in einen höheren Zustand erhoben, verlangte es sie nach neuen, fügsameren Kindern, und ihr Gatte, die Kraft, der sich gerne von ihr losgerissen hätte, doch sich durch tausend Fesseln an sie gebannt sah, erbarmte sich ihrer, weil sich ihre Thätigkeit und Kälte in Bewegung und Wärme verwandelt hatte, und aus ihrem neuen Bunde entsprang die Liebe.

Doch sie schien zu ihrem eigenen Unglück geschaffen.

Kummervoll schweifte sie umher und weinte und klagte, weil ihr ein Ziel fehlte, woran sie sich hätte bethätigen können.

Wohl erweckte sie aus den glühenden, qualmenden Weltkörpern, die sie küßte, wohlthätiges, mildes Licht, wohl veranlaßte sie einige, von dem alten Ungestüm zu lassen und die Bahnen der anderen zu achten, wohl entsprossen aus der Erde, wo ihre Lippen sie berührten, Pflanzen und Bäume, doch ihre Sehnsucht, etwas zurück zu empfangen, das ihrem Wesen entsprochen hätte, blieb unerfüllt.

Aber sie war ein holdes Kind und der Liebling des Vaters. Mit rührenden Bitten schmeichelte sie ihm die Zusage ab, die Bilder, die sie sich zum Spiele geschaffen, die der Tiere, mit seiner Natur zu beleben.

Das geschah, und es gab hinfort belebte Wesen, die Kraft und Liebe bewegten, doch wieder zur Kümmernis der Mutter; denn bald zogen sie sich stürmisch an, bald zerrissen sie einander in wilder Leidenschaft. Doch die Liebe ließ nicht ab, neue Gestalten zu bilden, bis ihr die schönste, die des Menschen, gelang.

Aber auch sie war nur von Kraft belebt und von ihrem, der Liebe eigenem Wesen, und wie die Tiere, so zerfleischten auch sie sich in wütendem Haß oder verdarben einander im leidenschaftlichen Ungestüm der Zärtlichkeit, die sie ergriff.

Die Sehnsucht der Liebe, etwas zu bilden, woran sie Genügen haben könnte, blieb unbefriedigt, und zurückgewiesen von dem rohen Vater und der trägen Mutter, stürzte sie sich verzweifelnd von einem Felsen. Aber weil sie unsterblich war, blieb sie am Leben.

Ihr Blut benetzte die Erde. Aus ihren Wunden stieg lieblicher Duft auf, höher und höher, bis in das erhabenste der Reiche, aus dem ihre Eltern, die Kraft und die Materie, stammten, und sein unfaßbar hoher Gebieter, der von ihrer Sehnsucht nach seinem erhabenen Reiche vernommen, erbarmte sich des Kindes der Verstoßenen, das ihm gefiel, und aus dem Blute der Liebe entsproß auf seinen Wink eine Lilie, und ihr entstieg im weißen Gewande hell und leuchtend der Geist, den der Allerhöchste in die Blume hineingehaucht hatte.

Wohl stammte er aus jener höheren Welt über der unseren, doch war ihm von seiner Heimat nur noch ein ahnendes Erinnern gelassen worden, damit er die neue Wohnstätte nicht mit der alten vergleiche und sie verachte.

Sobald er der Liebe begegnete, zog es ihn zu ihr hin, und sie ergab sich mit stürmischer Leidenschaft seinem Werben. – Doch schon bei der ersten Umarmung fröstelte sie, und den Geist ängstigte und verletzte ihre flammende Glut. Darum mieden sie einander. Jedem war bang vor der Zärtlichkeit des andern, und doch zog es immerfort ihn zu ihr und sie zu ihm zurück.

Die Liebe fuhr fort, sich nach ihm zu sehnen, auch wenn sie ihm den Bund gekündigt und geschworen hatte, lieber mit den Tieren zu leben als mit ihm, – er aber folgte oft der Sehnsucht nach seiner höheren Heimat, von deren Herrlichkeit ihm eine Ahnung geblieben, und schwang sich auf, ihr entgegen. Aber so oft er ihr auch schon ganz nahe gekommen war, wurde er doch zu der anderen zurückgetrieben. Dort einte er sich immer wieder mit seiner Gefährtin, der Liebe, und ordnete, bald in ihrer Begleitung, bald allein das Leben aller Dinge im All nach Maß und Zahl oder beseelte im Bunde mit ihr die Menschen mit seinem Odem.

Er that es bald willig, bald ungern, bald stärker, bald schwächer, je nachdem es ihm gelungen war, bei dem Fluge aufwärts seiner erhabenen Heimat näher oder weniger nah zu kommen. War es ihm aber einmal vergönnt gewesen, bis in ihren Lichtkreis zu gelangen, dann kehrte er wunderbar erfrischt und wie im Rausche zurück. Dann fand die Liebe ihn begehrenswert über die Maßen, und wem dann beide in neuer Vereinigung ihren Odem einhauchten, aus dem ward ein Künstler.

Es gab auch eine durchweg komische Figur und eine mit manchem humoristischen Zuge in dieser Dichtung. Der Page des Geistes, der mit ihm der Lilie entstiegen war und den Tieren seinen Odem einblies, der Instinkt, war ein drolliger Geselle. Wenn er dem Fluge des Herrn folgen wollte, stürzte er schon nach den ersten Flügelschlägen zu Boden und gewöhnlich in die Nesseln. Nur wenn es auf Erden einen gemeinen Vorteil zu erzielen galt, so gelang dies dem Diener besser als dem Gebieter. Aber auch die plumpe Mutter Materie, die ich, wohl dem Verse zu Gefallen, mit ihrem griechischen Namen »Hyle« nannte, hatte mich veranlaßt, ihr einen humoristischen Anstrich zu geben. Als unzufriedene Gattin und als Schwiegermutter des Geistes forderte sie besonders dazu heraus.

Zu dem ganzen »Weltgedichte« möchte ich bemerken, daß ich, bis ich den letzten Strich daran that, mich nie mit den verwandten Systemen der Neuplatoniker oder Gnostiker beschäftigt hatte.

Die Verse, die den Moment behandelten, in dem die Materie die glühenden Kinder ans Herz zieht und dadurch erwärmt, eine andere Stelle, in der die Menschen ohne Geist sich selbst vernichten und die Liebe sich zu opfern beschließt, und endlich der Gesang, in dem der Geist aus der Lilie steigt, und dazu noch manches andere hätt' es, glaub' ich, verdient, erhalten zu bleiben.

Wie ich dazu kam, dies mit so viel Liebe ersonnene und ausgeführte Werk zu zerstören, hab' ich bald zu berichten.

Was mich zunächst von ihm abzog, war, wie gesagt, die Beschäftigung mit Feuerbach, auf die ich durch einen Brief des Geographen Karl Andree in Dresden geführt worden war.

Ich hatte ihm über den Streit der Materialisten und Antimaterialisten geschrieben, und aus seiner Antwort ergab sich, daß er, der das Tischrücken zuerst aus Amerika nach Deutschland gebracht hatte, zu Vogt und den Materialisten neigte. Wohl sah er ein, daß ihre Beweismittel nicht ausreichten, um Fragen zu entscheiden, die sich auf das immaterielle Leben der Seele bezögen; doch hatte ihn, der sich mit erstaunlicher Schnelligkeit alles zu eigen machte, was die Forschung in seiner Zeit zu Tage förderte, Feuerbach für die wichtigsten Sätze Karl Vogts gewonnen.

»Dieser große Denker,« schreibt er, »zu dem sich Ihr Lotze verhält wie eine Lampe zur großen Sonne, erweist ausschließlich mit den Mitteln des logisch denkenden Philosophen die Richtigkeit des Vogtschen Satzes, daß es an der Zeit sei, mit dem Köhlerglauben zu brechen, der der menschlichen Einzelseele eine Fortdauer nach dem alles Leben vernichtenden Tode zuschreibt. Was ich den Physiologen und Philosophen auf grundverschiedenen Wegen erweisen sehe, das halte ich so gern für richtig, wie eine Erscheinung, die der Scharfsichtige mit dem Auge und zu gleicher Zeit der am schärfsten Hörende, unabhängig von jenem, mit dem Ohre wahrnimmt.«

Das leuchtete mir ein. Ich griff nach Feuerbach, und zwar zuerst nach seinen »Grundsätzen der Philosophie der Zukunft«. Später verschlang ich, was von ihm die Bibliothek zur Verfügung hatte. Anderes, wie seine eben erschienene »Theogonie« und »Das Wesen der Religion«, schaffte ich mir an.

Und ich war damals dem geographischen Freunde dankbar für seinen Rat.

Zwar schien Feuerbach mir vieles zu zertrümmern, was ich von Kind an heilig gehalten; doch meinte ich hinter dem fallenden Bauwerke das Bild der ewigen Wahrheit zu erschauen.

In einem Sinne, den ich vorher nicht geahnt, erschien mir durch diesen Denker der Mensch als Krone der Schöpfung. Mit ihm erkannte ich seine Natur als höchstes Ziel des Denkens, das sich dem außer dem Menschen Bestehenden nur zuwendet, wie der Wanderer dem Boden, auf dem sich in einer entscheidenden Schlacht das Geschick seines Volkes entschied.

Auch Vogt war gegen Vieles zu Felde gezogen, was Glaube und scheue Rücksichtnahme bisher nicht anzutasten wagten. Doch mit wie viel schwererem Ernst führte Feuerbach die guten Waffen, denen mir auch der Geist nicht widerstehen zu können schien, weil es diejenigen waren, deren er, der Geist, sich selber bediente.

Der Schleier, den ich später sich über so Vieles bei Feuerbach breiten sah, wirkte damals auf mich wie der Nebel, aus dem hier die Türme, dort die Zinnen einer Burg hervorschimmern. Sie könnte groß sein oder klein; doch die graue Wand, die dem Auge verbietet, sich über ihre Höhe und Breite volle Klarheit zu schaffen, schmälert dem Wanderer, der da weiß, daß ein Gewaltiger die Burg besitzt und behauptet, mit nichten das Recht, sie für so groß und wohlbewehrt zu halten, wie es die Macht ihres Gebieters anzunehmen gestattet. Auch das nur scheinbar Erwiesene hielt ich für wertvoll, weil ein Reicher es gab, der über gewaltige Schätze verfügte.

Ich war sicher noch nicht reif für das Studium dieses großen Denkers, den ich später auch andere ungenügend vorbereitete und gefestigte Geister in Gefahr bringen sah. Es würde mir schwer fallen, den mächtigen Aufruhr zu schildern, in den Feuerbachs Schriften mein gesamtes inneres Leben in den Nachtstunden versetzten, in denen Blut und Nerven sich ohnehin für jeden kräftigen Anreiz empfänglicher zeigen. Als Jünger dieses Meisters galt es Vieles auszuschneiden und zu -reißen, was von Kind an mit starken Wurzeln und tausend Fasern und Zasern meinen gesamten inneren Organismus durchwachsen hatte, und solche Operation vollzieht sich nicht ohne Schmerzen.

Was ich in jenen Nachtstunden, nach Wahrheit suchend, in mir aufnahm, hätte mich lehren sollen, auf den Zusammenhang zwischen

Geist und Körper zu achten. Indes war ich nie weiter entfernt davon gewesen. Es hatte sich in meiner Natur eine scharfe Teilung vollzogen. Ich war wie die Violen, die während der einen Hälfte einer vierundzwanzigstündigen Lebensstrecke sich schließen und während der anderen den Kelch dem Sonnenlichte öffnen. Bei Nacht führte ich in Kampf und Not ein wunderliches Innenleben für mich allein, bei Tage war das alles vergessen, wenn mich nicht – und wie selten geschah das – ein Gespräch darauf brachte.

Von dem ersten Schritte ins Freie an gehörte ich dem Leben, dem Corps, der Freude. Was Sonderexistenz, was Sterblichkeit oder ewige Dauer der Seele! Minervas Vogel ist eine Eule. Wie sie, so gehörten diese gelehrten Fragen in die Nacht. Sie sollten mir keinen Schatten auf das helle Tageslicht werfen. War ich dem ersten Freunde mit der blauen Mütze begegnet, hätte mir niemand unser schönes Kneiplied: »Fort mit den Grillen und Sorgen!« zuzusingen brauchen.

Zu keiner Zeit hatte sich die strotzende Daseinsfreude mächtiger in mir geregt. Wie früher, so drängte es mich auch jetzt oft genug, hell heraus zu jubeln und die ganze Welt zu begrüßen wie eine schöne Geliebte. Das Gefühl, als schwebe ich, überkam mich an jedem heiteren Tage – und welcher war es wohl nicht? Und dabei durchdrang mein ganzes Wesen die unbezähmbare Lust, dies kurze Erdenleben, das – Feuerbach hatte es bewiesen – mit dem Tode ein Ende nehmen sollte, auszunutzen und auszugenießen.

>>Besser zechen eine Stunde,
Bis dich die Mänaden küssen,
Als ein Jahr mit zagem Munde
Nippen nur und kosten müssen<<,

lautete der Schlußvers eines Trutzliedes, das ich damals dichtete.

So entfaltete denn der alte Uebermut auch hier die Flügel, doch sollte er nicht immer ungestraft bleiben.

Die Mutter war vor der Adventzeit mit Paula nach Holland gegangen und hatte mir, da ich die nächsten Ferien nicht zu Hause zubringen konnte, als Entschädigung die Mittel zu einer kleinen Reise in die großen deutschen Hansestädte bewilligt.

In Bremen war ich von der Familie meines Corpsbruders Mohr, dessen Vater der blühenden Stadt als Bürgermeister vorstand, freundlich aufgenommen worden, und ich hatte schöne Stunden in ihrem Kreise und im altberühmten Ratskeller einen unvergeßlichen Abend verlebt.

Aber ich wollte auch den Hafen der großen Handelsstadt sehen und die Schiffe, die über den Ozean in die weite Ferne fahren, nach der ich mich oft genug sehnte.

Noch ging es nicht an, dem Wanderdrange zu folgen, der mir im Blute lag, aber die Mittel, die der Mensch zu seiner Befriedigung schuf, die gab es in Bremerhaven zu sehen, und ich führte etwas im Sinne, das mich vielleicht dem ewigen Meere, das ich noch nicht mit Bewußtsein gesehen hatte, näher bringen konnte.

Seit ich in Komptendorf den ersten Hafen erlegt und das erste Rebhuhn aus der Luft geholt hatte, war die Jagdlust nicht in mir entschlafen. Wo sich eine Gelegenheit geboten hatte, sie zu befriedigen, war ich ihr gefolgt, und von Bremerhaven aus wollte ich ein Boot nehmen, das mich dem Meere möglichst nahe bringen, und aus dem ich Kormorane und jene Seeadler mit weißen Schwänzen erlegen wollte, die die Jäger am Strande zu den besten Beutestücken zählen.

In Bremen hatte ich mir eine Doppelflinte und wessen der Weidmann sonst noch bedarf, verschafft, und auf der langen Dampfschiffahrt nach Bremerhaven ertrug ich das kalte, regnerische Dezemberwetter auf dem Deck mit aller Ruhe, wenn ich der Lust gedachte, die mir bevorstand. Einsames Birschen war mein größtes Vergnügen, und diesmal sollte es einem mir neuen Wilde gelten.

In Bremerhaven wurde ein Architekt, mit dem ich auf dem Schiffe bekannt geworden war, mein Cicerone, und führte mich, trotz seines höheren Alters, zu allen Sehenswürdigkeiten des noch jungen und kleinen, doch höchst eigenartigen Ortes, in dem sich, was auch dem Auge begegnete, auf Handel und Seefahrt bezog. Den Verkehr am Ufer hatte ich mir lebhafter gedacht, doch welche Menge von Schiffen und Booten, Masten und Essen gab es da zu schauen!

Mein Führer zeigte und erklärte mir auch den jüngst vollendeten Leuchtturm und bestieg mit mir einen der nach Amerika bestimmten Postdampfer.

Das alles war mir neu und interessirte mich lebhaft, mein Begleiter versprach aber, mir noch Merkwürdigeres zu zeigen, wenn ich die Jagdpartie aufgeben wollte.

Leider bestand ich auf meinem Willen und segelte am nächsten Morgen bei strömendem Regen und durch wallende Nebel mit einem

Boote die Wesermündung hinunter und dem Meere entgegen. Doch statt Vergnügen und Beute fand ich auf dieser Fahrt nur Uebelbefinden und Nässe, und in ihrem Gefolge eine schwere Erkältung.

Denke ich an diesen Jagdzug zurück, so fühle ich mich zum andernmale feucht wie aus dem Wasser gezogen, und im weiteren Kreise um mich her sehe ich nichts wie graue Nebel, in meiner Nähe aber eine wogende Fläche, auf der kleine wirbelnde Scheiben mit einem winzigen Springquell in der Mitte tanzen oder sich wiegen. Ich wußte, daß es der fallende Regen war, der sie hervorrief, und doch schien es mir, als wollte ihre einförmige, ruhelose Unzahl mich necken. Wie elend hatte ich mich gefühlt, und doch war ich von der offenen See noch weit genug entfernt gewesen.

Was ich sonst noch bis zur Heimkehr nach Göttingen sah und erlebte, ist kaum wert der Erwähnung. Die Erkältung, die mir von der Weser aus folgte, war mit starkem Feber verbunden und verdarb mir die ganze Reise. Nur das Theater in Hannover brachte mir, trotz meines üblen Befindens, unvergeßliche Genüsse. Ich hörte dort den noch jungen Niemann als Ivanhoe in Templer und Jüdin und ließ mich zum erstenmale von der tief durchdachten und doch so natürlichen Kunst Marie Seebachs begeistern. Auch der Stunden, die ich dort in der königlichen Reitbahn verbrachte, gedenke ich gern. Ihren Leiter, den General Meyer, hatte ich in Blasewitz bei Verwandten von ihm kennen gelernt. Mit gleicher Ruhe, Sicherheit und Anmut sah ich nie wieder die Kraft des edlen Rosses zähmen und lenken wie von diesem besten Reiter Deutschlands.

Der Schiffbruch.

Der Zustand der Zerschlagenheit, in dem ich, immer noch mit leichtem Fieber am Nachmittag, heimkehrte, war, wie gesagt, höchst unerfreulich.

Dazu nötigte mich der Pedell, ungesäumt die fünf Tage Carcer abzusitzen, die mir zur Strafe für ein übermütiges Scheibenschießen mit dem Zimmergewehr über die Straße hin gerechterweise zuerkannt worden waren.

Der Raum, der mich mit einem Corpsbruder aufnahm, hieß »Hôtel de Saxe«, und wir verlebten dort heitere Stunden; denn am Abend ließ der

Knabe des Wächters viele Gäste aus dem »Hôtel zur roten Rübe« und den anderen Gefängnisräumen zu uns ein.

Bei Sonnenuntergang, bevor sie erscheinen durften, brachten wir der schönen Tochter eines juristischen Professors, deren Fenster unserem Kerker gegenüberlagen, ein Ständchen. Da sie Julie hieß, wurde ihr gewöhnlich »*Felice notte o Julietta*« entgegengesungen.

Bei Tage las ich neben ganz leichten Romanen einiges von Jean Paul, von dem ich schon auf der Prima das meiste kennen gelernt hatte. Der Hesperus und Titan waren mir damals Quellen des reichsten Genusses gewesen, und auch in Göttingen bereitete mir Doktor Katzenbergers Badereise so großes Vergnügen, daß mich die Kühlheit verdroß, mit der ich einige mir Befreundete die Bücher des großen Humoristen aus der Hand werfen sah.

Im Verkehr mit den Corpsbrüdern kam es selten zu ernsteren wissenschaftlichen Gesprächen, obgleich es keineswegs an reich begabten jungen Männern unter ihnen fehlte, und einige der älteren auch fleißig waren.

Dafür gab es höchst Fesselndes und Förderliches über das Leben in den außerordentlich verschiedenen Kreisen, aus denen die Einzelnen kamen, gab es Anziehendes über studentische Verhältnisse, die Begegnungen und Erlebnisse der Freunde zu hören. Die Herzen fanden einander bei begeisterndem Gesang und in gesteigerter Stimmung.

Nichts verleiht dem Corpsleben vielleicht größeren Reiz als die innige Gemeinschaft des Daseins, die die Einzelnen verbindet. Für alles, was mich gemütlich erregte, war ich immer sicher, teilnehmende Genossen zu finden.

Gegenüber den Resultaten meiner nächtlichen Arbeit stand es anders. Hätte mich ein anderer auf der Kneipe mit seiner Beziehung zu Lotze und Feuerbach »drangsalirt«, würde ich ihm wohl auch mit dem Goetheschen »*Ergo bibamus*« das Wort vom Munde genommen haben.

Aber der Drang, mich mitzuteilen, war mir von Kind an eigen, und wenn ich mich in der Nacht in Feuerbachs Schriften versenkt hatte, und ein Sturm über mich hereingebrochen war, der mir die Seele bis in die Grundtiefen erregte, wäre es mir ein großes Geschenk gewesen, wenn ich einen Menschen hätte aufsuchen können, der geneigt gewesen wäre, diese Dinge ernstlich mit mir zu besprechen.

Und es gab einen in Göttingen, bei dem ich volles Verständnis zu finden erwarten durfte. Er war nur fünf Jahre älter als ich, und Herbert Pernice, so hieß er, gehörte doch schon dem Lehrkörper der juristischen Fakultät an.

Wie seine Leibesfülle für seine Jugend erstaunlich war, so ist es auch die Kraft und Schärfe seines Geistes und der Umfang seiner Kenntnisse gewesen. Als durchaus unabhängiger, unverheirateter Mann hielt er sich., von der Geselligkeit der Professorenkreise zurück, und sah er sich einmal gezwungen, an ihr teilzunehmen, so wurde ihm die Ungezwungenheit seiner Meinungsäußerung übel genommen. Ich. der viel jüngere, hatte in einem solchen Falle den Vermittler zu spielen, und ich hätte diesem seltenen Manne gern noch ganz andere Dienste geleistet.

Eines Abends war ich ihm in der Krone begegnet und hatte den Tisch, an dem er präsidirte, geradezu begeistert verlassen; denn während er ich weiß nicht wie viele Faschen Rheinwein leerte, leitete er, ohne es zu beabsichtigen, die Unterhaltung.

Jede seiner Behauptungen schien mir den Nagel auf den Kopf zu treffen.

Schon am nächsten Tage begegnete ich ihm zu meiner Freude im Baumschen Hause wieder. – Er hatte sich von den Damen, denen er, wo es sich thun ließ, aus dem Wege ging, zurückgezogen, und da wir allein in einem Nebenzimmer weilten, gelang es mir bald, das Gespräch auf Feuerbach zu führen; denn mich dürstete förmlich darnach, das Urteil eines andern über ihn zu vernehmen. Ich war auch gewiß, diesen Philosophen von dem konservativen und, wie ich gestern wahrgenommen hatte, antimaterialistischen Pernice in ganz eigenartiger Weise beurteilen zu hören, wenn er ihn überhaupt kannte. Diesen Zweifel hätte ich freilich sparen dürfen; denn auf welchem Gebiete des humanistischen Wissens wäre dieser hochbegabte Mann nicht bewandert gewesen? Den Philologen ist seine Ausgabe und geistvolle Uebersetzung der Frösche des Aristophanes so bekannt wie den Juristen seine Commentationen, Miscellaneen u. s. w. Hätte er sich als Philosoph schriftstellerisch versucht, wäre es ihm nicht minder wohl gelungen.

Feuerbach war ihm aufs gründlichste vertraut, doch verwarf er seine Philosophie mit schonungsloser Schärfe. Der Gedanke, daß der Gott jedes Volkes und Individuums nur das gesteigerte Ideal seines eigenen

Wesens oder die Verkörperung eines seiner Herzens wünsche sei, nannte er einen Gemeinplatz, den er dahin umkehrte, daß Gott sei, daß das Volk und das Individuum aber ihn sich ähnlich machten und in ihn hineinlegten, was ihnen selbst die Seele am lebhaftesten bewege, um ihn sich näher zu bringen. Die Gründe, mit denen Feuerbach die Unsterblichkeit der Seele bestreitet, bekämpfte er mit Witz und scharfer Dialektik. Dabei lehnte er sich besonders heftig gegen das Wort und den Begriff »Religionsphilosophie« auf, als gegen ein Unding, das die ehrliche Philosophie sich nicht gefallen lassen dürfe, weil sie nur mit Gedanken zu thun habe, die Religion aber mit dem Glauben, der nicht im Kopfe sitze, der heiligen Quellhöhle alles Philosophirens, sondern im Herzen, dem warmen Neste der Religion und des Glaubens. Dann riet er mir, Bacon zu lesen, Kant zu studiren, Plato und die anderen Alten, seinetwegen auch Lotze, und wenn ich sie alle »am Bändel« habe, noch Hinz und Kunz nebst Jakob Böhme, und dann immer noch lange nicht den Feuerbach mit seiner »tollgewordenen Theologie«.

Ich hing an seinem Munde, und als man uns zum Speisen rief, mag er an Mephistopheles und den Schüler gedacht und vor sich hingelächelt haben; – mich aber verdroß es zum erstenmale, daß mein Hunger, und zwar wie immer im Baumschen Hause, vortrefflich gestillt werden sollte. Ich hätte gern noch stundenlang mit ihm geredet.

Doch ich traf ihn wieder und sprach mit ihm, so oft es anging, das heißt, wenn ich nicht abgehalten war, und er nicht in würdigerer Gesellschaft in der Krone saß oder spazieren ging. Er erwiderte auch meinen Besuch und benützte das Vertrauen des jüngeren Mannes, um ihn für seine, die Rechtswissenschaft, zu begeistern und ihm begreiflich zu machen, daß das, was ich Arbeit nannte, nichts Rechtes sei. So bin ich denn Pernice für manches Gute verpflichtet.

Nur in einer Hinsicht brachte das Aufschauen zu ihm eine gewisse Gefahr für mich mit sich.

Er wußte, wie ich's trieb; statt mich aber vor der Gefahr zu warnen, die mir durch die Nachtarbeit am Schluß der so bewegten Tage drohte, zollte er meiner Lebensführung Beifall und schilderte mir Episoden aus der eigenen Studienzeit, in denen er noch ganz anders auf sich eingestürmt war. Die eine seiner drei Preisaufgaben, die er gekrönt werden sah, hatte er gelöst, um seinen Vater zu zwingen, den »dummen Jungen«, mit dem er ihn beleidigt, zurückzunehmen. Tag und Nacht hatte er damals einige Wochen lang hinter den Büchern gesessen, und es war ihm das, gottlob, vortrefflich bekommen.

Sein kolossaler Körper schien in der That unverwüstlich, und ich hielt den meinen, wie viel leichter gebaut er auch war, für nicht weniger widerstandskräftig. Ich hatte dazu auch ein gewisses Recht; denn der Keilhauer Bär erfreute sich immer noch kräftiger Arme. Die Innenseite meiner rechten Hand zeigt noch eine lange Narbe, die Spur einer Wunde, die ich mir zuzog, als ich, von keinem Geringeren als Pernice dazu herausgefordert, ein Weinglas mit der Rechten zerdrückte.

Es bedurfte großer Anstrengungen, um mich zu ermüden, und auch der Geist hatte die Fähigkeit bewahrt, unmittelbar nach der buntesten Zerstreuung sich mit voller Sammlung einer ernsten Thätigkeit hinzugeben, und an solchen »Zerstreuungen« in Göttingen selbst und außerhalb seiner Grenzen fehlte es nicht.

Zu ihnen gehörte auch ein Ausflug nach Kassel, mit dem sich ein Abenteuer verband, das sich mir wegen seines eigenartigen Verlaufes fest ins Gedächtnis prägte.

Ein Bekannter des Freundes, der mich begleitete, wohnte in der kurfürstlichen Residenz bei einem Bureaubeamten. Als wir nun, durchgefroren von der Eisenbahnfahrt, bei ihm anlangten, ließ er uns einen Grog bereiten, und wir lachten und scherzten mit den jungen und hübschen Töchtern des Wirtes, die ihn uns brachten. Es waren durchaus sittsame, aber muntere und, wie die Folge zeigte, unternehmungslustige Mädchen.

Da es stark geschneit hatte und die Bahn vorzüglich sein mußte, beschlossen wir, nach Tisch heimzukehren und uns bis Münden eines Schlittens zu bedienen.

Natürlich wären uns die heiteren Mädchen willkommene Begleiter gewesen, und sie mochte es reizen, bei Schellengeläut über den Schnee zu fliegen. So ließen sie sich denn nicht allzu schwer überreden, ein Stück Weges mit uns zu fahren.

Wir mieteten also zwei Gespanne, um sie bis in ein in einer Stunde zu erreichendes Dorf mitzunehmen und dann mit dem zweiten Schlitten zurückzuschicken, während der Freund und ich in dem ersten die Fahrt fortsetzen wollten.

Nachdem wir im Kreise einiger Bekannten fröhlich gespeist, stiegen die Mädchen vor dem Thore zu uns ein. Wir hatten ihnen versprochen, daß sie spätestens um sieben Uhr daheim sein sollten.

Der Schneefall, der schon stundenlang innegehalten hatte, begann, als die Schlitten sich in Bewegung setzten, von neuem. Je weiter wir kamen, desto heftiger ward er. Gleiche Massen der größten Focken sah ich nie wieder den Weg zur Erde finden, und schon vor dem Dorfe, bei dem die Mädchen umkehren sollten, gelang es den Pferden nur mit großer Anstrengung, durch die weißen Massen vorwärts zu waten, die die ganze Landschaft in eine einzige weiße Fläche verwandelten.

Viel länger als eine Stunde hatten wir bedurft, um ans Ziel zu gelangen, und Schneemännern ähnlich betraten wir das ländliche Wirtshaus. Dort erwärmten wir uns mit kräftigem Grog, ließen den Mädchen Kaffee und frischen Kuchen geben, der für den morgenden Sonntag gebacken worden war, und während der muntersten Unterhaltung schauten wir oft genug ins Freie, wo nur noch die Kronen der aus der weißen Fläche hervorragenden Obstbäume andeuteten, welchen Lauf die Straße nahm.

Aber die Wolken schienen unerschöpflich, und ein Blick an den Himmel mahnte lebhaft genug an das Hebelsche Wintergedicht: »Ist denn da droben Baumwoll' feil?«

Als endlich dennoch an den Aufbruch gedacht werden mußte, erklärte der Kutscher, der die Mädchen nach Kassel heimführen sollte, das sei unmöglich. Der Schnee hatte wirklich schon die Fenster der Gaststube erreicht, und der Knecht rührte die Schaufel, um das Oeffnen der Wirtshausthür möglich zu erhalten.

Es schneite und schneite, und je später es wurde, desto größere Hindernisse stellten der Fahrt sich entgegen.

Die Mädchen, die erfrischt von der raschen Bewegung durch das kalte, heitere Wehen in unsere Munterkeit eingestimmt hatten, waren immer ängstlicher geworden.

Wie fröstelnde Vögel bei Sturm und Regen schmiegten sie sich dicht aneinander und weinten und schluchzten. Unsere wohlgemeinten Versuche, sie zu trösten, wiesen sie zurück; denn sie grollten denen, die sie in eine so üble Lage geführt.

Die Lampe brannte schon, als es mir in den Sinn kam, die Wirtin ins Vertrauen zu ziehen und die armen geängstigten Kinder ihrem Schutze zu empfehlen. Sie war eine freundliche, verständige Frau, und wenn sie auch zuerst über den leichten Sinn von so »guter Leute Kind«, wie die sehr nett gekleideten Stadtfräulein sein mußten, die Hände zusammenschlug, bemächtigte sich ihrer doch bald das Bedürfnis,

Hilfe und Schutz zu gewähren, das bei braven Frauen nie ausbleibt, wo sie Mitglieder ihres Geschlechts in einer Gefahr sehen, die ihnen aus der eigenen Jugend vertraut ist.

So sprach sie denn den Mädchen mit mütterlicher Freundlichkeit zu und führte sie in das Zimmer, das sie beherbergen sollte.

Zum Abendbrot kamen sie wieder herunter. Sie waren nun beruhigt, und heiter verzehrten wir gemeinsam das ländliche Mahl. Die eine ließ sich auch einen Brief an den Vater diktiren, in dem gesagt war, daß sie statt mit uns mit einem bekannten Ehepaare vom Schnee festgehalten würden.

Es war nicht mehr ganz früh, als die Wirtin die Schwestern in das Schlafzimmer führte.

Am nächsten Morgen ergab es sich, daß der Bote sich bald nach Sonnenaufgang in die Stadt begeben hatte. Von der Rückkehr eines Schlittens dahin war indes immer noch keine Rede, doch bis Mittag, hieß es, sei die Chaussee wieder fahrbar.

Aber so munter unsere Gefährtinnen sich auch am Frühstückstische zeigten, schien mir der Gedanke, sie noch lange zu unterhalten, doch nichts weniger als reizend. Da riefen die Sonntagsglocken zur Kirche, und ich weiß nicht mehr, wer den Vorschlag machte, das Gotteshaus zu besuchen.

Ein Pfad dahin war frei geschaufelt worden, und bald saßen wir auf einer der wegen des Schneefalls recht dünn besetzten ländlichen Kirchbänke.

Die Wirtin hatte uns mit zwei Gesangbüchern versehen. Wir stimmten in den Choral mit ein, den die Orgel mit vollen Tönen begleitete, und mich überkam eine Andacht, wie ich sie lange nicht gefühlt.

Der Pastor, eine würdige Erscheinung in mittleren Jahren, bestieg die Kanzel, und wenn ich auch nicht mehr zu sagen weiß, welche Evangelienstelle seiner Predigt zu Grunde lag, so erinnere ich mich doch noch sehr wohl, daß er von den Versuchungen sprach, die den Menschen vom rechten Wege abzuleiten drohen, und den Mitteln, ihnen zu widerstehen.

Als eines der wirksamsten bezeichnete er das Gedenken an Mitmenschen, denen wir Liebe und Hochachtung schuldeten. Dabei kam mir die Mutter in den Sinn, der liebe, alte blinde Langethal, Direktor Tzschirner und Herbert Pernice, der mir vor wenigen Tagen gezeigt, von wie geringem Werte das sei, was ich noch vor kurzem für ernste Arbeit gehalten.

Unzufrieden mit mir selbst, beschloß ich trotz des dem Vater entlaufenen Mädchens an jeder meiner Seiten in Zukunft nicht nur zu treiben, was mir gerade anstand, sondern was die Pflicht, tiefer in das erwählte Wissensgebiet einzudringen, von mir heischte.

Der Kinderglaube, den Feuerbachs Lehren zu zertrümmern gedroht hatten, schaute mir dabei so treu wie mit den Augen der Mutter entgegen. Ich empfand, daß Pernice recht hatte, daß es dem warmen Herzen und nicht dem kühlen Kopfe zustand, über diese Dinge zu entscheiden, und wie von einer Last befreit, verließ ich die Kirche, die ich leichtfertig genug betreten hatte, um die Länge einer Stunde zu kürzen.

Als wir in den Gasthof zurückkehrten, war die Chaussee wieder frei, und wir grollten dem Schlitten mit nichten, der die Mädchen nach Kassel entführte. Der vorausgesandte Brief hatte seine Schuldigkeit gethan, und sie sind dort freundlich empfangen worden.

Unsere Heimfahrt gestaltete sich noch fröhlich genug; in Göttingen aber begann ich die juristischen Collegia mit ziemlich regelmäßigem Fleiße zu besuchen.

Ich war so daseinsfroh und, gab es die Gelegenheit, so ausgelassen wie je, wenn mir auch bisweilen eine merkwürdige Erscheinung lästig zu fallen begann. Sie trat nur nach stärkeren Anstrengungen auf dem Spaziergange, auf dem Fechtboden, im Tanzsaale ein und bestand in einer wunderlich weichen Empfindung an den Fußsohlen, doch schrieb ich sie dem Ungeschicke des Schuhmachers zu und kümmerte mich um so weniger um sie, je vollständiger sie bald nach dem Eintritte verschwand.

In der mir sehr lieben Familie des Professors Baum, des berühmten Göttiliger Chirurgen, hatte man indes seit meiner Heimkehr von den Weihnachtsferien nicht aufgehört, mein Aussehen übel zu finden.

Marianne, die zweite Tochter dieses gastlichen Hauses, dessen Sohn ein älterer Herr des Corps war, ein schönes Mädchen von eigentümlicher Anmut des Geistes, hielt ich besonders wert. Es hatte sich zwischen uns ein so freundschaftliches, beinahe geschwisterliches Verhältnis gebildet, daß sie, und ihre warmherzige Mutter, eine Frau von großer Lebhaftigkeit des Geistes, mit ihr, mich »Vetter Schorse« nannte. Ich kann das weibliche Feingefühl nicht vergessen, womit sie mir sicher ansah, daß meine Gesundheit, sie wußte selbst nicht was, bedrohte. Für die liebenswürdige Sorge, mit der sie mir trotz meines undankbaren Sträubens, dergleichen Warnungen aus einem so jungen Munde entgegenzunehmen, immer wieder aus Herz legte, vorsichtiger auf mein Befinden zu achten, bin ich ihr heute noch verpflichtet.

Frau Professor Dirichlet, die Gattin des großen Mathematikers, die Schwester Felix Mendelssohn-Bartholdys, in deren geselligem und musikalischen Hause ich unvergeßlich schöne Stunden verlebte, zeigte sich gleichfalls besorgt über meine abnehmende Fülle. Sie war als Mädchen der Mutter öfters begegnet und mir schon bei meinem ersten Besuche lieb geworden, weil sie mit so lebhaftem Entzücken des großen Liebreizes der teuren Frau gedacht hatte. Aber ich lernte auch bald die Feinheit ihres Geistes und das Wohlwollen ihres Gemütes schätzen, das sich oft unter scharfen Worten verbarg, die so treffend waren wie witzig.

Tief musikalisch wie die ganze Familie, wußte sie sich selbst und den Freunden des Hauses manchen großen Genuß zu verschaffen. Ich habe Joachim nie wieder so berauschend herrlich spielen hören, wie bei ihr und zu ihrer Begleitung in ganz kleinem Kreise. Eine Aufführung der Chöre aus dem »Wasserträger« von Cherubini in ihrem Hause hatte sie den Mitwirkenden selbst einstudirt, und sie Klavier spielen zu hören war ein großer Genuß.

Dieser in jeder Hinsicht hervorragenden Frau, die mir manchen Beweis einer mütterlich freundlichen Gesinnung gegeben, stand sicher das Recht zu, mich zu warnen. Sie that es auch, indem sie mich mit seinem weiblichen Takt an die Mutter erinnerte, als sie von einer Wette gehört hatte, deren ich jetzt mit ernster Mißbilligung gedenke. Sie war in Münden zum Austrag gekommen. Es hatte sich darum gehandelt, eine unerhörte Anzahl von Bocksbeutelflaschen mit schwerem Würzburger Steinwein zu leeren und trotzdem bei voller Besinnung zu bleiben. Mein Gegner, der dem Corps der Braunschweiger angehörte, hatte verloren.

Da ich aber um weniges später, doch sicher nicht infolge dieser Thorheit, die etwa vierzehn Tage früher begangen worden war, erkrankte, konnte er das Frühstück, das ich ihm abgewonnen hatte, nicht mehr in Göttingen geben. Er ist aber seiner Verpflichtung trotzdem nachgekommen; denn als ich um mehrere Lustra später seine Vaterstadt Hamburg besuchte, veranstaltete er ein schönes Festmahl, bei dem ich die alten Göttinger Freunde wiederfand, und das mich beinahe mit der Verirrung versöhnte, der es den Ursprung verdankte. Ich war als Leipziger Professor einer Einladung des Vereins für Kunst und Wissenschaft in der auch an geistigen Interessen reichen Handelsmetropole gefolgt, ihm einen Vortrag zu halten.

Das Semester näherte sich schon dem Abschluß, als ein Fest gefeiert wurde, zu dem einer der vornehmen Mitkneipanten das Corps geladen. Es verlief aufs heiterste. Eine Musikbande spielte auf, und wir Studenten tanzten unter einander. Beim Aufbruch lange nach Mitternacht war ich einer der letzten. Als ich den Ueberzieher suchte, fand ich ihn nicht. Einer der erlauchtesten Gäste hatte ihn im Rausche mit dem seinen verwechselt und sein Diener den des jungen Herrn mit nach Hause genommen. Das war schlimm; denn mit dem meinen hatte man mir den Hausschlüssel entführt.

Heiß vom Tanze, im Frack, mit einer leichten weißen Binde am Halse, trat ich in die Nacht hinaus. Es war kalt, und so heftig ich auch an das Thor der Schönhütte schlug, wollte niemand mir öffnen. Endlich kam mir in den Sinn, auf die Regengosse zu schlagen. Dies geschah denn auch mit solchem Ungestüm, daß es den Wirt erweckte. Mißmutig und verschlafen that er die Thür auf, und ich stand nun unter dem Schutze eines bergenden Daches. Aber ich mochte gewiß eine Viertelstunde und vielleicht noch weit länger im Nachtfrost auf der Straße gestanden und auf dem eisigen Stein des Treppenpfostens gesessen haben. Ich war wie erstarrt, und der Wirt mußte mir das Zimmer öffnen und das Licht anzünden, weil ich die Finger nicht bewegen konnte.

War ich vorher, was ich nicht glaube, berauscht gewesen, so hatte mich die Kälte sicher ernüchtert; denn was nun geschah, ist mir gegenwärtig, als sei es gestern geschehen.

Ich entkleidete mich, legte mich zu Bett, und als ich von einem sonderbar heißen Gefühl im Halse wieder erwachte, fühlte ich mich so matt, daß ich kaum den Arm zu heben vermochte. Es mußte auch etwas Besonderes mit mir vorgegangen sein; denn ich spürte einen seltsamen Blutgeschmack im Munde, und wohin ich faßte, traf ich auf etwas Feuchtes.

Doch die Erschöpfung war so groß, daß ich von neuem entschlief, und der Traum, der nun folgte, war so eigenartig wonnig, daß ich ihn nicht vergaß. Vielleicht auch erinnere ich mich seiner so deutlich, weil ich ihn bald darauf zum Gegenstand eines Gedichts machte, das ich noch besitze.

Es hatte mir geschienen, als läge ich in einem unabsehbar weiten Mohnfelde.

Dabei war es mir gewesen, als umwogte mich von allen Seiten ein musikalisches Tönen. Wie mir in jener Stunde, mochten die Schläfer sich gefühlt haben, die Oberons Horn mitten aus dem Tanze zum Schlummer gezwungen. – Eines seligeren Träumens meine ich nie vorher oder nachher genossen zu haben.

Um so schrecklicher war das Erwachen.

Seit ich mich zur Ruhe begeben. konnten erst wenige Stunden vergangen sein; denn es war noch dunkel, als ich mir das Geschehene zu vergegenwärtigen suchte.

Immer noch mit einem wunderlichen Blutgeschmack im Munde gelang es mir, die Kerze auf dem Nachttische zu entzünden, mich zu erheben und an den Spiegel im Wohnzimmer zu treten. Da fand ich denn die Vermutung bestätigt, die der seltsame Geschmack schon beim Aufstehen in mir erweckt.

Erschreckt bis ins Innerste begab ich mich in die Schlafstube zurück.

Es begann jetzt zu dämmern, und ich schellte nach der alten Magd, die mich bediente. Eine Stunde später stand der Geheimerat Baum, dessen vornehm mildes, ich möchte sagen durchgeistigtes Wesen mir unendlich wohl that, an meinem Lager.

Das Unerhörte, das in der Nacht dem von der Grippe noch nicht ganz genesenen Körper zugemutet worden war, hatte einen heftigen Blutsturz verursacht; der treffliche Arzt, der meine Behandlung in die Hand nahm, stellte aber fest, daß meine Lunge gesund und dieser Unfall infolge eines gesprungenen Blutgefässes eingetreten war. Zunächst sollte ich in aufgerichteter Stellung das Bett hüten, keine Besuche empfangen und mir Eisumschläge gefallen lassen.

Kaum befand ich mich wieder allein, als mich eine seltsame Stimmung überkam. Zwar fühlte ich mich weniger matt, doch das Wohlgefühl aus dem Traume behauptete sich, wenn das lästige Eis mich nicht störte, während des ganzen Tages, obgleich ich fest und sicher glaubte, ich sei einem frühen Tode erlesen.

Aber das Scheiden aus dem Leben ängstigte mich nicht; ja ich fühlte mich so müde, daß ich nichts wünschte, als zu schlafen, nur zu schlafen, war es so bestimmt, in die Ewigkeit hinüber. Nur die Mutter mußte ich noch einmal wiedersehen.

Das Semester war ohnehin so gut wie zu Ende. Sobald es anging, wollte ich nach Hause oder, wenn sich mein Zustand verschlimmerte, sie zu mir berufen. Wie als Kind sehnte ich mich darnach. den Kopf an ihre Brust zu schmiegen. Nur in ihrer Nähe wollte ich das Ende erwarten.

Mochte es kommen!

War es mir auch noch nicht gelungen, das zu leisten oder zu werden, was mir der junge Ehrgeiz oft vor Augen gestellt, so wußte ich doch, daß die Mutter, die übrigen Meinen und viele, mit denen mich Liebe und Freundschaft verbanden, mein frühes Ende bedauern und gern an den frohen Gesellen zurückdenken würden, der so frisch durchs Leben gebraust war und – das durfte er sich sagen – die Ehre immer und überall hochgehalten, niemand geflissentlich gekränkt und zum Dank für die Freundschaft und Liebe, die ihm reichlich entgegengebracht worden war, sich, so weit es in seiner Macht gestanden, gefällig, erkenntlich und als zuverlässiger Freund erwiesen hatte.

Ich fühlte mich so recht zum Dichten gestimmt, und ich weiß nicht mehr, ob es der Tag nach dem Blutsturze war oder der folgende, an dem ich mir den Mohnfeldtraum in den folgenden Versen vergegenwärtigte, die hier mitgeteilt werden mögen:

>>Rings um mich her seh' ich ein Mohnfeld wogen,
Mit Blumen purpurrot wie frisches Blut,
Und über mir den reinen Himmelsbogen,
Blau wie Cyanen in des Mittags Glut.

Durch laue Lüfte wehen leise Klänge,
Vom Veilchen borgt der Mohn den süßen Duft,
Und Nachtigallen mischen ihre Sänge
Dem Spiel der Falter in der Frühlingsluft.

So liege ich vom Morgentraum umfangen,
Halb wachend, schlafend halb, im roten Mohn,
Ein frischer Lufthauch kühlt die heißen Wangen,
Der Osten glüht. Beginnt der Morgen schon?

Da schwebt von einer jungen Blüte Krone
Ein Blatt empor zum hohen Himmelszelt,

Daneben aber, voll von reifem Mohne.
Gott Morpheus' Klapper auf den Boden fällt.

Das Blättlein flattert, lieblich anzuschauen,
Vom Morgenwind erfaßt ins Blau hinein,
Der alte Mohn sinkt nieder auf die Auen,
Die ihn, der sie befruchtet, benedein.

Da fahr' ich auf und schaue in die Runde,
Indes die Hand sich in mein Herzblut taucht; –
Ich bin das Mohnblatt, das zu früher Stunde
Des Morgens Wehen in die Luft verhaucht.

Mir ward es nicht, nach langem Erdenwallen
Müd zu erliegen an des Lebens Ziel,
Noch blühend end' ich fröhlich vor euch allen,
Verloren ging's, – doch köstlich war das Spiel.«

Ich kann nicht sagen, wie diese Verse mir das Herz erleichterten. Das alte Lied: »Mein Lebenslauf ist Lieb' und Lust« tönte mir, während ich sie schuf, wieder und wieder vor dem inneren Ohre; denn ernstere Todesgedanken blieben mir fern. Die Argumente gegen die Unsterblichkeit der Seele, die mich bei voller Gesundheit beunruhigt hatten, machten mir keine Sorge mehr; ja, seltsamerweise kamen sie mir kaum in den Sinn. Wie ein ruhiges Entschlafen in einem roten Mohnfelde dachte ich mir das Sterben, – und so wär' ich heiter hinübergeschlummert, wenn der Tod mich damals schon für reif gehalten hätte, die Sense gegen mich zu erheben.

Doch er begehrte meiner noch nicht, und als ich mich am dritten Tage schon wieder verhältnismäßig wohl fühlte, suchte ich den Glauben in mir zu erwecken, daß die Folgen dieses Unfalls bald überwunden und es mir vergönnt sein werde, im nächsten Semester die bunten Freuden des Corpslebens, wenn auch mit einiger Vorsicht, wieder zu genießen und dabei unter Pernices Leitung mich ernstlich mit der Juristerei zu befassen.

Die Heimkehr konnte mit Erlaubnis des Arztes bald angetreten werden. Seine Versicherung, jede unmittelbare Gefahr sei ausgeschlossen, wenn ich mich verständig halte, war indessen weit entfernt, mich mit reiner Freude zu erfüllen.

Um der Mutter und meiner selbst willen blieb ich gewiß gern am Leben; doch die Verhaltungsmaßregeln, die er mir kurz vor dem Aufbruche vorschrieb, widersprachen meiner Natur so entschieden, daß sie mir bis zur Unerträglichkeit grausam erschienen. Jeder meiner Bewegungen setzten sie Schranken.

Von dem Blutsturz fürchtete er weit weniger als von der weichen Empfindung an der Sohle, von der ich ihn unterrichtet, und anderen kleinen Symptomen eines beginnenden chronischen Leidens. Und ich, der ich bis dahin in der fünften Stunde kaum gefragt hatte, was die sechste bringe, begann nun, mich öfter mit den Schrecken der mir bevorstehenden Zukunft als mit der Gegenwart zu beschäftigen.

Ich war mir keiner Schuld bewußt; denn Tausende hatten in meinen Jahren die Freuden des Burschenlebens mit noch volleren Zügen straflos genossen. Ja, während sie von einem Vergnügen, einer heiteren Erregung zur andern geeilt waren, hatte ich nie das Gefallen an ernsteren Dingen und die Ausbildung meines Geistes außer Augen gelassen. Seit einigen Wochen war ich sogar aus eigenem Antrieb meiner Fachwissenschaft näher getreten.

Middendorf hatte uns gelehrt, aus der Natur und dem eigenen Leben das Walten Gottes herauszuerkennen. und wie oft war mir das gelungen! Es hatte sich ja auch alles für mich zum Besten gewandt. Wenn ich aber jetzt mich und meinen Zustand prüfend betrachtete, so schien es mir, als hätte mir das, was mir begegnet war, nur ein tückisches oder doch blindes Ungefähr zufügen können.

So zerfahren und haltlos wie in jenen Tagen fühlte ich mich nie vorher und nachher.

Was Keilhau an mir hatte bewirken sollen, mich eins zu machen mit Gott und mit mir selbst, lag mir wie zertrümmert vor den wankenden Füßen, – und so verließ ich die Stadt, in der mir die Lenztage des Lebens so reich und herrlich geblüht hatten, so kehrte ich heim zur Mutter.

Sie hatte schon gehört, was mir zugestoßen war, doch hatten die Aerzte ihr versichert, daß bei meiner kräftigen Natur alles gut werden könne, wenn ich mich ihren Verordnungen füge. Aber das gerade woll te mir, der ich bis dahin nie auf den Körper geachtet, unausführbar erscheinen. Wie ein verarmter Reicher die letzten Kostbarkeiten verwendet, um den Anschein des Wohlstandes zu wahren, nahm ich mich mit beinahe übermenschlicher Anstrengung zusammen, um, was mich innerlich und äußerlich quälte, vor der Umgebung zu verbergen. Ich gesellte mich auch noch zu Corpsbrüdern, die in den Ferien nach Dresden gekommen waren, und verlebte mit ihnen heitere Stunden; doch bald darauf verbot mir mein Zustand, an dergleichen auch nur noch zu denken. Aus dem freisten der Menschen war ich der unfreiste geworden, und diese Gebundenheit vergällte mir bitterer als alles andere das Dasein.

Und wie hart griff es mir an die Seele, wenn Briefe von den liebsten der Corpsbrüder kamen, die mir von den gemeinsamen Freuden erzählten und mich in ihren Kreis zurückberiefen.

Die schwerste Zeit in der Schule des Lebens.

Die Zeit, die nun folgte, war die schrecklichste meines Lebens. Auch die treue Liebe, die mich umgab, vermochte sie nur wenig zu erleichtern. Ja die zärtliche Sorge der Meinen beengte und belastete mich eher, und statt Freude und Dankbarkeit in mir zu erwecken, schien sie mir das Stachelhalsband, das mir umgelegt worden war, nur tiefer ins Fleisch zu drücken.

Von ernster Arbeit war in jener Zeit keine Rede, Die eigene Person und was sie betraf, drängte alles andere in den Schatten.

Das Traurigste an einem langen Leiden ist, daß es selbstsüchtig macht, daß es den davon Heimgesuchten veranlaßt, immerfort auf das eigene geschädigte Ich zu achten.

Auch das Kranksein verlangt eine Lehrzeit. Damals aber war ich ein schwer begreifender und dazu widerspenstiger Schüler.

Auch wenn ich mich tiefer in eine Arbeit versenkt hatte, zwang mich jedes Mißbehagen, das ich später kaum mehr wahrnahm, seiner zu achten und allerlei Fragen und Klagen daran zu knüpfen. Dazu hemmte weder die Ruhe, die mir auferlegt war, noch die Kunst des Arztes die Abmagerung und den Fortschritt der Krankheit.

Die Medikamente schlugen nicht an, das Arcanum, das der gequälten Seele später so wohl that, hatte ich noch nicht gefunden.

Die Stützen, die mir die Mutter und Middendorf als Knaben gegeben hatten, waren damals zu Boden gesunken, und jenes Genesungsgefühl, das in das Leben des Kranken Wonnen flicht, wie sie dem Gesunden selten zu teil werden, konnte mir die Seele noch nicht entlasten; denn mit verhängnisvoller Schnelligkeit wuchs das Uebel.

Als der Herbst kam, ging es so schlecht, daß Geheimerat von Ammon, ein so gelehrter wie erfahrener Arzt, die Verordnung, mich für den Winter mit der Mutter in den Süden zu begeben, zurücknahm.

Die Reise wäre mir verhängnisvoll geworden. Wie recht er gesehen, sollte die kurze Fahrt nach Berlin beweisen, die ich mit der Mutter unter Beistand des Bruders Martin unternahm. Er war jetzt schon Arzt und vervollkommnete sich in seiner Wissenschaft als Assistent des berühmten Klinikers Schönlein.

Diese Fahrt war mit grausamen Schmerzen verbunden und von nachteiligster Wirkung; doch ich mußte in das bequem eingerichtete Winterquartier zurück. Unser alter Freund und Hausarzt, der im September nach Hosterwitz gekommen war, um mich zu sehen, hatte mich in seiner Nähe zu haben verlangt, und es gab wohl damals keinen Mediziner, dem größeres Vertrauen gebührt hätte; denn Heinrich Moritz Romberg galt für den hervorragendsten Nervenpathologen Deutschlands, und die seine Spezialwissenschaft behandelnden Werke, die seinen Namen tragen, sind heute noch geschätzt.

In welchem Zustande zog ich in die Heimat ein, die ich so stark und jugendfrisch verlassen! Und Berlin empfing mich nicht freundlich; denn die ersten Monate, die ich dort verlebte, brachten mir bei Tage schweres Mißbehagen, am Nachmittag Feber und in der Nacht Zustände, die nicht weniger qualvoll waren als Schmerzen.

Doch unser Arzt hatte mich geboren werden sehen, er war mein Pate und mir gut wie einem Sohne. Was seine Kunst vermochte, das bot er auf, um mich zu retten. Aber die Mittel, die er anwandte, waren nicht viel leichter zu ertragen als manche peinigende Krankheit. Mit Schwämmen wurde mir der Rücken dreimal gebrannt, die Hautthätigkeit des mehr und mehr abnehmenden und unbrauchbaren Beines durch scharfe Kalibäder gereizt, der galvanische Strom täglich benützt, und endlich – das war das Schwerste – wurde mir auf die Seele gebunden, mich im Bette still zu verhalten. Je besser es mir gelinge, es zu voller Regungslosigkeit zu bringen, desto eher sei auf Heilung zu hoffen. Welch ein Ansinnen! War es da nicht besser, das Verhängnis seinen Weg gehen zu lassen? Aber ich fügte mich dennoch. Die liebreiche und dabei väterlich autoritative Art des alten Freundes und großen Gelehrten und das bekümmerte Gesicht der Mutter bestimmten mich dazu. Als ich aber einmal den Entschluß gefaßt hatte, den Herstellungsplan des Arztes zu unterstützen, brachte ich es dahin, mit äußerster Anstrengung und Achtsamkeit mich jeder Bewegung des ganzen Körpers, auch der kleinsten, zu enthalten. Ich, der ich mir oft gewünscht hatte, fliegen zu können, lag nun da wie die eigene Leiche. Mit einer Willenskraft, die ich noch vor kurzem keinem andern, geschweige denn mir selbst, zugetraut hätte, brachte ich es dahin, daß, wenn mein Lager neu hergerichtet wurde, sich auch keine Falte in den Betttüchern zeigte, obgleich so manches peinigende Mißbehagen, das mein Leiden verursachte, mich antrieb, die Lage zu ändern.

Ich regte mich nicht; denn ich wollte nicht sterben. Was an mir lag, sollte geschehen, um das Ende hinauszuschieben. Der Tod, der mir nach dem Blutsturz als der schöne Flügelknabe erschienen war, den man so leicht mit dem Gotte der Liebe verwechselt, der Tod, der mich angeregt hatte, übermütige Trutzverse gegen ihn zu dichten, schaute mir jetzt als hohläugiger, häßlicher Knochenmann entgegen.

Wie die schrecklichste der Gestalten unter den apokalyptischen Reitern des Cornelius, der mich als Kind zum Modell für einen lachenden Engel benützt, schien er von der verhungerten Mähre aus die Hand gegen mich zu erheben. Das Mohnblatt sollte nicht aufflattern gen Himmel, sondern im Staube verdorren.

Einmal, wenige Wochen nach unserer Heimkehr, sah ich die schwer überfließenden Augen der Mutter nach einem Gespräch mit *Dr.* Romberg von Thränen gerötet. Als ich den Freund und Arzt dann frug, ob er mir rate, über das Meine zu verfügen, sagte er, es könnte nichts schaden.

Bald darauf kam Hans Geppert, der inzwischen Notar geworden war, mit zwei Zeugen, wunderlichen Erscheinungen aus dem Handwerkerstande, und ich setzte in aller Farm mein Testament auf. Die Gewißheit, daß, wenn ich nicht mehr war, was ich besaß, in meinem S inne verteilt werden sollte, war ein Lichtstrahl in dieser finstern Zeit.

Wie ernst der Tod ist, weiß nur der, den seine kalte Hand berührte, und ich fühlte die seine wochenlang an meinem Herzen.

Welche Tage, welche Nächte!

Doch im Angesicht des offenen Grabes, vor dem mir graute, ging etwas in mir vor, das mein ganzes Wesen tief innerlich erschütterte, das ihm eine neue Richtung gab, das mich zur Selbstschau und von ihr aus zu einer Erkenntnis des eigenen Wesens führte, die mir manches Ueberraschende und wenig Erfreuliches zeigte. Aber ich fühlte auch, daß es noch nicht zu spät war, die mir eigenen guten und üblen, teils angeborenen, teils später angewöhnten Eigenschaften in Einklang mit einander zu bringen und den gleichen höheren Zwecken dienstbar zu machen.

Ja, wenn mir dazu Zeit gelassen wurde; an mir sollte es nicht fehlen! Ich hatte erfahren, wie schnell und unerwartet die Stunde schlägt, die jedem Streben ein Ziel setzt. Dazu wußte ich nun auch, was mich vor dem Rückfalle in die alte sorglose Zersplitterung der Kräfte schützen, was mir helfen konnte, mein Aeußerstes zu leisten; denn das Mutterherz hatte das des Sohnes voll und ganz wieder gefunden.

Hilflos wie ein Kind hatte ich werden müssen, um wieder das Haupt wie als Kind an ihre Brust zu schmiegen und ihr so anzugehören wie in den ersten Jahren des Lebens. In den langen, von Feber und Angstschweiß um den Schlaf betrogenen Nächten hatte sie wieder wie damals an meinem Bette gesessen und meine Hände in den ihren gehalten. Dann war eine gekommen, die die allerschwersten Stunden in sich schloß, und während ihres Verlaufs hatte sie die Frage an mich gerichtet: »Kannst Du noch beten?« Und die Antwort, die mir aus dem innersten Herzen gekommen war, hatte gelautet: »Wenn Du bei mir bist und mit Dir, ganz gewiß!«

Nachdem sie mir dann den Kopf mit neuen Kissen gehoben, lehnte sie das schöne, fromme Mutterhaupt an das meine, und ihre Finger falteten sich um meine Hände, und so weilten wir lange stumm neben einander, und so oft mich in der Folge Ungeduld, Leid und Ohnmacht überwältigen wollten, fand ich gleich dem im Kampfe erliegenden Antäus, wenn er die Erde berührte, die ihn geboren, neue Kraft am Herzen der Mutter.

Das alte Leben schien hinfort weit hinter mir zu liegen.

Feuerbachs Schriften nahm ich nicht wieder vor. Das Herz rief mir damals zu, daß das Resultat seines kräftigen, doch oft sprunghaften Denkens falsch sei. Später führte mich das eigene tiefere Eingehen auf diese Dinge zu dem gleichen Widerspruch, und ich lernte ihn begründen. Aber wäre mein Urteil auch beidemale fehl gegangen, Feuerbachs Weg hätte trotzdem nie mehr der meine werden können; war es mir doch unter Schmerzen deutlich geworden, von welchem Eden er ableitet, und in welche Wüsteneien er führt. Dennoch schätze ich diesen Denker heute noch hoch als einen redlichen, mannhaften und glänzend begabten Sucher nach Wahrheit.

Die anderen Philosophen, die mich beschäftigt, legte ich gleichfalls beiseite. Die Lotzes auf Nimmerwiedersehen, während ich mir das Verständnis von Kants Kritiken in Gemeinschaft mit zwei Hörern des schwierigen Trendelenburgschen Collegs später zu erschließen versuchte.

Mit Schopenhauer machte ich mich erst in Jena vertraut. Dagegen beschäftigte ich mich schon damals wieder in vielen freien Stunden mit ägyptologischen Werken.

Ich fühlte, daß diese Studien das Rhodus waren, auf dem ich zu tanzen hatte, daß sie meiner Begabung entsprachen und mich befriedigen konnten. Was mich früher von der Wissenschaft fern gehalten, schien mir jetzt nichtig und weit hinter mir zu liegen. Es war, als hätte ich ein neues Verhältnis zu allen Dingen gewonnen. Auch das zu der Mutter hatte eine Aenderung erfahren. Jetzt erst begriff ich völlig, was ich an ihr besaß, was ich gegen sie verschuldet hatte und was ich ihr schuldete. Eines Tages kam es mir zu jener Zeit dennoch in den Sinn, mein »Weltgedicht« wieder vorzunehmen. Ungesäumt ließ ich mir den Kasten bringen, worin es unter Cotillonorden, kleinen rosenroten Briefen und ähnlichen Trophäen aufbewahrt wurde.

Zum erstenmale gewahrte ich jetzt dieser Frucht so langer Tages- und Nachtarbeit gegenüber, in welchem Mißverhältnis die ungeheure Größe des Stoffes zu meiner ungeübten Kraft gestanden hatte. Es kam mir hier so verfehlt, dort so überschwänglich und unzulänglich vor, daß ich heftig aufwallend es zu den an deren zurückwarf. Dabei bedachte ich auch, daß die Verse, die ich an allerlei Schöne gerichtet, und die Antworten, die ich empfangen, fremden Augen entzogen werden müßten. Ich war allein mit dem Diener, im Ofen brannte helles Feuer, und einem raschen Antriebe gehorsam, gebot ich ihm, den ganzen Inhalt des Kastens ins Feuer zu werfen.

Als das letzte Stück Asche verglimmt war, atmete ich auf.

Es war mir, als sei mir nun aus der Vergangenheit, die so vieles enthielt, woran ich gern denken konnte, alles gestrichen worden, was nicht mit auf den neuen Weg gehörte, den gefunden zu haben mir wohl that.

Leider verzehrten damals die Flammen auch den größten Teil meiner Jugendgedichte. Was gerettet wurde, stand in Notizbüchern oder ist mir aus dem Besitz anderer wieder zugekommen. Auch die fertigen

Akte meiner Tragödie waren wie die Helden des Trauerspiels »Panthea und Abradat« der Vernichtung anheimgefallen.

Hatte ich schon vorher die Verordnung des Arztes, regungslos dazuliegen, befolgt, so kam ich ihr nach den ersten Spuren der beginnenden Besserung in einer Weise nach, die selbst den alternden, erfahrenen Romberg zu der Versicherung zwang, einer gleichen Selbstüberwindung noch nicht begegnet zu sein.

Und der Lohn ließ nicht auf sich warten; denn erst blieb das Feber am Nachmittag aus, und bald milderte sich jede der peinlichen Empfindungen und Zustände, die das Leiden mit sich gebracht hatte.

Damit kehrte am Ende des Winters auch der alte Frohmut zurück, und mit ihm lernte ich auch das Arcanum, dessen ich vorhin gedachte, anwenden, das auch das Bitterste genießbar macht und ihm einen Beigeschmack von Süßigkeit verleiht. Ich möchte es das »Danküben« nennen. Ohne daß ich es mir vorgesetzt hätte, bildete ich mich damals in der Kunst der Dankbarkeit aus, indem ich den Blick auch für das Kleinste schärfte, das Anlaß zur Erkenntlichkeit gibt. Und dies Beachten und Genießen auch der geringsten Schicksalsgunst weckte für mich auch in winterlich rauhen Tagen so viel freundlichen Sonnenschein, daß ich, als mir eigene Kinder geschenkt wurden, sie allem voran zum Dankbarsein und besonders zur Erkenntlichkeit gerade für das Kleine erzog.

Den neu erwachten Frohsinn hielt ernste Arbeit lebendig. Mit dem ersten begründeten Anrecht auf Hoffnung gedieh ihr frisches Grün trefflich auf dem ihr von Geburt an günstigen Boden meines Gemütes. Aber ich hoffte nicht nur! Mein Geist, der es längst gut genug verstanden hatte, gebrechliche Luftschlösser zu bauen, gewöhnte sich, ernst in die Zukunft zu schauen und manches Vorhaben besonnen mit auf sie zu übertragen.

Das Motto »*carpe diem*«, das ich im Horaz des Vaters gefunden hatte und das meinen Siegelring zierte, gewann unversehens eine neue Bedeutung, indem ich es nicht mehr »genieße«, sondern »benütze den Tag« übersetzte, bis die Zeit kam, in der beide Auffassungen mir sich mit einander zu decken schienen.

Die Lehrzeit.

So fest ich damals entschlossen war, dem Rate des Horaz bis ans Ende zu folgen, so lieb mir auch ernste Arbeit zu werden begann, fehlte mir doch die Methode, das vorgesteckte Ziel in der Abgeschiedenheit, zu der mein Leiden mich noch lange verdammte, sicheren Schrittes zu erreichen.

Die Rechtswissenschaft hatte ich aufgegeben; denn es erschien doch mehr als fraglich, ob meine Gesundheit mir je gestatten würde, mich einem praktischen Berufe oder der akademischen Laufbahn zu widmen, und mein Interesse an der Jurisprudenz als solcher war zu gering, als daß es mich hätte locken können, sie zum Gegenstande theoretischer Studien zu machen.

Die Aegyptologie zog mich dagegen nicht nur an, sondern gestattete mir, wie sich mein Befinden auch gestalten würde, ihr die ganze Kraft zu widmen. Zwar hatte Champollion, der große Begründer dieser Wissenschaft, sie »ein schönes Mädchen ohne Mitgift« genannt, ich durfte aber dennoch um sie werben und empfand es dankbar, bei der Wahl des Berufes meiner Neigung ohne Rücksicht auf äußere Vorteile folgen zu dürfen.

Das Arbeitsgebiet war gefunden; doch mit jedem Schritte vorwärts wuchs die Ueberzeugung, wie schlecht ich für die neue Wissenschaft vorbereitet sei.

Wo ich tüchtig fortgeschritten war, hatte mir ein Lehrer die Wege gewiesen. Jetzt wurde mir immer peinlicher bewußt, daß der rechte Führer mir fehlte.

Was mir von Werken fleißiger Autodidakten begegnet war, hatte mich unbefriedigt gelassen. Mochte mir nun auch der gewöhnliche Weg des Lernenden durch meine Krankheit verschlossen bleiben, da von einem Besuch der Universität noch lange keine Rede sein konnte, wollte ich doch nicht in die Fehler jener Selbstlehrlinge verfallen.

Da führte eines Tages das freundliche Herz die Gattin Wilhelm Grimms zu mir. Sie brachte einen vorzüglichen, von der eigenen Meisterhand bereiteten erfrischenden Fruchtsaft. So lieb und herzlich, wie sie vor vielen Jahren dem Kinde begegnet war, erwies sie sich mir auch jetzt. Als ich ihr erzählte, was ich trieb, und den Wunsch äußerte, einen Wegweiser für meine Wissenschaft zu gewinnen, versprach sie mir, es daheim »den Männern« zu sagen. Wilhelm sollte nur zu bald die Augen schließen, Jakob aber saß schon wenige Tage nach dem Besuche seiner Schwägerin bei mir.

Mit freundlicher Teilnahme ließ er sich berichten, wie ich auf die Aegyptologie gekommen war, wie ich mir bis dahin selbst vorwärts geholfen, und mit welchen Wissenschaften ich mich sonst noch beschäftigt hatte.

Nach meiner eingehenden Antwort schüttelte er das ehrwürdige Haupt mit dem langen grauen Lockenschmuck und sagte lächelnd:

»Da hast Du das Pferd beim Schwanze aufgezäumt. Aber so treiben es die jungen Spezialisten! Wie die Schuster den Stiefel machen lernen, wollen sie in der Werkstätte ihrer Wissenschaft Meister werden. Das andere gilt ihnen wenig. Und doch wird erst die spezielle Disziplin etwas wert durch den Zusammenhang mit dem Uebrigen oder doch mit dem weiteren Gebiete des verwandten Wissens. Dein Hieroglyphenentziffern kann Dich nur zum Dragoman machen, und Du sollst doch ein Gelehrter im höheren Sinne werden, ein rechter und ganzer. Zunächst wird es für Dich gelten, die sprachliche Grundlage legen.«

So ähnlich begann er mit dem ihm eigenen liebenswürdigen und doch nachdrücklich ernsten Freimut. Er hatte sich selbst nie eingehend mit ägyptischen Dingen beschäftigt und unterließ es darum, mir im einzelnen den Weg vorzuschreiben. Im ganzen blieb er bei dem Rate, nie zu vergessen, daß die Spezialwissenschaft nichts sei als eine einzige Saite, die nur mit denen zusammen, die an die gleiche Laute gehören, ihren Wohllaut zur Geltung bringe. Lepsius habe einen weiteren Blick als die meisten Pfleger einer so eng begrenzten Disziplin. Er wolle mit ihm von mir reden.

Schon am nächsten Donnerstag suchte Lepsius mich auf. Ich weiß das noch, weil dieser Tag für seine späteren Besuche festgehalten wurde.

Der Mann, der damals mit Recht der Altmeister meiner Wissenschaft genannt wurde, und dessen vornehm zurückhaltendes Wesen diejenigen, die ihm ferne standen, veranlaßte, ihn für eine abweisend kühle Natur zu halten, hatte den Weg zu mir, den durch nichts ausgezeichneten neuen Jünger seiner Wissenschaft, gefunden.

Aber dabei ließ er es mit nichten bewenden; denn nachdem er sich überzeugt hatte, wie weit ich es durch eigenen Friß gebracht, gab er mir an, was ich zunächst vorzunehmen habe, und versprach mir endlich, wiederzukommen.

Auch er hatte sich nach meiner Vorbildung erkundigt und mir aus Herz gelegt, mich mit Philologie und Archäologie und zunächst wenigstens mit einer semitischen Sprache zu beschäftigen. Freimütig bekannte er mir später, wie hinderlich es sich ihm, der von philologischen, archäologischen, Sanskrit- und germanistischen Studien ausgegangen war, immer noch erwies, das, wie es schon damals schien, dem Aegyptischen näher verwandte Sprachgebiet des Semitischen in der Jugend vernachlässigt zu haben. Es sei auch nötig, daß ich englisch und italienisch verstehen lerne, da außer im Französischen auch in diesen zwei Sprachen mancherlei erscheine, wovon der Aegyptolog Kenntnis zu nehmen habe. Endlich riet er mir, einen Einblick in das Sanskrit zu gewinnen, das den Ausgangspunkt für die linguistischen Studien bildet.

Seine Anforderungen stellten mir Berg auf Berg in den Weg, doch der Gedanke, diese Höhen übersteigen zu müssen, schreckte mich nicht nur nicht ab, sondern erschien mir höchst reizvoll; denn das Leben, aus dem mein körperlicher Zustand so vieles gestrichen, das mir bis dahin besonders wert gewesen war, versprach dadurch einen großen Inhalt zu gewinnen. Statt eines Zieles sah ich eine ganze Reihe von Marksteinen vor mir, die sämtlich erreicht werden mußten.

Es war mir, als wüchse mir die Kraft mit der Größe und Mannigfaltigkeit der Aufgaben, die ich mir stellen sah, und froh erregt erklärte ich Lepsius, daß ich bereit sei, seinen Anforderungen in allen Stücken gerecht zu werden.

Nun berieten wir, in welcher Folge und auf welchem Wege ich ans Werk zu gehen habe, und heute noch bewundere ich die imposante Ruhe, den sicheren Scharfblick und die verständliche Klarheit, mit der er auf Jahre hinaus den Studienplan für mich entwarf.

Der Frühling war gekommen, und da ich die Wildbader Heilquellen schon im Mai gebrauchen sollte, und mir darum die Führerschaft des Meisters nur noch wenige Wochen zu gute kommen konnte, begnügte er sich, mir die Methode zu zeigen und die Aufgaben festzustellen, die ich während meiner Anwesenheit bis zur Heimkehr nach Berlin lösen sollte.

Wohl habe ich diesem großen Gelehrten für die Einführung in meine Spezialwissenschaft dankbar zu sein, weit mehr aber noch für die Umsicht, mit der er meinen Studien die Wege wies. Ganz im Sinne

Jakob Grimms nötigte er mich, als Aegyptolog im Zusammenhange mit den verwandten Fächern zu bleiben.

Später sollte mich auch eigene Erfahrung lehren, wie richtig seine Behauptung gewesen war, daß es falsch sei, von vorn herein eine so eng begrenzte Sonderdisziplin wie die Aegyptologie zu studiren.

Der Hingabe an eine solche muß vielmehr die gründliche Bewältigung eines weiteren Wissensgebietes vorangehen, und der Aegyptolog sich vorher als Linguist, Semitist, Philolog, Archäolog oder Historiker bewährt haben.

Meine Schüler können mir bezeugen, daß ich während meiner langen Lehrthätigkeit bestrebt blieb, den Studirenden, die sich von vornherein der Aegyptologie widmen wollten, ans Herz zu legen, zunächst an die Festigung der Fundamente zu denken, ohne die der zu errichtende Sonderbau des Haltes entbehrt.

Lepsius sorgte in seinem Lehrplane dafür, daß ich diesen Grundsätzen von Anfang an folgte.

Groß und schwer war, was mir zu bewältigen oblag. Wie unendlich viel leichter sollten es diejenigen haben, die es mir in die Wissenschaft einzuführen vergönnt war, als ich am Ende der fünfziger Jahre! Ihnen standen die Auditorien und Seminarien berufener Lehrer offen. während mich mein körperliches Leiden noch manches Semester von der Universität fern hielt. Und wie spärlich waren die Hilfsmittel, die der Lernende zu Rat ziehen konnte! Doch der Eifer, ja die Begeisterung, womit ich mich dem Studium hingab, waren so groß, daß sie jede Schwierigkeit überwanden. Der Arm fühlte, daß es nichts Kleines sei, was ihm aufzuheben zugemutet wurde, doch die Dauer der anstrengenden Uebung stählte die Muskelkraft. Der Geist, der sich früher nur herbeigelassen hatte, was ihm ansprechend erschienen war, zu genießen, freute sich der wuchtigen Last.

Ueberblicke ich jetzt, was ich damals in wenigen Semestern an Wissensstoff bewältigte, will es mir kaum glaublich erscheinen, und doch wurde die ernste Arbeit in jedem Sommer durch den Aufenthalt im Bade unterbrochen, der einmal drei Monate und nie kürzer als sechs Wochen dauerte.

Freilich war ich auch während des Gebrauchs der Heilquellen nie völlig müßig; dafür aber hatte ich im Winter der Gefahr, in der der Körper noch immer schwebte, Rechnung zu tragen; denn Nachtarbeit war mir untersagt, und wenn ich bei Tage zu lange hinter einander hinter den Büchern gesessen hatte, erinnerte mich die Mutter an mein dem Arzt gegebenes Versprechen, und ich mußte mich zu einer Pause entschließen.

In den ersten Jahren arbeitete ich nur daheim; denn im Winter durfte ich das Haus selten verlassen; bei ganz schönem Wetter war mir eine Ausfahrt gestattet.

Der kluge *Dr.* Romberg hatte mein Widerstreben, durch einen Aufenthalt im Süden das Studium zu unterbrechen, berücksichtigt, weil er gerade für Rückenleidende das Leben in einem wohl geordneten Hause dem in einem wärmeren Klima vorzog, sobald die Trennung von der Heimat, wie es bei mir der Fall war, dem Patienten die Ruhe des Gemütes zu trüben drohte.

Während des Verlaufes dreier Winter war es mir versagt, die Universität, das Museum und die Bibliotheken zu besuchen. Erst im vierten durfte ich damit beginnen, und wohl vorbereitet und mit gereifterem Urteil folgte ich nun den akademischen Vorlesungen, benützte ich die Wissensschätze und reichen Sammlungen der Vaterstadt. Dies geschah mit immer gleichem Eifer, nachdem ich auf Grund der Dissertation über Memnon und die Memnonssage die eigentliche Studienzeit abgeschlossen und auf wissenschaftlichen Reisen auch andere Sammlungen ägyptischer Altertümer wie das Berliner Museum, kennen gelernt hatte.

Nach meiner Heimkehr von Wildbad setzte Lepsius die Donnerstagsbesuche fort. In den folgenden Wintern blieb er gleichfalls mein Führer – auch noch, als ich auf dem Gebiete der altägyptischen Sprache mich neben der seinen der Leitung Heinrich Brugschs anvertraut hatte.

Auf der Schule war es mir natürlich nicht eingefallen, dem hebräischen Unterrichte zu folgen. Jetzt nahm ich Privatunterricht in dieser Sprache und widmete ihr mehrere Stunden des Tages.

Ich hatte Sanskrit zu lesen und leichte Stücke in der Chrestomathie zu übersetzen gelernt und mich mit besonderem Fleiß an der Hand des Plautus dem Studium der lateinischen Grammatik und Metrik ergeben. Professor Julius Geppert, der Bruder des liebsten Freundes unseres Hauses, war dabei während vier Semester mein Führer.

Was mir als Gymnasiasten am wenigsten anziehend erschienen und meine schwache Seite gewesen war, die Syntax der klassischen Sprachen, flößte mir jetzt das höchste Interesse ein, und ich dankte es

Lepsius, so eifrig auf meiner Beschäftigung mit der Philologie bestanden zu haben.

Bald gewann ich die wärmste Neigung besonders für die römischen Lustspiele, die diesen Studien zur Unterlage dienten. Ueber welchen gesunden Witz, welche Feinheit der Beobachtung, welche glückliche Erfindungsgabe verfügten die alten Komödienschreiber! Ich nahm sie auch von neuem vor, nachdem ich vor wenigen Jahren in dem Meisterwerke Otto Ribbecks »Geschichte der römischen Dichtung« die dem Plautus und Terenz gewidmeten Abschnitte mit wahrem Genusse gelesen.

Den Charaktertypen gegenüber, die sich in diesen Lustspielen finden, festigte sich in mir die Ueberzeugung, daß die Beweggründe der menschlichen Handlungen und die geistige und gemütliche Eigentümlichkeit der Kulturmenschen zu jeder Zeit und in allen Breiten die nämlichen waren und immer noch sind. Jede Gattung der Gesellschaft, als deren Mitglied Plautus seine Stücke schrieb, findet sich in der unseren wieder, jede Sentenz läßt sich auf unsere Zustände anwenden wie auf die dem Dichter bekannten. Wer mir vorwirft, meine alten Aegypter, Griechen oder Alexandriner empfänden oder sprächen wie moderne Menschen, der nehme die Menaechmen, die Captivi, die Lessing das beste Stück nennt, das je auf die Bühne kam, den Trinummus, den Rudens oder den lustigen Amphitruo zur Hand, und er wird sich vielleicht seine Meinung einzuschränken entschließen.

Mit welchem Vergnügen bin ich, als ich am Abend wieder ausgehen durfte, den Plautinischen Stücken gefolgt, die Professor Geppert von seinen Schülern aufführen ließ!

Bei einer solchen Vorstellung zeichnete sich ein junger Philolog durch die frische, verständnisvoll seine Lösung seiner Aufgabe in einer Weise aus, die wohl jedem Zuschauer den Gedanken nahe legte, daß er auf die Bühne gehöre. Es ist aus ihm der treffliche Berliner Charakterdarsteller Kahle geworden, und ich redete ihm an jenem Abende lebhaft zu, sich der Bühne zu widmen.

Die aufgefrischten und vertieften Kenntnisse des Schullateins sollten mir auch zum großen Nutzen gereichen, als es eine lateinische Dissertation zu schreiben und sodann auch zu disputiren galt. Dem Griechischen widmete ich vielleicht einen noch größeren Teil meiner Zeit, und als Früchte dieser Studien besitze ich noch viele Uebersetzungen des Anakreon, der Sappho und zahlreicher Stücke aus der Bergkschen Sammlung griechischer Lyriker. Außer denen, die ich in meine Romane aufnahm, sind sie noch ungedruckt.

Das Uebersetzen gereichte mir damals in den Mußestunden überhaupt zu besonderem Vergnügen. Vornehmlich durch die genaue Version schwieriger englischer Dichter ward mir auch die Sprache des Shakespeare in Poesie wie in Prosa bald so verständlich wie deutsch oder französisch.

Nachdem ich mir die Grundzüge der Grammatik zu eigen gemacht, bedurfte ich keines andern Lehrers als der Mutter. Der Aussprache zu Gefallen las ich ihr vor und ließ mir von ihr vorlesen. Nachdem ich die ersten Schwierigkeiten überwunden, nahm ich Tennysons »Idylls of the King« zur Hand, gerade weil ich gehört hatte, daß sie schwer verständlich wären. Ich schenkte mir keine Partikel und übersetzte endlich zwei dieser schönen Dichtungen im Versmaße des Originals.

Enid gelang mir, denke ich, nicht übel. Das Manuskript liegt noch unveröffentlicht in meinem Schreibtisch,

Da ich nun einmal dabei war, Sprachen zu lernen, brachte ich es leicht dahin, auch italienische, spanische und holländische Bücher zu lesen.

Angesichts dieser Erfahrung, die ich nicht nur an mir selbst machte, frug ich mich, ob der Unterricht der Knaben nicht zu Gunsten fleißigerer Bewegung im Freien entlastet werden könnte. In wie kurzer Zeit würde sich der Schüler als Erwachsener, der nicht für den Lehrer, sondern für sich selbst lernt, mancherlei aneignen, wozu er auf der Schulbank ganzer Jahre bedarf.

Neben den sprachlichen Studien und oft ihnen voran beschäftigte ich mich, zuerst ausschließlich unter Lepsius' hier ganz vortrefflicher Leitung, mit alter Geschichte und Archäologie.

Später hatte ich Gerhard, Droysen, Friederichs und August Böckh das meiste zu danken.

Mit diesem, dessen Vorträge über die Staatshaushaltung der Athener wohl die schönsten und instruktivsten waren, denen ich folgen durfte, führte ein freundliches Geschick mich auch in persönliche Beziehung. Welche Klarheit, welche Tiefe der Gelehrsamkeit, welcher seine Humor eignete diesem herrlichen Greise! Noch 1863 besuchte ich sein Kolleg, und wie köstlich waren die Anspielungen auf die damals wenig erfreulichen politischen Zustände, womit er es würzte. Friederichs wurde mir besonders lieb und wert. Ich danke ihm viel, und es machte mich glücklich, ihm später in Aegypten in etwas vergelten zu können, was er mir in Berlin so freundlich und selbstlos erwiesen.

Bopps Kolleg, in dem ich meinen bescheidenen Sanskritkenntnissen aufzuhelfen versuchte, sah mich leider nur wenige Stunden.

Die Vorträge des Afrikareisenden Heinrich Barth brachten reiches Quellenmaterial, doch wer erwartet hätte, fesselnde Wanderberichte von ihm zu hören, würde bald enttäuscht worden sein. Zu ihm trat ich ebenfalls in persönliche Beziehung, doch auch im intimeren Verkehre wurde er selten warm genug, um andere an dem reichen Schatz seiner Kenntnisse und Erlebnisse teilnehmen zu lassen. Es war, als hätte er sich während seiner einsamen Wanderungen durch Afrika in sich selbst zurückgezogen und das Bedürfnis verloren, im Verkehre mit anderen zu geben und zu nehmen.

In jener späteren Zeit brachte auf dem sprachlichen Gebiete der Aegyptologie Heinrich Brugsch das zur Entfaltung, was ich bei Lepsius und durch eigene Arbeit gewonnen hatte, und ich nenne mich gern seinen Schüler.

Gewiß habe ich für die frische und förderliche Weise erkenntlich zu sein, mit der dieser große und unermüdliche Forscher für mich allein ein Privatissimum hielt; Lepsius aber hatte mir das Thor unserer Wissenschaft erschlossen, und konnte er mich auch in der Grammatik des Altägyptischen, mit der er sich in letzter Zeit weniger beschäftigt hatte, nur bis zu einem gewissen Grade fördern, so habe ich ihm doch für vieles andere erkenntlicher zu sein als jedem andern meiner geistigen Leiter. Das Beste, was ich ihm schulde, ist die Anweisung, historische und archäologische Quellen kritisch zu benützen, und seine Korrektur der Aufgaben, die er mir stellte; von allerhöchstem Nutzen aber sind mir unsere Unterhaltungen über archäologische Fragen gewesen.

Wenigstens in etwas suchte ich denn auch nach seinem Tode heimzuzahlen, was er mir in selbstloser Güte gegeben, indem ich der Aufforderung folgte, sein Biograph zu werden. In dem Buche »Richard Lepsius, ein Lebensbild« schildere ich pietätsvoll, doch ohne auch nur einen Schritt von der Wahrheit abzuweichen, diesen eigenartigen großen Gelehrten, der mir später ein treuer, immer gleich wohlwollender Freund werden sollte.

Es will mir heute kaum glaublich erscheinen, daß der würdige Mann mit dem ernsten, ja strengen, höchst edel geschnittenen

Gelehrtengesicht und dem schlichten schneeweißen Haar erst fünfundvierzig Jahre zählte, als er sich meiner Studien anzunehmen begann; denn trotz der Straffheit seiner Haltung und der Lebhaftigkeit seiner Bewegungen, wenn der Gesprächsstoff ihn interessierte, kam er mir damals vor wie ein würdiger Greis. Es lag auch in der vornehmen Gehaltenheit seines Wesens und in der kühlen, durchdringenden Schärfe seiner Kritik etwas so Abgeklärtes und durch und durch Ausgereiftes, wie man es sonst nur bei Männern in höheren Jahren findet. Ich hätte ihn keines unbedachten Wortes, keiner hingebend warmen Regung des Gemütes für fähig gehalten, bis ich ihm später unter dem eigenen Dache begegnete und mich dort an der warmherzigen Heiterkeit des Familienvaters und der Liebenswürdigkeit des Wirtes erfreute.

Es war auch sicher nicht der kühl erwägende Verstand, sondern das Gemüt, das ihn angetrieben hatte, dem an das Haus gebundenen jungen Freunde seiner Wissenschaft so viele Stunden seiner kostbaren Zeit zu widmen.

Heinrich Brugsch, mein zweiter Lehrer, war Lepsius als Entzifferer und Erforscher der verschiedenen Sprachstufen des Altägyptischen weit überlegen. Zwei verschiedenere Naturen lassen sich schwer denken. Dem geistvollen Brugsch, der damals im Anfang der dreißiger Jahre stand, leuchtete die frische Daseinslust aus den klugen, stark gewölbten Augen, die zu der Gattung gehören, die Gall, als er sie bei besonders gut begabten Schulkameraden bemerkt zu haben meinte, antrieben, auf den Zusammenhang der äußeren mit der inneren Beschaffenheit anderer zu achten.

Brugsch war ein Mensch der Impulse, der heiteren Sinnes, auch wenn das Leben ihm ein ernstes Gesicht zeigte, den Frohmut bewahrte. Dabei war er damals wie jetzt schwerer Arbeit mit rastlos ernstem Fleiße ergeben.

Darin glich er Lepsius, und er hatte auch noch anderes mit ihm gemein, obgleich er damals in scharfem Gegensatz zu ihm stand. Erstens einen großen Ordnungssinn bei der Sammlung und Unterbringung des überreichen, ihm zur Verfügung stehenden, wissenschaftlichen Materials, zweitens aber den Umstand, daß ihm wie jenem Alexander von Humboldt beim Beginne seiner Forscherlaufbahn die Wege geebnet.

Dieser große Gelehrte und höchst einflußreiche Mann, der, wo er einer Hoffnung erweckenden jungen Kraft begegnete, stets zur werkthätigen Hilfeleistung bereit war, hatte sich H. Brugschs zeitig angenommen. Er war auf ihn durch seine ersten ägyptologischen Arbeiten, mit denen er schon als Gymnasiast begonnen, aufmerksam geworden. Wie weit ab sie auch von dem eigentlichen Thätigkeitsgebiet des Naturforschers lagen, hatte Humboldts scharfer Blick doch ihre Selbständigkeit und Bedeutung sowie die geniale Begabung ihres Verfassers erkannt. Sobald der Ruf an ihn erging, breitete er die mächtige Hand schützend über ihn aus und veranlaßte den König, seinen Freund, Brugsch die Mittel zu seiner weiteren Ausbildung in Paris und für eine Reise nach Aegypten zu gewähren.

Wenn es auch Bunsen war, der Lepsius zuerst bewogen hatte, sich der Aegyptologie zu widmen, damit er ihr die Methode vorzeichne und die nach Champollions Tode wild wuchernden Auswüchse am Stamm unserer Wissenschaft mit dem Messer der philologischen und historischen Kritik unschädlich mache, hatte Humboldt ihm doch in Paris die dem Fremden verschlossenen Wege zu fruchtbringender Arbeit geebnet.

Endlich war es der große Naturforscher gewesen, der dem von Bunsen unterstützten Unternehmen einer von Lepsius zu führenden Expedition nach Aegypten bei Friedrich Wilhelm IV. mächtigen Vorschub leistet. Ohne den einflußreichsten Mann seiner Zeit wäre es beiden schwer, ja vielleicht unmöglich gewesen, für sich selbst und die deutsche Forschung die Stellung so schnell und sicher zu erringen, die sie dank ihrer so mächtig geförderten Arbeit jetzt einnimmt.

Es war mir vergönnt, mit Alexander von Humboldt in kleinem Kreise an einer Tafel zu speisen, und es prägte sich mir dabei sein Bild tief in die Seele. Er hatte damals schon die dem Menschen sonst bewilligte Lebensdauer längst überschritten, und was ich ihn sagen hörte, war kaum wert, es zu behalten; denn es bezog sich auf Tafelgenüsse, Damentoiletten, Hofgeschichten und dergleichen. Ich bewunderte die schnelle Geschicklichkeit, mit der die schon unsicheren Finger die Speisen zum Munde führten, und als er mir später die Hand reichte, fiel mir die Fülle der blauen Adern ins Auge, die sie wie ein Netz überspannten. Erst später sollte ich erfahren, wie vielen Aufstrebenden, die zu großer Bedeutung gelangten, diese zarte Hand zur Stütze gedient hatte. Aber was mir schon, als ich ihn zum erstenmal als Primaner aus der Nähe sah, als besonders schön und groß an ihm auffiel, war der Ausdruck der freundlichen Herzensgüte, die sich über sein ganzes vom Alter durchfurchtes Antlitz breitete. Bald werde ich auch eines dritten Beispieles seines freundlichen Wohlwollens, das gleichfalls einem der größten deutschen Forscher den Weg ebnete, zu gedenken haben.

Heinrich Brugsch ging, als diese Zeilen geschrieben wurden, mit frischer Schaffenskraft der ägyptologischen Forschung voran. Jetzt ist auch er nicht mehr, und andere traten unter dem Banner einer neuen, strengeren Methode an seine Stelle. Die treffliche, schlichte Frau, die auf den wachsenden Ruhm des Sohnes so stolz war, sein altes Mütterchen, wurde lange vor ihm abgerufen. Sie war ein Musterbild der in Ehren ergrauten, klugen und gemütvollen Berlinerin. Im Verkehr mit ihr begriff man, warum das Volk von »Mutterwitz« spricht. Bescheiden schaute sie zu der Größe des Sohnes empor, und doch war seine Klugheit, seine Arbeitsamkeit und seine »Frohnatur« ein Erbteil, das er ihr dankte.

Was Heinrich Brugsch mir gab, lag schon jenseit der eigentlichen Lehrzeit. Während der ersten Jahre ihres Verlaufes hatte es noch manches körperliche Mißbehagen zu ertragen gegeben, war es mir bisweilen sauer genug gefallen, mich in die gehemmte Beweglichkeit und große Gebundenheit still zu fügen, die mir die Schickung und der Arzt auferlegten. Dennoch darf ich versichern, daß mit der fortschreitenden Genesung und zielbewußten Thätigkeit, die zugleich mit ihr begann, eine glückliche Zeit für mich anhob. Das Bewußtsein, schweren Gefahren entronnen zu sein, gab mir das Vertrauen zurück, unter einem günstigen Sterne den Lebensweg angetreten zu haben. Die Ruhe des Gemüts, die sich bei jedem einstellt, der, abgesondert vom Treiben der Welt, wie ich es damals war, sich treuer Pflichterfüllung hingibt, machten es mir verhältnismäßig leicht, mich mit einem Zustande geduldig abzufinden, der mir noch vor kurzem unerträglich erschienen wäre.

Die Mutter gab deutlich genug zu erkennen, wie gern sie die mir auferlegte Abgeschiedenheit teilte. Meiner Thätigkeit zu folgen, machte ihr Freude, mir aber bereitete es Vergnügen, ihr dies zu erleichtern. Auch Schwester Paula, die sich erst einige Jahre später zu heiraten entschloß, war mir lieb, und ihre sehr verschiedenartigen, doch mir sämtlich angenehmen und werten Freundinnen halfen mir über manchen Abend hinweg, an dem die Arbeit mir untersagt war. Außer ihnen wußten ältere und jüngere Besucher den Weg zu mir zu finden, und im zweiten und dritten Jahre nach dem Beginn der Genesung durfte auch der Geselligkeit wieder ihr Recht widerfahren. Es fehlte selten an einigen Gästen an unserem Theetisch, es wurde geplaudert und musizirt, wir lasen Stücke mit verteilten Rollen, und zwar wohlvorbereitet und mit einem Ernst, der das Zuhören zum Vergnügen machte; denn die Teilnehmer waren sämtlich reife Menschen.

Des reichen Verkehres mit heiteren Altersgenossen mußte ich jetzt freilich entbehren. Anfänglich hatte mich mancher frühere Corpsbruder, der in Berlin studirte, aufgesucht, an ihre Stelle traten aber nach und nach andere Freunde.

Der liebste war mir Adolf Baeyer, dessen Mutter meine Patin gewesen war. Sein Vater, der General, ein hervorragender Gelehrter, unter dessen Leitung die mitteleuropäische Gradmessung vorgenommen wurde, war aus der Friedrichstraße in die Schellingstraße gezogen und wohnte uns jetzt schräg gegenüber. Die älteren Töchter, die meinen Schwestern liebe Freundinnen gewesen, hatten das Haus verlassen. Es weilte bei dem alten General nur noch sein jüngstes Kind, Jeanette, ein schönes, reich begabt es, junges Mädchen von seltener Frische des Geistes, mit dem mich bis auf den heutigen Tag eine geschwisterlich treue Freundschaft verbindet, und sein Sohn, *Dr. Adolf Baeyer.* Er gehört jetzt zu den ersten Führern seiner Wissenschaft, der Chemie, und ist Justus Liebigs Nachfolger an der Münchener Universität. Damals war er, nachdem er sich auch außerhalb des Vaterlandes und besonders zu Gent in Kekulés Laboratorium in seiner Disziplin vervollkommnet hatte, Privatdocent in Berlin.

Als Knaben hatten wir einander seltener gesehen, jetzt aber fanden wir uns, und so fern ab seine Disziplin auch von der meinen lag, verband uns doch bald die innigste Freundschaft, die weder Zeit noch Raum beeinträchtigen konnte.

So verschieden wie unser wissenschaftliches Interesse waren auch unsere Naturen. Adolf Baeyers besonnene Ruhe stach scharf genug von meiner immer noch ungebrochenen Lebendigkeit ab; doch es mag gerade der Kontrast gewesen sein, der uns zu einander hinzog, und auch ohne die Lektüre des Italienischen, die wir zeitweilig zusammen trieben, wären uns die Stunden, die wir gemeinsam verlebten, schnell genug vergangen. Die Feinheit seiner Anschauungsweise und die gesunde Schärfe seines Urteils bereiteten mir immer die gleiche Freude, und es gab eine Reihe von Wintern, in der uns fast jeder Tag zusammenführte.

Mein zweiter Freund war ein junger Pole, der sich eifrig mit Aegyptologie beschäftigte, und den Lepsius mir als Fachgenossen zugeführt hatte. Er war der Sohn eines vornehmen Adelsgeschlechtes, und auch seine Besuche bereiteten mir in den Wintern, die mich noch an das Haus fesselten, wahres Vergnügen. Anfänglich hielt ihn sein zurückhaltend bescheidenes Wesen ab, häufiger zu kommen; als sich mir aber der Kerker geöffnet hatte, begegneten wir einander immer öfter. Es kam dahin, daß er mich Georg und ich ihn Mieczy (er hieß Mieczyslaw) nannte. Seinen Vatersnamen verschweige ich, weil, was ich von ihm zu erzählen habe, seinen Angehörigen zum Nachteil gereichen könnte.

So fehlte es mir in jenen harten Wintern auch nicht an Freundschaft. Sie flochten aber auch noch etwas anderes in mein Leben, das der Erinnerung an sie einen besonderen wehmutvollen Zauber verleiht.

Die zweite Tochter der belgischen Nichte meiner Mutter, die sich in Berlin mit dem Architekten und späteren Präsidenten der Akademie der Künste, Fritz Hitzig, vermählt hatte, hieß Eugenie und wurde »Nenny« genannt. Sie hatte die großmütterliche und mütterliche Schönheit geerbt und war ein Kind von geradezu bezauberndem Liebreiz.

Wenn ich je an einem weiblichen Wesen die Forderung des Märchens erfüllt sah: weiß wie Schnee und schwarz wie Ebenholz, so war es an ihr. Nur das rot wie Blut paßte nicht; denn gewöhnlich überhauchte ihr bloß ein zarter rosiger Schimmer die Wangen. Dazu breitete sich über ihr jungfräuliches Antlitz und sprach ihr aus den großen blauen Augen eine holde, träumerische, an Schwermut grenzende Schwärmerei, die nicht nur mir unsagbar reizvoll erschien. Später war es mir, wenn ich ihres Blickes gedachte, als hätte er dem holden Knaben Tod entgegengeschaut, der so früh die Fackel vor ihr senken und sie sich nachziehen sollte.

Als ich Keilhau verließ, war sie noch ein Kind gewesen; so oft ich ihr aber in den Ferien wieder begegnete, hatte ich mich ihres holden Heranblühens gefreut, war es mir ein Genuß gewesen, ihr in das schöne Antlitz zu schauen.

Manche kleine Aufmerksamkeit zeigte dem Kinde, wie gern ich es hatte, und durch mehr als einen Wink war mir von Nenny zu erkennen gegeben worden, daß sie mir vor den Geschwistern gut sei.

Als ich schwer erkrankt nach Berlin zurückkehrte, war sie vor kurzem aus der Pension entlassen worden, und es ist schwer zu beschreiben, welchen Eindruck sie auf mich machte, als sie mir damals zuerst entgegentrat.

Wie etwas ganz Neues erschien sie mir, und doch fand ich alles an der sich erschließenden Rose wieder, was der Knospe so hohen Reiz verliehen hatte. Ich schreibe keinen Roman und gestatte auch dem Herzen nicht, zu verschönern oder zu verklären, was die Vorstellung mir zeigt, und doch kann ich versichern, daß Nenny nichts von allem fehlte, was Dichtung und Kunst den Frauengestalten zuschreiben, mit denen sie den Zauber der Natur oder die schönsten Regungen und Vorstellungen der menschlichen Seele allegorisch verkörpern. So hätte der Poet, der Bildhauer, der Maler, ohne etwas zu geben oder zu nehmen, die Phantasie, das Märchen, die lyrische Dichtung, den Traum oder die Barmherzigkeit darstellen können.

Die Fülle des schwarzen Haares, die seine Linie des Profils, die roten Lipp en, die Zähne, die in ihrem beinahe durchsichtig tadellosen Perlenglanz nur zu kurzem Gebrauch geformt zu sein schienen, die großen, von langen Wimpern beschatteten Augen, deren Blau neben dem dunklen Haar überraschte, die zarten, kleinen Hände und zierlichen Füße vereinten sich zu einem Ganzen, wie es in gleicher Vollkommenheit die Natur nur selten bildet. Und in diesem holdseligen Körper regte sich ein gutes, zärtliches, reines Kinderherz, das sich nach höheren Gaben sehnte, als das menschliche Leben zu gewähren vermag. Ihr eigentliches Heim war eine Welt, die nur ihrem Verlangen darnach die Entstehung verdankte.

Von so guter geistiger Begabung, daß es ihr, wenn die Liebe half, auch gelang, Schweres zu erfassen und dem Streben derer zu folgen, die ihr teuer waren, führte das Denken sie gewöhnlich über das Ziel hinaus zum Schwärmen und zum Ausbau von Idealen, die vom Fundament bis zum Dache hoch über der Erde in Wolken schwebten. Jeder Stein daran stammte aus der Werkstatt ihrer blühenden Träume.

So kam sie mir entgegen wie eine Erscheinung aus einer nur dem Dichter erschlossenen Welt. Und sie zeigte sich oft; denn sie liebte die Mutter, die sie wie ein eigenes Kind ans Herz gezogen hatte, und selten trat sie an mein Lager, ohne eine Blume zu bringen, ein Bild, das ihr gefiel, ein Buch, worin ein Gedicht stand, das ihr lieb war.

Wenn sie erschien, war es mir, als ziehe das Glück bei mir ein. Mein Auge verriet es ihr wohl deutlich genug, doch gebot ich der Lippe Schweigen; denn was hätte ihr, vor der das Leben sich aufthat wie ein Weg durch blühende Gärten, die Neigung zu dem kranken jungen Vetter gesollt, dem wahrscheinlich ein frühes Ende und sicher noch manches Jahr des Siechtums bevorstand. Schon nach dem ersten Wiedersehen fühlte ich. daß ich sie liebte, aber gerade weil ich es so sicher empfand, wollte ich es ihr verbergen.

Ich war bescheiden geworden. Es genügte mir, sie anzuschauen, ihre liebe Stimme zu hören und bisweilen – sie war ja meine Cousine – ihre kleine Hand zu erfassen, deren ich möchte sagen müde Wohlgestalt und Blässe ihrem ganzen Wesen so gut entsprach.

Die Wissenschaft war jetzt meine Geliebte. Ihr sollte angehören, was mir an Geist, an Leidenschaft und Feuer innewohnte. Nenny schien ein freundliches Geschick mir zu senden, um auch dem Herzen, dem Gemüte, dem Schönheitssinne eine Gabe zu spenden.

Doch ich war jung, und das Verlangen, dem ich Schweigen gebot, erhob dennoch die Stimme, wenn sie mir nahe war und ihre Augen so innig in die meinen blickten.

Dennoch durfte ich ihrer nicht begehren, und noch lag kein Schmerz in dieser Entsagung; denn wenn sie ging, wußte ich, daß sie wiederkehren werde.

Doch so blieb es nicht immer; denn ihr gebot keine Pflicht, an dem Kampfe teilzunehmen, der in mir tobte, und es kam ein Tag, an dem ich von ihr selbst erfuhr, daß sie mich liebte, daß ihr Herz mir schon gehört hatte, wie sie noch als kleines Mädchen in die Schule gegangen, daß sie die Rosen, die ich ihr in die Büchertasche gesteckt, gepreßt und aufbewahrt hatte, daß sie nach meiner Erkrankung nicht müde geworden war, für mich zu beten, und daß sie die Nächte durchweint hatte, als der Arzt, der auch den Ihren nahe stand, ihrer Mutter berichtete, wie übel es um mich stand.

Wie Engelsstimmen klang mir dies Bekenntnis. Es machte mich unendlich glücklich, aber ich behielt dennoch die Kraft, Nenny zu beschwören, diese selige Stunde mit mir als schönstes Lebenskleinod zu bewahren und dann mir zu helfen, die Pflicht zu erfüllen, von ihr zu lassen.

Sie aber sah anders in die Zukunft als ich. Es war ihr genug, sich sagen zu dürfen, daß mein Herz ihr gehörte. Wenn ich jung sterbe, so werde sie mir folgen. Und nun vergönnte mir das fromme, in einer Herrnhuter Anstalt erzogene Kind, das an ein Wiedersehen nach dem Tode von Angesicht zu Angesicht felsenfest glaubte, einen Blick in die Wunderwelt zu werfen, an der es nach dem Ende hienieden Teil zu haben hoffte. Mit welchem Zauber hatte Nennys junge Einbildungskraft das Paradies ausgestattet, auf das sie hoffte! Es sollte ihr so wonnige Glückseligkeit für alle Zukunft bis ans Ende der Dinge schenken, daß es ihr leicht wurde, zu seinen Gunsten dem Schönsten, was die Erde bietet, zu entsagen.

Staunend und mit aufrichtiger Rührung hörte ich ihr zu. Das war der Glaube, der Berge versetzt! Dieser Glaube gab es nicht nur dem Himmel anheim, gut zu machen, was er im Diesseits versagte, sondern zog den Himmel selbst auf die Erde nieder.

Später sind mir die Augen wiederbegegnet, mit denen sie, ins Leere schauend, mir diese Hoffnungsbilder aus dem Reich ihrer schönsten Träume vor die Seele zu führen versuchte; – es waren die der heiligen Cäcilie des Raffael in Bologna und München. Auch auf einer der Murilloschen Madonnen in Sevilla sah ich sie, als Nenny schon längst nicht mehr war, wieder, und sie stehen mir auch jetzt vor der Seele.

An diesen Kinderglauben zu rühren, oder dieser von frommer Schwärmerei beflügelten Einbildungskraft Zügel anzulegen, wäre mir frevelhaft erschienen. Und ich war jung. Auch das Leid, das ich überstanden, hatte weder die verlangende Stimme des Herzens zum Schweigen gebracht, noch die Wärme meines Blutes gekühlt.

Ich, der ich gemeint hatte, der Garten der Liebe sei mir auf immer verschlossen, wurde von der Schönsten und Besten, die mir selbst teurer war als das Leben, geliebt, und mit neu knospender Hoffnung, die Nennys Vertrauen auf Gottes Güte wie mit warmem Frühlingsregen betaute, genoß ich dieses Glückes.

Wir hatten Zeit, Geduld zu üben. Ihr schien kein Warten zu lange. Wenn ich genas, dann sollte sie die Meine werden. Nicht in jener Welt, auf die Nenny hoffte, nein, schon in dieser wollten wir selig sein wie im Himmel.

Doch das Gewissen war nicht zum Schweigen zu bringen. Die warnende Stimme der Mutter, der ich das Herz geöffnet hatte, verschärfte die Mahnungen des meinen, und als Wildbad mir wohl einige Besserung, doch nichts weniger als volle Genesung gebracht hatte, überließ ich dem Arzte die Entscheidung. Sie fiel streng verneinend aus. Im besten Falle, sagte er, würde ich nach Jahren berechtigt sein, das Geschick eines Weibes an das meine zu knüpfen. Der alte Freund wußte, wem mein Herz sich zugeneigt hatte. Er kannte Nenny wie mich von Kind an, und es that ihm weh, dies Verdikt sprechen zu müssen; doch er blieb darauf bestehen und half mir, es an mir selbst und der Geliebten zu vollstrecken.

So wurde dieser Anfang einer schönen und ernsten Herzensgeschichte zum schnell verronnenen Traume. Selig genug war sein Verlauf gewesen, doch sein Ende schlug meinem Herzen eine Wunde, die nur langsam vernarbte. Sie öffnete sich von neuem, als ich Nenny, in deren elterlichem Hause ich schon wieder als Halbgenesener verkehrte, selbst den Rat erteilte, einem jungen Gutsbesitzer, von dem ich nur Gutes vernommen, und der sich eifrig um sie bewarb, die Hand zu reichen. Sie ist denn auch die Seine geworden; doch schon ein Jahr später öffnete sich ihr die andere Welt, die sie schon hienieden als ihre wahre Heimat betrachtet.

Ihr liebes Bild steht in dem Schrein meiner Erinnerungen an der geweihtesten Stätte.

Mit einer Lotosblume auf dem Spiegel der Spree möchte ich sie vergleichen. Sie gehörte nicht in die Zeit und Umgebung, in die sie das Schicksal stellte. Ich versagte es mir auch, ihr Wesen in einem meiner Romane nachzubilden; denn ich empfand, daß gerade wenn es mir gelingen würde, sie mit aller Treue darzustellen, der moderne Leser sich berechtigt fühlen würde, sie für eine in unseren Tagen unmögliche Idealfigur zu halten. Nur im Märchen hätte man sie vielleicht gelten lassen, und als ich die Bianca im Elixir schuf, lieh ich ihr Nennys Gestalt.

Der Dank, den ich ihr schulde, begleitet mich bis ans Ende; denn während der Zeit der strengsten Hast, die mein Leiden mir auferlegte, war sie es, die mir Himmelsbläue, Sonnenschein und tausend Gaben eines blühenden Edengartens in das Krankenzimmer brachte.

Die Sommer in der Zeit der Genesung.

Während ich die Winter im mütterlichen Hause unter fleißiger Arbeit und in angenehmer Geselligkeit verbrachte, führten mich die Sommer aus der Stadt ins Freie.

Einmal wie das andere begab ich mich zuerst mit der treuen Pflegerin und Gefährtin in das Württemberger Wildbad; den Rest der warmen Jahreszeit aber verbrachte ich an der Elbe, halb bei der Mutter, halb bei der Tante.

Im ganzen gebrauchte ich siebenzehnmal die gute Wildbader Quelle. Sie sah mich während zweier Sommer aus dem Rollstuhl, von dem Diener gestützt, in ihr laues Naß steigen, im dritten konnte ich dabei der Hilfe entbehren, und vom vierten an geschah es, wenn ich dem Bade nicht fern blieb, während mehrerer Lustra ungehemmt und sicheren Schrittes. Nach einer langen Pause kehrte ich von einem schweren Rückfalle des scheinbar gehobenen Leidens zu ihr zurück.

Hier soll nur der Aufenthaltszeiten im Schwarzwalde gedacht werden, in denen ich als ein Genesung Suchender dahin kam. Rechne ich die ganze Zeit zusammen, die ich während der verschiedenen Kuren im Wildbad verlebte, so kommen volle anderthalb Jahre heraus, und ich darf darum dieser mir ohnehin besonders lieben Stätte nicht nur vorübergehend gedenken.

Das württembergische Wildbad gehört zu den ältesten Kurorten Deutschlands. Die Sage von dem Württemberger Grafen, der seine Heilkraft entdeckte, als er einen Eber zu der warmen Quelle herabsteigen sah, um sich die Wunde zu waschen, ist durch Uhland jedem Deutschen bekannt. Auch Ulrich von Hutten bediente sich ihrer. Sie entspringt in einem von stattlichen Bergen umschlossenen Schwarzwaldthal, das ein kristallhelles, an Forellen reiches Füßchen, die Enz, schnellen Laufes rauschend und plätschernd durcheilt. Das Auge sieht hier die Sonne nie aufgehen. Ihren Untergang nimmt es wahr, wenn sich die Wipfel der Tannenreihen auf den höchsten Kämmen der Thalwände mit lichtem Goldglanz bekleiden.

Nur wo das gerade oder gebogene Band eines Weges das Grün durchbricht, gibt es eine andere Farbe, das Braun des Rehes, zu sehen, dem es in den Forsten des Schwarzwaldes so wohl geht. Grau sind die hölzernen Heuhütten, die über die Matten hin zerstreut sind. Im Glanz des Kristalls schimmert die Enz aus ihren mit Laubmassen gepolsterten

Ufern hervor, und es glitzert wie blankes Metall, wenn der Wind die blätterreichen Zweige der hohen Silberpappeln in den »Anlagen« aufschwingt.

Vielfarbig baut das Städtchen sich an beiden Ufern des Flusses auf und erweitert sich, bevor die Enz sich in das Grün verliert, zu dem Kurplatze, wo sich ein stattlicher Bau in Sandstein von mildem Rot an den andern reiht. Zu seiner Linken erhebt sich das weiße Kirchlein. Doch die Folie, der Hintergrund für das alles ist das köstliche Grün überall, das dem Auge so wohl thut wie der Quell dem leidenden Körper.

Auch mit diesem Heilungsborn ist es besonders bestellt. Der Schwabe sagt: »Grad recht wie das Wildbad«. In wohl abgemessener Badewärme quillt er aus dem köstlichen Kiessande hervor.

Nach dem Bade in der Frühe ruhte ich im Bett eine Stunde, und wenn ich mich wieder erhob, war erfüllt, was der Arzt von dem Kurgaste verlangte.

Den Rest des Tages verbrachte ich bei günstigem Wetter im Freien und meist in den Anlagen, köstlich schattigen Baum- und Sträuchergruppen am Ufer der Enz. Dort stand am Rande des klaren Flüßchens eine vorn offene, doch bedachte Holzlaube, zu der das Gemurmel der Wellen, die sich an moosigen Granitblöcken brechen, freundlich zum Träumen und Denken ladend, hinaufklang. Hier weilte ich vom ersten Wildbader Jahre bis zum letzten Tag für Tag mehrere Stunden.

Die schön bewachsene Felsgruppe, die sie gegenüber der offenen Wand überragte, sah mich hier während der Lehrzeit mit grammatischen Studien beschäftigt, in altägyptische Texte oder archäologische Werke vertieft. In späteren Jahren wurde sie Zeuge, wie ich statt der Minerva die Muse rief und die Gedanken und Bilder zu Papier brachte, die schon daheim in mir lebendig geworden waren. Hier habe ich einen großen Teil der ägyptischen Königstochter geschrieben, und um vieles später manches Kapitel aus der Uarda, aus dem *Homo sum* und aus anderen Romanen.

Man störte mich selten; denn es hatte sich verbreitet, daß ich bei der Arbeit allein zu sein wünschte. Dennoch fehlte es mir schon im ersten Jahre nicht an Bekannten; ja es wurden ihrer bald recht viele. Teils hatte ich sie in dem gastlichen Hause des trefflichen Badearztes, Hofrat von Burckhardt, teils an der Wirtstafel im Hotel Klumpp kennen gelernt, wo wir im Laufe der Jahre freundlich berücksichtigte Stammgäste wurden. Ich habe in einem sehr viel späteren Abschnitt von dem schönen Kreise zu berichten, der dort in den siebenziger Jahren verabredetermaßen in jedem Sommer zusammentraf.

Schon während unseres ersten Aufenthalts in Wildbad, der mit der Hirsauer Unterbrechung länger als drei Monate dauerte, hatte die Mutter mit Frau von Burckhardt ein warmes Freundschaftsbündnis geschlossen, in das auch ich aufgenommen wurde. Diese ausgezeichnete Frau verstand es mit seltenem Takt, die sehr verschiedenartigen Elemente, die der Gatte ihr zuführte, einander näher zu bringen. Jeder fühlte sich wohl und fand ihm zusagende Gesellschaft in ihrem Hause. So kam es, daß die Villa Burckhardt lange Zeit der Sammelplatz für die hervorragendsten Persönlichkeiten wurde, die an der Wildbader Quelle Heilung suchten. Nächst dieser waren es auch die Burckhardts, die uns immer wieder an die Enz zogen. Sie sind beide nicht mehr, doch die Freundschaft, die die Mutter und mich mit den Eltern verband, eint mich und die Meinen heute noch mit ihren ausgezeichneten Kindern.

Wollte ich die Menschen aufzählen, die ich hier kennen lernte, und denen begegnet zu sein ich mir zum Gewinn rechne, es gäbe eine stattliche Liste. Von einigen habe ich später zu reden; in den ersten Jahren war es besonders der Liederkomponist Silcher aus Tübingen, Justus von Liebig, der Münchener Zoolog von Siebold, der belgische Maler Louis Gallait, der Dichter Moritz Hartmann, leider nur vorübergehend Gervinus und endlich die Gattin des Stuttgarter Verlegers Eduard Hallberger, sowie die unvergeßliche ältere Frau Puricelli aus der Rheinböllerhütte am Hunsrücken und ihre Tochter Jenny, mit denen wir verkehrten.

Der Liederkomponist Silcher gesellte sich uns häufig. Er war ein besonders liebenswerter Greis. Mit der bescheidensten äußerlichen Schlichtheit verband er eine zarte, ihm durchaus natürliche Sinnigkeit. Und doch hatte er viel mit dem Volke verkehrt und kannte sein Gemüt so gründlich, daß die Lieder keines andern Komponisten so sicher den Weg in sein Herz fanden. Manches wie »Zu Straßburg auf der Schanz'«, »Ich weiß nicht, was soll es bedeuten«, »Morgen muß ich fort von hier« und Simon Dach's »Aennchen von Tharau ist's, die mir gefällt«, werden von vielen für Volkslieder gehalten, und doch sind sie Silchers eigenstes Eigentum. Es war eine wahre Freude, ihn sie unserem kleinen Kreise mit dem schwachen Greisenstimmchen vorsingen zu hören. Er zählte damals an siebenzig Jahre, doch die frische Lebhaftigkeit dieses übrigens in Sprache und Bewegung gleich gelassenen Mannes hätte ihn für jünger zu halten gestattet. Die ritterliche, aus dem Herzen kommende Höflichkeit, die er den Damen erwies, hatte etwas ungemein Gewinnendes und gefiel den norddeutschen Frauen besonders, weil sich in ihrer Heimat dergleichen nur selten mit einem so schlichten Aeußeren und einem so bescheidenen Wesen paart.

Justus Liebigs Persönlichkeit war nicht weniger einnehmend, doch gesellte sich bei ihm zu wahrer Liebenswürdigkeit die vornehme Haltung des Weltmannes, der längst zu den berühmtesten Gelehrten seiner Zeit gehörte. Dazu muß er in der Jugend durch besondere Schönheit ausgezeichnet gewesen sein. Er war damals schon ein hoher Fünfziger; die Feinheit des Profils war aber völlig unbeeinträchtigt geblieben. Hatte man Lepsius' Antlitz scherzweise »ein Medaillengesicht« genannt, so verdiente das seine sicherlich dieselbe Bezeichnung.

Jede Unterhaltung mit ihm war gewinnbringend, und die Leichtigkeit, mit der er Gegenstände aus dem Bereiche seines Forschungsgebietes, die Chemie, Fernstehenden klar zu machen wußte, einzig in ihrer Art. Leider ist mir ein tieferer Einblick in die von ihm so mächtig geförderte Wissenschaft versagt geblieben; ich weiß aber noch, wie gut ich ihn verstand, als er uns einige Resultate der Agrikulturchemie vorführte. Ebenso geschickt setzte er aus einander, welche Vorteile die von ihm hergestellten Silberspiegel vor den mit Quecksilber überzogenen voraus hätten.

Mit großem Eifer suchte er die Herren seiner Bekanntschaft von dem Rauchen gleich nach Tische abzuhalten, das er auf experimentellem Wege als unbedingt schädlich erkannt hatte.

Mehrere Wochen hinter einander spielten wir jeden Abend eine Partie Whist mit ihm; denn Liebig liebte, wie so viele Gelehrte, das Kartenspiel als zuträglichstes Erholungsmittel nach scharfer Anspannung des Geistes.

Während der Pausen und des Abendessens, das das Spiel unterbrach, erzählte er mancherlei aus früheren Zeiten. Einmal kam er auch auf seine Jugend und die Tage zu sprechen, die über das Geschick seines

Lebens entschieden hatten; – das folgende Ereignis aber scheint mir besonders wert, hier mitgeteilt zu werden.

Als junger, noch ganz unbekannter Gelehrter hatte er sich nach Paris begeben, um seine Entdeckung des Knallsilbers der Akademie vorzulegen. Dies war geschehen. An einem der berühmten Dienstage hatte er indes vergeblich auf die Vorführung seiner Arbeit gewartet und sich nach Schluß der Sitzung schon traurig erhoben, um den Saal zu verlassen, als ein älterer Akademiker, in dessen Hand er das Heft mit seiner Abhandlung gesehen zu haben meinte, ihm in sehr schnellem Französisch einige freundliche Worte über seine Entdeckung sagte und ihn endlich zum nächsten Donnerstag zu Tisch lud.

Unversehens war der Unbekannte dann verschwunden. Er hatte einen braunen Frack getragen, doch dies Merkmal führte nicht zum Ziele; denn solche Kleidungsstücke waren damals Mode.

So mußte Liebig denn mit dem peinlichen Gefühle, für unhöflich gehalten zu werden, den Donnerstag vorübergehen lassen, ohne der für ihn so wichtigen Einladung zu folgen. Doch schon am Samstag klopfte ein Herr an sein bescheidenes, sehr hochgelegenes Zimmer und stellte sich als Kammerdiener Alexander von Humboldts vor. Er war beauftragt gewesen, keine Mühe zu scheuen; denn das Fernbleiben des unerfahrenen Landsmannes von dem Diner, das ihm mit den Führern seiner Wissenschaft in Paris hatte bekannt machen sollen, war von Humboldt nicht nur bemerkt worden, sondern hatte ihn auch mit Besorgnis erfüllt. Als Liebig sich nun noch am nämlichen Tage zu dem gütigen Gönner begab, wurde er erst mit heiterer Neckerei, dann aber mit der eingehendsten Teilnahme empfangen.

Der große Naturforscher hatte Liebigs Schrift gelesen und aus ihr ersehen, was der Verfasser für die Zukunft verhieß. Ungesäumt hatte er ihn mit Gay Lussac, der große Pariser Chemiker, bekannt gemacht, und Liebig war dadurch auf den Weg zu der hohen Stellung geführt worden, die er später auf allen Gebieten seiner Wissenschaft einnehmen sollte.

Der Münchener Zoolog von Siebold trat uns erst in späteren Jahren ganz nahe. Ich habe seiner noch mehrfach zu gedenken. Auch über die imposante Persönlichkeit des Literarhistorikers Gervinus, bei der sich hinter scheinbar abweisendem Hochmut das schönste menschliche Wohlwollen verbarg, habe ich an einer andern Stelle zu reden.

Ich könnte hier noch so mancher nicht uninteressanten Wildbader Begegnung gedenken; doch sollte ich diejenigen, um die es sich handelt, in einer Zeit wieder treffen, in der mir größere Reise und eine der ihren verwandtere Lebensstellung ein größeres Anrecht auf vertrauten Umgang mit ihnen gab.

Nach der ersten Kur, die an sechs Wochen in Anspruch nahm, verordnete der Arzt ein längeres Aussetzen des Badens. Ich sollte fort von Wildbad, um an einem leicht zu erreichenden Ort, in reiner Schwarzwaldluft das Gewonnene zu befestigen.

An der Enz war unser Verkehr ein recht lebhafter geworden. Der neue Aufenthaltsort sollte mir vor allem gestatten, einsam und in aller Stille ein beschauliches Leben mit der Mutter und den Büchern zu führen, die auch nur mit Maß benutzt werden durften.

Kurz vor dem Aufbruche hatte uns eine weitere Spazierfahrt mit unseren neuen Freunden – Frau Puricelli und ihre Tochter Jenny – nach dem Kloster Hirsau geführt. Es ist mit sehr schnellen Pferden in anderthalb Stunden von Wildbad aus zu erreichen, und wenn es mir ganz besonders wohl gefallen hatte, so dankte ich dies gewiß zum Teil der Liebenswürdigkeit unserer Begleiter.

Die beiden älteren Damen, die Mutter der leidenden Jenny Puricelli und die meine, waren einander schnell so nahe gekommen, wie das nur in Badeorten zu geschehen pflegt; – die Tochter aber war mir bald die angenehmste Gefährtin geworden. Ein beklagenswertes Mißgeschick hatte sie früher als mich an den Rollstuhl gefesselt; denn infolge eines unglücklichen Sturzes war ihr Rückenmark schwer verletzt worden, und *Dr.* Burckhardt sah schon damals, daß Wildbad das frühe Dahinwelken und Vergehen dieser kaum erschlossenen Mädchenblüte nur aufhalten konnte.

Die ältere Frau Puricelli, eine Dame von halb deutscher, halb französischer Herkunft, vereinte das gewinnende Wesen, die Feinheit und Schnelligkeit des Geistes der gallischen Frau mit der redlichen Gesinnung und dem warmen Gemüte der deutschen Matrone. Sie sprach am liebsten französisch, doch was sie sagte, kam, so zierlich es auch oft zum Ausdruck gelangte, aus einem schlichten, wackeren, wahrhaftigen und treuen deutschen Herzen.

Die Tochter zog mich aufs lebhafteste an. Sie war hübsch, wohlunterrichtet und verstand es, so selbständig und scharf zu denken, daß diese Eigenschaften genügt hätten, sie zu einer bemerkenswerten

Erscheinung zu machen; mir aber trat in ihr etwas ganz Neues entgegen.

Später begegnete es mir oft, mich zugleich mit ihr auch Nennys zu erinnern, und doch waren diese beiden sehr verschiedene Naturen, denen wenig mehr gemeinsam war als die felsenfeste Kraft des Glaubens und das Vermögen, mit froher Zuversicht über das Leben hinaus in den Tod zu schauen.

Doch wie so ganz anders war das alles bei diesen gleichalterigen Mädchen zur Ausbildung gekommen, wie weit gingen die Formen aus einander, in denen es bei jeder zur Geltung kam.

Beider Herz trug Verlangen nach Blumen aus einer andern Welt. Die katholische Jenny nach den Rosen, die die Legende aus dem Grabe der auferstandenen Maria erwachsen läßt, die protestantische Nenny nach der blauen Blume unserer romantischen Dichter, deren Sammelplatz das Haus ihres Großvaters gewesen war.

Die gläubige Protestantin hatte sich eine eigene Religion gebildet, in der alles einen Raum fand, was sie liebte und was ihr schön und heilig erschien.

Jennys Phantasie war nicht weniger mächtig; sie diente ihr aber nur dazu, was der Glaube ihr anzunehmen befal, in derjenigen Farm zu schauen, die ihrem Gemüte und Schönheitsbedürfnis am besten entsprach. Für Jenny hatte ihre Kirche bereits ersonnen und festgestellt, was die poetische Seele Nennys sich selbständig bildete. Die Protestantin war dahin gelangt, Vater und Sohn mit einander zu verschmelzen, um zu der Liebe selbst beten zu können, der Katholikin war von ihrer Kirche neben der heiligen Dreieinigkeit die Mutter Gottes als Verkörperung der gleichen, ihrem Mädchenherzen teuersten Empfindung zugewiesen worden, doch es blieb ihr gestattet, sich die göttliche Himmelskönigin vorzustellen, wie es ihr gefiel, und sie lieh ihr darum die Gestalt des Wesens, das ihr das Teuerste auf Erden war, und in dem sie die Verkörperung alles Schönen und Guten erblickte. Es war ihre ältere, seit einigen Jahren mit einem Vetter, der ihren Mädchennamen Puricelli trug, vermählte Schwester Fanny.

Die junge Leidensgefährtin bekannte mir selbst, daß ihre Maria die Züge der Frau trug, nach deren Besuch sie sich sehnte. Als diese, die Jenny mir mit den Farben der zärtlichsten Liebe geschildert hatte, endlich erschien, fühlte ich mich dennoch überrascht; denn es war mir noch kein bei fürstlicher Hoheit und seltener Schönheit so freundlich liebenswürdiges Weib begegnet. Nichts Rührenderes, als wenn sich die gefeierte glänzende Weltdame dem kranken Mädchen widmete, es ans Herz zog, sich seiner überfließenden Zärtlichkeit bald erwehrte, bald sich ihr hingab, um mit dem aufmerksamsten Eingehen auf jeden Einfall und Wunsch der Schwester, jetzt voll teilnehmenden Ernstes, jetzt mit heiterer Neckerei ihr für so viel Liebe zu danken.

Frau Fanny wurde auch Zeuge unserer Gespräche, die sich sehr oft auf religiöse Dinge bezogen. Anfänglich war es mir geraten erschienen, diesem Gegenstand aus dem Wege zu gehen; die junge Kranke aber kam immer wieder auf Glaubenssachen zurück, und ich, der ich mich, so lange es angegangen war, zurückgehalten hatte, um das schöne Zutrauen ihrer Seele nicht zu trüben, merkte bald, daß ich mich zusammenzunehmen hatte, um der schnellen und seinen Dialektik dieses schlagfertigen Mädchenkopfes den Widerpart zu halten. Die Schwester kannte sie, und als ich ihr einmal meine Bedenken zu erkennen gab, erwiderte sie lächelnd: »Unbesorgt! Jennys Rüstung ist fest; aber sie hat auch scharfe Pfeile im Köcher.«

Und so verhielt es sich in der That. Proselyten zu machen scheint ja jedem frommen katholischen Frauenherzen verdienstlich; doch Jenny dachte kaum daran, mich äußerlich für ihre Konfession zu gewinnen. Es machte ihr nur Freude, mich zur Anerkennung der Schönheit und der historischen Berechtigung ihres Bekenntnisses zu bewegen, – und dazu fand sie mich von vorn herein bereit.

Wenn sie aber gegen andere Lehren zu Felde zog, brachte sie es bisweilen dahin, daß ich in Eifer geriet, und was mir an Geisteskraft und logischer Schärfe innewohnt, aufrief, um ihr zu beweisen, daß auch andere Wege als der ihre zur Seligkeit führen.

Es scheint mir, als wäre ich bei solchen Geistesturnieren nicht selten Sieger geblieben, doch hätte ich sie auch Tag für Tag in den Staub disputirt, was keineswegs der Fall war, es wäre dadurch auch nicht das kleinste Steinchen in dem felsenfesten Bau ihrer Glaubenstreue ins Wanken geraten.

Davon wußte ich mich bald genug zu überzeugen. Sie fühlte sich aber auch selbst so sicher, daß sie sich ohne Gefahr über die Meinungen Andersdenkender unterrichten zu dürfen meinte. Die Gelegenheit zu dergleichen, die ihr daheim fehlte, sah sie in mir gleichsam verkörpert, und so ließ sie mir keine Ruhe, bis ich ihr erklärt hatte, was die Worte Pantheismus, Atheismus, Materialismus und ihresgleichen bedeuten.

Sie hatte von allen gehört, und meine Aufgabe sollte sein, sie ihr scharf zu definiren.

Anfänglich hatte ich auch dabei große Vorsicht geübt, doch als ich wahrnahm, daß die Meinungen der Zweifler und Leugner nichts als Mitleid in ihr erweckten, kam ich freier mit der Sprache heraus. Ich durfte es ruhig wagen; denn sie blickte auf sie mit dem gleichen überlegenen Bedauern wie der kundige Wüstenwanderer, der genau weiß, daß die Fata morgana nur eine Luftspiegelung ist, auf den Unwissenden, der von den Quellen- und Palmenbildern, die er erblickt, Erquickung und Sättigung erwartet.

Ihre Seele war wie eine blanke Metallscheibe, in die ein Bild geätzt ist. Dies, ihr Glaube, blieb unbeeinträchtigt stehen. Was sich auch sonst noch auf der spiegelnden Fläche gezeigt haben mochte, verschwand sehr bald und ließ auch nicht die kleinste Spur auf ihr zurück.

Seltsam! Nenny, die Protestantin, deren Bekenntnis eine freiere Deutung des Evangeliums zugelassen hätte, verschloß Ohr und Geist gegen alles, was ihr im Widerspruch zu den Glaubenssätzen zu stehen schien, die sie für die rechten zu halten gewohnt war.

Auch die Religion gehörte für sie mit in das Gebiet des Schönen, und wer sie anzutasten wagte, trat ihr auf die liebsten Blumen im Garten. Sie glaubte und hoffte. Jenny fühlte sich als Wissende; ich aber stand suchend, beobachtend und genießend zwischen beiden.

Der jungen Rheinländerin brachen bald nach unserem Abschied im nächsten Jahre die Augen. Sie war meinem Herzen teuer geworden, und wie oft dachte ich ihrer bis auf den heutigen Tag.

Am häufigsten erschien mir ihr liebes Bild, wie ich sie an Schmerzenstagen bei der Mutter gesehen hatte, mit dem aufgelösten blonden Haare, das voll, lang und seidig auf das weiße Gewand niedergeflossen war. Auch wenn der Körper ihr bittere Qualen bereitete, blieb ihr heller Geist lebendig, und so lange ich sie kannte, hörte die Daseinslust der Jugend nicht auf, die Schwingen in ihr zu regen. Sie und ich wohnten – beide im Rollstuhl – einem Balle im Kurhause bei. Sie in der schönen duftig weißen Toilette, mit der Mutter und Schwester den Liebling bedacht, so hübsch, daß ich sie, o wie gern, zum Tanze geführt hätte, wenn nicht auch mir diese Luft versagt gewesen wäre.

Sie wußte, daß sie bald sterben werde, doch der Tod erschien ihr wie der Bräutigam, und sie erwartete ihn wie die Braut, die vor der

Hochzeit noch froh und dankbar genießt, was das Elternhaus Schönes bietet.

Ihre Mutter ist der meinen und mir bis aus Ende teuer geblieben, ihre Schwester steht mir noch heute aufs innigste nahe. Auch die Ihren und Meinen nehmen teil an dieser alten schönen Freundschaft.

Als Ruhestation war Hirsau zunächst ins Auge gefaßt worden; doch fragte es sich, ob wir dort finden würden, wessen wir bedurften. Im entgegengesetzten Falle sollte der Wagen uns in das kleine, gleichfalls schön und still gelegene Herrenalb zwischen Wildbad und Baden-Baden führen.

Doch wir fanden, was wir suchten; denn es öffnete sich uns ein möglichst passend gelegenes Haus, und die Wirtin des Gasthofes stellte sich als eine in einem Frankfurter Hotel gebildete Köchin vor. Als Fisch gab es nur Forellen; doch das ließ sich um so leichter ertragen, je wohlschmeckender diese flinken Tierchen in der Enz gedeihen.

Das Quartier, das die Mutter, mich und den Diener, ohne dessen Beistand das Reisen in meinem damaligen Zustande noch unmöglich gewesen wäre, auf nahm, gehörte zu den eigentümlichsten und »romantischsten«, die ich je bewohnte; denn das Haus unseres Wirtes war in die Ruinen des Klosters eingebaut und erhob sich neben der Stelle des alten Refektoriums. Aus den Fenstern des einen Zimmers schaute man auf die erhaltenen Kreuzgänge und die Marienkapelle, den einzigen Teil des einst so stattlichen Bauwerkes, das die Franzosen im Jahre 1692 verschont hatten. Die Zerstörer waren dieselben fluchwürdigen Mordbrenner gewesen, die auch das Heidelberger Schloß in Asche gelegt und die blühende Pfalz unter dem schändlichen Melac verwüstet hatten.

Eine ehrwürdige Stätte des geistigen Lebens war mit diesem Kloster vernichtet worden; denn ein Graf von Calw hatte es schon im Anfang des neunten Jahrhunderts gestiftet, und die Benediktiner, die es beherbergte, hatten besonders im elften unter dem Abt Wilhelm an der Spitze von allen Genossenschaften ihres der Pflege der Wissenschaft freundlichen Ordens gestanden. Die baulichen Reste des Klosters lehren, daß die frommen Väter auch für eine würdige Ausstattung ihres Heims Sorge zu tragen verstanden. Der erhaltene Turm ist eines der ältesten und interessantesten Werke der romanischen Baukunst in Deutschland, und der Klosterhof muß einen stattlichen Anblick gewährt haben, so lange ihn die gotischen Kreuzgänge noch unbeschädigt umgaben.

Ausgebrannt wie alles andere, wurde auch das Bauwerk, das die Festsäle enthalten hatte; doch die aus hartem braunrotem Bruchstein errichteten Außenmauern trotzten den Flammen. In seiner Mitte schlug bald nach dem Werke der Zerstörung ein Ulmenbaum Wurzel. Schlank und stetig wuchs er dem Lichte entgegen, bis seine Spitze das offene Dach überragte. Jetzt breitet sich seine dichte grüne Laubkrone als lebendiger, blätterreicher Schirm über den Bau und verleiht ihm ein höchst eigenartiges Ansehen. Das Gedicht »Die Ulme in Hirsau«, das Uhland diesem Baume widmete, ist allbekannt. Er vergleicht ihn sehr glücklich mit Luther, der, wie jener Ulmenbaum, im Kloster wurzelte, bis er – hellerem Lichte entgegen – über seine Schranken hinauswuchs. Die gesamte Anlage, zu der auch ein Schloß des Herzogs von Württemberg gehört hatte, war von großer Ausdehnung gewesen. Sie liegt auf einem Hügel, der das grüne Nagoldthal überragt.

Ein weicher Mattenteppich deckt grün das stille Thal,
Mir ist, als ob ich schaute in einen Königssaal.

Die hohen Tannen ragen wie Säulen stark und schlank,
Wie Mauern ziehn die Berge sich um das Thal entlang.

Ich seh' den Himmelsbogen die Halle überblaun
Und nachts die Sternensackeln hell in den Festsaal schaun.

Diese Verse entnehme ich einem Gedichte, in dem ich das Kloster Hirsau besang.

Hier war es gut sein. Ein stillerer Ort ließ sich nicht denken. Jetzt wird er von vielen Sommerfrischlern besucht; ich aber war der erste, der hier Erholung suchte. Außer der Mutter und mir beherbergte Hirsau keinen Gast. Große, lustige Zimmer dienten uns zur Wohnung, und ein Rasenplatz neben den Kreuzgängen, den alte Obstbäume beschatteten, war meine Arbeitsstätte.

Rings von Erinnerungen an die Vorzeit umgeben, völlig ungestört, konnte ich hier herrlich schaffen. Die Mutter saß mit einem Buche in der Hand bei mir, und abends lasen oder spielten wir zusammen. Sie fühlte sich so glücklich wie ich, den schon die kleinen Zeichen der Besserung, die sich einzustellen begannen, mit warmem Danke erfüllten.

Doch es geht auf die Dauer nicht an, unter Menschen einsam zu bleiben.

Erst stellte sich uns der Herr Kameralverwalter vor, dessen stattliches Dienstgebäude sich zur Seite des Klosterberges erhebt. Auch im Namen seiner Gattin lud er uns ein, sein hübsch gehaltenes Gärtchen jenseits der Chaussee zu benützen. Das thaten wir auch bisweilen, lernten in ihnen liebenswürdige Menschen kennen und freuten uns an ihren prächtigen Kindern.

Der Titel drängte hier den Namen so stark in den Hintergrund, daß ich erst nach wochenlangem Verkehr mit dem freundlichen »Kameralverwalterpaare« erfuhr, daß es Bilfinger hieß.

Auch unsern Wirt, Herrn Meyer, lernten wir kennen. Wunderlich und wechselvoll waren die Wege, die das Schicksal diesen Mann geführt hatte. Als reicher Junggeselle hatte er die Gäste in seinem stets offenen Hause mit Kanonenschüssen empfangen. Darum nannte man ihn immer noch den »Kanonenmeyer«, obgleich er, nachdem seine Habe zerronnen, viele Jahre der Heimat fern geblieben war. Sein Lebenslauf in Amerika hatte sich zu einem steten Aufundnieder voller Abenteuer gestaltet. Mehr als einmal war er mit genauer Not dem Tode entronnen. Endlich hatte er sich, von Heimweh getrieben, in den Schwarzwald zurückbegeben, und zwar mit einem wackeren, fleißigen Weibe.

Das Haus im Kloster, das er erworben, entsprach seiner Sehnsucht nach Ruhe, in der Saffianfabrik drunten im Thale hatte er eine ihn nährende Stellung gefunden, und stattliche, wohlgeratene Töchter sorgten für sein äußeres Behagen. Doch dem Vielerfahrenen ließ die Erinnerung und die unbefriedigte Sehnsucht eines zu kräftigen Flügelschlägen geschaffenen und in die Enge gebannten Geistes und Gemütes keine Ruhe, und in mancher Mondscheinnacht weckte uns sein Waldhorn aus dem Schlafe. Er war dann in die Ruinen des Klosters gegangen und suchte das beklommene Herz zu entlasten, indem er weiche Klagelieder in die Nacht hinausblies.

Der große, breitschulterige Mann mit dem mächtigen Schnurrbart und der tiefen Baßstimme sah aus wie ein ergrauender Ritter, dessen Riesenarm jene Schwabenstreiche hätte führen können, die den Gegner vom Scheitel bis in des Pferdes Rücken zerhauen, und doch war er damals von früh bis spät mit der zierlichen Arbeit des Spaltens der Kalbfelle beschäftigt. Aus ihren in zwei Stücke getrennten dünnen Flächen wird nämlich der feine Saffian verfertigt.

Auch mit der Familie des Herrn Zahn, in dessen Fabrik dieser Lederstoff hergestellt wurde, kamen wir in Berührung, und als ich im Orient an den Füßen so vieler Muslimen rote, gelbe und grüne Pantoffeln sah, und in Kairo die merkwürdige Wahrnehmung machte, daß in demselben Laden Schuhe und Bücher verkauft werden, mußte ich des schattigen Schwarzwaldes gedenken, in dem man den Saffian verfertigt. Seiner bedarf im Morgenlande der Fuß des Menschen, der die Erde berührt, wie das Buch, das ihn dem Staube enthebt, zur Bekleidung, und so ist er es, der den Pantoffelverkäufer auch zum Buchhändler macht.

Schon damals fand auch ein großer Teil der Zahnschen Ware den Weg in den Orient, und die Söhne dieser betriebsamen Familie hatten weite Reisen gemacht, von denen sie schön zu erzählen wußten.

Bisweilen fuhren wir auch in das nahe Städtchen Calw, wo man uns aufs freundlichste entgegenkam. Besonders gern gedenke ich des Amtsrichters Römer, seiner liebenswürdigen Gattin und anmutigen kleinen Töchter.

Die Vormittage blieben ungestört, und meine Arbeit hatte guten Erfolg. Der Nachmittag brachte bisweilen Wildbäder Besuche, unter denen uns der der Puricellis besondere Freude bereitete. Doch es standen uns noch andere bevor, die der Erwähnung verdienen.

Zuerst erfreute uns der des belgischen Malers Louis Gallait, der mit der Gattin und ihren beiden jungen Töchtern in Wildbad war, um die Heilquelle zu benützen. Als die Mutter mit Schwester Paula einen Winter in Brüssel zugebracht hatte, war sie diesen liebenswürdigen Menschen innig vertraut geworden. In Berlin hatten seine Gemälde: »Egmont im Gefängnis«, »Die enthaupteten Grafen Egmont und Hoorn«, sein herrliches Bild »Schmerzvergessen« und manches andere mit Recht die höchste Bewunderung erweckt. Lob und Ehren die Fälle waren ihm von dort aus zu teil geworden. Das hatte ihn an die Spree geführt, und er war oft unser lieber Gast gewesen und auch mir teuer geworden. Sein und der Seinen Besuch erfreute mich darum so sehr wie die Mutter.

Gallait gehörte zu den Künstlernaturen, in denen nach schwerem Ringen und Kämpfen die stark geübte Kraft zum harmonischen, ihrer selbst sicheren, frohen Fortwirken gelangt. Als ich ihn kennen lernte, war er schon zur schönsten innern Abklärung gelangt, die sich in einer gleichmäßigen, gelassenen Heiterkeit äußerte. Eine gleiche ich möchte sagen »Serenität« der Seele ist mir kaum wieder begegnet. Die blickte ihm licht und rein aus den schönen blauen Augen, die treuen Spiegel jeder Bewegung seiner lebhaften Seele. Wenn er von der Kunst sprach, schien er zu wachsen, und es begriff sich leicht, wie es ihm hatte gelingen können, die gewaltige Komposition der Abdankung Karls V. zu erdenken und sie so ergreifend schön und reich zur Ausführung zu bringen.

Wie Menzel, Cornelius, Alma Tadema und Meissonnier war er von kleiner Statur, doch die Züge seines wohlgebildeten Gesichtes waren nichts weniger als kleinlich. Seine ganze Person zeichnete ein Etwas aus, das ich »Säuberlichkeit« nennen möchte. Ohne stutzerhafte Eleganz machte er den Eindruck des »aus dem Ei Geschältseins«. Von der weißen Krawatte an, die er stets trug, bis zu den roten Ordensbändchen im Knopfloch war alles an ihm tadellos. Ein vollendeterer Typus des äußerlich und innerlich vornehmen Belgiers ließ sich schwer denken. Ich sage geflissentlich »Belgier« und nicht Franzose; denn die männliche Gesetztheit des Wesens dankte er sicher seinem niederländischen Blute.

Madame Gallait, eine Pariserin von Geburt, war dagegen ein Urbild der französischen Frau im ansprechendsten Sinne des Wortes. Elegant in der Kleidung wie in jeder Bewegung, schön mit vollem Bewußtsein und doch frei von herausfordernder Gefallsucht, an Körper und Geist gleich biegsam, frohgemut, als sei das Leben nur da, um sich der Genüsse, die es bietet, zu freuen, und doch befähigt und geneigt, das Ernsteste anzuhören und sich darüber zu äußern. Eine sorgsame Mutter, die, obwohl man sie für eine Schwester der heranwachsenden Tochter hätte halten mögen, sie nie aus den Augen ließ, und sie mit liebenswürdigem Scherz führte, wohin sie begehrten, gewann sie alle Herzen, wo sie sich zeigte. Es lag etwas in ihrem Wesen, das Sorge, Mißmut und pedantische Bedenklichkeit aus ihrer Nähe verscheuchte, und das Band, das sie damals mit dem Gatten einte, schien dauerhaft und von den heitersten Liebesgöttern gewoben.

Leider hielt es dennoch nicht stand.

In jener Zeit konnte man sich kein zärtlicher mit einander verwachsenes Vierblatt denken, als dies Paar mit seinen anmutigen, den Kinderschuhen kaum entwachsenen Töchtern.

Am nächsten Sonntag waren sie bei Tisch unsere Gäste.

Die Wirtin hielt die Reinlichkeit für das Haupterfordernis eines guten Mahles, und wenn ein neues Gericht für uns sechs aufgetragen wurde, das einem Dutzend hungriger Turner hätte genügen können, erscholl der fröhliche Ruf unserer Gäste *: »Encore une forteresse!«*

Doch jede der zu erobernden Festungen war wohl geraten, es gab so viel, worüber wir uns auszusprechen hatten, die eigentümliche Schlichtheit der Bewirtung und manches andere hob die ohnehin frohe Stimmung so glücklich, daß der Künstler sich dieses ländlichen Diners noch mit Vergnügen erinnerte, als ich mehrere Jahre später in seinem schönen Hause zu Brüssel sein Gast war.

Nach unserem Abschiede von Hirsau fanden wir die Gallaits in Wildbad wieder und verlebten mit ihnen köstliche Tage. Das von Burckhardtsche Paar, Frau Henriette Hallberger, die Gattin des Stuttgarter Verlegers, Puricellis, wir und später auch der Dichter Moritz Hartmann waren die einzigen, mit denen sie verkehrten. Am Nachmittag fanden wir uns stets an einer bestimmten Stelle in den Anlagen zusammen. Dort wurde geplaudert oder auch etwas vorgelesen. Dabei zeichnete auf Gallaits Anregung hin, wer Luft dazu hatte. Er selbst rührte die Hand mit der ihm eigenen Sicherheit und Feinheit. Mein Porträt, das er damals für die Mutter mit dem Blei- und Rotstifte zeichnete, ist jetzt im Besitz meiner Gattin. Auch ich nahm das Skizzenbuch wieder vor; denn er hatte das Schulheft gesehen, das ich kurz vor meinem Abgang aus Kottbus mit Arabesken bedeckte. Aus diesen Phantasiegebilden wollte er ein hervorragendes Talent erkennen, und ich höre noch das *merveilleux* und *incroyable*, das *inouï* und *insensé*, das er den allerdings tollen Ausgeburten meiner verliebten Einbildungskraft widmete.

Bei diesen Zeichenübungen erzählte er mancherlei aus dem eigenen Leben, und nie ist er mir liebenswerter erschienen, als bei der Schilderung seines ersten Erfolges.

Er war der Sohn einer armen Witwe in dem belgischen Städtchen Tournay. Das Zeichnen hatte ihm auf der Schule Vergnügen bereitet und ein tüchtiger Lehrer sich seines Talentes angenommen.

Einmal war ihm in der Zeitung ein Antwerpener Preisausschreiben begegnet. Mit Stift oder Kohle sollte ein bestimmter Stoff – irre ich nicht, die Erweckung des Quells in der Wüste durch Moses – ausgeführt werden. Auch er ging an die Arbeit, doch bei seiner mangelhaften Ausbildung ohne die geringste Hoffnung auf Erfolg.

Schickte er die vollendete Zeichnung auch ab, so hütete er sich doch wohl, die Mutter ins Vertrauen zu ziehen, um sie vor Enttäuschung zu schützen.

Am Tage der Preisverteilung zog ihn das Verlangen, die Arbeiten der glücklicheren Bewerber zu sehen, nach Antwerpen, und welche Ueberraschung, als er den Saal betrat und sein Motto als das des Siegers verkünden hörte.

Als das Allerschönste aber schilderte er die Heimkehr.

Sein Mütterchen nährte sich und ihn durch einen kleinen Handel mit Seife und dergleichen. Um ihr die Freude zu vergrößern, hatte er sich das Gold, das dem Sieger ausbezahlt worden war, in lauter Fünffrankenthaler umwechseln lassen. Die Taschen wären ihm unter ihrer Last beinahe geplatzt, dafür aber wollte die Freude kein Ende nehmen, als er eine Handvoll Silberstüae nach der andern auf den kleinen Ladentisch ausbreitete und dabei erzählte, wie er zu dem reichen Segen gekommen.

Wer ihn diese Geschichte erzählen hörte, der mußte ihm gut werden, wenn er es nicht schon war.

Dem seinen folgte als zweiter bemerkenswerter Besuch, der des Firsten Pückler-Muskau. Am Morgen hatte ein Telegramm angefragt, ob er uns finden würde, und am Nachmittag fuhr seine Equipage bei uns vor. Unter den Kreuzgängen nahm er mit uns den Kaffee. Er hatte gehört, daß sein junger Kottbuser Bekannter sich der Aegyptologie zu widmen begann. Das interessirte den Semilasso, der als besonderer Liebling Mohammed Alis so schöne Tage am Nil verlebt hatte und für Aegypten immer noch allerlei plante. Dazu war er den großen Begründern meiner Wissenschaft, Thomas Young und François Champollion, persönlich begegnet und hatte einen Blick in die Entzifferung der Hieroglyphen gethan. Von allen Ergebnissen der Forschung besaß er Kunde und äußerte eine Meinung darüber. Ohne in das einzelne tiefer eingedrungen zu sein, traf er doch oft genug den Nagel auf den Kopf. Ich bezweifle, ob er je ein Buch über das alles in der Hand hielt, doch wie er meinen Antworten auf seine geschickten Fragen mit gespannter Aufmerksamkeit folgte, so hatte er es schon bei anderen gehalten, und die geniale Auffassungsgabe, die ihm eigen, führte das Vernommene schnell zusammen und gestaltete es zu einem scharf umrissenen Bilde. So mußte er dem Laien wie ein Gefäß des Wissens erscheinen; doch er gebrauchte diese Gabe mit nichten, um zu blenden oder sich das Ansehen des Vielwissers zu geben.

»Man kann leider nicht Gott sein,« sagte er, »wie ich einem erhaltenen Briefe vom Tage seines Besuches entnehme; doch das ›Gott ähnlich werden‹ braucht für den Strebenden keine theologische Phrase zu bleiben. Die Allwissenheit ist sicherlich eines der edelsten Attribute des Höchsten, und je näher man ihr kommt, desto gewisser bemächtigt man sich wenigstens des Schattens einer Eigenschaft dessen, der man ja einmal nicht sein kann.«

Anderes muß ich mir hier wiederzugeben versagen. Er führte es auch später in Berlin eingehender aus.

Zuletzt kamen wir auf seine gärtnerischen Arbeiten im Park zu Branitz zu sprechen, und ich bedaure, was er sagte, nur in großen Zügen aufgezeichnet zu haben; denn es war so interessant wie vortrefflich. Nur noch folgenden Satz kann ich dem nach Blasewitz gerichteten Schreiben entnehmen: »Was wollen Sie? Ein Fürst ohne Land, wie ich, will wenigstens auf einem Gebiet Herrscher sein, und das bin ich als Schöpfer eines Parks. Da gilt es einen Staat aus dem Nichts erschaffen. Die Unterthanen, über die ich da gebiete, gehorchen mir besser als die Russen, die doch immerhin eine Spur von freiem Willen bewahrten, ihrem Zaren. Meine Bäume und Sträucher folgen mir allein und den ewigen Gesetzen, die in ihrer Natur begründet sind, und die ich kenne. Wollten sie auch nur einen Finger breit von ihnen abweichen, wären sie nicht mehr sie selbst. Mit solchen Unterthanen regiert es sich gut, und lieber Despot über vegetabilische Organismen als ein konstitutioneller König und Vollzieher des Willens der ›Ebenbilder Gottes‹, die man das souveräne Volk nennt.«

Die letzten Worte klangen wegwerfend genug.

Höchst fesselnd hatte er auch über den Vizekönig von Aegypten Mohammed Ali geredet und die Idee entwickelt, die von ihm diesem genialen Herrscher unterbreitet worden war, auf der Insel Philae um den Tempel her einen Park und auf dem östlichen Nilufer, dem schönen Eiland der Isis gegenüber, unter schattigen Baumpflanzungen eine Heilanstalt, besonders für Lungenleidende, zu erbauen.

Darauf sah ich ihn später mit ernstem Eifer zurückkommen, und wer diese herrliche Tempelinsel und ihre Umgebung kennt, die jetzt ein Wasserwerk ihres landschaftlichen Reizes berauben soll, der wird sich versucht fühlen, einem solchen Unternehmen schönes Gedeihen vorauszusagen.

Die Mutter hatte den Fürsten zu Berlin in großer Gesellschaft sich in paradoxen Behauptungen ergehen sehen, und der Ernst, den er diesmal zur Schau trug, veranlaßte sie zu der Versicherung, nie vorher in einem zwei so grundverschiedene Menschen vereint gesehen zu haben. Es wohnte ihm auch ein dritter, vierter und fünfter inne. Ueberraschend und erfreulich war der völlige Mangel an Hochmut bei einem Manne, der dem Adel, zu dessen vornehmsten Trägern er gehörte, den Beruf und die Kraft zugeschrieben hatte, das herabkommende Volk durch Einmischung seines Blutes zu veredeln.

Diese Besuche brachten Leben und Abwechslung in unser stilles Dasein. Es währte über vier Wochen, und als Bruder Ludo auf Urlaub zu uns stieß, um uns abzuholen, war er erfreut über mein besseres Aussehen, – und ich selbst bemerkte nicht nur an meinem Gesamtbefinden, sondern auch an kleinen Anzeichen, wie gut das Bad und die Zurückgezogenheit, die ihm gefolgt war, den gelähmten Muskeln gethan. Was ich damals empfand, mag der zum Tode verurteilte Gefangene fühlen, der Kunde von seiner Begnadigung erhält, und der nur noch nicht weiß, wie viele Jahre der Hast ihm noch auferlegt werden sollen.

Betrübten Herzens sagten wir dem schönen, friedlichen Waldthale Lebewohl. Nur der Diener war glücklich, daß wir ihm den Rücken wandten. Er hatte die Mark Brandenburg, seine Heimat, in der er auch den Militärdienst geleistet, nie vorher verlassen und sich äußerst unglücklich in Wildbad und Hirsau befunden, da er behauptete, daß ihm die Berge den Atem benähmen. Kein Schweizer kann sich heißer nach den Höhen der Heimat sehnen, wie es ihn in die Ebene zurück verlangte.

Die zweite Wildbader Saison verlief, dank der immer nähern Beziehung zu den dort gewonnenen Freunden, noch angenehmer als die erste.

Frau Hallberger war eine sehr schöne junge Frau. Ihren Gatten, der mir von allen Freunden, die mir das Schicksal schenkte, der liebste werden sollte, hielten damals Geschäfte in Stuttgart zurück. Sie war leider genötigt, die Quelle allen Ernstes zu brauchen, und manche Stunde wurde ihr durch körperliches Mißbehagen und seelische Verstimmung getrübt.

Dennoch wußte sie uns durch Lebhaftigkeit des Geistes, seltene Vertrautheit mit allen Erscheinungen der neuesten Literatur und durch den ihr eigenen, für alles Schöne in der Natur besonders sein entwickelten Sinn anzuregen und zu erfreuen. Wie von ihr sah ich nie wieder Feld- und Waldblumen suchen. Sie verstand es auch, sie zu Sträußen von wahrhaft bezaubernder Anmut zusammenzubinden. Louis Gallait nannte sie »reizende Blumenmadrigale«. Wenn sie sich »heruntergemuntert« fühlte, – ein Wort, das ich durch sie kennen lernte – zog sie sich still zurück; erschien sie aber wieder, so gehörte sie zu den belebendsten Elementen unseres Kreises.

Moritz Hartmann hatte sich noch nickt von der schweren Krankheit erholt, der er als Berichterstatter während des Krimkrieges beinahe erlegen wäre. Sein Schwiegervater, Herr Rödiger aus Hanau in Hessen, der seiner großen Erziehungsanstalt in Genf als Direktor vorstand, begleitete ihn und behütete ihn mit rührender Sorgfalt. Meine Mutter gewann den Dichter bald lieb, der alles in sich vereinte, was dem Frauenherzen gefällt. Im Frankfurter Parlament hatte er für den schönsten Volksvertreter gegolten, und wer hätte nicht gern in die sein und vornehm geschnittenen, tadellos ebenmäßigen Züge dieses Mannes geschaut! Dazu war ihm ein Sprachorgan von geradezu glockenreinem Wohllaut eigen. Gallait versicherte, erst auf Hartmanns Lippen habe er das Deutsche als eine dem Ohre gefällige Sprache erkannt.

Diese Eigenschaften gewannen dem liebenswürdigen Dichter schnell genug auch das Herz der alten Frau Puricelli, der seine Annäherung an uns anfänglich nichts weniger als angenehm gewesen war. Die strenggläubige und konservative Dame hatte genug von seiner religiösen und politischen Gesinnung gehört, um sie abscheulich zu finden. Nachdem Hartmann aber in seiner anmutigen Weise sich mit ihr und ihrer Tochter öfter unterhalten und uns vorgelesen hatte, rief sie mir einmal zu: »Was ich mich ärgere, in meinen alten Tagen solch einem roten Demokraten noch so gut sein zu müssen.«

Und sie sollte ihn noch lieber gewinnen; denn es mußte die Teilnahme eines jeden Frauenherzens gewinnen, wenn Hartmann von seiner Verurteilung zum Tode und seiner wunderbaren Rettung erzählte. Noch ergreifender wußte er von der gefahrvollen Wanderung zu berichten, die er, von einem Steckbriefe verfolgt, in der Bluse eines Fuhrmannes unternommen hatte, um seine in Böhmen schwer erkrankte Mutter noch einmal wiederzusehen. Während dieser durchaus wahrheitstreuen, höchst lebendigen Schilderungen eigenster Erlebnisse zitterte sie mit uns für das Leben und die Freiheit des Dichters, dem eine Meute von unerbittlichen Häschern auf der Spur gewesen war, und segnete im Herzen den edlen Mann, der zu Bodenbach mit dem Verfolgten die Kleider gewechselt hatte, um die Spitzel irre zu führen. Sie waren in der That in die Falle gegangen und hatten den Retter, einen Weingutbesitzer, der nunmehr den im Steckbriefe erwähnten Schlafrock des Verurteilten trug, statt des »Staatsverräters« gefangen genommen, während es diesem gelang, über die sächsische Grenze zu entkommen.

In jenem Sommer schürzte sich das Freundschaftsbündnis, das mich jahrelang und bis an sein zu frühes Ende mit Moritz Hartmann verband und zu einer Korrespondenz führte, die mir um so größere Freude bereitete, je sicherer ich sein konnte, von ihm verstanden zu werden, und je frischere Anregungen seine Briefe enthielten. – Auch im nächsten und übernächsten Sommer trafen wir uns in Wildbad, und wie gern erinnere ich mich unserer Gespräche in der Stille des schattigen Waldes. Aber wir teilten auch ein geräuschvolles Vergnügen: das Pistolenschießen, dem wir jeden Tag eine Stunde widmeten. Ich mußte vom Rollstuhl aus schießen, und doch konnte ich mich wie Hartmann manchen Treffers rühmen; wahrhaft wunderbar aber waren die Leistungen des alten Herrn Rödiger, der Schwiegervater des Dichters, der, obgleich ihm die Hand infolge eines Schlaganfalls heftig und unablässig zitterte, ich weiß nicht wie oft das Herz eines Coeur-Asses durchbohrte.

Hartmann war es auch, der mich wieder und wieder zum Dichten ermutigte. Bei aller Achtung vor der Wissenschaft, sagt er auch brieflich, könnte er ihr das Recht nicht zusprechen, »die Poesie ins Verlies zu werfen, wo es sie so stark und glücklich sich zu bethätigen dränge.« Ich gab ihm innerlich recht; doch so oft ich dem Drange folgte, wieder zu dichten, war es mir, als beginge ich eine Treulosigkeit gegen die Geliebte, der ich mich mit Leib und Seele angelobt hatte. Der Kampf begann, der mein Inneres lange in Bewegung erhielt.

Ich könnte noch viel von den ersten Jahren erzählen, die mich nach Wildbad führten; doch glichen sie einander bis auf die fünfte Saison, die ich dort verlebte, zu sehr, als daß ich sie einzeln behandeln möchte. Etliche hervorragende oder besonders anmutige Gestalten prägten sich mir indes fest ins Gedächtnis. Es war eine freudige Ueberraschung, als ich die reizende Rotterdamerin, deren Munterkeit und frischer beweglicher Geist mich im zweiten Wildbader Jahre besonders gefesselt hatte, um vieles später als Gattin eines lieben Keilhauer Freundes in Wiesbaden wiederfand.

Einen glänzenderen Sommer als den von 1860 sah das stille Enzthal nicht wieder; denn damals verweilte daselbst die leidende Witwe des Kaisers Nikolaus von Rußland mit großem Gefolge und zog viele andere regierende Häupter in ihre Nähe. Da erschien der König von Preußen, unser Kaiser Wilhelm, ihr hoher Bruder, die schöne Tochter der Kaiserin, die Königin Olga von Württemberg, die, wenn sie die Anlagen mit ihrem Windspiel durchschritt, der stolzen pfeilfrohen Artemis gleich sah; da zeigte sich die Königin von Bayern, da ...

Doch ich kann und will die Fürstlichkeiten nicht alle nennen, die der leidenden Zarewna aufzuwarten wünschten. Ich stand ihnen ja fern; doch gab ihre Anwesenheit dem Schwarzwaldstädtchen ein buntes, glänzendes Ansehen, und kein Tag verging, ohne eine besondere Augenweide zu bieten.

Die Kaiserin liebte es, schöne Menschen zu sehen. Darum befand sich unter ihrem Gefolge manche Dame von besonderer Anmut. Wenn diese sich wohl gruppirt auf der Treppe des Hotels niedergelassen hatten, das die Kaiserin bewohnte. gab es einen köstlichen, unvergeßlichen Anblick. Noch eigentümlicher war das Schauspiel, das der weibliche Hofstaat der Kaiserin bei einer Floßfahrt auf der Enz in lustigen Sommerkleidern und im reichsten Blumenschmucke gewährte. Vom Ufer her warfen die Herren den von dem hurtigen Gebirgsstrome schnell fortgeführten Damen Blumen zu, und auch ich hatte mir Rosen verschafft, die besonders der Prinzessin Marie von Leuchtenberg galten, von der uns der Leibarzt der Kaiserin, *Dr.* Karel, den wir bei Burkhardt kennen gelernt hatten, so viel anmutige Züge erzählt hatte, daß sie auch uns lieb werden mußte.

Mit einer sehr schönen Gräfin Keller aus dem Gefolge der Kaiserin machte uns der Leibarzt persönlich bekannt, und der glänzende Hergang ihrer Abreise steht mir heute noch deutlich vor Augen.

Wildbad war damals noch nicht durch die Eisenbahn mit der übrigen Welt verbunden. Die Gräfin tauchte in einer offenen Viktoria aus den zahllosen Blumengaben hervor, die man ihr zum Abschiede gespendet. Der Zeremonienmeister Graf Wilhorsky reichte ihr im Namen der

Kaiserin ein wunderschönes Bouquet. Während sie es in Empfang nahm, rief sie dem Hofmanne zu : »*A neuf heures, pensez à moi*«, und dieser erwiderte mit der Hand auf der Brust und einer tiefen Verneigung : »*Mais, Comtesse, nous penserons à vous toute la journée.*«

Im gleichen Moment hob der Postillon auf dem Sattelpferde zur Seite der Deichsel die lange Peitsche, seine vier Braunen zogen an, eine Schar von Damen und Herren, die der Zeremonienmeister geführt hatte, schwenkte die Tücher, und es war, als fahre die Göttin Fora aus, um die Erde mit Blumen zu segnen.

Mit manchem ähnlichen Schauspiel wurde meine Vorstellung in Wildbad bereichert.

Ich wähnte lange, in den ersten dort verlebten Sommern nur meiner Gesundheit gelebt, mein gelehrtes Studium gefördert und von 1861 an meinem Roman »Eine ägyptische Königstochter« einige Stunden des Tages gewidmet zu haben; wie viel anderes ich aber im Verkehr mit den verschiedenartigsten Menschen, unter denen sich auch solche befanden, mit denen es einem bescheidenen Gelehrten sonst nur selten zu verkehren vergönnt ist, dort lernte, ist mir erst später ins Bewußtsein getreten.

Ich gedenke hier nur der Spitzen der Aristokratie des zweiten Kaiserreiches, mit denen mich der gelehrte Sohn meines ausgezeichneten Pariser Fachgenossen und Lehrers, des Vicomte de Rougé, bekannt gemacht hatte.

Fortschreitende Genesung und der erste Roman.

Den Rest des Sommers verlebte ich halb bei der Mutter in Hosterwitz, halb bei der Tante in Blasewitz, und so wurde es auch in den nächsten Jahren gehalten, bis mich von 1862 an das Studium länger in Berlin zurückhielt und die wissenschaftlichen Reisen begannen.

Bedeutende Ereignisse im Familienkreise oder in der Politik gab es außer der Thronbesteigung des Königs Wilhelm von Preußen und dem österreichisch-französischen Kriege 1859 nicht viel zu verzeichnen. In Berlin erweckte die »neue Aera« schöne, berechtigte Hoffnungen, und ein frischerer Wogenschlag bewegte die trüben, ruhenden Wasser des politischen Lebens.

Bei der Tante, die mich wie einen Sohn liebte, und deren Gatte mir gleichfalls herzlich zugethan war, hatten die Schlachten von Magenta und Solferino (4. und 24. Juni 1859) die Gemüter in große Bewegung gesetzt. Es herrschte dort die höchste Mißstimmung über das Verhalten Preußens, und auch mir fiel es schwer, es zu billigen, da mir Oesterreich als zugehörig zu Deutschland erschien, und mir die drei nächsten Angehörigen des Onkels, die in österreichischen Diensten standen, lieb waren.[1]

Wie mißlich es ist, in politischen Dingen auf die Stimme des Herzens zu hören, sollte die Zukunft erweisen. Ob es unser Deutsches Reich und das geeinte Italien gäbe, hätte Oesterreich im Bunde mit Preußen 1859 bei Solferino und Magenta den Sieg über Frankreich erfochten?

In Hosterwitz trat mir der Luriker Julius Hammer immer näher. Der Kammergerichtsrat Gottheiner, ein tief unterrichteter Mann, weilte dort mit seiner lieben Tochter Marie, deren schöner Gesang meinem Herzen so wohl that, in der Villa seiner geistig lebendigen und gastfreien Schwägerin, und durch sie kam auch ich mit vielen höchst anregenden Menschen, wie der Präsident von Kirchmann, der Baumeister Nikolai, der Verfasser der Psyche, Geheimerat Carus, der Dichter Charles Duboc (Waldmüller) mit seiner schönen, hochbegabten Gattin und mit anderen in Verbindung. Vor kurzem, zu seinem siebenzigsten Geburtstag, forderte Duboc mich auf, unsere alte Freundschaft mit dem brüderlichen »Du« zu besiegeln, und wie gern ließ ich diesem späten »Smollis« das Fiducit folgen.

Auch manchem Berliner Bekannten, dessen ich später zu gedenken habe, begegnete ich in Hosterwitz wieder. Unter ihnen auch dem Prediger Sydow und Lothar Bucher.

Der Freundschaft dieses merkwürdigen Mannes verdankte ich gerade in der Zeit, die ihn mit Bismarck zusammenführte, viele unvergeßlich genußreiche Stunden. Mancher wird es. mit der zurückhaltenden stillen Weise dieses scharfsinnigen und kühlen Politikers schwer vereinbar finden, daß er, der vortrefflich plattdeutsch sprach, meiner Mutter, als sie leicht erkrankt war, wie ein pflegsamer Sohn die Romane Fritz Reuters vorlas.

So fehlte es nicht an ansprechender Unterhaltung in den Mußestunden, der Löwenpart meiner Zeit war aber der Arbeit gewidmet.

Das Gleiche gilt von dem Aufenthalt bei der Tante. Sie bewohnte ein Sommerhaus auf dem Anwesen des Staatsrats von Adelsson. Dies schöne Besitztum mit seinem weit ausgedehnten Parke wurde längst in Bauplätze zerlegt und bildet einen nicht unbeträchtlichen Teil des heutigen Villenortes Blasewitz. Damals war es eine Stätte des heitersten geselligen Zusammenlebens, sowohl im Hause des Wirtes wie in dem der Tante.

Der erstere und seine Gattin waren aufs innigste mit den Meinen befreundet, und ihre eben erblühende Tochter Lina schien mir die schönste Blume in dem an bunten Beeten reichen Adelssonschen Garten. Ich sah sie vom Kind zur Jungfrau erblühen, und bin ich je einem Mädchen begegnet, das ich mit einem Veilchen vergleichen möchte, so ist sie es gewesen. Aus ihren großen, schüchternen Augen, die doch so warm glänzen konnten, las ich hundert Fragen an das Leben, das noch wie ein großes, schönes Geheimnis vor ihr lag. Wie ich ihr, so war sie mir zugethan, und es machte mich glücklich, als ich sie in dem jungen Grafen Uexküll-Gyllenband einen ihrer würdigen Gefährten finden sah.

Neben ihr bevölkerte eine Schar von anderen anmutigen Mädchen den Garten, und immer noch vereinte das Haus der Tante neben den alten Freunden die Spitzen des damaligen literarischen Lebens in Dresden. Gutzkow überragte sie sicherlich alle an Schärfe und Gewandtheit des Geistes, doch die Herbheit seines Wesens stieß mich von ihm zurück. Recht aufrichtig freute ich mich dagegen an der sinnigen Beredsamkeit Berthold Auerbachs, die neben Hohem und Großem auch Geringes, das er aus dem Staube auflas, dem Gemüte nahe zu bringen und mit poetischem Reiz zu bekleiden verstand. Ist es mir vergönnt, auch die Erinnerungen aus der späteren Zeit meines Lebens aufzuzeichnen, so werde ich mehr von ihm zu erzählen haben. Er war es, der mich veranlaßte, meinem ersten Roman, den ich »Nitetis« zu nennen gedacht hatte, den Titel: »Eine ägyptische Königstochter« zu geben.

Die Koryphäen der vorzüglichen Dresdener Bühne fanden gleichfalls den Weg in das Haus der Tante. An einem Abend hörte ich hier Emil Devrient, der in keiner größeren Gesellschaft fehlte, mit anmutiger Höflichkeit bitten, den Wagen kommen zu lassen, an einem andern Bogumil Dawison mit emphatischen Gesten fordern, der liebenswürdigste der Wirte möge die Kraft seiner Rosse an die Deichsel zu schirren befehlen. Heute war es mir hier vergönnt, dem Sange Emmy La Gruas und morgen dem der unvergeßlichen Schröder-Devrient zu lauschen, dessen Vollkraft und hinreißende Leidenschaft kaum wieder ihresgleichen fand. Fesselnd und lehrreich war jedes Gespräch mit dem tief gebildeten Arzte Geheimerat von Ammon, während Rudolf von Reibisch, dessen hohe Begabung ihn zu wahrhaft Großem auf verschiedenen Gebieten der Kunst befähigt hätte, der treueste Freund des Hauses, als Phrenolog die Schädel betastete oder sein letztes vollendetes Drama vorlas. Hier bin ich auch dem Major Serre, dem kühnen Unternehmer der großartigen Lotterie begegnet, deren schöner Erfolg die segensreich wirkende Schillerstiftung ins Leben rief und ihr den Bestand sicherte.

Dieser einfache, doch thatkräftige Mann lehrte mich, wie wahrer Enthusiasmus und die Hingabe der ganzen Persönlichkeit an eine gute Sache genügen, ihr unter den schwierigsten Umständen zum Siege zu verhelfen. Freilich teilte die kluge Frau Majorin die Begeisterung des Gatten, und beide wußten die rechten Berater heranzuziehen. Auf ihrem schönen Gute Maxen bin ich später unter mancher bedeutenden Persönlichkeit auch dem dänischen Dichter Andersen begegnet, einem äußerlich unscheinbaren Manne, der aber, wenn er es für der Mühe wert hielt und der Gegenstand ihn erwärmte, die Hörer unwiderstehlich mit sich fortzureißen verstand. Dann füllte sich seine Rede mit sinnigen, farbigen, treffenden, immer eigenartigen Bildern, und wenn ihm eine glänzende Schilderung von bemerkenswerten Erlebnissen und ihren Schauplätzen nach der andern über die beredten Lippen floß, gewann er im Fuge die Herzen der Frauen, die ihn übersehen hatten, und es wollte den Männern scheinen, als helfe ihm dabei ein mächtiger Dämon.

In den ersten Jahren nach dem Beginn der Genesung gab es für mich nichts zu genießen, was nicht zu mir gekommen oder mir gebracht worden wäre, so gehemmt war noch die eigene Bewegung. Doch die heitere Geduld, mit der ich mein Leiden zu tragen schien, vielleicht auch die Dankbarkeit und Lebhaftigkeit, mit der ich aufnahm, was man mir brachte, zog die meisten Männer und Frauen zu mir, an denen mir etwas lag.

Gab es ein fesselndes Gespräch, so wurde immer dafür gesorgt, daß ich wenigstens als Hörer daran teilnehmen konnte. Die Liebe dieser guten Menschen wurde nicht müde, mir das Schwere zu erleichtern, das mir auferlegt worden war. So bin ich während dieser ganzen traurigen Zeit nur selten ganz elend, oft froh und glücklich, freilich aber auch bisweilen ein Opfer des tiefsten Seelenschmerzes gewesen.

Besonders in den Ruhestunden, die der Arbeit folgen mußten, und wenn mich in der Nacht die verschiedenartigen, auch mit dem weichenden Leiden verbundenen peinlichen Gefühle und Zustände quälten, trat mir meine Gebundenheit als schweres Mißgeschick vor die Seele. Alles, was in mir war, lehnte sich gegen mein Leiden auf – und warum soll ich es verschweigen? – heiße Thränen haben damals nach manchem frohen Tage mein Kissen durchnäßt. In der Zeit, wo es galt, mich von Nenny auf immer loszusagen, ist es nicht selten geschehen. Goethes: »Wer nie die kummervollen Nächte«, lernte ich schon in den Jahren verstehen, in denen anderen der Becher des Lebens am ungestümsten überschäumt. Doch ich hatte von der Mutter gelernt, was mich am schwersten bedrückte, für mich allein zu tragen und es vor anderen zu verbergen. Zudem half mir der mir angeborene Frohmut den Kampf auch gegen die finstersten Mächte siegreich bestehen. Am leichtesten wurde ich Herr jeder schmerzlichen Regung, der Schwäche oder des leidenschaftlichen Aufruhrs der Seele, wenn ich mir vorstellte, für wie vieles ich dankbar zu sein hatte, und bisweilen endete eine Stunde der heftigsten Auflehnung und des tiefsten Kummers mit der Ueberzeugung, vor Tausenden begünstigt und immer noch ein »Glückskind« zu sein. Die gleiche Empfindung stählte mir auch die Geduld und half mir die Hoffnung grün und die Daseinsfreude lebendig erhalten, als mich in viel späterer Zeit die Wiederkehr des alten Leidens, in dessen Gefolge sich heftige Schmerzen einstellten, von denen ich in der Jugend verschont geblieben war, mitten aus einer ernsten, mir teuren und – ich darf es annehmen – erfolgreichen Thätigkeit riß.

Mag die jüngere Generation es sich noch einmal sagen lassen, ein wie wirksames Trostmittel der Mensch, was ihn auch bedrängen möge, in der Dankbarkeit besitzt. Das Suchen nach allem, was der Erkenntlichkeit wert sein könnte, führt sicherlich zu jenem Zusammenhang mit Gott, der Religion ist.

Wenn ich im Winter nach Berlin kam, half mir die strengere Arbeit, mancher Freund und den meisten anderen voran mein polnischer Studiengenosse Mieczyslaw das Schwere geduldig tragen.

Er war gesund, frei, wohlbegabt, hatte Freude an der Wissenschaft und kam tüchtig vorwärts. Vor äußeren Sorgen war er gesichert, doch an seiner Seele nagte ein Wurm, der ihm Tag und Nacht die Ruhe nahm: das Unglück seines Vaterlandes und seines Hauses, sowie der leidenschaftliche Trieb, die Vergewaltiger seiner Nation die rächende Faust fühlen zu lassen. Der Vater hatte für die Sache Polens den Löwenpart seines großen Besitzes geopfert, und den grausamsten Verfolgungen erliegend, den Söhnen ans Herz gelegt, wie er dem Vaterlande alles zu opfern. Sie waren dazu bereit, nur einer seiner Brüder, der im Dienste der »Unterdrücker« das Schwert führte, war für die anderen zu einem verhaßten und verachteten Feinde geworden. Mieczyslaw weilte nun in Berlin und zürnte sich selbst, weil er sich als geistiger Epikuräer an orientalistischen Studien ergötzte, statt in die Fußstapfen des Vaters, der Brüder in der Heimat, der meisten seiner Verwandten zu treten.

Ich hatte mir ein Bild von den polnischen Freiheitshelden nach Heinrich Heines »edlen Polen« gestaltet und war dem Studiengenossen mit einigem Mißtrauen entgegengekommen. Weit entfernt, mir aufzudrängen, was das Herz ihm bewegte, hatte es langer Zeit bedurft, bevor er mir den ersten Blick in sein Inneres gestattete. Als aber das Eis gebrochen war, rauschte der Strom der Empfindung mit elementarer Gewalt hervor, und wie echt seine Gesinnung war, zeigte sich, als er sie mit seinem Blute besiegelte. Er endete mit den Waffen in der Hand auf dem Boden der Heimat, als ich mich des neuen Wohlseins am dankbarsten freute, im Jahre 1863.

Von einem Zur-Schau-tragen des Schmerzes um das »blutende Vaterland« war bei ihm keine Rede gewesen. Still und gesetzt hatte er ein zurückgezogenes Leben geführt und außer mir unter den Deutschen in Berlin keinen Freund besessen; ich aber war ihm sehr gut und vergesse ihn nicht bis ans Ende.

Auch die letzten Winter der Gefangenschaft sahen mich fleißig bei der Arbeit. Schon mit Mieczyslaw hatte ich mich eifrig mit der Geschichte des alten Orients beschäftigt, und Lepsius diese Studien besonders begünstigt. Die Listen der Könige des alten Morgenlandes, die ich damals zum Teil aus den entlegensten Quellen bis zu den Sassaniden zusammenstellte, trugen mir den Beifall A. von Gutschmids, des tüchtigsten Forschers auf diesem Gebiete, ein. Sie führten mich auch zu den Persern und den anderen asiatischen Völkern. Aegypten blieb natürlich das Hauptgebiet meiner Arbeit. Die Beschäftigung mit den Königen aus der sechsundzwanzigsten Herrscherreihe, das ist diejenige, mit der die Selbständigkeit des Pharaonenreiches aufhörte, und nach der unter Kambyses die Herrschaft der Perser über das Nilthal begann, nahm mich eine gute Weile in Anspruch. Das Gewonnene benützte ich später für meine Habilitationsschrift, doch der mir eigene Drang, geistig Erworbenes anderen mitzuteilen, hatte mich dahin geführt, es in besonderer Weise zu verwerten. Der reiche Stoff, den ich zusammengeführt, schien mir wohlgeeignet, eine Geschichte der Zeit des Heimfalls Aegyptens an die Perser daraus zu gestalten. Jakob Burckhardts »Konstantin der Große« sollte mir zum Vorbilde dienen. Auf den Kulturzustand, das geistige und religiöse Leben, die Kunst und Wissenschaft in Aegypten, Griechenland und Persien, Phönizien und so weiter wollte ich den schwersten Nachdruck legen, und nachdem ich die Disposition aufs sorgfältigste ausgearbeitet hatte, begann ich mit allem Eifer zu schreiben.[2]

Dabei gewann das Pharaonenland, der persische Hof, das Griechenland in der Zeit der Pisistratiden und des Polykrates immer greifbarer deutliche Jormen vor meinem inneren Auge. Die Erzählung des Herodot von der falschen Königstochter, die der Pharao Amasis dem Kambyses als Gemahlin gesandt hatte, und die zur unschuldigen Ursache des Krieges geworden sein sollte, infolge dessen das Pharaonenreich seine Selbständigkeit verlor, hielt vor der Kritik nicht stand; doch ein brauchbarer Stoff für eine dramatische oder epische Dichtung war sie gewiß. Und dieser Stoff ließ mir keine Ruhe.

Ja, gewiß, es konnte ihm etwas abgewonnen werden!

Bald hatte ich mich seiner völlig bemächtigt, doch nach und nach änderte sich das Verhältnis, und er bemächtigte sich meiner und ließ mich nicht los und zwang mich, die zur Ruhe verdammte, poetische Kraft an ihm zu versuchen.

Als ich ans Werk ging, durfte ich am Abend das Haus noch immer nicht verlassen. Hieß es treulos gegen die Wissenschaft handeln, wenn ich der Poesie die Stunden widmete, die andere den Feierabend nannten? Die Frage wurde dem innern Richter so gestellt, daß er »Nein« sagen mußte. Mit gutem Erfolg suchte ich mich zu der Ueberzeugung zu bringen, daß ich diese Erzählung zunächst nur schreibe, um mir den gesammelten Wissensstoff »lebig« zu machen und mir die Personen und Zustände aus der Zeit, deren Geschichte ich zu schreiben wünschte, so nahe zu bringen, als verkehre ich mit ihnen und weile in ihrer Mitte.

Wie oft wiederholte ich mir diese an sich nicht unbegründete Entschuldigung; in Wahrheit drängte mich aber alles, was in mir war, zum Dichten, und gerade in jener Zeit trieb Moritz Hartmann mich in seinen Briefen dazu an, wurde ich von Mieczyslaw und anderen, ja sogar von der eigenen Mutter dazu ermutigt.

Ich begann, weil ich nicht anders konnte, und fertiger bis ins einzelne hat wohl selten eine Dichtung in der Vorstellung ihres Schöpfers gestanden, als die Königstochter in der meinen, wie ich die Feder zur Hand nahm. Nur der erste Band enthielt ursprünglich weit mehr Aegyptisches, und den dritten spann ich weiter aus, als ich es anfangs beabsichtigt hatte. Manche Notiz aus jener Zeit, die mir aus meinen Quellen zugeflossen war, sollte nicht unverwertet bleiben, und wenn die einzelnen auch nicht uninteressant sind, so beeinträchtigt ihre Fülle doch sicherlich die Oekonomie des Ganzen.

Was die handelnden Personen angeht, waren mir die meisten vertraut. Wie viele Züge der Mutter trug die schöne, würdige Greisin Rhodopis. Der König Amasis war Friedrich Wilhelm IV., der Grieche Phanes hatte viel mit dem Präsidenten Seiffart gemein. Auch die Nitetis kannte ich, mit der Atossa hatte ich oft genug gescherzt, und in der Sappho war die reizende Frankfurter Cousine Betzy, mit der ich in Rippoldsau so schöne Tage verlebte, mit der holdseligen Blasewitzer Lina von Adelsson verwoben. Wie die handelnden Personen in den Dichtungen des Allergrößten, ich meine Goethes, sollte keine der meinen ganz frei erfunden, aber auch keine das genau nachgezeichnete Porträt des Vorbildes sein.

Mit welchen Schwierigkeiten ich zu kämpfen haben, welche Bedenken die Kritik aussprechen würde, verhehlte ich mir keineswegs, aber das kümmerte mich wenig; denn ich schrieb dies Buch für keinen Zweiten und Dritten, wenn nicht für die Mutter, die sich jedes fertige Kapitel gern vorlesen ließ. Nicht selten befreundete ich mich sogar mit dem Gedanken, daß dieser Roman vielleicht das Schicksal meines »Weltgedichtes« teilen und ins Feuer wandern werde.

Gleichviel!

Einen höheren Genuß, als das Schaffen selbst mir gewährte, konnte auch der größte Erfolg mir nicht bringen.

Selige Abende, an denen ich ganz mir selbst entrückt in einer andern Welt lebte und wie ein Gott die Geschicke der Menschen leitete, die meine Kreaturen. Die Liebesscenen zwischen Bartja und Sappho machte ich nicht, sie sind mir geworden. Als ich die erste an einem einzigen Abend mit perlender Stirn zu Papier gebracht hatte, fand ich zu meiner Ueberraschung am nächsten Morgen, daß es nur weniger Striche bedurfte, um ein Gedicht in jambischem Versmaß aus ihr zu machen.

Das war ja kaum zulässig in der ungebundenen Vortragsweise eines Romans. Doch der Mutter gefiel diese Scene, und als ich das Liebespaar, das meinem Herzen teuer geworden war, zum andernmale in der warmen Stille der ägyptischen Nacht zusammenführte, und wahrnahm, daß mich der Jambenfluß wieder mit forttrug, ließ ich dem schaffenden Gemüte und der Feder freien Lauf, und am nächsten Morgen gab es wieder Prosa in gebundener Rede zu lesen.

Da zog ich Julius Hammer ins Vertrauen, und er fand, daß ich in glücklicher und reizvoller Weise der überquellenden Empfindung zweier jungen liebenden Herzen Ausdruck gegeben. Die Poesie, sagte er, habe sich in jenen Scenen die Form erzwungen, die für ihr Wesen die angemessenste sei, – und dieser Ausspruch rettete ihnen das Leben. Während die Freunde sich bei schäumenden Bechern, im Tanzsaal oder in anregender Gesellschaft ergötzten, verdammte mich das Schicksal noch zu behutsamer Zurückgezogenheit im mütterlichen Hause. Wenn ich mich aber dem Schaffen an meiner »Nitetis« hingab, beneidete ich keinen Menschen, ja kaum einen Gott.

So kam dieser Roman zur Vollendung. Er hatte mir keine Stunde von der eigentlichen Arbeitszeit genommen, und doch wollte die Frage, ob ich recht gethan hatte, während der Wanderung durch das Gebiet ernster Studien diesen Seitenflug in schönere und bessere Lande zu wagen, nur selten schweigen.

Beim Beginn des dritten Bandes durfte ich mich schon wieder freier bewegen.

Als ich mich aber zu Lepsius, dem ernstesten meiner Lehrer, begab, um ihm das fertige Manuskript zu überbringen, war mir recht bange. Ich hatte mich nicht getraut, ihm auch nur mit einem Worte zu bekennen, was ich in den Abendstunden trieb, und die drei Bände meines sehr dicken Manuskriptes wurden von ihm in einer Weise empfangen, die den schlimmsten Befürchtungen recht gab.

»Aber ich bitte Sie!« lauteten etwa die ersten Worte, und ihnen folgten andere, die seinen Bedenken offen genug Ausdruck gaben. Er frug auch, wie ich, den er für einen ernsten Arbeiter gehalten, auf solche »Allotria« komme.

Das zu erklären wurde mir leicht, und als er mich zu Ende gehört, sagte er: »Das hätte ich mir denken können. Sie brauchten bisweilen einen Becher Lethewassers. Lassen Sie aber jetzt von dergleichen und kompromittiren Sie nicht von vornherein Ihren Gelehrtennamen durch solche Extravaganzen.«

Indes behielt er die dicke Handschrift und verhieß mir, einen Blick in das Kuriosum zu werfen.

Doch er that mehr.

Vom ersten bis zum letzten Buchstaben las er es durch, und als er mich etwa vierzehn Tage später nach der Arbeit in seinem Hause zurückzubleiben ersuchte, sah er vergnügt aus und bekannte, etwas ganz anderes gefunden zu haben, als er erwartet. Das Buch sei eine gelehrte Arbeit, die sich sehen lassen könne, und dazu eine fesselnde Dichtung.

Dann äußerte er einige Bedenken über den zu breiten Raum, den ich in der ersten Fassung den Aegyptern eingeräumt hatte. Ihr Wesen sei zu spröde und typisch, um den ungelehrten Leser dauernd zu fesseln. Seiner Ansicht nach thäte ich gut, gerade auf ägyptischem Boden das mit Hilfe der Forschung Erworbene einzuschränken und besonders das Griechische, das ja uns Modernen als Grundlage unserer ästhetischen Empfindung vertraut sei, entschiedener hervortreten zu lassen.

Der Rat war gut. – Mit ihm im Auge begann ich den ganzen Roman einer durchgreifenden Umarbeitung zu unterziehen.

Bevor ich im Sommer 1863 die Wildbadreise antrat, hatte ich noch eine ernste Unterredung mit dem Lehrer und Freunde. Bis jetzt, sagte er, habe er es vermieden, mit mir über meine Zukunft zu reden; nun meine Gesundheit sich aber so entschieden zum Bessern neige, müsse er mir sagen, daß mich auch das emsigste Arbeiten als »Privatgelehrter«, wie man es nenne, nicht befriedigen werde. Ich sei befähigt für die akademische Laufbahn, und er rate mir, diese und die Habilitation ins Auge zu fassen. – Da ich schon selbst an dergleichen gedacht hatte, stimmte ich ihm lebhaft zu, und daheim freute sich die Mutter meines Entschlusses.

Wie wir in Wildbad neben unserer Stuttgarter Freundin ihren Gatten, meinen unvergeßlichen Freund, den Verlagsbuchhändler Eduard von Hallberger, fanden, wie er Hand auf meine Königstochter legte, und wie das Geschick dies Buch und seinen Verfasser durch Leid und Luft, Luft und Leid führte, hoffe ich, bevor mir die letzte Stunde schlägt, den

Meinen und den Freunden, die mir das Leben und meine Schriften gewannen, mitteilen zu dürfen.

Dieser zweite Teil meiner Lebensgeschichte wird die Zeit der inneren Ruhe umfassen, die doch zugleich die meiner vielen und weiten Wanderungen umschließt, die schon 1863 begannen.

Als ich Berlin, so weit genesen, daß ich mich wieder frei bewegen durfte, verließ, war ich zum Manne herangereift. Die Zeit der Entwicklung lag hinter mir. Hören auch die Lehrjahre für den strebenden Menschen erst mit dem letzten Atemzuge auf, so schloß die Habilitation die meine doch äußerlich ab, und ein ernstes Lebensziel lag vor mir. Eine grausame, an Schmerzen und Entbehrungen reiche Prüfungszeit hatte den einst so ungestümen Gesellen vertraut gemacht mit dem Ernst des Lebens und ihn gelehrt, sich selbst zu beherrschen.

Nachdem der in der Entsagung Geübte einmal erkannt, daß das Fortschreiten auf dem Forschungsgebiet, in das er andere einzuführen gedachte, die Hingabe des ganzen Menschen erfordere, gelang es ihm später, die Sehnsucht nach neuem poetischem Schaffen, die nie in ihm zur Ruhe kam, zum Schweigen zu bringen. Die Vollendung einer zweiten größeren Dichtung hätte damals allerdings die Einheit mit ihm selbst gefährdet, die er erstrebte und die ihm von dem edelsten seiner Erzieher als höchstes Lebensziel dargestellt worden war. So blieb er denn fest, obgleich der schöne Erfolg seines ersten poetischen Werkes ihm dies beträchtlich erschwerte. Versuchungen jeder Art, auch in Gestalt glänzender Anerbietungen der hervorragendsten deutschen Verleger, traten an ihn heran, um seinen Entschluß ins Wanken zu bringen, doch er widerstand, bis er am Ende eines halben Menschenalters sich gegenüber dem Ziele, das er erstrebt hatte, sagen durfte, daß es nun an der Zeit sei, der Muse wieder zu gewähren, was er ihr so lange versagt. Dadurch wurde auch demjenigen Teile seines Wesens, der von Hause aus doch wohl der mächtigere war, sich auszuleben gestattet. In meinen langen Leidenstagen ist die Poesie ihm eine freundliche und mächtige Trösterin gewesen.

Schwere Heimsuchungen hatten das Glücksgefühl des Knaben und Jünglings nicht zu ersticken vermocht; es sollte mich auch als Mann nicht verlassen. Wenn sich der Himmel meines Lebens am schwärzesten umdüsterte, trat es als leuchtender, bessere Tage verkündender Stern aus dem Dunkel hervor, und wenn ich die Kräfte, mit deren Hilfe es mir gelang, auch das dichteste Gewölk, das mir die

Daseinsluft zu verfinstern drohte, wieder und wieder zu zerteilen, bei Namen nennen soll, so müssen sie Dankbarkeit heißen, ernste Arbeit, und nach dem Spruche des alten, blinden Langethal: »Mit dem Ringen nach Wahrheit verbundene Liebe«.

Atys und Adrast.

»Vater, laß mich in die Weite,
Sende mich zum Weidwerk aus, –
Deinem Atys will nicht frommen
Träge Ruh' im sichern Haus.

Krösus, Vater, hör mein Flehen,
Sieh mein bleiches Angesicht!
Bin ich noch der frohe Atys?
Vater, nein, ich bin es nicht!

Weißt Du noch, wie ich die Speere
Ueber ferne Ziele schwang,
Weißt Du noch, daß Atys' Name
Nur als Sieger-Name klang?

Weh! der Klang ist ausgeklungen,
Du bewachst mich, schließt mich ein;
Atys, einst der Helden Sieger,
Muß nun Spott für Memmen sein!

Bei dem Weibe soll ich weilen.
Krösus, Vater, welche Schmach,
Ohne Waffenschmuck und Rüstung,
Da man Schwert und Speer mir brach!

Heute ziehen unsre Helden,
Ziehn die Leder auf die Jagd,
Um den Eber zu erlegen,
Der das Land zur Wüste macht.

In der Myser reichen Saaten
Haust das wilde Riesentier,
Andre werden es erlegen,
Uns zum Schimpfe, mir und Dir!

Jener Atys, wird man sagen,
König Krösus' stolzer Sproß,

Fürchtet kühne Heldenthaten,
Bleibt daheim im sichern Schloß. –

Wenn die Jäger wiederkehren,
Wird der Siegeslieder Klang
Trüb und weh ans Ohr mir klingen
Meiner Mannheit Grabgesang.

Vater, was hab' ich verbrochen,
Welch ein furchtbares Vergehn,
Daß ich, wie die schwachen Weiber,
Wehrlos soll und müßig stehn?

Nein, ich kann es nimmer tragen,
Laß mich fort zum Kampfe ziehn,
Denke, wie der Jugend Tage
Ach, so schnell vorüberfliehn!«

Krösus hört des Sohnes Flehen,
Schaut sein bleiches Angesicht;
Aus des Herrschers strengem Auge
Eine milde Thräne bricht.

»Atys, siehst Du dort den Gärtner
Wie er jenes Blümlein zart
An den Stab mit Sorgfalt bindet,
Daß er es vor Schaden wahrt;

Sahst Du, wie die kluge Hausfrau,
Zeigt sich Falke oder Aar,
Locket in die sichern Ställe
Des Geflügels bange Schar?

So, mein Atys, heg' ich Sorge
Für Dein Leben, für Dein Glück; –
Wen die Götter uns genommen,
Geben nimmer sie zurück. –

Will ein Gott uns Unglück senden,
Wenn er Großes uns beschied,
Fügt er, daß des Geistes Auge
Ahnend es im Traume sieht.

Ahnung peinigt meine Seele;

Denn ich sah im bangen Schlaf,
Wie ein Speer die Nacht durchsauste
Und Dein Herz, mein Atys, traf.

Darum nahm ich Dir die Waffen,
Brach ich Lanze Dir und Schwert,
Darum wehrt' ich Dir, zu kämpfen
Kampf, den ich Dich selbst gelehrt;

Darum höre meine Bitte,
Dämpfe Deine Kampfbegier; –
Sag, was nützen meine Schätze,
Frommen Ruhm und Krone mir,

Sag, was gilt mir noch das Leben,
Sag, was soll ich auf der Welt,
Wenn, mein Atys, Deine Seele
Zu den Schatten sich gesellt?«

»Vater, Dank für Deine Sorge,
Atys hält sich ihrer wert;
Doch, o Krösus, laß mich reiten,
Gib mir Lanze, Schild und Schwert.

Sieh ich zieh' ja nicht zum Kampfe
Gegen kühne Männer aus,
Wohlbewehrt mit Schwert und Lanze,
Einem Eber gilt der Strauß,

Und Dein Traumgesicht, mein Vater, –
Wohl von meinem Ende spricht's;
Doch ein Speerwurf soll mich fällen,
Von dem Eber sagt es nichts.« –

Krösus hört des Sohnes Rede,
Sieht sein bleiches Angesicht,
Möchte alles ihm gewähren;
Doch ihm ahnt, »er kehret nicht.«

Lange steht er, trüben Blickes,
Endlich hat er sich gefaßt
Und gebeut: »Hin zu den Gräbern,
Ruft den Königssohn Adrast!«

Sie enteilen, und der Jüngling
Seinen Schritt zum König lenkt,
Gram das Antlitz ihm umnachtet,
Schwermut seine Blicke senkt,

Schmerz umzuckt ihm weh die Lippen,
Dämpft der Rede leisen Ton;
Feuchten Blicks schaut er auf Krösus,
Lieblich auf den Königssohn.

»Krösus, Du hast mein begehret,
Sieh den Gastfreund, sieh mich hier!
Alles, was ich bin und habe,
Alles, alles dank' ich Dir.

König, darf ich für Dich sterben,
Nimm mein Leben, nimm es hin;
Möchte gerne zu den Schatten,
Bei den Toten weilt mein Sinn!

Als den Bruder ich erschlagen
In unseligem Versehn,
Mußt' ich scheu von Land zu Lande
Blutbefleckt, geachtet gehn.

Du, o Fürst, hast mich gesühnet,
Gabst mir Trost in bitt'rem Weh;
Schenktest mir, dem Schuldbefleckten,
Schutz in Deiner reinen Näh'.

Aber, ach, die Eumeniden
Gönnen mir nicht Ruh' noch Rast,
Wachend hör' ich und im Schlafe:
,Wehe, Mörder, weh', Adrast!'

Frommt Dir nun mein armes Leben –
Ach, es währte schon zu lang! –
Nimm es: aus dem Lethe-Strome
Schlürf' ich des Vergessens Trank! –«

Krösus drückt des Jünglings Rechte,
Beugt das Haupt ihm frisch zurück:
»Mut! Noch ging ja nicht verloren

All Dein lachend Erdenglück!

König Midas' hehrer Enkel,
Stähle neu das wackre Herz,
Schwing Dich auf zu heller Freude,
Hinter Dir laß Leid und Schmerz!

Jüngling, nütze Deine Jugend,
Wirf die Lanze, schwing das Schwert;
Kämpfe gegen jenen Eber,
Der der Myser Land verheert.

Heldensproß! Bei kühner Fährnis,
Bei der Jagd und ihrer Luft
Treibt der Lenz mit frischem Wehen
Dir den Winter aus der Brust.

Atys sei Dein Jagdgefährte,
Mög er mit den Göttern ziehn!
Du, Adrast, bleib ihm zur Seite,
Hüte und beschütze ihn!«

»Mit dem letzten Atemzuge,
Mit dem letzten Tropfen Blut!«
Ruft Adrast, – die bleichen Wangen
Färbt ihm neue Lebensglut.

Da ertönen Weidmannsrufe,
Hundebellen, Hörnerklang,
Und der Zug der Jäger sprengte
Froh den Paktolos entlang.

»Hallali« erschallt im Thale,
Wildes Bellen tönt darein;
In die frischgefund'ne Fährte
Fällt die wilde Meute ein.

Mutig wiehern Syrer-Rosse,
Blutend von des Reiters Sporn;
»Auf, ihr Jäger, auf zum Weidwerk,
Hallali durch Strauch und Dorn!

Seht ihr dort den Rieseneber?
Auf, ihr Jäger, auf zur That!

Seht ihr, wie das wilde Untier
Wutentbrannt zum Kampfe naht?«

Atys ruft's vom schnellen Rosse,
Sprengt dem Zuge weit voran; –
Nur ein einz'ger kann ihm folgen,
Nur ein einz'ger bleicher Mann.

Wütend schnaubt daher der Eber,
Atys hebt die blanke Wehr,
Und zu gleicher Zeit versendet
Auch der andre seinen Speer.

Blitzschnell durch die trüben Lüfte
Saust die Lanze, und es zieht
Ihr voran ein wildes Heulen
Wie der Eumeniden Lied.

Atys traf das grimme Untier,
Traf es in des Auges Rund;
Doch er selber sinkt vom Rosse,
Blutend, röchelnd, todeswund.

Jener bleiche Lanzenschwinger
Fehlte in der Hast das Ziel;
Aber, ach, ein edler Wildbret
Unter seinem Wurfe fiel.

König Midas' hehrer Enkel
Hat den Atys hingerafft;
Wollt' vor Fährnis ihn beschützen,
Schwang den Speer mit Riesenkraft,

Schwang ihn auf den wilden Eber;
Doch der Eumeniden Hand
Hat den Speer, den schnell geschwingten,
In des Freundes Herz gesandt.

Lärmend naht das Jagdgefolge,
Sieht des edlen Führers Blut, –
Flüche folgen nun der Klage,
Und dem Jammer folgt die Wut.

Mancher greift zum scharfen Schwerte,

Mancher an den raschen Speer,
Um den Königssohn zu rächen; –
Doch ein jeder senkt die Wehr;

Denn gleich einem styg'schen Schatten,
Tiefsten Schmerz im Angesicht,
Steht der Königssohn Adrastos
Wie ein Fels, und regt sich nicht.

Atys ruht auf grüner Bahre,
Ihn umringt der Jägertroß,
Schweigend führen sie den Toten
In das hohe Königsschloß.

Unglücksboten reiten schnelle.
Krösus weiß, was ihm geschehn;
Ballt im Ingrimm nicht die Fäuste,
Will er still vor Schmerz vergehn.

Dann steht er zum Göttervater,
Fleht in seinem herben Leid:
»Zeus, der du das Gastrecht schirmest,
Dem ich manchen Stier geweiht,

Dem ich manchen Tempel baute,
Dem ich hielt, was ich versprach,
Vater, strafe jenen Mörder,
Der das Gastrecht schnöde brach!

Zeus, ich habe ihn gesühnet,
Ließ ihn teilen meinen Thron,
Willig gab ich ihm das Beste,
Und er mordet meinen Sohn!

Horch, das ist die Totenklage,
Wie sie bang das Thal durchbebt!
Singet ihr, indes zur Rache
Sich die Vaterhand erhebt! –

Und auch Du hier, Mordgeselle!
Was am Bruder Du versucht,
Auch am Freund gelang's; so sei denn
Hundert-, tausendfach verflucht!«

Krösus hat das Wort gerufen;
Stumm und lautlos sank Adrast
In die Knie, wie überbürdet
Von des Schmerzes Bergeslast.

»Deinen Sohn,« sprach er, »erschlug ich,
Da ich ihn beschirmen wollt'; –
Auch der Bruder ward mein Opfer,
Er, der Knabe, lieb und hold.

Wohin mich der Fuß getragen,
Wo ich Schutz und Liebe fand,
Lenkte des Geschickes Walten
Zum Verderben mir die Hand.

Furien folgen meinen Schritten,
Peitschen mich durch Tag und Nacht;
Scheue jeder meine Nähe,
Dem das Dasein sonnig lacht!

Unstät irrt' ich durch die Lande,
Bis ich kam zu Deinem Thron; –
Alles hast Du mir gegeben,
Und ich morde Dir den Sohn!

Blutbefleckt sind meine Hände
Doch mein Herz ist fromm und rein;
Will die Gottheit uns verderben,
Will sie uns dem Unheil weihn,

Muß der Erdensohn sich fügen,
Keiner kann ihr widerstehn,
Alle dulden wir und leiden,
Bis wir zu den Schatten gehn.

Wohl! ich habe ausgelitten!
Krösus, ende meine Not,
Ende meines Lebens Qualen,
König, weihe mich dem Tod!

Sende mich ins Reich der Schatten
Laß zum Orkus mich hinab,
Daß ich endlich Ruhe finde,

Ruhe in dem stillen Grab!«

Krösus löst die Hand vom Schwerte,
Dessen Griff sie streng umfaßt;
Schwer wohl ist die eigne Bürde,
Schwer'res, fühlt er, trägt Adrast.

Und des Jünglings feuchte Blicke
Sehn so rein zu ihm hinan,
Daß der König wähnt, ihn schauen
Seines Atys' Augen an.

Von dem Sohn, der friedvoll rastet,
Blickt er auf den andern hin,
Den die Furie friedlos geißelt,
Dem das Sterben scheint Gewinn,

Und so ruft er: »Ich vergebe!
Ruh an meinem Herzen aus;
Sei mein Sohn, Adrast, wie Atys,
Und mein Schloß Dein Vaterhaus!

Götter wollten ihn verderben,
Atys starb von Götter-Hand;
Götter haben zu den Schatten
Ihn so jung herabgesandt.

Du warst willenlos ihr Werkzeug,
Darum will ich Dir verzeihn;
Laß uns den Erinnyen opfern;
Laß dem Zeus uns Stiere weihn!

Auf, bestattet meinen Atys,
Auf, ihr Weiber, weint und klagt,
Freunde, häuft den Leichenhügel,
Daß er in die Wolken ragt!«

Als des Tages Schimmer schwindet,
Nachtwind durch die Wipfel weht,
Regungslos ein schlanker Jüngling
Bei dem Leichenhügel steht.

Mondschein bricht aus reinem Himmel,
Nachtigallensang erschallt,

Frieden füllt Adrast die Seele,
Süße Wonne ihn umwallt.

Und er ruft mit sanfter Stimme:
»Bruder, Atys, harret mein; –
Bald will ich im Reich der Schatten,
Bald auf ewig bei euch sein!«

Und sein Schwert durchdringt den Busen,
»Frieden« heißt sein Abschiedswort:
Mondschein leuchtet, Sterne glänzen,
Philomelens Lied tönt fort.

Krösus träumt von seinem Atys,
Wie er selig, Hand in Hand,
Wallt mit König Midas' Enkel
Durch ein blühend Gartenland.

Zum Aktus 1857 gedichtet und vorgetragen von dem Abiturienten des Quedlinburger Gymnasiums Georg Ebers.

Titelliste Taschenbuch-Literatur-Klassiker

Bd. 1 *Abenteuer und Fahrten des Huckleberry Finn*, Mark Twain, Bd. 2 *Andersens Märchen*, Hans Christian Andersen, Bd. 3 *Anton Reiser*, Karl Philipp Moritz, Bd. 4 *Aus dem Leben eines Taugenichts*, Joseph Freiherr v. Eichendorff, Bd. 5 *Bahnwärter Thiel*, Gerhard Hauptmann, Bd. 6 *Bambi Eine Lebensgeschichte aus dem Walde*, Felix Salten, Bd. 7 *Bauern, Bonzen und Bomben*, Hans Fallada, Bd. 8 *Bel Ami*, Guy de Maupassant, Bd. 9 *Bergkristall*, Adalbert Stifter, Bd. 10 *Candide oder der Optimismus*, Voltaire, Bd. 11 *Caspar Hauser oder Die Trägheit des Herzens*, Jakob Wassermann, Bd. 12 *Dantons Tod*, Georg Büchner, Bd. 13 *Das Bildnis des Dorian Grey*, Oscar Wilde, Bd. 14 *Das Dschungelbuch*, Rudyard Kipling, Bd. 15 *Das Fräulein von Scuderi*, ETA Hoffmann, Bd. 16 *Das Gemeindekind*, Marie v. Ebner-Eschenbach, Bd. 17 *Das Heptameron*, Margarete v. Navarra, Bd. 18 *Märchenbriefbuch der heiligen Nächte*, Max Dauphtendey, Bd. 19 *Das Marmorbild*, Joseph v. Eichendorff, Bd. 20 *Das Schloss*, Franz Kafka, Bd. 21 *Das Urteil*, Franz Kafka, Bd. 22 *David Copperfield*, Charles Dickens, Bd. 23 *Der abenteuerliche Simplizissimus*, Grimmelshausen, Bd. 24 *Der arme Spielmann*, Franz Grillparzer, Bd. 25 *Der eingebildete Kranke*, Moliere, Bd. 26 *Der ewige Spießer*, Ödön v. Horváth, Bd. 27 *Der Fürst*, Nocolò Machiavelli, Bd. 28 *Der Glöckner von Notre Dame*, Victor Hugo, Bd. 29 *Der goldene Esel, Apuleius*, Bd. 30 *Der goldene Topf*, ETA Hoffmann, Bd. 31 *Der Graf von Monte Christo*, Alexandre Dumas, Bd. 32 *Der grüne Heinrich*, Gottfried Keller, Bd. 33 *Der kleine Häwelmann und andere Märchen*, Theodor Storm, Bd. 34 *Der kleine Lord*, Frances Hodgson Burnett, Bd. 35 *Der letzte Mohikaner*, James Fenimore Cooper, Bd. 36 *Der Prozess*, Franz Kafka, Bd. 37 *Der Sandmann*, ETA Hoffmann, Bd. 38 *Der Schimmelreiter*, Theodor Storm, Bd. 39 *Der Schuss von der Kanzel*, Conrad Ferdinand Meyer, Bd. 40 *Der Seewolf*, Jack London, Bd. 41 *Der seltsame Fall des Dr. Jekyll und Mr. Hyde*, Robert Louis Stevenson, Bd. 42 *Der Stechlin*, Theodor Fontane, Bd. 43 *Der Sturmheidhof (Sturmhöhe)*, Emily Brontë, Bd. 44 *Der Tor und der Tod*, Hugo v. Hofmannsthal, Bd. 45 *Der Weg ins Freie*, Arthur Schnitzler, Bd. 46 *Der zerbrochene Krug*, Heinrich v. Kleist, Bd. 47 *Deutsches Märchenbuch*, Ludwig Bechstein, Bd. 48 *Deutschland. Ein Wintermärchen*, Heinrich Heine, Bd. 49 *Die Abenteuer der sieben Schwaben*, Ludwig Aurbacher, Bd. 50 *Die Burg von Otranto*, Horace Walpole, Bd. 51 *Die drei Musketiere*, Alexandre Dumas, Bd. 52 *Die Elixiere des Teufels*, ETA Hoffmann, Bd. 53 *Die Geschichte meines Lebens*, Georg Ebers, Bd. 54 *Die Insel Felsenburg*, Johann Gottfried Schnabel, Bd. 55 *Die Judenbuche*, Annette v. Droste-Hülshoff, Bd 56. *Die Kameliendame*, Alexandre Dumas, Bd. 57 *Die Kartause von Parma*, Stendhal, Bd. 58 *Die Kreutzersonate*, Lew Tolstoi, Bd. 59 *Die Leiden des jungen Werther*, Johann Wolfgang v. Goethe, Bd. 60 *Die Leute von Seldvyla I*, Gottfried Keller, Bd. 61 *Die Leute von Seldvyla II*, Gottfried Keller, Bd. 62 *Die Marquise*, George Sand, Bd. 63 *Die Marquise von O.*, Heinrich v. Kleist, Bd. 64 *Die Memoiren der Fanny Hill*, John Cleland, Bd. 65 *Die Ratten*, Gerhard Hauptmann, Bd. 66 *Die Räuber*, Friedrich v. Schiller, Bd. 67 *Die Regentrude*, Theodor Storm, Bd. 68 *Die Reisen des Baron zu Münchhausen*, Bd. 69 *Die Schatzinsel*, Robert Louis Stevenson, Bd. 70 *Die Verlobten*, Allessandro Manzoni, Bd. 71 *Die Verwandlung*, Franz Kafka, Bd. 72 *Die Verwirrungen des Zöglings Törleß*, Robert Musil, Bd. 73 *Die Waffen nieder*, Berta von Suttner, Bd. 74 *Die Wahlverwandtschaften*, Johann Wolfgang v. Goethe, Bd. 75 *Don Carlos*, Friedrich v. Schiller, Bd. 76 *Eduards Traum*, Wilhelm Busch, Bd. 77 *Effi Briest*, Theodor Fontane, Bd. 78 *Egmont*, Johann Wolfgang v. Goethe, Bd. 79 *Ein Held unserer Zeit*, Michail Lermontoff, Bd. 80 *Einsichten und Ausblicke*, Gerhard Hauptmann, Bd. 81 *Emilia Galotti*, Gottold Ephraim Lessing, Bd. 82 *Erinnerungen aus galanter Zeit*, Giacomo Casanova, Bd. 83 *Erzählungen*, Wilhelm Busch, Bd. 84 *Es waren zwei Königskinder*, Theodor Storm, Bd. 85 *Essays*, Michel de Montaigne, Bd. 86 *Franz Sternbalds Wanderungen*, Ludwig Tieck, Bd. 87 *Fräulein Else*, Arthur Schnitzler, Bd. 88 *Frühlings Erwachen*, Frank Wedekind, Bd. 89 *Gedanken*, Blaise Pascal, Bd. 90 *Gefährliche Liebschaften*,

Pierre-Ambroise-François Choderlos de Laclos, Bd. 91 *Gegen den Strich*, Joris-Karl Huysmany, Bd. 92 *Geschichte des Fräuleins von Sternheim*, Sophie v. La Roche, Bd. 93 *Geschichte vom braven Kasperl und dem Anner*l, Clemens Brentano, Bd. 94 *Geschichten aus dem Wienerwald*, Ödön v. Horváth, Bd. 95 *Glanz und Elend der Kurtisanen*, Honore de Balzac, Bd. 96 *Glück und Unglück der berühmten Moll Flanders*, Daniel Defoe, Bd. 97 *Götz von Berlichingen*, Johann Wolfgang v. Goethe, Bd. *98 Gullivers Reisen*, Jonathan Swift, Bd. *99 Heidis Lehr und Wanderjahre*, Johann Spyri, Bd. 100 *Heinrich von Ofterdingen*, Novalis, Bd. 101 *Hiob Roman eines einfachen Mannes*, Joseph Roth, Bd. *102 Immensee*, Theodor Storm, Bd. 103 *Iphigenie auf Tauris*, Johann Wolfgang v. Goethe, Bd. 104 *Italienische Märchen*, Clemens Brentano, Bd. 105 *Ivannhoe*, Walter Scott, Bd. 106 Jahrmarkt der Eitelkeiten, William Makepaece Thackeray, Bd. 107 *Jane Eyre*, Charlotte Brontë, Bd. 108 *Jugend ohne Gott*, Ödön v. Horvath, Bd. 109 *Jürg Jenatsch*, Conrad Ferdinand Meyer, Bd. 110 *Kabale und Liebe*, Friedrich v. Schiller, Bd. 111 *Kasimir und Karoline*, Ödön v. Horvath, Bd. 112 *Kinder- und Hausmärchen*, Gebrüder Grimm, Bd. 113 *Kleiner Mann, was nun*, Hans Fallada, Bd. 114 *König Alkohol*, Jack London, Bd. 115 *Krambambuli*, Marie Ebner-Eschenbach, Bd. 116 *Lausbubengeschichten*, Ludwig Thoma, Bd. 117 *Lavinia - Pauline - Kora*, George Sand, Bd. 118 *Leben und Lüge*, Detlev von Liliencron, Bd. 119 *Lebensansichten des Katers Murr*, ETA Hoffmann, Bd. 120 *Lenz. Der hessische Landbote*, Georg Büchner, Bd. 121 *Lieutenant Gustl*, Arthur Schnitzler, Bd. 122 *Lord Jim*, Joseph Conrad, Bd. 123 *Luise*, Johann Heinrich Voß, Bd. 124 *Madame Bovary*, Gustave Flaubert, Bd. 125 *Märchen*, Wilhelm Hauff, Bd. 126 *Maria Stuart*, Friedrich v. Schiller, Bd. 127 *Max Havelaar*, Multatuli, Bd. 128 *Meister Floh*, ETA Hoffmann, Bd. 129 *Michael Kohlhaas*, Heinrich v. Kleist, Bd. 130 *Minna von Barnhelm*, Gotthold Ephraim Lessing, Bd. 131 *Moby Dick*, Hermann Melville, Bd. 132 *Nathan, der Weise*, Gotthold Ephraim Lessing, Bd. 133-1 und 133-2 *Nils Holgersson wunderbare Reise*, Selma Lagerlöf, Bd. 134 *Niels Lyne*, Jens Peter Jacobsen, Bd. 135 *Nußknacker und Mausekönig*, ETA Hoffmann, Bd. 136 *Oliver Twist*, Charles Dickens, Bd. 137 *Onkel Toms Hütte*, Herriett Beecher Stowe, Bd. 138 *Peter Schlemihls wundersame Geschichte*, Adalbert v. Chamisso, Bd. 139 *Peterchens Mondfahrt*, Gerdt v. Bassewitz, Bd. 140 *Pinocchio*, Carlo Collodi, Bd. 141 *Reinecke Fuchs*, Johann Wolfgang v. Goethe, Bd. 142 *Rheinmärchen*, Clemens Brentano, Bd. 143 *Rinaldo Rinaldini*, Christian August Vulpius, Bd. 144 *Robinson Crusoe*; Daniel Defoe, Bd. 145 *Romeo und Julia*, William Shakespeare Bd. 146 *Schach von Wuthenow*, Theodor Fontane, Bd. 147 *Schachnovelle*, Stefan Zweig, Bd. 148 *Schatzkästlein des rheinischen Hausfreundes*, Johann Peter Hebel, Bd. 149 *Schelmuffskys Reisebeschreibung*, Christian Reuter, Bd. 150 *Schloss Gripsholm*, Kurt Tucholsky, Bd. 151 *Siebenkäs*, Jean Paul, Bd. 152 *Sternstunden der Menschheit*, Stefan Zweig, Bd. 153 Tao te king, Laotse, Bd. 154 *Till Eulenspiegel*, Hermann Bote, Bd. 155 *Tolldreiste Geschichten*, Honorè de Balzac, Bd. 156 *Tom Jones, Geschichte eines Findelkindes*, Henry Fielding, Bd. 157 *Tom Sawyers Abenteuer und Streiche*, Mark Twain, Bd. 158 *Troquato Tasso*, Johann Wolfgang v. Goethe, Bd. 159 *Traumnovelle*, Arthur Schnitzler, Bd. 160 *Trost der Philosophie*, Boethius, Bd. 161 *Über den Umgang mit Menschen*, Adolph Freiherr v. Knigge, Bd. 162 *Uli der Knecht*, Jeremias Gotthelf, Bd. 163 *Uli der Pächter*, Jeremias Gotthelf, Bd. 164 *Ungeduld des Herzens*, Stefan Zweig, Bd. 165 *Ut oler Welt*, Wilhelm Busch, Bd. 166 *Vater Goriot*, Honorè de Balzac, Bd. *167 Väter und Söhne*, Ivan Sergejeviç Turgenev, Bd. 168 *Verlorene Illusionen*, Honorè de Balzac, Bd. 169 *Von der Freiheit eines Christenmenschen*, Martin Luther – Bd. 170 *Von der Ursache, dem Prinzip und dem Einen*, Bruno Giordano, Bd. 171 *Vor Sonnenuntergang*, Gerhard Hauptmann, Bd. 172 *Walden oder Leben in den Wäldern*, Henry D. Thoreau, Bd. 173 *Wilhelm Meisters Lehrjahre*, Johann Wolfgang v. Goethe, Bd. 174 *Wilhelm Meisters Wanderjahre*, Johann Wolfgang v. Goethe, Bd. 175 *Wilhelm Tell*, Friedrich v. Schiller